RAYUELA

JULIO CORTÁZAR

RAYUELA

REAL ACADEMIA ESPAÑOLA

ASOCIACIÓN DE ACADEMIAS
DE LA LENGUA ESPAÑOLA

LIMPIA, FIXA, Y DA ESPLENDOR

En el contexto de la celebración del VII Congreso Internacional de la Lengua Española en la ciudad argentina de Córdoba el próximo mes de marzo, la Real Academia Española (RAE), la Asociación de Academias de la Lengua Española (ASALE) y la Academia Argentina de Letras (AAL) han querido rendir homenaje a uno de los autores en español más importantes de todos los tiempos y a su obra más emblemática, *Rayuela*, que conmocionó el panorama cultural de su tiempo.

Se une este nuevo título a los ya publicados en la colección de ediciones conmemorativas de la Real Academia Española y de la Asociación de Academias de la Lengua Española: *El Quijote* (2004 y 2015), *Cien años de soledad* (2007), *La región más transparente* (2008), *Pablo Neruda. Antología general* (2010), *Gabriela Mistral en verso y prosa* (2010), *La ciudad y los perros* (2012), *Rubén Darío. Del símbolo a la realidad* (2016), *La colmena* (2016), *Borges esencial* (2017) y *Yo el supremo* (2017).

Más de medio siglo después de la publicación de *Rayuela* (1963) —o *Mandala,* como también se pudo llamar—, la obra continúa siendo un hito fundamental en la narrativa contemporánea, una verdadera revolución para la literatura en español. Considerada por gran parte de la crítica como el prólogo del *boom* latinoamericano, esta considerada por el mismo Cortázar como «contranovela» se convirtió rápidamente, pese a las críticas, en un gran éxito editorial.

Su lectura, un desafío para el lector, que debe hacerla de salto en salto, como el juego de la rayuela, se plantea casi como una reescritura de la obra en el sentido de que él debe tomar parte activa asumiendo, por ejemplo, el orden en que la plantea: secuencial, de principio a fin; desde el capítulo 1 al 56, omitiendo los «Capítulos prescindibles»; según un orden aleatorio elegido por el propio lector, o bien siguiendo el «Tablero de dirección» propuesto por el autor. Curiosamente, este tablero deja fuera el capítulo 55, quizás otro guiño estructural al hilo mismo del juego, en el que se debe pasar por todas las casillas a excepción de aquella en la que se encuentra el tejo, que hay que saltarla.

Este es el verdadero origen de la novela, el intento de Cortázar por crear una estructura que «modificara las leyes del juego de la lectura» y que trascendiese el mero orden de los capítulos para instalarse en el propio texto, rompiendo así los esquemas tradicionales de la narrativa.

Nuestra edición incluye, además, la reproducción facsimilar y transcripción del *Cuaderno de bitácora*, manuscrito autógrafo de Cortázar que permite hacernos una idea del proceso de construcción de la obra, su primer esbozo. Se trata de un conjunto de más de cien páginas que pueden convertirse, en cierto modo, en una nueva guía de lectura y que nos proporcionan datos de todo tipo, desde los títulos que barajó el autor —«pero creo que esto debe llamarse *Rayuela* (*Mandala* es pedante)», p. 117; «Novela *Los juegos*», p. 43— hasta sus apuntes sobre técnica narrativa, el carácter de los personajes, o una serie de interesantes dibujos —pp. 33, 35, 119—. Editado por Ana María Barrenechea en la editorial Sudamericana en 1983, veinte años después de la aparición de *Rayuela* lo recuperamos de nuevo, gracias a la gentileza de la Biblioteca Nacional de Argentina, como complemento de la edición.

Asimismo, se han considerado para nuestra cubierta las precisas indicaciones que dio Cortázar al editor Porrúa para la primera edición, conscientes de su interés por las artes plásticas y el empeño que puso, concretamente, en su diseño —«Yo he sido siempre sensible a las tapas de los libros, y a veces he descubierto en ellas cosas extrañamente asociadas al texto»—, tanto en la disposición de la representación de la rayuela como de los colores que debían utilizarse —«los colores tienen que ser todo lo brillantes que se pueda, para contrastar con el fondo negro»—.

Coordinada por José Luis Moure, presidente de la Academia Argentina de Letras, la edición recupera, como complemento a la novela, tres textos magistrales de Gabriel García Márquez, Adolfo Bioy Casares y Carlos Fuentes, autores contemporáneos de Julio Cortázar, que dan cuenta de la dimensión del autor y de la recepción que tuvo la novela en su tiempo. Además, incluye trabajos de los escritores Mario Vargas Llosa y Sergio Ramírez, y de los críticos Julio Ortega, Andrés Amorós, Eduardo Romano y Graciela Montaldo, que muestran la intemporalidad de la propuesta narrativa cortazariana.

Completan el volumen una biobibliografía, compilada por la profesora María Alejandra Atadía, una bibliografía básica, y un glosario de voces utilizadas en la novela y un índice onomástico elaborados en estrecha colaboración entre la Academia Argentina de Letras y la Real Academia Española.

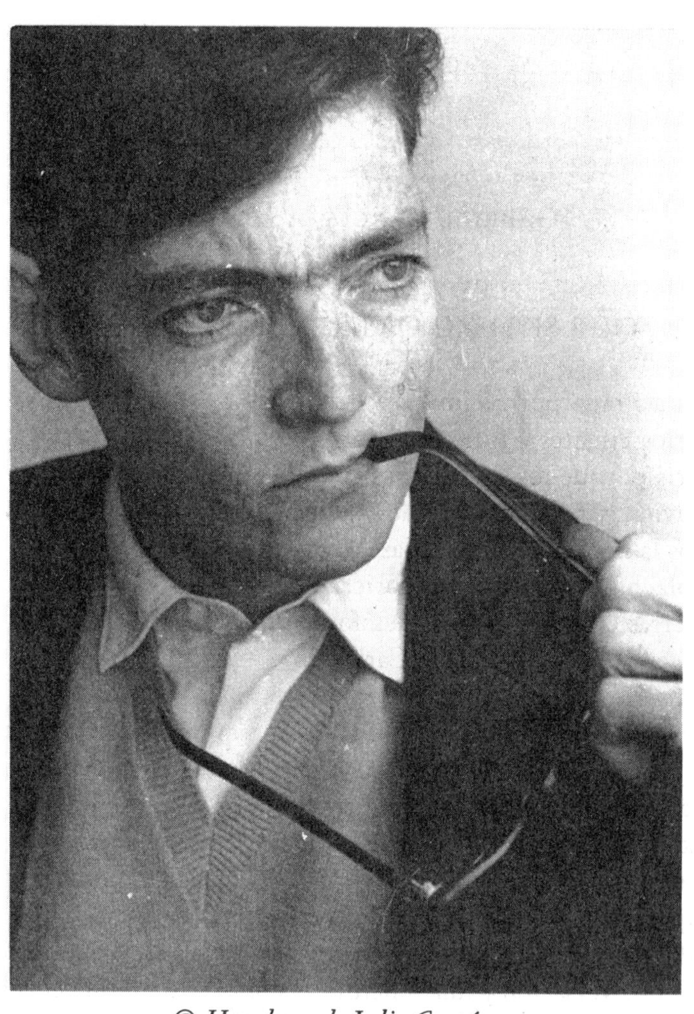

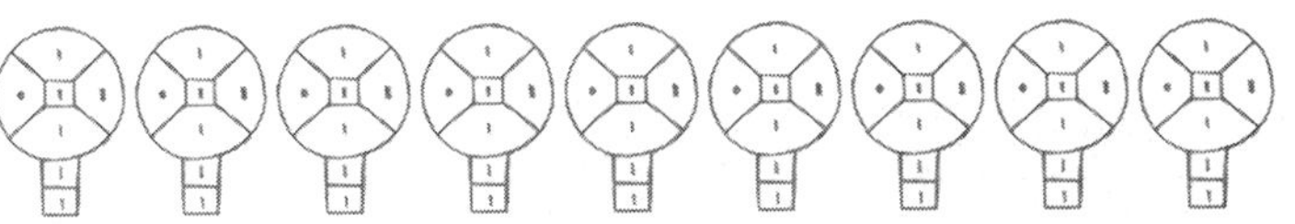

Gabriel García Márquez

EL ARGENTINO QUE SE HIZO QUERER DE TODOS*

Fui a Praga por última vez hace unos quince años, con Carlos Fuentes y Julio Cortázar. Viajábamos en tren desde París porque los tres éramos solidarios en nuestro miedo al avión, y habíamos hablado de todo mientras atravesábamos la noche dividida de las Alemanias, sus océanos de remolacha, sus inmensas fábricas de todo, sus estragos de guerras atroces y amores desaforados.

A la hora de dormir, a Carlos Fuentes se le ocurrió preguntarle a Cortázar cómo y en qué momento y por iniciativa de quién se había introducido el piano en la orquesta de *jazz*. La pregunta era casual y no pretendía conocer nada más que una fecha y un nombre, pero la respuesta fue una cátedra deslumbrante que se prolonga hasta el amanecer, entre enormes vasos de cerveza y salchichas de perro con papas heladas. Cortázar, que sabía medir muy bien sus palabras, nos hizo una recomposición histórica y estética con una versación y una sencillez apenas creíbles, que culminó con las primeras luces en una apología homérica de

* Texto pronunciado por Gabriel García Márquez en el coloquio organizado en 2004 por la Cátedra Julio Cortázar con motivo del 20.º aniversario de la muerte del autor argentino.

Thelonious Monk. No solo hablaba con una profunda voz de órgano de erres arrastradas, sino también con sus manos de huesos grandes como no recuerdo otras más expresivas. Ni Carlos Fuentes ni yo olvidaríamos jamás el asombro de aquella noche irrepetible.

Doce años después vi a Julio Cortázar enfrentado a una muchedumbre en un parque de Managua, sin más armas que su voz hermosa y un cuento suyo de los más difíciles: «La noche de Mantequilla». Es la historia de un boxeador en desgracia contada por él mismo en lunfardo, el dialecto de los bajos fondos de Buenos Aires, cuya comprensión nos estaría vetada por completo al resto de los mortales si no la hubiéramos vislumbrado a través de tanto tango *malevo;* sin embargo, fue ese el cuento que el propio Cortázar escogía para leerlo en una tarima frente a la muchedumbre de un vasto jardín iluminado, entre la cual había de todo, desde poetas consagrados y albañiles cesantes hasta comandantes de la revolución y sus contrarios. Fue otra experiencia deslumbrante. Aunque en rigor no era fácil seguir el sentido del relato, aun para los más entrenados en la jerga lunfarda, uno sentía y le dolían los golpes que recibía Mantequilla Nápoles en la soledad del cuadrilátero, y daban ganas de llorar por sus ilusiones y su miseria, pues Cortázar había logrado una comunicación tan entrañable con su auditorio que ya no le importaba a nadie lo que querían decir o no decir las palabras, sino que la muchedumbre sentada en la hierba parecía levitar en estado de gracia por el hechizo de una voz que no parecía de este mundo.

Estos dos recuerdos de Cortázar que tanto me afectaron me parecen también los que mejor lo definían. Eran los dos extremos de su personalidad. En privado, como en el tren de Praga, lograba seducir por su elocuencia, por su erudición viva, por su memoria milimétrica, por su humor peligroso, por todo lo que hizo de él un intelectual de los grandes en el buen sentido de otros tiempos. En público, a pesar de su reticencia a convertirse en un espectáculo, fascinaba al auditorio con una presencia ineludible que tenía algo de sobrenatural, al mismo tiempo tierna y extraña. En ambos casos fue el ser humano más impresionante que he tenido la suerte de conocer.

Desde el primer momento, a fines del otoño triste de 1956, en un café de París con nombre inglés, adonde él solía ir de vez en cuando a escribir en una mesa del rincón, como Jean-Paul Sartre lo hacía a trescientos metros de allí, en un cuaderno de escolar y con una pluma fuente de tinta legítima que manchaba los dedos. Yo había leído *Bestiario,* su primer libro de cuentos, en un hotel de lance de Barranquilla donde dormía por un peso con cincuenta centavos, entre peloteros mal pagados y putas felices, y desde la primera página me di cuenta de que aquel era un escritor como el que yo hubiera querido ser cuando fuera grande. Alguien me dijo en París que él escribía en el café Old Navy, del Boulevard Saint-Germain, y allí lo esperé varias semanas, hasta que lo vi entrar como una aparición. Era el hombre más alto que se podía imaginar, con una cara de niño perverso dentro de un interminable abrigo negro que más bien parecía la sotana de un viudo, y tenía los ojos muy separados, como los de un novillo, y tan oblicuos y diáfanos que habrían podido ser los del diablo si no hubieran estado sometidos al dominio del corazón.

Años después, cuando ya éramos amigos, creí volver a verlo como lo vi aquel día, pues me parece que se recreó a sí mismo en uno de sus cuentos mejor acabados —«El otro cielo»—, en el personaje de un latinoamericano sin nombre que asistía de puro curioso a las ejecuciones en la guillotina. Como si lo hubiera hecho frente a un espejo, Cortázar lo describió así: «Tenía una expresión distante y a la vez curiosamente fija, la cara de alguien que se ha inmovilizado en un momento de su sueño y rehúsa dar el paso que lo devolverá a la vigilia». Su personaje andaba envuelto en una hopalanda negra y larga, como el abrigo del propio Cortázar cuando lo vi por primera vez, pero el narrador no se atrevía a acercársele para preguntarle su origen, por temor a la fría cólera con que él mismo hubiera recibido una interpelación semejante. Lo raro es que yo tampoco me había atrevido a acercarme a Cortázar aquella tarde del Old Navy, y por el mismo temor. Lo vi escribir durante más de una hora, sin una pausa para pensar, sin tomar nada más que medio vaso de agua mineral, hasta que empezó a oscurecer en la calle y guardó la pluma en el bolsillo y salió con el cuaderno debajo del brazo como el escolar más alto y más flaco del mundo. En las muchas veces que nos vimos años después, lo único que había cambiado en él era la barba densa y oscura, pues hasta hace apenas dos semanas parecía cierta la leyenda de que era inmortal, porque nunca había dejado de crecer y se mantuvo siempre en la misma edad con que había nacido. Nunca me atreví a preguntarle si era verdad, como tampoco le conté que en el otoño triste de 1956 lo había visto, sin atreverme a decirle nada, en su rincón del Old Navy, y sé que dondequiera que esté ahora estará mentándome la madre por mi timidez.

Los ídolos infunden respeto, admiración, cariño y, por supuesto, grandes envidias. Cortázar inspiraba todos esos sentimientos como muy pocos escritores, pero inspiraba además otro menos frecuente: la devoción. Fue, tal vez sin proponérselo, el argentino que se hizo querer de todo el mundo. Sin embargo, me atrevo a pensar que si los muertos se mueren, Cortázar debe estarse muriendo otra vez de vergüenza por la consternación mundial que ha causado su muerte. Nadie le temía más que él, ni en la vida real ni en los libros, a los honores póstumos y a los fastos funerarios. Más aún: siempre pensé que la muerte misma le parecía indecente. En alguna parte de *La vuelta al día en ochenta mundos* un grupo de amigos no puede soportar la risa ante la evidencia de que un amigo común ha incurrido en la ridiculez de morirse. Por eso, porque lo conocí y lo quise tanto, me resisto a participar en los lamentos y elegías por Julio Cortázar. Prefiero seguir pensando en él como sin duda él lo quería, con el júbilo inmenso de que haya existido, con la alegría entrañable de haberlo conocido, y la gratitud de que nos haya dejado para el mundo una obra tal vez inconclusa pero tan bella e indestructible como su recuerdo.

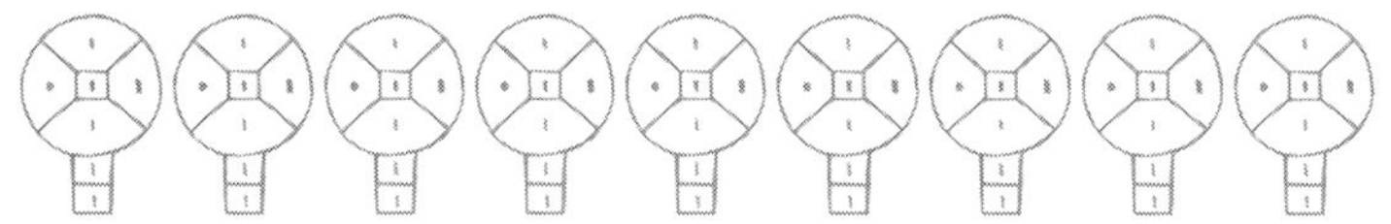

Adolfo Bioy Casares

[SEMBLANZA]*

«Una vez, Cortázar salió en una revista de Buenos Aires. El caso es que él ya era bastante conocido, pero yo no lo sabía y pensando que le iba a dar un placer le mandé el recorte y unas líneas afectuosas. Quiso ser un gesto de amistad y así lo interpretó él, que me lo agradeció. Yo lo admiraba muchísimo y me di cuenta de repente que todo el mundo lo admiraba».

«Yo creo que es uno de los mejores escritores argentinos y con eso estoy diciendo que es uno de los mejores de la literatura universal. Asombrosamente, este país es un país de buena literatura. Digo asombrosamente porque es un grado anormal de este país, pero debo reconocer que desde los tiempos de Ascasubi o Hernández, siempre fue buena».

«Una de las cosas que más nos unía era el sentido lúdico, no tomarnos en serio para nada. Y ese es un secreto para la vida. Compartíamos con él una mirada escéptica en relación con el mundo, aunque un escepticismo esperanzado, no de rechazo».

---

* De «Cortázar fue un amigo al que conocí poco pero quise mucho», reportaje por Carlos Ferreira y Carlos Ulanovsky, revista *La Maga,* edición especial homenaje a Cortázar, noviembre de 1994.

Cortázar y Bioy escribieron casi el mismo cuento («La puerta condenada» y «Un viaje o El mago inmortal», respectivamente). Bioy dice sobre eso: «Fue una cosa extrañísima. [...] Creo que Cortázar y yo lo sentimos como una prueba del destino, de que éramos amigos».

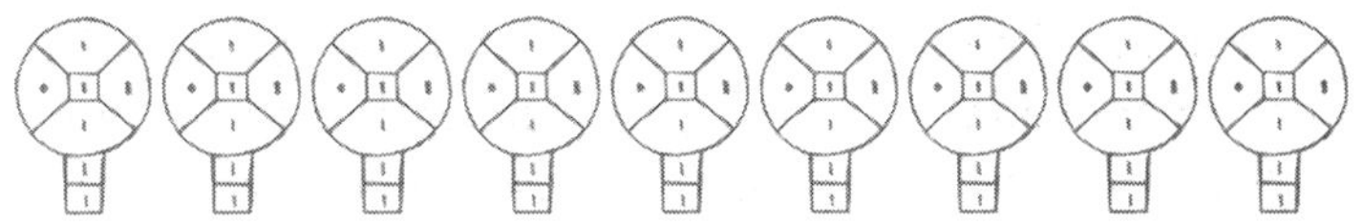

MARIO VARGAS LLOSA

LA TROMPETA DE DEYÁ*

A Aurora Bernárdez

Aquel domingo de 1984 acababa de instalarme en mi escritorio para escribir un artículo, cuando sonó el teléfono. Hice algo que ya entonces no hacía nunca: levantar el auricular. «Julio Cortázar ha muerto —dijo la voz del periodista—. Dícteme su comentario».

Pensé en un verso de Vallejo —«Español de puro bestia»— y, balbuceando, le obedecí. Pero aquel domingo, en vez de escribir el artículo, me quedé hojeando y releyendo algunos de sus cuentos y páginas de sus novelas que mi memoria conservaba muy vivos. Hacía tiempo que no sabía nada de él. No sospechaba ni su larga enfermedad ni su dolorosa agonía. Pero me alegró saber que Aurora había estado a su lado en esos últimos meses y que, gracias a ella, tuvo un entierro sobrio, sin las previsibles payasadas de los cuervos revolucionarios, que tanto se habían aprovechado de él en los últimos años.

Los había conocido a ambos un cuarto de siglo atrás, en casa de un amigo común, en París, y desde entonces hasta

---

* La redacción inicial de este trabajo fue publicada en *El País* el 28 de julio de 1991. El lector disfruta aquí de una versión del texto revisada por el autor para la ocasión.

la última vez que los vi juntos, en 1967, en Grecia —donde oficiábamos los tres de traductores, en una conferencia internacional sobre algodón—, nunca dejó de maravillarme el espectáculo que significaba ver y oír conversar a Aurora y Julio, en tándem. Todos los demás parecíamos sobrar. Todo lo que decían era inteligente, culto, divertido, vital. Muchas veces pensé: «No pueden ser siempre así. Esas conversaciones las ensayan, en su casa, para deslumbrar luego a los interlocutores con las anécdotas inusitadas, las citas brillantísimas y esas bromas que, en el momento oportuno, descargan el clima intelectual».

Se pasaban los temas el uno al otro como dos consumados malabaristas y con ellos uno no se aburría nunca. La perfecta complicidad, la secreta inteligencia que parecía unirlos era algo que yo admiraba y envidiaba en la pareja tanto como su simpatía, su compromiso con la literatura —que daba la impresión de ser excluyente y total— y su generosidad para con todo el mundo, sobre todo con los aprendices como yo.

Era difícil determinar quién había leído más y mejor, y cuál de los dos decía cosas más agudas e inesperadas sobre libros y autores. Que Julio escribiera y Aurora solo tradujera (en su caso ese «solo» quiere decir todo lo contrario de lo que parece) es algo que yo siempre supuse provisional, un transitorio sacrificio de Aurora para que, en la familia, hubiera de momento nada más que un escritor. Ahora, que vuelvo a verla, después de tantos años, me muerdo la lengua las dos o tres veces que estoy a punto de preguntarle si tiene muchas cosas escritas, si va a decidirse por fin a publicar... Luce los cabellos grises, pero, en lo demás, es la misma. Pequeña, menuda, con esos grandes ojos azules llenos de inteligencia y la abrumadora vitalidad de antaño. Baja y sube las peñas mallorquinas de Deyá con una agilidad que a mí me deja todo el tiempo rezagado y con palpitaciones. También ella, a su modo, luce aquella virtud cortazariana por excelencia: ser un Dorian Gray.

Aquella noche de fines de 1958 me sentaron junto a un muchacho muy alto y delgado, de cabellos cortísimos, lampiño, de grandes manos que movía al hablar. Había publicado ya un librito de cuentos y estaba por reeditar una segunda recopilación, en una pequeña colección que dirigía Juan José Arreola, en México. Yo estaba por sacar, también, un libro de relatos y cambiamos experiencias y proyectos, como dos jovencitos que hacen su vela de armas literaria. Solo al despedirnos me enteré —pasmado— que era el autor de *Bestiario* y de tantos textos leídos en la revista de Borges y de Victoria Ocampo, *Sur,* y el admirable traductor de las obras completas de Poe que yo había devorado en dos voluminosos tomos publicados por la Universidad de Puerto Rico. Parecía mi contemporáneo y, en realidad, era veintidós años mayor que yo.

Durante los años sesenta, y, en especial, los siete que viví en París, fue uno de mis mejores amigos, y, también, algo así como mi modelo y mi mentor. A él di a leer en manuscrito mi primera novela y esperé su veredicto con la ilusión de un catecúmeno. Y cuando recibí su carta, generosa, con aprobación y consejos, me sentí feliz. Creo que por mucho tiempo me acostumbré a escribir presuponiendo su vigilancia, sus ojos alentadores o críticos encima de mi hombro. Yo admiraba su vida, sus ritos, sus manías y sus costumbres tanto como la facilidad y la limpieza de su prosa y esa apariencia cotidiana, doméstica y risueña, que en sus cuentos y novelas adoptaban los temas fantásticos. Cada vez que él y Aurora llamaban para invitarme a cenar —al pequeño apartamento vecino a la Rue de Sèvres, primero, y luego a la casita en espiral de la Rue du Général

Beuret— era la fiesta y la felicidad. Me fascinaba ese tablero de recortes de noticias insólitas y los objetos inverosímiles que recogía o fabricaba, y ese recinto misterioso, que, según la leyenda, existía en su casa, en el que Julio se encerraba a tocar la trompeta y a divertirse como un niño: el cuarto de los juguetes. Conocía un París secreto y mágico, que no figuraba en guía alguna, y de cada encuentro con él yo salía cargado de tesoros: películas que ver, exposiciones que visitar, rincones por los que merodear, poetas que descubrir y hasta un congreso de brujas en la Mutualité que a mí me aburrió sobremanera pero que él evocaría después, maravillosamente, como un jocoso apocalipsis.

Con ese Julio Cortázar era posible ser amigo pero imposible intimar. La distancia que él sabía imponer, gracias a un sistema de cortesías y de reglas a las que había que someterse para conservar su amistad, era uno de los encantos del personaje: lo nimbaba de cierto misterio, daba a su vida una dimensión secreta que parecía ser la fuente de ese fondo inquietante, irracional y violento, que transparecía a veces en sus textos, aun los más mataperros y risueños. Era un hombre eminentemente privado, con un mundo interior construido y preservado como una obra de arte al que probablemente solo Aurora tenía acceso, y para el que nada, fuera de la literatura, parecía importar, acaso existir.

Esto no significa que fuera libresco, erudito, intelectual, a la manera de un Borges, por ejemplo, que con toda justicia escribió: «Muchas cosas he leído y pocas he vivido». En Julio la literatura parecía disolverse en la experiencia cotidiana e impregnar toda la vida, animándola y enriqueciéndola con un fulgor particular sin privarla de savia, de instinto, de espontaneidad. Probablemente ningún otro escritor dio al juego la dignidad literaria que

Cortázar ni hizo del juego un instrumento de creación y exploración artística tan dúctil y provechoso. Pero diciéndolo de este modo tan serio, altero la verdad: porque Julio no jugaba para hacer literatura. Para él escribir era jugar, divertirse, organizar la vida —las palabras, las ideas— con la arbitrariedad, la libertad, la fantasía y la irresponsabilidad con que lo hacen los niños o los locos. Pero jugando de este modo la obra de Cortázar abrió puertas inéditas, llegó a mostrar unos fondos desconocidos de la condición humana y a rozar lo trascendente, algo que seguramente nunca se propuso. No es casual —o, más bien sí lo es, pero en ese sentido de orden de lo casual que él describió en *62 Modelo para armar*— que la más ambiciosa de sus novelas llevara como título *Rayuela,* un juego de niños.

Como la novela, como el teatro, el juego es una forma de ficción, un orden artificial impuesto sobre el mundo, una representación de algo ilusorio, que reemplaza a la vida. Sirve al hombre para distraerse, olvidarse de la verdadera realidad y de sí mismo, viviendo, mientras dura aquella sustitución, una vida aparte, de reglas estrictas, creadas por él. Distracción, divertimento, fabulación, el juego es también un recurso mágico para conjurar el miedo atávico del ser humano a la anarquía secreta del mundo, al enigma de su origen, condición y destino. Johan Huizinga, en su célebre *Homo Ludens,* sostuvo que el juego es la columna vertebral de la civilización y que la sociedad evolucionó hasta la modernidad lúdicamente, construyendo sus instituciones, sistemas, prácticas y credos a partir de esas formas elementales de la ceremonia y el rito que son los juegos infantiles.

En el mundo de Cortázar el juego recobra esa virtualidad perdida, de actividad seria y de adultos, que se valen de ella para escapar a la inseguridad, a su pánico ante un mundo incomprensible, absurdo y lleno de peligros. Es verdad que sus personajes se divierten jugando, pero muchas veces se trata de diversiones peligrosas, que les dejarán, además de un pasajero olvido de sus circunstancias, algún conocimiento atroz, o la enajenación o la muerte.

En otros casos, el juego cortazariano es un refugio para la sensibilidad y la imaginación, la manera como seres delicados, ingenuos, se defienden contra las aplanadoras sociales o, como escribió en el más travieso de sus libros —*Historias de cronopios y de famas*—, «para luchar contra el pragmatismo y la horrible tendencia a la consecución de fines útiles». Sus juegos son alegatos contra lo prefabricado, las ideas congeladas por el uso y el abuso, los prejuicios y, sobre todo, la solemnidad, bestia negra de Cortázar cuando criticaba la cultura y la idiosincrasia de su país.

Pero hablo del juego y, en verdad, debería usar el plural. Porque en los libros de Cortázar juega el autor, juega el narrador, juegan los personajes y juega el lector, obligado a ello por las endiabladas trampas que lo acechan a la vuelta de la página menos pensada. Y no hay duda que es enormemente liberador y refrescante encontrarse de pronto, entre las prestidigitaciones de Cortázar, sin saber cómo, parodiando a las estatuas, repescando palabras del cementerio (los diccionarios académicos) para inflarles vida a soplidos de humor, o saltando entre el cielo y el infierno de la rayuela.

El efecto de *Rayuela* cuando apareció, en 1963, en el mundo de lengua española, fue sísmico. Removió hasta los cimientos las convicciones o prejuicios que escritores y lectores teníamos sobre los medios y los fines del arte de narrar y extendió las fronteras del género hasta límites impensables. Gracias a *Rayuela* aprendimos que escribir era una manera genial de divertirse, que era posible explorar los secretos del mundo y del lenguaje pasándola muy bien y que, jugando, se podían sondear misteriosos estratos de la vida vedados al conocimiento racional, a la inteligencia lógica, simas de la experiencia a las que nadie puede asomarse sin riesgos graves, como la muerte y la locura. En *Rayuela* razón y sinrazón, sueño y vigilia, objetividad y subjetividad, historia y fantasía perdían su condición excluyente, sus fronteras se eclipsaban, dejaban de ser antinomias para confundirse en una sola realidad, por la que ciertos seres privilegiados, como la Maga y Oliveira, y los célebres piantados de sus futuros libros, podían discurrir libremente. (Como muchas parejas lectoras de *Rayuela,* en los sesenta, Patricia y yo empezamos también a hablar en glíglico, a inventar una jerigonza privada y a traducir a sus restallantes vocablos esotéricos nuestros tiernos secretos).

Junto con la noción de juego, la de libertad es imprescindible cuando se habla de *Rayuela* y de todas las ficciones de Cortázar. Libertad para violentar las normas establecidas de la escritura y la estructura narrativas, para reemplazar el orden convencional del relato por un orden soterrado que tiene el semblante del desorden, para revolucionar el punto de vista del narrador, el tiempo narrativo, la psicología de los personajes, la organización espacial de la historia, su ilación. La tremenda inseguridad que, a lo largo de la novela, va apoderándose de Horacio Oliveira frente al mundo (y confinándolo más y más en un refugio mental) es la sensación que acompaña al lector de *Rayuela* a medida que se adentra en ese laberinto y se deja ir extraviando por el maquiavélico narrador en los vericuetos y ramificaciones de la anécdota. Nada es allí reconocible y seguro: ni el rumbo, ni los significados, ni los símbolos, ni el suelo que se pisa. ¿Qué me están contando? ¿Por qué no acabo de comprenderlo del todo? ¿Se trata de algo tan misterioso y complejo que es inaprensible o de una monumental tomadura de pelo? Se trata de ambas cosas. En *Rayuela* y en muchos relatos de Cortázar la burla, la broma y el ilusionismo de salón, como las figuritas de animales que ciertos virtuosos arman con sus manos o las monedas que desaparecen entre los dedos y reaparecen en las orejas o la nariz, están a menudo presentes, pero, a menudo, también, como en esos famosos episodios absurdos de *Rayuela* que protagonizan la pianista Berthe Trépat, en París, y el tablón sobre el vacío en el que hace equilibrio Talita, en Buenos Aires, sutilmente se transmutan en una bajada a los sótanos del comportamiento, a sus remotas fuentes irracionales, a un fondo inmutable —mágico, bárbaro, ceremonial— de la experiencia humana, que subyace a la civilización racional y, en ciertas circunstancias, reflota en ella, desbaratándola. (Este es el tema de algunos de los mejores cuentos de Cortázar, como «El ídolo de las cícladas» y «La noche boca arriba», en los que vemos irrumpir de pronto, en el seno de la vida moderna y sin solución de continuidad, un pasado remoto y feroz de dioses sangrientos que deben ser saciados con víctimas humanas).

Rayuela estimuló las audacias formales en los nuevos escritores hispanoamericanos como pocos libros anteriores o posteriores, pero sería injusto llamarla una novela experimental. Esta calificación despide un tufillo abstracto y pretencioso, sugiere un mundo de probetas, retortas y pizarras con cálculos algebraicos, algo desencarnado, disociado de la vida inmediata, del deseo y el placer. *Rayuela* rebosa vida por todos sus poros, es una explosión de frescura y movimiento, de exaltación e irreverencia juveniles, una resonante carcajada frente a aquellos escritores que, como solía decir Cortázar, se ponen cuello y corbata para escribir. Él escribió siempre en mangas de camisa, con la informalidad y la alegría con que uno se sienta a la mesa a disfrutar de una comida casera o escucha un disco favorito en la intimidad del hogar. *Rayuela* nos enseñó que la risa no era enemiga de la gravedad y todo lo que de ilusorio y ridículo puede anidar en el afán experimental cuando se toma demasiado en serio. Así como, en cierta forma, el marqués de Sade agotó de antemano todos los posibles excesos de la crueldad sexual, llevándola en sus novelas a extremos irrepetibles, *Rayuela* constituyó una suerte de apoteosis del juego formal luego de lo cual cualquier novela experimental nacía vieja y repetida. Por eso, como Borges, Cortázar ha tenido incontables imitadores, pero ningún discípulo.

Desescribir la novela, destruir la literatura, quebrar los hábitos al «lector-hembra», desadornar las palabras, escribir mal, etcétera, en lo que insistía tanto el Morelli de *Rayuela,* son metáforas de algo muy simple: la literatura se asfixia por exceso de convencionalismos y de seriedad. Hay que purgarla de retórica y lugares comunes, devolverle novedad, gracia, insolencia, libertad. El estilo de Cortázar tiene todo eso, sobre todo cuando se distancia de la pomposa prosopopeya taumatúrgica con que su *alter ego* Morelli pontifica sobre literatura, es decir en sus cuentos, los que, de manera general, son más diáfanos y creativos que sus novelas, aunque no luzcan la vistosa cohetería que aureola a estas últimas.

Los cuentos de Cortázar no son menos ambiciosos ni iconoclastas que sus textos narrativos de aliento. Pero lo que hay en ellos de original y de ruptura suele estar más metabolizado en las historias, rara vez se exhibe con el virtuosismo impúdico con que lo hace en *Rayuela, 62 Modelo para armar* y *El libro de Manuel,* donde el lector tiene a veces la sensación de ser sometido a ciertas pruebas de eficiencia intelectual. Esas novelas son manifiestos revolucionarios, pero la verdadera revolución de Cortázar está en sus cuentos. Más discreta pero más profunda y permanente, porque soliviantó la naturaleza misma de la ficción, esa entraña indisociable de forma-fondo, medio-fin, arte-técnica que ella se vuelve en los creadores más logrados. En sus cuentos, Cortázar no experimentó: encontró, descubrió, creó algo imperecedero.

Así como el rótulo de escritor experimental le queda corto, sería insuficiente llamarlo escritor fantástico, aunque, sin duda, puestos a jugar a las definiciones, esta le hubiera gustado más que la primera. Julio amaba la literatura fantástica y la conocía al dedillo y escribió algunos maravillosos relatos de ese sesgo, en los que ocurren hechos extraordinarios, como la imposible mudanza de un hombre en una bestezuela acuática, en «Axolotl», pequeña obra maestra, o la voltereta, gracias a la intensificación del entusiasmo, de un concierto baladí en una desmesurada masacre en que un público enfervorizado salta al escenario a devorar al maestro y a los músicos («Las Ménades»). Pero también escribió egregios relatos del realismo más ortodoxo. Como la maravilla que es «Torito», la historia de la decadencia de un boxeador contada por él mismo, que es, en verdad, la historia de su manera de hablar, una fiesta lingüística de gracia, musicalidad y humor, la invención de un estilo con sabor a barrio, a idiosincrasia y mitología de pueblo. O como «El perseguidor», narrado desde un sutil pretérito perfecto que se disuelve en el presente del lector, evocando de este modo subliminalmente la gradual disolución de Johnny, el *jazzman* genial cuya alucinada búsqueda del absoluto, a través de la trompeta, llega a nosotros mediante la reducción «realista» (racional y pragmática) que de ella lleva a cabo un crítico y biógrafo de Johnny, el narrador Bruno.

En verdad, Cortázar era un escritor realista y fantástico al mismo tiempo. El mundo que inventó tiene de inconfundible precisamente ser esa extraña simbiosis, que Roger Caillois consideraba la única con títulos para llamarse fantástica. En su prólogo a la *Antología del cuento fantástico* que él mismo preparó, Caillois sostuvo que el arte de veras fantástico no nace de la deliberación de su creador sino escurriéndose entre sus intenciones, por obra del azar o de más misteriosas fuerzas. Así, según él, lo fantástico no resulta de una técnica, no es un simulacro literario, sino un imponderable, una realidad que, sin premeditación, sucede de pronto en un texto literario. Recuerdo una larga y apasionada conversación con Cortázar, en un *bistrot* de Montparnasse, sobre esta tesis de Caillois, el entusiasmo de Julio con ella y su sorpresa cuando yo le aseguré que aquella teoría me parecía calzar como un anillo a lo que ocurría en sus ficciones.

En el mundo cortazariano la realidad banal comienza insensiblemente a resquebrajarse y a ceder a unas presiones recónditas, que la empujan hacia lo prodigioso, pero sin precipitarla de lleno en él, manteniéndola en una suerte de intermedio, tenso y desconcertante territorio en el que lo real y lo fantástico se solapan sin integrarse. Este es el mundo de «Las babas del diablo», de «Cartas de mamá», de «Las armas secretas», de «La puerta condenada» y de tantos otros cuentos de ambigua solución, que pueden ser igualmente interpretados como realistas o fantásticos, pues lo extraordinario en ellos es, acaso, fantasía de los personajes o, acaso, milagro.

Esta es la famosa ambigüedad que caracteriza a cierta literatura fantástica clásica, ejemplificada en *Otra vuelta de tuerca,* de Henry James, delicada historia que el maestro de lo incierto se las arregló para contar de tal manera que no haya posibilidad de saber si lo fantástico que ocurre en ella —la aparición de fantasmas— realmente ocurre o es alucinación de un personaje. Lo que diferencia a Cortázar de un James, de un Poe, de un Borges o de un Kafka no es la ambigüedad ni el intelectualismo, que en aquel son propensiones tan frecuentes como en estos, sino que en las ficciones de Cortázar las más elaboradas y cultas historias nunca se desencarnan y trasladan a lo abstracto, siguen plantadas en lo cotidiano y lo concreto y tienen la vitalidad de un partido de fútbol o una parrillada. Los surrealistas inventaron la expresión «lo maravilloso-cotidiano» para aquella realidad poética, misteriosa, desasida de la contingencia y las leyes científicas, que el poeta puede percibir por debajo de las apariencias, a través del sueño o el delirio, y que evocan libros como *El campesino de París,* de Aragón, o la *Nadja,* de Breton. Pero creo que a ningún otro escritor de nuestro tiempo define tan bien como a Cortázar, vidente que detectaba lo insólito en lo sólito, lo absurdo en lo lógico, la excepción en la regla y lo prodigioso en lo banal. Nadie dignificó tan literariamente lo previsible, lo convencional y lo pedestre de la vida humana, que, en los juegos malabares de su pluma, denotaban una recóndita ternura o exhibían una faz desmesurada, sublime u horripilante. Al extremo de que, pasadas por sus manos, unas instrucciones para dar cuerda al reloj o para subir una escalera podían ser, a la vez, angustiosos poemas en prosa y carcajeantes textos de patafísica.

La explicación de esa alquimia que funde en las ficciones de Cortázar la fantasía más irreal con la vida jocunda del cuerpo y de la calle, la vida libérrima, sin cortapisas, de la imaginación con la vida restringida del cuerpo y de la historia, es el estilo. Un estilo que maravillosamente finge la oralidad, la soltura fluyente del habla cotidiana, el expresarse espontáneo, sin afeites ni petulancias del hombre común. Se trata de una ilusión, desde luego, porque el hombre común se expresa con complicaciones, repeticiones y confusiones que serían irresistibles trasladadas a la escritura. La lengua de Cortázar es también una ficción primorosamente fabricada, un artificio tan eficaz que parecía natural, un habla reproducida de la vida, que manaba al lector directamente de esas bocas y lenguas animadas de los hombres y mujeres de carne y hueso, una lengua tan transparente y llana que se confundía con lo que nombraba, las situaciones, las cosas, los seres, los paisajes, los pensamientos, para mostrarlos mejor, como un discreto resplandor que los iluminaría desde adentro, en su autenticidad y verdad. A ese estilo deben las ficciones de Cortázar su poderosa verosimilitud, el hálito de humanidad que late en todas ellas, aun las más intricadas. La funcionalidad de su estilo es tal, que los mejores textos de Cortázar parecen hablados.

Sin embargo, la limpidez del estilo nos engaña a menudo, haciéndonos creer que el contenido de esas historias es también diáfano, un mundo sin sombras. Se trata de otra prestidigitación porque, en verdad, ese mundo está cargado de violencia; el sufrimiento, la angustia, el miedo acosan sin tregua a sus habitantes, que, a menudo, para escapar a lo insoportable de su condición se refugian (como Horacio Oliveira) en la locura o algo que se le parece mucho. Desde *Rayuela* los locos ocupan un lugar central en la obra de Cortázar. Pero la locura asoma en ella de manera engañosa, sin las acostumbradas reverberaciones de amenaza o tragedia, más bien como un disfuerzo risueño y algo tierno, manifestación de la absurdidad esencial que anida en el mundo detrás de sus máscaras de racionalidad y sensatez. Los piantados de Cortázar son entrañables y casi siempre benignos, seres obsesionados con desconcertantes proyectos lingüísticos, literarios, sociales, políticos, éticos, para —como Ceferino Piriz— reordenar y reclasificar la existencia de acuerdo a delirantes nomenclaturas. Entre los resquicios de sus extravagancias, siempre dejan entrever algo que los redime y justifica: una insatisfacción con lo existente, una confusa búsqueda de otra vida, más imprevisible y poética (a veces pesadillesca) que aquella en la que estamos confinados. Algo niños, algo soñadores, algo bromistas, algo actores, los piantados de Cortázar lucen una indefensión y una suerte de integridad moral que, a la vez que despiertan una inexplicable solidaridad de nuestra parte, nos hacen sentir acusados.

Juego, locura, poesía, humor se alían como mezclas alquímicas, en esas misceláneas, *La vuelta al día en ochenta mundos, Último round* y el testimonio de ese disparatado peregrinaje final por una autopista francesa, *Los autonautas de la cosmopista,* en los que volcó sus aficiones, manías, obsesiones, simpatías y fobias con un alegre impudor de adolescente. Estos tres libros son otros tantos jalones de una autobiografía espiritual y parecen marcar una continuidad en la vida y la obra de Cortázar, en su manera de concebir y practicar la literatura, como un permanente disfuerzo, como una jocosa irreverencia. Pero se trata también de un espejismo. Porque, a finales de los sesenta, Cortázar protagonizó una de esas transformaciones que, como lo diría él, solo-ocurren-en-la-literatura. También en esto fue Julio un imprevisible cronopio.

El cambio de Cortázar, el más extraordinario que me haya tocado ver nunca en ser alguno, una mutación que muchas veces se me ocurrió comparar con la que experimenta el narrador de «Axolotl», tuvo lugar, según la versión oficial —que él mismo consagró— en el mayo francés del 68. Se le vio entonces, en esos días tumultuosos, en las barricadas de París, repartiendo hojas volanderas de su invención, y confundido con los estudiantes que querían llevar «la imaginación al poder». Tenía cincuenta y cuatro años. Los dieciséis que le faltaba vivir sería el escritor comprometido con el socialismo, el defensor de Cuba y Nicaragua, el firmante de manifiestos y el *habitué* de congresos revolucionarios que fue hasta su muerte.

En su caso, a diferencia de tantos colegas nuestros que optaron por una militancia semejante pero por esnobismo u oportunismo —un *modus vivendi* y una manera de escalar posiciones en el establecimiento intelectual, que era y en cierta forma sigue siendo monopolio de la izquierda en el mundo de lengua española—, esta mudanza fue genuina, más dictada por la ética que por la ideología (a la que siguió siendo alérgico) y de una coherencia total. Su vida se organizó en función de ella, y se volvió pública, casi promiscua, y buena parte de su obra se dispersó en la circunstancia y en la actualidad hasta parecer escrita por otra persona, muy distinta de aquella que, antes, percibía la política como algo lejano y con irónico desdén. (Recuerdo la vez que quise presentarle a Juan Goytisolo: «Me abstengo —bromeó—. Es demasiado político para mí»). Como en la primera, aunque de una manera distinta, en esta segunda etapa de su vida dio más de lo que recibió, y aunque creo que se equivocó muchas veces —como aquella en que afirmó que todos los crímenes del estalinismo eran un mero *«accident de parcours»* del comunismo—, incluso en esas equivocaciones había tan manifiesta inocencia e ingenuidad que era difícil perderle el respeto. Yo no se lo perdí nunca, ni tampoco el cariño y la amistad, que —aunque a la distancia— sobrevivieron a todas nuestras discrepancias políticas.

Pero el cambio de Julio fue mucho más profundo y abarcador que el de la acción política. Yo estoy seguro de que empezó un año antes del 68, al separarse de Aurora. En 1967, ya lo dije, estuvimos los tres en Grecia, trabajando juntos como traductores. Pasábamos la mañana y la tarde sentados a la misma mesa, en la sala de conferencias del Hilton, y las noches en los restaurantes de Plaka, al pie de la Acrópolis, donde infaliblemente íbamos a cenar. Y juntos recorrimos museos, iglesias ortodoxas, templos, y, en un fin de semana, la islita de Hidra. Cuando regresé a Londres, le dije a Patricia: «La pareja perfecta existe. Aurora y Julio han sabido realizar ese milagro: un matrimonio feliz». Pocos días después recibí carta de Julio anunciándome su separación. Creo que nunca me he sentido tan despistado.

La próxima vez que lo volví a ver, en Londres, con su nueva pareja, era otra persona. Se había dejado crecer el cabello y tenía unas barbas rojizas e imponentes, de profeta bíblico. Me hizo llevarlo a comprar revistas eróticas y hablaba de marihuana, de mujeres, de revolución, como antes de *jazz* y de fantasmas. Había siempre en él esa simpatía cálida, esa falta total de la pretensión y de las poses que casi inevitablemente vuelven insoportables a los escritores de éxito a partir de los cincuenta años, e incluso cabía decir que se había vuelto más fresco y juvenil, pero me costaba trabajo relacionarlo con el de antes. Todas las veces que lo vi después —en Barcelona, en Cuba, en Londres o en París, en congresos o mesas redondas, en reuniones sociales o conspiratorias— me quedé cada vez más perplejo que la vez anterior: ¿era él? ¿Era Julio Cortázar? Desde luego que lo era, pero como el gusanito que se volvió mariposa o el faquir del cuento que luego de soñar con maharajás abrió los ojos y estaba sentado en un trono, rodeado de cortesanos que le rendían pleitesía.

Este otro Julio Cortázar, me parece, fue menos personal y creador como escritor que el primigenio. Pero tengo la sospecha de que, compensatoriamente, tuvo una vida más intensa y, acaso, más feliz que aquella de antes en la que, como escribió, la existencia se resumía para él en un libro. Por lo menos, todas las veces que lo vi me pareció joven, exaltado, dispuesto.

Si alguien lo sabe, debe ser Aurora, por supuesto. Yo no cometo la impertinencia de preguntárselo. Ni siquiera hablamos mucho de Julio, en estos días calientes del verano de Deyá, aunque él está siempre allí, detrás de todas las conversaciones, llevando el contrapunto con la destreza de entonces. La casita, medio escondida entre los olivos, los cipreses, las buganvilias, los limoneros y las hortensias, tiene el orden y la limpieza mental de Aurora, naturalmente, y es un inmenso placer sentir, en la pequeña terraza junto a la quebrada, la decadencia del día, la brisa del anochecer, y ver aparecer el cuerno de la luna en lo alto del cerro. De rato en rato, oigo desafinar una trompeta. No hay nadie por los alrededores. El sonido sale, pues, de ese cartel del fondo de la sala, donde un chiquillo larguirucho y lampiño, con el pelo cortado a lo alemán y una camisita de mangas cortas —el Julio Cortázar que yo conocí— juega a su juego favorito.

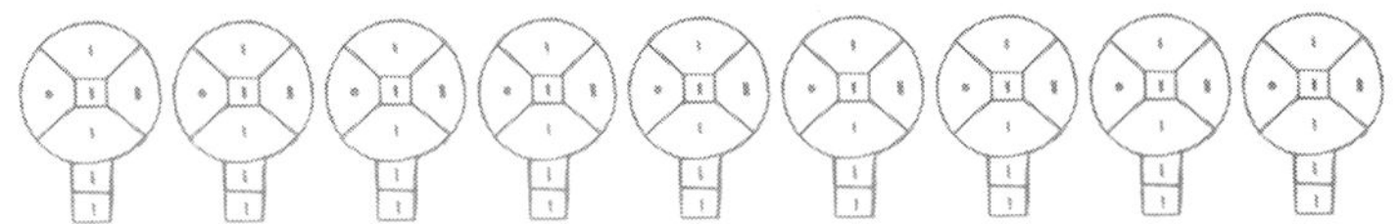

CARLOS FUENTES

JULIO CORTÁZAR Y LA SONRISA DE ERASMO*

I

Abundan en la obra de Cortázar lo que el autor argentino gustaba de llamar «los locos serenos». Esta es la genealogía de Erasmo. Los hombres, escribe Erasmo en el *Elogio de la locura,* son los seres que exceden sus límites. «Todos los demás animales se contentan con sus limitaciones naturales. Solo el hombre trata de dar el paso de más». Por ello, está loco. Tan loco como don Quijote tratando de vivir puntualmente cuanto ha leído, o Pierre Menard, en el cuento de Borges, intentando re-escribir, con la misma fidelidad, el texto de Cervantes. Tan locos como los Buendía, re-inventando la alquimia en *Cien años de soledad,* o como Talita y Traveler caminando por los tablones del manicomio en *Rayuela.*

Pues hay muchas maneras de estar loco y no todas ellas son una calamidad. He recordado la locura serena de un griego evocado por Horacio en una de sus epístolas y por Erasmo en *Moriae Encomium.* Este hombre estaba tan loco

---

* Texto del capítulo 12 del libro de Carlos Fuentes, *La gran novela latinoamericana,* Madrid, Alfaguara, 2011.

que se pasaba los días dentro de un teatro, riendo, aplaudiendo y divirtiéndose, porque creía que una obra se estaba representando en el escenario vacío. Cuando el teatro fue cerrado y el loco expulsado, este reclamó: «No me habéis curado de mi locura; pero habéis destruido mi placer y la ilusión de mi felicidad».

Un loco se ríe de otro loco, dice Erasmo, y cada uno le da placer al otro. Pero si observamos de cerca, veremos que el más loco es el que ríe más. Y quizás, el que ríe el último.

Los hijos de Erasmo van, así, del *Don Quijote* de Cervantes a «Pierre Menard, autor del *Quijote*», de Borges. En el camino, reconocemos a otras víctimas de una locura fascinante que acaban por engañar a un mundo fascinado. El tío Toby de *Tristram Shandy,* que en la novela de Laurence Sterne reproduce las campañas del duque de Marlborough en Flandes en su huerta de hortalizas, como si solo la miniatura de dos hileras de coliflor pudiese contener una locura política y militar que, de otra manera, sería insoportable. Jacques, el fatalista de Diderot, y su Amo, empeñados en recorrer las hosterías de Francia sin poder nunca iniciar o terminar una historia, condenados a ofrecerse y ofrecernos un repertorio de posibilidades infinitas para cada evento evocado, y siendo, por ello, más libres que la conciencia de su fatalidad. Encontramos a las nietas de don Quijote, la Catherine Morland de Jane Austen y la Emma Bovary de Gustave Flaubert, condenadas a creer, como don Quijote, en lo que leen: novelas de caballerías en la Mancha, novelas góticas en Bath, novelas románticas en Yonville. Reconocemos al Mister Micawber de Dickens, que confunde sus grandes esperanzas con las realidades de su vida manirrota; al príncipe Myshkin de Dostoievski, un idiota porque le da crédito a la parte buena del hombre; y al cura itinerante de Pérez Galdós, Nazarín, loco porque cree que cada ser humano puede ser Cristo en su vida diaria y que, en realidad, es el loco de San Pablo: «Dejad que aquel que parece sabio entre vosotros se vuelva loco, a fin de que finalmente se vuelva sabio», dice el apóstol en una de las epístolas a los corintios. Pues la locura de Dios es más sabia que toda la sabiduría de los hombres. ¿Es Dios el loco que ríe más y ríe el último?

Los hijos de Erasmo se convierten, en España y la América española, en los hijos de la Mancha, los hijos de un mundo sincrético, barroco, corrupto, animados por el deseo de manchar con tal de ser, de contagiar con tal de asimilar, de multiplicar las apariencias y las realidades, de duplicar las verdades e impedir que se instale un mundo ortodoxo, de la fe o de la razón, o un mundo puro, excluyente de la variedad cultural o nacional. Las armas de la ironía, el humor y la imaginación fueron, son y serán las del erasmismo en el contrapunto al mundo mítico, épico y utópico de la tradición hispanoamericana.

2

Dualidad de la verdad, ilusión de las apariencias, elogio de la locura. Este correctivo renacentista a la ortodoxia de la fe y la unidad del lenguaje, pero también a la dictadura de la razón y su lenguaje lógico, contribuyó, en la tradición novelística de Europa, a mantener vivos los valores del humanismo crítico de Erasmo de Rotterdam. Pero esta crítica humanista coincidió, naturalmente, con un apogeo de la afirmación del personaje de la novela, caracterizado hasta la minucia por Dickens, explorado hasta la entraña por Flaubert, descrito hasta el último pagaré por Balzac y hasta la última copa por Zola. El problema que se plantea, radicalmente, a partir de Kafka, es el de la muerte del personaje tradicional de novela, agotado por el sociologismo, el naturalismo, el psicologismo y otras virulencias realistas. Pero agotado, sobre todo, por la historia de nuestro tiempo: historia de crímenes cometidos en nombre de la felicidad y el progreso, que vació de contenido las promesas del humanismo renacentista, del optimismo dieciochesco y del progreso material de los siglos industrial y postindustrial.

Dickens sabe hasta el último detalle quién es Micawber. Flaubert sabe que él es Madame Bovary —y suponemos que Madame Bovary no sabe que ella es Flaubert—. Pero Samsa solo sabe que un día amanece convertido en insecto. El hombre de Kafka se ve en el espejo y descubre que ha perdido su cara. Nadie lo recuerda. Pero puede ser ejecutado porque es desconocido: porque es otro. Es la víctima de la dialéctica de la felicidad, de la perfectibilidad y el progreso, que fue la razón de ser de la modernidad.

Desde el corazón de la modernidad europea, un gran novelista poskafkiano, el checoslovaco Milan Kundera, asume lúcidamente la herencia de su compatriota, preguntándose: «¿Cuáles son aún las posibilidades del hombre en un mundo en el que las determinaciones externas se han vuelto tan aplastantes que los móviles interiores han dejado de tener peso alguno?». En Proust todavía, se trata, dice Kundera, de dar «el máximo de información sobre un personaje», conocer su pasado y otorgarle «una total independencia respecto al autor». Nada de esto es válido después de Kafka. En *El castillo* o *El proceso*, el mundo no se asemeja a ninguna realidad conocida; es solo «una posibilidad extrema y no realizada del mundo humano»; esto es lo que importa, no el pasado, el aspecto físico o las motivaciones psicológicas de los múltiples K de Kafka, que carecen de todos esos atributos de la novela realista del pasado.

Hay, sin embargo, una frase particularmente llamativa de Kundera en su *El arte de la novela,* en la que nos dice que «don Quijote es casi inimaginable como ser viviente». No obstante, pregunta Kundera: ¿existe un personaje más vivo que él? Tiene razón. Lo que pasa es que, con el tiempo, la figura de don Quijote se convirtió en arquetipo, portador, en el sentido junguiano, de la memoria y la imaginación tribales; encarnación imaginaria del subconsciente colectivo. Pero no siempre fue así. Ser inimaginable, dice Kundera: ¿qué era don Quijote antes de convertirse en arquetipo? Era una figura, como lo son hoy los antihéroes de Kafka o los no-personajes de Beckett; era un desamparo sorprendido, una empresa, una posibilidad. Los «innombrables», los llama Beckett. Las «figuras» las llamó ya Novalis: «Los hombres viajan por senderos distintos. Quienquiera que les siga y compare esta diversidad de caminos verá la aparición de maravillosas imágenes; son las figuras que parecen pertenecer al gran manuscrito del diseño».

Tenemos el sentimiento de haber agotado al personaje como carácter psicológico y descriptivo. Anhelamos nuevos arquetipos para nuestro mundo que ha perdido las máximas ilusiones del progreso, quedándose en la condena del crimen, aunque sin la salvación de la tragedia. Y nos enfrentamos, en todas las artes, a lo que hemos olvidado o todavía no sabríamos nombrar; las figuras de ese «gran manuscrito del diseño», que nadie ha leído por completo: el revés de la trama, la figura —Henry James— en el tapete.

Este sentimiento de la figura misteriosa, inacabada, nacida de la ruptura del personaje tradicional y sus signos; esta figura en estado de génesis o metamorfosis, es una de las realidades de la literatura contemporánea. Voy a limitarme a mirarla en la obra del escritor hispanoamericano que, de manera más explícita, une su obra a la exploración del personaje exhausto y de la figura evasiva. Me refiero a Julio Cortázar, en cuyas ficciones observamos constantemente la manera en que los arquetipos traducen a las figuras mediante nuevas formas de la memoria y de la imaginación.

3

Entre todas las maravillosas historias de Julio Cortázar —donde las casas son tomadas, paulatina aunque inexorablemente, por figuras olvidadas o inanimadas; donde la gente olvida su destino apenas se presenta a comprar sus boletos en las estaciones de ferrocarril; donde una galería comercial en Buenos Aires conduce a una galería comercial en París, con circulación en doble sentido; donde una figura sufre un accidente automovilístico en una ciudad europea y se encuentra enseguida sobre una mesa de operaciones que en realidad es una piedra de sacrificios en México; y donde una víctima de los aztecas se descubre a sí misma como una figura nueva en un inimaginable espacio blanco rodeado de hombres enmascarados con brillantes navajas blancas en las manos—; entre todas estas historias, quiero escoger la llamada *Instrucciones para John Howell.*

En ella, un inocente espectador en Londres descubre que no existen espectadores inocentes. Howell es compelido a entrar en la obra de teatro que está mirando porque la heroína de la pieza le murmura secretamente: «Ayúdame; van a matarme». Howell entiende estas palabras como una súplica para entrar en la vida de la mujer. Pero esto solo es posible si entra al escenario de la mujer.

La súplica de la mujer se convierte de esta manera en una instrucción —en una dirección de escena que decide la vida y la muerte de John Howell.

Escojo esta historia porque me parece la más precisa contraparte de la historia del loco en el teatro contada por Horacio y recogida por Erasmo. Pero ahora, nadie se atrevería a llamar «loco» a John Howell. Olvidado, separado, fuera del texto tradicional; desamparado, eso sí: figura naciente, no personaje concluido ni arquetipo asimilado. Figura nueva que, como todas las de Julio Cortázar, nos advierte, igual que Erasmo en el umbral de su modernidad, sobre las insuficiencias, peligros y comicidades de la *nuestra.*

El profesor mexicano Frank Loveland ha comentado que, irónicamente, los proyectos para el mundo de la naturaleza iberoamericana, el mundo rural, la pampa, la selva, la montaña, han venido de la ciudad. Le han sido impuestos por el mundo urbano moderno a un mundo rural visto como un universo primitivo. Esto es cierto del escritor-estadista argentino Domingo F. Sarmiento, pero también de novelistas contemporáneos como Rómulo Gallegos, Alejo Carpentier y Mariano Azuela, todos ellos portadores, convencidos como el venezolano, escépticos como el cubano, desolados como el mexicano, de proyectos de modernización. Como dije de Gallegos, todos son, empero, escritores —no solo ideólogos— que admiten la operación dialógica mediante la cual sus tesis son derrotadas. Esto es aún más cierto de Rulfo y García Márquez, puesto que sus visiones del «interior» nacieron de la empatía poética. En Cortázar, en cambio, no hay que establecer distancia alguna, pues se trata de un escritor plenamente urbano sorprendido criticando, desde adentro, a nuestras sociedades modernas.

Lo que Cortázar comparte con todos los escritores que acabo de citar es la necesidad de nombrar y de dar voz. Es una necesidad que se inicia con la relación entre el poder y el lenguaje, con la necesidad de arrancarle la palabra al poder (el Tlatoani, el Dueño de la Gran Voz: Moctezuma) y otorgársela a la mujer, la madre de sus hijos (Malinche y sus descendientes). Es una necesidad impuesta por los límites con que la épica, portadora del poder, pone sitio al mito, portador del lenguaje. En la época colonial, los poemas barrocos de Sor Juana y las crónicas del Inca Garcilaso recobraron las voces del silencio. Pero la revolución en la literatura moderna, especialmente en la novela del siglo XX, también permitió a los escritores de la América española y portuguesa descubrir y aplicar técnicas de lenguaje que aceleraron el proceso de darle más nombre y más voz al continente en gran parte anónimo y silencioso. No es necesario añadir que, lejos de ser una imitación gratuita de las técnicas de la ficción contemporánea, son estas las que, al explorar más de un tiempo, más de una cultura y más de un mito subyacente en Europa y Estados Unidos, descubrieron lo que los pueblos de la América ibérica supieron siempre, pero que sus escritores, orientados (occidentalizados) a las formas del realismo narrativo, no habían descubierto como nuestra realidad universal: el mito, la epopeya, el barroco, y la ironía, el humor, la sonrisa erasmiana frente a la posibilidad humana. Culturas múltiples portadoras de tiempos diferentes.

Esta imaginación crítica de la modernidad no tiene mejor representante en nuestra novela que el argentino Julio Cortázar.

La conjunción de textos tradicionales (los mitos prehispánicos, las crónicas de Indias) y novedades técnicas posrrealistas del Occidente (Joyce, Faulkner, Kafka, Broch,

Woolf) ha permitido potenciar como nunca antes el discurso narrativo de Iberoamérica, dando cabida a su pasado, su presente, sus aspiraciones, su multitud de tradiciones, su *heteroglosia:* los lenguajes en conflicto —europeos, indígenas, negros, mestizos— del continente. Todo ello nos permitió ensanchar y sacar a luz una multitud de realidades que no cabían en el estrecho túnel del realismo, e insertarlas en una visión histórica inseparable de los usos del lenguaje. La novela del Occidente pasó de la narrativa lineal, disparada al futuro y dicha en primera persona (la novela como la crónica del Yo, del Ego incluso: Stendhal; y no solo del Nombre sino del Re-Nombre: Montaigne; la narrativa de la Confesión personal: de San Agustín a Rousseau) a una perspectiva más colectiva, más plural, por vía de James Joyce y su recuperación, en *Ulises y Finnegan's Wake,* de la filosofía de Vico, con su amplia visión del lenguaje como una empresa popular, común, que se origina con las civilizaciones mismas. Civilización significa ante todo lenguaje, y el lenguaje es una creación social.

Por la naturaleza misma de su hipérbole física y de su carga histórica, la novela moderna de Iberoamérica incluye la voz única pero la trasciende constantemente. La conflación de voces es un procedimiento constante en García Márquez y en Vargas Llosa; las dimensiones colectivas de la memoria y la muerte son los verdaderos protagonistas de muchas narraciones de Rulfo; la dimensión cultural de los personajes es esencial en *Paradiso* de Lezama Lima, como lo es la fuerza épica, histórica, en Azuela, o la vasta impersonalidad de la selva y del río en toda una nómina de novelistas, de Rivera a Gallegos o a Carpentier.

Pero los dos argentinos, Borges y Cortázar, son quienes mejor señalan la universalidad del dilema. Borges lo trasciende dándole a sus relatos los rostros de civilizaciones enteras, vastas sumas de saber y pasajes instantáneos en el tiempo y el espacio. Pero Cortázar le da su dimensión más humana y dinámica. Cortázar se da perfecta cuenta de que el psicopersonaje del realismo ha muerto, pero se rehúsa a darle muerte al personaje sin rostro al que ahora contemplamos con una mezcla de horror y piedad. Cortázar maneja figuras, no personajes ni arquetipos, pero a sus figuras les da su verdadero poder, que es el poder de devenir, de estar siendo, de no acabar. Esta es la definición misma de la figura, en proceso de metamorfosis, siendo, estando, privada de su conformación tradicional. Cortázar, como ningún otro narrador contemporáneo en nuestra lengua, insufla a las figuras con una veneración incomparable, como la que requieren, para crecer, los frágiles retoños de un jardín.

Las casas, en las narraciones míticas de Cortázar, son tomadas; hay escaleras por las que solo se puede subir, y otras por las que solo se puede bajar, ventanas para mirar hacia fuera y otras, exclusivamente, para mirar hacia adentro; podemos, en un cuento de Cortázar, mirar nuestro propio rostro en un acuario, poseído de nuevo por la naturaleza, burlándose de nosotros, o podemos asistir a un teatro londinense, ver el primer acto arrellanados en la butaca, pasearnos durante el intermedio y entrar con desenfado al segundo acto, preguntándonos cuáles serán las palabras de nuestro diálogo...

Todo esto requiere, para ser narrado, un lenguaje extraordinariamente creativo y flexible. Cortázar tiene conciencia de ello, como lo demuestra en la novela que es, quizás, el repertorio más crítico e incitante de la modernidad urbana de la América española, porque se funda en la necesidad de inventar un lenguaje para nuestras vidas actuales. Un lenguaje que sea fiel a la premisa cortazariana, tal y como la enuncia Lezama Lima en su gran ensayo sobre

Rayuela: el hombre es creado incesantemente y es creador incesantemente.

4

La estructura literaria de *Rayuela,* dividida entre un allá, París, y un acá, Buenos Aires, diseña un juego de utopías que está en el origen de nuestra cultura. Si en el siglo XVI América fue la utopía de Europa, en el siglo XIX América devolvió el favor, convirtiendo a Europa en nuestra Utopía. No cualquier Europa, sin embargo, sino la Europa progresista, democrática, liberal que ya era, según nuestras ilusiones, lo que nosotros, a partir de la Independencia, íbamos a ser. Esto, como lo hicieron bien explícito Domingo Faustino Sarmiento, Esteban Echeverría y Victorino Lastarria, excluía a España, representante de un pasado oscurantista. La Europa moderna, en cambio, era la utopía que muchos iberoamericanos oponen a la «barbarie» campesina (Sarmiento) o al «negro invierno» colonial (Lastarria). Y aunque el repudio del pasado indio, agrario y español se extienda de México a Buenos Aires, es la Argentina el país que con más entusiasmo abraza la identificación salvadora con la utopía europea.

Concurren a ello el hecho de que en el Cono Sur los gobiernos republicanos independientes niegan la carga indígena y alimentan la inmigración europea. Las campañas de los generales Bulnes en Chile y Roca en Argentina tienen el propósito de exterminar o aislar a los indios. Son paralelas a las campañas contra los indios del *Far West* norteamericano. «Gobernar es poblar», dijo famosamente el ideólogo liberal argentino Juan Bautista Alberdi. Pero primero hay que despoblar las regiones indígenas, abriéndolas, en cambio, a la inmigración blanca. En 1869, la población de Argentina era de apenas dos millones de habitantes. Entre 1880 y 1905, casi tres millones de inmigrantes llegaron al país.

Estos ires y venires de la utopía americana y europea constituyen el trasfondo humorístico de *Rayuela.* Dos movimientos se encuentran en sus páginas, comentándose entre sí con ironía. Uno es el movimiento de la novela definida como desplazamiento, abandono del hogar, orfandad mítica, salida épica al mundo y regreso trágico al hogar. El comentario y los matices en torno a este viaje clásico son, lo hemos visto, el periplo inevitable de la novela moderna, en busca de la circularidad perdida, rebelándose contra la asimilación al tiempo futurizable y progresista de la modernidad: orinándose en su cuna. De Ulises a *Ulises,* de *Don Quijote* a *Lolita,* la novela desplaza, muda de lugar, se mueve en busca de otra cosa: del vellocino de oro de Jasón al vellocino sexual de la ninfeta de Nabokov. Novela es insatisfacción; la búsqueda de lo que no está allí (el oro de Stevenson y Dumas, la sociedad y la fama de Stendhal, el absoluto de Balzac, el tiempo de Proust, el reconocimiento de Kafka, los espacios de Borges, la novela de Faulkner, el lenguaje de Joyce). A fin de alcanzar lo que se busca, la novela da a su desplazamiento todos los giros imaginables: distorsión, cambio del objeto del deseo, reagrupamiento de la materia, sustitución de satisfactores, disfraz del sueño erótico convertido en sueño social, triunfo de la alusión reemplazada, traslación de la inmediatez a la mediatez. Desplazamiento: abandonar la plaza, alejarse del hogar, en busca de otra realidad: invención de América por Europa pero también de Europa por América.

Rayuela se inscribe con particular goce destructivo en la misma tradición de la cual proviene. Es una épica decidida a burlarse de la imposible circularidad trágica, sustituyéndola por una circularidad cómica.

Épica burlesca de unos argentinos que buscan su utopía en Europa, la circularidad de *Rayuela* se diseña como un juego infantil, que es una búsqueda del cielo lúdico pero, más allá del juego, aunque sin abandonarlo, es la búsqueda de una utopía: la Isla final, el kibutz del deseo, como las designa el autor. La conductora del juego es una mujer, la Maga. Pero ella misma es una ausencia; la novela se inicia con la pregunta de esa ausencia: «¿Encontraría a la Maga?». La mujer deseada, buscada, ausente, justifica tanto la peregrinación novelesca como la erótica. La Maga conduce el espíritu del desplazamiento, literal y metafórico, sobre los puentes del Sena (estando ella presente) o sobre unos tablones entre dos ventanas en un manicomio en Buenos Aires (estando ella ausente). Ausencia y presencia del personaje conductor. Lezama Lima ha hecho notar que, en *Rayuela,* Cortázar hace visible la manera como dos personajes, sin conocerse, pueden establecer el contrapunto —es decir, la dinámica— de una novela. Esta dinámica es la de una serie de idas y venidas, actuadas por dos series de expatriados: Oliveira y la Maga, argentinos exiliados en París, y en Buenos Aires, Talita y Traveler (a quien le daba rabia llamarse así, él que nunca viajaba), guardianes de manicomio, exiliados interiores y dobles de la Maga y Oliveira, a los que desconocen. Pero, cuando se conocen, se rebelan contra la novela que los contiene: se niegan a formar parte de ella.

Esta rebelión a partir de la coincidencia de los personajes es, en cierto modo, una celebración de su *desconocimiento* anterior; pero también un *reconocimiento* de su pertenencia a un universo verbal y su rechazo del mismo. La esencia cultural, social, histórica, digamos, de *Rayuela,* es la historia de un fracaso. Ni Oliveira y la Maga, en París, ni Traveler y Talita, en Buenos Aires, van a encontrar la utopía, el cielo de la rayuela.

En Buenos Aires, la utopía del inmigrante, la paradoja revelada por la literatura, es que la autenticidad de la Argentina es la falta de autenticidad; la realidad de la Argentina es una ficción y la esencia nacional de la Argentina es la imitación de Europa. Pero si Europa es la utopía, entonces, en Cortázar, el Occidente aparece como un baratillo de ideas usadas; la razón europea es un burdel de vírgenes, si esto fuese posible; la sociedad europea es «un callejón sin salida al servicio de la Gran-Infatuación-Idealista-Realista-Espiritualista-Materialista del Occidente, S. R. L.». De la historia, Oliveira *dice* que quizás haya un reino milenario, pero si alguna vez llegamos a él, ya no lo podremos *llamar* así; de la inteligencia, *dice* que el solo hecho de *hablar* sobre algo en vez de hacerlo demuestra que está mal; del amor, Oliveira *dice* que no puede ser vivido porque debe ser *nombrado.*

Historia, razón, inteligencia, amor son todos ellos no solo realidades, sino realidades verbales, dichas, en primer lugar, por el protagonista de una novela, Oliveira. ¿Quién querrá unirse a él en tan despiadada negación de una realidad que es imposible porque también lo es en el lenguaje del cual depende para manifestarse? Hacer visible *de otra manera:* quizá este es el objeto del desplazamiento de *Rayuela,* pero su autor está capturado en el mismo círculo vicioso que denuncia, en el mismo callejón sin salida del lenguaje correspondiente a una civilización en quiebra. ¿Qué puede hacer el narrador de *Rayuela* sino declararse, como lo hace, «en guerra con la palabra, en guerra, todo lo que sea necesario aunque haya que renunciar a la inteligencia»?

Renuncia, primero, al basurero de las palabras, a favor de los actos. Pero, escribir, ¿no es también una acción? ¿Dejar de escribir dejaría de ser para Oliveira una in-acción? Y como *escribe* Italo Calvino, ¿no es el culto de la acción, en primerísimo lugar, un viejísimo mito literario? Concedido: Oliveira deberá escribir a fin de que sus acciones sean descritas. Pero él lleva muy lejos la des-cripción para convertirla en des-escritura. Si no puede renunciar a la dicha y desdicha de decir, al menos lo hará des-escribiendo, ante nuestras miradas, una nueva novela que sea portadora de un contralenguaje y de una contrautopía. ¿Cómo? Llevando el lenguaje más allá de los personajes psicológicos, el realismo, el verismo psicológico, la fidelidad histórica y todas las otras convenciones de una tradición exhausta, la de la realidad denunciada en *Rayuela.* ¿Cómo? Permitiendo que en una novela, en vez de contar con todos los satisfactores del realismo social y del psicologismo compensatorio, nos contemplemos en el desamparo radical de las figuras en proceso de constituirse.

De allí, para volver al punto inicial de mi argumento, la brillante división formal de *Rayuela.* La primera parte, «Del lado de allá», París, es la verdadera patria, el modelo original, ¡ay!, pero sin los defectos del original argentino; la segunda parte, «Del lado de acá», es Buenos Aires, la patria falsa, ¡ay!, pero sin las perfecciones del original francés. Entre las dos orillas del puente, entre las dos ventanas del manicomio unidas por los tablones, hay un destierro, no solo como exclusión del espacio, sino también de tiempos. Poco tiempo en Europa, que ha tenido tanto. Todo el tiempo del mundo en Argentina, que tiene tan poca historia y en cambio es rica en «horarios generosos, casa abierta, tiempo para tirar por el techo, todo el futuro por delante, todísimo, vuf, vuf, vuf...».

Tener todo el tiempo del mundo es la más pobre de las riquezas; pero no tener tiempo porque ya lo gastamos, ya lo perdimos, es también un desamparo.

En este doble destierro, que también es un doble destiempo, comienzan a dibujarse las figuras desconocidas de *Rayuela.* Su presencia en la novela va acumulando cuanto han sido y llevan dicho. Pero, al cabo, solo serán viables —Oliveira, la Maga, Talita, Traveler— si se dan cuenta de que, como quiere Cortázar, aparte de nuestros destinos, formamos parte de figuras que aún desconocemos. Cortázar, en las palabras de Lezama Lima, destruye un espacio para construir un espacio; decapita el tiempo para que el tiempo salga con otra cabeza. Habiéndolo hecho, quizás ha cumplido con su parte y puede incitar a sus dos parejas, la de acá y la de allá, a entrar en la novela a condición de que no sean personajes tradicionales, sino parte de las figuras «que aún desconocemos».

¿Cómo formamos parte de las figuras desconocidas, que aún se están haciendo, nosotros, capturados en la historia, la razón, el amor, la acción y la pasividad, el lenguaje de las dos utopías enfermas? ¿Cómo, capturados, de este lado o de aquel, aquí o allá? ¿Cómo, sin embargo, hermanados al cabo en nuestro destierro —esta es la conciencia trágica de la comedia de *Rayuela*—, en esa misma historia, esa misma razón, ese amor...? ¿Cómo?

Cortázar propone dos caminos. El primero es más triste que el otro, pues es la avenida verbal: el reconocimiento de que solo con el lenguaje, burlado, criticado, insuficiente, mentiroso, podremos crear *otro* lenguaje, un antilenguaje, un contralenguaje. He hablado, citando a Lezama, del encuentro creador de las dos orillas, el lado de allá y el lado de acá, Europa y América, que siguió a la conquista. Lezama lo llama la contraconquista. Sobre *Rayuela,* el escritor cubano, tan cercano a Cortázar, nos hace ver, asimismo, que la novela está recorrida por «un idioma ancestral, donde están los balbuceos del jefe de la tribu». Este lenguaje tribal solemniza, *abueliza,* pertenece a la otra familia, la que aprieta desde abajo el tubo dentífrico. Pero la intuición de Lezama es que este lenguaje de la tradición, consagrado, honrado, acaso ceñido a la perfección del mármol que el propio Lezama invoca para identificar perfección, fijeza, inmovilidad, muerte, debe, como en *Paradiso,* precipitarse en la vida como en una alberca, y revelarse como un mero «balbuceo» frente al otro lenguaje, el de la nueva familia, la que se da cuenta de su espantoso desamparo filológico y responde a las leyes de la tribu con el lenguaje de la burla destemplada y de lo grotesco, desacralizando cualquier situación o diálogo.

Dos familias verbales, la solemne y la burlona, la ancestral y la gestante. Lezama tiene razón al decir que Cortázar posee el pulso necesario para regir las conversaciones en los dos idiomas, «entre el jefe de la tribu y el almirante náufrago». Marinero en tierra, Alberti, pero esta vez en una tierra singular entre todas: la pampa, retrato del horizonte, rostro sin rostro, ausencia de facciones, espacio en receso continuo ante la mirada, espacio-Tántalo de la Argentina. Allí cae de narices, con su gran cara de palo, Oliveira, Buster Keaton de la pampa, Colón sin océano, boca abajo sobre la más plana de las tierras, loco sereno de la tradición erasmista. ¿Qué piensa allí el loco sereno? ¿Cómo elogiará, a finales del segundo milenio, a la locura?

Quizás Oliveira, portador del primer lenguaje que lo dejó remando en tierra firme, inunda ahora la pampa con el océano verbal del segundo lenguaje. Su drama es que no puede renunciar a las palabras aun cuando se dispone a des-escribir, a ser des-escritor. No es el primer «escritor» en tal predicamento. En su famoso ensayo sobre Rabelais, Bajtín describe al *segundo* lenguaje como un lenguaje cómico, paródico, carnavalesco, una forma de mascarada verbal, un reprocesamiento cómico de todos los niveles del lenguaje. Pero la aparición de este segundo lenguaje cómico requería, como escribió Víktor Shklovski sobre el *Tristram Shandy* de Sterne, que su propio artificio sea revelado, que la técnica misma, la armazón, el esqueleto, la maquinaria de la novela se vuelvan evidentes. Al hacer patente la técnica misma de la novela, en contra de todos los buenos consejos de las abuelitas literarias, el novelista desampara su texto: lo revela como un texto sin refugio, tan a la intemperie como las figuras o su lenguaje balbuceante: «Almirantes náufragos». Pero solo de este desamparo radical pueden surgir, al cabo, las nuevas figuras, su nuevo lenguaje y su nuevo texto.

La lección de Shklovski es la de Cortázar en *Rayuela.* Su lenguaje de ritmos, onomatopeyas, retruécanos, neologismos y heteroglosia radical se opone a todas las formas del «buen gusto» literario. Lo motiva un hambre múltiple, pulsante. Cortázar creía que para desafiar a la sociedad, primero había que desafiar a la realidad. Y esto solo se hacía revelando las insatisfacciones desautorizadas, proyectando los deseos no dichos, admitiendo las bromas más escandalosas, retirando los tablones, re-escribiendo y re-ordenando el mundo, re-presentándolo en su esqueleto funcional, haciendo gala de la indiferencia a la ficción abuelizante del buen decir y el esconder la tramoya y el embelesar narrando. A la Sara García del buen gusto abuelesco, Cortázar le suelta una Scheherezade desnuda, fascinante, narrando desesperadamente para salvarse de la muerte. Primera novelista, contadora púbica, la he llamado en *Cristóbal Nonato,* Scherezade es la Maga y encuentra en *Rayuela* a su califa sin parné, su almirante en tierra, Oliveira. Entre los dos, para salvarse de la muerte común que les acecha, de esa vida que «se agazapa como una bestia de interminable lomo para la caricia» (Lezama), de ese dinosaurio que al despertar *sigue allí,* según la brevísima ficción de Augusto Monterroso, inventan esta novela y la ofrecen al mundo desnuda, desamparada, la materia de múltiples lecturas, no solo una: un texto que puede leerse, como lo indica su «Tablero de dirección», de mil maneras.

Oliveira, estando allí y acá, desamparado, gana su texto revelando que es un texto, una ficción, la urdimbre verbal de la cual acaso nazcan nuevas figuras, alargando la mano para tocar emociones y palabras aún no registradas. Pero haciendo todo esto en colaboración con el Lector. La cualidad elíptica de las narraciones de Cortázar es su manera de indicar que somos dueños de la posibilidad de reordenar la historia, invitando al lector, como la actriz de *Instrucciones para John Howell,* a entrar en la historia, crearla conmigo, ser corresponsable de la historia. Entrar, finalmente, al tiempo, invitar a los demás a entrar en mi tiempo. Entrar al tiempo del otro, más que a su espacio, es la mejor manera de conocer realmente al otro. Quizás la casa está tomada; pero fuera de ella podemos, sin refugio, compartir el tiempo en la calle. Solo conociendo al otro podemos todos —europeos e iberoamericanos— finalmente conocernos a nosotros mismos. Podemos ser nosotros solamente con los demás. Ganamos a la rayuela: vencemos a la utopía.

Pues si *Rayuela* es una invitación a re-crear el lenguaje de nuestra modernidad, detrás de su texto, empero, se levanta el espectro de cuanto hemos sido. Texto del contralenguaje de la América española, desciende de la contraconquista que a su vez responde a la conquista, desde la primera generación americana, con arquitectos, pintores, poetas, artesanos, memorialistas y utopistas; cocineros, bailarinas, cantantes, amantes...

Cortázar culmina, en cierto modo, el proyecto de la contraconquista creando este contralenguaje capaz de escribir, re-escribir y aun des-escribir nuestra historia. Su concepto ferozmente exigente de una modernidad iberoamericana se basa en el lenguaje porque fuimos fundados y luego corrompidos por el lenguaje del siglo XVI —América como utopía sin lugar o tiempo primero, como hacienda, fundo, estancia enseguida— y ahora deberemos expandir nuestro lenguaje, liberarlo de las ortodoxias y convertirlo en tiempo y espacio de una metáfora inclusivista, que dé admisión a todas las formas verbales, porque nosotros tampoco sabemos, como don Quijote, *dónde* se encuentra *la verdad.*

Pero si esta empresa de la modernidad ha de ser *más verdadera,* al cabo, que las anteriores de nuestra historia, ello solo será posible si, de nueva cuenta, admitimos en su seno la tradición erasmista, a fin de que el proyecto modernizante no se convierta en un nuevo absoluto, totalitarismo de izquierda o de derecha, beatería del Estado o de la empresa, modelo servil de una u otra «gran potencia», sino surtidor relativista, atento a la presencia de múltiples culturas en un nuevo mundo multipolar.

5

Erasmo sigue siendo, en muchos sentidos, el padre intelectual de la democracia en España y en Hispanoamérica. Es la liga entre el idealismo de Moro y el realismo de Maquiavelo. Admite, con Maquiavelo, que lo real y lo ideal rara vez coinciden sino que, más bien, constantemente difieren. Para la utopía, esta divergencia es insoportable. Pero Erasmo no es un utopista. Admite la divergencia, y solo quiere angostarla un poco, a fin de que la vida sea más vivible. Los escritores entienden bien a Erasmo. No es posible lograr una identidad total entre las palabras y las cosas. Y, acaso, semejante identidad no sea, ni siquiera, deseable. Pero el esfuerzo vale la pena. El intento de reunir las palabras y las cosas, aun cuando fracase siempre, crea una nueva y maravillosa realidad en el mundo: la obra de literatura.

Por todo ello asimilo a Julio Cortázar a la tercera gran tradición fundadora de nuestra cultura: la de Erasmo de Rotterdam. Lezama nota enseguida el divorcio que Cortázar hace suyo: la «grotesca e irreparable escisión entre lo dicho y lo que se quiso decir, entre el aliento insuflado en la palabra y su configuración en la visibilidad». Es la diferencia entre Maquiavelo y Moro, entre Topía y Utopía. Para evitar las trampas de los absolutos —esto *es,* esto *debe ser*— Cortázar nos presenta a un testigo de su operación intelectual: el loco sereno, un narrador irónico, el observador de la locura de Topía y Utopía, pero él mismo visto como un loco por ambas. Erasmo/Cortázar invita al lector, como dice Lezama, a saltar sobre el autor, formando un nuevo centauro. El lector, «castigado y favorecido por dos dioses a la vez, se queda ciego, pero se le otorga la visión profética». Los narradores (y las narraciones) de Cortázar, los más radicalmente modernos de la América española, se conectan sin embargo, por el atajo erasmista, a las prosas de nuestra fundación. Ajenos a la épica, participan de y enriquecen esa «visión profética» que se expresó, desde el origen, como un «bestiario de Indias». *Bestiario,* en efecto, se llama uno de los hermosos libros de cuentos de Cortázar, y en él encontramos la descendencia más reciente de lo que vieron, oyeron o soñaron Fernández de Oviedo, Pedro Mártir, Juan de Cárdenas, Gutiérrez de Santa Clara, López de Gomara y otros cronistas de Indias: leviatanes y sirenas, lobos marinos, manatíes con tetas de mujer y tiburones con dos vergas...

El bestiario fantástico de Cortázar incluye conejitos blancos vomitados a deshoras; ajolotes que nos miran, con nuestro propio rostro, desde los acuarios municipales; y aun animaciones bestiales como un suéter del que nunca jamás podemos desprendernos; o un acompañante inmencionable que lo mismo puede ser persona, cosa o animal...

Lo notable de este bestiario es que sabemos que nos está mirando. Nos observa y en esto se asemeja a las presencias más significativas de la narrativa cortazariana: los locos serenos, de estirpe erasmiana, que están allí para poner en tela de juicio todos los proyectos de la razón, de la historia y sobre todo del lenguaje apenas se sientan satisfechos de sí mismos y picados por el deseo de imponerse como la Verdad a los demás.

El licenciado Juan Cuevas, don Ceferino Piriz el célebre orate uruguayo, la pianista y pudibunda ninfómana Berthe Trépat, ese viejo temible que acaricia una paloma en el descenso a la morgue... Todos estos locos solitarios y serenos miran las aventuras de la lógica y de su portador, el lenguaje, y hacen signos de advertencia. Interrumpen la acción, la multiplican con su sinrazón irónica, su elogio de la locura, su insatisfacción permanente, su búsqueda de lo que no está allí, conduciéndonos al aparente desenlace de *Rayuela,* la odisea de la búsqueda de la Maga por Oliveira y el encuentro con Talita, la doble de la Maga, en Buenos Aires. Pero la doble de la Maga —«lógicamente»— está acompañada del doble de Oliveira, el sedentario Traveler, que solo se había movido de la Argentina «para cruzar a Montevideo». Las figuras que antes no se conocían se conocen y ponen en jaque la existencia misma del libro que las contiene: *Rayuela.* Ignorándose, promovieron la dinámica inicial de la novela. Al conocerse, amenazan con precipitarla hacia lo que la niega, es decir: la conclusión, inaceptable para la novela abierta que Cortázar está escribiendo ante nuestros ojos. Al conocer a su doble, Oliveira tiene que *actuar,* sus opciones son el asesinato o la locura. De otra manera, habría que aceptar que nuestra vida, al no ser singular, carece de valor y de sentido; que otro, que soy yo, piensa, ama y muere por mí y que acaso soy yo el doble de mi doble y solo vivo su vida.

Oliveira intenta el asesinato por el terror. No un verdadero asesinato, pues matar al doble sería suicidarse, sino un atentado que abra las puertas de la locura. O, por lo menos, que haga creer a los demás que uno se volvió loco y queda, por ello, dispensado de actuar, incluso de esa acción disfrazada que es la escritura. Muertos para los demás, dejamos de ser el doble de nadie o de tener duplicación alguna. La locura, en la medida en que es una des-aparición, una in-visibilidad, mata también al doble, privado de su modelo. Allí, en el manicomio, se puede creer que los locos serenos, Juan Cuevas o Ceferino Piriz, son tan dignos de atención intelectual como Aristóteles o Heidegger: ¿qué hacen, al cabo, sino multiplicar la realidad inventando cuanto les parece que falta en el mundo? ¿Y qué ha hecho la novela? ¿Y qué ha hecho el novelista que ha hecho la novela que ha hecho a Oliveira que ha hecho a su doble que ha hecho un loco de Oliveira?

¿Encontraría a la Maga? Oliveira, convencido de que «un encuentro casual era lo menos casual de nuestras vidas», ha decidido recorrer este inmenso periplo, de París a Buenos

Aires, de una rayuela a otra, en busca de lo que, al cabo, él mismo llama «una concreción de nebulosa»: la Maga. La nebulosa concreta, claro está, es la novela misma, la niebla, la *nivola* o *nubela* de Unamuno: «¿Encontraría a la Maga?»: la magia de la nube, la Maga de la nebulosa, es la búsqueda de la Maga, o sea, la búsqueda de la novela. Incapaz de cerrarla, porque no ha encontrado a la Maga y no hay novela sin la Maga. Oliveira, desde su manicomio rioplatense, nos refiere al «Tablero de dirección» que nos remite, a su vez, a una reiniciación de la novela, búsqueda, multiplicación de la realidad e insatisfacción perpetua, por el atajo de un capítulo 62 donde el *alter ego* de Cortázar, Morelli, teoriza sobre la novela y abre dos caminos: uno, el de acompañar para siempre a Oliveira en su búsqueda de la Maga; otro, el de escribir la siguiente novela abierta: *62, modelo para armar.*

Y en medio, solo unos momentos de ternura leve, escuchando con los ojos cerrados un disco de *jazz,* oyendo «el fragor de la luna apoyando contra su oreja la palma de una pequeña mano un poco húmeda por el amor o por una taza de té». *Il faut tenter de vivre.*

Julio Cortázar y *Rayuela* colocan a la novela
hispanoamericana en el umbral mismo
de la novela potencial: la novela por
venir de un mundo culturalmente
insatisfecho y diverso.

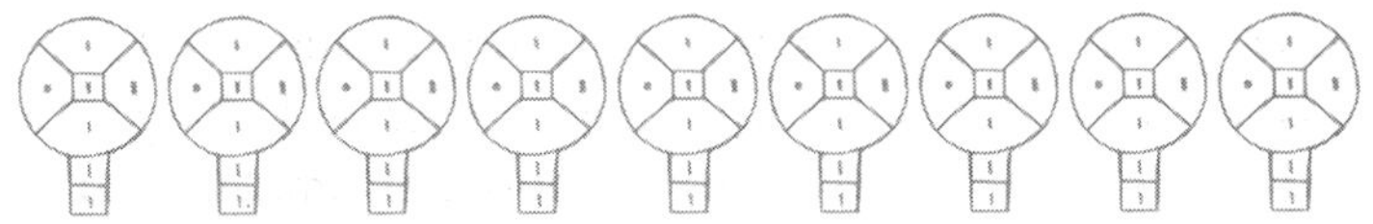

Sergio Ramírez

EL QUE NUNCA DEJA DE CRECER

I

Mi primer encuentro con Julio Cortázar ocurrió en abril de 1976, en San José de Costa Rica, donde yo vivía por entonces. Llegaba él para dictar un ciclo de conferencias en la sala mayor del Teatro Nacional, invitado por el recién fundado Colegio de Costa Rica, una iniciativa de la entonces ministra de Cultura Carmen Naranjo. Ernesto Cardenal, que también se hallaba allá, lo invitó a visitar Solentiname, el archipiélago del Gran Lago de Nicaragua donde Ernesto tenía su comunidad religiosa.

En su cuento «Apocalipsis en Solentiname» Julio relata ese viaje: «Sergio y Óscar y Ernesto y yo colmábamos la demasiado colmable capacidad de una avioneta Piper Aztec, cuyo nombre será siempre un enigma para mí pero que volaba entre hipos y borborigmos ominosos mientras el rubio piloto sintonizaba unos calipsos contrarrestantes y parecía por completo indiferente a mi noción de que el azteca nos llevaba derecho a la pirámide del sacrificio. No fue así, como puede verse, bajamos en Los Chiles y de ahí un jeep igualmente tambaleante nos puso en la finca del poeta José Coronel Urtecho, a quien más gente haría bien en leer...» [Cortázar: 1997, 96-97].

Óscar es el cineasta costarricense Óscar Castillo. En la pista aérea de Los Chiles nos recibió el coronel Urtecho, que vivía en retiro en la finca Las Brisas, junto al río San Juan, y de allí fuimos por lancha, navegando las aguas del lago, hasta Mancarrón, la mayor de las islas del archipiélago, donde estaba establecida la comunidad. Era un sábado. Fue un viaje clandestino, porque pasamos de lejos el control militar del puerto de San Carlos, un poblado en la confluencia del río San Juan con el lago. Nunca se enteró Somoza de aquella visita de Julio Cortázar a Nicaragua, en perpetuo estado de sitio.

Como eran tiempos ya de conspiraciones, Julio conoció ese rumor subterráneo de rebeldía que empezaba a crecer desde lo hondo del país, cansado ya de una dictadura dinástica de medio siglo, una rebeldía que tres años después barrería esa dictadura y pondría en marcha una revolución, la última revolución triunfante del siglo XX en América Latina.

Al día siguiente, Ernesto celebró su misa dominical a la que acudían en bote los campesinos de todo el archipiélago. Era una misa dialogada. Después de la lectura del evangelio se abría una plática entre todos los asistentes para comentarlo. Ese domingo tocaba el prendimiento de Jesús en el huerto (Mateo 26, 36-56). La conversación está transcrita en el libro *El Evangelio en Solentiname,* que reúne el registro de los diálogos de las misas a lo largo de varios años.

Quienes tomaron la palabra esa mañana eran en su mayor parte muchachos que luego se hicieron guerrilleros, y cayeron en la lucha casi todos. Las construcciones de la comunidad, aun la iglesia, fueron más tarde incendiadas y arrasadas por el ejército de Somoza.

Cuando Ernesto lee el pasaje de las treinta monedas que recibe Judas por entregar a Jesús, Julio comenta: «El evangelista estaría usando una metáfora; como nosotros también la usamos cuando alguien se vende al enemigo, y decimos que se vendió por treinta monedas». Luego de que doña Olivia, una campesina, dice que el dinero es la sangre de los pobres, Ernesto agrega que Somoza es dueño de una compañía llamada Plasmaféresis S. A. que compra la sangre a los menesterosos para vender luego el plasma en el extranjero, y que a la compañía le quedan varios millones de ganancia cada año. «De ganancia líquida», comenta Julio, «es un negocio vampiresco».

Después viene el pasaje en que Pedro desenvaina su espada y corta la oreja a uno de los sicarios, y Jesús le dice que quienes pelean con la espada morirán por la espada. Un mandamiento que resulta comprometido, en tiempos en que se gesta la rebelión contra Somoza. Yo digo entonces que Jesús ha elegido un método de lucha que es su propia muerte. No quiere que otros se interpongan impidiéndole convertir su muerte en un símbolo. Oscar Castillo opina que no tenía objeto pelear porque estaban de todos modos perdidos. Entonces dice Cortázar: «Sí, yo estoy de acuerdo con lo que dice Oscar, que fue una decisión táctica que había que tomar en ese momento para que sobrevivieran los discípulos, si no, los hubieran matado a todos. Si los discípulos no hubieran huido, hoy día no existiría esto», y al decir «esto» recorre con la mirada la humilde iglesia rural de blancas paredes desnudas, piso de tierra y techo de tejas de barro.

A continuación lee Ernesto: «¿No sabes que podría pedirle a mi Padre, y él me enviaría ahora mismo más de doce legiones de ángeles? Pero, en ese caso, ¿cómo se cumplirían las escrituras, que dicen que tiene que suceder así?». Y Julio: «Es un pasaje muy, muy oscuro, que habría que analizar en relación con el resto del evangelio. Pero es evidente que toda la vida de Jesús va cumpliendo una tras otra las profecías que se han hecho de él; digamos que él es fiel a las profecías, a un plan preconcebido; entonces no puede dejar de cumplir la última, que es su muerte. Sería un contrasentido de su parte pedir que vengan doce divisiones de ángeles, no lo puede hacer, no quiere hacerlo».

Yo digo que Jesús está advirtiendo que no se puede confiar todo a los ángeles, que los ángeles no tienen nada que ver con las luchas terrenas, como la del pueblo de Nicaragua contra Somoza. Entonces dice Julio: «Una interpretación sumamente tendenciosa, me parece». Y yo: «Ni él mismo creía que pudieran venir doce divisiones de ángeles a ayudarlo». Cortázar: «Quién sabe, en aquella época los ángeles eran muy eficaces, porque intervienen frecuentemente en la Biblia». Yo: «En el Antiguo Testamento, no en el Nuevo». Y Cortázar: «Del Nuevo no estoy tan seguro, pero en el Antiguo su eficacia está comprobada».

En ese mismo cuento, «Apocalipsis de Solentiname», Julio habla de las fotos que tomó a los cuadros primitivos pintados por los campesinos: las islas nutridas de verdura, las aguas azules del lago surcadas por barquitos. Luego, haciendo ese sesgo peculiar de sus cuentos, donde la realidad cede de manera imprevista, y natural, el paso a lo extraordinario, cuenta que ya de regreso en París, cuando tras revelar los rollos proyecta una noche en su apartamento las diapositivas a colores, en la pantalla, en lugar de aquellos cuadros inocentes empiezan a aparecer escenas del horror diario de la América Latina, el cono sur y Centroamérica igualados en barbarie, un coche que estalla, prisioneros encapuchados, torturados, cadáveres mutilados.

Pero hay algo aún más singular. Julio está entrando entonces por primera vez a Nicaragua, y a Centroamérica. Y el horror narrado no queda, como pudiera esperarse de un cuento que al fin de cuentas tiene un sentido político, en denunciar nada más la represión brutal de las dictaduras militares, sino, y he aquí lo singular, denuncia, episodio principal de la trama, el asesinato del poeta salvadoreño Roque Dalton, ejecutado en la clandestinidad por sus propios compañeros de armas tras un juicio sumario, acusado de ser agente de la CIA. La acusación de ser agente de la CIA iba más allá de la ejecución física. Pretendía también la ejecución moral.

Este es un punto crucial en lo que se refiere a la conducta de Julio frente a los nuevos movimientos revolucionarios en Centroamérica, que es el escenario del continente donde se libraba entonces la lucha armada. Comienza a ser una conducta de antemano crítica, y no está dispuesto a dejar pasar desapercibido un crimen que muchos años más tarde pretendió justificarse como un «error de juicio».

Después, tras el triunfo de la revolución, sus visitas a Nicaragua, hasta antes de su muerte, fueron constantes. En su retiro del balneario de El Velero, en la costa del Pacífico, estaba con Carol Dunlop cuando recibieron los resultados de los exámenes médicos que marcaban la suerte irremediable de Carol. En la mesa de noche del hospital en París donde Julio murió, había un tomo de poesías de Rubén Darío, tal como lo atestiguó otro poeta salvadoreño, Roberto Armijo. Julio escribió todo un libro sobre su relación con Nicaragua, *Nicaragua tan violentamente dulce,* y Carol publicó un libro de fotos sobre Nicaragua, *Llenos de niños los árboles*.

Estuvimos juntos en el acto de nacionalización de las minas celebrado en Siuna en octubre de 1979, un acto histórico de proclamación de soberanía. Fue su primera visita pública, digamos oficial, a Nicaragua. Les habían robado en Panamá los pasaportes, a él y a Carol, y entraron en Managua con pasaportes nicaragüenses en el avión que hasta hacía pocos meses había pertenecido a Somoza. Julio se sentó en el asiento que solía ocupar Somoza, un asiento que según sus recuerdos olía al cuero de que estaba forrado.

A Siuna fuimos en un avión militar de la desaparecida fuerza aérea de Somoza, un avión de bancas transversales y que parecía más bien un autobús destartalado. En un pedazo de una bolsa de mareo, entre los sobresaltos del vuelo de regreso, me escribió:

Sergio: nunca dejaré de agradecerte que me hayas permitido la oportunidad de volar en un avión con una escoba. Por si no lo creés, la escoba está junto al asiento de Carol.

Estuvieron ambos en la vigilia de Bismuna junto con otros escritores, entre ellos su amiga de toda la vida Claribel Alegría, una vigilia destinada a mostrar respaldo en contra de las amenazas de agresión militar que el gobierno de Reagan lanzaba todos los días.

Y fuimos juntos, también, a actos de entrega de títulos de reforma agraria en varias comarcas del departamento de Rivas, y a la inauguración de una microempresa. Eso fue en octubre de 1983. Julio lo recuerda en un «Minidiario» recogido en *Papeles inesperados:*

Si al marqués de Sade le hubieran gustado las microempresas —y esto se prestaría a muchos juegos de palabras—, merecería ser el dueño de la de Güiscoyol, porque han instalado la tribuna de frente al sol de las tres de la tarde, nos sientan en una fila de sillas como que fueran a fusilarnos (¿ustedes sabían que en alguno de nuestros países se tenía esta delicada atención para que el condenado estuviera más cómodo?) y ahora los discursos me parecen maratones, las obras completas de Balzac, las arengas de Fidel, con el sol empujándome la cara, juro que es cierto, moriré convencido que la teoría corpuscular de la luz es la única verdadera, qué ondas ni qué ocho cuartos, son piedras, hermano. Y otra vez tragos pero al sol, y yo agarro mi cerveza y encuentro un árbol perdido por allí y le digo que es mi árbol, que lo amo apasionadamente, no sea cosa que se me vaya de golpe, puede pasar en este país de locos. Y la cerveza está caliente, para decirlo todo..., cambio delicioso y merecido una hora más tarde: Sergio inspecciona una fábrica para procesamiento de langostinos y camarones, donde los enormes hangares tienen por lo menos el aire de ser frescos..., vuelvo a subir al horrendo jeep un poco menos muerto que antes, pero el turco me espera con el palo encebado y mi único consuelo es Vlad V, el príncipe rumano que se vengó de los turcos empalando a diez mil de ellos y de paso originó la leyenda de Drácula...» [Cortázar: 2009, 344].

Y fuera de Nicaragua, desde París, fue un defensor oficioso de la revolución en artículos de prensa, en comparecencias de televisión donde quiera que fuese necesario, en Barcelona, o en Londres. Tengo la impresión de que las causas se tomaban más en serio que ahora, o es que las causas han cambiado de naturaleza. Julio, como Carlos Fuentes, o como José Saramago, fue defensor de causas muy a la manera de Voltaire, el primer defensor ciudadano de la historia. Y ya no quedan muchos de esa especie en extinción.

2

Para los escritores de mi generación en América Latina, la década de los sesenta abrió más de una perspectiva, porque fue una década de retos, desafíos e interrogantes como ninguna otra del siglo XX. Entrar en el universo de la escritura precisaba de héroes literarios, como siempre ha ocurrido, y de íconos envejecidos a los que destronar, como siempre ha ocurrido también. Pero más allá de ese ámbito de preferencias y rechazos en la literatura, campeaba la rebeldía frente al orden establecido y frente a los modos imperantes de vida, y el hecho de escribir no se separaba de la idea de acción para trastocar el mundo.

Es obvio que teníamos frente a nosotros la realidad de nuestros países marginados donde todo estaba por cambiar, pero aspirábamos no solo a un cambio de la realidad, sino también de todos aquellos usos de conducta social e individual que eran parte de la realidad de miseria y atraso. Un solo frente de rebeldía.

Los años sesenta fueron vertiginosos. Los *roaring twenties,* esos años veinte que ensalzó José Coronel Urtecho, se le quedaron cortos. La muerte del Che Guevara en Bolivia en 1967 le dio un resplandor ético a la ansiedad por un mundo nuevo que debía levantarse sobre los escombros del otro que creíamos despedirnos, al que los Beatles habían puesto la primera carga de profundidad con su primer álbum en 1962.

Era a ese mismo mundo nuevo abierto en el horizonte al que Julio Cortázar venía a dar las reglas de juego con la publicación de *Rayuela* un año después, en 1963. Esas reglas consistían, antes que nada, en no aceptar ninguno de los preceptos de lo establecido, y poner al mundo patas arriba de la manera más irreverente posible, y sin ninguna clase de escrúpulos o concesiones.

Hablando con la nostalgia de toda edad pasada que siempre fue mejor, a menos que aceptemos la petición de principios del filósofo nicaragüense Alejandro Serrano, de que todo futuro fue mejor, diría que entonces las causas, aquellas por las que manifestarse y luchar eran reales, podían tocarse con la mano. Se vivía en una atmósfera radical, en el mejor sentido de la palabra, un radicalismo implacable que compartían viejos como Bertrand Russell. Los principios eran entonces letra viva y no como hoy, reliquias a exhumar. La palabra *causa* tenía un aura sagrada.

En los sesenta estaba de por medio la lucha por los derechos civiles de los negros en Estados Unidos, la guerra de Vietnam, las dictaduras en Grecia, en América Latina, o en España y Portugal, la lucha por la descolonización en Asia y en África. Un solo gran concierto de rock como el de Woodstock podía interpretar toda esa rebeldía espiritual. Y aun el envejecimiento de las universidades, que se habían vuelto momias crepusculares, era una causa por la cual salir a las calles.

Las jornadas de rebeldía en las calles de París en la primavera de 1968, y la masacre de estudiantes en la plaza de Tlatelolco en México en octubre de ese mismo año tuvieron como detonante la obsolescencia académica, para transformarse después en reclamos por el cambio a fondo de la sociedad anquilosada y mentirosa.

El espíritu de Julio Cortázar flotaba sobre esas aguas revueltas de la historia que los cronopios querían tomar por asalto, porque los seres humanos quedaban implacablemente divididos en cronopios, esperanzas y famas.

La rebeldía juvenil se encarnizaba contra los modos de ser, y también contra los modos de andar por la vida, porque se trataba de un cuestionamiento a fondo, no de doble fondo. El mundo anterior no servía, se había agotado. Sistemas arcaicos, verdades inmutables. Patria, familia, orden, la buena conducta, los buenos modales, las maneras de vestir. Y no era solamente un asunto de nada más cambiar la moda, melenas largas, alpargatas, y boinas de fieltro con una estrella solitaria. Todos queríamos ser cronopios, nos burlábamos de los esperanzas y repudiábamos a los famas.

Rayuela planteaba antes de nada la destrucción sistemática de todo el catálogo de valores de Occidente, sin hacer propuestas. Se quedaba en una operación de demolición, y no aspiraba a más, porque en las respuestas estaba ya el error. Las propuestas políticas de Julio Cortázar vinieron después, frente a Cuba primero, luego frente a Nicaragua, y casi nunca estuvieron contenidas en sus escritos literarios, salvo en *Libro de Manuel*, o en los cuentos de *Alguien que anda por ahí,* pero sí en su conducta ciudadana. La conducta, hoy tan extraña también, de un escritor con creencias, y capaz de defenderlas.

Y mucho tuvo Julio que enseñarnos sobre ese viaje en el filo de la navaja, cuando el escritor que se compromete no debe comprometer su propia escritura de invención. La libertad de escribir era como la de los pájaros que vuelan largas distancias en perfecta formación, dijo en Managua en febrero de 1983, al recibir la Orden de la Independencia Cultural «Rubén Darío» que le otorgaba la revolución. Cambian de lugar constantemente en la formación, aunque son siempre los mismos pájaros. Un símil de la libertad del escritor.

A lo mejor, en los tiempos de *Rayuela,* su propuesta verdadera más valiosa se quedó siendo el terrorismo verbal, que conducía de la mano a la inconformidad perpetua. Pero eso es algo con lo que al fin y al cabo no pueden compadecerse las revoluciones una vez en el poder, porque, ley inexorable, la rebeldía que dio vida al ideal absoluto de libertad termina no pocas veces en esclerosis y los héroes convertidos en caudillos, y así la salamandra del pasado termina mordiéndose la cola, diría Morelli. Las utopías reglamentadas se vuelven siempre pesadillas. Un viaje, a veces rápido, desde los sueños a los malos sueños, y de allí a los pésimos sueños.

Viéndolo bien, la rebeldía perpetua del Che, huyendo de todo aparato de poder terrenal y buscando siempre un teatro nuevo de lucha, venía a parecerse mucho a la persecución que de sí mismo hace con todo virtuosismo Horacio Oliveira en *Rayuela*. La rebeldía inagotable como propuesta ontológica.

No en balde estos íconos de los años sesenta de que hablo se quedaron jóvenes en la memoria, como sucede siempre con los héroes verdaderos, que nunca envejecen. Jóvenes necesariamente según la más estricta de las reglas de canonización de los héroes, la de Joseph Campbell. No hay héroes decrépitos. Los Beatles, ya se sabe que nunca envejecieron y siempre los veremos lo mismo en las carátulas de sus discos, sobre todo después del asesinato de John Lennon, que lo arrebató a esa categoría imperecedera del olimpo juvenil. Los dioses, que siempre mueren jóvenes. Y junto con los Beatles, el Che mirando en lontananza, el héroe al que el poder ya no puede nunca contaminar, ni disminuir.

Por eso Julio es también un joven que no envejece, como tampoco, según la leyenda, dejó nunca de crecer. Y es que, en realidad, no ha dejado nunca de crecer. Ni de hacerse más joven. Viene de atrás hacia delante, botando años por el camino hasta quedarse en una figura de adolescente que se va haciendo niño, como aquel personaje, Isaac McCaslin, en la novela de William Faulkner *Desciende, Moisés*.

3

Cuando *Rayuela* fue publicada en Buenos Aires en 1963, Julio Cortázar tenía entonces cincuenta años, con lo que podemos decir que la novela más experimental, novedosa y provocadora que se escribió en los tiempos del *boom* fue la obra de alguien que a los ojos adolescentes de mi generación era ya mayor. La novela juvenil de un señor que aparentaba ser joven. O no dejaba de ser joven.

Lo experimental, lo que parece desmedido porque rompe las reglas o se burla de ellas, se vuelve corriente un día porque ya es clásico, y viene a convertirse en un modelo que se cuela de manera imperceptible en la escritura del futuro. Esa es mi sensación al abrir otra vez las tapas negras de mi vieja edición de *Rayuela.* Apagado el ruido de la novedad de los capítulos intercambiables, o suprimibles, el léala como quiera y pueda, lo que permanece es la majestad de la prosa, única capaz de hacer sobrevivir un libro a través de las edades.

«¿Encontraría a la Maga...?». De los libros inolvidables uno aprende de memoria al menos el primer párrafo, o esa lectura nunca existió, se la llevó el agua del tiempo en su fluir incesante. Y el comienzo de *Rayuela* puede leerse ya, pasado más de medio siglo, como el de cualquier otro de los libros clásicos que vuelven siempre a la memoria envueltos en su propio resplandor, esas felices epifanías de la lectura que nos reencuentran con el milagro.

Podíamos, podemos, leerla como mejor nos viniera, nos venga, en gana. Como una elegía porque desde la primera página la Maga es evocada de manera tan doliente igual que Neruda evoca a la Maligna en el «Tango del viudo»; como la saga épica de un viaje urbano incesante, Horacio Oliveira perdido en los meandros de París como Leopoldo Bloom en los de Dublín; oírla correr como un río metafísico que arrastra aforismos filosóficos vueltos al revés; un tratado de *jazz* con lo que también es una novela de fantasmas impenitentes; o la desaforada *roman comique* de partirse de risa que propone Morelli, uno de los alter egos de Cortázar, porque allí en ese mundo peripatético todos los personajes son alter egos suyos, novela de mamadera de gallo, catálogo crítico de esperpentos y cursilerías, antinovela, desnovela, contranovela, metanovela, paranovela, quién no iba a sentirse entonces seducido al ver las piezas del juguete dispersas por el suelo y al niño cejijunto aquel tan grande con las manos llenas de grasa tratando de colocar bielas y manivelas en el sitio que no era, igual que una vez lo había hecho muerto de risa aquel viejo clérigo Laurence Sterne en las páginas de *Tristam Shandy.*

Para los nostálgicos que aprendimos en las páginas de *Rayuela* a despreciar el orden establecido y a cuidarnos de la trasgresión de escribir en papel rayado y apretar el tubo de pasta dentífrica desde abajo, cabe una pregunta: ¿habrá envejecido *Rayuela* junto con todos nosotros? Es una pregunta generacional y hay que tomarla así.

He indagado entre los escritores jóvenes que se abren camino en este siglo XXI de tan pocas certezas y demasiadas incertidumbres, si reconocen en ella su atrevido sentido de ruptura, la narración siempre al borde del abismo, el lector que atraviesa la cuerda floja en persecución del novelista que va por delante balanceando la pértiga en busca de esa alternancia perturbadora entre lo cómico, la inefable Berthe Trépat, y lo trágico, la muerte del niño Rocamadour en el sórdido amanecer de París mientras sesiona en el Club de la Serpiente.

Algunos coinciden plenamente conmigo, otros me han dicho que lo que pasa es que *Rayuela* fue a mi generación lo que *Los detectives salvajes* de Bolaño es a las nuevas, una biblia laica de enseñanzas acerca de cómo romper todos los platos de la alacena con el mayor escándalo posible, pero a fin de cuentas se trata de dos generaciones distintas. Puede ser, aunque en la literatura que no perece hay necesariamente bastante más. Hay literatura, querido paremiológico y apodíctico Perogrullo.

No eran tiempos de sosiego cuando apareció *Rayuela,* y tampoco era una novela tranquila para leer en un fin de semana y luego ponerla en su lugar del estante y olvidarla. Era, en cambio, un animal extraño que se quedaba rondando por los libreros, meneaba inquieto la cola y te enseñaba los dientes, se masturbaba delante de las visitas y se meaba en la vajilla. Un libro poco inocente que a manera de epígrafe anuncia máximas, consejos y preceptos particularmente útiles a la juventud en busca de contribuir a la reforma de las costumbres en general; te ponía necesariamente en guardia: ojo que aquí hay gato encerrado de esos que solo tienen tres pies.

Desde Erasmo y Cervantes la locura es un arma moral de carácter letal, y Cortázar la empleaba a fondo. La locura, hermana siamesa de la risa que por su parte es un remedio infalible, ya lo advertía *Selecciones del Reader's Digest.* Hay que entrar a *Rayuela* por la puerta de la risa, suelo decir a mis jóvenes amigos, y nadie se perderá en el camino. Es, en verdad, toda una epopeya cómica.

Rayuela, nuestra biblia de tapas negras, insisto, no contenía propuestas políticas ni redentoras en aquellos dorados años sesenta cuando lo que abundaba eran llaves ideológicas maestras, y también ganzúas, para abrir todas las puertas del futuro socialista. Los ácratas del Club de la Serpiente, Oliveira a la cabeza, en cambio, se paseaban despreocupados por un paisaje ontológico en el que las preguntas, a veces poco cuerdas, exigían más preguntas y no respuestas. Y el mismo Cortázar está conforme en que *Rayuela* es «el agujero negro de un enorme embudo», de esos por los que se van al mismo tiempo preguntas y respuestas.

Y regreso a mi catálogo nostálgico de aquellos años sesenta: *Rayuela* tuvo su sitial en medio de la humareda y de los ruidos que aún no se apagan del concierto de Woodstock, los gritos de histeria que recibían a los Beatles en los escenarios, las protestas por la guerra de Vietnam, las marchas por la igualdad racial en Estados Unidos, el fin de los regímenes coloniales, los movimientos de liberación en Argelia y el Congo, las calles de París en mayo y la plaza de Tlatelolco en octubre de 1968. Frantz Fanon y el Che, Janis Joplin y Martin Luther King, los Beatles y Ben Bella, Bob Dylan y Patricio Lumumba, los Rolling Stones y Malcolm X. Háganle un lugar a Cortázar.

Sin los sesenta nada de lo que estaba por venir en mi vida hubiera sido posible, ni lo que me tocó vivir ni lo que me ha tocado escribir. Aprendí la más lúcida de las compatibilidades, que se podía ser escritor y revolucionario, convertirse desde el principio en alguien que piensa y que a la vez hace, y encuentra que su sensibilidad para escribir es la misma que le sirve para pensar que otro mundo es posible, en la realidad y en la narración. Tierra y cielo, el yin y el yang, para eso estaban las ciencias esotéricas orientales y los mantras de *Rayuela.*

Ser joven era una carga pesada y seria, las apariencias engañan si solo nos fijamos en los anteojos a lo John Lennon. Estaban allí las barricadas que cerraban la calle pero abrían el camino, como anunciaban los grafitis en las paredes de La Sorbona. Era necesario explorar sistemáticamente el azar, decían también los grafitis, una frase que parece del repertorio de Morelli alias Cortázar.

Sin los sesenta no habría setenta, otra vez, querido Perogrullo, sin esa explosión de locura y esperanzas no hubiese habido revolución en Nicaragua, todos esos ríos azarosos y revueltos que fueron a dar a la mar, que es el vivir. Los guerrilleros en sus escondites leían *Rayuela* y leían *La ciudad y los perros,* el *boom* extendía su onda expansiva hasta las catacumbas e inflamaba a su modo las hogueras; un primo mío comandante guerrillero se puso por seudónimo «Aureliano», por Aureliano Buendía, y otro que era campesino vino a llamarse directamente Macondo porque lo copió del nombre de una cantina, así trabaja la patafísica. A nadie hubiera extrañado ver a un Ixca Cienfuegos con el fusil en la mano porque todos andábamos en busca de la región más transparente del aire.

Entre dictaduras militares y golpes de Estado, mediocridad cultural y gobiernos corruptos, gastada retórica oficial y malos escritores embalsamados, opresión económica y opresión cultural, Cuba sí, yanquis no y fuera alianza para el progreso y cuerpos de paz, *Rayuela* era el manual de reglas para patear culos, útil para quienes en aquellos años fervorosos empezábamos a la vez el camino de la acción política y el de la acción literaria.

No me pregunten si eso producía de verdad buena literatura perdurable que ese no es el caso, pero hubo poetas muy jóvenes y muy buenos como Leonel Rugama, quien murió en Managua combatiendo solitario contra un batallón de soldados desde el balcón de una casa de seguridad, y otros, como Otto René Castillo, cayeron en las montañas de Guatemala, y aún otro, Roque Dalton, ya hablamos de él, fue asesinado por sus propios compañeros de lucha en El Salvador, entre otras cosas porque era irreverente y se reía demasiado de las jerarquías cerradas del partido.

Cortázar colocó cargas de dinamita en toda aquella armazón fosilizada, aunque, insisto, *Rayuela* nunca fue una novela política, ni tenía una sola línea que examinada aun con lupa pudiera tomarse como un lema o consigna de adoctrinamiento. Era nada más la rebeldía en estado puro, la inconformidad como un nido de ladillas.

4

Salman Rushdie, en su libro *La sonrisa del jaguar,* el relato de su visita a Nicaragua en el año de 1986, habla de su sorpresa porque en los mercados de Managua, el nombre de Cortázar, el autor de «la diabólicamente esotérica y complicada *Rayuela*», hubiera llegado a ser popular entre las gordas mujeres de delantal que servían la comida en las largas mesas comunales. Allí comió Julio alguna vez.

No es, por supuesto, que las mercaderas de Managua leyeran *Rayuela,* como si fueran personajes sacados de *Paradiso* de Lezama Lima, o como de verdad lo hacían los guerrilleros en la clandestinidad. Es que el nombre de Cortázar había llegado a sus oídos por razones políticas. Desde luego, Cortázar era ese defensor fervoroso de la revolución que de alguna manera había ayudado a detonar con aquella novela todo un catálogo de ajustes de cuentas.

¿Por qué un guerrillero habría de leer *Rayuela?* Porque *Rayuela*, insisto, fue un libro para jóvenes, un libro de iniciación. Para construir, ya se sabe, es necesario primero destruir, ir a fondo en el cuestionamiento, insistir en las preguntas. Incesantes preguntas. La conducta, hoy tan extraña, de un escritor con creencias, y capaz de defenderlas, aun a riesgo de parecer ingenuo frente a la majestad no siempre benévola de los sistemas políticos, o frente a quienes prefieren atrincherarse en la neutralidad, a cubierta de todo riesgo.

Y en este punto quería desembocar. Alguien podrá preguntarse si Cortázar fue crítico de la frustrada revolución nicaragüense. Yo no diría que crítico, sino vigilante. Si durante la década de poder se acumularon errores, la verdad es que los pecados capitales fueron cometidos después de la derrota electoral de 1990, cuando todo el código de valores éticos fue malversado y el heroísmo de muchos se convirtió en rapiña.

Y de todas maneras, a Julio le tocó vivir los primeros años de la revolución, esos años en que los sueños aún no daban paso a las pesadillas. Pero si de algo estoy seguro, es de que Julio encontró en Nicaragua en aquellos años primeros la frescura y la libertad de conducta, la improvisación, el desenfado, la ausencia de formalidades, y las inspiraciones, que para entonces en Cuba ya no existían.

La revolución planteaba un modelo que no presuponía un partido único, ni medios de comunicación únicos, ni un pensamiento único. Ni una estética, ni un arte, ni una literatura únicos. Se ensayaba la diversidad, que poco a poco fue entrando en riesgo, en la medida que la guerra de agresión crecía con toda su brutalidad de muerte y ruina. Pero al fin y al cabo, el fin del período de los diez años de revolución fue marcado por unas elecciones libres y limpias, algo que Julio ya no vio.

Seguramente habría aplaudido esa decisión de respetar la voluntad popular. Pero no quiero especular sobre lo que Julio hubiera hecho o no hubiera hecho. Y no quisiera pensar en su decepción al ver lo que quedó de la revolución después de aquel sueño de cambio que él acompañó desde el principio.

NOTA AL TEXTO

La presente edición de *Rayuela* reproduce el texto de la primera (Buenos Aires, Sudamericana, 1963), en el entendimiento de que corresponde al diseño final que el autor quiso dar a la novela, cumplidas las numerosas revisiones, ajustes, añadidos y supresiones que había realizado sobre el manuscrito, tarea de la que da minuciosa cuenta la edición crítica coordinada por Julio Ortega y Saúl Yurkievich (Colección Archivos, 1991).

Es sabido que los procedimientos técnicos utilizados por Cortázar en *Rayuela* coadyuvan en un intento por romper, entre otros, con los aspectos estructurales clásicos de la novela. El proceso se advierte desde las innumerables irregularidades lingüísticas, que atraviesan todos los niveles del idioma, y las inesperadas interrupciones del discurso, hasta páginas en las que convergen voces de distintas obras en una alternancia de renglones que deben leerse salteados para encontrarles el sentido, cuando no se impone una disparatada irregularidad gráfica. En uno de sus muchos recursos lúdicos, el autor manipula el material lingüístico haciendo convivir las variedades del español: el peninsular, el americano, la modalidad argentina y porteña, el léxico lunfardo, y distintos registros sociolectales, con persistente atención a los rasgos de la oralidad. Menudean además elementos de un verdadero corpus plurilingüe —acaso procedentes del oficio de traductor— que culmina la invención de su ingenioso glíglico. Estas características nos han instado a intervenir mínimamente en el texto; así, por ejemplo, los numerosos extranjerismos crudos, aun aquellos posteriormente adaptados y asumidos por nuestra lengua, conservan la forma en que Cortázar los escribió, como deliberado y en su momento eficaz recurso expresivo. También se ha conservado la puntuación presente en la primera edición, y solo se ha actualizado la acentuación según las normas establecidas por la *Ortografía* académica de 2010.

Como textos complementarios, la edición recoge la reproducción facsimilar del *Cuaderno de bitácora*, publicado en edición de Ana María Barrenechea [Barrenechea: 1983], de cuyo manuscrito, conservado en la Biblioteca Nacional Mariano Moreno de Buenos Aires, se llevó a cabo la transcripción que acompaña al facsímil y que procura, hasta donde ha sido posible, rescatar las palabras, frases o párrafos tachados. El *Cuaderno*, en la caracterización de Barrenechea:

> No es en realidad un verdadero borrador, o sea una primera redacción de una historia novelesca. Es un conjunto heterogéneo de bosquejos de varias escenas, de dibujos, de planes de ordenación de los capítulos (como índices), de listas de personajes, algunos con acotaciones (predicados) que los definen, de propuestas de juegos con el lenguaje, de citas de otros autores (en parte para los capítulos prescindibles); rasgos positivos y negativos de los argentinos, meditaciones sobre el destino del hombre, la relación literatura-vida, lenguaje-experiencia, y aun fragmentos no muy extensos que parecen escritos «de un tirón» y que luego pasarán a la

novela ampliados o con escasas modificaciones. En resumen, un diario que registra el proceso de construcción de *Rayuela* con ciertas lagunas. [Barrenechea: 1983, 9]

Numerado de la página 1 a la 139, el *Cuaderno de bitácora* tiene 20 páginas en blanco, de las que solo se reproducen aquellas que en su vuelto o recto tienen contenido, con el propósito de no desvirtuar la disposición —páginas enfrentadas— del original. Algunas de estas páginas llevan la anotacion «No va», comentario incluido por Barrenechea para su edición de 1983 en aquellas que no pensaba reproducir.

JULIO CORTAZAR

9

8

7

RAYUELA

4

2 3

1

EDITORIAL SUDAMERICANA

El juego de la rayuela, practicado en los cinco continentes, y conocido también como infernáculo del cielo y la tierra (amarelinha, avión, avioncito, bebeleche, bebientuloche, cabezote, cajón, calderón, caracol, cascayu, castro, charranca, china, chula, cirimoño, colache, coroneja, descanse, descanso, eixarranca, fondo, golosa, guiso, luche, mamaleche, mariola, mariquita, mebeleche, mocha, muñeca, nonet, pachocle, palet, patarra, pati, peletre, peña, peregrina, peregrina sin él, pica, picarona, pichi, pieza, pique, pisao, pisé, pita, pon, sambori, semana, tanga, tángana, tangara, teje, tella, tocalé, tocaté, tranco, trúcamelo, trúcamelo en dos, truque, truquemé, tuncuna, txingo, xarranca, xinga, ziriguizo), consiste en deslizar suavemente un tejuelo hasta el Cielo, pasando, sin detenerse, por encima del Infierno.

«La rayuela se juega con una piedrita que hay que empujar con la punta del zapato. Ingredientes: una acera, una piedrita, un zapato, y un bello dibujo con tiza, preferentemente de colores. En lo alto está el Cielo, abajo está la Tierra, es muy difícil llegar con la piedrita al Cielo, casi siempre se calcula mal y la piedra sale del dibujo. Poco a poco, sin embargo, se va adquiriendo la habilidad necesaria para salvar las diferentes casillas [...], lo malo es que justamente a esa altura, cuando casi nadie ha aprendido a remontar la piedrita hasta el Cielo, se acaba de golpe la infancia y se cae en las novelas». (p. 276)

RAYUELA

TABLERO DE DIRECCIÓN

A su manera este libro es muchos libros, pero sobre todo es dos libros. El lector queda invitado *a elegir* una de las dos posibilidades siguientes:

El primer libro se deja leer en la forma corriente, y termina en el capítulo 56, al pie del cual hay tres vistosas estrellitas que equivalen a la palabra *Fin*. Por consiguiente, el lector prescindirá sin remordimientos de lo que sigue.

El segundo libro se deja leer empezando por el capítulo 73 y siguiendo luego en el orden que se indica al pie de cada capítulo. En caso de confusión u olvido, bastará consultar la lista siguiente:

73 - 1 - 2 - 116 - 3 - 84 - 4 - 71 - 5 - 81 - 74 - 6 - 7 - 8 - 93 - 68 - 9 - 104 - 10 - 65 - 11 - 136 - 12 - 106 - 13 - 115 - 14 - 114 - 117 - 15 - 120 - 16 - 137 - 17 - 97 - 18 - 153 - 19 - 90 - 20 - 126 - 21 - 79 - 22 - 62 - 23 - 124 - 128 - 24 - 134 - 25 - 141 - 60 - 26 - 109 - 27 - 28 - 130 - 151 - 152 - 143 - 100 - 76 - 101 - 144 - 92 - 103 - 108 - 64 - 155 - 123 - 145 - 122 - 112 - 154 - 85 - 150 - 95 - 146 - 29 - 107 - 113 - 30 - 57 - 70 - 147 - 31 - 32 - 132 - 61 - 33 - 67 - 83 - 142 - 34 - 87 - 105 - 96 - 94 - 91 -

82 - 99 - 35 - 121 - 36 - 37 - 98 - 38 - 39 - 86 - 78 - 40 - 59 - 41 - 148 - 42 - 75 - 43 - 125 - 44 - 102 - 45 - 80 - 46 - 47 - 110 - 48 - 111 - 49 - 118 - 50 - 119 - 51 - 69 - 52 - 89 - 53 - 66 - 149 - 54 - 129 - 139 - 133 - 140 - 138 - 127 - 56 - 135 - 63 - 88 - 72 - 77 - 131 - 58 - 131

Con objeto de facilitar la rápida ubicación de los capítulos, la numeración se va repitiendo en lo alto de las páginas correspondientes a cada uno de ellos.

Y animado de la esperanza de ser particularmente útil a la juventud, y de contribuir a la reforma de las costumbres en general, he formado la presente colección de máximas, consejos y preceptos, que son la base de aquella moral universal, que es tan proporcionada a la felicidad, espiritual y temporal de todos los hombres de cualquiera edad, estado y condición que sean, y a la prosperidad y buen orden, no solo de la república civil y cristiana en que vivimos, sino de cualquiera otra república o gobierno que los filósofos más especulativos y profundos del orbe quieran discurrir.

Espíritu de la Biblia y moral universal, sacada del Antiguo y Nuevo Testamento. Escrita en toscano por el abad Martini con las citas al pie: Traducida en castellano por un clérigo reglar de la congregación de San Cayetano de esta corte. Con licencia. Madrid: Por Aznar, 1797.

Siempre que viene el tiempo fresco, o sea al medio del otonio, a mí me da la loca de pensar ideas de tipo eséntrico y esótico, como ser por egenplo que me gustaría venirme golondrina para agarrar y volar a los paíx adonde haiga calor, o de ser hormiga para meterme bien adentro de una cueva y comer los productos guardados en el verano o de ser una bívora como las del solójico, que las tienen bien guardadas en una jaula de vidrio con calefación para que no se queden duras de frío, que es lo que les pasa a los pobres seres humanos que no pueden comprarse ropa con lo cara questá, ni pueden calentarse por la falta del querosén, la falta del carbón, la falta de lenia, la falta de petrolio y tamién la falta de plata, porque cuando uno anda con biyuya ensima puede entrar a cualquier boliche y mandarse una buena grapa que hay que ver lo que calienta, aunque no conbiene abusar, porque del abuso entra el visio y del visio la dejeneradés tanto del cuerpo como de las taras moral de cada cual, y cuando se viene abajo por la pendiente fatal de la falta de buena condupta en todo sentido, ya nadie ni nadies lo salva de acabar en el más espantoso tacho de basura del desprastijio humano, y nunca le van a dar una mano para sacarlo de adentro del fango enmundo entre el cual se rebuelca, ni más ni meno que si fuera un cóndoR que cuando joven supo correr y volar por la punta de las altas montanias, pero que al ser viejo cayó parabajo como bombardero en picada que le falia el motor moral. ¡Y ojalá que lo que estoy escribiendo le sirbalguno para que mire bien su comportamiento y que no searrepienta cuando es tarde y ya todo se haiga ido al corno por culpa suya!

César Bruto, *Lo que me gustaría ser a mí si no fuera lo que soy* (capítulo: «Perro de San Bernaldo»).

DEL LADO DE ALLÁ

Rien ne vous tue un homme comme
d'être obligé de représenter un pays.
JACQUES VACHÉ, carta a André Breton.

I

¿Encontraría a la Maga? Tantas veces me había bastado asomarme, viniendo por la Rue de Seine, al arco que da al Quai de Conti, y apenas la luz de ceniza y olivo que flota sobre el río me dejaba distinguir las formas, ya su silueta delgada se inscribía en el Pont des Arts, a veces andando de un lado a otro, a veces detenida en el pretil de hierro, inclinada sobre el agua. Y era tan natural cruzar la calle, subir los peldaños del puente, entrar en su delgada cintura y acercarme a la Maga que sonreía sin sorpresa, convencida como yo de que un encuentro casual era lo menos casual en nuestras vidas, y que la gente que se da citas precisas es la misma que necesita papel rayado para escribirse o que aprieta desde abajo el tubo de dentífrico.

Pero ella no estaría ahora en el puente. Su fina cara de translúcida piel se asomaría a viejos portales en el *ghetto* del Marais, quizá estuviera charlando con una vendedora de papas fritas o comiendo una salchicha caliente en el Boulevard de Sébastopol. De todas maneras, subí hasta el puente, y la Maga no estaba. Ahora la Maga no estaba en mi camino, y aunque conocíamos nuestros domicilios, cada hueco de nuestras dos habitaciones de falsos estudiantes en París, cada tarjeta postal abriendo una ventanita Braque

I o Ghirlandaio o Max Ernst contra las molduras baratas y los papeles chillones, aun así no nos buscaríamos en nuestras casas. Preferíamos encontrarnos en el puente, en la terraza de un café, en un cineclub o agachados junto a un gato en cualquier patio del barrio latino. Andábamos sin buscarnos pero sabiendo que andábamos para encontrarnos. Oh, Maga, en cada mujer parecida a vos se agolpaba como un silencio ensordecedor, una pausa filosa y cristalina que acababa por derrumbarse tristemente, como un paraguas mojado que se cierra. Justamente un paraguas, Maga; te acordarías quizá de aquel paraguas viejo que sacrificamos en un barranco del Parc Montsouris, un atardecer helado de marzo. Lo tiramos porque lo habías encontrado en la Place de la Concorde, ya un poco roto, y lo usaste muchísimo, sobre todo para meterlo en las costillas de la gente en el metro y en los autobuses, siempre torpe y distraída y pensando en pájaros pintos o en un dibujito que hacían dos moscas en el techo del coche, y aquella tarde cayó un chaparrón y vos quisiste abrir orgullosa tu paraguas cuando entrábamos en el parque, y en tu mano se armó una catástrofe de relámpagos fríos y nubes negras, jirones de tela destrozada cayendo entre destellos de varillas desencajadas, y nos reíamos como locos mientras nos empapábamos, pensando que un paraguas encontrado en una plaza debía morir dignamente en un parque, no podía entrar en el ciclo innoble del tacho de basura o del cordón de la vereda; entonces yo lo arrollé lo mejor posible, lo llevamos hasta lo alto del parque, cerca del puentecito sobre el ferrocarril, y desde allí lo tiré con todas mis fuerzas al fondo de la barranca de césped mojado mientras vos proferías un grito donde vagamente creí reconocer una imprecación de *walkyria*. Y en el fondo del barranco se hundió como un barco que sucumbe al agua verde, al agua verde y procelosa, a *la mer qui est plus félonesse en été qu'en hiver,* a la ola pérfida, Maga, según enumeraciones que detallamos largo rato, enamorados de Joinville y del parque, abrazados y semejantes a árboles mojados o a actores de cine de alguna pésima película húngara. Y quedó entre el pasto, mínimo y negro, como un insecto pisoteado. Y no se movía, ninguno de sus resortes se estiraba como antes. Terminado. Se acabó. Oh, Maga, y no estábamos contentos. I

¿Qué venía yo a hacer al Pont des Arts? Me parece que ese jueves de diciembre tenía pensado cruzar a la orilla derecha y beber vino en el cafecito de la Rue des Lombards donde Madame Léonie me mira la palma de la mano y me anuncia viajes y sorpresas. Nunca te llevé a que Madame Léonie te mirara la palma de la mano, a lo mejor tuve miedo de que leyera en tu mano alguna verdad sobre mí, porque fuiste siempre un espejo terrible, una espantosa máquina de repeticiones, y lo que llamamos amarnos fue quizá que yo estaba de pie delante de vos, con una flor amarilla en la mano, y vos sostenías dos velas verdes y el tiempo soplaba contra nuestras caras una lenta lluvia de renuncias y despedidas y tickets de metro. De manera que nunca te llevé a Madame Léonie, Maga; y sé, porque me lo dijiste, que a vos no te gustaba que yo te viese entrar en la pequeña librería de la Rue de Verneuil, donde un anciano agobiado hace miles de fichas y sabe todo lo que puede saberse sobre historiografía. Ibas allí a jugar con un gato, y el viejo te dejaba entrar y no te hacía preguntas, contento de que a veces le alcanzaras algún libro de los estantes más altos. Y te calentabas en su estufa de gran caño negro y no te gustaba que yo supiera que ibas a ponerte al lado de esa estufa. Pero todo esto había que decirlo en su momento, solo que era difícil precisar el momento de una

I cosa, y aún ahora, acodado en el puente, viendo pasar una pinaza color borravino, hermosísima como una gran cucaracha reluciente de limpieza, con una mujer de delantal blanco que colgaba ropa en un alambre de la proa, mirando sus ventanillas pintadas de verde con cortinas Hansel y Gretel, aún ahora, Maga, me preguntaba si este rodeo tenía sentido, ya que para llegar a la Rue des Lombards me hubiera convenido más cruzar el Pont Saint Michel y el Pont au Change. Pero si hubieras estado ahí esa noche, como tantas otras veces, yo habría sabido que el rodeo tenía un sentido, y ahora en cambio envilecía mi fracaso llamándolo rodeo. Era cuestión, después de subirme el cuello de la canadiense, de seguir por los muelles hasta entrar en esa zona de grandes tiendas que se acaba en el Chatelet, pasar bajo la sombra violeta de la Tour Saint Jacques y subir por mi calle pensando en que no te había encontrado y en Madame Léonie.

Sé que un día llegué a París, sé que estuve un tiempo viviendo de prestado, haciendo lo que otros hacen y viendo lo que otros ven. Sé que salías de un café de la Rue du Cherche-Midi y que nos hablamos. Esa tarde todo anduvo mal, porque mis costumbres argentinas me prohibían cruzar continuamente de una vereda a otra para mirar las cosas más insignificantes en las vitrinas apenas iluminadas de unas calles que ya no recuerdo. Entonces te seguía de mala gana, encontrándote petulante y malcriada, hasta que te cansaste de no estar cansada y nos metimos en un café del Boul'Mich' y de golpe, entre dos medialunas, me contaste un gran pedazo de tu vida.

Cómo podía yo sospechar que aquello que parecía tan mentira era verdadero, un Figari con violetas de anochecer, con caras lívidas, con hambre y golpes en los rincones. Más tarde te creí, más tarde hubo razones, hubo Madame Léo-

nie que mirándome la mano que había dormido con tus I
senos me repitió casi tus mismas palabras. «Ella sufre en alguna parte. Siempre ha sufrido. Es muy alegre, adora el amarillo, su pájaro es el mirlo, su hora la noche, su puente el Pont des Arts». (Una pinaza color borravino, Maga, y por qué no nos habremos ido en ella cuando todavía era tiempo).

Y mirá que apenas nos conocíamos y ya la vida urdía lo necesario para desencontrarnos minuciosamente. Como no sabías disimular me di cuenta enseguida de que para verte como yo quería era necesario empezar por cerrar los ojos, y entonces primero cosas como estrellas amarillas (moviéndose en una jalea de terciopelo), luego saltos rojos del humor y de las horas, ingreso paulatino en un mundo-Maga que era la torpeza y la confusión pero también helechos con la firma de la araña Klee, el circo Miró, los espejos de ceniza Vieira da Silva, un mundo donde te movías como un caballo de ajedrez que se moviera como una torre, que se moviera como un alfil. Y entonces en esos días íbamos a los cineclubs a ver películas mudas, porque yo con mi cultura, no es cierto, y vos pobrecita no entendías absolutamente nada de esa estridencia amarilla convulsa previa a tu nacimiento, esa emulsión estriada donde corrían los muertos; pero de repente pasaba por ahí Harold Lloyd y entonces te sacudías el agua del sueño y al final te convencías de que todo había estado muy bien, y que Pabst y que Fritz Lang. Me hartabas un poco con tu manía de perfección, con tus zapatos rotos, con tu negativa a aceptar lo aceptable. Comíamos hamburgers en el Carrefour de l'Odéon, y nos íbamos en bicicleta a Montparnasse, a cualquier hotel, a cualquier almohada. Pero otras veces seguíamos hasta la Porte d'Orléans, conocíamos cada vez mejor la zona de terrenos baldíos que hay más allá del Boulevard

1 Jourdan, donde a veces a medianoche se reunían los del Club de la Serpiente para hablar con un vidente ciego, paradoja estimulante. Dejábamos las bicicletas en la calle y nos internábamos de a poco, parándonos a mirar el cielo porque esa es una de las pocas zonas de París donde el cielo vale más que la tierra. Sentados en un montón de basuras fumábamos un rato, y la Maga me acariciaba el pelo o canturreaba melodías ni siquiera inventadas, melopeas absurdas cortadas por suspiros o recuerdos. Yo aprovechaba para pensar en cosas inútiles, método que había empezado a practicar años atrás en un hospital y que cada vez me parecía más fecundo y necesario. Con un enorme esfuerzo, reuniendo imágenes auxiliares, pensando en olores y caras, conseguía extraer de la nada un par de zapatos marrones que había usado en Olavarría en 1940. Tenían tacos de goma, suelas muy finas, y cuando llovía me entraba el agua hasta el alma. Con ese par de zapatos en la mano del recuerdo, el resto venía solo: la cara de doña Manuela, por ejemplo, o el poeta Ernesto Morroni. Pero los rechazaba porque el juego consistía en recobrar tan solo lo insignificante, lo inostentoso, lo perecido. Temblando de no ser capaz de acordarme, atacado por la polilla que propone la prórroga, imbécil a fuerza de besar el tiempo, terminaba por ver al lado de los zapatos una latita de Té Sol que mi madre me había dado en Buenos Aires. Y la cucharita para el té, cuchara-ratonera donde las lauchitas negras se quemaban vivas en la taza de agua lanzando burbujas chirriantes. Convencido de que el recuerdo lo guarda todo y no solamente a las Albertinas y a las grandes efemérides del corazón y los riñones, me obstinaba en reconstruir el contenido de mi mesa de trabajo en Floresta, la cara de una muchacha irrecordable llamada Gekrepten, la cantidad de plumas cucharita que había en mi caja de

útiles de quinto grado, y acababa temblando de tal mane- I
ra y desesperándome (porque nunca he podido acordarme de esas plumas cucharita, sé que estaban en la caja de útiles, en un compartimento especial, pero no me acuerdo de cuántas eran ni puedo precisar el momento justo en que debieron ser dos o seis), hasta que la Maga, besándome y echándome en la cara el humo del cigarrillo y su aliento caliente, me recobraba y nos reíamos, empezábamos a andar de nuevo entre los montones de basura en busca de los del Club. Ya para entonces me había dado cuenta de que buscar era mi signo, emblema de los que salen de noche sin propósito fijo, razón de los matadores de brújulas. Con la Maga hablábamos de patafísica hasta cansarnos, porque a ella también le ocurría (y nuestro encuentro era eso, y tantas cosas oscuras como el fósforo) caer de continuo en las excepciones, verse metida en casillas que no eran las de la gente, y esto sin despreciar a nadie, sin creernos Maldorores en liquidación ni Melmoths privilegiadamente errantes. No me parece que la luciérnaga extraiga mayor suficiencia del hecho incontrovertible de que es una de las maravillas más fenomenales de este circo, y sin embargo basta suponerle una conciencia para comprender que cada vez que se le encandila la barriguita el bicho de luz debe sentir como una cosquilla de privilegio. De la misma manera a la Maga le encantaban los líos inverosímiles en que andaba metida siempre por causa del fracaso de las leyes en su vida. Era de las que rompen los puentes con solo cruzarlos, o se acuerdan llorando a gritos de haber visto en una vitrina el décimo de lotería que acaba de ganar cinco millones. Por mi parte ya me había acostumbrado a que me pasaran cosas modestamente excepcionales, y no encontraba demasiado horrible que al entrar en un cuarto a oscuras para recoger un álbum de discos, sintiera bullir en

I la palma de la mano el cuerpo vivo de un ciempiés gigante que había elegido dormir en el lomo del álbum. Eso, y encontrar grandes pelusas grises o verdes dentro de un paquete de cigarrillos, u oír el silbato de una locomotora exactamente en el momento y el tono necesarios para incorporarse *ex officio* a un pasaje de una sinfonía de Ludwig Van, o entrar a una *pissotière* de la Rue de Médicis y ver a un hombre que orinaba aplicadamente hasta el momento en que, apartándose de su compartimento, giraba hacia mí y me mostraba, sosteniéndolo en la palma de la mano como un objeto litúrgico y precioso, un miembro de dimensiones y colores increíbles, y en el mismo instante darme cuenta de que ese hombre era exactamente igual a otro (aunque no era el otro) que veinticuatro horas antes, en la *Salle de Géographie,* había disertado sobre tótems y tabúes, y había mostrado al público, sosteniéndolos preciosamente en la palma de la mano, bastoncillos de marfil, plumas de pájaro lira, monedas rituales, fósiles mágicos, estrellas de mar, pescados secos, fotografías de concubinas reales, ofrendas de cazadores, enormes escarabajos embalsamados que hacían temblar de asustada delicia a las infaltables señoras.

En fin, no es fácil hablar de la Maga que a esta hora anda seguramente por Belleville o Pantin, mirando aplicadamente el suelo hasta encontrar un pedazo de género rojo. Si no lo encuentra seguirá así toda la noche, revolverá en los tachos de basura, los ojos vidriosos, convencida de que algo horrible le va a ocurrir si no encuentra esa prenda de rescate, la señal del perdón o del aplazamiento. Sé lo que es eso porque también obedezco a esas señales, también hay veces en que me toca encontrar trapo rojo. Desde la infancia apenas se me cae algo al suelo tengo que levantarlo, sea lo que sea, porque si no lo hago va a ocurrir una desgracia, no a mí sino a alguien a quien amo y cuyo nombre empieza con la inicial del objeto caído. Lo peor es que nada puede contenerme cuando algo se me cae al suelo, ni tampoco vale que lo levante otro porque el maleficio obraría igual. He pasado muchas veces por loco a causa de esto y la verdad es que estoy loco cuando lo hago, cuando me precipito a juntar un lápiz o un trocito de papel que se me han ido de la mano, como la noche del terrón de azúcar en el restaurante de la Rue Scribe, un restaurante bacán con montones de gerentes, putas de zorros plateados y matrimonios bien organizados. Estábamos con Ronald y Etienne, y a mí se me cayó un terrón de azúcar que fue a parar abajo de una mesa bastante lejos de la nuestra. Lo primero que me llamó la atención fue la forma en que el terrón se había alejado, porque en general los terrones de azúcar se plantan apenas tocan el suelo por razones paralelepípedas evidentes. Pero este se conducía como si fuera una bola de naftalina, lo cual aumentó mi aprensión, y llegué a creer que realmente me lo habían arrancado de la mano. Ronald, que me conoce, miró hacia donde había ido a parar el terrón y se empezó a reír. Eso me dio todavía más miedo, mezclado con rabia. Un mozo se acercó pensando que se me había caído algo precioso, una Párker o una dentadura postiza, y en realidad lo único que hacía era molestarme, entonces sin pedir permiso me tiré al suelo y empecé a buscar el terrón entre los zapatos de la gente que estaba llena de curiosidad creyendo (y con razón) que se trataba de algo importante. En la mesa había una gorda pelirroja, otra menos gorda pero igualmente putona, y dos gerentes o algo así. Lo primero que hice fue darme cuenta de que el terrón no estaba a la vista y eso que lo había visto saltar hasta los zapatos (que se movían inquietos como gallinas). Para peor el piso tenía alfombra, y aunque

I estaba asquerosa de usada el terrón se había escondido entre los pelos y no podía encontrarlo. El mozo se tiró del otro lado de la mesa, y ya éramos dos cuadrúpedos moviéndonos entre los zapatos-gallina que allá arriba empezaban a cacarear como locas. El mozo seguía convencido de la Párker o el luis de oro, y cuando estábamos bien metidos debajo de la mesa, en una especie de gran intimidad y penumbra y él me preguntó y yo le dije, puso una cara que era como para pulverizarla con un fijador, pero yo no tenía ganas de reír, el miedo me hacía una doble llave en la boca del estómago y al final me dio una verdadera desesperación (el mozo se había levantado furioso) y empecé a agarrar los zapatos de las mujeres y a mirar si debajo del arco de la suela no estaría agazapado el azúcar, y las gallinas cacareaban, los gallos gerentes me picoteaban el lomo, oía las carcajadas de Ronald y de Etienne mientras me movía de una mesa a otra hasta encontrar el azúcar escondido detrás de una pata Segundo Imperio. Y todo el mundo enfurecido, hasta yo con el azúcar apretado en la palma de la mano y sintiendo cómo se mezclaba con el sudor de la piel, cómo asquerosamente se deshacía en una especie de venganza pegajosa, esa clase de episodios todos los días.

(-2)

2

Aquí había sido primero como una sangría, un vapuleo de uso interno, una necesidad de sentir el estúpido pasaporte de tapas azules en el bolsillo del saco, la llave del hotel bien segura en el clavo del tablero. El miedo, la ignorancia, el deslumbramiento: Esto se llama así, eso se pide así, ahora esa mujer va a sonreír, más allá de esa calle empieza el Jardin des Plantes. París, una tarjeta postal con un dibujo de Klee al lado de un espejo sucio. La Maga había aparecido una tarde en la Rue du Cherche-Midi, cuando subía a mi pieza de la Rue de la Tombe Issoire traía siempre una flor, una tarjeta Klee o Miró, y si no tenía dinero elegía una hoja de plátano en el parque. Por ese entonces yo juntaba alambres y cajones vacíos en las calles de la madrugada y fabricaba móviles, perfiles que giraban sobre las chimeneas, máquinas inútiles que la Maga me ayudaba a pintar. No estábamos enamorados, hacíamos el amor con un virtuosismo desapegado y crítico, pero después caíamos en silencios terribles y la espuma de los vasos de cerveza se iba poniendo como estopa, se entibiaba y contraía mientras nos mirábamos y sentíamos que eso era el tiempo. La Maga acababa por levantarse y daba inútiles vueltas por la pieza. Más de una vez la vi admirar su cuerpo en

2 el espejo, tomarse los senos con las manos como las estatuillas sirias y pasarse los ojos por la piel en una lenta caricia. Nunca pude resistir al deseo de llamarla a mi lado, sentirla caer poco a poco sobre mí, desdoblarse otra vez después de haber estado por un momento tan sola y tan enamorada frente a la eternidad de su cuerpo.

En ese entonces no hablábamos mucho de Rocamadour, el placer era egoísta y nos topaba gimiendo con su frente estrecha, nos ataba con sus manos llenas de sal. Llegué a aceptar el desorden de la Maga como la condición natural de cada instante, pasábamos de la evocación de Rocamadour a un plato de fideos recalentados, mezclando vino y cerveza y limonada, bajando a la carrera para que la vieja de la esquina nos abriera dos docenas de ostras, tocando en el piano descascarado de Madame Noguet melodías de Schubert y preludios de Bach, o tolerando *Porgy and Bess* con bifes a la plancha y pepinos salados. El desorden en que vivíamos, es decir el orden en que un bidé se va convirtiendo por obra natural y paulatina en discoteca y archivo de correspondencia por contestar, me parecía una disciplina necesaria, aunque no quería decírselo a la Maga. Me había llevado muy poco comprender que a la Maga no había que plantearle la realidad en términos metódicos, el elogio del desorden la hubiera escandalizado tanto como su denuncia. Para ella no había desorden, lo supe en el mismo momento en que descubrí el contenido de su bolso (era en un café de la Rue Réaumur, llovía y empezábamos a desearnos), mientras que yo lo aceptaba y lo favorecía después de haberlo identificado; de esas desventajas estaba hecha mi relación con casi todo el mundo, y cuántas veces, tirado en una cama que no se tendía en muchos días, oyendo llorar a la Maga porque en el metro un niño le había traído el recuerdo de Rocamadour, o viéndola peinarse después de haber pasado la tarde frente al retrato de Leonor de Aquitania y estar muerta de ganas de parecerse a ella, se me ocurría como una especie de eructo mental que todo ese abecé de mi vida era una penosa estupidez porque se quedaba en mero movimiento dialéctico, en la elección de una inconducta en vez de una conducta, de una módica indecencia en vez de una decencia gregaria. La Maga se peinaba, se despeinaba, se volvía a peinar. Pensaba en Rocamadour, cantaba algo de Hugo Wolf (mal), me besaba, me preguntaba por el peinado, se ponía a dibujar en un papelito amarillo, y todo eso era ella indisolublemente mientras yo ahí, en una cama deliberadamente sucia, bebiendo una cerveza deliberadamente tibia, era siempre yo y mi vida, yo con mi vida frente a la vida de los otros. Pero lo mismo estaba bastante orgulloso de ser un vago consciente y por debajo de lunas y lunas, de incontables peripecias donde la Maga y Ronald y Rocamadour, y el Club y las calles y mis enfermedades morales y otras piorreas, y Berthe Trépat y el hambre a veces y el viejo Trouille que me sacaba de apuros, por debajo de noches vomitadas de música y tabaco y vilezas menudas y trueques de todo género, bien por debajo o por encima de todo eso no había querido fingir como los bohemios al uso que ese caos de bolsillo era un orden superior del espíritu o cualquier otra etiqueta igualmente podrida, y tampoco había querido aceptar que bastaba un mínimo de decencia (¡decencia, joven!) para salir de tanto algodón manchado. Y así me había encontrado con la Maga, que era mi testigo y mi espía sin saberlo, y la irritación de estar pensando en todo eso y sabiendo que como siempre me costaba mucho menos pensar que ser, que en mi caso el ergo de la frasecita no era tan ergo ni cosa parecida, con lo cual así íbamos por la orilla izquierda, la Maga sin saber que era mi espía y mi 2

2 testigo, admirando enormemente mis conocimientos diversos y mi dominio de la literatura y hasta del *jazz cool,* misterios enormísimos para ella. Y por todas esas cosas yo me sentía antagónicamente cerca de la Maga, nos queríamos en una dialéctica de imán y limadura, de ataque y defensa, de pelota y pared. Supongo que la Maga se hacía ilusiones sobre mí, debía creer que estaba curado de prejuicios o que me estaba pasando a los suyos, siempre más livianos y poéticos. En pleno contento precario, en plena falsa tregua, tendí la mano y toqué el ovillo París, su materia infinita arrollándose a sí misma, el magma del aire y de lo que se dibujaba en la ventana, nubes y buhardillas; entonces no había desorden, entonces el mundo seguía siendo algo petrificado y establecido, un juego de elementos girando en sus goznes, una madeja de calles y árboles y nombres y meses. No había un desorden que abriera puertas al rescate, había solamente suciedad y miseria, vasos con restos de cerveza, medias en un rincón, una cama que olía a sexo y a pelo, una mujer que me pasaba su mano fina y transparente por los muslos, retardando la caricia que me arrancaría por un rato a esa vigilancia en pleno vacío. Demasiado tarde, siempre, porque aunque hiciéramos tantas veces el amor la felicidad tenía que ser otra cosa, algo quizá más triste que esta paz y este placer, un aire como de unicornio o isla, una caída interminable en la inmovilidad. La Maga no sabía que mis besos eran como ojos que empezaban a abrirse más allá de ella, y que yo andaba como salido, volcado en otra figura del mundo, piloto vertiginoso en una proa negra que cortaba el agua del tiempo y la negaba.

En esos días del cincuenta y tantos empecé a sentirme como acorralado entre la Maga y una noción diferente de lo que hubiera tenido que ocurrir. Era idiota sublevarse contra el mundo Maga y el mundo Rocamadour, cuando todo me decía que apenas recobrara la independencia dejaría de sentirme libre. Hipócrita como pocos, me molestaba un espionaje a la altura de mi piel, de mis piernas, de mi manera de gozar con la Maga, de mis tentativas de papagayo en la jaula leyendo a Kierkegaard a través de los barrotes, y creo que por sobre todo me molestaba que la Maga no tuviera conciencia de ser mi testigo y que al contrario estuviera convencida de mi soberana autarquía; pero no, lo que verdaderamente me exasperaba era saber que nunca volvería a estar tan cerca de mi libertad como en esos días en que me sentía acorralado por el mundo Maga, y que la ansiedad por liberarme era una admisión de derrota. Me dolía reconocer que a golpes sintéticos, a pantallazos maniqueos o a estúpidas dicotomías resecas no podía abrirme paso por las escalinatas de la Gare de Montparnasse adonde me arrastraba la Maga para visitar a Rocamadour. ¿Por qué no aceptar lo que estaba ocurriendo sin pretender explicarlo, sin sentar las nociones de orden y de desorden, de libertad y Rocamadour como quien distribuye macetas con geranios en un patio de la calle Cochabamba? Tal vez fuera necesario caer en lo más profundo de la estupidez para acertar con el picaporte de la letrina o del Jardín de los Olivos. Por el momento me asombraba que la Maga hubiera podido llevar la fantasía al punto de llamarle Rocamadour a su hijo. En el Club nos habíamos cansado de buscar razones, la Maga se limitaba a decir que su hijo se llamaba como su padre pero desaparecido el padre había sido mucho mejor llamarlo Rocamadour y mandarlo al campo para que lo criaran *en nourrice*. A veces la Maga se pasaba semanas sin hablar de Rocamadour, y eso coincidía siempre con sus esperanzas de llegar a ser una cantante de *lieder*. Entonces Ronald venía a sentarse al piano

2 con su cabezota colorada de *cowboy,* y la Maga vociferaba Hugo Wolf con una ferocidad que hacía estremecerse a Madame Noguet mientras, en la pieza vecina, ensartaba cuentas de plástico para vender en un puesto del Boulevard de Sébastopol. La Maga cantando Schumann nos gustaba bastante, pero todo dependía de la luna y de lo que fuéramos a hacer esa noche, y también de Rocamadour porque apenas la Maga se acordaba de Rocamadour el canto se iba al diablo y Ronald, solo en el piano, tenía todo el tiempo necesario para trabajar sus ideas de *bebop* o matarnos dulcemente a fuerza de *blues.*

No quiero escribir sobre Rocamadour, por lo menos hoy, necesitaría tanto acercarme mejor a mí mismo, dejar caer todo eso que me separa del centro. Acabo siempre aludiendo al centro sin la menor garantía de saber lo que digo, cedo a la trampa fácil de la geometría con que pretende ordenarse nuestra vida de occidentales: Eje, centro, razón de ser, *omphalos,* nombres de la nostalgia indoeuropea. Incluso esta existencia que a veces procuro describir, este París donde me muevo como una hoja seca no serían visibles si detrás no latiera la ansiedad axial, el reencuentro con el fuste. Cuántas palabras, cuántas nomenclaturas para un mismo desconcierto. A veces me convenzo de que la estupidez se llama triángulo, de que ocho por ocho es la locura o un perro. Abrazado a la Maga, esa concreción de nebulosa, pienso que tanto sentido tiene hacer un muñequito con miga de pan como escribir la novela que nunca escribiré o defender con la vida las ideas que redimen a los pueblos. El péndulo cumple su vaivén instantáneo y otra vez me inserto en las categorías tranquilizadoras: muñequito insignificante, novela trascendente, muerte heroica. Los pongo en fila, de menor a mayor: muñequito, novela, heroísmo. Pienso en las jerarquías de valores tan bien exploradas por Ortega, por Scheler: lo estético, lo ético, lo religioso. Lo religioso, lo estético, lo ético. Lo ético, lo religioso, lo estético. El muñequito, la novela. La muerte, el muñequito. La lengua de la Maga me hace cosquillas. Rocamadour, la ética, el muñequito, la Maga. La lengua, la cosquilla, la ética. 2

(-116)

3

El tercer cigarrillo del insomnio se quemaba en la boca de Horacio Oliveira sentado en la cama; una o dos veces había pasado levemente la mano por el pelo de la Maga dormida contra él. Era la madrugada del lunes, habían dejado irse la tarde y la noche del domingo, leyendo, escuchando discos, levantándose alternativamente para calentar café o cebar mate. Al final de un cuarteto de Haydn la Maga se había dormido y Oliveira, sin ganas de seguir escuchando, desenchufó el tocadiscos desde la cama; el disco siguió girando unas pocas vueltas, ya sin que ningún sonido brotara del parlante. No sabía por qué pero esa inercia estúpida lo había hecho pensar en los movimientos aparentemente inútiles de algunos insectos, de algunos niños. No podía dormir, fumaba mirando la ventana abierta, la bohardilla donde a veces un violinista con joroba estudiaba hasta muy tarde. No hacía calor, pero el cuerpo de la Maga le calentaba la pierna y el flanco derecho; se apartó poco a poco, pensó que la noche iba a ser larga.

Se sentía muy bien, como siempre que la Maga y él habían conseguido llegar al final de un encuentro sin chocar y sin exasperarse. Le importaba muy poco la carta de su hermano, rotundo abogado rosarino que producía cuatro pliegos de papel avión acerca de los deberes filiales y ciudadanos malbaratados por Oliveira. La carta era una verdadera delicia y ya la había fijado con *scotch tape* en la pared para que la saborearan sus amigos. Lo único importante era la confirmación de un envío de dinero por la bolsa negra, que su hermano llamaba delicadamente «el comisionista». Oliveira pensó que podría comprar unos libros que andaba queriendo leer, y que le daría tres mil francos a la Maga para que hiciese lo que le diera la gana, probablemente comprar un elefante de felpa de tamaño casi natural para estupefacción de Rocamadour. Por la mañana tendría que ir a lo del viejo Trouille y ponerle al día la correspondencia con Latinoamérica. Salir, hacer, poner al día no eran cosas que ayudaran a dormirse. Poner al día, vaya expresión. Hacer. Hacer algo, hacer el bien, hacer pis, hacer tiempo, la acción en todas sus barajas. Pero detrás de toda acción había una protesta, porque todo hacer significaba salir de para llegar a, o mover algo para que estuviera aquí y no allí, o entrar en esa casa en vez de no entrar o entrar en la de al lado, es decir que en todo acto había la admisión de una carencia, de algo no hecho todavía y que era posible hacer, la protesta tácita frente a la continua evidencia de la falta, de la merma, de la parvedad del presente. Creer que la acción podía colmar, o que la suma de las acciones podía realmente equivaler a una vida digna de este nombre, era una ilusión de moralista. Valía más renunciar, porque la renuncia a la acción era la protesta misma y no su máscara. Oliveira encendió otro cigarrillo, y su mínimo hacer lo obligó a sonreírse irónicamente y a tomarse el pelo en el acto mismo. Poco le importaban los análisis superficiales, casi siempre viciados por la distracción y las trampas filológicas. Lo único cierto era el peso 3

3 en la boca del estómago, la sospecha física de que algo no andaba bien, de que casi nunca había andado bien. No era ni siquiera un problema, sino haberse negado desde temprano a las mentiras colectivas o a la soledad rencorosa del que se pone a estudiar los isótopos radiactivos o la presidencia de Bartolomé Mitre. Si algo había elegido desde joven era no defenderse mediante la rápida y ansiosa acumulación de una «cultura», truco por excelencia de la clase media argentina para hurtar el cuerpo a la realidad nacional y a cualquier otra, y creerse a salvo del vacío que la rodeaba. Tal vez gracias a esa especie de fiaca sistemática, como la definía su camarada Traveler, se había librado de ingresar en ese orden fariseo (en el que militaban muchos amigos suyos, en general de buena fe porque la cosa era posible, había ejemplos), que esquivaba el fondo de los problemas mediante una especialización de cualquier orden, cuyo ejercicio confería irónicamente las más altas ejecutorias de argentinidad. Por lo demás le parecía tramposo y fácil mezclar problemas históricos como el ser argentino o esquimal, con problemas como el de la acción o la renuncia. Había vivido lo suficiente para sospechar eso que, pegado a las narices de cualquiera, se le escapa con la mayor frecuencia: el peso del sujeto en la noción del objeto. La Maga era de las pocas que no olvidaban jamás que la cara de un tipo influía siempre en la idea que pudiera hacerse del comunismo o la civilización cretomicénica, y que la forma de sus manos estaba presente en lo que su dueño pudiera sentir frente a Ghirlandaio o Dostoievski. Por eso Oliveira tendía a admitir que su grupo sanguíneo, el hecho de haber pasado la infancia rodeado de tíos majestuosos, unos amores contrariados en la adolescencia y una facilidad para la astenia podían ser factores de primer orden en su cosmovisión. Era clase media, era porteño, era

colegio nacional, y esas cosas no se arreglan así nomás. Lo 3
malo estaba en que a fuerza de temer la excesiva localización de los puntos de vista, había terminado por pesar y hasta aceptar demasiado el sí y el no de todo, a mirar desde el fiel los platillos de la balanza. En París todo le era Buenos Aires y viceversa; en lo más ahincado del amor padecía y acataba la pérdida y el olvido. Actitud perniciosamente cómoda y hasta fácil a poco que se volviera un reflejo y una técnica; la lucidez terrible del paralítico, la ceguera del atleta perfectamente estúpido. Se empieza a andar por la vida con el paso pachorriento del filósofo y del *clochard,* reduciendo cada vez más los gestos vitales al mero instinto de conservación, al ejercicio de una conciencia más atenta a no dejarse engañar que a aprehender la verdad. Quietismo laico, ataraxia moderada, atenta desatención. Lo importante para Oliveira era asistir sin desmayo al espectáculo de esa parcelación Tupac-Amarú, no incurrir en el pobre egocentrismo (criollicentrismo, suburcentrismo, cultucentrismo, folklocentrismo) que cotidianamente se proclamaba en torno a él bajo todas las formas posibles. A los diez años, una tarde de tíos y pontificantes homilías histórico-políticas a la sombra de unos paraísos, había manifestado tímidamente su primera reacción contra el tan hispanoítaloargentino «¡Se lo digo yo!», acompañado de un puñetazo rotundo que debía servir de ratificación iracunda. *Glielo dico io!* ¡Se lo digo yo, carajo! Ese *yo,* había alcanzado a pensar Oliveira, ¿qué valor probatorio tenía? El yo de los grandes, ¿qué omnisciencia conjugaba? A los quince años se había enterado del «solo sé que no sé nada»; la cicuta concomitante le había parecido inevitable, no se desafía a la gente en esa forma, se lo digo yo. Más tarde le hizo gracia comprobar cómo en las formas superiores de cultura el peso de las autoridades y las influencias, la

3 confianza que dan las buenas lecturas y la inteligencia producían también su «se lo digo yo» finamente disimulado, incluso para el que lo profería: ahora se sucedían los «siempre he creído», «si de algo estoy seguro», «es evidente que», casi nunca compensados por una apreciación desapasionada del punto de vista opuesto. Como si la especie velara en el individuo para no dejarlo avanzar demasiado por el camino de la tolerancia, la duda inteligente, el vaivén sentimental. En un punto dado nacía el callo, la esclerosis, la definición: o negro o blanco, radical o conservador, homosexual o heterosexual, figurativo o abstracto, San Lorenzo o Boca Juniors, carne o verduras, los negocios o la poesía. Y estaba bien, porque la especie no podía fiarse de tipos como Oliveira; la carta de su hermano era exactamente la expresión de esa repulsa.

«Lo malo de todo esto», pensó, «es que desemboca inevitablemente en el *animula vagula blandula.* ¿Qué hacer? Con esta pregunta empecé a no dormir. Oblomov, *cosa facciamo?* Las grandes voces de la Historia instan a la acción: *Hamlet, revenge!* ¿Nos vengamos, Hamlet, o tranquilamente Chippendale y zapatillas y un buen fuego? El sirio, después de todo, elogió escandalosamente a Marta, es sabido. ¿Das la batalla, Arjuna? No podés negar los valores, rey indeciso. La lucha por la lucha misma, vivir peligrosamente, pensá en Mario el Epicúreo, en Richard Hillary, en Kyo, en T. E. Lawrence... Felices los que eligen, los que aceptan ser elegidos, los hermosos héroes, los hermosos santos, los escapistas perfectos».

Quizá. ¿Por qué no? Pero también podía ser que su punto de vista fuera el de la zorra mirando las uvas. Y también podía ser que tuviese razón, pero una razón mezquina y lamentable, una razón de hormiga contra cigarra. Si la lucidez desembocaba en la inacción, ¿no se volvía sospechosa, no encubría una forma particularmente diabólica de ceguera? La estupidez del héroe militar que salta con el polvorín, Cabral soldado heroico cubriéndose de gloria, insinuaban quizá una supervisión, un instantáneo asomarse a algo absoluto, por fuera de toda conciencia (no se le pide eso a un sargento), frente a lo cual la clarividencia ordinaria, la lucidez de gabinete, de tres de la mañana en la cama y en mitad de un cigarrillo, eran menos eficaces que las de un topo. 3

Le habló de todo eso a la Maga, que se había despertado y se acurrucaba contra él maullando soñolienta. La Maga abrió los ojos, se quedó pensando.

—Vos no podrías —dijo—. Vos pensás demasiado antes de hacer nada.

—Parto del principio de que la reflexión debe preceder a la acción, bobalina.

—Partís del principio —dijo la Maga—. Qué complicado. Vos sos como un testigo, sos el que va al museo y mira los cuadros. Quiero decir que los cuadros están ahí y vos en el museo, cerca y lejos al mismo tiempo. Yo soy un cuadro, Rocamadour es un cuadro. Etienne es un cuadro, esta pieza es un cuadro. Vos creés que estás en esta pieza pero no estás. Vos estás mirando la pieza, no estás en la pieza.

—Esta chica lo dejaría verde a Santo Tomás —dijo Oliveira.

—¿Por qué Santo Tomás? —dijo la Maga—. ¿Ese idiota que quería ver para creer?

—Sí, querida —dijo Oliveira, pensando que en el fondo la Maga había embocado el verdadero santo. Feliz de ella que podía creer sin ver, que formaba cuerpo con la duración, el continuo de la vida. Feliz de ella que estaba

3 dentro de la pieza, que tenía derecho de ciudad en todo lo que tocaba y convivía, pez río abajo, hoja en el árbol, nube en el cielo, imagen en el poema. Pez, hoja, nube, imagen: exactamente eso, a menos que...

(-84)

4

Así habían empezado a andar por un París fabuloso, dejándose llevar por los signos de la noche, acatando itinerarios nacidos de una frase de *clochard,* de una bohardilla iluminada en el fondo de una calle negra, deteniéndose en las placitas confidenciales para besarse en los bancos o mirar las rayuelas, los ritos infantiles del guijarro y el salto sobre un pie para entrar en el Cielo. La Maga hablaba de sus amigas de Montevideo, de años de infancia, de un tal Ledesma, de su padre. Oliveira escuchaba sin ganas, lamentando un poco no poder interesarse; Montevideo era lo mismo que Buenos Aires y él necesitaba consolidar una ruptura precaria (¿qué estaría haciendo Traveler, ese gran vago, en qué líos majestuosos se habría metido desde su partida? Y la pobre boba de Gekrepten, y los cafés del centro), por eso escuchaba displicente y hacía dibujos en el pedregullo con una ramita mientras la Maga explicaba por qué Chempe y Graciela eran buenas chicas, y cuánto le había dolido que Luciana no fuera a despedirla al barco, Luciana era una snob, eso no lo podía aguantar en nadie.

—¿Qué entendés por snob? —preguntó Oliveira, más interesado.

4 —Bueno —dijo la Maga, agachando la cabeza con el aire de quien presiente que va a decir una burrada—, yo me vine en tercera clase, pero creo que si hubiera venido en segunda Luciana hubiera ido a despedirme.

—La mejor definición que he oído nunca —dijo Oliveira.

—Y además estaba Rocamadour —dijo la Maga.

Así fue como Oliveira se enteró de la existencia de Rocamadour, que en Montevideo se llamaba modestamente Carlos Francisco. La Maga no parecía dispuesta a proporcionar demasiados detalles sobre la génesis de Rocamadour, aparte de que se había negado a un aborto y ahora empezaba a lamentarlo.

—Pero en el fondo no lo lamento, el problema es cómo voy a vivir. Madame Irène me cobra mucho, tengo que tomar lecciones de canto, todo eso cuesta.

La Maga no sabía demasiado bien por qué había venido a París, y Oliveira se fue dando cuenta de que con una ligera confusión en materia de pasajes, agencias de turismo y visados, lo mismo hubiera podido recalar en Singapur que en Ciudad del Cabo; lo único importante era haber salido de Montevideo, ponerse frente a frente con eso que ella llamaba modestamente «la vida». La gran ventaja de París era que sabía bastante francés (*more* Pitman) y que se podían ver los mejores cuadros, las mejores películas, la *Kultur* en sus formas más preclaras. A Oliveira lo enternecía este panorama (aunque Rocamadour había sido un sosegate bastante desagradable, no sabía por qué), y pensaba en algunas de sus brillantes amigas de Buenos Aires, incapaces de ir más allá de Mar del Plata a pesar de tantas metafísicas ansiedades de experiencia planetaria. Esta mocosa, con un hijo en los brazos para colmo, se metía en una tercera de barco y se largaba a estudiar canto a París sin un

vintén en el bolsillo. Por si fuera poco ya le daba lecciones 4
sobre la manera de mirar y de ver; lecciones que ella no sospechaba, solamente su manera de pararse de golpe en la calle para espiar un zaguán donde no había nada, pero más allá un vislumbre verde, un resplandor, y entonces colarse furtivamente para que la portera no se enojara, asomarse al gran patio con a veces una vieja estatua o un brocal con hiedra, o nada, solamente el gastado pavimento de redondos adoquines, verdín en las paredes, una muestra de relojero, un viejito tomando sombra en un rincón, y los gatos, siempre inevitablemente los *minouche* morrongos miaumiau *kitten kat chat cat gatto* grises y blancos y negros y de albañal, dueños del tiempo y de las baldosas tibias, invariables amigos de la Maga que sabía hacerles cosquillas en la barriga y les hablaba un lenguaje entre tonto y misterioso, con citas a plazo fijo, consejos y advertencias. De golpe Oliveira se extrañaba andando con la Maga, de nada le servía irritarse porque a la Maga se le volcaban casi siempre los vasos de cerveza o sacaba el pie de debajo de una mesa justo para que el mozo tropezara y se pusiera a maldecir; era feliz a pesar de estar todo el tiempo exasperado por esa manera de no hacer las cosas como hay que hacerlas, de ignorar resueltamente las grandes cifras de la cuenta y quedarse en cambio arrobada delante de la cola de un modesto 3, o parada en medio de la calle (el Renault negro frenaba a dos metros y el conductor sacaba la cabeza y puteaba con el acento de Picardía), parada como si tal cosa para mirar desde el medio de la calle una vista del Panteón a lo lejos, siempre mucho mejor que la vista que se tenía desde la vereda. Y cosas por el estilo.

Oliveira ya conocía a Perico y a Ronald. La Maga le presentó a Etienne y Etienne les hizo conocer a Gregorovius; el Club de la Serpiente se fue formando en las noches

4 de Saint-Germain-des-Prés. Todo el mundo aceptaba enseguida a la Maga como una presencia inevitable y natural, aunque se irritaran por tener que explicarle casi todo lo que se estaba hablando, o porque ella hacía volar un cuarto kilo de papas fritas por el aire simplemente porque era incapaz de manejar decentemente un tenedor y las papas fritas acababan casi siempre en el pelo de los tipos de la otra mesa, y había que disculparse o decirle a la Maga que era una inconsciente. Dentro del grupo la Maga funcionaba muy mal, Oliveira se daba cuenta de que prefería ver por separado a todos los del Club, irse por la calle con Etienne o con Babs, meterlos en su mundo sin pretender nunca meterlos en su mundo pero metiéndolos porque era gente que no estaba esperando otra cosa que salirse del recorrido ordinario de los autobuses y de la historia, y así de una manera o de otra todos los del Club le estaban agradecidos a la Maga aunque la cubrieran de insultos a la menor ocasión. Etienne, seguro de sí mismo como un perro o un buzón, se quedaba lívido cuando la Maga le soltaba una de las suyas delante de su último cuadro, y hasta Perico Romero condescendía a admitir que-para-ser-hembra-la-Maga-se-las-traía. Durante semanas o meses (la cuenta de los días le resultaba difícil a Oliveira, feliz, ergo sin futuro) anduvieron y anduvieron por París mirando cosas, dejando que ocurriera lo que tenía que ocurrir, queriéndose y peleándose y todo esto al margen de las noticias de los diarios, de las obligaciones de familia y de cualquier forma de gravamen fiscal o moral.

Toc, toc.

—Despertémonos —decía Oliveira alguna que otra vez.

—Para qué —contestaba la Maga, mirando correr las *péniches* desde el Pont Neuf—. Toc, toc, tenés un pajarito en la cabeza. Toc, toc, te picotea todo el tiempo, quiere que le des de comer comida argentina. Toc, toc.

—Está bien —rezongaba Oliveira—. No me confundás 4
con Rocamadour. Vamos a acabar hablándole en glíglico al almacenero o a la portera, se va a armar un lío espantoso. Mirá ese tipo que anda siguiendo a la negrita.

—A ella la conozco, trabaja en un café de la Rue de Provence. Le gustan las mujeres, el pobre tipo está sonado.

—¿Se tiró un lance con vos, la negrita?

—Por supuesto. Pero lo mismo nos hicimos amigas, le regalé mi *rouge* y ella me dio un librito de un tal Retef, no..., esperá, Retif...

—Ya entiendo, ya. ¿De verdad no te acostaste con ella? Debe ser curioso para una mujer como vos.

—¿Vos te acostaste con un hombre, Horacio?

—Claro. La experiencia, entendés.

La Maga lo miraba de reojo, sospechando que le tomaba el pelo, que todo venía porque estaba rabioso a causa del pajarito en la cabeza toc toc, del pajarito que le pedía comida argentina. Entonces se tiraba contra él con gran sorpresa de un matrimonio que paseaba por la Rue Saint-Sulpice, lo despeinaba riendo, Oliveira tenía que sujetarle los brazos, empezaban a reírse, el matrimonio los miraba y el hombre se animaba apenas a sonreír, su mujer estaba demasiado escandalizada por esa conducta.

—Tenés razón —acababa confesando Oliveira—. Soy un incurable, che. Hablar de despertarse cuando por fin se está tan bien así dormido.

Se paraban delante de una vidriera para leer los títulos de los libros. La Maga se ponía a preguntar, guiándose por los colores y las formas. Había que situarle a Flaubert, decirle que Montesquieu, explicarle cómo Raymond Radiguet, informarla sobre cuándo Théophile Gautier. La Maga escuchaba, dibujando con el dedo en la vidriera. «Un pajarito en la cabeza, quiere que le des de comer comida

4 argentina», pensaba Oliveira, oyéndose hablar. «Pobre de mí, madre mía».

—¿Pero no te das cuenta que así no se aprende nada? —acababa por decirle—. Vos pretendés cultivarte en la calle, querida, no puede ser. Para eso abonate al *Reader's Digest*.

—Oh, no, esa porquería.

Un pajarito en la cabeza, se decía Oliveira. No ella, sino él. ¿Pero qué tenía ella en la cabeza? Aire o gofio, algo poco receptivo. No era en la cabeza donde tenía el centro.

«Cierra los ojos y da en el blanco», pensaba Oliveira. «Exactamente el sistema zen de tirar al arco. Pero da en el blanco simplemente porque no sabe que ese es el sistema. Yo en cambio... Toc toc. Y así vamos».

Cuando la Maga preguntaba por cuestiones como la filosofía zen (eran cosas que podían ocurrir en el Club, donde se hablaba siempre de nostalgias, de sapiencias tan lejanas como para que se las creyera fundamentales, de anversos de medallas, del otro lado de la luna siempre), Gregorovius se esforzaba por explicarle los rudimentos de la metafísica mientras Oliveira sorbía su pernod y los miraba gozándolos. Era insensato querer explicarle algo a la Maga. Fauconnier tenía razón, para gentes como ella el misterio empezaba precisamente con la explicación. La Maga oía hablar de inmanencia y trascendencia y abría unos ojos preciosos que le cortaban la metafísica a Gregorovius. Al final llegaba a convencerse de que había comprendido el zen, y suspiraba fatigada. Solamente Oliveira se daba cuenta de que la Maga se asomaba a cada rato a esas grandes terrazas sin tiempo que todos ellos buscaban dialécticamente.

—No aprendas datos idiotas —le aconsejaba—. Por qué te vas a poner anteojos si no los necesitás.

4

La Maga desconfiaba un poco. Admiraba terriblemente a Oliveira y a Etienne, capaces de discutir tres horas sin parar. En torno a Etienne y Oliveira había como un círculo de tiza, ella quería entrar en el círculo, comprender por qué el principio de indeterminación era tan importante en la literatura, por qué Morelli, del que tanto hablaban, al que tanto admiraban, pretendía hacer de su libro una bola de cristal donde el micro y el macrocosmo se unieran en una visión aniquilante.

—Imposible explicarte —decía Etienne—. Esto es el Meccano número siete y vos apenas estás en el dos.

La Maga se quedaba triste, juntaba una hojita al borde de la vereda y hablaba con ella un rato, se la paseaba por la palma de la mano, la acostaba de espaldas o boca abajo, la peinaba, terminaba por quitarle la pulpa y dejar al descubierto las nervaduras, un delicado fantasma verde se iba dibujando contra su piel. Etienne se la arrebataba con un movimiento brusco y la ponía contra la luz. Por cosas así la admiraban, un poco avergonzados de haber sido tan brutos con ella, y la Maga aprovechaba para pedir otro medio litro y si era posible algunas papas fritas.

(-71)

5

La primera vez había sido un hotel de la Rue Valette, andaban por ahí vagando y parándose en los portales, la llovizna después del almuerzo es siempre amarga y había que hacer algo contra ese polvo helado, contra esos impermeables que olían a goma, de golpe la Maga se apretó contra Oliveira y se miraron como tontos, HOTEL, la vieja detrás del roñoso escritorio los saludó comprensivamente y qué otra cosa se podía hacer con ese sucio tiempo. Arrastraba una pierna, era angustioso verla subir parándose en cada escalón para remontar la pierna enferma mucho más gruesa que la otra, repetir la maniobra hasta el cuarto piso. Olía a blando, a sopa, en la alfombra del pasillo alguien había tirado un líquido azul que dibujaba como un par de alas. La pieza tenía dos ventanas con cortinas rojas, zurcidas y llenas de retazos; una luz húmeda se filtraba como un ángel hasta la cama de acolchado amarillo.

La Maga había pretendido inocentemente hacer literatura, quedarse al lado de la ventana fingiendo mirar la calle mientras Oliveira verificaba la falleba de la puerta. Debía tener un esquema prefabricado de esas cosas, o quizá le sucedían siempre de la misma manera, primero se dejaba la cartera en la mesa, se buscaban los cigarrillos,

se miraba la calle, se fumaba aspirando a fondo el humo, se 5
hacía un comentario sobre el empapelado, se esperaba, evidentemente se esperaba, se cumplían todos los gestos necesarios para darle al hombre su mejor papel, dejarle todo el tiempo necesario la iniciativa. En algún momento se habían puesto a reír, era demasiado tonto. Tirado en un rincón, el alcolchado amarillo quedó como un muñeco informe contra la pared.

Se acostumbraron a comparar los acolchados, las puertas, las lámparas, las cortinas; las piezas de los hoteles del *cinquième arrondissement* eran mejores que las del *sixième* para ellos, en el *septième* no tenían suerte, siempre pasaba algo, golpes en la pieza de al lado o los caños hacían un ruido lúgubre, ya por entonces Oliveira le había contado a la Maga la historia de Troppmann, la Maga escuchaba pegándose contra él, tendría que leer el relato de Turguéniev, era increíble todo lo que tendría que leer en esos dos años (no se sabía por qué eran dos), otro día fue Petiot, otra vez Weidmann, otra vez Christie, el hotel acababa casi siempre por darles ganas de hablar de crímenes, pero también a la Maga la invadía de golpe una marea de seriedad, preguntaba con los ojos fijos en el cielo raso si la pintura sienesa era tan enorme como afirmaba Etienne, si no sería necesario hacer economías para comprarse un tocadiscos y las obras de Hugo Wolf, que a veces canturreaba interrumpiéndose a la mitad, olvidada y furiosa. A Oliveira le gustaba hacer el amor con la Maga porque nada podía ser más importante para ella y al mismo tiempo, de una manera difícilmente comprensible, estaba como por debajo de su placer, se alcanzaba en él un momento y por eso se adhería desesperadamente y lo prolongaba, era como un despertarse y conocer su verdadero nombre, y después recaía en una zona siempre un poco crepuscular que encantaba a Oliveira

5 temeroso de perfecciones, pero la Maga sufría de verdad cuando regresaba a sus recuerdos y a todo lo que oscuramente necesitaba pensar y no podía pensar, entonces había que besarla profundamente, incitarla a nuevos juegos, y la otra, la reconciliada, crecía debajo de él y lo arrebataba, se daba entonces como una bestia frenética, los ojos perdidos y las manos torcidas hacia adentro, mítica y atroz como una estatua rodando por una montaña, arrancando el tiempo con las uñas, entre hipos y un ronquido quejumbroso que duraba interminablemente. Una noche le clavó los dientes, le mordió el hombro hasta sacarle sangre porque él se dejaba ir de lado, un poco perdido ya, y hubo un confuso pacto sin palabras, Oliveira sintió como si la Maga esperara de él la muerte, algo en ella que no era su yo despierto, una oscura forma reclamando una aniquilación, la lenta cuchillada boca arriba que rompe las estrellas de la noche y devuelve el espacio a las preguntas y a los terrores. Solo esa vez, excentrado como un matador mítico para quien matar es devolver el toro al mar y el mar al cielo, vejó a la Maga en una larga noche de la que poco hablaron luego, la hizo Pasifae, la dobló y la usó como a un adolescente, la conoció y le exigió las servidumbres de la más triste puta, la magnificó a constelación, la tuvo entre los brazos oliendo a sangre, le hizo beber el semen que corre por la boca como el desafío al Logos, le chupó la sombra del vientre y de la grupa y se la alzó hasta la cara para untarla de sí misma en esa última operación de conocimiento que solo el hombre puede dar a la mujer, la exasperó con piel y pelo y baba y quejas, la vació hasta lo último de su fuerza magnífica, la tiró contra una almohada y una sábana y la sintió llorar de felicidad contra su cara que un nuevo cigarrillo devolvía a la noche del cuarto y del hotel.

Más tarde a Oliveira le preocupó que ella se creyera 5
colmada, que los juegos buscaran ascender a sacrificio. Temía sobre todo la forma más sutil de la gratitud que se vuelve cariño canino; no quería que la libertad, única ropa que le caía bien a la Maga, se perdiera en una feminidad diligente. Se tranquilizó porque la vuelta de la Maga al plano del café negro y la visita al bidé se vio señalada por una recaída en la peor de las confusiones. Maltratada de absoluto durante esa noche, abierta a una porosidad de espacio que late y se expande, sus primeras palabras de este lado tenían que azotarla como látigos, y su vuelta al borde de la cama, imagen de una consternación progresiva que busca neutralizarse con sonrisas y una vaga esperanza, dejó particularmente satisfecho a Oliveira. Puesto que no la amaba, puesto que el deseo cesaría (porque no la amaba, y el deseo cesaría), evitar como la peste toda sacralización de los juegos. Durante días, durante semanas, durante algunos meses, cada cuarto de hotel y cada plaza, cada postura amorosa y cada amanecer en un café de los mercados: circo feroz, operación sutil y balance lúcido. Se llegó así a saber que la Maga esperaba verdaderamente que Horacio la matara, y que esa muerte debía ser de fénix, el ingreso al concilio de los filósofos, es decir a las charlas del Club de la Serpiente: la Maga quería aprender, quería ins-truir-se. Horacio era exaltado, llamado, concitado a la función del sacrificador lustral, y puesto que casi nunca se alcanzaban porque en pleno diálogo eran tan distintos y andaban por tan opuestas cosas (y eso ella lo sabía, lo comprendía muy bien), entonces la única posibilidad de encuentro estaba en que Horacio la matara en el amor donde ella podía conseguir encontrarse con él, en el cielo de los cuartos de hotel se enfrentaban iguales y desnudos y allí podía consumarse la resurrección del fénix después que él la hubiera

estrangulado deliciosamente, dejándole caer un hilo de baba en la boca abierta, mirándola extático como si empezara a reconocerla, a hacerla de verdad suya, a traerla de su lado.

(-81)

6

La técnica consistía en citarse vagamente en un barrio a cierta hora. Les gustaba desafiar el peligro de no encontrarse, de pasar el día solos, enfurruñados en un café o en un banco de plaza, leyendo-un-libro-más. La teoría del libro-más era de Oliveira, y la Maga la había aceptado por pura ósmosis. En realidad, para ella casi todos los libros eran libro-menos, hubiese querido llenarse de una inmensa sed y durante un tiempo infinito (calculable entre tres y cinco años) leer la *opera omnia* de Goethe, Homero, Dylan Thomas, Mauriac, Faulkner, Baudelaire, Roberto Arlt, San Agustín y otros autores cuyos nombres la sobresaltaban en las conversaciones del Club. A eso Oliveira respondía con un desdeñoso encogerse de hombros, y hablaba de las deformaciones rioplatenses, de una raza de lectores a *fulltime,* de bibliotecas pululantes de marisabidillas infieles al sol y al amor, de casas donde el olor a la tinta de imprenta acaba con la alegría del ajo. En esos tiempos leía poco, ocupadísimo en mirar los árboles, los piolines que encontraba por el suelo, las amarillas películas de la Cinemateca y las mujeres del barrio latino. Sus vagas tendencias intelectuales se resolvían en meditaciones sin provecho y cuando la Maga le pedía ayuda, una fecha o una

6 explicación, las proporcionaba sin ganas, como algo inútil. «Pero es que vos ya lo sabés», decía la Maga, resentida. Entonces él se tomaba el trabajo de señalarle la diferencia entre conocer y saber, y le proponía ejercicios de indagación individual que la Maga no cumplía y que la desesperaban.

De acuerdo en que en ese terreno no lo estarían nunca, se citaban por ahí y casi siempre se encontraban. Los encuentros eran a veces tan increíbles que Oliveira se planteaba una vez más el problema de las probabilidades y le daba vuelta por todos lados, desconfiadamente. No podía ser que la Maga decidiera doblar en esa esquina de la Rue de Vaugirard exactamente en el momento en que él, cinco cuadras más abajo, renunciaba a subir por la Rue de Buci y se orientaba hacia la Rue Monsieur le Prince sin razón alguna, dejándose llevar hasta distinguirla de golpe, parada delante de una vidriera, absorta en la contemplación de un mono embalsamado. Sentados en un café reconstruían minuciosamente los itinerarios, los bruscos cambios, procurando explicarlos telepáticamente, fracasando siempre, y sin embargo se habían encontrado en pleno laberinto de calles, casi siempre acababan por encontrarse y se reían como locos, seguros de un poder que los enriquecía. A Oliveira lo fascinaban las sinrazones de la Maga, su tranquilo desprecio por los cálculos más elementales. Lo que para él había sido análisis de probabilidades, elección o simplemente confianza en la rabdomancia ambulatoria, se volvía para ella simple fatalidad. «¿Y si no me hubieras encontrado?», le preguntaba. «No sé, ya ves que estás aquí...». Inexplicablemente la respuesta invalidaba la pregunta, mostraba sus adocenados resortes lógicos. Después de eso Oliveira se sentía más capaz de luchar contra sus prejuicios bibliotecarios, y paradójicamente la Maga se rebelaba contra su desprecio hacia los conocimientos escolares. Así andaban, Punch and Judy, atrayéndose y rechazándose como hace falta si no se quiere que el amor termine en cromo o en romanza sin palabras. Pero el amor, esa palabra... 6

(-7)

7

Toco tu boca, con un dedo toco el borde de tu boca, voy dibujándola como si saliera de mi mano, como si por primera vez tu boca se entreabriera, y me basta cerrar los ojos para deshacerlo todo y recomenzar, hago nacer cada vez la boca que deseo, la boca que mi mano elige y te dibuja en la cara, una boca elegida entre todas, con soberana libertad elegida por mí para dibujarla con mi mano en tu cara, y que por un azar que no busco comprender coincide exactamente con tu boca que sonríe por debajo de la que mi mano te dibuja.

Me miras, de cerca me miras, cada vez más de cerca y entonces jugamos al cíclope, nos miramos cada vez más de cerca y los ojos se agrandan, se acercan entre sí, se superponen y los cíclopes se miran, respirando confundidos, las bocas se encuentran y luchan tibiamente, mordiéndose con los labios, apoyando apenas la lengua en los dientes, jugando en sus recintos donde un aire pesado va y viene con un perfume viejo y un silencio. Entonces mis manos buscan hundirse en tu pelo, acariciar lentamente la profundidad de tu pelo mientras nos besamos como si tuviéramos la boca llena de flores o de peces, de movimientos vivos, de fragancia oscura. Y si nos mordemos el dolor es dulce,

y si nos ahogamos en un breve y terrible absorber simul- 7
táneo del aliento, esa instantánea muerte es bella. Y hay una sola saliva y un solo sabor a fruta madura, y yo te siento temblar contra mí como una luna en el agua.

(-8)

8

Íbamos por las tardes a ver los peces del Quai de la Mégisserie, en marzo el mes leopardo, el agazapado pero ya con un sol amarillo donde el rojo entraba un poco más cada día. Desde la acera que daba al río, indiferentes a los *bouquinistes* que nada iban a darnos sin dinero, esperábamos el momento en que veríamos las peceras (andábamos despacio, demorando el encuentro), todas las peceras al sol, y como suspendidos en el aire cientos de peces rosa y negro, pájaros quietos en su aire redondo. Una alegría absurda nos tomaba de la cintura, y vos cantabas arrastrándome a cruzar la calle, a entrar en el mundo de los peces colgados del aire.

Sacan las peceras, los grandes bocales a la calle, y entre turistas y niños ansiosos y señoras que coleccionan variedades exóticas (550 *fr. pièce*) están las peceras bajo el sol con sus cubos, sus esferas de agua que el sol mezcla con el aire, y los pájaros rosa y negro giran danzando dulcemente en una pequeña porción de aire, lentos pájaros fríos. Los mirábamos, jugando a acercar los ojos al vidrio, pegando la nariz, encolerizando a las viejas vendedoras armadas de redes de cazar mariposas acuáticas, y comprendíamos cada vez peor lo que es un pez, por ese camino de no comprender nos íbamos acercando a ellos que no se comprenden,

franqueábamos las peceras y estábamos tan cerca como 8
nuestra amiga, la vendedora de la segunda tienda viniendo del Pont Neuf, que te dijo: «El agua fría los mata, es triste el agua fría...». Y yo pensaba en la mucama del hotel que me daba consejos sobre un helecho: «No lo riegue, ponga un plato con agua debajo de la maceta, entonces cuando él quiere beber, bebe, y cuando no quiere no bebe...». Y pensábamos en esa cosa increíble que habíamos leído, que un pez solo en su pecera se entristece y entonces basta ponerle un espejo y el pez vuelve a estar contento...

Entrábamos en las tiendas donde las variedades más delicadas tenían peceras especiales con termómetro y gusanitos rojos. Descubríamos entre exclamaciones que enfurecían a las vendedoras —tan seguras de que no les compraríamos nada a 550 *fr. pièce*— los comportamientos, los amores, las formas. Era el tiempo delicuescente, algo como chocolate muy fino o pasta de naranja martiniquesa, en que nos emborrachábamos de metáforas y analogías, buscando siempre entrar. Y ese pez era perfectamente Giotto, te acordás, y esos dos jugaban como perros de jade, o un pez era la exacta sombra de una nube violeta... Descubríamos cómo la vida se instala en formas privadas de tercera dimensión, que *desaparecen* si se ponen de filo o dejan apenas una rayita rosada inmóvil vertical en el agua. Un golpe de aleta y monstruosamente está de nuevo ahí con ojos bigotes aletas y del vientre a veces saliéndole y flotando una transparente cinta de excremento que no acaba de soltarse, un lastre que de golpe los pone entre nosotros, los arranca a su perfección de imágenes puras, los compromete, por decirlo con una de las grandes palabras que tanto empleábamos por ahí y en esos días.

(-93)

9

Por la Rue de Varennes entraron en la Rue Vaneau. Lloviznaba, y la Maga se colgó todavía más del brazo de Oliveira, se apretó contra su impermeable que olía a sopa fría. Etienne y Perico discutían una posible explicación del mundo por la pintura y la palabra. Aburrido, Oliveira pasó el brazo por la cintura de la Maga. También eso podía ser una explicación, un brazo apretando una cintura fina y caliente, al caminar se sentía el juego leve de los músculos como un lenguaje monótono y persistente, una Berlitz obstinada, te quiero te quie-ro te quie-ro. No una explicación: verbo puro, que-rer, que-rer. «Y después siempre, la cópula», pensó gramaticalmente Oliveira. Si la Maga hubiera podido comprender cómo de pronto la obediencia al deseo lo exasperaba, *inútil obediencia solitaria* había dicho un poeta, tan tibia la cintura, ese pelo mojado contra su mejilla, el aire Toulouse Lautrec de la Maga para caminar arrinconada contra él. En el principio fue la cópula, violar es explicar, pero no siempre viceversa. Descubrir el método antiexplicatorio, que ese te quie-ro te quie-ro fuese el cubo de la rueda. ¿Y el Tiempo? Todo recomienza, no hay un absoluto. Después hay que comer o descomer, todo vuelve a entrar en crisis. El deseo cada tantas horas, nunca demasiado diferente y cada vez otra cosa: trampa del tiempo para crear las ilusiones. «Un amor como el fuego, arder eternamente en la contemplación del Todo. Pero enseguida se cae en un lenguaje desaforado». 9

—Explicar, explicar —gruñía Etienne—. Ustedes si no nombran las cosas ni siquiera las ven. Y esto se llama perro y esto se llama casa, como decía el de Duino. Perico, hay que mostrar, no explicar. Pinto, ergo soy.

—¿Mostrar qué? —dijo Perico Romero.

—Las únicas justificaciones de que estemos vivos.

—Este animal cree que no hay más sentido que la vista y sus consecuencias —dijo Perico.

—La pintura es otra cosa que un producto visual —dijo Etienne—. Yo pinto con todo el cuerpo, en ese sentido no soy tan diferente de tu Cervantes o tu Tirso de no sé cuánto. Lo que me revienta es la manía de las explicaciones, el Logos entendido exclusivamente como verbo.

—Etcétera —dijo Oliveira, malhumorado—. Hablando de los sentidos, el de ustedes parece un diálogo de sordos.

La Maga se apretó todavía más contra él. «Ahora esta va a decir alguna de sus burradas», pensó Oliveira. «Necesita frotarse primero, decidirse epidérmicamente». Sintió una especie de ternura rencorosa, algo tan contradictorio que debía ser la verdad misma. «Habría que inventar la bofetada dulce, el puntapié de abejas. Pero en este mundo las síntesis últimas están por descubrirse. Perico tiene razón, el gran Logos vela. Lástima, haría falta el amoricidio, por ejemplo, la verdadera luz negra, la antimateria que tanto da que pensar a Gregorovius».

—Che, ¿Gregorovius va a venir a la discada? —preguntó Oliveira.

Perico creía que sí, y Etienne creía que Mondrian.

9 —Fijate un poco en Mondrian —decía Etienne—. Frente a él se acaban los signos mágicos de un Klee. Klee jugaba con el azar, los beneficios de la cultura. La sensibilidad pura puede quedar satisfecha con Mondrian, mientras que para Klee hace falta un fárrago de otras cosas. Un refinado para refinados. Un chino, realmente. En cambio, Mondrian pinta absoluto. Te ponés delante, bien desnudo, y entonces una de dos: ves o no ves. El placer, las cosquillas, las alusiones, los terrores o las delicias están completamente de más.

—¿Vos entendés lo que dice? —preguntó la Maga—. A mí me parece que es injusto con Klee.

—La justicia o la injusticia no tienen nada que ver con esto —dijo Oliveira, aburrido—. Lo que está tratando de decir es otra cosa. No hagas enseguida una cuestión personal.

—Pero por qué dice que todas esas cosas tan hermosas no sirven para Mondrian.

—Quiere decir que en el fondo una pintura como la de Klee te reclama un diploma *ès lettres,* o por lo menos *ès poésie*, en tanto que Mondrian se conforma con que uno se mondrianice y se acabó.

—No es eso —dijo Etienne.

—Claro que es eso —dijo Oliveira—. Según vos una tela de Mondrian se basta a sí misma. Ergo, necesita de tu inocencia más que de tu experiencia. Hablo de inocencia edénica, no de estupidez. Fijate que hasta tu metáfora sobre estar desnudo delante del cuadro huele a preadamismo. Paradójicamente Klee es mucho más modesto porque exige la múltiple complicidad del espectador, no se basta a sí mismo. En el fondo Klee es historia y Mondrian atemporalidad. Y vos te morís por lo absoluto. ¿Te explico?

—No —dijo Etienne—. *C'est vache comme il pleut.*

—*Tu parles,* coño —dijo Perico—. Y el Ronald de la 9
puñeta, que vive por el demonio.

—Apretemos el paso —lo remedó Oliveira—, cosa de hurtarle el cuerpo a la cellisca.

—Ya empiezas. Casi prefiero tu yuvia y tu gayina, coño. Cómo yueve en Buenos Aires. El tal Pedro de Mendoza, mira que ir a colonizaros a vosotros.

—Lo absoluto —decía la Maga, pateando una piedrita de charco en charco—. ¿Qué es un absoluto, Horacio?

—Mirá —dijo Oliveira—, viene a ser ese momento en que algo logra su máxima profundidad, su máximo alcance, su máximo sentido, y deja por completo de ser interesante.

—Ahí viene Wong —dijo Perico—. El chino está hecho una sopa de algas.

Casi al mismo tiempo vieron a Gregorovius que desembocaba en la esquina de la Rue de Babylone, cargando como de costumbre con un portafolios atiborrado de libros. Wong y Gregorovius se detuvieron bajo el farol (y parecían estar tomando una ducha juntos), saludándose con cierta solemnidad. En el portal de la casa de Ronald hubo un interludio de cierraparaguas *comment ça va* a ver si alguien enciende un fósforo está rota la *minuterie* qué noche inmunda ah, *oui c'est vache,* y una ascensión más bien confusa interrumpida en el primer rellano por una pareja sentada en un peldaño y sumida profundamente en el acto de besarse.

—*Allez, c'est pas une heure pour faire les cons* —dijo Etienne.

—*Ta gueule* —contestó una voz ahogada—. *Montez, montez, ne vous gênez pas. Ta bouche, mon trésor.*

—*Salaud va* —dijo Etienne—. Es Guy Monod, un gran amigo mío.

9 En el quinto piso los esperaban Ronald y Babs, cada uno con una vela en la mano y oliendo a vodka barato. Wong hizo una seña, todo el mundo se detuvo en la escalera, y brotó a capela el himno profano del Club de la Serpiente. Después entraron corriendo en el departamento, antes de que empezaran a asomarse los vecinos.

Ronald se apoyó contra la puerta. Pelirrojamente en camisa a cuadros.

—La casa está rodeada de catalejos, *damn it.* A las diez de la noche se instala aquí el dios Silencio, y guay del que lo sacrilegue. Ayer subió a increparnos un funcionario. Babs, ¿qué nos dice el digno señor?

—Nos dice: «Quejas reiteradas».

—¿Y qué hacemos nosotros? —dijo Ronald, entreabriendo la puerta para que entrara Guy Monod.

—Nosotros hacemos esto —dijo Babs, con un perfecto corte de mangas y un violento pedo oral.

—¿Y tu chica? —preguntó Ronald.

—No sé, se confundió de camino —dijo Guy—. Yo creo que se ha ido, estábamos lo más bien en la escalera, y de golpe. Más arriba no estaba. Bah, qué importa, es suiza.

(-104)

10

Las nubes aplastadas y rojas sobre el barrio latino de noche, el aire húmedo con todavía algunas gotas de agua que un viento desganado tiraba contra la ventana malamente iluminada, los vidrios sucios, uno de ellos roto y arreglado con un pedazo de esparadrapo rosa. Más arriba, debajo de las canaletas de plomo, dormirían las palomas también de plomo, metidas en sí mismas, ejemplarmente antigárgolas. Protegido por la ventana el paralelepípedo musgoso, oliente a vodka y a velas de cera, a ropa mojada y a restos de guiso, vago taller de Babs ceramista y de Ronald músico, sede del Club, sillas de caña, reposeras desteñidas, pedazos de lápices y alambre por el suelo, lechuza embalsamada con la mitad de la cabeza podrida, un tema vulgar, mal tocado, un disco viejo con un áspero fondo de púa, un raspar crujir crepitar incesantes, un saxo lamentable que en alguna noche del 28 o 29 había tocado como con miedo de perderse, sostenido por una percusión de colegio de señoritas, un piano cualquiera. Pero después venía una guitarra incisiva que parecía anunciar el paso a otra cosa, y de pronto (Ronald los había prevenido alzando el dedo) una corneta se desgajó del resto y dejó caer las dos primeras notas del tema, apoyándose en ellas como en un tram-

10 polín. Bix dio el salto en pleno corazón, el claro dibujo se inscribió en el silencio con un lujo de zarpazo. Dos muertos se batían fraternalmente ovillándose y desentendiéndose, Bix y Eddie Lang (que se llamaba Salvatore Massaro) jugaban con la pelota *I'm coming, Virginia,* y dónde estaría enterrado Bix, pensó Oliveira, y dónde Eddie Lang, a cuántas millas una de otra sus dos nadas que en una noche futura de París se batían guitarra contra corneta, *gin* contra mala suerte, el *jazz.*

—Se está bien aquí. Hace calor, está oscuro.

—Bix, qué loco formidable. Poné *Jazz me Blues*, viejo.

—La influencia de la técnica en el arte —dijo Ronald metiendo las manos en una pila de discos, mirando vagamente las etiquetas—. Estos tipos de antes del *long play* tenían menos de tres minutos para tocar. Ahora te viene un pajarraco como Stan Getz y se te planta veinticinco minutos delante del micrófono, puede soltarse a gusto, dar lo mejor que tiene. El pobre Bix se tenía que arreglar con un coro y gracias, apenas entraban en calor zas, se acabó. Lo que habrán rabiado cuando grababan discos.

—No tanto —dijo Perico—. Era como hacer sonetos en vez de odas, y eso que yo de esas pajolerías no entiendo nada. Vengo porque estoy cansado de leer en mi cuarto un estudio de Julián Marías que no termina nunca.

(-65)

II

Gregorovius se dejó llenar el vaso de vodka y empezó a beber a sorbos delicados. Dos velas ardían en la repisa de la chimenea donde Babs guardaba las medias sucias y las botellas de cerveza. A través del vaso hialino Gregorovius admiró el desapegado arder de las dos velas, tan ajenas a ellos y anacrónicas como la corneta de Bix entrando y saliendo desde un tiempo diferente. Le molestaban un poco los zapatos de Guy Monod que dormía en el diván o escuchaba con los ojos cerrados. La Maga vino a sentarse en el suelo con un cigarrillo en la boca. En los ojos le brillaban las llamas de las velas verdes. Gregorovius la contempló extasiado, acordándose de una calle de Morlaix al anochecer, un viaducto altísimo, nubes.

—Esa luz es tan usted, algo que viene y va, que se mueve todo el tiempo.

—Como la sombra de Horacio —dijo la Maga—. Le crece y le descrece la nariz, es extraordinario.

—Babs es la pastora de las sombras —dijo Gregorovius—. A fuerza de trabajar la arcilla, esas sombras concretas... Aquí todo respira, un contacto perdido se restablece; la música ayuda, el vodka, la amistad... Esas sombras en la cornisa; la habitación tiene pulmones, algo que late.

11 Sí, la electricidad es eleática, nos ha petrificado las sombras. Ahora forman parte de los muebles y las caras. Pero aquí, en cambio... Mire esa moldura, la respiración de su sombra, la voluta que sube y baja. El hombre vivía entonces en una noche blanda, permeable, en un diálogo continuo. Los terrores, qué lujo para la imaginación...

Juntó las manos, separando apenas los pulgares: un perro empezó a abrir la boca en la pared y a mover las orejas. La Maga se reía. Entonces Gregorovius le preguntó cómo era Montevideo, el perro se disolvió de golpe, porque él no estaba bien seguro de que ella fuese uruguaya; Lester Young y los Kansas City Six. Sh... (Ronald dedo en la boca).

—A mí me suena raro el Uruguay. Montevideo debe estar lleno de torres, de campanas fundidas después de las batallas. No me diga que en Montevideo no hay grandísimos lagartos a la orilla del río.

—Por supuesto —dijo la Maga—. Son cosas que se visitan tomando el ómnibus que va a Pocitos.

—¿Y la gente conoce bien a Lautréamont, en Montevideo?

—¿Lautréamont? —preguntó la Maga.

Gregorovius suspiró y bebió más vodka. Lester Young, saxo tenor, Dickie Wells, trombón, Joe Bushkin, piano, Bill Coleman, trompeta, John Simmons, contrabajo, Jo Jones, batería. *Four O'Clock Drag*. Sí, grandísimos lagartos, trombones a la orilla del río, *blues* arrastrándose, probablemente *drag* quería decir lagarto de tiempo, arrastre interminable de las cuatro de la mañana. O completamente otra cosa. «Ah, Lautréamont», decía la Maga recordando de golpe. «Sí, yo creo que lo conocen muchísimo».

—Era uruguayo, aunque no lo parezca.

—No parece —dijo la Maga, rehabilitándose.

—En realidad, Lautréamont... Pero Ronald se está enojando, ha puesto a uno de sus ídolos. Habría que callarse, una lástima. Hablemos muy bajo y usted me cuenta Montevideo. 11

—*Ah, merde alors* —dijo Etienne mirándolos furioso. El vibráfono tanteaba el aire, iniciando escaleras equívocas, dejando un peldaño en blanco saltaba cinco de una vez y reaparecía en lo más alto, Lionel Hampton balanceaba *Save it pretty mamma,* se soltaba y caía rodando entre vidrios, giraba en la punta de un pie, constelaciones instantáneas, cinco estrellas, tres estrellas, diez estrellas, las iba apagando con la punta del escarpín, se hamacaba con una sombrilla japonesa girando vertiginosamente en la mano, y toda la orquesta entró en la caída final, una trompeta bronca, la tierra, vuelta abajo, volatinero al suelo, *finibus,* se acabó. Gregorovius oía en un susurro Montevideo vía la Maga, y quizá iba a saber por fin algo más de ella, de su infancia, si verdaderamente se llamaba Lucía como Mimí, estaba a esa altura del vodka en que la noche empieza a ponerse magnánima, todo le juraba fidelidad y esperanza, Guy Monod había replegado las piernas y los duros zapatos ya no se clavaban en la rabadilla de Gregorovius, la Maga se apoyaba un poco en él, livianamente sentía la tibieza de su cuerpo, cada movimiento que hacía para hablar o seguir la música. Entrecerradamente Gregorovius alcanzaba a distinguir el rincón donde Ronald y Wong elegían y pasaban los discos, Oliveira y Babs en el suelo, apoyados en una manta esquimal clavada en la pared, Horacio oscilando cadencioso en el tabaco, Babs perdida de vodka y alquiler vencido y unas tinturas que fallaban a los trescientos grados, un azul que se resolvía en rombos anaranjados, algo insoportable. Entre el humo los labios de Oliveira se movían en silencio, hablaba para adentro, hacia atrás, a otra

11 cosa que retorcía imperceptiblemente las tripas de Gregorovius, no sabía por qué, a lo mejor porque esa como ausencia de Horacio era una farsa, le dejaba a la Maga para que jugara un rato, pero él seguía ahí, moviendo los labios en silencio, hablándose con la Maga entre el humo y el *jazz,* riéndose para adentro de tanto Lautréamont y tanto Montevideo.

(-136)

12

A Gregorovius siempre le habían gustado las reuniones del Club, porque en realidad eso no era en absoluto un club y respondía así a su más alto concepto del género. Le gustaba Ronald por su anarquía, por Babs, por la forma en que se estaban matando minuciosamente sin importárseles nada, entregados a la lectura de Carson McCullers, de Miller, de Raymond Queneau, al *jazz* como un modesto ejercicio de liberación, al reconocimiento sin ambages de que los dos habían fracasado en las artes. Le gustaba, por así decirlo, Horacio Oliveira, con el que tenía una especie de relación persecutoria, es decir que a Gregorovius lo exasperaba la presencia de Oliveira en el mismo momento en que se lo encontraba, después de haberlo estado buscando sin confesárselo, y a Horacio le hacían gracia los misterios baratos con que Gregorovius envolvía sus orígenes y sus modos de vida, lo divertía que Gregorovius estuviera enamorado de la Maga y creyera que él no lo sabía, y los dos se admitían y se rechazaban en el mismo momento, con una especie de torear ceñido que era al fin y al cabo uno de los tantos ejercicios que justificaban las reuniones del Club. Jugaban mucho a hacerse los inteligentes, a organizar series de alusiones que desesperaban a la Maga y ponían

12 furiosa a Babs, les bastaba mencionar de paso cualquier cosa, como ahora que Gregorovius pensaba que verdaderamente entre él y Horacio había una especie de persecución desilusionada, y de inmediato uno de ellos citaba al mastín del cielo, *I fled Him,* etcétera, y mientras la Maga los miraba con una especie de humilde desesperación, ya el otro estaba en el volé tan alto, tan alto que a la caza le di alcance, y acababan riéndose de ellos mismos pero ya era tarde, porque a Horacio le daba asco ese exhibicionismo de la memoria asociativa, y Gregorovius se sentía aludido por ese asco que ayudaba a suscitar, y entre los dos se instalaba como un resentimiento de cómplices, y dos minutos después reincidían, y eso, entre otras cosas, eran las sesiones del Club.

—Pocas veces se ha tomado aquí un vodka tan malo —dijo Gregorovius llenando el vaso—. Lucía, usted me estaba por contar de su niñez. No es que me cueste imaginármela a orillas del río, con trenzas y un color rosado en las mejillas, como mis compatriotas de Transilvania, antes de que se le fueran poniendo pálidas con este maldito clima luteciano.

—¿Luteciano? —preguntó la Maga.

Gregorovius suspiró. Se puso a explicarle y la Maga lo escuchaba humildemente y aprendiendo, cosa que siempre hacía con gran intensidad hasta que la distracción venía a salvarla. Ahora Ronald había puesto un viejo disco de Hawkins, y la Maga parecía resentida por esas explicaciones que le estropeaban la música y no eran lo que ella esperaba siempre de una explicación, una cosquilla en la piel, una necesidad de respirar hondo como debía respirar Hawkins antes de atacar otra vez la melodía y como a veces respiraba ella cuando Horacio se dignaba explicarle de veras un verso oscuro, agregándole esa otra oscuridad fabu-

losa donde ahora, si él le hubiese estado explicando lo 12
de los lutecianos en vez de Gregorovius, todo se hubiera fundido en una misma felicidad, la música de Hawkins, los lutecianos, la luz de las velas verdes, la cosquilla, la profunda respiración que era su única certidumbre irrefutable, algo solo comparable a Rocamadour o la boca de Horacio o a veces un *adagio* de Mozart que ya casi no se podía escuchar de puro arruinado que estaba el disco.

—No sea así —dijo humildemente Gregorovius—. Lo que yo quería era entender un poco mejor su vida, eso que es usted y que tiene tantas facetas.

—Mi vida —dijo la Maga—. Ni borracha la contaría. Y no me va a entender mejor porque le cuente mi infancia, por ejemplo. No tuve infancia, además.

—Yo tampoco. En Herzegovina.

—Yo en Montevideo. Le voy a decir una cosa, a veces sueño con la escuela primaria, es tan horrible que me despierto gritando. Y los quince años, yo no sé si usted ha tenido alguna vez quince años.

—Creo que sí —dijo Gregorovius inseguro.

—Yo sí, en una casa con patio y macetas donde mi papá tomaba mate y leía revistas asquerosas. ¿A usted le vuelve su papá? Quiero decir el fantasma.

—No, en realidad más bien mi madre —dijo Gregorovius—. La de Glasgow, sobre todo. Mi madre en Glasgow a veces vuelve, pero no es un fantasma; un recuerdo demasiado mojado, eso es todo. Se va con Alka-seltzer, es fácil. ¿Entonces a usted...?

—Qué sé yo —dijo la Maga, impaciente—. Es esa música, esas velas verdes, Horacio ahí en ese rincón, como un indio. ¿Por qué le tengo que contar cómo vuelve? Pero hace unos días me había quedado en casa esperando a Horacio, ya había caído la noche, yo estaba sentada cerca de

12 la cama y afuera llovía, un poco como en ese disco. Sí, era un poco así, yo miraba la cama esperando a Horacio, no sé cómo la colcha de la cama estaba puesta de una manera, de golpe vi a mi papá de espaldas y con la cara tapada como siempre que se emborrachaba y se iba a dormir. Se veían las piernas, la forma de una mano sobre el pecho. Sentí que se me paraba el pelo, quería gritar, en fin, eso que una siente, a lo mejor usted ha tenido miedo alguna vez... Quería salir corriendo, la puerta estaba tan lejos, en el fondo de pasillos y más pasillos, la puerta cada vez más lejos y se veía subir y bajar la colcha rosa, se oía el ronquido de mi papá, de un momento a otro iba a asomar una mano, los ojos, y después la nariz como un gancho, no, no vale la pena que le cuente todo eso, al final grité tanto que vino la vecina de abajo y me dio té, y después Horacio me trató de histérica.

Gregorovius le acarició el pelo, y la Maga agachó la cabeza. «Ya está», pensó Oliveira, renunciando a seguir los juegos de Dizzy Gillespie sin red en el trapecio más alto, «ya está, tenía que ser. Anda loco por esa mujer, y se lo dice así, con los diez dedos. Cómo se repiten los juegos. Calzamos en moldes más que usados, aprendemos como idiotas cada papel más que sabido. Pero si soy yo mismo acariciándole el pelo, y ella me está contando sagas rioplatenses, y le tenemos lástima, entonces hay que llevarla a casa, un poco bebidos todos, acostarla despacio acariciándola, soltándole la ropa, despacito, despacito cada botón, cada cierre relámpago, y ella no quiere, quiere, no quiere, se endereza, se tapa la cara, llora, nos abraza como para proponernos algo sublime, ayuda a bajarse el *slip,* suelta un zapato con un puntapié que nos parece una protesta y nos excita a los últimos arrebatos, ah, es innoble, innoble. Te voy a tener que romper la cara, Ossip Gregorovius,

pobre amigo mío. Sin ganas, sin lástima, como eso que está 12
soplando Dizzy, sin lástima, sin ganas, tan absolutamente sin ganas como eso que está soplando Dizzy».

—Un perfecto asco —dijo Oliveira—. Sacame esa porquería del plato. Yo no vengo más al Club si aquí hay que escuchar a ese mono sabio.

—Al señor no le gusta el *bop* —dijo Ronald, sarcástico—. Esperá un momento, enseguida te pondremos algo de Paul Whiteman.

—Solución de compromiso —dijo Etienne—. Coincidencia de todos los sufragios oigamos a Bessie Smith, Ronald de mi alma, la paloma en la jaula de bronce.

Ronald y Babs se largaron a reír, no se veía bien por qué, y Ronald buscó en la pila de viejos discos. La púa crepitaba horriblemente, algo empezó a moverse en lo hondo como capas y capas de algodones entre la voz y los oídos, Bessie cantando con la cara vendada, metida en un canasto de ropa sucia, y la voz salía cada vez más ahogada, pegándose a los trapos salía y clamaba sin cólera ni limosna *I wanna be somebody's baby doll,* se replegaba a la espera, una voz de esquina y de casa atestada de abuelas, *to be somebody's baby doll*, más caliente y anhelante, jadeando ya *I wanna be somebody's baby doll...*

Quemándose la boca con un largo trago de vodka, Oliveira pasó el brazo por los hombros de Babs y se apoyó en su cuerpo confortable. «Los intercesores», pensó, hundiéndose blandamente en el humo del tabaco. La voz de Bessie se adelgazaba hacia el fin del disco, ahora Ronald daría vuelta la placa de baquelita (si era baquelita) y de ese pedazo de materia gastada renacería una vez más *Empty Bed Blues,* una noche de los años veinte en algún rincón de los Estados Unidos. Ronald había cerrado los ojos, las manos apoyadas en las rodillas marcaban apenas el ritmo. También Wong

12 y Etienne habían cerrado los ojos, la pieza estaba casi a oscuras y se oía chirriar la púa en el viejo disco, a Oliveira le costaba creer que todo eso estuviera sucediendo. ¿Por qué allí, por qué el Club, esas ceremonias estúpidas, por qué era así ese *blues* cuando lo cantaba Bessie? «Los intercesores», pensó otra vez, hamacándose con Babs que estaba completamente borracha y lloraba en silencio escuchando a Bessie, estremeciéndose a compás o a contratiempo, sollozando para adentro para no alejarse por nada de los blues de la cama vacía, la mañana siguiente, los zapatos en los charcos, el alquiler sin pagar, el miedo a la vejez, imagen cenicienta del amanecer en el espejo a los pies de la cama, los *blues,* el *cafard* infinito de la vida. «Los intercesores, una irrealidad mostrándonos otra, como los santos pintados que muestran el cielo con el dedo. No puede ser que esto exista, que realmente estemos aquí, que yo sea alguien que se llama Horacio. Ese fantasma ahí, esa voz de una negra muerta hace veinte años en un accidente de auto: eslabones en una cadena inexistente, cómo nos sostenemos aquí, cómo podemos estar reunidos esta noche si no es por un mero juego de ilusiones, de reglas aceptadas y consentidas, de pura baraja en las manos de un tallador inconcebible...».

—No llorés —le dijo Oliveira a Babs, hablándole al oído—. No llorés, Babs, todo esto no es verdad.

—Oh, sí, oh, sí que es verdad —dijo Babs, sonándose—. Oh, sí que es verdad.

—Será —dijo Oliveira, besándola en la mejilla—, pero no es la verdad.

—Como esas sombras —dijo Babs, tragándose los mocos y moviendo la mano de un lado a otro— y uno está tan triste, Horacio, porque todo es tan hermoso.

Pero todo eso, el canto de Bessie, el arrullo de Coleman Hawkins, ¿no eran ilusiones, y no eran algo todavía peor, la

ilusión de otras ilusiones, una cadena vertiginosa hacia atrás, 12
hacia un mono mirándose en el agua el primer día del mundo? Pero Babs lloraba, Babs había dicho: «Oh, sí, oh, sí que es verdad», y Oliveira, un poco borracho él también, sentía ahora que la verdad estaba en eso, en que Bessie y Hawkins fueran ilusiones, porque solamente las ilusiones eran capaces de mover a sus fieles, las ilusiones y no las verdades. Y había más que eso, había la intercesión, el acceso por las ilusiones a un plano, a una zona inimaginable que hubiera sido inútil pensar porque todo pensamiento lo destruía apenas procuraba cercarlo. Una mano de humo lo llevaba de la mano, lo iniciaba en un descenso, si era un descenso, le mostraba un centro, si era un centro, le ponía en el estómago, donde el vodka hervía dulcemente cristales y burbujas, algo que otra ilusión infinitamente hermosa y desesperada había llamado en algún momento inmortalidad. Cerrando los ojos alcanzó a decirse que si un pobre ritual era capaz de excentrarlo así para mostrarle mejor un centro, excentrarlo hacia un centro sin embargo inconcebible, tal vez no todo estaba perdido y alguna vez, en otras circunstancias, después de otras pruebas, el acceso sería posible. ¿Pero acceso a qué, para qué? Estaba demasiado borracho para sentar por lo menos una hipótesis de trabajo, hacerse una idea de la posible ruta. No estaba lo bastante borracho para dejar de pensar consecutivamente, y le bastaba ese pobre pensamiento para sentir que lo alejaba cada vez más de algo demasiado lejano, demasiado precioso para mostrarse a través de esas nieblas torpemente propicias, la niebla vodka, la niebla Maga, la niebla Bessie Smith. Empezó a ver anillos verdes que giraban vertiginosamente, abrió los ojos. Por lo común después de los discos le venían ganas de vomitar.

(-106)

13

Envuelto en humo Ronald largaba disco tras disco casi sin molestarse en averiguar las preferencias ajenas, y de cuando en cuando Babs se levantaba del suelo y se ponía también a hurgar en las pilas de viejos discos de 78, elegía cinco o seis y los dejaba sobre la mesa al alcance de Ronald que se echaba hacia adelante y acariciaba a Babs que se retorcía riendo y se sentaba en sus rodillas, apenas un momento porque Ronald quería estar tranquilo para escuchar *Don't Play Me Cheap.*

Satchmo cantaba

Don't you play me cheap
Because I look so meek

y Babs se retorcía en las rodillas de Ronald, excitada por la manera de cantar de Satchmo, el tema era lo bastante vulgar para permitirse libertades que Ronald no le hubiera consentido cuando Satchmo cantaba *Yellow Dog Blues,* y porque en el aliento que Ronald le estaba echando en la nuca había una mezcla de vodka y *sauerkraut* que titilaba espantosamente a Babs. Desde su altísimo punto de mira, en una especie de admirable pirámide de humo y música y vodka y *sauerkraut* y manos de Ronald permitiéndose excursiones y contramarchas, Babs condescendía a mirar hacia abajo por entre los párpados entornados y veía a Oliveira en el suelo, la espalda apoyada en la pared contra la piel esquimal, fumando y ya perdidamente borracho, con una cara sudamericana resentida y amarga donde la boca sonreía a veces entre pitada y pitada, los labios de Oliveira que Babs había deseado alguna vez (no ahora) se curvaban apenas mientras el resto de la cara estaba como lavado y ausente. Por más que le gustara el *jazz* Oliveira nunca entraría en el juego como Ronald, para él sería bueno o malo, *hot* o *cool,* blanco o negro, antiguo o moderno, Chicago o New Orleans, nunca el jazz, nunca eso que ahora eran Satchmo, Ronald y Babs, *Baby don't you play me cheap because I look so meek,* y después la llamarada de la trompeta, el falo amarillo rompiendo el aire y gozando con avances y retrocesos y hacia el final tres notas ascendentes, hipnóticamente de oro puro, una perfecta pausa donde todo el *swing* del mundo palpitaba en un instante intolerable, y entonces la eyaculación de un sobreagudo resbalando y cayendo como un cohete en la noche sexual, la mano de Ronald acariciando el cuello de Babs y la crepitación de la púa mientras el disco seguía girando y el silencio que había en toda música verdadera se desarrimaba lentamente de las paredes, salía de debajo del diván, se despegaba como labios o capullos. 13

—*Ça alors* —dijo Etienne.

—Sí, la gran época de Armstrong —dijo Ronald, examinando la pila de discos que había elegido Babs—. Como el período del gigantismo en Picasso, si quieres. Ahora están los dos hechos unos cerdos. Pensar que los médicos inventan curas de rejuvenecimiento... Nos van a seguir jodiendo otros veinte años, verás.

13 —A nosotros no —dijo Etienne—. Nosotros ya les hemos pegado un tiro en el momento justo, y ojalá me lo peguen a mí cuando sea la hora.

—La hora justa, casi nada pedís, pibe —dijo Oliveira, bostezando—. Pero es cierto que ya les pegamos el tiro de gracia. Con una rosa en vez de una bala, por decirlo así. Lo que sigue es costumbre y papel carbónico, pensar que Armstrong ha ido ahora por primera vez a Buenos Aires, no te podés imaginar los miles de cretinos convencidos de que estaban escuchando algo del otro mundo, y Satchmo con más trucos que un boxeador viejo, esquivando el bulto, cansado y monetizado y sin importarle un pito lo que hace, pura rutina, mientras algunos amigos que estimo y que hace veinte años se tapaban las orejas si les ponías *Mahogany Hall Stomp,* ahora pagan qué sé yo cuántos mangos la platea para oír esos refritos. Claro que mi país es un puro refrito, hay que decirlo con todo cariño.

—Empezando por ti —dijo Perico detrás de un diccionario—. Aquí has venido siguiendo el molde de todos tus connacionales que se largaban a París para hacer su educación sentimental. Por lo menos en España eso se aprende en el burdel y en los toros, coño.

—Y en la condesa de Pardo Bazán —dijo Oliveira, bostezando de nuevo—. Por lo demás tenés bastante razón, pibe. Yo en realidad donde debería estar es jugando al truco con Traveler. Verdad que no lo conocés. No conocés nada de todo eso. ¿Para qué hablar?

(-115)

14

Salió del rincón donde estaba metido, puso un pie en una porción del piso después de examinarlo como si fuera necesario escoger exactamente el lugar para poner el pie, después adelantó el otro con la misma cautela, y a dos metros de Ronald y Babs empezó a encogerse hasta quedar impecablemente instalado en el suelo.

—Llueve —dijo Wong, mostrando con el dedo el tragaluz de la bohardilla.

Disolviendo la nube de humo con una lenta mano, Oliveira contempló a Wong desde un amistoso contento.

—Menos mal que alguien se decide a situarse al nivel del mar, no se ven más que zapatos y rodillas por todos lados. ¿Dónde está su vaso, che?

—Por ahí —dijo Wong.

A la larga resultó que el vaso estaba lleno y a tiro. Se pusieron a beber, apreciativos, y Ronald les soltó un John Coltrane que hizo bufar a Perico. Y después un Sidney Bechet época París merengue, un poco como tomada de pelo a las fijaciones hispánicas.

—¿Es cierto que usted prepara un libro sobre la tortura?

—Oh, no es exactamente eso —dijo Wong.

14 —¿Qué es, entonces?

—En China se tenía un concepto distinto del arte.

—Ya lo sé, todos hemos leído al chino Mirbeau. ¿Es cierto que usted tiene fotos de torturas, tomadas en Pekín en mil novecientos veinte o algo así?

—Oh, no —dijo Wong, sonriendo—. Están muy borrosas, no vale la pena mostrarlas.

—¿Es cierto que siempre lleva la peor en la cartera?

—Oh, no —dijo Wong.

—¿Y que la ha mostrado a unas mujeres en un café?

—Insistían tanto —dijo Wong—. Lo peor es que no comprendieron nada.

—A ver —dijo Oliveira, estirando la mano.

Wong se puso a mirarle la mano, sonriendo. Oliveira estaba demasiado borracho para insistir. Bebió más vodka y cambió de postura. Le pusieron una hoja de papel doblada en cuatro en la mano. En lugar de Wong había una sonrisa de gato de Cheshire y una especie de reverencia entre el humo. El poste debía medir unos dos metros, pero, había ocho postes, solamente que era el mismo poste repetido ocho veces en cuatro series de dos fotos cada una, que se miraban de izquierda a derecha y de arriba abajo, el poste era exactamente el mismo a pesar de ligeras diferencias de enfoque, lo único que iba cambiando era el condenado sujeto al poste, las caras de los asistentes (había una mujer a la izquierda) y la posición del verdugo, siempre un poco a la izquierda por gentileza hacia el fotógrafo, algún etnólogo norteamericano o danés con buen pulso pero una Kodak del año 20, instantáneas bastante malas, de manera que aparte de la segunda foto, cuando la suerte de los cuchillos había decidido oreja derecha y el resto del cuerpo desnudo se veía perfectamente nítido, las otras fotos, entre la sangre que iba cubriendo el cuerpo y

la mala calidad de la película o del revelado, eran bastante 14
decepcionantes sobre todo a partir de la cuarta, en que el condenado no era más que una masa negruzca de la que sobresalía la boca abierta y un brazo muy blanco, las tres últimas fotos eran prácticamente idénticas salvo la actitud del verdugo, en la sexta foto agachado junto a la bolsa de los cuchillos, sacando la suerte (pero debía trampear, porque si empezaban por los cortes más profundos...), y mirando mejor se alcanzaba a ver que el torturado estaba vivo porque un pie se desviaba hacia afuera a pesar de la presión de las sogas, y la cabeza estaba echada hacia atrás, la boca siempre abierta, en el suelo la gentileza china debía haber amontonado abundante aserrín porque el charco no aumentaba, hacía un óvalo casi perfecto en torno al poste. «La séptima es la crítica», la voz de Wong venía desde muy atrás del vodka y el humo, había que mirar con atención porque la sangre chorreaba desde los dos medallones de las tetillas profundamente cercenadas (entre la segunda y tercera foto), pero se veía que en la séptima había salido un cuchillo decisivo porque la forma de los muslos ligeramente abiertos hacia afuera parecía cambiar, y acercándose bastante la foto a la cara se veía que el cambio no era en los muslos sino entre las ingles, en lugar de la mancha borrosa de la primera foto había como un agujero chorreado, una especie de sexo de niña violada de donde saltaba la sangre en hilos que resbalaban por los muslos. Y si Wong desdeñaba la octava foto debía tener razón porque el condenado ya no podía estar vivo, nadie deja caer en esa forma la cabeza de costado. «Según mis informes la operación total duraba una hora y media», observó ceremoniosamente Wong. La hoja de papel se plegó en cuatro, una billetera de cuero negro se abrió como un caimancito para comérsela entre el humo. «Por supuesto, Pekín ya no es el de

14 antes. Lamento haberle mostrado algo bastante primitivo, pero otros documentos no se pueden llevar en el bolsillo, hacen falta explicaciones, una iniciación...». La voz llegaba de tan lejos que parecía una prolongación de las imágenes, una glosa de letrado ceremonioso. Por encima o por debajo Big Bill Broonzy empezó a salmodiar *See, see, rider,* como siempre todo convergía desde dimensiones inconciliables, un grotesco *collage* que había que ajustar con vodka y categorías kantianas, esos tranquilizantes contra cualquier coagulación demasiado brusca de la realidad. O, como casi siempre, cerrar los ojos y volverse atrás, al mundo algodonoso de cualquier otra noche escogida atentamente de entre la baraja abierta. *See, see, rider,* cantaba Big Bill, otro muerto, *see what you have done.*

(-114)

15

Entonces era tan natural que se acordara de la noche en el canal Saint-Martin, la propuesta que le habían hecho (mil francos) para ver una película en la casa de un médico suizo. Nada, un operador del Eje que se las había arreglado para filmar un ahorcamiento con todos los detalles. En total dos rollos, eso sí, mudos. Pero una fotografía admirable, se lo garantizaban. Podía pagar a la salida.

En el minuto necesario para resolverse a decir que no y mandarse mudar del café con la negra haitiana amiga del amigo del médico suizo, había tenido tiempo de imaginar la escena y situarse, cuándo no, del lado de la víctima. Que ahorcaran a alguien era-lo-que-era, sobraban las palabras, pero si ese alguien había sabido (y el refinamiento podía haber estado en decírselo) que una cámara iba a registrar cada instante de sus muecas y sus retorcimientos para deleite de diletantes del futuro... «Por más que me pese nunca seré un indiferente como Etienne», pensó Oliveira. «Lo que pasa es que me obstino en la inaudita idea de que el hombre ha sido creado para otra cosa. Entonces, claro... Qué pobres herramientas para encontrarle una salida a este agujero». Lo peor era que había mirado fríamente las fotos de Wong, tan solo porque el torturado no

15 era su padre, aparte de que ya hacía cuarenta años de la operación pekinesa.

—Mirá —le dijo Oliveira a Babs, que se había vuelto con él después de pelearse con Ronald que insistía en escuchar a Ma Rainey y se despectivaba contra Fats Waller—, es increíble cómo se puede ser de canalla. ¿Qué pensaba Cristo en la cama antes de dormirse, che? De golpe, en la mitad de una sonrisa la boca se te convierte en una araña peluda.

—Oh —dijo Babs—. *Delirium tremens* no, eh. A esta hora.

—Todo es superficial, nena, todo es epi-dér-mico. Mirá, de muchacho yo me las agarraba con las viejas de la familia, hermanas y esas cosas, toda la basura genealógica, ¿sabés por qué? Bueno, por un montón de pavadas, pero entre ellas porque a las señoras cualquier fallecimiento, como dicen ellas, cualquier crepación que ocurre en la cuadra es muchísimo más importante que un frente de guerra, un terremoto que liquida a diez mil tipos, cosas así. Uno es verdaderamente cretino, pero cretino a un punto que no te podés imaginar, Babs, porque para eso hay que haberse leído todo Platón, varios Padres de la Iglesia, los clásicos sin que falte ni uno, y además saber todo lo que hay que saber sobre todo lo cognoscible, y exactamente en ese momento uno llega a un cretinismo tan increíble que es capaz de agarrar a su pobre madre analfabeta por la punta de la mañanita y enojarse porque la señora está afligidísima a causa de la muerte del rusito de la esquina o de la sobrina de la del tercero. Y uno le habla del terremoto de Bab El Mandeb o de la ofensiva de Vardar Ingh, y pretende que la infeliz se compadezca en abstracto de la liquidación de tres clases del ejército iranio...

—*Take it easy* —dijo Babs—. *Have a drink, sonny, don't be such a murder to me.*

—Y en realidad todo se reduce a aquello de que ojos 15
que no ven... ¿Qué necesidad, decime, de pegarles a las viejas en el coco con nuestra puritana adolescencia de cretinos mierdosos? Che, qué *sbornia* tengo, hermano. Yo me voy a casa.

Pero le costaba renunciar a la manta esquimal tan tibia, a la contemplación lejana y casi indiferente de Gregorovius en pleno interviú sentimental de la Maga. Arrancándose a todo como si desplumara un viejo gallo cadavérico que resiste como macho que ha sido, suspiró aliviado al reconocer el tema de *Blue Interlude,* un disco que había tenido alguna vez en Buenos Aires. Ya ni se acordaba del personal de la orquesta pero sí que ahí estaban Benny Carter y quizá Chu Berry, y oyendo el difícilmente sencillo solo de Teddy Wilson decidió que era mejor quedarse hasta el final de la discada. Wong había dicho que estaba lloviendo, todo el día había estado lloviendo. Ese debía ser Chu Berry, a menos que fuera Hawkins en persona, pero no, no era Hawkins. «Increíble cómo nos estamos empobreciendo todos», pensó Oliveira mirando a la Maga que miraba a Gregorovius que miraba el aire. «Acabaremos por ir a la Bibliothèque Mazarine a hacer fichas sobre las mandrágoras, los collares de los bantúes o la historia comparada de las tijeras para uñas». Imaginar un repertorio de insignificancias, el enorme trabajo de investigarlas y conocerlas a fondo. Historia de las tijeras para uñas, dos mil libros para adquirir la certidumbre de que hasta 1675 no se menciona este adminículo. De golpe en Maguncia alguien estampa la imagen de una señora cortándose una uña. No es exactamente un par de tijeras, pero se le parece. En el siglo XVIII un tal Philip McKinney patenta en Baltimore las primeras tijeras con resorte: problema resuelto, los dedos pueden presionar de lleno para cortar las uñas de los pies, increíblemente

15 córneas, y la tijera vuelve a abrirse automáticamente. Quinientas fichas, un año de trabajo. Si pasáramos ahora a la invención del tornillo o al uso del verbo *gond* en la literatura pali del siglo VIII. Cualquier cosa podía ser más interesante que adivinar el diálogo entre la Maga y Gregorovius. Encontrar una barricada, cualquier cosa, Benny Carter, las tijeras de uñas, el verbo *gond,* otro vaso, un empalamiento ceremonial exquisitamente conducido por un verdugo atento a los menores detalles, o Champion Jack Dupree perdido en los *blues,* mejor barricado que él porque (y la púa hacía un ruido horrible)

Say goodbye, goodbye to whiskey
Lordy, so long to gin,
Say goodbye, goodbye to whiskey
Lordy, so long to gin.
Y just want my reefers,
Y just want to feel high again —

De manera que con toda seguridad Ronald volvería a Big Bill Broonzy, guiado por asociaciones que Oliveira conocía y respetaba, y Big Bill les hablaría de otra barricada con la misma voz con que la Maga le estaría contando a Gregorovius su infancia en Montevideo, Big Bill sin amargura, *matter of fact,*

They said if you white, you all right,
If you brown, stick aroun',
But as you black
Mm, mm, brother, get back, get back, get back.

—Ya sé que no se gana nada —dijo Gregorovius—. Los recuerdos solo pueden cambiar el pasado menos interesante.

—Sí, no se gana nada —dijo la Maga. 15

—Por eso, si le pedí que me hablara de Montevideo, fue porque usted es como una reina de baraja para mí, toda de frente pero sin volumen. Se lo digo así para que me comprenda.

—Y Montevideo es el volumen... Pavadas, pavadas, pavadas. ¿A qué le llama tiempos viejos, usted? A mí todo lo que me ha sucedido me ha sucedido ayer, anoche a más tardar.

—Mejor —dijo Gregorovius—. Ahora es una reina, pero no de baraja.

—Para mí, entonces no es hace mucho. Entonces es lejos, muy lejos, pero no hace mucho. Las recovas de la plaza Independencia, vos también las conocés, Horacio, esa plaza tan triste con las parrilladas, seguro que por la tarde hubo algún asesinato y los canillitas están voceando el diario en las recovas.

—La lotería y todos los premios —dijo Horacio.

—La descuartizada del Salto, la política, el fútbol...

—El vapor de la carrera, una cañita Ancap. Color local, che.

—Debe ser tan exótico —dijo Gregorovius, poniéndose de manera de taparle la visión a Oliveira y quedarse más solo con la Maga que miraba las velas y seguía el compás con el pie.

—En Montevideo no había tiempo, entonces —dijo la Maga—. Vivíamos muy cerca del río, en una casa grandísima con un patio. Yo tenía siempre trece años, me acuerdo tan bien. Un cielo azul, trece años, la maestra de quinto grado era bizca. Un día me enamoré de un chico rubio que vendía diarios en la plaza. Tenía una manera de decir «dário» que me hacía sentir como un hueco aquí... Usaba pantalones largos pero no tenía más de doce años. Mi papá

15 no trabajaba, se pasaba las tardes tomando mate en el patio. Yo perdí a mi mamá cuando tenía cinco años, me criaron unas tías que después se fueron al campo. A los trece años estábamos solamente mi papá y yo en la casa. Era un conventillo y no una casa. Había un italiano, dos viejas, y un negro y su mujer que se peleaban por la noche pero después tocaban la guitarra y cantaban. El negro tenía unos ojos colorados, como una boca mojada. Yo les tenía un poco de asco, prefería jugar en la calle. Si mi padre me encontraba jugando en la calle me hacía entrar y me pegaba. Un día, mientras me estaba pegando, vi que el negro espiaba por la puerta entreabierta. Al principio no me di bien cuenta, parecía que se estaba rascando la pierna, hacía algo con la mano... Papá estaba demasiado ocupado pegándome con un cinturón. Es raro cómo se puede perder la inocencia de golpe, sin saber siquiera que se ha entrado en otra vida. Esa noche, en la cocina, la negra y el negro cantaron hasta tarde, yo estaba en mi pieza y había llorado tanto que tenía una sed horrible, pero no quería salir. Mi papá tomaba mate en la puerta. Hacía un calor que usted no puede entender, todos ustedes son de países fríos. Es la humedad, sobre todo, cerca del río, parece que en Buenos Aires es peor, Horacio dice que es mucho peor, yo no sé. Esa noche yo sentía la ropa pegada, todos tomaban y tomaban mate, dos o tres veces salí y fui a beber de una canilla que había en el patio entre los malvones. Me parecía que el agua de esa canilla era más fresca. No había ni una estrella, los malvones olían áspero, son unas plantas groseras, hermosísimas, usted tendría que acariciar una hoja de malvón. Las otras piezas ya habían apagado la luz, papá se había ido al boliche del tuerto Ramos, yo entré el banquito, el mate y la pava vacía que él siempre dejaba en la puerta y que nos iban a robar los vagos del baldío de al

lado. Me acuerdo que cuando crucé el patio salió un poco 15
de luna y me paré a mirar, la luna siempre me daba como frío, puse la cara para que desde las estrellas pudieran verme, yo creía en esas cosas, tenía nada más que trece años. Después bebí otro poco de la canilla y me volví a mi pieza que estaba arriba, subiendo una escalera de fierro donde una vez a los nueve años me disloqué un tobillo. Cuando iba a encender la vela de la mesa de luz una mano caliente me agarró por el hombro, sentí que cerraban la puerta, otra mano me tapó la boca, y empecé a oler a catinga, el negro me sobaba por todos lados y me decía cosas en la oreja, me babeaba la cara, me arrancaba la ropa y yo no podía hacer nada, ni gritar siquiera porque sabía que me iba a matar si gritaba y no quería que me mataran, cualquier cosa era mejor que eso, morir era la peor ofensa, la estupidez más completa. ¿Por qué me mirás con esa cara, Horacio? Le estoy contando cómo me violó el negro del conventillo, Gregorovius tiene tantas ganas de saber cómo vivía yo en el Uruguay.

—Contáselo con todos los detalles —dijo Oliveira.

—Oh, una idea general es bastante —dijo Gregorovius.

—No hay ideas generales —dijo Oliveira.

(-120)

16

—Cuando se fue de la pieza era casi de madrugada, y yo ya ni sabía llorar.

—El asqueroso —dijo Babs.

—Oh, la Maga merecía ampliamente ese homenaje —dijo Etienne—. Lo único curioso, como siempre, es el divorcio diabólico de las formas y los contenidos. En todo lo que contaste el mecanismo es casi exactamente el mismo que entre dos enamorados, aparte de la menor resistencia y probablemente la menor agresividad.

—Capítulo ocho, sección cuatro, párrafo A —dijo Oliveira—. *Presses Universitaires Françaises.*

—*Ta gueule* —dijo Etienne.

—En resumen —opinó Ronald—, ya sería tiempo de escuchar algo así como *Hot and Bothered.*

—Título apropiado a las circunstancias rememoradas —dijo Oliveira llenando su vaso—. El negro fue un valiente, che.

—No se presta a bromas —dijo Gregorovius.

—Usted se lo buscó, amigazo.

—Y usted está borracho, Horacio.

—Por supuesto. Es el gran momento, la hora lúcida. Vos, nena, deberías emplearte en alguna clínica geronto-

lógica. Miralo a Ossip, tus amenos recuerdos le han sacado 16
por lo menos veinte años de encima.

—Él se lo buscó —dijo resentida la Maga—. Ahora que no salga diciendo que no le gusta. Dame vodka, Horacio.

Pero Oliveira no parecía dispuesto a inmiscuirse más entre la Maga y Gregorovius, que murmuraba explicaciones poco escuchadas. Mucho más se oyó la voz de Wong ofreciéndose a hacer el café. Muy fuerte y caliente, un secreto aprendido en el casino de Menton. El Club aprobó por unanimidad, aplausos. Ronald besó cariñosamente la etiqueta de un disco, lo hizo girar, le acercó la púa ceremoniosamente. Por un instante la máquina Ellington los arrasó con la fabulosa payada de la trompeta y Baby Cox, la entrada sutil y como si nada de Johnny Hodges, el *crescendo* (pero ya el ritmo empezaba a endurecerse después de treinta años, un tigre viejo aunque todavía elástico) entre *riffs* tensos y libres a la vez, pequeño difícil milagro: *Swing, ergo soy*. Apoyándose en la manta esquimal, mirando las velas verdes a través de la copa de vodka (íbamos a ver los peces al Quai de la Mégisserie) era casi sencillo pensar que quizá eso que llamaban la realidad merecía la frase despectiva del Duke, *It don't mean a thing if it ain't that swing,* pero por qué la mano de Gregorovius había dejado de acariciar el pelo de la Maga, ahí estaba el pobre Ossip más lamido que una foca, tristísimo con el desfloramiento archipretérito, daba lástima sentirlo rígido en esa atmósfera donde la música aflojaba las resistencias y tejía como una respiración común, la paz de un solo enorme corazón latiendo para todos, asumiéndolos a todos. Y ahora una voz rota, abriéndose paso desde un disco gastado, proponiendo sin saberlo la vieja invitación renacentista, la vieja tristeza anacreóntica, un *carpe diem* Chicago 1929.

16

You so beautiful but you gotta die some day,
You so beautiful but you gotta die some day,
All I want's a little lovin' before you pass away.

De cuando en cuando ocurría que las palabras de los muertos coincidían con lo que estaban pensando los vivos (si unos estaban vivos y los otros muertos). *You so beautiful. Je ne veux pas mourir sans avoir compris pourquoi j'avais vécu.* Un *blues,* René Daumal, Horacio Oliveira, *but you gotta die some day, you so beautiful but.* Y por eso Gregorovius insistía en conocer el pasado de la Maga, para que se muriera un poco menos de esa muerte hacia atrás que es toda ignorancia de las cosas arrastradas por el tiempo, para fijarla en su propio tiempo, *you so beautiful but you gotta,* para no amar a un fantasma que se deja acariciar el pelo bajo la luz verde, pobre Ossip, y qué mal estaba acabando la noche, todo tan increíblemente tan, los zapatos de Guy Monod, *but you gotta die some day,* el negro Ireneo (después, cuando agarrara confianza, la Maga le contaría lo de Ledesma, lo de los tipos la noche de carnaval, la saga montevideana completa). Y de golpe, con una desapasionada perfección, Earl Hines proponía la primera variación de *I ain't got nobody,* y hasta Perico, perdido en una lectura remota, alzaba la cabeza y se quedaba escuchando, la Maga había aquietado la cabeza contra el muslo de Gregorovius y miraba el parqué, el pedazo de alfombra turca, una hebra roja que se perdía en el zócalo, un vaso vacío al lado de la pata de una mesa. Quería fumar pero no iba a pedirle un cigarrillo a Gregorovius, sin saber por qué no se lo iba a pedir y tampoco a Horacio, pero sabía por qué no iba a pedírselo a Horacio, no quería mirarlo en los ojos y que él se riera otra vez vengándose de que ella estuviera pegada a Gregorovius y en toda la noche no se le hubiera acercado. Desvalida, se le ocurrían pensamientos sublimes, citas de poemas que se apropiaba para sentirse en el corazón mismo de la alcachofa, por un lado *I ain't got nobody, and nobody cares for me,* que no era cierto ya que por lo menos dos de los presentes estaban malhumorados por causa de ella, y al mismo tiempo un verso de Perse, algo así como *Tu es là, mon amour, et je n'ai lieu qu'en toi,* donde la Maga se refugiaba apretándose contra el sonido de *lieu,* de *Tu es là, mon amour,* la blanda aceptación de la fatalidad que exigía cerrar los ojos y sentir el cuerpo como una ofrenda, algo que cualquiera podía tomar y manchar y exaltar como Ireneo, y que la música de Hines coincidiera con manchas rojas y azules que bailaban por dentro de sus párpados y se llamaban, no se sabía por qué, Volaná y Valené, a la izquierda Volaná *(and nobody cares for me)* girando enloquecidamente, arriba Valené, suspendida como una estrella de un azul pierodellafrancesca, *et je n'ai lieu qu'en toi,* Volaná y Valené, Ronald no podría tocar jamás el piano como Earl Hines, en realidad Horacio y ella deberían tener ese disco y escucharlo de noche en la oscuridad, aprender a amarse con esas frases, esas largas caricias nerviosas, *I ain't got nobody* en la espalda, en los hombros, los dedos detrás del cuello, entrando las uñas en el pelo y retirándolas poco a poco, un torbellino final y Valené se fundía con Volaná, *tu es là, mon amour and nobody cares for me,* Horacio estaba ahí pero nadie se ocupaba de ella, nadie le acariciaba la cabeza, Valené y Volaná habían desaparecido y los párpados le dolían a fuerza de apretarlos, se oía hablar a Ronald y entonces olor a café, ah, olor maravilloso del café, Wong querido, Wong Wong Wong. 16

Se enderezó, parpadeando, miró a Gregorovius que parecía como menoscabado y sucio. Alguien le alcanzó una taza.

(-137)

17

—No me gusta hablar de él por hablar —dijo la Maga.

—Está bien —dijo Gregorovius—. Yo solamente preguntaba.

—Puedo hablar de otra cosa, si lo que quiere es oír hablar.

—No sea mala.

—Horacio es como el dulce de guayaba —dijo la Maga.

—¿Qué es el dulce de guayaba?

—Horacio es como un vaso de agua en la tormenta.

—Ah —dijo Gregorovius.

—Él tendría que haber nacido en esa época de que habla Madame Léonie cuando está un poco bebida. Un tiempo en que nadie estaba intranquilo, los tranvías eran a caballo y las guerras ocurrían en el campo. No había remedios contra el insomnio, dice Madame Léonie.

—La bella edad de oro —dijo Gregorovius—. En Odessa también me han hablado de tiempos así. Mi madre, tan romántica, con su pelo suelto... Criaban los ananás en los balcones, de noche no había necesidad de escupideras, era algo extraordinario. Pero yo no lo veo a Horacio metido en esa jalea real.

—Yo tampoco, pero estaría menos triste. Aquí todo le duele, hasta las aspirinas le duelen. De verdad, anoche le

hice tomar una aspirina porque tenía dolor de muelas. La 17
agarró y se puso a mirarla, le costaba muchísimo decidirse a tragarla. Me dijo unas cosas muy raras, que era infecto usar cosas que en realidad uno no conoce, cosas que han inventado otros para calmar otras cosas que tampoco se conocen... Usted sabe cómo es cuando empieza a darle vueltas...

—Usted ha repetido varias veces la palabra «cosa» —dijo Gregorovius—. No es elegante pero en cambio muestra muy bien lo que le pasa a Horacio. Una víctima de la cosidad, es evidente.

—¿Qué es la cosidad? —dijo la Maga.

—La cosidad es ese desagradable sentimiento de que allí donde termina nuestra presunción empieza nuestro castigo. Lamento usar un lenguaje abstracto y casi alegórico, pero quiero decir que Oliveira es patológicamente sensible a la imposición de lo que lo rodea, del mundo en que se vive, de lo que le ha tocado en suerte, para decirlo amablemente. En una palabra, le revienta la circunstancia. Más brevemente, le duele el mundo. Usted lo ha sospechado, Lucía, y con una inocencia deliciosa imagina que Oliveira sería más feliz en cualquiera de las Arcadias de bolsillo que fabrican las Madame Léonie de este mundo, sin hablar de mi madre la de Odessa. Porque usted no se habrá creído lo de los ananás, supongo.

—Ni lo de las escupideras —dijo la Maga—. Es difícil de creer.

A Guy Monod se le había ocurrido despertarse cuando Ronald y Etienne se ponían de acuerdo para escuchar a Jelly Roll Morton; abriendo un ojo decidió que esa espalda que se recortaba contra la luz de las velas verdes era la de Gregorovius. Se estremeció violentamente, las velas verdes

17 vistas desde una cama le hacían mala impresión, la lluvia en la claraboya mezclándose extrañamente con un resto de imágenes de sueño, había estado soñando con un sitio absurdo pero lleno de sol, donde Gaby andaba desnuda tirando migas de pan a unas palomas grandes como patos y completamente estúpidas. «Me duele la cabeza», se dijo Guy. No le interesaba en absoluto Jelly Roll Morton aunque era divertido oír la lluvia en la claraboya y que Jelly Roll cantara: *Stood in a corner, with her feet soaked and wet...*, seguramente Wong hubiera fabricado enseguida una teoría sobre el tiempo real y el poético, ¿pero sería cierto que Wong había hablado de hacer café? Gaby dándole migas a las palomas y Wong, la voz de Wong metiéndose entre las piernas de Gaby desnuda en un jardín con flores violentas, diciendo: «Un secreto aprendido en el casino de Menton». Muy posible que Wong, después de todo, apareciera con una cafetera llena.

Jelly Roll estaba en el piano marcando suavemente el compás con el zapato a falta de mejor percusión, Jelly Roll podía cantar *Mamie's Blues* hamacándose un poco, los ojos fijos en una moldura del cielo raso, o era una mosca que iba y venía o una mancha que iba y venía en los ojos de Jelly Roll. *Two-nineteen done took my baby away...* La vida había sido eso, trenes que se iban llevándose y trayéndose a la gente mientras uno se quedaba en la esquina con los pies mojados, oyendo un piano mecánico y carcajadas manoseando las vitrinas amarillentas de la sala donde no siempre se tenía dinero para entrar. *Two-nineteen done took my baby away...* Babs había tomado tantos trenes en la vida, le gustaba viajar en tren si al final había algún amigo esperándola, si Ronald le pasaba la mano por la cadera, dulcemente como ahora, dibujándole la música en la piel, *Two-seventeen'll bring her back some day,* por supuesto algún día otro tren la traería de vuelta, pero quién sabe si Jelly Roll iba a estar en ese andén, en ese piano, en esa hora en que 17 había cantado los *blues* de Mamie Desdume, la lluvia sobre una claraboya de París a la una de la madrugada, los pies mojados y la puta que murmura *If you can't give a dollar, gimme a lousy dime,* Babs había dicho cosas así en Cincinnati, todas las mujeres habían dicho cosas así alguna vez en alguna parte, hasta en las camas de los reyes, Babs se hacía una idea muy especial de las camas de los reyes pero de todos modos alguna mujer habría dicho una cosa así, *If you can't give a million, gimme a lousy grand,* cuestión de proporciones, y por qué el piano de Jelly Roll era tan triste, tan esa lluvia que había despertado a Guy, que estaba haciendo llorar a la Maga, y Wong que no venía con el café.

—Es demasiado —dijo Etienne, suspirando—. Yo no sé cómo puedo aguantar esa basura. Es emocionante pero es una basura.

—Por supuesto no es una medalla de Pisanello —dijo Oliveira.

—Ni un opus cualquier cosa de Schoenberg —dijo Ronald—. ¿Por qué me lo pediste? Aparte de inteligencia te falta caridad. ¿Alguna vez tuviste los zapatos metidos en el agua a medianoche? Jelly Roll sí, se ve cuando canta, es algo que se sabe, viejo.

—Yo pinto mejor con los pies secos —dijo Etienne—. Y no me vengas con argumentos de la Salvation Army. Mejor harías en poner algo más inteligente, como esos solos de Sonny Rollins. Por lo menos los tipos de la West Coast hacen pensar en Jackson Pollock o en Tobey, se ve que ya han salido de la edad de la pianola y la caja de acuarelas.

—Es capaz de creer en el progreso del arte —dijo Oliveira, bostezando—. No le hagás caso, Ronald, con la mano libre que te queda sacá el disquito del *Stack O'Lee*

17 *Blues,* al fin y al cabo tiene un solo de piano que me parece meritorio.

—Lo del progreso en el arte son tonterías archisabidas —dijo Etienne—. Pero en el *jazz* como en cualquier arte hay siempre un montón de chantajistas. Una cosa es la música que puede traducirse en emoción y otra la emoción que pretende pasar por música. Dolor paterno en fa sostenido, carcajada sarcástica en amarillo, violeta y negro. No, hijo, el arte empieza más acá o más allá, pero no es nunca eso.

Nadie parecía dispuesto a contradecirlo porque Wong esmeradamente aparecía con el café y Ronald, encogiéndose de hombros, había soltado a los Waring's Pennsylvanians y desde un chirriar terrible llegaba el tema que encantaba a Oliveira, una trompeta anónima y después el piano, todo entre un humo de fonógrafo viejo y pésima grabación, de orquesta barata y como anterior al *jazz,* al fin y al cabo de esos viejos discos, de los *show boats* y de las noches de Storyville había nacido la única música universal del siglo, algo que acercaba a los hombres más y mejor que el esperanto, la Unesco o las aerolíneas, una música bastante primitiva para alcanzar universalidad y bastante buena para hacer su propia historia, con cismas, renuncias y herejías, su charlestón, su *black bottom,* su *shimmy,* su *foxtrot,* su *stomp,* sus *blues,* para admitir las clasificaciones y las etiquetas, el estilo esto y aquello, el *swing,* el *bebop,* el *cool,* ir y volver del romanticismo y el clasicismo, *hot* y *jazz* cerebral, una música-hombre, una música con historia a diferencia de la estúpida música animal de baile, la polka, el vals, la zamba, una música que permitía reconocerse y estimarse en Copenhague como en Mendoza o en Ciudad del Cabo, que acercaba a los adolescentes con sus discos bajo el brazo, que les daba nombres y melodías como cifras para reconocerse y adentrarse y sentirse menos solos rodeados de jefes de oficina, familias y amores infinitamente amargos, una música que permitía todas las imaginaciones y los gustos, la colección de afónicos 78 con Freddie Keppard o Bunk Johnson, la exclusividad reaccionaria del Dixieland, la especialización académica en Bix Beiderbecke o el salto a la gran aventura de Thelonius Monk, Horace Silver o Thad Jones, la cursilería de Erroll Garner o Art Tatum, los arrepentimientos y las abjuraciones, la predilección por los pequeños conjuntos, las misteriosas grabaciones con seudónimos y denominaciones impuestas por marcas de discos o caprichos del momento, y toda esa francmasonería de sábado por la noche en la pieza del estudiante o en el sótano de la peña, con muchachas que prefieren bailar mientras escuchan *Star Dust* o *When your man is going to put you down,* y huelen despacio y dulcemente a perfume y a piel y a calor, se dejan besar cuando es tarde y alguien ha puesto *The blues with a feeling* y casi no se baila, solamente se está de pie, balanceándose, y todo es turbio y sucio y canalla y cada hombre quisiera arrancar esos corpiños tibios mientras las manos acarician una espalda y las muchachas tienen la boca entreabierta y se van dando al miedo delicioso y a la noche, entonces sube una trompeta poseyéndolas por todos los hombres, tomándolas con una sola frase caliente que las deja caer como una planta cortada entre los brazos de los compañeros, y hay una inmóvil carrera, un salto al aire de la noche, sobre la ciudad, hasta que un piano minucioso las devuelve a sí mismas, exhaustas y reconciliadas y todavía vírgenes hasta el sábado siguiente, todo eso en una música que espanta a los cogotes de platea, a los que creen que nada es de verdad si no hay programas impresos y acomodadores, y así va el mundo y el *jazz* es como un pájaro que migra o emigra o inmigra o transmigra, saltabarreras, burlaaduanas, algo que corre y se difunde y esta

17 noche en Viena está cantando Ella Fitzgerald mientras en París Kenny Clarke inaugura una *cave* y en Perpignan brincan los dedos de Oscar Peterson, y Satchmo por todas partes con el don de ubicuidad que le ha prestado el Señor, en Birmingham, en Varsovia, en Milán, en Buenos Aires, en Ginebra, en el mundo entero, es inevitable, es la lluvia y el pan y la sal, algo absolutamente indiferente a los ritos nacionales, a las tradiciones inviolables, al idioma y al folklore: una nube sin fronteras, un espía del aire y del agua, una forma arquetípica, algo de antes, de abajo, que reconcilia mexicanos con noruegos y rusos y españoles, los reincorpora al oscuro fuego central olvidado, torpe y mal y precariamente los devuelve a un origen traicionado, les señala que quizá había otros caminos y que el que tomaron no era el único y no era el mejor, o que quizá había otros caminos y que el que tomaron era el mejor, pero que quizá había otros caminos dulces de caminar y que no los tomaron, o los tomaron a medias, y que un hombre es siempre más que un hombre y siempre menos que un hombre, más que un hombre porque encierra eso que el *jazz* alude y soslaya y hasta anticipa, y menos que un hombre porque de esa libertad ha hecho un juego estético o moral, un tablero de ajedrez donde se reserva ser el alfil o el caballo, una definición de libertad que se enseña en las escuelas, precisamente en las escuelas donde jamás se ha enseñado y jamás se enseñará a los niños el primer compás de un *ragtime* y la primera frase de un *blues,* etcétera, etcétera.

I could sit right here and think a thousand miles away,
I could sit right here and think a thousand miles away,
Since I had the blues this bad, I can't remember the day...

(-97)

18

No ganaba nada con preguntarse qué hacía allí a esa hora y con esa gente, los queridos amigos tan desconocidos ayer y mañana, la gente que no era más que una nimia incidencia en el lugar y en el momento. Babs, Ronald, Ossip, Jelly Roll, Akhenatón: ¿qué diferencia? Las mismas sombras para las mismas velas verdes. La *sbornia* en su momento más alto. Vodka dudoso, horriblemente fuerte.

Si hubiera sido posible pensar una extrapolación de todo eso, entender el Club, entender *Cold Wagon Blues,* entender el amor de la Maga, entender cada piolincito saliendo de las cosas y llegando hasta sus dedos, cada títere o cada titiritero, como una epifanía; entenderlos, no como símbolos de otra realidad quizá inalcanzable, pero sí como potenciadores (qué lenguaje, qué impudor), como exactamente líneas de fuga para una carrera a la que hubiera tenido que lanzarse en ese momento mismo, despegándose de la piel esquimal que era maravillosamente tibia y casi perfumada y tan esquimal que daba miedo, salir al rellano, bajar, bajar solo, salir a la calle, salir solo, empezar a caminar, caminar solo, hasta la esquina, la esquina sola, el café de Max, Max solo, el farol de la Rue de Bellechase donde..., donde solo. Y quizá a partir de ese momento.

18 Pero todo en un plano me-ta-fí-sico. Porque Horacio, las palabras... Es decir que las palabras, para Horacio... (Cuestión ya masticada en muchos momentos de insomnio). Llevarse de la mano a la Maga, llevársela bajo la lluvia como si fuera el humo del cigarrillo, algo que es parte de uno, bajo la lluvia. Volver a hacer el amor con ella pero un poco por ella, no ya para aprender un desapego demasiado fácil, una renuncia que a lo mejor está encubriendo la inutilidad del esfuerzo, el fantoche que enseña algoritmos en una vaga universidad para perros sabios o hijas de coroneles. Si todo eso, la tapioca de la madrugada empezando a pegarse a la claraboya, la cara tan triste de la Maga mirando a Gregorovius mirando a la Maga mirando a Gregorovius, *Struttin' with some barbecue,* Babs que lloraba de nuevo para ella, escondida de Ronald que no lloraba pero tenía la cara cubierta de humo pegado, de vodka convertido en una aureola absolutamente hagiográfica, Perico fantasma hispánico subido a un taburete de desdén y adocenada estilística, si todo eso fuera extrapolable, si todo eso *no fuera,* en el fondo no fuera sino que estuviera ahí para que alguien (cualquiera, pero ahora él, porque era el que estaba pensando, era en todo caso el que podía saber con certeza que estaba pensando, ¡eh, Cartesius, viejo jodido!), para que alguien, de todo eso que estaba ahí, ahincando y mordiendo y sobre todo arrancando no se sabía qué pero arrancando hasta el hueso, de todo eso se saltara a una cigarra de paz, a un grillito de contentamiento, se entrara por una puerta cualquiera a un jardín cualquiera, a un jardín alegórico para los demás, como los mandalas son alegóricos para los demás, y en ese jardín se pudiera cortar una flor y que esa flor fuera la Maga, o Babs, o Wong, pero explicados y explicándolo, restituidos, fuera de sus figuras del Club, devueltos, salidos, asomados, a lo mejor todo eso no era

más que una nostalgia del paraíso terrenal, un ideal de pureza, solamente que la pureza venía a ser un producto inevitable de la simplificación, vuela un alfil, vuelan las torres, salta el caballo, caen los peones, y en medio del tablero, inmensos como leones de antracita los reyes quedan flanqueados por lo más limpio y final y puro del ejército, al amanecer se romperán las lanzas fatales, se sabrá la suerte, habrá paz. Pureza como la del coito entre caimanes, no la pureza de oh maría madre mía con los pies sucios; pureza de techo de pizarra con palomas que naturalmente cagan en la cabeza de las señoras frenéticas de cólera y de manojos de rabanitos, pureza de... Horacio, Horacio, por favor. 18

Pureza.

(Basta. Andate. Andá al hotel, date un baño, leé *Nuestra Señora de París* o *Las Lobas de Machecoul,* sacate la borrachera. Extrapolación, nada menos).

Pureza. Horrible palabra. *Puré*, y después *za*. Date un poco cuenta. El jugo que le hubiera sacado Brisset. ¿Por qué estás llorando? ¿Quién llora, che?

Entender el puré como una epifanía. *Damn the language. Entender*. No inteligir: entender. Una sospecha de paraíso recobrable: No puede ser que estemos aquí para no poder ser. ¿Brisset? El hombre desciende de las ranas... *Blind as a bat, drunk as a butterfly, foutu, royalement foutu devant les portes que peut-être...* (Un pedazo de hielo en la nuca, irse a dormir. Problema: ¿Johnny Dodds o Albert Nicholas? Dodds, casi seguro. Nota: preguntarle a Ronald). Un mal verso, aleteando desde la claraboya: «Antes de caer en la nada con el último diástole...». Qué mamúa padre. *The doors of perception, by Aldley Huxdous. Get yourself a tiny bit of mescalina, brother, the rest is bliss and diarrhoea.* Pero seamos serios (sí, era Johnny Dodds, uno llega a la

18 comprobación por vía indirecta. El baterista no puede ser sino Zutty Singleton, ergo el clarinete es Johnny Dodds, jazzología, ciencia deductiva, facilísima después de las cuatro de la mañana. Desaconsejable para señores y clérigos). Seamos serios, Horacio, antes de enderezarnos muy de a poco y apuntar hacia la calle, preguntémonos con el alma en la punta de la mano (¿la punta de la mano? En la palma de la lengua, che, o algo así. Toponomía, anatología descriptológica, dos tomos i-lus-tra-dos), preguntémonos si la empresa hay que acometerla desde arriba o desde abajo (pero qué bien, estoy pensando clarito, el vodka las clava como mariposas en el cartón, A es A, *a rose is a rose is a rose, April is the cruellest month,* cada cosa en su lugar y un lugar para cada rosa es una rosa es una rosa...

Uf. *Beware of the Jabberwocky my son.*

Horacio resbaló un poco más y vio muy claramente todo lo que quería ver. No sabía si la empresa había que acometerla desde arriba o desde abajo, con la concentración de todas sus fuerzas o más bien como ahora, desparramado y líquido, abierto a la claraboya, a las velas verdes, a la cara de corderito triste de la Maga, a Ma Rainey que cantaba *Jelly Beans Blues*. Más bien así, más bien desparramado y receptivo, esponjoso como todo era esponjoso apenas se lo miraba mucho y con los verdaderos ojos. No estaba tan borracho como para no sentir que había hecho pedazos su casa, que dentro de él nada estaba en su sitio pero que al mismo tiempo —era cierto, era maravillosamente cierto—, en el suelo o el techo, debajo de la cama o flotando en una palangana había estrellas y pedazos de eternidad, poemas como soles y enormes caras de mujeres y de gatos donde ardía la furia de sus especies, en la mezcla de basura y placas de jade de su lengua donde las palabras se tren-

zaban noche y día en furiosas batallas de hormigas contra 18
escolopendras, la blasfemia coexistía con la pura mención de las esencias, la clara imagen con el peor lunfardo. El desorden triunfaba y corría por los cuartos con el pelo colgando en mechones astrosos, los ojos de vidrio, las manos llenas de barajas que no casaban, mensajes donde faltaban las firmas y los encabezamientos, y sobre las mesas se enfriaban platos de sopa, el suelo estaba lleno de pantalones tirados, de manzanas podridas, de vendas manchadas. Y todo eso de golpe crecía y era una música atroz, era más que el silencio afelpado de las casas en orden de sus parientes intachables, en mitad de la confusión donde el pasado era incapaz de encontrar un botón de camisa y el presente se afeitaba con pedazos de vidrio a falta de una navaja enterrada en alguna maceta, en mitad de un tiempo que se abría como una veleta a cualquier viento, un hombre respiraba hasta no poder más, se sentía vivir hasta el delirio en el acto mismo de contemplar la confusión que lo rodeaba y preguntarse si algo de eso tenía sentido. Todo desorden se justificaba si tendía a salir de sí mismo, por la locura se podía acaso llegar a una razón que no fuera esa razón cuya falencia es la locura. «Ir del desorden al orden», pensó Oliveira. «Sí, ¿pero qué orden puede ser ese que no parezca el más nefando, el más terrible, el más insanable de los desórdenes? El orden de los dioses se llama ciclón o leucemia, el orden del poeta se llama antimateria, espacio duro, flores de labios temblorosos, realmente qué *sbornia* tengo, madre mía, hay que irse a la cama enseguida». Y la Maga estaba llorando, Guy había desaparecido, Etienne se iba detrás de Perico, y Gregorovius, Wong y Ronald miraban un disco que giraba lentamente, treinta y tres revoluciones y media por minuto, ni una más ni una menos, y en esas revoluciones *Oscar's Blues,* claro que por el

18 mismo Oscar al piano, un tal Oscar Peterson, un tal pianista con algo de tigre y felpa, un tal pianista triste y gordo, un tipo al piano y la lluvia sobre la claraboya, en fin, literatura.

(-153)

19

—Yo creo que te comprendo —dijo la Maga, acariciándole el pelo—. Vos buscás algo que no sabés lo que es. Yo también y tampoco sé lo que es. Pero son dos cosas diferentes. Eso que hablaban la otra noche... Sí, vos sos más bien un Mondrian y yo un Vieira da Silva.

—Ah —dijo Oliveira—. Así que yo soy un Mondrian.

—Sí, Horacio.

—Querés decir un espíritu lleno de rigor.

—Yo digo un Mondrian.

—¿Y no se te ha ocurrido sospechar que detrás de ese Mondrian puede empezar una realidad Vieira da Silva?

—Oh, sí —dijo la Maga—. Pero vos hasta ahora no te has salido de la realidad Mondrian. Tenés miedo, querés estar seguro. No sé de qué... Sos como un médico, no como un poeta.

—Dejemos a los poetas —dijo Oliveira—. Y no lo hagás quedar mal a Mondrian con la comparación.

—Mondrian es una maravilla, pero sin aire. Yo me ahogo un poco ahí adentro. Y cuando vos empezás a decir que habría que encontrar la unidad, yo entonces veo cosas muy hermosas pero muertas, flores disecadas y cosas así.

—Vamos a ver, Lucía: ¿vos sabés bien lo que es la unidad?

19 —Yo me llamo Lucía pero vos no tenés que llamarme así —dijo la Maga—. La unidad, claro que sé lo que es. Vos querés decir que todo se junte en tu vida para que puedas verlo al mismo tiempo. ¿Es así, no?

—Más o menos —concedió Oliveira—. Es increíble lo que te cuesta captar las nociones abstractas. Unidad, pluralidad... ¿No sos capaz de sentirlo sin necesidad de ejemplos? No, no sos capaz. En fin, vamos a ver: tu vida, ¿es una unidad para vos?

—No, no creo. Son pedazos, cosas que me fueron pasando.

—Pero vos a tu vez pasabas por esas cosas como el hilo por esas piedras verdes. Y ya que hablamos de piedras, ¿de dónde sale ese collar?

—Me lo dio Ossip —dijo la Maga—. Era de su madre, la de Odessa.

Oliveira cebó despacito el mate. La Maga fue hasta la cama baja que les había prestado Ronald para que pudieran tener en la pieza a Rocamadour. Con la cama y Rocamadour y la cólera de los vecinos ya no quedaba casi espacio para vivir, pero cualquiera convencía a la Maga de que Rocamadour se curaría mejor en el hospital de niños. Había sido necesario acompañarla al campo el mismo día del telegrama de Madame Irène, envolver a Rocamadour en trapos y mantas, instalar de cualquier manera una cama, cargar la salamandra, aguantarse los berridos de Rocamadour cuando llegaba la hora del supositorio o el biberón donde nada podía disimular el sabor de los medicamentos. Oliveira cebó otro mate, mirando de reojo la cubierta de un *Deutsche Grammophon Gesellschaft* que le había pasado Ronald y que vaya a saber cuándo podría escuchar sin que Rocamadour aullara y se retorciera. Lo horrorizaba la torpeza de la Maga para fajar y desfajar a Rocamadour, sus

cantos insoportables para distraerlo, el olor que cada tanto 19
venía de la cama de Rocamadour, los algodones, los berridos, la estúpida seguridad que parecía tener la Maga de que no era nada, que lo que hacía por su hijo era lo que había que hacer y que Rocamadour se curaría en dos o tres días. Todo tan insuficiente, tan de más o de menos. ¿Por qué estaba él ahí? Un mes atrás cada uno tenía todavía su pieza, después habían decidido vivir juntos. La Maga había dicho que en esa forma ahorrarían bastante dinero, comprarían un solo diario, no sobrarían pedazos de pan, ella plancharía la ropa de Horacio, y la calefacción, la electricidad... Oliveira había estado a un paso de admirar ese brusco ataque de sentido común. Aceptó al final porque el viejo Trouille andaba en dificultades y le debía casi treinta mil francos, en ese momento le daba lo mismo vivir con la Maga o solo, andaba caviloso y la mala costumbre de rumiar largo cada cosa se le hacía cuesta arriba pero inevitable. Llegó a creer que la continua presencia de la Maga lo rescataría de divagaciones excesivas, pero naturalmente no sospechaba lo que iba a ocurrir con Rocamadour. Aun así conseguía aislarse por momentos, hasta que los chillidos de Rocamadour lo devolvían saludablemente al malhumor. «Voy a acabar como los personajes de Walter Pater», pensaba Oliveira. «Un soliloquio tras otro, vicio puro. Mario el epicúreo, vicio púreo. Lo único que me va salvando es el olor a pis de este chico».

—Siempre me sospeché que acabarías acostándote con Ossip —dijo Oliveira.

—Rocamadour tiene fiebre —dijo la Maga.

Oliveira cebó otro mate. Había que cuidar la yerba, en París costaba quinientos francos el kilo en las farmacias y era una yerba perfectamente asquerosa que la droguería de la estación Saint-Lazare vendía con la vistosa calificación

19 de *«maté sauvage, cueilli par les indiens»,* diurética, antibiótica y emoliente. Por suerte el abogado rosarino —que de paso era su hermano— le había fletado cinco kilos de Cruz de Malta, pero ya iba quedando poca. «Si se me acaba la yerba estoy frito», pensó Oliveira. «Mi único diálogo verdadero es con este jarrito verde». Estudiaba el comportamiento extraordinario del mate, la respiración de la yerba fragantemente levantada por el agua y que con la succión baja hasta posarse sobre sí misma, perdido todo brillo y todo perfume a menos que un chorrito de agua la estimule de nuevo, pulmón argentino de repuesto para solitarios y tristes. Hacía rato que a Oliveira le importaban las cosas sin importancia, y la ventaja de meditar con la atención fija en el jarrito verde estaba en que a su pérfida inteligencia no se le ocurriría nunca adosarle al jarrito verde nociones tales como las que nefariamente provocan las montañas, la luna, el horizonte, una chica púber, un pájaro o un caballo. «También este matecito podría indicarme un centro», pensaba Oliveira (y la idea de que la Maga y Ossip andaban juntos se adelgazaba y perdía consistencia, por un momento el jarrito verde era más fuerte, proponía su pequeño volcán petulante, su cráter espumoso y un humito copetón en el aire bastante frío de la pieza a pesar de la estufa que habría que cargar a eso de las nueve). «Y ese centro que no sé lo que es, ¿no vale como expresión topográfica de una unidad? Ando por una enorme pieza con piso de baldosas y una de esas baldosas es el punto exacto en que debería pararme para que todo se ordenara en su justa perspectiva». «El punto exacto», enfatizó Oliveira, ya medio tomándose el pelo para estar más seguro de que no se iba en puras palabras. «Un cuadro anamórfico en el que hay que buscar el ángulo justo (y lo importante de este hejemplo es que el hángulo es terriblemente hagudo, hay

que tener la nariz casi hadosada a la tela para que de golpe el montón de rayas sin sentido se convierta en el retrato de Francisco I o en la batalla de Sinigaglia, algo hincalificablemente hasombroso)». Pero esa unidad, la suma de los actos que define una vida, parecía negarse a toda manifestación antes de que la vida misma se acabara como un mate lavado, es decir que solo los demás, los biógrafos, verían la unidad, y eso realmente no tenía la menor importancia para Oliveira. El problema estaba en aprehender su unidad sin ser un héroe, sin ser un santo, sin ser un criminal, sin ser un campeón de box, sin ser un prohombre, sin ser un pastor. Aprehender la unidad en plena pluralidad, que la unidad fuera como el vórtice de un torbellino y no la sedimentación del matecito lavado y frío. 19

—Le voy a dar un cuarto de aspirina —dijo la Maga.

—Si conseguís que la trague sos más grande que Ambrosio Paré —dijo Oliveira—. Vení a tomar un mate, está recién cebado.

La cuestión de la unidad lo preocupaba por lo fácil que le parecía caer en las peores trampas. En sus tiempos de estudiante, por la calle Viamonte y por el año treinta, había comprobado con (primero) sorpresa y (después) ironía, que montones de tipos se instalaban confortablemente en una supuesta unidad de la persona que no pasaba de una unidad lingüística y un prematuro esclerosamiento del carácter. Esas gentes se montaban un sistema de principios jamás refrendados entrañablemente, y que no eran más que una cesión a la palabra, a la noción verbal de fuerzas, repulsas y atracciones avasalladoramente desalojadas y sustituidas por su correlato verbal. Y así el deber, lo moral, lo inmoral y lo amoral, la justicia, la caridad, lo europeo y lo americano, el día y la noche, las esposas, las novias y las amigas, el ejército y la banca, la bandera y el oro yanqui o

19 moscovita, el arte abstracto y la batalla de Caseros pasaban a ser como dientes o pelos, algo aceptado y fatalmente incorporado, algo que no se vive ni se analiza porque *es así* y nos integra, completa y robustece. La violación del hombre por la palabra, la soberbia venganza del verbo contra su padre llenaban de amarga desconfianza toda meditación de Oliveira, forzado a valerse del propio enemigo para abrirse paso hasta un punto en que quizá pudiera licenciarlo y seguir —¿cómo y con qué medios, en qué noche blanca o en qué tenebroso día?— hasta una reconciliación total consigo mismo y con la realidad que habitaba. Sin palabras llegar a la palabra (qué lejos, qué improbable), sin conciencia razonante aprehender una unidad profunda, algo que fuera por fin como un sentido de eso que ahora era nada más que estar ahí tomando mate y mirando el culito al aire de Rocamadour y los dedos de la Maga yendo y viniendo con algodones, oyendo los berridos de Rocamadour a quien no le gustaba en absoluto que le anduvieran en el traste.

(-90)

20

—Siempre me sospeché que acabarías acostándote con él —dijo Oliveira.

La Maga tapó a su hijo que berreaba un poco menos, y se frotó las manos con un algodón.

—Por favor lavate las manos como Dios manda —dijo Oliveira—. Y sacá toda esa porquería de ahí.

—Enseguida —dijo la Maga. Oliveira aguantó su mirada (lo que siempre le costaba bastante) y la Maga trajo un diario, lo abrió sobre la cama, metió los algodones, hizo un paquete y salió de la pieza para ir a tirarlo al water del rellano. Cuando volvió, con las manos rojas y brillantes, Oliveira le alcanzó un mate. Se sentó en el sillón bajo, chupó aplicadamente. Siempre estropeaba el mate, tirando de un lado y de otro la bombilla, revolviéndola como si estuviera haciendo polenta.

—En fin —dijo Oliveira, sacando el humo por la nariz—. De todos modos me podían haber avisado. Ahora voy a tener seiscientos francos de taxi para llevarme mis cosas a otro lado. Y conseguir una pieza, que no es fácil en esta época.

—No tenés por qué irte —dijo la Maga—. ¿Hasta cuándo vas a seguir imaginando falsedades?

20 —Imaginando falsedades —dijo Oliveira—. Hablás como en los diálogos de las mejores novelas rioplatenses. Ahora solamente te falta reírte con todas las vísceras de mi grotesquería sin pareja, y la rematás fenómeno.

—Ya no llora más —dijo la Maga, mirando hacia la cama—. Hablemos bajo, va a dormir muy bien con la aspirina. Yo no me he acostado para nada con Gregorovius.

—Oh, sí que te has acostado.

—No, Horacio. ¿Por qué no te lo iba a decir? Desde que te conocí no he tenido otro amante que vos. No me importa si lo digo mal y te hacen reír mis palabras. Yo hablo como puedo, no sé decir lo que siento.

—Bueno, bueno —dijo aburrido Oliveira, alcanzándole otro mate—. Será que tu hijo te cambia, entonces. Desde hace días estás convertida en lo que se llama una madre.

—Pero Rocamadour está enfermo.

—Más bien —dijo Oliveira—. Qué querés, a mí los cambios me parecieron de otro orden. En realidad ya no nos aguantamos demasiado.

—Vos sos el que no me aguanta. Vos sos el que no aguantás a Rocamadour.

—Eso es cierto, el chico no entraba en mis cálculos. Tres es mal número dentro de una pieza. Pensar que con Ossip ya somos cuatro, es insoportable.

—Ossip no tiene nada que ver.

—Si calentaras la pavita —dijo Oliveira.

—No tiene nada que ver —repitió la Maga—. ¿Por qué me hacés sufrir, bobo? Ya sé que estás cansado, que no me querés más. Nunca me quisiste, era otra cosa, una manera de soñar. Andate, Horacio, no tenés por qué quedarte. A mí ya me ha pasado tantas veces...

Miró hacia la cama. Rocamadour dormía.

—Tantas veces —dijo Oliveira, cambiando la yerba—. 20
Para la autobiografía sentimental sos de una franqueza admirable. Que lo diga Ossip. Conocerte y oír enseguida la historia del negro es todo uno.

—Tengo que decirlo, vos no comprendés.

—No lo comprenderé, pero es fatal.

—Yo creo que tengo que decirlo aunque sea fatal. Es justo que uno le diga a un hombre cómo ha vivido, si lo quiere. Hablo de vos, no de Ossip. Vos me podías contar o no de tus amigas, pero yo tenía que decirte todo. Sabés, es la única manera de hacerlos irse antes de empezar a querer a otro hombre, la única manera de que pasen al otro lado de la puerta y nos dejen a los dos solos en la pieza.

—Una especie de ceremonia expiatoria, y por qué no propiciatoria. Primero el negro.

—Sí —dijo la Maga, mirándolo—. Primero el negro. Después Ledesma.

—Después Ledesma, claro.

—Y los tres del callejón, la noche de carnaval.

—Por delante —dijo Oliveira, cebando el mate.

—Y Monsieur Vincent, el hermano del hotelero.

—Por detrás.

—Y un soldado que lloraba en un parque.

—Por delante.

—Y vos.

—Por detrás. Pero eso de ponerme a mí en la lista estando yo presente es como una confirmación de mis lúgubres premoniciones. En realidad la lista completa se la habrás tenido que recitar a Gregorovius.

La Maga revolvía la bombilla. Había agachado la cabeza y todo el pelo le cayó de golpe sobre la cara, borrando la expresión que Oliveira había espiado con aire indiferente.

20

> *—Después fuiste la amiguita*
> *de un viejo boticario,*
> *y el hijo de un comisario*
> *todo el vento te sacó...*

Oliveira canturreaba el tango. La Maga chupó la bombilla y se encogió de hombros, sin mirarlo. «Pobrecita», pensó Oliveira. Le tiró un manotón al pelo, echándoselo para atrás brutalmente como si corriera una cortina. La bombilla hizo un ruido seco entre los dientes.

—Es casi como si me hubieras pegado —dijo la Maga, tocándose la boca con dos dedos que temblaban—. A mí no me importa, pero...

—Por suerte te importa —dijo Oliveira—. Si no me estuvieras mirando así te despreciaría. Sos maravillosa, con Rocamadour y todo.

—De qué me sirve que me digas eso.

—A mí me sirve.

—Sí, a vos te sirve. A vos todo te sirve para lo que andás buscando.

—Querida —dijo gentilmente Oliveira—, las lágrimas estropean el gusto de la yerba, es sabido.

—A lo mejor también te sirve que yo llore.

—Sí, en la medida en que me reconozco culpable.

—Andate, Horacio, va a ser lo mejor.

—Probablemente. Fijate, de todas maneras, que si me voy ahora cometo algo que se parece casi al heroísmo, es decir que te dejo sola, sin plata y con tu hijo enfermo.

—Sí —dijo la Maga sonriendo homéricamente entre las lágrimas—. Es casi heroico, cierto.

—Y como disto de ser un héroe, me parece mejor quedarme hasta que sepamos a qué atenernos, como dice mi hermano con su bello estilo.

—Entonces quedate. 20

—¿Pero vos comprendés cómo y por qué renuncio a ese heroísmo?

—Sí, claro.

—A ver, explicá por qué no me voy.

—No te vas porque sos bastante burgués y tomás en cuenta lo que pensarían Ronald y Babs y los otros amigos.

—Exacto. Es bueno que veas que vos no tenés nada que ver en mi decisión. No me quedo por solidaridad ni por lástima ni porque hay que darle la mamadera a Rocamadour. Y mucho menos porque vos y yo tengamos todavía algo en común.

—Sos tan cómico a veces —dijo la Maga.

—Por supuesto —dijo Oliveira—. Bob Hope es una mierda al lado mío.

—Cuando decís que ya no tenemos nada en común, ponés la boca de una manera...

—Un poco así, ¿verdad?

—Sí, es increíble.

Tuvieron que sacar los pañuelos y taparse la cara con las dos manos, soltaban tales carcajadas que Rocamadour se iba a despertar, era algo horrible. Aunque Oliveira hacía lo posible por sostenerla, mordiendo el pañuelo y llorando de risa, la Maga resbaló poco a poco del sillón, que tenía las patas delanteras más cortas y la ayudaba a caerse, hasta quedar enredada entre las piernas de Oliveira que se reía con un hipo entrecortado y que acabó escupiendo el pañuelo con una carcajada.

—Mostrá otra vez cómo pongo la boca cuando digo esas cosas —suplicó Oliveira.

—Así —dijo la Maga, y otra vez se retorcieron hasta que Oliveira se dobló en dos apretándose la barriga, y la Maga vio su cara contra la suya, los ojos que la miraban

20 brillando entre las lágrimas. Se besaron al revés, ella hacia arriba y él con el pelo colgando como un fleco, se besaron mordiéndose un poco porque sus bocas no se reconocían, estaban besando bocas diferentes, buscándose con las manos en un enredo infernal de pelo colgando y el mate que se había volcado al borde de la mesa y chorreaba en la falda de la Maga.

—Decime cómo hace el amor Ossip —murmuró Oliveira, apretando los labios contra los de la Maga—. Pronto que se me sube la sangre a la cabeza, no puedo seguir así, es espantoso.

—Lo hace muy bien —dijo la Maga, mordiéndole el labio—. Muchísimo mejor que vos, y más seguido.

—¿Pero te retila la murta? No me vayas a mentir. ¿Te la retila de veras?

—Muchísimo. Por todas partes, a veces demasiado. Es una sensación maravillosa.

—¿Y te hace poner con los plíneos entre las argustas?

—Sí, y después nos entreturnamos los porcios hasta que él dice basta basta, y yo tampoco puedo más, hay que apurarse, comprendés. Pero eso vos no lo podés comprender, siempre te quedás en la gunfia más chica.

—Yo y cualquiera —rezongó Oliveira, enderezándose—. Che, este mate es una porquería, yo me voy un rato a la calle.

—¿No querés que te siga contando de Ossip? —dijo la Maga—. En glíglico.

—Me aburre mucho el glíglico. Además vos no tenés imaginación, siempre decís las mismas cosas. La gunfia, vaya novedad. Y no se dice «contando de».

—El glíglico lo inventé yo —dijo resentida la Maga—. Vos soltás cualquier cosa y te lucís, pero no es el verdadero glíglico.

—Volviendo a Ossip... 20

—No seas tonto, Horacio, te digo que no me he acostado con él. ¿Te tengo que hacer el gran juramento de los *sioux*?

—No, al final me parece que te voy a creer.

—Y después —dijo la Maga— lo más probable es que acabe por acostarme con Ossip, pero serás vos el que lo habrá querido.

—¿Pero a vos realmente te puede gustar ese tipo?

—No. Lo que pasa es que hay que pagar la farmacia. De vos no quiero ni un centavo, y a Ossip no le puedo pedir plata y dejarlo con las ilusiones.

—Sí, ya sé —dijo Oliveira—. Tu lado samaritano. Al soldadito del parque tampoco lo podías dejar que llorara.

—Tampoco, Horacio. Ya ves lo distintos que somos.

—Sí, la piedad no es mi fuerte. Pero también yo podría llorar en una de esas, y entonces vos...

—No te veo llorando —dijo la Maga—. Para vos sería como un desperdicio.

—Alguna vez he llorado.

—De rabia, solamente. Vos no sabés llorar, Horacio, es una de las cosas que no sabés.

Oliveira atrajo a la Maga y la sentó en las rodillas. Pensó que el olor de la Maga, de la nuca de la Maga, lo entristecía. Ese mismo olor que antes... «Buscar a través de», pensó confusamente. «Sí, es una de las cosas que no sé hacer, eso y llorar y compadecerme».

—Nunca nos quisimos —le dijo besándola en el pelo.

—No hablés por mí —dijo la Maga cerrando los ojos—. Vos no podés saber si yo te quiero o no. Ni siquiera eso podés saber.

—¿Tan ciego me creés?

—Al contrario, te haría tanto bien quedarte un poco ciego.

20 —Ah, sí, el tacto que reemplaza las definiciones, el instinto que va más allá de la inteligencia. La vía mágica, la noche oscura del alma.

—Te haría bien —se obstinó la Maga como cada vez que no entendía y quería disimularlo.

—Mirá, con lo que tengo me basta para saber que cada uno puede irse por su lado. Yo creo que necesito estar solo, Lucía; realmente no sé lo que voy a hacer. A vos y a Rocamadour, que me parece que se está depertando, les hago la injusticia de tratarlos mal y no quiero que siga.

—Por mí y por Rocamadour no te tenés que preocupar.

—No me preocupo pero andamos los tres enredándonos en los tobillos del otro, es incómodo y antiestético. Yo no seré lo bastante ciego, querida, pero el nervio óptico me alcanza para ver que vos te vas a arreglar perfectamente sin mí. Ninguna amiga mía se ha suicidado hasta ahora, aunque mi orgullo sangre al decirlo.

—Sí, Horacio.

—De manera que, si consigo reunir suficiente heroísmo para plantarte esta misma noche o mañana, aquí no ha pasado nada.

—Nada —dijo la Maga.

—Vos le llevarás de nuevo tu chico a Madame Irène, y volverás a París a seguir tu vida.

—Eso.

Irás mucho al cine, seguirás leyendo novelas, te pasearás con riesgo de tu vida en los peores barrios y a las peores horas.

—Todo eso.

—Encontrarás muchísimas cosas extrañas en la calle, las traerás, fabricarás objetos. Wong te enseñará juegos malabares y Ossip te seguirá a dos metros de distancia, con las manos juntas y una actitud de humilde reverencia.

—Por favor, Horacio —dijo la Maga, abrazándose a él 20
y escondiendo la cara.

—Por supuesto que nos encontraremos mágicamente en los sitios más extraños, como aquella noche en la Bastille, te acordás.

—En la Rue Daval.

—Yo estaba bastante borracho y vos apareciste en la esquina y nos quedamos mirándonos como idiotas.

—Porque yo creía que esa noche vos ibas a un concierto.

—Y vos me habías dicho que tenías cita con Madame Léonie.

—Por eso nos hizo tanta gracia encontrarnos en la Rue Daval.

—Vos llevabas el pulóver verde y te habías parado en la esquina a consolar a un pederasta.

—Lo habían echado a golpes del café, y lloraba de una manera.

—Otra vez me acuerdo que nos encontramos cerca del Quai de Jemmapes.

—Hacía calor —dijo la Maga.

—Nunca me explicaste bien qué andabas buscando por el Quai de Jemmapes.

—Oh, no buscaba nada.

—Tenías una moneda en la mano.

—Me la encontré en el cordón de la vereda. Brillaba tanto.

—Y después fuimos a la Place de la République donde estaban los saltimbanquis, y nos ganamos una caja de caramelos.

—Eran horribles.

—Y otra vez yo salía del metro Mouton-Duvernet, y vos estabas sentada en la terraza de un café con un negro y un filipino.

20 —Y vos nunca me dijiste qué tenías que hacer por el lado de Mouton-Duvernet.

—Iba a lo de una pedicura —dijo Oliveira—. Tenía una sala de espera empapelada con escenas entre violeta y solferino: góndolas, palmeras, y unos amantes abrazados a la luz de la luna. Imaginátelo repetido quinientas veces en tamaño doce por ocho.

—Vos ibas por eso, no por los callos.

—No eran callos, hija mía. Una auténtica verruga en la planta del pie. Avitaminosis, parece.

—¿Se te curó bien? —dijo la Maga, levantando la cabeza y mirándolo con gran concentración.

A la primera carcajada Rocamadour se despertó y empezó a quejarse. Oliveira suspiró, ahora iba a repetirse la escena, por un rato solo vería a la Maga de espaldas, inclinada sobre la cama, las manos yendo y viniendo. Se puso a cebar mate, a armar un cigarrillo. No quería pensar. La Maga fue a lavarse las manos y volvió. Tomaron un par de mates casi sin mirarse.

—Lo bueno de todo esto —dijo Oliveira— es que no le damos calce al radioteatro. No me mirés así, si pensás un poco te vas a dar cuenta de lo que quiero decir.

—Me doy cuenta —dijo la Maga—. No es por eso que te miro así.

—Ah, vos creés que...

—Un poco, sí. Pero mejor no volver a hablar.

—Tenés razón. Bueno, me parece que me voy a dar una vuelta.

—No vuelvas —dijo la Maga.

—En fin, no exageremos —dijo Oliveira—. ¿Dónde querés que vaya a dormir? Una cosa son los nudos gordianos y otra el céfiro que sopla en la calle, debe haber cinco bajo cero.

—Va a ser mejor que no vuelvas, Horacio —dijo la Maga—. Ahora me resulta fácil decírtelo. Comprendé. 20

—En fin —dijo Oliveira—. Me parece que nos apuramos a congratularnos por nuestro *savoir-faire*.

—Te tengo tanta lástima, Horacio.

—Ah, eso no. Despacito, ahí.

—Vos sabés que yo a veces veo. Veo tan claro. Pensar que hace una hora se me ocurrió que lo mejor era ir a tirarme al río.

—La desconocida del Sena... Pero si vos nadás como un cisne.

—Te tengo lástima —insistió la Maga—. Ahora me doy cuenta. La noche que nos encontramos detrás de Notre-Dame también vi que... Pero no lo quise creer. Llevabas una camisa azul tan preciosa. Fue la primera vez que fuimos juntos a un hotel, ¿verdad?

—No, pero es igual. Y vos me enseñaste a hablar en glíglico.

—Si te dijera que todo eso lo hice por lástima.

—Vamos —dijo Oliveira, mirándola sobresaltado.

—Esa noche vos corrías peligro. Se veía, era como una sirena a lo lejos..., no se puede explicar.

—Mis peligros son solo metafísicos —dijo Oliveira—. Creeme, a mí no me van a sacar del agua con ganchos. Reventaré de una oclusión intestinal, de la gripe asiática o de un Peugeot 403.

—No sé —dijo la Maga—. Yo pienso a veces en matarme pero veo que no lo voy a hacer. No creas que es solamente por Rocamadour, antes de él era lo mismo. La idea de matarme me hace siempre bien. Pero vos, que no lo pensás... ¿Por qué decís: peligros metafísicos? También hay ríos metafísicos, Horacio. Vos te vas a tirar a uno de esos ríos.

20 —A lo mejor —dijo Oliveira— eso es el Tao.

—A mí me pareció que yo podía protegerte. No digas nada. Enseguida me di cuenta de que no me necesitabas. Hacíamos el amor como dos músicos que se juntan para tocar sonatas.

—Precioso, lo que decís.

—Era así, el piano iba por su lado y el violín por el suyo y de eso salía la sonata, pero ya ves, en el fondo no nos encontrábamos. Me di cuenta enseguida, Horacio, pero las sonatas eran tan hermosas.

—Sí, querida.

—Y el glíglico.

—Vaya.

—Y todo, el Club, aquella noche en el Quai de Bercy bajo los árboles, cuando cazamos estrellas hasta la madrugada y nos contamos historias de príncipes, y vos tenías sed y compramos una botella de espumante carísimo, y bebimos a la orilla del río.

—Y entonces vino un *clochard* —dijo Oliveira— y le dimos la mitad de la botella.

—Y el *clochard* sabía una barbaridad, latín y cosas orientales, y vos le discutiste algo de...

—Averroes, creo.

—Sí, Averroes.

—Y la noche que el soldado me tocó el traste en la Foire du Trône, y vos le diste una trompada en la cara, y nos metieron presos a todos.

—Que no oiga Rocamadour —dijo Oliveira riéndose.

—Por suerte Rocamadour no se acordará nunca de vos, todavía no tiene nada detrás de los ojos. Como los pájaros que comen las migas que uno les tira. Te miran, las comen, se vuelan... No queda nada.

—No —dijo Oliveira—. No queda nada.

En el rellano gritaba la del tercer piso, borracha como siempre a esa hora. Oliveira miró vagamente hacia la puerta, pero la Maga lo apretó contra ella, se fue resbalando hasta ceñirle las rodillas, temblando y llorando. 20

—¿Por qué te afligís así? —dijo Oliveira—. Los ríos metafísicos pasan por cualquier lado, no hay que ir muy lejos a encontrarlos. Mirá, nadie se habrá ahogado con tanto derecho como yo, monona. Te prometo una cosa: acordarme de vos a último momento para que sea todavía más amargo. Un verdadero folletín, con tapa en tres colores.

—No te vayas —murmuró la Maga, apretándole las piernas.

—Una vuelta por ahí, nomás.

—No, no te vayas.

—Dejame. Sabés muy bien que voy a volver, por lo menos esta noche.

—Vamos juntos —dijo la Maga—. Ves, Rocamadour duerme, va a estar tranquilo hasta la hora del biberón. Tenemos dos horas, vamos al café del barrio árabe, ese cafecito triste donde se está tan bien.

Pero Oliveira quería salir solo. Empezó a librar poco a poco las piernas del abrazo de la Maga. Le acariciaba el pelo, le pasó los dedos por el collar, la besó en la nuca, detrás de la oreja, oyéndola llorar con todo el pelo colgándole en la cara. «Chantajes no», pensaba. «Lloremos cara a cara, pero no ese hipo barato que se aprende en el cine». Le levantó la cara, la obligó a mirarlo.

—El canalla soy yo —dijo Oliveira—. Dejame pagar a mí. Llorá por tu hijo, que a lo mejor se muere, pero no malgastes las lágrimas conmigo. Madre mía, desde los tiempos de Zola no se veía una escena semejante. Dejame salir, por favor.

20 —¿Por qué? —dijo la Maga, sin moverse del suelo, mirándolo como un perro.

—¿Por qué qué?

—¿Por qué?

—Ah, vos querés decir por qué todo esto. Andá a saber, yo creo que ni vos ni yo tenemos demasiado la culpa. No somos adultos, Lucía. Es un mérito pero se paga caro. Los chicos se tiran siempre de los pelos después de haber jugado. Debe ser algo así. Habría que pensarlo.

(-126)

21

A todo el mundo le pasa igual, la estatua de Jano es un despilfarro inútil, *en realidad* después de los cuarenta años la verdadera cara la tenemos en la nuca, mirando desesperadamente para atrás. Es lo que se llama propiamente un *lugar común*. Nada que hacerle, hay que decirlo así, con las palabras que tuercen de aburrimiento los labios de los adolescentes unirrostros. Rodeado de chicos con tricotas y muchachas deliciosamente mugrientas bajo el vapor de los *cafés crème* de Saint-Germain-des-Prés, que leen a Durrell, a Beauvoir, a Duras, a Douassot, a Queneau, a Sarraute, estoy yo un argentino afrancesado (horror horror), ya fuera de la moda adolescente, del *cool,* con en las manos anacrónicamente *Etes-vous fous?* de René Crevel, con en la memoria todo el surrealismo, con en la pelvis el signo de Antonin Artaud, con en las orejas las *Ionisations* de Edgar Varèse, con en los ojos Picasso (pero parece que yo soy un Mondrian, me lo han dicho).

—*Tu sèmes des syllabes pour récolter des étoiles* —me toma el pelo Crevel.

—Se va haciendo lo que se puede —le contesto.

—Y esa fémina, *n'arrêtera-t-elle donc pas de secouer l'arbre à sanglots?*

21 —Sos injusto —le digo—. Apenas llora, apenas se queja. Es triste llegar a un momento de la vida en que es más fácil abrir un libro en la página 96 y dialogar con su autor, de café a tumba, de aburrido a suicida, mientras en las mesas de al lado se habla de Argelia, de Adenauer, de Mijanou Bardot, de Guy Trébert, de Sidney Bechet, de Michel Butor, de Nabokov, de Zao-Wou-Ki, de Louison Bobet, y en mi país los muchachos hablan, ¿de qué hablan los muchachos en mi país? No lo sé ya, ando tan lejos, pero ya no hablan de Spilimbergo, no hablan de Justo Suárez, no hablan del Tiburón de Quillá, no hablan de Bonini, no hablan de Leguisamo. *Como es natural.* La joroba está en que la naturalidad y la realidad se vuelven no se sabe por qué enemigas, hay una hora en que lo natural suena espantosamente a falso, en que la realidad de los veinte años se codea con la realidad de los cuarenta y en cada codo hay una *gillette* tajeándonos el saco. Descubro nuevos mundos simultáneos y ajenos, cada vez sospecho más que estar de acuerdo es la peor de las ilusiones. ¿Por qué esta sed de ubicuidad, por qué esta lucha contra el tiempo? También yo leo a Sarraute y miro la foto de Guy Trébert esposado, pero *son cosas que me ocurren,* mientras que si soy yo el que decide, casi siempre es hacia atrás. Mi mano tantea en la biblioteca, saca a Crevel, saca a Roberto Arlt, saca a Jarry. Me apasiona el hoy pero siempre desde el ayer (¿me hapasiona, dije?), y es así como a mi edad el pasado se vuelve presente y el presente es un extraño y confuso futuro donde chicos con tricotas y muchachas de pelo suelto beben sus *cafés crème* y se acarician con una lenta gracia de gatos o de plantas.

Hay que luchar contra eso.

Hay que reinstalarse en el presente.

Parece que yo soy un Mondrian, ergo...

Pero Mondrian pintaba su presente hace cuarenta años.

(Una foto de Mondrian, igualito a un director de orquesta típica ((¡Julio de Caro, *ecco!*)), con lentes y el pelo planchado y cuello duro, un aire de hortera abominable, bailando con una piba diquera. ¿Qué clase de presente sentía Mondrian mientras bailaba? Esas telas suyas, esa foto suya... Habismos). 21

Estás viejo, Horacio. Quinto Horacio Oliveira, estás viejo, flaco. Estás flaco y viejo, Oliveira.

—*Il verse son vitriol entre les cuisses des faubourgs* —se mofa Crevel.

¿Qué le voy a hacer? En mitad del gran desorden me sigo creyendo veleta, al final de tanta vuelta hay que señalar un norte, un sur. Decir de alguien que es un veleta prueba poca imaginación: se ven las vueltas pero no la intención, la punta de la flecha que busca hincarse y permanecer en el río del viento.

Hay ríos metafísicos. Sí, querida, claro. Y vos estarás cuidando a tu hijo, llorando de a ratos, y aquí ya es otro día y un sol amarillo que no calienta. *J'habite à Saint-Germain-des-Prés, et chaque soir j'ai rendez-vous avec Verlaine. / Ce gros pierrot n'a pas changé, et pour courir le guilledou...* Por veinte francos en la ranura Leo Ferré te canta sus amores, o Gilbert Bécaud, o Guy Béart. Allá en mi tierra: *Si quiere ver la vida color de rosa / Eche veinte centavos en la ranura...* A lo mejor encendiste la radio (el alquiler vence el lunes que viene, tendré que avisarte) y escuchás música de cámara, probablemente Mozart, o has puesto un disco muy bajo para no despertar a Rocamadour. Y me parece que no te das demasiado cuenta de que Rocamadour está muy enfermo, terriblemente débil y enfermo, y que lo cuidarían mejor en el hospital. Pero ya no te puedo hablar de esas cosas, digamos que todo se acabó y que yo ando por ahí vagando, dando vueltas, buscando el norte, el sur, si es que lo busco.

21 Si es que lo busco. Pero si no los buscara, ¿qué es esto? Oh, mi amor, te extraño, me dolés en la piel, en la garganta, cada vez que respiro es como si el vacío me entrara en el pecho donde ya no estás.

—*Toi* —dice Crevel— *toujours prêt à grimper les cinq étages des pythonisses faubouriennes, qui ouvrent grandes les portes du futur...*

Y por qué no, por qué no había de buscar a la Maga, tantas veces me había bastado asomarme, viniendo por la Rue de Seine, al arco que da al Quai de Conti, y apenas la luz de ceniza y oliva que flota sobre el río me dejaba distinguir las formas, ya su silueta delgada se inscribía en el Pont des Arts, nos íbamos por ahí a la caza de sombras, a comer papas fritas al Faubourg St. Denis, a besarnos junto a las barcazas del canal Saint-Martin. Con ella yo sentía crecer un aire nuevo, los signos fabulosos del atardecer o esa manera como las cosas se dibujaban cuando estábamos juntos y en las rejas de la Cour de Rohan los vagabundos se alzaban al reino medroso y alunado de los testigos y los jueces... Por qué no había de amar a la Maga y poseerla bajo decenas de cielos rasos a seiscientos francos, en camas con cobertores deshilachados y rancios, si en esa vertiginosa rayuela, en esa carrera de embolsados yo me reconocía y me nombraba, por fin y hasta cuándo salido del tiempo y sus jaulas con monos y etiquetas, de sus vitrinas Omega Electron Girard Perregaud Vacheron & Constantin marcando las horas y los minutos de las sacrosantas obligaciones castradoras, en un aire donde las últimas ataduras iban cayendo y el placer era espejo de reconciliación, espejo para alondras pero espejo, algo como un sacramento de ser a ser, danza en torno al arca, avance del sueño boca contra boca, a veces sin desligarnos, los sexos unidos y tibios, los brazos como guías vegetales, las manos acariciando aplicadamente un muslo, un cuello...

—*Tu t'accroches à des histoires* —dice Crevel—. *Tu étreins* 21
des mots...

—No, viejo, eso se hace más bien del otro lado del mar, que no conocés. Hace rato que no me acuesto con las palabras. Las sigo usando, como vos y como todos, pero las cepillo muchísimo antes de ponérmelas.

Crevel desconfía y lo comprendo. Entre la Maga y yo crece un cañaveral de palabras, apenas nos separan unas horas y unas cuadras y ya mi pena *se llama* pena, mi amor *se llama* mi amor... Cada vez iré sintiendo menos y recordando más, pero qué es el recuerdo sino el idioma de los sentimientos, un diccionario de caras y días y perfumes que vuelven como los verbos y los adjetivos en el discurso, adelantándose solapados a la cosa en sí, al presente puro, entristeciéndonos o aleccionándonos vicariamente hasta que el propio ser se vuelve vicario, la cara que mira hacia atrás abre grandes los ojos, la verdadera cara se borra poco a poco como en las viejas fotos y Jano es de golpe cualquiera de nosotros. Todo esto se lo voy diciendo a Crevel pero es con la Maga que hablo, ahora que estamos tan lejos. Y no le hablo con las palabras que solo han servido para no entendernos, ahora que ya es tarde empiezo a elegir otras, las de ella, las envueltas en eso que ella comprende y que no tiene nombre, auras y tensiones que crispan el aire entre dos cuerpos o llenan de polvo de oro una habitación o un verso. ¿Pero no hemos vivido así todo el tiempo, lacerándonos dulcemente? No, no hemos vivido así, ella hubiera querido pero una vez más yo volví a sentar el falso orden que disimula el caos, a fingir que me entregaba a una vida profunda de la que solo tocaba el agua terrible con la punta del pie. Hay ríos metafísicos, ella los nada como esa golondrina está nadando en el aire, girando alucinada en torno al campanario, dejándose caer para levantarse mejor

21 con el impulso. Yo describo y defino y deseo esos ríos, ella los nada. Yo los busco, los encuentro, los miro desde el puente, ella los nada. Y no lo sabe, igualita a la golondrina. No necesita saber como yo, puede vivir en el desorden sin que ninguna conciencia de orden la retenga. Ese desorden que es su orden misterioso, esa bohemia del cuerpo y el alma que le abre de par en par las verdaderas puertas. Su vida no es desorden más que para mí, enterrado en prejuicios que desprecio y respeto al mismo tiempo. Yo, condenado a ser absuelto irremediablemente por la Maga que me juzga sin saberlo. Ah, dejame entrar, dejame ver algún día como ven tus ojos.

Inútil. Condenado a ser absuelto. Vuélvase a casa y lea a Spinoza. La Maga no sabe quién es Spinoza. La Maga lee interminables novelas de rusos y alemanes y Pérez Galdós y las olvida enseguida. Nunca sospechará que me condena a leer a Spinoza. Juez inaudito, juez por sus manos, por su carrera en plena calle, juez por solo mirarme y dejarme desnudo, juez por tonta e infeliz y desconcertada y roma y menos que nada. Por todo eso que sé desde mi amargo saber, con mi podrido rasero de universitario y hombre esclarecido, por todo eso, juez. Dejate caer, golondrina, con esas filosas tijeras que recortan el cielo de Saint-Germain-des-Prés, arrancá estos ojos que miran sin ver, estoy condenado sin apelación, pronto a ese cadalso azul al que me izan las manos de la mujer cuidando a su hijo, pronto la pena, pronto el orden mentido de estar solo y recobrar la suficiencia, la egociencia, la conciencia. Y con tanta ciencia una inútil ansia de tener lástima de algo, de que llueva aquí dentro, de que por fin empiece a llover, a oler a tierra, a cosas vivas, sí, por fin a cosas vivas.

(-79)

22

Las opiniones eran que el viejo se había resbalado, que el auto había «quemado» la luz roja, que el viejo había querido suicidarse, que todo estaba cada vez peor en París, que el tráfico era monstruoso, que el viejo no tenía la culpa, que el viejo tenía la culpa, que los frenos del auto no andaban bien, que el viejo era de una imprudencia temeraria, que la vida estaba cada vez más cara, que en París había demasiados extranjeros que no entendían las leyes del tráfico y les quitaban el trabajo a los franceses.

El viejo no parecía demasiado contuso. Sonreía vagamente, pasándose la mano por el bigote. Llegó una ambulancia, lo izaron a la camilla, el conductor del auto siguió agitando las manos y explicando el accidente al policía y a los curiosos.

—Vive en el treinta y dos de la Rue Madame —dijo un muchacho rubio que había cambiado algunas frases con Oliveira y los demás curiosos—. Es un escritor, lo conozco. Escribe libros.

—El paragolpes le dio en las piernas, pero el auto ya estaba muy frenado.

—Le dio en el pecho —dijo el muchacho—. El viejo se resbaló en un montón de mierda.

22 —Le dio en las piernas —dijo Oliveira.

—Depende del punto de vista —dijo un señor enormemente bajo.

—Le dio en el pecho —dijo el muchacho—. Lo vi con estos ojos.

—En ese caso... ¿No sería bueno avisar a la familia?

—No tiene familia, es un escritor.

—Ah —dijo Oliveira.

—Tiene un gato y muchísimos libros. Una vez subí a llevarle un paquete de parte de la portera, y me hizo entrar. Había libros por todas partes. Esto le tenía que pasar, los escritores son distraídos. A mí, para que me agarre un auto...

Caían unas pocas gotas que disolvieron en un instante el corro de testigos. Subiéndose el cuello de la canadiense, Oliveira metió la nariz en el viento frío y se puso a caminar sin rumbo. Estaba seguro de que el viejo no había sufrido mayores daños, pero seguía viendo su cara casi plácida, más bien perpleja, mientras lo tendían en la camilla entre frases de aliento y cordiales «*Allez, pépère, c'est rien, ça!*» del camillero, un pelirrojo que debía decirle lo mismo a todo el mundo. «La incomunicación total», pensó Oliveira. «No tanto que estemos solos, ya es sabido y no hay tu tía. Estar solo es en definitiva estar solo dentro de cierto plano en el que otras soledades podrían comunicarse con nosotros si la cosa fuese posible. Pero cualquier conflicto, un accidente callejero o una declaración de guerra, provocan la brutal intersección de planos diferentes, y un hombre que quizá es una eminencia del sánscrito o de la física de los *quanta* se convierte en un *pépère* para el camillero que lo asiste en un accidente. Edgar Poe metido en una carretilla, Verlaine en manos de medicuchos, Nerval y Artaud frente a los psiquiatras. ¿Qué podía saber de Keats el

galeno italiano que lo sangraba y lo mataba de hambre? Si 22
hombres como ellos guardan silencio como es lo más probable, los otros triunfan ciegamente, sin mala intención por supuesto, sin saber que ese operado, que ese tuberculoso, que ese herido desnudo en una cama está doblemente solo rodeado de seres que se mueven como detrás de un vidrio, desde otro tiempo...».

Metiéndose en un zaguán encendió un cigarrillo. Caía la tarde, grupos de muchachas salían de los comercios, necesitadas de reír, de hablar a gritos, de empujarse, de esponjarse en una porosidad de un cuarto de hora antes de recaer en el biftec y la revista semanal. Oliveira siguió andando. Sin necesidad de dramatizar, la más modesta objetividad era una apertura al absurdo de París, de la vida gregaria. Puesto que había pensado en los poetas era fácil acordarse de todos los que habían denunciado la soledad del hombre junto al hombre, la irrisoria comedia de los saludos, el «perdón» al cruzarse en la escalera, el asiento que se cede a las señoras en el metro, la confraternidad en la política y los deportes. Solo un optimismo biológico y sexual podía disimularle a algunos su insularidad, mal que le pesara a John Donne. Los contactos en la acción y la raza y el oficio y la cama y la cancha eran contactos de ramas y hojas que se entrecruzan y acarician de árbol a árbol, mientras los troncos alzan desdeñosos sus paralelas inconciliables. «*En el fondo* podríamos ser como en la superficie», pensó Oliveira, «pero habría que vivir de otra manera. ¿Y qué quiere decir vivir de otra manera? Quizá vivir absurdamente para acabar con el absurdo, tirarse en sí mismo con una tal violencia que el salto acabara en los brazos de otro. Sí, quizá el amor, pero la *otherness* nos dura lo que dura una mujer, y además solamente en lo que toca a esa mujer. En el fondo no hay *otherness,* apenas la agradable

22 *togetherness.* Cierto que ya es algo...». Amor, ceremonia ontologizante, dadora de ser. Y por eso se le ocurría ahora lo que a lo mejor debería habérsele ocurrido al principio: sin poseerse no había posesión de la otredad, ¿y quién se poseía de veras? ¿Quién estaba de vuelta de sí mismo, de la soledad absoluta que representa no contar siquiera con la compañía propia, tener que meterse en el cine o en el prostíbulo o en la casa de los amigos o en una profesión absorbente o en el matrimonio para estar por lo menos solo-entre-los-demás? Así, paradójicamente, el colmo de soledad conducía al colmo de gregarismo, a la gran ilusión de la compañía ajena, al hombre solo en la sala de los espejos y los ecos. Pero gentes como él y tantos otros, que se aceptaban a sí mismos (o que se rechazaban pero conociéndose de cerca) entraban en la peor paradoja, la de estar quizá al borde de la otredad y no poder franquearlo. La verdadera otredad hecha de delicados contactos, de maravillosos ajustes con el mundo, no podía cumplirse desde un solo término, a la mano tendida debía responder otra mano desde el afuera, desde lo otro.

(-62)

23

Parado en una esquina, harto del cariz enrarecido de su reflexión (y eso que a cada momento, no sabía por qué, pensaba que el viejecito herido estaría en una cama de hospital, los médicos y los estudiantes y las enfermeras lo rodearían amablemente impersonales, le preguntarían nombre y edad y profesión, le dirían que no era nada, lo aliviarían de inmediato con inyecciones y vendajes), Oliveira se había puesto a mirar lo que ocurría en torno y que como cualquier esquina de cualquier ciudad era la ilustración perfecta de lo que estaba pensando y casi le evitaba el trabajo. En el café, protegidos del frío (iba a ser cosa de entrar y beberse un vaso de vino), un grupo de albañiles charlaba con el patrón en el mostrador. Dos estudiantes leían y escribían en una mesa, y Oliveira los veía alzar la vista y mirar hacia el grupo de los albañiles, volver al libro o al cuaderno, mirar de nuevo. De una caja de cristal a otra, mirarse, aislarse, mirarse: eso era todo. Por encima de la terraza cerrada del café, una señora del primer piso parecía estar cosiendo o cortando un vestido junto a la ventana. Su alto peinado se movía cadencioso. Oliveira imaginaba sus pensamientos, las tijeras, los hijos que volverían de la escuela de un momento a otro, el marido ter-

23 minando la jornada en una oficina o en un banco. Los albañiles, los estudiantes, la señora, y ahora un *clochard* desembocaba de una calle transversal, con una botella de vino tinto saliéndole del bolsillo, empujando un cochecito de niño lleno de periódicos viejos, latas, ropas deshilachadas y mugrientas, una muñeca sin cabeza, un paquete de donde salía una cola de pescado. Los albañiles, los estudiantes, la señora, el *clochard,* y en la casilla como para condenados a la picota, LOTERIE NATIONALE, una vieja de mechas irredentas brotando de una especie de papalina gris, las manos metidas en mitones azules, TIRAGE MERCREDI, esperando sin esperar el cliente, con un brasero de carbón a los pies, encajada en su ataúd vertical, quieta, semihelada, ofreciendo la suerte y pensando vaya a saber qué, pequeños grumos de ideas, repeticiones seniles, la maestra de la infancia que le regalaba dulces, un marido muerto en el Somme, un hijo viajante de comercio, por la noche la bohardilla sin agua corriente, la sopa para tres días, el *boeuf bourguignon* que cuesta menos que un biftec, TIRAGE MERCREDI. Los albañiles, los estudiantes, el *clochard,* la vendedora de lotería, cada grupo, cada uno en su caja de vidrio, pero que un viejo cayera bajo un auto y de inmediato habría una carrera general hacia el lugar del accidente, un vehemente cambio de impresiones, de críticas, disparidades y coincidencias hasta que empezara a llover otra vez y los albañiles se volvieran al mostrador, los estudiantes a su mesa, los X a los X, los Z a los Z.

«Solo viviendo absurdamente se podría romper alguna vez este absurdo infinito», se repitió Oliveira. «Che, pero me voy a empapar, hay que meterse en alguna parte». Vio los carteles de la Salle de Géographie y se refugió en la entrada. Una conferencia sobre Australia, continente desconocido. Reunión de los discípulos del Cristo de Mont-

favet. Concierto de piano de Madame Berthe Trépat. 23
Inscripción abierta para un curso sobre los meteoros. Conviértase en yudoca en cinco meses. Conferencia sobre la urbanización de Lyon. El concierto de piano iba a empezar enseguida y costaba poca plata. Oliveira miró el cielo, se encogió de hombros y entró. Pensaba vagamente en ir a casa de Ronald o al taller de Etienne, pero era mejor dejarlo para la noche. No sabía por qué, le hacía gracia que la pianista se llamara Berthe Trépat. También le hacía gracia refugiarse en un concierto para escapar un rato de sí mismo, ilustración irónica de mucho de lo que había venido rumiando por la calle. «No somos nada, che», pensó mientras ponía ciento veinte francos a la altura de los dientes de la vieja enjaulada en la taquilla. Le tocó la fila diez, por pura maldad de la vieja ya que el concierto iba a empezar y no había casi nadie aparte de algunos ancianos calvos, otros barbudos y otros las dos cosas, con aire de ser del barrio o de la familia, dos mujeres entre cuarenta y cuarenta y cinco con abrigos vetustos y paraguas chorreantes, unos pocos jóvenes, parejas en su mayoría y discutiendo violentamente entre empujones, ruido de caramelos y crujidos de las pésimas sillas de Viena. En total unas veinte personas. Olía a tarde de lluvia, la gran sala estaba helada y húmeda, se oía hablar confusamente detrás del telón de fondo. Un viejo había encendido la pipa, y Oliveira se apuró a sacar un Gauloise. No se sentía demasiado bien, le había entrado agua en un zapato, el olor a moho y a ropa mojada lo asqueaba un poco. Pitó aplicadamente hasta calentar el cigarrillo y estropearlo. Afuera sonó un timbre tartamudo, y uno de los jóvenes aplaudió con énfasis. La vieja acomodadora, boina de través y maquillaje con el que seguramente dormía, corrió la cortina de entrada. Recién entonces Oliveira se acordó de que le habían dado un pro-

23 grama. Era una hoja mal mimeografiada en la que con algún trabajo podía descifrarse que Madame Berthe Trépat, medalla de oro, tocaría los «Tres movimientos discontinuos» de Rose Bob (primera audición), la «Pavana para el General Leclerc», de Alix Alix (primera audición civil), y la «Síntesis Délibes-Saint-Saëns», de Délibes, Saint-Saëns y Berthe Trépat.

«Joder», pensó Oliveira. «Joder con el programa».

Sin que se supiera exactamente cómo había llegado, apareció detrás del piano un señor de papada colgante y blanca cabellera. Vestía de negro y acariciaba con una mano rosada la cadena que le cruzaba el chaleco de fantasía. A Oliveira le pareció que el chaleco estaba bastante grasiento. Sonaron unos secos aplausos a cargo de una señorita de impermeable violeta y lentes con montura de oro. Esgrimiendo una voz extraordinariamente parecida a la de un guacamayo, el anciano de la papada inició una introducción al concierto, gracias a la cual el público se enteró de que Rose Bob era una exalumna de piano de Madame Berthe Trépat, de que la «Pavana» de Alix Alix había sido compuesta por un distinguido oficial del ejército que se ocultaba bajo tan modesto seudónimo, y que las dos composiciones aludidas utilizaban restringidamente los más modernos procedimientos de escritura musical. En cuanto a la «Síntesis Délibes-Saint-Saëns» (y aquí el anciano alzó los ojos con arrobo) representaba dentro de la música contemporánea una de las más profundas innovaciones que la autora, Madame Trépat, había calificado de «sincretismo fatídico». La caracterización era justa en la medida en que el genio musical de Délibes y de Saint-Saëns tendía a la ósmosis, a la interfusión e interfonía, paralizadas por el exceso individualista del Occidente y condenadas a no precipitarse en una creación superior y sintética de no mediar la genial intuición de Madame Trépat. En efecto, su sensibilidad había captado afinidades que escapaban al común de los oyentes y asumido la noble aunque ardua misión de convertirse en puente mediúmnico a través del cual pudiera consumarse el encuentro de los dos grandes hijos de Francia. Era hora de señalar que Madame Berthe Trépat, al margen de sus actividades de profesora de música, no tardaría en cumplir sus bodas de plata al servicio de la composición. El orador no se atrevía, en una mera introducción a un concierto que, bien lo apreciaba, era esperado con viva impaciencia por el público, a desarrollar como hubiera sido necesario el análisis de la obra musical de Madame Trépat. De todos modos, y con objeto de que sirviera de pentagrama mental a quienes escucharían por primera vez las obras de Rose Bob y de Madame Trépat, podía resumir su estética en la mención de construcciones antiestructurales, es decir, células sonoras autónomas, fruto de la pura inspiración, concatenadas en la intención general de la obra pero totalmente libres de moldes clásicos, dodecafónicos o atonales (las dos últimas palabras las repitió enfáticamente). Así por ejemplo, los «Tres movimientos discontinuos» de Rose Bob, alumna dilecta de Madame Trépat, partían de la reacción provocada en el espíritu de la artista por el golpe de una puerta al cerrarse violentamente, y los treinta y dos acordes que formaban el primer movimiento eran otras tantas repercusiones de ese golpe en el plano estético; el orador no creía violar un secreto si confiaba a su culto auditorio que la técnica de composición de la «Síntesis Délibes-Saint-Saëns» entroncaba con las fuerzas más primitivas y esotéricas de la creación. Nunca olvidaría el alto privilegio de haber asistido a una fase de la síntesis, y ayudado a Madame Trépat a operar con un péndulo rabdomántico sobre las

23 partituras de los dos maestros a fin de escoger aquellos pasajes cuya influencia sobre el péndulo corroboraba la asombrosa intuición original de la artista. Y aunque mucho hubiera podido agregarse a lo dicho, el orador creía de su deber retirarse luego de saludar en Madame Berthe Trépat a uno de los faros del espíritu francés y ejemplo patético del genio incomprendido por los grandes públicos.

La papada se agitó violentamente y el anciano, atragantado por la emoción y el catarro, desapareció entre bambalinas. Cuarenta manos descargaron algunos secos aplausos, varios fósforos perdieron la cabeza, Oliveira se estiró lo más posible en la silla y se sintió mejor. También el viejo del accidente debía sentirse mejor en la cama del hospital, sumido ya en la somnolencia que sigue al *shock,* interregno feliz en que se renuncia a ser dueño de sí mismo y la cama es como un barco, unas vacaciones pagas, cualquiera de las rupturas con la vida ordinaria. «Casi estaría por ir a verlo uno de estos días», se dijo Oliveira. «Pero a lo mejor le arruino la isla desierta, me convierto en la huella del pie en la arena. Che, qué delicado te estás poniendo».

Los aplausos le hicieron abrir los ojos y asistir a la trabajosa inclinación con que Madame Berthe Trépat los agradecía. Antes de verle bien la cara lo paralizaron los zapatos, unos zapatos tan de hombre que ninguna falda podía disimularlos. Cuadrados y sin tacos, con cintas inútilmente femeninas. Lo que seguía era rígido y ancho a la vez, una especie de gorda metida en un corsé implacable. Pero Berthe Trépat no era gorda, apenas si podía definírsela como robusta. Debía tener ciática o lumbago, algo que la obligaba a moverse en bloque, ahora frontalmente, saludando con trabajo, y después de perfil, deslizándose entre el taburete y el piano y plegándose geométricamente hasta

quedar sentada. Desde allí la artista giró bruscamente la 23
cabeza y saludó otra vez, aunque ya nadie aplaudía. «Arriba debe de haber alguien tirando de los hilos», pensó Oliveira. Le gustaban las marionetas y los autómatas, y esperaba maravillas del sincretismo fatídico. Berthe Trépat miró una vez más al público, su redonda cara como enharinada pareció condensar de golpe todos los pecados de la luna, y la boca como una guinda violentamente bermellón se dilató hasta tomar la forma de una barca egipcia. Otra vez de perfil, su menuda nariz de pico de loro consideró por un momento el teclado mientras las manos se posaban del do al si como dos bolsitas de gamuza ajada. Empezaron a sonar los treinta y dos acordes del primer movimiento discontinuo. Entre el primero y el segundo transcurrieron cinco segundos, entre el segundo y el tercero, quince segundos. Al llegar al decimoquinto acorde, Rose Bob había decretado una pausa de veinticinco segundos. Oliveira, que en un primer momento había apreciado el buen uso weberniano que hacía Rose Bob de los silencios, notó que la reincidencia lo degradaba rápidamente. Entre los acordes 7 y 8 restallaron toses, entre el 12 y el 13 alguien raspó enérgicamente un fósforo, entre el 14 y el 15 pudo oírse distintamente la expresión «*Ah, merde alors!*» proferida por una jovencita rubia. Hacia el vigésimo acorde, una de las damas más vetustas, verdadero *pickle* virginal, empuñó enérgicamente el paraguas y abrió la boca para decir algo que el acorde 21 aplastó misericordiosamente. Divertido, Oliveira miraba a Berthe Trépat sospechando que la pianista los estudiaba con eso que llamaban el rabillo del ojo. Por ese rabillo el mínimo perfil ganchudo de Berthe Trépat dejaba filtrar una mirada gris celeste, y a Oliveira se le ocurrió que a lo mejor la desventurada se había puesto a hacer la cuenta de las entradas vendidas. En el acorde 23

23 un señor de rotunda calva se enderezó indignado, y después de bufar y soplar salió de la sala clavando cada taco en el silencio de ocho segundos confeccionado por Rose Bob. A partir del acorde 24 las pausas empezaron a disminuir, y del 28 al 32 se estableció un ritmo como de marcha fúnebre que no dejaba de tener lo suyo. Berthe Trépat sacó los zapatos de los pedales, puso la mano izquierda sobre el regazo, y emprendió el segundo movimiento. Este movimiento duraba solamente cuatro compases, cada uno de ellos con tres notas de igual valor. El tercer movimiento consistía principalmente en salir de los registros extremos del teclado y avanzar cromáticamente hacia el centro, repitiendo la operación de dentro hacia afuera, todo eso en medio de continuos tresillos y otros adornos. En un momento dado, que nada permitía prever, la pianista dejó de tocar y se enderezó bruscamente, saludando con un aire casi desafiante pero en el que a Oliveira le pareció discernir algo como inseguridad y hasta miedo. Una pareja aplaudió rabiosamente, Oliveira se encontró aplaudiendo a su vez sin saber por qué (y cuando supo por qué le dio rabia y dejó de aplaudir). Berthe Trépat recobró casi intantáneamente su perfil y paseó por el teclado un dedo indiferente, esperando que se hiciera silencio. Empezó a tocar la «Pavana para el General Leclerc».

En los dos o tres minutos que siguieron Oliveira dividió con algún trabajo su atención entre el extraordinario bodrio que Berthe Trépat descerrajaba a todo vapor, y la forma furtiva o resuelta con que viejos y jóvenes se mandaban mudar del concierto. Mezcla de Liszt y Rachmaninov, la «Pavana» repetía incansable dos o tres temas para perderse luego en infinitas variaciones, trozos de bravura (bastante mal tocados, con agujeros y zurcidos por todas partes) y solemnidades de catafalco sobre cureña, rotas por

bruscas pirotecnias a las que el misterioso Alix Alix se 23
entregaba con deleite. Una o dos veces sospechó Oliveira que el alto peinado a lo Salambó de Berthe Trépat se iba a deshacer de golpe, pero vaya a saber cuántas horquillas lo mantenían armado en medio del fragor y el temblor de la «Pavana». Vinieron los arpegios orgiásticos que anunciaban el final, se repitieron sucesivamente los tres temas (uno de los cuales salía clavado del *Don Juan* de Strauss), y Berthe Trépat descargó una lluvia de acordes cada vez más intensos rematados por una histérica cita del primer tema y dos acordes en las notas más graves, el último de los cuales sonó marcadamente a falso por el lado de la mano derecha, pero eran cosas que podían ocurrirle a cualquiera y Oliveira aplaudió con calor, realmente divertido.

La pianista se puso de frente con uno de sus raros movimientos a resorte, y saludó al público. Como parecía contarlo con los ojos, no podía dejar de comprobar que apenas quedaban ocho o nueve personas. Digna, Berthe Trépat salió por la izquierda y la acomodadora corrió la cortina y ofreció caramelos.

Por un lado era cosa de irse, pero en todo ese concierto había una atmósfera que encantaba a Oliveira. Después de todo la pobre Trépat había estado tratando de presentar obras en primera audición, lo que siempre era un mérito en este mundo de gran polonesa, claro de luna y danza del fuego. Había algo de conmovedor en esa cara de muñeca rellena de estopa, de tortuga de pana, de inmensa bobalina metida en un mundo rancio con teteras desportilladas, viejas que habían oído tocar a Risler, reuniones de arte y de poesía en salas con empapelados vetustos, de presupuestos de cuarenta mil francos mensuales y furtivas súplicas a los amigos para llegar a fin de mes, de culto al arte ver-da-de-ro estilo Akademia Raymond Duncan, y no cos-

23 taba mucho imaginarse la facha de Alix Alix y de Rose Bob, los sórdidos cálculos antes de alquilar la sala para el concierto, el programa mimeografiado por algún alumno de buena voluntad, las listas infructuosas de invitaciones, la desolación entre bambalinas al ver la sala vacía y tener que salir lo mismo, medalla de oro y tener que salir lo mismo. Era casi un capítulo para Céline, y Oliveira se sabía incapaz de imaginar más allá de la atmósfera general, de la derrotada e inútil sobrevivencia de esas actividades artísticas para grupos igualmente derrotados e inútiles. «Naturalmente me tenía que tocar a mí meterme en este abanico apolillado», rabió Oliveira. «Un viejo debajo de un auto, y ahora Trépat. Y no hablemos del tiempo de ratas que hace afuera, y de mí mismo. Sobre todo no hablemos de mí mismo».

En la sala quedaban cuatro personas, y le pareció que lo mejor era ir a sentarse en primera fila para acompañar un poco más a la ejecutante. Le hizo gracia esa especie de solidaridad, pero lo mismo se instaló delante y esperó fumando. Inexplicablemente una señora decidió irse en el mismo momento en que reaparecía Berthe Trépat, que la miró fijamente antes de quebrarse con esfuerzo para saludar a la platea casi desierta. Oliveira pensó que la señora que acababa de irse merecía una enorme patada en el culo. De golpe comprobaba que todas sus reacciones derivaban de una cierta simpatía por Berthe Trépat, a pesar de la *Pavana* y de Rose Bob. «Hacía tiempo que no me pasaba esto», pensó. «A ver si con los años me empiezo a ablandar». Tantos ríos metafísicos y de golpe se sorprendía con ganas de ir al hospital a visitar al viejo, o aplaudiendo a esa loca encorsetada. Extraño. Debía ser el frío, el agua en los zapatos.

La «Síntesis Délibes-Saint-Saëns» llevaba ya tres minutos o algo así cuando la pareja que constituía el principal refuerzo del público restante se levantó y se fue ostensiblemente. Otra vez creyó atisbar Oliveira la mirada de soslayo de Berthe Trépat, pero ahora era como si de golpe empezaran a agarrotársele las manos, tocaba doblándose sobre el piano y con enorme esfuerzo, aprovechando cualquier pausa para mirar de reojo la platea donde Oliveira y un señor de aire plácido escuchaban con todas las muestras de una recogida atención. El sincretismo fatídico no había tardado en revelar su secreto, aun para un lego como Oliveira; a cuatro compases de *Le Rouet d'Omphale* seguían otros cuatro de *Les Filles de Cadix,* luego la mano izquierda profería *Mon coeur s'óuvre à ta voix,* la derecha intercalaba espasmódicamente el tema de las campanas de *Lakmé,* las dos juntas pasaban sucesivamente por la *Danse Macabre y Coppélia,* hasta que otros temas que el programa atribuía al *Hymne à Victor Hugo, Jean de Nivelle* y *Sur les bords du Nil* alternaban vistosamente con los más conocidos, y como fatídico era imposible imaginar nada más logrado, por eso cuando el señor de aire plácido empezó a reírse bajito y se tapó educadamente la boca con un guante, Oliveira tuvo que admitir que el tipo tenía derecho, no le podía exigir que se callara, y Berthe Trépat debía sospechar lo mismo porque cada vez erraba más notas, parecía que se le paralizaban las manos, seguía adelante sacudiendo los antebrazos y sacando los codos con un aire de gallina que se acomoda en el nido, *Mon coeur s'ouvre à ta voix,* de nuevo *Oú va la jeune hindoue?* dos acordes sincréticos, un arpegio rabón, *Les filles de Cadix, tra-la-la-la,* como un hipo, varias notas juntas a lo (sorprendentemente) Pierre Boulez, y el señor de aire plácido soltó una especie de berrido y se marchó corriendo con los guantes pegados a la boca, justo cuando Berthe Trépat bajaba las manos, mirando fijamente el teclado, y pasaba un largo segundo, un segundo sin término,

23 algo desesperadamente vacío entre Oliveira y Berthe Trépat solos en la sala.

—Bravo —dijo Oliveira, comprendiendo que el aplauso hubiera sido incongruente—. Bravo, Madame.

Sin levantarse, Berthe Trépat giró un poco en el taburete y puso el codo en un la natural. Se miraron. Oliveira se levantó y se acercó al borde del escenario.

—Muy interesante —dijo—. Créame, señora, he escuchado su concierto con verdadero interés.

Qué hijo de puta.

Berthe Trépat miraba la sala vacía. Le temblaba un poco un párpado. Parecía preguntarse algo, esperar algo. Oliveira sintió que debía seguir hablando.

—Una artista como usted conocerá de sobra la incomprensión y el snobismo del público. En el fondo yo sé que usted toca para usted misma.

—Para mí misma —repitió Berthe Trépat con una voz de guacamayo asombrosamente parecida a la del caballero que la había presentado.

—¿Para quién, si no? —dijo Oliveira, trepándose al escenario con la misma soltura que si hubiera estado soñando—. Un artista solo cuenta con las estrellas, como dijo Nietszche.

—¿Quién es usted, señor? —se sobresaltó Berthe Trépat.

—Oh, alguien que se interesa por las manifestaciones... —se podía seguir enhebrando palabras, lo de siempre. Si algo contaba era estar ahí, acompañando un poco. Sin saber bien por qué.

Berthe Trépat escuchaba, todavía un poco ausente. Se enderezó con dificultad y miró la sala, las bambalinas.

—Sí —dijo—. Ya es tarde, tengo que volver a casa —lo dijo por ella misma, como si fuera un castigo o algo así.

—¿Puedo tener el placer de acompañarla un momento? 23
—dijo Oliveira, inclinándose—. Quiero decir, si no hay alguien esperándola en el camarín o a la salida.

—No habrá nadie. Valentin se fue después de la presentación. ¿Qué le pareció la presentación?

—Interesante —dijo Oliveira, cada vez más seguro de que soñaba y que le gustaba seguir soñando.

—Valentin puede hacer cosas mejores —dijo Berthe Trépat—. Y me parece repugnante de su parte..., sí, repugnante..., marcharse así como si yo fuera un trapo.

—Habló de usted y de su obra con gran admiración.

—Por quinientos francos ese es capaz de hablar con admiración de un pescado muerto. ¡Quinientos francos! —repitió Berthe Trépat, perdiéndose en sus reflexiones.

«Estoy haciendo el idiota», se dijo Oliveira. Si saludaba y se volvía a la platea, tal vez la artista ya no se acordara de su ofrecimiento. Pero la artista se había puesto a mirarlo y Oliveira vio que estaba llorando.

—Valentin es un canalla. Todos..., había más de doscientas personas, usted las vio, más de doscientas. Para un concierto de primeras audiciones es extraordinario, ¿no le parece? Y todos pagaron la entrada, no vaya a creer que habíamos enviado billetes gratuitos. Más de doscientos, y ahora solamente queda usted, Valentin se ha ido, yo...

—Hay ausencias que representan un verdadero triunfo —articuló increíblemente Oliveira.

—¿Pero por qué se fueron? ¿Usted los vio irse? Más de doscientos, le digo, y personas notables, estoy segura de haber visto a Madame De Roche, al doctor Lacour, a Montellier, el profesor del último gran premio de violín... Yo creo que la *Pavana* no les gustó demasiado y que se fueron por eso, ¿no le parece? Porque se fueron antes de mi «Síntesis», eso es seguro, lo vi yo misma.

23 —Por supuesto —dijo Oliveira—. Hay que decir que la *Pavana*...

—No es en absoluto una pavana —dijo Berthe Trépat—. Es una perfecta mierda. La culpa la tiene Valentin, ya me habían prevenido que Valentin se acostaba con Alix Alix. ¿Por qué tengo yo que pagar por un pederasta, joven? Yo, medalla de oro, ya le mostraré mis críticas, unos triunfos, en Grenoble, en el Puy...

Las lágrimas le corrían hasta el cuello, se perdían entre las ajadas puntillas y la piel cenicienta. Tomó del brazo a Oliveira, lo sacudió. De un momento a otro iba a tener una crisis histérica.

—¿Por qué no va a buscar su abrigo y salimos? —dijo presurosamente Oliveira—. El aire de la calle le va a hacer bien, podríamos beber alguna cosa, para mí será un verdadero...

—Beber alguna cosa —repitió Berthe Trépat—. Medalla de oro.

—Lo que usted desee —dijo incongruentemente Oliveira. Hizo un movimiento para soltarse, pero la artista le apretó el brazo y se le acercó aún más. Oliveira olió el sudor del concierto mezclado con algo entre naftalina y benjuí (también pis y lociones baratas). Primero Rocamadour y ahora Berthe Trépat, era para no creerlo. «Medalla de oro», repetía la artista, llorando y tragando. De golpe un gran sollozo la sacudió como si descargara un acorde en el aire. «Y todo es lo de siempre...», alcanzó a entender Oliveira, que luchaba en vano para evadir las sensaciones personales, para refugiarse en algún río metafísico, naturalmente. Sin resistir, Berthe Trépat se dejó llevar hacia las bambalinas donde la acomodadora los miraba linterna en mano y sombrero con plumas.

—¿Se siente mal la señora?

—Es la emoción —dijo Oliveira—. Ya se le está pasando. ¿Dónde está su abrigo? 23

Entre vagos tableros, mesas derrengadas, un arpa y una percha, había una silla de donde colgaba un impermeable verde. Oliveira ayudó a Berthe Trépat, que había agachado la cabeza pero ya no lloraba. Por una puertecita y un corredor tenebroso salieron a la noche del *boulevard*. Lloviznaba.

—No será fácil conseguir un taxi —dijo Oliveira, que apenas tenía trescientos francos—. ¿Vive lejos?

—No, cerca del Panthéon, en realidad prefiero caminar.

—Sí, será mejor.

Berthe Trépat avanzaba lentamente, moviendo la cabeza a un lado y otro. Con la caperuza del impermeable tenía un aire entre guerrero y Ubu Roi. Oliveira se enfundó en la canadiense y se subió bien el cuello. El aire era fino, empezaba a tener hambre.

—Usted es tan amable —dijo la artista—. No debería molestarse. ¿Qué le pareció mi «Síntesis»?

—Señora, yo soy un mero aficionado. A mí la música, por así decir...

—No le gustó —dijo Berthe Trépat.

—Una primera audición...

—Hemos trabajado meses con Valentin. Noches y días, buscando la conciliación de los genios.

—En fin, usted reconocerá que Délibes...

—Un genio —repitió Berthe Trépat—. Erik Satie lo afirmó un día en mi presencia. Y por más que el doctor Lacour diga que Satie me estaba..., cómo decir. Usted sabrá sin duda cómo era el viejo... Pero yo sé leer en los hombres, joven, y sé muy bien que Satie estaba convencido, sí, convencido. ¿De qué país viene usted, joven?

—De la Argentina, señora, y no soy nada joven, dicho sea de paso.

23 —Ah, la Argentina. Las pampas... ¿Y allá cree usted que se interesarían por mi obra?

—Estoy seguro, señora.

—Tal vez usted podría gestionarme una entrevista con el embajador. Si Thibaud iba a la Argentina y a Montevideo, ¿por qué no yo, que toco mi propia música? Usted se habrá fijado en eso, que es fundamental: mi propia música. Primeras audiciones casi siempre.

—¿Compone mucho? —preguntó Oliveira, que se sentía como un vómito.

—Estoy en mi opus ochenta y tres..., no, veamos... Ahora que me acuerdo hubiera debido hablar con Madame Nolet antes de salir... Hay una cuestión de dinero que arreglar, naturalmente. Doscientas personas, es decir... —se perdió en un murmullo, y Oliveira se preguntó si no sería más piadoso decirle redondamente la verdad, pero ella la sabía, por supuesto que la sabía.

—Es un escándalo —dijo Berthe Trépat—. Hace dos años toqué en la misma sala, Poulenc prometió asistir... ¿Se da cuenta? Poulenc, nada menos. Yo estaba inspiradísima esa tarde, una lástima que un compromiso de última hora le impidió..., pero ya se sabe con los músicos de moda... Y esa vez la Nolet me cobró la mitad menos —agregó rabiosamente—. Exactamente la mitad. Claro que lo mismo, calculando doscientas personas...

—Señora —dijo Oliveira, tomándola suavemente del codo para hacerla entrar por la Rue de Seine—, la sala estaba casi a oscuras y quizá usted se equivoca al calcular la asistencia.

—Oh, no —dijo Berthe Trépat—. Estoy segura de que no me equivoco, pero usted me ha hecho perder la cuenta. Permítame, hay que calcular... —volvió a perderse en un aplicado murmullo, movía continuamente los labios y los

dedos, por completo ausente del itinerario que le hacía 23
seguir Oliveira, y quizá hasta de su presencia. Todo lo que decía en alta voz hubiera podido decírselo a sí misma, París estaba lleno de gentes que hablaban solas por la calle, el mismo Oliveira no era una excepción, en realidad lo único excepcional era que estuviese haciendo el cretino al lado de la vieja, acompañando a su casa a esa muñeca desteñida, a ese pobre globo inflado donde la estupidez y la locura bailaban la verdadera pavana de la noche. «Es repugnante, habría que tirarla contra un escalón y meterle el pie en la cara, aplastarla como a una vinchuca, reventarla como un piano que se cae del décimo piso. La verdadera caridad sería sacarla del medio, impedirle que siga sufriendo como un perro metida en sus ilusiones que ni siquiera cree, que fabrica para no sentir el agua en los zapatos, la casa vacía o con ese viejo inmundo del pelo blanco. Le tengo asco, yo me rajo en la esquina que viene, total ni se va a dar cuenta. Qué día, mi madre, qué día».

Si se cortaba rápido por la Rue Lobineau, que le echaran un galgo, total la vieja lo mismo encontraría el camino hasta su casa. Oliveira miró hacia atrás, esperó el momento sacudiendo vagamente el brazo como si le molestara un peso, algo colgado subrepticiamente de su codo. Pero era la mano de Berthe Trépat, el peso se afirmó resueltamente, Berthe Trépat se apoyaba con todo su peso en el brazo de Oliveira que miraba hacia la Rue Lobineau y al mismo tiempo ayudaba a la artista a cruzar la calle, seguía con ella por la Rue de Tournon.

—Seguramente habrá encendido el fuego —dijo Berthe Trépat—. No es que haga tanto frío, en realidad, pero el fuego es el amigo de los artistas, ¿no le parece? Usted subirá a tomar una copita con Valentin y conmigo.

23 —Oh, no, señora —dijo Oliveira—. De ninguna manera, para mí ya es suficiente honor acompañarla hasta su casa. Y además...

—No sea tan modesto, joven. Porque usted es joven, ¿no es cierto? Se nota que usted es joven, en su brazo, por ejemplo... —los dedos se hincaban un poco en la tela de la canadiense—. Yo parezco mayor de lo que soy, usted sabe, la vida del artista...

—De ninguna manera —dijo Oliveira—. En cuanto a mí ya pasé bastante de los cuarenta, de modo que usted me halaga.

Las frases le salían así, no había nada que hacer, era absolutamente el colmo. Colgada de su brazo Berthe Trépat hablaba de otros tiempos, de cuando en cuando se interrumpía en mitad de una frase y parecía reanudar mentalmente un cálculo. Por momentos se metía un dedo en la nariz, furtivamente y mirando de reojo a Oliveira; para meterse el dedo en la nariz se quitaba rápidamente el guante, fingiendo que le picaba la palma de la mano, se la rascaba con la otra mano (después de desprenderla con delicadeza del brazo de Oliveira) y la levantaba con un movimiento sumamente pianístico para escarbarse por una fracción de segundo un agujero de la nariz. Oliveira se hacía el que miraba para otro lado, y cuando giraba la cabeza Berthe Trépat estaba otra vez colgada de su brazo y con el guante puesto. Así iban bajo la lluvia hablando de diversas cosas. Al flanquear el Luxemburgo discurrían sobre la vida en París cada día más difícil, la competencia despiadada de jóvenes tan insolentes como faltos de experiencia, el público incurablemente snob, el precio del biftec en el Marché Saint-Germain o en la Rue de Buci, sitios de élite para encontrar el buen biftec a precios razonables. Dos o tres veces Berthe Trépat había preguntado

amablemente a Oliveira por su profesión, sus esperanzas y 23
sobre todo sus fracasos, pero antes de que pudiera contestarle todo giraba bruscamente hacia la inexplicable desaparición de Valentin, la equivocación que había sido tocar la *Pavana* de Alix Alix nada más que por debilidad hacia Valentin, pero era la última vez que le sucedería. «Un pederasta», murmuraba Berthe Trépat, y Oliveira sentía que su mano se crispaba en la tela de la canadiense. «Por esa porquería de individuo, yo, nada menos, teniendo que tocar una mierda sin pies ni cabeza mientras quince obras mías esperan todavía su estreno...». Después se detenía bajo la lluvia, muy tranquila dentro de su impermeable (pero a Oliveira le empezaba a entrar el agua por el cuello de la canadiense, el cuello de piel de conejo o de rata olía horriblemente a jaula de jardín zoológico, con cada lluvia era lo mismo, nada que hacerle), y se quedaba mirándolo como esperando una respuesta. Oliveira le sonreía amablemente, tirando un poco para arrastrarla hacia la Rue de Médicis.

—Usted es demasiado modesto, demasiado reservado —decía Berthe Trépat—. Hábleme de usted, vamos a ver. Usted debe ser poeta, ¿verdad? Ah, también Valentin cuando éramos jóvenes... La «Oda Crepuscular», un éxito en el *Mercure de France*... Una tarjeta de Thibaudet, me acuerdo como si hubiera llegado esta mañana. Valentin lloraba en la cama, para llorar siempre se ponía boca abajo en la cama, era conmovedor.

Oliveira trataba de imaginarse a Valentin llorando boca abajo en la cama, pero lo único que conseguía era ver a un Valentin pequeñito y rojo como un cangrejo, en realidad veía a Rocamadour llorando boca abajo en la cama y a la Maga tratando de ponerle un supositorio y Rocamadour resistiéndose y arqueándose, hurtando el culito a las manos

23 torpes de la Maga. Al viejo del accidente también le habrían puesto algún supositorio en el hospital, era increíble la forma en que estaban de moda, habría que analizar filosóficamente esa sorprendente reivindicación del ano, su exaltación a una segunda boca, a algo que ya no se limita a excretar sino que absorbe y deglute los perfumados aerodinámicos pequeños obuses rosa verde y blanco. Pero Berthe Trépat no lo dejaba concentrarse, otra vez quería saber de la vida de Oliveira y le apretaba el brazo con una mano y a veces con las dos, volviéndose un poco hacia él con un gesto de muchacha que aún en plena noche lo estremecía. Bueno, él era un argentino que llevaba un tiempo en París, tratando de... Vamos a ver, ¿qué era lo que trataba de? Resultaba espinoso explicarlo así de buenas a primeras. Lo que él buscaba era...

—La belleza, la exaltación, la rama de oro —dijo Berthe Trépat—. No me diga nada, lo adivino perfectamente. Yo también vine a París desde Pau, hace ya algunos años, buscando la rama de oro. Pero he sido débil, joven, he sido... Pero ¿cómo se llama usted?

—Oliveira —dijo Oliveira.

—Oliveira... *Des olives,* el Mediterráneo... Yo también soy del Sur, somos pánicos, joven, somos pánicos los dos. No como Valentin que es de Lille. Los del Norte, fríos como peces, absolutamente mercuriales. ¿Usted cree en la Gran Obra? Fulcanelli, usted me entiende... No diga nada, me doy cuenta de que es un iniciado. Quizá no alcanzó todavía las realizaciones que verdaderamente cuentan, mientras que yo... Mire la *Síntesis,* por ejemplo. Lo que dijo Valentin es cierto, la radiestesia me mostraba las almas gemelas, y creo que eso se transparenta en la obra. ¿O no?

—Oh, sí.

—Usted tiene mucho *karma,* se adivina enseguida... 23
—la mano apretaba con fuerza, la artista ascendía a la meditación y para eso necesitaba apretarse contra Oliveira que apenas resistía, tratando solamente de hacerla cruzar la plaza y entrar por la Rue Soufflot. «Si me llegan a ver Etienne o Wong se va a armar una del demonio», pensaba Oliveira. Por qué tenía que importarle ya lo que pensaran Etienne o Wong, como si después de los ríos metafísicos mezclados con algodones sucios el futuro tuviese alguna importancia. «Ya es como si no estuviera en París y sin embargo estúpidamente atento a lo que me pasa, me molesta que esta pobre vieja empiece a tirarse el lance de la tristeza, el manotón de ahogado después de la pavana y el cero absoluto del concierto. Soy peor que un trapo de cocina, peor que los algodones sucios, yo en realidad no tengo nada que ver conmigo mismo». Porque eso le quedaba, a esa hora y bajo la lluvia y pegado a Berthe Trépat, le quedaba sentir, como una última luz que se va apagando en una enorme casa donde todas las luces se extinguen una por una, le quedaba la noción de que él no era eso, de que en alguna parte estaba como esperándose, de que ese que andaba por el barrio latino arrastrando a una vieja histérica y quizá ninfomaníaca era apenas un *doppelgänger* mientras el otro, el otro... «¿Te quedaste allá en tu barrio de Almagro? ¿O te ahogaste en el viaje, en las camas de las putas, en las grandes experiencias, en el famoso desorden necesario? Todo me suena a consuelo, es cómodo creerse recuperable aunque apenas se lo crea ya, el tipo al que cuelgan debe seguir creyendo que algo pasará a último minuto, un terremoto, la soga que se rompe por dos veces y hay que perdonarlo, el telefonazo del gobernador, el motín que lo va a liberar. Ahora que a esta vieja ya le va faltando muy poco para empezar a tocarme la bragueta».

23 Pero Berthe Trépat se perdía en convoluciones y didascalias, entusiasmada se había puesto a contar su encuentro con Germaine Tailleferre en la Gare de Lyon y cómo Tailleferre había dicho que el *Preludio para rombos naranja* era sumamente interesante y que le hablaría a Marguerite Long para que lo incluyera en un concierto.

—Hubiera sido un éxito, señor Oliveira, una consagración. Pero los empresarios, usted lo sabe, la tiranía más desvergonzada, hasta los mejores intérpretes son víctimas... Valentin piensa que uno de los pianistas jóvenes, que no tienen escrúpulos, podría quizá... Pero están tan echados a perder como los viejos, son todos la misma pandilla.

—Tal vez usted misma, en otro concierto...

—No quiero tocar más —dijo Berthe Trépat, escondiendo la cara aunque Oliveira se cuidaba de mirarla—. Es una vergüenza que yo tenga que aparecer todavía en un escenario para estrenar mi música, cuando en realidad debería ser la musa, comprende usted, la inspiradora de los ejecutantes, todos deberían venir a pedirme que les permitiera tocar mis cosas, a suplicarme, sí, a suplicarme. Y yo consentiría, porque creo que mi obra es una chispa que debe incendiar la sensibilidad de los públicos, aquí y en Estados Unidos, en Hungría... Sí, yo consentiría, pero antes tendrían que venir a pedirme el honor de interpretar mi música.

Apretó con vehemencia el brazo de Oliveira que sin saber por qué había decidido tomar por la Rue Saint-Jacques y caminaba arrastrando gentilmente a la artista. Un viento helado los topaba de frente metiéndoles el agua por los ojos y la boca, pero Berthe Trépat parecía ajena a todo meteoro, colgada del brazo de Oliveira se había puesto a farfullar algo que terminaba cada tantas palabras con un hipo o una breve carcajada de despecho o de burla. No, no vivía en la Rue Saint-Jacques. No, pero tampoco importaba nada dónde vivía. Le daba lo mismo seguir caminando así toda la noche, más de doscientas personas para el estreno de la *Synthèse*. 23

—Valentin se va a inquietar si usted no vuelve —dijo Oliveira manoteando mentalmente algo que decir, un timón para encaminar esa bola encorsetada que se movía como un erizo bajo la lluvia y el viento. De un largo discurso entrecortado parecía desprenderse que Berthe Trépat vivía en la Rue de l'Estrapade. Medio perdido, Oliveira se sacó el agua de los ojos con la mano libre, se orientó como un héroe de Conrad en la proa del barco. De golpe tenía tantas ganas de reírse (y le hacía mal en el estómago vacío, se le acalambraban los músculos, era extraordinario y penoso y cuando se lo contara a Wong apenas le iba a creer). No de Berthe Trépat, que proseguía un recuento de honores en Montpellier y en Pau, de cuando en cuando con mención de la medalla de oro. Ni de haber hecho la estupidez de ofrecerle su compañía. No se daba bien cuenta de dónde le venían las ganas de reírse, era por algo anterior, más atrás, no por el concierto mismo aunque hubiera sido la cosa más risible del mundo. Alegría, algo como una forma física de la alegría. Aunque le costara creerlo, alegría. Se hubiera reído de contento, de puro y encantador e inexplicable contento. «Me estoy volviendo loco», pensó. «Y con esta chiflada del brazo, debe ser contagioso». No había la menor razón para sentirse alegre, el agua le estaba entrando por la suela de los zapatos y el cuello, Berthe Trépat se le colgaba cada vez más del brazo y de golpe se estremecía como arrasada por un gran sollozo, cada vez que nombraba a Valentin se estremecía y sollozaba, era una especie de reflejo condicionado que de ninguna manera

23 podía provocarle alegría a nadie, ni a un loco. Y Oliveira hubiera querido reírse a carcajadas, sostenía con el mayor cuidado a Berthe Trépat y la iba llevando despacio hacia la Rue de l'Estrapade, hacia el número cuatro, y no había razones para pensarlo y mucho menos para entenderlo pero todo estaba bien así, llevar a Berthe Trépat al cuatro de la Rue de l'Estrapade evitando en lo posible que se metiera en los charcos de agua o que pasara exactamente debajo de las cataratas que vomitaban las cornisas en la esquina de la Rue Clotilde. La remota mención de un trago en casa (con Valentin) no le parecía nada mal a Oliveira, habría que subir cinco o seis pisos remolcando a la artista, entrar en una habitación donde probablemente Valentin no habría encendido la estufa (pero sí, habría una salamandra maravillosa, una botella de coñac, se podrían sacar los zapatos y poner los pies cerca del fuego, hablar de arte, de la medalla de oro). Y a lo mejor alguna otra noche él podría volver a casa de Berthe Trépat y de Valentin trayendo una botella de vino, y hacerles compañía, darles ánimo. Era un poco como ir a visitar al viejo en el hospital, ir a cualquier sitio donde hasta ese momento no se le hubiera ocurrido ir, al hospital o a la Rue de l'Estrapade. Antes de la alegría, de eso que le acalambraba horrorosamente el estómago, una mano prendida por dentro de la piel como una tortura deliciosa (tendría que preguntarle a Wong, una mano prendida por dentro de la piel).

—¿El cuatro, verdad?

—Sí, esa casa con el balcón —dijo Berthe Trépat—. Una mansión del siglo dieciocho. Valentin dice que Ninon de Lenclos vivió en el cuarto piso. Miente tanto. Ninon de Lenclos. Oh, sí, Valentin miente todo el tiempo. Casi no llueve, ¿verdad?

—Llueve un poco menos —concedió Oliveira—. Crucemos ahora, si quiere.

—Los vecinos —dijo Berthe Trépat, mirando hacia el café de la esquina—. Naturalmente, la vieja del ocho... No puede imaginarse lo que bebe. ¿La ve ahí, en la mesa del costado? Nos está mirando, ya verá mañana la calumnia... 23

—Por favor, señora —dijo Oliveira—. Cuidado con ese charco.

—Oh, yo la conozco, y al patrón también. Es por Valentin que me odian. Valentin, hay que decirlo, les ha hecho algunas... No puede aguantar a la vieja del ocho, y una noche que volvía bastante borracho le untó la puerta con caca de gato, de arriba abajo, hizo dibujos... No me olvidaré nunca, un escándalo... Valentin metido en la bañera, sacándose la caca porque él también se había untado por puro entusiasmo artístico, y yo teniendo que aguantarme a la policía, a la vieja, todo el barrio... No sabe las que he pasado, y yo, con mi prestigio... Valentin es terrible, como un niño.

Oliveira volvía a ver al señor de cabellos blancos, la papada, la cadena de oro. Era como un camino que se abriera de golpe en mitad de la pared: bastaba adelantar un poco un hombro y entrar, abrirse paso por la piedra, atravesar la espesura, salir a otra cosa. La mano le apretaba el estómago hasta la náusea. Era inconcebiblemente feliz.

—Si antes de subir yo me tomara una *fine à l'eau* —dijo Berthe Trépat, deteniéndose en la puerta y mirándolo—. Este agradable paseo me ha dado un poco de frío, y además la lluvia...

—Con mucho gusto —dijo Oliveira, decepcionado—. Pero quizá sería mejor que subiera y se quitara enseguida los zapatos, tiene los tobillos empapados.

—Bueno, en el café hay bastante calefacción —dijo Berthe Trépat—. Yo no sé si Valentin habrá vuelto, es capaz de andar por ahí buscando a sus amigos. En estas

23 noches se enamora terriblemente de cualquiera, es como un perrito, créame.

—Probablemente habrá llegado y la estufa estará encendida —fabricó habilidosamente Oliveira—. Un buen ponche, unas medias de lana... Usted tiene que cuidarse, señora.

—Oh, yo soy como un árbol. Eso sí, no he traído dinero para pagar en el café. Mañana tendré que volver a la sala de conciertos para que me entreguen mi *cachet*... De noche no es seguro andar con tanto dinero en los bolsillos, este barrio, desgraciadamente...

—Tendré el mayor gusto en ofrecerle lo que quiera beber —dijo Oliveira. Había conseguido meter a Berthe Trépat bajo el vano de la puerta, y del corredor de la casa salía un aire tibio y húmedo con olor a moho y quizá a salsa de hongos. El contento se iba poco a poco como si siguiera andando solo por la calle en vez de quedarse con él bajo el portal. Pero había que luchar contra eso, la alegría había durado apenas unos momentos pero había sido tan nueva, tan otra cosa, y ese momento en que a la mención de Valentin metido en la bañera y untado de caca de gato había respondido una sensación como de poder dar un paso adelante, un paso de verdad, algo sin pies y sin piernas, un paso en mitad de una pared de piedra, y poder meterse ahí y avanzar y salvarse de lo otro, de la lluvia en la cara y el agua en los zapatos. Imposible comprender todo eso, como siempre que hubiera sido tan necesario comprenderlo. Una alegría, una mano debajo de la piel apretándole el estómago, una esperanza —si una palabra así podía pensarse, si para él era posible que algo inasible y confuso se agolpara bajo una noción de esperanza, era demasiado idiota, era increíblemente hermoso y ya se iba, se alejaba bajo la lluvia porque Berthe Trépat no lo invi-

taba a subir a su casa, lo devolvía al café de la esquina, 23
reintegrándolo al Orden del Día, a todo lo que había sucedido a lo largo del día, Crevel, los muelles del Sena, las ganas de irse a cualquier lado, el viejo en la camilla, el programa mimeografiado, Rose Bob, el agua en los zapatos. Con un gesto tan lento que era como quitarse una montaña de los hombros, Oliveira señaló hacia los dos cafés que rompían la oscuridad de la esquina. Pero Berthe Trépat no parecía tener una preferencia especial, de golpe se olvidaba de sus intenciones, murmuraba alguna cosa sin soltar el brazo de Oliveira, miraba furtivamente hacia el corredor en sombras.

—Ha vuelto —dijo bruscamente, clavando en Oliveira unos ojos que brillaban de lágrimas—. Está ahí arriba, lo siento. Y está con alguno, es seguro, cada vez que me ha presentado en los conciertos ha corrido a acostarse con alguno de sus amiguitos.

Jadeaba, hundiendo los dedos en el brazo de Oliveira y dándose vuelta a cada instante para mirar en la oscuridad. Desde arriba les llegó un maullido sofocado, una carrera afelpada rebotando en el caracol de la escalera. Oliveira no sabía qué decir y esperó, sacando un cigarrillo y encendiéndolo trabajosamente.

—No tengo la llave —dijo Berthe Trépat en voz tan baja que casi no la oyó—. Nunca me deja la llave cuando va a acostarse con alguno.

—Pero usted tiene que descansar, señora.

—A él qué le importa si yo descanso o reviento. Habrán encendido el fuego, gastando el poco carbón que me regaló el doctor Lemoine. Y estarán desnudos, desnudos. Sí, en mi cama, desnudos, asquerosos. Y mañana yo tendré que arreglar todo, y Valentin habrá vomitado en la colcha, siempre... Mañana, como pasa siempre. Yo. Mañana.

23 —¿No vive por aquí algún amigo, alguien donde pasar la noche? —dijo Oliveira.

—No —dijo Berthe Trépat, mirándolo de reojo—. Créame, joven, la mayoría de mis amigos viven en Neuilly. Aquí solamente están esas viejas inmundas, los argelinos del ocho, la peor ralea.

—Si le parece yo podría subir y pedirle a Valentin que le abra —dijo Oliveira—. Tal vez si usted esperara en el café todo se podría arreglar.

—Qué se va a arreglar —dijo Berthe Trépat arrastrando la voz como si hubiera bebido—. No le va a abrir, lo conozco muy bien. Se quedarán callados, a oscuras. ¿Para qué quieren luz, ahora? La encenderán más tarde, cuando Valentin esté seguro de que me he ido a un hotel o a un café a pasar la noche.

—Si les golpeo la puerta se asustarán. No creo que a Valentin le guste que se arme un escándalo.

—No le importa nada, cuando anda así no le importa absolutamente nada. Sería capaz de ponerse mi ropa y meterse en la comisaría de la esquina cantando *La Marsellesa.* Una vez casi lo hizo, Robert el del almacén lo agarró a tiempo y lo trajo a casa. Robert era un buen hombre, él también había tenido sus caprichos y comprendía.

—Déjeme subir —insistió Oliveira—. Usted se va al café de la esquina y me espera. Yo arreglaré las cosas, usted no se puede quedar así toda la noche.

La luz del corredor se encendió cuando Berthe Trépat iniciaba una respuesta vehemente. Dio un salto y salió a la calle, alejándose ostensiblemente de Oliveira que se quedó sin saber qué hacer. Una pareja bajaba a la carrera, pasó a su lado sin mirarlo, tomó hacia la Rue Thouin. Con una ojeada nerviosa hacia atrás, Berthe Trépat volvió a guarecerse en la puerta. Llovía a baldes.

Sin la menor gana, pero diciéndose que era lo único 23
que podía hacer, Oliveira se internó en busca de la escalera. No había dado tres pasos cuando Berthe Trépat lo agarró del brazo y lo tironeó en dirección de la puerta. Mascullaba negativas, órdenes, súplicas, todo se mezclaba en una especie de cacareo alternado que confundía las palabras y las interjecciones. Oliveira se dejó llevar, abandonándose a cualquier cosa. La luz se había apagado pero volvió a encenderse unos segundos después, y se oyeron voces de despedida a la altura del segundo o tercer piso. Berthe Trépat soltó a Oliveira y se apoyó en la puerta, fingiendo abotonarse el impermeable como si se dispusiera a salir. No se movió hasta que los dos hombres que bajaban pasaron a su lado, mirando sin curiosidad a Oliveira y murmurando el *pardon* de todo cruce en los corredores. Oliveira pensó por un segundo en subir sin más vueltas la escalera, pero no sabía en qué piso vivía la artista. Fumó rabiosamente, envuelto de nuevo en la oscuridad, esperando que pasara cualquier cosa o que no pasara nada. A pesar de la lluvia los sollozos de Berthe Trépat le llegaban cada vez más claramente. Se le acercó, le puso la mano en el hombro.

—Por favor, Madame Trépat, no se aflija así. Dígame qué podemos hacer, tiene que haber una solución.

—Déjeme, déjeme —murmuró la artista.

—Usted está agotada, tiene que dormir. En todo caso vayamos a un hotel, yo tampoco tengo dinero pero me arreglaré con el patrón, le pagaré mañana. Conozco un hotel en la Rue Valette, no es lejos de aquí.

—Un hotel —dijo Berthe Trépat, dándose vuelta y mirándolo.

—Es malo, pero se trata de pasar la noche.

—Y usted pretende llevarme a un hotel.

23 —Señora, yo la acompañaré hasta el hotel y hablaré con el dueño para que le den una habitación.

—Un hotel, usted pretende llevarme a un hotel.

—No pretendo nada —dijo Oliveira perdiendo la paciencia—. No puedo ofrecerle mi casa por la sencilla razón de que no la tengo. Usted no me deja subir para que Valentin abra la puerta. ¿Prefiere que me vaya? En ese caso, buenas noches.

Pero quién sabe si todo eso lo decía o solamente lo pensaba. Nunca había estado más lejos de esas palabras que en otro momento hubieran sido las primeras en saltarle a la boca. No era así como tenía que obrar. No sabía cómo arreglarse, pero así no era. Y Berthe Trépat lo miraba, pegada a la puerta. No, no había dicho nada, se había quedado inmóvil junto a ella, y aunque era increíble todavía deseaba ayudar, hacer alguna cosa por Berthe Trépat que lo miraba duramente y levantaba poco a poco la mano, y de golpe la descargaba sobre la cara de Oliveira que retrocedió confundido, evitando la mayor parte del bofetón pero sintiendo el latigazo de unos dedos muy finos, el roce instantáneo de las uñas.

—Un hotel —repitió Berthe Trépat—. ¿Pero ustedes escuchan esto, lo que acaba de proponerme?

Miraba hacia el corredor a oscuras, revolviendo los ojos, la boca violentamente pintada removiéndose como algo independiente, dotado de vida propia, y en su desconcierto Oliveira creyó ver de nuevo las manos de la Maga tratando de ponerle el supositorio a Rocamadour, y Rocamadour que se retorcía y apretaba las nalgas entre berridos horribles, y Berthe Trépat removía la boca de un lado a otro, los ojos clavados en un auditorio invisible en la sombra del corredor, el absurdo peinado agitándose con los estremecimientos cada vez más intensos de la cabeza.

—Por favor —murmuró Oliveira, pasándose una mano por el arañazo que sangraba un poco—. Cómo puede creer eso. 23

Pero sí podía creerlo, porque (y esto lo dijo a gritos, y la luz del corredor volvió a encenderse) sabía muy bien qué clase de depravados la seguían por las calles como a todas las señoras decentes, pero ella no iba a permitir (y la puerta del departamento de la portera empezó a abrirse y Oliveira vio asomar una cara como de una gigantesca rata, unos ojillos que miraban ávidos) que un monstruo, que un sátiro baboso la atacara en la puerta de su casa, para eso estaba la policía y la justicia —y alguien bajaba a toda carrera, un muchacho de pelo ensortijado y aire gitano se acodaba en el pasamanos de la escalera para mirar y oír a gusto—, y si los vecinos no la protegían ella era muy capaz de hacerse respetar, porque no era la primera vez que un vicioso, que un inmundo exhibicionista...

En la esquina de la Rue Tournefort, Oliveira se dio cuenta de que llevaba todavía el cigarrillo entre los dedos, apagado por la lluvia y medio deshecho. Apoyándose contra un farol, levantó la cara y dejó que la lluvia lo empapara del todo. Así nadie podría darse cuenta, con la cara cubierta de agua nadie podría darse cuenta. Después se puso a caminar despacio, agachado, con el cuello de la canadiense abotonado contra el mentón; como siempre, la piel del cuello olía horrendamente a podrido, a curtiembre. No pensaba en nada, se sentía caminar como si hubiera estado mirando un gran perro negro bajo la lluvia, algo de patas pesadas, de lanas colgantes y apelmazadas moviéndose bajo la lluvia. De cuando en cuando levantaba la mano y se la pasaba por la cara, pero al final dejó que le lloviera, a veces sacaba el labio y bebía algo salado que le corría por la piel. Cuando, mucho más tarde y cerca del Jardin des Plantes,

23 volvió a la memoria del día, a un recuento aplicado y minucioso de todos los minutos de ese día, se dijo que al fin y al cabo no había sido tan idiota sentirse contento mientras acompañaba a la vieja a su casa. Pero como de costumbre había pagado por ese contento insensato. Ahora empezaría a reprochárselo, a desmontarlo poco a poco hasta que no quedara más que lo de siempre, un agujero donde soplaba el tiempo, un continuo impreciso sin bordes definidos. «No hagamos literatura», pensó buscando un cigarrillo después de secarse un poco las manos con el calor de los bolsillos del pantalón. «No saquemos a relucir las perras palabras, las proxenetas relucientes. Pasó así y se acabó. Berthe Trépat... es demasiado idiota, pero hubiera sido tan bueno subir a beber una copa con ella y con Valentin, sacarse los zapatos al lado del fuego. En realidad, por lo único que yo estaba contento era por eso, por la idea de sacarme los zapatos y que se me secaran las medias. Te falló, pibe, qué le vas a hacer. Dejemos las cosas así, hay que irse a dormir. No había ninguna otra razón, no podía haber otra razón. Si me dejo llevar soy capaz de volverme a la pieza y pasarme la noche haciendo de enfermero del chico». De donde estaba a la Rue du Sommerard había para veinte minutos bajo el agua, lo mejor era meterse en el primer hotel y dormir. Empezaron a fallarle los fósforos uno tras otro. Era para reírse.

(-124)

24

—Yo no me sé expresar —dijo la Maga secando la cucharita con un trapo nada limpio—. A lo mejor otras podrían explicarlo mejor pero yo siempre he sido igual, es mucho más fácil hablar de las cosas tristes que de las alegres.

—Una ley —dijo Gregorovius—. Perfecto enunciado, verdad profunda. Llevado al plano de la astucia literaria se resuelve en aquello que de los buenos sentimientos nace la mala literatura, y otras cosas por el estilo. La felicidad no se explica, Lucía, probablemente porque es el momento más logrado del velo de Maya.

La Maga lo miró, perpleja. Gregorovius suspiró.

—El velo de Maya —repitió—. Pero no mezclemos las cosas. Usted ha visto muy bien que la desgracia es, digamos, más tangible, quizá porque de ella nace el desdoblamiento en objeto y sujeto. Por eso se fija tanto en el recuerdo, por eso se pueden contar tan bien las catástrofes.

—Lo que pasa —dijo la Maga, revolviendo la leche sobre el calentador— es que la felicidad es solamente de uno y en cambio la desgracia parecería de todos.

—Justísimo corolario —dijo Gregorovius—. Por lo demás le hago notar que yo no soy preguntón. La otra

24 noche, en la reunión del Club... Bueno, Ronald tiene un vodka demasiado destrabalenguas. No me crea una especie de diablo cojuelo, solamente quisiera entender mejor a mis amigos. Usted y Horacio..., en fin, tienen algo de inexplicable, una especie de misterio central. Ronald y Babs dicen que ustedes son la pareja perfecta, que se complementan. Yo no veo que se complementen tanto.

—¿Y qué importa?

—No es que importe, pero usted me estaba diciendo que Horacio se ha ido.

—No tiene nada que ver —dijo la Maga—. No sé hablar de la felicidad pero eso no quiere decir que no la haya tenido. Si quiere le puedo seguir contando por qué se ha ido Horacio, por qué me podría haber ido yo si no fuera por Rocamadour —señaló vagamente las valijas, la enorme confusión de papeles y recipientes y discos que llenaba la pieza—. Todo esto hay que guardarlo, hay que buscar dónde irse... No quiero quedarme aquí, es demasiado triste.

—Etienne puede conseguirle una pieza con buena luz. Cuando Rocamadour vuelva al campo. Una cosa de siete mil francos por mes. Si no tiene inconveniente, en ese caso yo me quedaría con esta pieza. Me gusta, tiene fluido. Aquí se puede pensar, se está bien.

—No crea —dijo la Maga—. A eso de las siete la muchacha de abajo empieza a cantar *Les Amants du Havre*. Es una linda canción, pero a la larga...

Puisque la terre est ronde,
Mon amour t'en fais pas,
Mon amour t'en fais pas.

—Bonito —dijo Gregorovius indiferente.

—Sí, tiene una gran filosofía, como hubiera dicho Ledesma. No, usted no lo conoció. Era antes de Horacio, en el Uruguay. 24

—¿El negro?

—No, el negro se llamaba Ireneo.

—¿Entonces la historia del negro era verdad?

La Maga lo miró asombrada. Verdaderamente Gregorovius era un estúpido. Salvo Horacio (y a veces...) todos los que la habían deseado se portaban siempre como unos cretinos. Revolviendo la leche fue hasta la cama y trató de hacer tomar unas cucharadas a Rocamadour. Rocamadour chilló y se negó, la leche le caía por el pescuezo. «Topitopitopi», decía la Maga con voz de hipnotizadora de reparto de premios. «Topitopitopi», procurando acertar una cucharada en la boca de Rocamadour que estaba rojo y no quería beber, pero de golpe aflojaba vaya a saber por qué, resbalaba un poco hacia el fondo de la cama y se ponía a tragar una cucharada tras otra, con enorme satisfacción de Gregorovius que llenaba la pipa y se sentía un poco padre.

—Chin chin —dijo la Maga, dejando la cacerola al lado de la cama y arropando a Rocamadour que se aletargaba rápidamente—. Qué fiebre tiene todavía, por lo menos treinta y nueve cinco.

—¿No le pone el termómetro?

—Es muy difícil ponérselo, después llora veinte minutos, Horacio no lo puede aguantar. Me doy cuenta por el calor de la frente. Debe tener más de treinta y nueve, no entiendo cómo no le baja.

—Demasiado empirismo, me temo —dijo Gregorovius—. ¿Y esa leche no le hace mal con tanta fiebre?

—No es tanta para un chico —dijo la Maga encendiendo un Gauloise—. Lo mejor sería apagar la luz para que se duerma enseguida. Ahí, al lado de la puerta.

24 De la estufa salía un resplandor que se fue afirmando cuando se sentaron frente a frente y fumaron un rato sin hablar. Gregorovius veía subir y bajar el cigarrillo de la Maga, por un segundo su rostro curiosamente plácido se encendía como una brasa, los ojos le brillaban mirándolo, todo se volvía a una penumbra en la que los gemidos y cloqueos de Rocamadour iban disminuyendo hasta cesar, seguidos por un leve hipo que se repetía cada tanto. Un reloj dio las once.

—No volverá —dijo la Maga—. En fin, tendrá que venir para buscar sus cosas, pero es lo mismo. Se acabó, *kaputt.*

—Me pregunto —dijo Gregorovius, cauteloso—. Horacio es tan sensible, se mueve con tanta dificultad en París. Él cree que hace lo que quiere, que es muy libre aquí, pero se anda golpeando contra las paredes. No hay más que verlo por la calle, una vez lo seguí un rato desde lejos.

—Espía —dijo casi amablemente la Maga.

—Digamos observador.

—En realidad usted me seguía a mí, aunque yo no estuviera con él.

—Puede ser, en ese momento no se me ocurrió pensarlo. Me interesan mucho las conductas de mis conocidos, es siempre más apasionante que los problemas de ajedrez. He descubierto que Wong se masturba y que Babs practica una especie de caridad jansenista, de cara vuelta a la pared mientras la mano suelta un pedazo de pan con algo adentro. Hubo una época en que me dedicaba a estudiar a mi madre. Era en Herzegovina, hace mucho. Adgalle me fascinaba, insistía en llevar una peluca rubia cuando yo sabía muy bien que tenía el pelo negro. Nadie lo sabía en el castillo, nos habíamos instalado allí después de la muerte del conde Rossler. Cuando la interrogaba (yo tenía diez años apenas, era una época tan feliz) mi madre reía y me hacía jurar que jamás revelaría la verdad. Me impacientaba esa verdad que había que ocultar y que era más simple y hermosa que la peluca rubia. La peluca era una obra de arte, mi madre podía peinarse con toda naturalidad en presencia de la mucama sin que sospechara nada. Pero cuando se quedaba sola yo hubiera querido, no sabía bien por qué, estar escondido bajo un sofá o detrás de los cortinados violetas. Me decidí a hacer un agujero en la pared de la biblioteca, que daba al tocador de mi madre, trabajé de noche cuando me creían dormido. Así pude ver cómo Adgalle se quitaba la peluca rubia, se soltaba los cabellos negros que le daban un aire tan distinto, tan hermoso, y después se quitaba la otra peluca y aparecía la perfecta bola de billar, algo tan asqueroso que esa noche vomité gran parte del *gulasch* en la almohada. 24

—Su infancia se parece un poco al prisionero de Zenda —dijo reflexivamente la Maga.

—Era un mundo de pelucas —dijo Gregorovius—. Me pregunto qué hubiera hecho Horacio en mi lugar. En realidad, íbamos a hablar de Horacio, usted quería decirme algo.

—Es raro ese hipo —dijo la Maga mirando la cama de Rocamadour—. Primera vez que lo tiene.

—Será la digestión.

—¿Por qué insisten en que lo lleve al hospital? Otra vez esta tarde, el médico con esa cara de hormiga. No lo quiero llevar, a él no le gusta. Yo le hago todo lo que hay que hacerle. Babs vino esta mañana y dijo que no era tan grave. Horacio tampoco creía que fuera tan grave.

—¿Horacio no va a volver?

—No. Horacio se va a ir por ahí, buscando cosas.

—No llore, Lucía.

24 —Me estoy sonando. Ya se le ha pasado el hipo.

—Cuénteme, Lucía, si le hace bien.

—No me acuerdo de nada, no vale la pena. Sí, me acuerdo. ¿Para qué? Qué nombre tan extraño, Adgalle.

—Sí, quién sabe si era el verdadero. Me han dicho...

—Como la peluca rubia y la peluca negra —dijo la Maga.

—Como todo —dijo Gregorovius—. Es cierto, se le ha pasado el hipo. Ahora va a dormir hasta mañana. ¿Cuándo se conocieron, usted y Horacio?

(-134)

25

Hubiera sido preferible que Gregorovius se callara o que solamente hablara de Adgalle, dejándola fumar tranquila en la oscuridad, lejos de las formas del cuarto, de los discos y los libros que había que empaquetar para que Horacio se los llevara cuando consiguiera una pieza. Pero era inútil, se callaría un momento esperando que ella dijese algo, y acabaría por preguntar, todos tenían siempre algo que preguntarle, era como si les molestara que ella prefiriese cantar *Mon p'tit voyou* o hacer dibujitos con fósforos usados o acariciar los gatos más roñosos de la Rue du Sommerard, o darle la mamadera a Rocamadour.

—*Alors, mon p'tit voyou* —canturreó la Maga—, *la vie, qu'est-ce qu'on s'enfout*...

—Yo también adoraba las peceras —dijo rememorativamente Gregorovius—. Les perdí todo afecto cuando me inicié en las labores propias de mi sexo. En Dubrovnik, un prostíbulo al que me llevó un marino danés que en ese entonces era el amante de mi madre la de Odessa. A los pies de la cama había un acuario maravilloso, y la cama también tenía algo de acuario con su colcha celeste un poco irisada, que la gorda pelirroja apartó cuidadosamente antes de atraparme como a un conejo por las orejas. No se puede

25 imaginar el miedo, Lucía, el terror de todo aquello. Estábamos tendidos de espaldas, uno al lado del otro, y ella me acariciaba maquinalmente, yo tenía frío y ella me hablaba de cualquier cosa, de la pelea que acababa de ocurrir en el bar, de las tormentas de marzo... Los peces pasaban y pasaban, había uno, negro, un pez enorme, mucho más grande que los otros. Pasaba y pasaba como su mano por mis piernas, subiendo, bajando... Entonces hacer el amor era eso, un pez negro pasando y pasando obstinadamente. Una imagen como cualquier otra, bastante cierta por lo demás. La repetición al infinito de un ansia de fuga, de atravesar el cristal y entrar en otra cosa.

—Quién sabe —dijo la Maga—. A mí me parece que los peces ya no quieren salir de la pecera, casi nunca tocan el vidrio con la nariz.

Gregorovius pensó que en alguna parte Chestov había hablado de peceras con un tabique móvil que en un momento dado podía sacarse sin que el pez habituado al compartimiento se decidiera jamás a pasar al otro lado. Llegar hasta un punto del agua, girar, volverse, sin saber que ya no hay obstáculo, que bastaría seguir avanzando...

—Pero el amor también podría ser eso —dijo Gregorovius—. Qué maravilla estar admirando a los peces en su pecera y de golpe verlos pasar al aire libre, irse como palomas. Una esperanza idiota, claro. Todos retrocedemos por miedo de frotarnos la nariz contra algo desagradable. De la nariz como límite del mundo, tema de disertación. ¿Usted sabe cómo se le enseña a un gato a no ensuciar en las habitaciones? Técnica del frotado oportuno. ¿Usted sabe cómo se le enseña a un cerdo a que no se coma la trufa? Un palo en la nariz, es horrible. Yo creo que Pascal era más experto en narices de lo que hace suponer su famosa reflexión egipcia.

—¿Pascal? —dijo la Maga—. ¿Qué reflexión egipcia? 25

Gregorovius suspiró. Todos suspiraban cuando ella hacía alguna pregunta. Horacio y sobre todo Etienne, porque Etienne no solamente suspiraba sino que resoplaba, bufaba y la trataba de estúpida. «Es tan violeta ser ignorante», pensó la Maga, resentida. Cada vez que alguien se escandalizaba de sus preguntas, una sensación violeta, una masa violeta envolviéndola por un momento. Había que respirar profundamente y el violeta se deshacía, se iba por ahí como los peces, se dividía en multitud de rombos violetas, los barriletes en los baldíos de Pocitos, el verano en las playas, manchas violetas contra el sol y el sol se llamaba Ra y también era egipcio como Pascal. Ya casi no le importaba el suspiro de Gregorovius, después de Horacio poco podían importarle los suspiros de nadie cuando hacía una pregunta, pero de todos modos siempre quedaba la mancha violeta por un momento, ganas de llorar, algo que duraba el tiempo de sacudir el cigarrillo con ese gesto que estropea irresistiblemente las alfombras, suponiendo que las haya.

(-141)

26

—En el fondo —dijo Gregorovius—, París es una enorme metáfora.

Golpeó la pipa, aplastó un poco el tabaco. La Maga había encendido otro Gauloise y canturreaba. Estaba tan cansada que ni siquiera le dio rabia no entender la frase. Como no se precipitaba a preguntar según su costumbre, Gregorovius decidió explicarse. La Maga escuchaba desde lejos, ayudada por la oscuridad de la pieza y el cigarrillo. Oía cosas sueltas, la mención repetida de Horacio, del desconcierto de Horacio, de las andanzas sin rumbo de casi todos los del Club, de las razones para creer que todo eso podía alcanzar algún sentido. Por momentos alguna frase de Gregorovius se dibujaba en la sombra, verde o blanca, a veces era un Atlan, otras un Estève, después un sonido cualquiera giraba y se aglutinaba, crecía como un Manessier, como un Wifredo Lam, como un Piaubert, como un Etienne, como un Max Ernst. Era divertido, Gregorovius decía: «... y están todos mirando los rumbos babilónicos, por expresarme así, y entonces...», la Maga veía nacer de las palabras un resplandeciente Deyrolles, un Bissière, pero ya Gregorovius hablaba de la inutilidad de una ontología empírica y de golpe era un Friedländer, un delicado Villon que reticulaba la penumbra y la hacía vibrar, *ontología empírica,* azules como de humo, rosas, *empírica,* un amarillo pálido, un hueco donde temblaban chispas blanquecinas. 26

—Rocamadour se ha dormido —dijo la Maga, sacudiendo el cigarrillo—. Yo también tendría que dormir un rato.

—Horacio no volverá esta noche, supongo.

—Qué sé yo. Horacio es como un gato, a lo mejor está sentado en el suelo al lado de la puerta, y a lo mejor se ha tomado el tren para Marsella.

—Yo puedo quedarme —dijo Gregorovius—. Usted duerma, yo cuidaré a Rocamadour.

—Pero es que no tengo sueño. Todo el tiempo veo cosas en el aire mientras usted habla. Usted dijo «París es una enorme metáfora», y entonces fue como uno de esos signos de Sugai, con mucho rojo y negro.

—Yo pensaba en Horacio —dijo Gregorovius—. Es curioso cómo ha ido cambiando Horacio en estos meses que lo conozco. Usted no se ha dado cuenta, me imagino, demasiado cerca y responsable de ese cambio.

—¿Por qué una enorme metáfora?

—Él anda por aquí como otros se hacen iniciar en cualquier fuga, el *voodoo* o la marihuana, Pierre Boulez o las máquinas de pintar de Tinguely. Adivina que en alguna parte de París, en algún día o alguna muerte o algún encuentro hay una llave; la busca como un loco. Fíjese que digo como un loco. Es decir que en realidad no tiene conciencia de que busca la llave, ni de que la llave existe. Sospecha sus figuras, sus disfraces; por eso hablo de metáfora.

—¿Por qué dice que Horacio ha cambiado?

—Pregunta pertinente, Lucía. Cuando conocí a Horacio lo clasifiqué de intelectual aficionado, es decir intelectual

26 sin rigor. Ustedes son un poco así, por allá, ¿no? En Mato Grosso, esos sitios.

—Mato Grosso está en el Brasil.

—En el Paraná, entonces. Muy inteligentes y despiertos, informadísimos de todo. Mucho más que nosotros. Literatura italiana, por ejemplo, o inglesa. Y todo el Siglo de Oro español, y naturalmente las letras francesas en la punta de la lengua. Horacio era bastante así, se le notaba demasiado. Me parece admirable que en tan poco tiempo haya cambiado de esa manera. Ahora está hecho un verdadero bruto, no hay más que mirarlo. Bueno, todavía no se ha vuelto bruto, pero hace lo que puede.

—No diga pavadas —rezongó la Maga.

—Entiéndame, quiero decir que busca la luz negra, la llave, y empieza a darse cuenta de que cosas así no están en la biblioteca. En realidad, usted le ha enseñado eso, y si él se va es porque no se lo va a perdonar jamás.

—Horacio no se va por eso.

—También ahí hay una figura. Él no sabe por qué se va y usted, que es eso por lo cual él se va, no puede saberlo, a menos que se decida a creerme.

—No lo creo —dijo la Maga, resbalando del sillón y acostándose en el suelo—. Y además no entiendo nada. Y no nombre a Pola. No quiero hablar de Pola.

—Siga mirando lo que se dibuja en la oscuridad —dijo amablemente Gregorovius—. Podemos hablar de otras cosas, por supuesto. ¿Usted sabía que los indios *chirkin,* a fuerza de exigir tijeras a los misioneros, poseen tales colecciones que con relación a su número son el grupo humano que más abunda en ellas? Lo leí en un artículo de Alfred Métraux. El mundo está lleno de cosas extraordinarias.

—¿Pero por qué París es una enorme metáfora?

26

—Cuando yo era chico —dijo Gregorovius— las niñeras hacían el amor con los ulanos que operaban en la zona de Bozsok. Como yo las molestaba para esos menesteres, me dejaban jugar en un enorme salón lleno de tapices y alfombras que hubieran hecho las delicias de Malte Laurids Brigge. Una de las alfombras representaba el plano de la ciudad de Ofir, según ha llegado al Occidente por vías de la fábula. De rodillas yo empujaba una pelota amarilla con la nariz o con las manos, siguiendo el curso del río Shan-Ten, atravesaba las murallas guardadas por guerreros negros armados de lanzas, y después de muchísimos peligros y de darme con la cabeza en las patas de la mesa de caoba que ocupaba el centro de la alfombra, llegaba a los aposentos de la reina de Saba y me quedaba dormido como una oruga sobre la representación de un triclinio. Sí, París es una metáfora. Ahora que lo pienso también usted está tirada sobre una alfombra. ¿Qué representa su dibujo? ¡Ah, infancia perdida, cercanía, cercanía! He estado veinte veces en esta habitación y soy incapaz de recordar el dibujo de ese tapiz...

—Está tan mugriento que no le queda mucho dibujo —dijo la Maga—. Me parece que representa dos pavos reales besándose con el pico. Todo es más bien verde.

Se quedaron callados, oyendo los pasos de alguien que subía.

(-109)

27

—Oh, Pola —dijo la Maga—. Yo sé más de ella que Horacio.

—¿Sin haberla visto nunca, Lucía?

—Pero si la he visto tanto —dijo la Maga impaciente—. Horacio la traía metida en el pelo, en el sobretodo, temblaba de ella, se lavaba de ella.

—Etienne y Wong me han hablado de esa mujer —dijo Gregorovius—. Los vieron un día en una terraza de café, en Saint-Cloud. Solo los astros saben qué podía estar haciendo toda esa gente en Saint-Cloud, pero así sucedió. Horacio la miraba como si fuera un hormiguero, parece. Wong se aprovechó más tarde para edificar una complicada teoría sobre las saturaciones sexuales; según él se podría avanzar en el conocimiento siempre que en un momento dado se lograra un coeficiente tal de amor (son sus palabras, usted perdone la jerga china) que el espíritu cristalizara bruscamente en otro plano, se instalara en una surrealidad. ¿Usted cree, Lucía?

—Supongo que buscamos algo así, pero casi siempre nos estafan o estafamos. París es un gran amor a ciegas, todos estamos perdidamente enamorados, pero hay algo verde, una especie de musgo, qué sé yo. En Montevideo era igual, una no podía querer de verdad a nadie, enseguida

había cosas raras, historias de sábanas o pelos, y para una 27
mujer tantas otras cosas, Ossip, los abortos, por ejemplo. En fin.

—Amor, sexualidad. ¿Hablamos de lo mismo?

—Sí —dijo la Maga—. Si hablamos de amor hablamos de sexualidad. Al revés ya no tanto. Pero la sexualidad es otra cosa que el sexo, me parece.

—Nada de teorías —dijo inesperadamente Ossip—. Esas dicotomías, como esos sincretismos... Probablemente Horacio buscaba en Pola algo que usted no le daba, supongo. Para traer las cosas al terreno práctico, digamos.

—Horacio busca siempre un montón de cosas —dijo la Maga—. Se cansa de mí porque yo no sé pensar, eso es todo. Me imagino que Pola piensa todo el tiempo.

—Pobre amor el que de pensamiento se alimenta —citó Ossip.

—Hay que ser justos —dijo la Maga—. Pola es muy hermosa, lo sé por los ojos con que me miraba Horacio cuando volvía de estar con ella, volvía como un fósforo cuando se lo prende y le crece de golpe todo el pelo, apenas dura un segundo pero es maravilloso, una especie de chirrido, un olor a fósforo muy fuerte y esa llama enorme que después se estropea. Él volvía así y era porque Pola lo llenaba de hermosura. Yo se lo decía, Ossip, y era justo que se lo dijera. Ya estábamos un poco lejos aunque nos seguíamos queriendo todavía. Esas cosas no suceden de golpe, Pola fue viniendo como el sol en la ventana, yo siempre tengo que pensar en cosas así para saber que estoy diciendo la verdad. Entraba de a poco, quitándome la sombra, y Horacio se iba quemando como en la cubierta del barco, se tostaba, era tan feliz.

—Nunca hubiera creído. Me pareció que usted... En fin, que Pola pasaría como algunas otras. Porque también habría que nombrar a Françoise, por ejemplo.

27 —Sin importancia —dijo la Maga, echando la ceniza al suelo—. Sería como si yo citara a tipos como Ledesma, por ejemplo. Es cierto que usted no sabe nada de eso. Y tampoco sabe cómo terminó lo de Pola.

—No.

—Pola se va a morir —dijo la Maga—. No por los alfileres, eso era una broma aunque lo hice en serio, créame que lo hice muy en serio. Se va a morir de un cáncer de pecho.

—Y Horacio...

—No sea asqueroso, Ossip. Horacio no sabía nada cuando dejó a Pola.

—Por favor, Lucía, yo...

—Usted sabe muy bien lo que está diciendo y queriendo aquí esta noche, Ossip. No sea canalla, no insinúe siquiera eso.

—¿Pero qué, por favor?

—Que Horacio sabía antes de dejarla.

—Por favor —repitió Gregorovius—. Yo ni siquiera...

—No sea asqueroso —dijo monótonamente la Maga—. ¿Qué gana con querer embarrar a Horacio? ¿No sabe que estamos separados, que se ha ido por ahí, con esta lluvia?

—No pretendo nada —dijo Ossip, como si se acurrucara en el sillón—. Yo no soy así, Lucía, usted se pasa la vida malentendiéndome. Tendría que ponerme de rodillas, como la vez del capitán del *Graffin,* y suplicarle que me creyera, y que...

—Déjeme en paz —dijo la Maga—. Primero Pola, después usted. Todas esas manchas en las paredes, y esta noche que no se acaba. Usted sería capaz de pensar que yo la estoy matando a Pola.

—Jamás se me cruzaría por la imaginación...

—Basta, basta. Horacio no me lo perdonará nunca, aunque no esté enamorado de Pola. Es para reírse, una muñequita de nada, con cera de vela de Navidad, una preciosa cera verde, me acuerdo. 27

—Lucía, me cuesta creer que haya podido...

—No me lo perdonará nunca, aunque no hablamos de eso. Él lo sabe porque vio la muñequita y vio los alfileres. La tiró al suelo, la aplastó con el pie. No se daba cuenta de que era peor, que aumentaba el peligro. Pola vive en la Rue Dauphine, él iba a verla casi todas las tardes. ¿Le habrá contado lo de la muñequita verde, Ossip?

—Muy probablemente —dijo Ossip, hostil y resentido—. Todos ustedes están locos.

—Horacio hablaba de un nuevo orden, de la posibilidad de encontrar otra vida. Siempre se refería a la muerte cuando hablaba de la vida, era fatal y nos reíamos mucho. Me dijo que se acostaba con Pola y entonces yo comprendí que a él no le parecía necesario que yo me enojara o le hiciera una escena. Ossip, en realidad yo no estaba muy enojada, yo también podría acostarme con usted ahora mismo si me diera la gana. Es muy difícil de explicar, no se trata de traiciones y cosas por el estilo, a Horacio la palabra traición, la palabra engaño lo ponían furioso. Tengo que reconocer que desde que nos conocimos me dijo que él no se consideraba obligado. Yo hice la muñequita porque Pola se había metido en mi pieza, era demasiado, la sabía capaz de robarme la ropa, de ponerse mis medias, usarme el *rouge*, darle la leche a Rocamadour.

—Pero usted dijo que no la conocía.

—Estaba en Horacio, estúpido. Estúpido, estúpido Ossip. Pobre Ossip, tan estúpido. En su canadiense, en la piel del cuello, usted ha visto que Horacio tiene una piel en el cuello de la canadiense. Y Pola estaba ahí cuando él entraba, y en su manera de mirar, y cuando Horacio se desnudaba ahí, en ese rincón, y se bañaba parado en esa cubeta,

27 ¿la ve, Ossip?, entonces de su piel iba saliendo Pola, yo la veía como un ectoplasma y me aguantaba las ganas de llorar pensando que en casa de Pola yo no estaría así, nunca Pola me sospecharía en el pelo o en los ojos o en el vello de Horacio. No sé por qué, al fin y al cabo nos hemos querido bien. No sé por qué. Porque no sé pensar y él me desprecia, por esas cosas.

(-28)

28

Andaban en la escalera.

—A lo mejor es Horacio —dijo Gregorovius.

—A lo mejor —dijo la Maga—. Más bien parecería el relojero del sexto piso, siempre vuelve tarde. ¿A usted no le gustaría escuchar música?

—¿A esta hora? Se va a despertar el niño.

—No, vamos a poner muy bajo un disco, sería perfecto escuchar un cuarteto. Se puede poner tan bajo que solamente escucharemos nosotros, ahora va a ver.

—No era Horacio —dijo Gregorovius.

—No sé —dijo la Maga, encendiendo un fósforo y mirando unos discos apilados en un rincón—. A lo mejor se ha sentado ahí afuera, a veces le da por ahí. A veces llega hasta la puerta y cambia de idea. Encienda el tocadiscos, ese botón blanco al borde de la chimenea.

Había una caja como de zapatos y la Maga de rodillas puso el disco tanteando en la oscuridad y la caja de zapatos zumbó levemente, un lejano acorde se instaló en el aire al alcance de las manos. Gregorovius empezó a llenar la pipa, todavía un poco escandalizado. No le gustaba Schoenberg, pero era otra cosa, la hora, el chico enfermo, una especie de transgresión. Eso, una transgresión. Idiota, por lo demás. Pero a veces le

28 daban ataques así en que un orden cualquiera se vengaba del abandono en que lo tenía. Tirada en el suelo, con la cabeza casi metida en la caja de zapatos, la Maga parecía dormir.

De cuando en cuando se oía un ligero ronquido de Rocamadour, pero Gregorovius se fue perdiendo en la música, descubrió que podía ceder y dejarse llevar sin protesta, delegar por un rato en un vienés muerto y enterrado. La Maga fumaba tirada en el suelo, su rostro sobresalía una y otra vez en la sombra, con los ojos cerrados y el pelo sobre la cara, las mejillas brillantes como si estuviera llorando, pero no debía estar llorando, era estúpido imaginar que pudiera estar llorando, más bien contraía los labios rabiosamente al oír el golpe seco en el cielo raso, el segundo golpe, el tercero. Gregorovius se sobresaltó y estuvo a punto de gritar al sentir una mano que le sujetaba el tobillo.

—No haga caso, es el viejo de arriba.

—Pero si apenas oímos nosotros.

—Son los caños —dijo misteriosamente la Maga—. Todo se mete por ahí, ya nos ha pasado otras veces.

—La acústica es una ciencia sorprendente —dijo Gregorovius.

—Ya se cansará —dijo la Maga—. Imbécil.

Arriba seguían golpeando. La Maga se enderezó furiosa, y bajó todavía más el volumen del amplificador. Pasaron ocho o nueve acordes, un *pizzicato,* y después se repitieron los golpes.

—No puede ser —dijo Gregorovius—. Es absolutamente imposible que el tipo oiga nada.

—Oye más fuerte que nosotros, eso es lo malo.

—Esta casa es como la oreja de Dionisos.

—¿De quién? El muy infeliz, justo en el *adagio.* Y sigue golpeando, Rocamadour se va a despertar.

—Quizá sería mejor...

—No, no quiero. Que rompa el techo. Le voy a poner 28 un disco de Mario del Monaco para que aprenda, lástima que no tengo ninguno. El cretino, bestia de porquería.

—Lucía —rimó dulcemente Gregorovius—. Es más de medianoche.

—Siempre la hora —rezongó la Maga—. Yo me voy a ir de esta pieza. Más bajo no puedo poner el disco, ya no se oye nada. Espere, vamos a repetir el último movimiento. No haga caso.

Los golpes cesaron, por un rato el cuarteto se encaminó a su fin sin que se oyeran siquiera los ronquidos espaciados de Rocamadour. La Maga suspiró, con la cabeza casi metida en el altoparlante. Empezaron a golpear otra vez.

—Qué imbécil —dijo la Maga—. Y todo es así, siempre.

—No se obstine, Lucía.

—No sea sonso, usted. Me hartan, los echaría a todos a empujones. Si me da la gana de oír a Schoenberg, si por un rato...

Se había puesto a llorar, de un manotazo levantó el *pickup* con el último acorde y como estaba al lado de Gregorovius, inclinada sobre el amplificador para apagarlo, a Gregorovius le fue fácil tomarla por la cintura y sentarla en una de sus rodillas. Empezó a pasarle la mano por el pelo, despejándole la cara. La Maga lloraba entrecortadamente, tosiendo y echándole a la cara el aliento cargado de tabaco.

—Pobrecita, pobrecita —repetía Gregorovius, acompañando la palabra con sus caricias—. Nadie la quiere a ella, nadie. Todos son tan malos con la pobre Lucía.

—Estúpido —dijo la Maga, tragándose los mocos con verdadera unción—. Lloro porque me da la gana, y sobre todo para que no me consuelen. Dios mío, qué rodillas puntiagudas, se me clavan como tijeras.

—Quédese un poco así —suplicó Gregorovius.

28 —No me da la gana —dijo la Maga—. ¿Y por qué sigue golpeando el idiota ese?

—No le haga caso, Lucía. Pobrecita...

—Le digo que sigue golpeando, es increíble.

—Déjelo que golpee —aconsejó incongruentemente Gregorovius.

—Usted era el que se preocupaba antes —dijo la Maga, soltándole la risa en la cara.

—Por favor, si usted supiera...

—Oh, yo lo sé todo, pero quédese quieto. Ossip —dijo de golpe la Maga, comprendiendo—, el tipo no golpeaba por el disco. Podemos poner otro si queremos.

—Madre mía, no.

—¿Pero no oye que sigue golpeando?

—Voy a subir y le romperé la cara —dijo Gregorovius.

—Ahora mismo —apoyó la Maga, levantándose de un salto y dándole paso—. Dígale que no hay derecho a despertar a la gente a la una de la mañana. Vamos, suba, es la puerta de la izquierda, hay un zapato clavado.

—¿Un zapato clavado en la puerta?

—Sí, el viejo está completamente loco. Hay un zapato y un pedazo de acordeón verde. ¿Por qué no sube?

—No creo que valga la pena —dijo cansadamente Gregorovius—. Todo es tan distinto, tan inútil. Lucía, usted no comprendió que... En fin, de todas maneras ese sujeto se podría dejar de golpear.

La Maga fue hasta un rincón, descolgó algo que en la sombra parecía un plumero, y Gregorovius oyó un tremendo golpe en el cielo raso. Arriba se hizo el silencio.

—Ahora podremos escuchar lo que nos dé la gana —dijo la Maga.

«Me pregunto», pensó Gregorovius, cada vez más cansado.

—Por ejemplo —dijo la Maga— una sonata de Brahms. 28
Qué maravilla, se ha cansado de golpear. Espere que encuentre el disco, debe andar por aquí. No se ve nada.

«Horacio está ahí fuera», pensó Gregorovius. «Sentado en el rellano, con la espalda apoyada en la puerta, oyendo todo. Como una figura de tarot, algo que tiene que resolverse, un poliedro donde cada arista y cada cara tienen su sentido inmediato, el falso, hasta integrar el sentido mediato, la revelación. Y así Brahms, yo, los golpes en el techo, Horacio: algo que se va encaminando lentamente hacia la explicación. Todo inútil, por lo demás». Se preguntó qué pasaría si tratara de abrazar otra vez a la Maga en la oscuridad. «Pero él está ahí, escuchando. Sería capaz de gozar oyéndonos, a veces es repugnante». Aparte de que le tenía miedo, eso le costaba reconocerlo.

—Debe ser este —dijo la Maga—. Sí, es la etiqueta con una parte plateada y dos pajaritos. ¿Quién está hablando ahí afuera?

«Un poliedro, algo cristalino que cuaja poco a poco en la oscuridad», pensó Gregorovius. «Ahora ella va a decir esto y afuera va a ocurrir lo otro y yo... Pero no sé lo que es esto y lo otro».

—Es Horacio —dijo la Maga.

—Horacio y una mujer.

—No, seguro que es el viejo de arriba.

—¿El del zapato en la puerta?

—Sí, tiene voz de vieja, es como una urraca. Anda siempre con un gorro de astrakán.

—Mejor no ponga el disco —aconsejó Gregorovius—. Esperemos a ver qué pasa.

—Al final no podremos escuchar la sonata de Brahms —dijo la Maga furiosa.

28 «Ridícula subversión de valores», pensó Gregorovius. «Están a punto de agarrarse a patadas en el rellano, en plena oscuridad o algo así, y ella solo piensa en que no va a poder escuchar su sonata». Pero la Maga tenía razón, era como siempre la única que tenía razón. «Tengo más prejuicios de lo que pensaba», se dijo Gregorovius. «Uno cree que porque hace la vida del *affranchi,* acepta los parasitismos materiales y espirituales de Lutecia, está ya del lado preadamita. Pobre idiota, vamos».

—*The rest is silence* —dijo Gregorovius suspirando.

—*Silence my foot* —dijo la Maga, que sabía bastante inglés—. Ya va a ver que la empiezan de nuevo. El primero que va a hablar va a ser el viejo. Ahí está. *Mais qu'est-ce que vous foutez?* —remedó la Maga con una voz de nariz—. A ver qué le contesta Horacio. Me parece que se está riendo bajito, cuando empieza a reírse no encuentra las palabras, es increíble. Yo voy a ver lo que pasa.

—Estábamos tan bien —murmuró Gregorovius como si viera avanzar al ángel de la expulsión. Gérard David, Van der Weiden, el Maestro de Flemalle, a esa hora todos los ángeles no sabía por qué eran malditamente flamencos, con caras gordas y estúpidas pero recamados y resplandecientes y burguesamente condenatorios *(Daddy-ordered-it, so-you-better-beat-it-you-lousy-sinners).* Toda la habitación llena de ángeles, *I looked up to heaven and what did I see / A band of angels comin' after me,* el final de siempre, ángeles policías, ángeles cobradores, ángeles ángeles. Pudrición de las pudriciones, como el chorro de aire helado que le subía por dentro de los pantalones, las voces iracundas en el rellano, la silueta de la Maga en el vano de la puerta.

—*C'est pas des façons, ça* —decía el viejo—. *Empêcher les gens de dormir à cette heure c'est trop con. J'me plaindrai à la*

Police, moi, et puis qu'est-ce que vous foutez là, vous planqué par 28 *terre contre la porte? J'aurais pu me casser la gueule, merde alors.*

—Andá a dormir, viejito —decía Horacio, tirado cómodamente en el suelo.

—*Dormir, moi, avec le bordel que fait votre bonne femme? Ça alors comme culot, mais je vous préviens, ça ne passera pas comme ça, vous aurez de mes nouvelles.*

—*Mais de mon frère le Poète on a eu des nouvelles* —dijo Horacio, bostezando—. ¿Vos te das cuenta este tipo?

—Un idiota —dijo la Maga—. Uno pone un disco bajito, y golpea. Uno saca el disco, y golpea lo mismo. ¿Qué es lo que quiere, entonces?

—Bueno, es el cuento del tipo que solo dejó caer un zapato, che.

—No lo conozco —dijo la Maga.

—Era previsible —dijo Oliveira—. En fin, los ancianos me inspiran un respeto mezclado con otros sentimientos, pero a este yo le compraría un frasco de formol para que se metiera adentro y nos dejara de joder.

—*Et en plus ça m'insulte dans son charabia de sales métèques* —dijo el viejo—. *On est en France, ici. Des salauds, quoi. On devrait vous mettre à la porte, c'est une honte. Qu'est-ce que fait le Gouvernement, je me demande. Des Arabes, tous des fripouilles, bande de tueurs.*

—Acabala con los *sales métèques,* si supieras la manga de franchutes que juntan guita en la Argentina —dijo Oliveira—. ¿Qué estuvieron escuchando, che? Yo recién llego, estoy empapado.

—Un cuarteto de Schoenberg. Ahora yo quería escuchar muy bajito una sonata de Brahms.

—Lo mejor va a ser dejarla para mañana —contemporizó Oliveira, enderezándose sobre un codo para encender

28 un Gauloise—. *Rentrez chez vous, monsieur, on vous emmerdera plus pour ce soir.*

—*Des fainéants* —dijo el viejo—. *Des tueurs, tous.*

A la luz del fósforo se veía el gorro de astrakán, una bata grasienta, unos ojillos rabiosos. El gorro proyectaba sombras gigantescas en la caja de la escalera, la Maga estaba fascinada. Oliveira se levantó, apagó el fósforo de un soplido y entró en la pieza cerrando suavemente la puerta.

—Salud —dijo Oliveira—. No se ve ni medio, che.

—Salud —dijo Gregorovius—. Menos mal que te lo sacaste de encima.

—*Per modo di dire.* En realidad, el viejo tiene razón, y además es viejo.

—Ser viejo no es un motivo —dijo la Maga.

—Quizá no sea un motivo pero sí un salvoconducto.

—Vos dijiste un día que el drama de la Argentina es que está manejada por viejos.

—Ya cayó el telón sobre ese drama —dijo Oliveira—. Desde Perón es al revés, los que tallan son los jóvenes y es casi peor, qué le vas a hacer. Las razones de edad, de generación, de títulos y de clase son un macaneo inconmensurable. Supongo que si todos estamos susurrando de manera tan incómoda se debe a que Rocamadour duerme el sueño de los justos.

—Sí, se durmió antes de que empezáramos a escuchar música. Estás hecho una sopa, Horacio.

—Fui a un concierto de piano —explicó Oliveira.

—Ah —dijo la Maga—. Bueno, sacate la canadiense, y yo te cebo un mate bien caliente.

—Con un vaso de caña, todavía debe quedar media botella por ahí.

—¿Qué es la caña? —preguntó Gregorovius—. ¿Es eso que llaman grapa?

—No, más bien como el *barack.* Muy bueno para después de los conciertos, sobre todo cuando ha habido primeras audiciones y secuelas indescriptibles. Si encendiéramos una lucecita nimia y tímida que no llegara a los ojos de Rocamadour. 28

La Maga prendió una lámpara y la puso en el suelo, fabricando una especie de Rembrandt que Oliveira encontró apropiado. Vuelta del hijo pródigo, imagen de retorno aunque fuera momentáneo y fugitivo, aunque no supiera bien por qué había vuelto subiendo poco a poco las escaleras y tirándose delante de la puerta para oír desde lejos el final del cuarteto y los murmullos de Ossip y la Maga. «Ya deben haber hecho el amor como gatos», pensó, mirándolos. Pero no, imposible que hubieran sospechado su regreso esa noche, que estuvieran tan vestidos y con Rocamadour instalado en la cama. Si Rocamadour instalado entre dos sillas, si Gregorovius sin zapatos y en mangas de camisa... Además, qué carajo importaba si el que estaba ahí de sobra era él, chorreando canadiense, hecho una porquería.

—La acústica —dijo Gregorovius—. Qué cosa extraordinaria el sonido que se mete en la materia y trepa por los pisos, pasa de una pared a la cabecera de una cama, es para no creerlo. ¿Ustedes nunca tomaron baños de inmersión?

—A mí me ha ocurrido —dijo Oliveira, tirando la canadiense a un rincón y sentándose en un taburete.

—Se puede oír todo lo que dicen los vecinos de abajo, basta meter la cabeza en el agua y escuchar. Los sonidos se transmiten por los caños, supongo. Una vez, en Glasgow, me enteré de que los vecinos eran trotskistas.

—Glasgow suena a mal tiempo, a puerto lleno de gente triste —dijo la Maga.

—Demasiado cine —dijo Oliveira—. Pero este mate es como un indulto, che, algo increíblemente conciliatorio.

28 Madre mía, cuánta agua en los zapatos. Mirá, un mate es como un punto y aparte. Uno lo toma y después se puede empezar un nuevo párrafo.

—Ignoraré siempre esas delicias pampeanas —dijo Gregorovius—. Pero también se habló de una bebida, creo.

—Traé la caña —mandó Oliveira—. Yo creo que quedaba más de media botella.

—¿La compran aquí? —preguntó Gregorovius.

«¿Por qué diablos habla en plural?», pensó Oliveira. «Seguro que se han revolcado toda la noche, es un signo inequívoco. En fin».

—No, me la manda mi hermano, che. Tengo un hermano rosarino que es una maravilla. Caña y reproches, todo viene en abundancia.

Le pasó el mate vacío a la Maga, que se había acurrucado a sus pies con la pava entre las rodillas. Empezaba a sentirse bien. Sintió los dedos de la Maga en un tobillo, en los cordones del zapato. Se lo dejó quitar, suspirando. La Maga sacó la media empapada y le envolvió el pie en una hoja doble del *Figaro Littéraire*. El mate estaba muy caliente y muy amargo.

A Gregorovius le gustó la caña, no era como el *barack* pero se le parecía. Hubo un catálogo minucioso de bebidas húngaras y checas, algunas nostalgias. Se oía llover bajito, todos estaban tan bien, sobre todo Rocamadour que llevaba más de una hora sin chistar. Gregorovius hablaba de Transilvania, de unas aventuras que había tenido en Salónica. Oliveira se acordó de que en la mesa de luz había un paquete de Gauloises y unas zapatillas de abrigo. Tanteando se acercó a la cama. «Desde París cualquier mención de algo que esté más allá de Viena suena a literatura», decía Gregorovius, con la voz del que pide disculpas. Horacio encontró los cigarrillos, abrió la puerta de la mesa de luz para sacar las zapatillas. En la penumbra veía vagamente el perfil de Rocamadour boca arriba. Sin saber demasiado por qué le rozó la frente con un dedo. «Mi madre no se animaba a mencionar la Transilvania, tenía miedo de que la asociaran con historias de vampiros, como si eso... Y el *tokay,* usted sabe...». De rodillas al lado de la cama, Horacio miró mejor. «Imagínese desde Montevideo», decía la Maga. «Uno cree que la humanidad es una sola cosa, pero cuando se vive del lado del Cerro... ¿El *tokay* es un pájaro?». «Bueno, en cierto modo». La reacción natural, en esos casos. A ver: primero... («¿Qué quiere decir en cierto modo? ¿Es un pájaro o no es un pájaro?»). Pero no había más que pasar un dedo por los labios, la falta de respuesta. «Me he permitido una figura poco original, Lucía. En todo buen vino duerme un pájaro». La respiración artificial, una idiotez. Otra idiotez, que le temblaran en esa forma las manos, estaba descalzo y con la ropa mojada (habría que friccionarlo con alcohol, a lo mejor obrando enérgicamente). *«Un soir, l'âme du vin chantait dans les bouteilles»,* escandía Ossip. «Ya Anacreonte, creo...». Y se podía casi palpar el silencio resentido de la Maga, su nota mental: Anacreonte, autor griego jamás leído. Todos lo conocen menos yo. ¿Y de quién sería ese verso, *un soir, l'âme du vin*? La mano de Horacio se deslizó entre las sábanas, le costaba un esfuerzo terrible tocar el diminuto vientre de Rocamadour, los muslos fríos, más arriba parecía haber como un resto de calor pero no, estaba tan frío. «Calzar en el molde», pensó Horacio. «Gritar, encender la luz, armar la de mil demonios normal y obligatoria. ¿Por qué?». Pero a lo mejor, todavía... «Entonces quiere decir que este instinto no me sirve de nada, esto que estoy sabiendo desde abajo. Si pego el grito es de nuevo Berthe Trépat, de nuevo la estúpida tentativa, la lástima. Calzar en el guante, hacer lo que debe 28

28 hacerse en esos casos. Ah, no, basta. ¿Para qué encender la luz y gritar si sé que no sirve para nada? Comediante, perfecto cabrón comediante. Lo más que se puede hacer es...». Se oía el tintinear del vaso de Gregorovius contra la botella de caña. «Sí, se parece muchísimo al *barack*». Con un Gauloise en la boca, frotó un fósforo mirando fijamente. «Lo vas a despertar», dijo la Maga, que estaba cambiando la yerba. Horacio sopló brutalmente el fósforo. Es un hecho conocido que si las pupilas, sometidas a un rayo luminoso, etcétera. *Quod erat demostrandum.* «Como el *barack,* pero un poco menos perfumado», decía Ossip.

—El viejo está golpeando otra vez —dijo la Maga.

—Debe ser un postigo —dijo Gregorovius.

—En esta casa no hay postigos. Se ha vuelto loco, seguro.

Oliveira se calzó las zapatillas y volvió al sillón. El mate estaba estupendo, caliente y muy amargo. Arriba golpearon dos veces, sin mucha fuerza.

—Está matando las cucarachas —propuso Gregorovius.

—No, se ha quedado con sangre en el ojo y no quiere dejarnos dormir. Subí a decirle algo, Horacio.

—Subí vos —dijo Oliveira—. No sé por qué, pero a vos te tiene más miedo que a mí. Por lo menos no saca a relucir la xenofobia, el apartheid y otras segregaciones.

—Si subo le voy a decir tantas cosas que va a llamar a la policía.

—Llueve demasiado. Trabajátelo por el lado moral, elogiale las decoraciones de la puerta. Aludí a tus sentimientos de madre, esas cosas. Andá, haceme caso.

—Tengo tan pocas ganas —dijo la Maga.

—Andá, linda —dijo Oliveira en voz baja.

—¿Pero por qué querés que vaya yo?

—Por darme el gusto. Vas a ver que la termina. 28

Golpearon dos veces, y después una vez. La Maga se levantó y salió de la pieza. Horacio la siguió, y cuando oyó que subía la escalera encendió la luz y miró a Gregorovius. Con un dedo le mostró la cama. Al cabo de un minuto apagó la luz mientras Gregorovius volvía al sillón.

—Es increíble —dijo Ossip, agarrando la botella de caña en la oscuridad.

—Por supuesto. Increíble, ineluctable, todo eso. Nada de necrologías, viejo. En esta pieza ha bastado que yo me fuera un día para que pasaran las cosas más extremas. En fin, lo uno servirá de consuelo para lo otro.

—No entiendo —dijo Gregorovius.

—Me entendés macanudamente bien. *Ça va, ça va.* No te podés imaginar lo poco que me importa.

Gregorovius se daba cuenta de que Oliveira lo estaba tuteando, y que eso cambiaba las cosas, como si todavía se pudiera... Dijo algo sobre la cruz roja, las farmacias de turno.

—Hacé lo que quieras, a mí me da lo mismo —dijo Oliveira—. Lo que es hoy... Qué día, hermano.

Si hubiera podido tirarse en la cama, quedarse dormido por un par de años. «Gallina», pensó. Gregorovius se había contagiado de su inmovilidad, encendía trabajosamente la pipa. Se oía hablar desde muy lejos, la voz de la Maga entre la lluvia, el viejo contestándole con chillidos. En algún otro piso golpearon una puerta, gente que salía a protestar por el ruido.

—En el fondo tenés razón —admitió Gregorovius—. Pero hay una responsabilidad legal, creo.

—Con lo que ha pasado ya estamos metidos hasta las orejas —dijo Oliveira—. Especialmente ustedes dos, yo siempre puedo probar que llegué demasiado tarde. Madre deja morir infante mientras atiende amante sobre alfombra.

28 —Si querés dar a entender...

—No tiene ninguna importancia, che.

—Pero es que es mentira, Horacio.

—Me da igual, la consumación es un hecho accesorio. Yo ya no tengo nada que ver con todo esto, subí porque estaba mojado y quería tomar mate. Che, ahí viene gente.

—Habría que llamar a la asistencia pública —dijo Gregorovius.

—Bueno, dale. ¿No te parece que es la voz de Ronald?

—Yo no me quedo aquí —dijo Gregorovius, levantándose—. Hay que hacer algo, te digo que hay que hacer algo.

—Pero si yo estoy convencidísimo, che. La acción, siempre la acción. *Die Tätigkeit,* viejo. Zas, éramos pocos y parió la abuela. Hablen bajo, che, que van a despertar al niño.

—Salud —dijo Ronald.

—Hola —dijo Babs, luchando por meter el paraguas.

—Hablen bajo —dijo la Maga que llegaba detrás de ellos—. ¿Por qué no cerrás el paraguas para entrar?

—Tenés razón —dijo Babs—. Siempre me pasa igual en todas partes. No hagás ruido, Ronald. Venimos nada más que un momento para contarles lo de Guy, es increíble. ¿Se les quemaron los fusibles?

—No, es por Rocamadour.

—Hablá bajo —dijo Ronald—. Y meté en un rincón ese paraguas de mierda.

—Es tan difícil cerrarlo —dijo Babs—. Con lo fácil que se abre.

—El viejo me amenazó con la policía —dijo la Maga, cerrando la puerta—. Casi me pega, chillaba como un loco. Ossip, usted tendría que ver lo que tiene en la pieza, desde la escalera se alcanza a ver algo. Una mesa llena de botellas

vacías y en el medio un molino de viento tan grande que 28
parece de tamaño natural, como los del campo en el Uruguay. Y el molino daba vueltas por la corriente de aire, yo no podía dejar de espiar por la rendija de la puerta, el viejo se babeaba de rabia.

—No puedo cerrarlo —dijo Babs—. Lo dejaré en ese rincón.

—Parece un murciélago —dijo la Maga—. Dame, yo lo cerraré. ¿Ves qué fácil?

—Le ha roto dos varillas —le dijo Babs a Ronald.

—Dejate de jorobar —dijo Ronald—. Además nos vamos enseguida, era solamente para decirles que Guy se tomó un tubo de Gardenal.

—Pobre ángel —dijo Oliveira, que no le tenía simpatía a Guy.

—Etienne lo encontró medio muerto, Babs y yo habíamos ido a un *vernissage* (te tengo que hablar de eso, es fabuloso), y Guy subió a casa y se envenenó en la cama, date un poco cuenta.

—*He has no manners at all* —dijo Oliveira—. *C'est regrettable.*

—Etienne fue a casa a buscarnos, por suerte todo el mundo tiene la llave —dijo Babs—. Oyó que alguien vomitaba, entró y era Guy. Se estaba muriendo, Etienne salió volando a buscar auxilio. Ahora lo han llevado al hospital, es gravísimo. Y con esta lluvia —agregó Babs consternada.

—Siéntense —dijo la Maga—. Ahí no, Ronald, le falta una pata. Está tan oscuro, pero es por Rocamadour. Hablen bajo.

—Preparales un poco de café —dijo Oliveira—. Qué tiempo, che.

—Yo tendría que irme —dijo Gregorovius—. No sé dónde habré puesto el impermeable. No, ahí no. Lucía...

28 —Quédese a tomar café —dijo la Maga—. Total ya no hay metro, y estamos tan bien aquí. Vos podrías moler café fresco, Horacio.

—Huele a encerrado —dijo Babs.

—Siempre extraña el ozono de la calle —dijo Ronald, furioso—. Es como un caballo, solo adora las cosas puras y sin mezcla. Los colores primarios, la escala de siete notas. No es humana, creeme.

—La humanidad es un ideal —dijo Oliveira, tanteando en busca del molino de café—. También el aire tiene su historia, che. Pasar de la calle mojada y con mucho ozono, como decís vos, a una atmósfera donde cincuenta siglos han preparado la temperatura y la calidad... Babs es una especie de Rip van Winkle de la respiración.

—Oh, Rip van Winkle —dijo Babs, encantada—. Mi abuela lo contaba.

—En Idaho, ya sabemos —dijo Ronald—. Bueno, ahora ocurre que Etienne nos telefonea al bar de la esquina hace media hora, para decirnos que lo mejor va a ser que pasemos la noche fuera de casa, por lo menos hasta saber si Guy se va a morir o va a vomitar el Gardenal. Sería bastante malo que los *flics* subieran y nos encontraran, son amigos de sumar dos y dos y lo del Club los tenía bastante reventados últimamente.

—¿Qué tiene de malo el Club? —dijo la Maga, secando tazas con una toalla.

—Nada, pero por eso mismo uno está indefenso. Los vecinos se han quejado tanto del ruido, de las discadas, de que vamos y venimos a toda hora... Y además Babs se ha peleado con la portera y con todas las mujeres del inmueble, que son entre cincuenta y sesenta.

—*They are awful* —dijo Babs, masticando un caramelo que había sacado del bolso—. Huelen marihuana aunque una esté haciendo un *gulasch.*

28

Oliveira se había cansado de moler el café y le pasó el molino a Ronald. Hablándose en voz muy baja, Babs y la Maga discutían las razones del suicidio de Guy. Después de tanto jorobar con su impermeable, Gregorovius se había repantigado en el sillón y estaba muy quieto, con la pipa apagada en la boca. Se oía llover en la ventana. «Schoenberg y Brahms», pensó Oliveira, sacando un Gauloise. «No está mal, por lo común en estas circunstancias sale a relucir Chopin o la Todesmusik para Sigfrido. El tornado de ayer mató entre dos y tres mil personas en el Japón. Estadísticamente hablando...». Pero la estadística no le quitaba el gusto a sebo que le encontraba al cigarrillo. Lo examinó lo mejor posible, encendiendo otro fósforo. Era un Gauloise perfecto, blanquísimo, con sus finas letras y sus hebras de áspero caporal escapándose por el extremo húmedo. «Siempre mojo los cigarrillos cuando estoy nervioso», pensó. «Cuando pienso en lo de Rose Bob... Sí, ha sido un día padre, y lo que nos espera». Lo mejor iba a ser decírselo a Ronald, para que Ronald se lo transmitiera a Babs con uno de sus sistemas casi telepáticos que asombraban a Perico Romero. Teoría de la comunicación, uno de esos temas fascinantes que la literatura no había pescado todavía por su cuenta hasta que aparecieran los Huxley o los Borges de la nueva generación. Ahora Ronald se sumaba al susurro de la Maga y de Babs, haciendo girar al ralentí el molino, el café no iba a estar listo hasta las mil y quinientas. Oliveira se dejó resbalar de la horrible silla *art nouveau* y se puso cómodo en el suelo, con la cabeza apoyada en una pila de diarios. En el cielo raso había una curiosa fosforescencia que debía ser más subjetiva que otra cosa. Cerrando los ojos la fosforescencia duraba un momento, antes de que empezaran a explotar grandes esferas violetas, una tras otra, vuf, vuf, vuf, evidentemente cada es-

28 fera correspondía a un sístole o a un diástole, vaya a saber. Y en alguna parte de la casa, probablemente en el tercer piso, estaba sonando un teléfono. A esa hora, en París, cosa extraordinaria. «Otro muerto», pensó Oliveira. «No se llama por otra cosa en esta ciudad respetuosa del sueño». Se acordó de la vez en que un amigo argentino recién desembarcado había encontrado muy natural llamarlo por teléfono a las diez y media de la noche. Vaya a saber cómo se las había arreglado para consultar el Bottin, ubicar un teléfono cualquiera en el mismo inmueble y rajarle una llamada sobre el pucho. La cara del buen señor del quinto piso en *robe de chambre,* golpeándole la puerta, una cara glacial, *quelqu'un vous demande au téléphone,* Oliveira confuso metiéndose en una tricota, subiendo al quinto, encontrando a una señora resueltamente irritada, enterándose de que el pibe Hermida estaba en París y a ver cuándo nos vemos, che, te traigo noticias de todo el mundo, Traveler y los muchachos del Bidú, etcétera, y la señora disimulando la irritación a la espera de que Oliveira empezara a llorar al enterarse del fallecimiento de alguien muy querido, y Oliveira sin saber qué hacer, *vraiment je suis tellement confus, madame, monsieur, c'était un ami qui vient d'arriver, vous comprenez, il n'est pas du tout au courant des habitudes...* Oh, Argentina, horarios generosos, casa abierta, tiempo para tirar por el techo, todo el futuro por delante, todísimo, vuf, vuf, vuf, pero dentro de los ojos de eso que estaba ahí a tres metros no habría nada, no podía haber nada, vuf, vuf, toda la teoría de la comunicación aniquilada, ni mamá ni papá, ni papa rica ni pipí ni vuf-vuf ni nada, solamente *rigor mortis* y rodeándolo unas gentes que ni siquiera eran salteños y mexicanos para seguir oyendo música, armar el velorio del angelito, salirse como ellos por una punta del ovillo, gentes nunca lo bastante

primitivas para superar ese escándalo por aceptación o 28
identificación, ni bastante realizadas como para negar todo escándalo y subsumir *one little casualty* en, por ejemplo, los tres mil barridos por el tifón Verónica. «Pero todo eso es antropología barata», pensó Oliveira, consciente de algo como un frío en el estómago que lo iba acalambrando. Al final, siempre, el plexo. «Esas son las comunicaciones verdaderas, los avisos debajo de la piel. Y para eso no hay diccionario, che». ¿Quién había apagado la lámpara Rembrandt? No se acordaba, un rato atrás había habido como un polvo de oro viejo a la altura del suelo, por más que trataba de reconstruir lo ocurrido desde la llegada de Ronald y Babs, nada que hacer, en algún momento la Maga (porque seguramente había sido la Maga) o a lo mejor Gregorovius, alguien había apagado la lámpara.

—¿Cómo vas a hacer el café en la oscuridad?

—No sé —dijo la Maga, removiendo unas tazas—. Antes había un poco de luz.

—Encendé, Ronald —dijo Oliveira—. Está ahí debajo de tu silla. Tenés que hacer girar la pantalla, es el sistema clásico.

—Todo esto es idiota —dijo Ronald, sin que nadie supiera si se refería a la manera de encender la lámpara. La luz se llevó las esferas violetas, y a Oliveira le empezó a gustar más el cigarrillo. Ahora se estaba realmente bien, hacía calor, iban a tomar café.

—Acercate aquí —le dijo Oliveira a Ronald—. Vas a estar mejor que en esa silla, tiene una especie de pico en el medio que se clava en el culo. Wong la incluiría en su colección pekinesa, estoy seguro.

—Estoy muy bien aquí —dijo Ronald— aunque se preste a malentendidos.

28 —Estás muy mal. Vení. Y a ver si ese café marcha de una vez, señoras.

—Qué machito está esta noche —dijo Babs—. ¿Siempre es así con vos?

—Casi siempre —dijo la Maga sin mirarlo—. Ayudame a secar esa bandeja.

Oliveira esperó a que Babs iniciara los imaginables comentarios sobre la tarea de hacer café, y cuando Ronald se bajó de la silla y se puso a lo sastre cerca de él, le dijo unas palabras al oído. Escuchándolos, Gregorovius intervenía en la conversación sobre el café, y la réplica de Ronald se perdió en el elogio del moka y la decadencia del arte de prepararlo. Después Ronald volvió a subirse a su silla a tiempo para tomar la taza que le alcanzaba la Maga. Empezaron a golpear suavemente en el cielo raso, dos, tres veces. Gregorovius se estremeció y tragó el café de golpe. Oliveira se contenía para no soltar una carcajada que de paso a lo mejor le hubiera aliviado el calambre. La Maga estaba como sorprendida, en la penumbra los miraba a todos sucesivamente y después buscó un cigarrillo sobre la mesa, tanteando, como si quisiera salir de algo que no comprendía, una especie de sueño.

—Oigo pasos —dijo Babs con un marcado tono Blavatsky—. Ese viejo debe estar loco, hay que tener cuidado. En Kansas City, una vez... No, es alguien que sube.

—La escalera se va dibujando en la oreja —dijo la Maga—. Los sordos me dan mucha lástima. Ahora es como si yo tuviera una mano en la escalera y la pasara por los escalones uno por uno. Cuando era chica me saqué diez en una composición, escribí la historia de un ruidito. Era un ruidito simpático, que iba y venía, le pasaban cosas...

—Yo, en cambio... —dijo Babs—. O. K., O. K., no tenés por qué pellizcarme.

—Alma mía —dijo Ronald—, callate un poco para que podamos identificar esas pisadas. Sí, es el rey de los pigmentos, es Etienne, es la gran bestia apocalíptica. 28

«Lo ha tomado con calma», pensó Oliveira. «La cucharada de remedio era a las dos, me parece. Tenemos más de una hora para estar tranquilos». No comprendía ni quería comprender por qué ese aplazamiento, esa especie de negación de algo ya sabido. Negación, negativo... «Sí, esto es como el negativo de la realidad tal-como-debería-ser, es decir... Pero no hagás metafísica, Horacio. Alas, *poor Yorick, ça suffit.* No lo puedo evitar, me parece que está mejor así que si encendiéramos la luz y soltáramos la noticia como una paloma. Un negativo. La inversión total... Lo más probable es que él esté vivo y todos nosotros muertos. Proposición más modesta: nos ha matado porque somos culpables de su muerte. Culpables, es decir fautores de un estado de cosas... Ay, querido, adónde te vas llevando, sos el burro con la zanahoria colgándole entre los ojos. Y era Etienne, nomás, era la gran bestia pictórica».

—Se salvó —dijo Etienne—. Hijo de puta, tiene más vidas que César Borgia. Eso sí, lo que es vomitar...

—Explicá, explicá —dijo Babs.

—Lavaje de estómago, enemas de no sé qué, pinchazos por todos lados, una cama con resortes para tenerlo cabeza abajo. Vomitó todo el menú del restaurante Orestias, donde parece que había almorzado. Una monstruosidad, hasta hojas de parra rellenas. ¿Ustedes se dan cuenta de cómo estoy empapado?

—Hay café caliente —dijo Ronald—, y una bebida que se llama caña y es inmunda.

Etienne bufó, puso el impermeable en un rincón y se arrimó a la estufa.

—¿Cómo sigue el niño, Lucía?

28 —Duerme —dijo la Maga—. Duerme muchísimo por suerte.

—Hablemos bajo —dijo Babs.

—A eso de las once de la noche recobró el conocimiento —explicó Etienne, con una especie de ternura—. Estaba hecho una porquería, eso sí. El médico me dejó acercar a la cama y Guy me reconoció. «Especie de cretino», le dije. «Andate al cuerno», me contestó. El médico me dijo al oído que era buena señal. En la sala había otros tipos, lo pasé bastante bien y eso que a mí los hospitales...

—¿Volviste a casa? —preguntó Babs—. ¿Tuviste que ir a la comisaría?

—No, ya está todo arreglado. De todos modos era más prudente que ustedes se quedaran aquí esta noche, si vieras la cara de la portera cuando lo bajaron a Guy...

—*The lousy bastard* —dijo Babs.

—Yo adopté un aire virtuoso, y al pasar a su lado alcé la mano y le dije: «*Madame,* la muerte es siempre respetable. Este joven se ha suicidado por penas de amor de Kreisler». Se quedó dura, créanme, me miraba con unos ojos que parecían huevos duros. Y justo cuando la camilla cruzaba la puerta Guy se endereza, apoya una pálida mano en la mejilla como en los sarcófagos etruscos, y le larga a la portera un vómito verde justamente encima del felpudo. Los camilleros se torcían de risa, era algo increíble.

—Más café —pidió Ronald—. Y vos sentate aquí en el suelo que es la parte más caliente del aposento. Un café de los buenos para el pobre Etienne.

—No se ve nada —dijo Etienne—. ¿Y por qué me tengo que sentar en el suelo?

—Para acompañarnos a Horacio y a mí, que hacemos una especie de vela de armas —dijo Ronald.

—No seas idiota —dijo Oliveira.

—Haceme caso, sentate aquí y te enterarás de cosas que 28 ni siquiera Wong sabe. Libros fulgurales, instancias mánticas. Justamente esta mañana yo me divertía tanto leyendo el *Bardo*. Los tibetanos son unas criaturas extraordinarias.

—¿Quién te ha iniciado? —preguntó Etienne desparramándose entre Oliveira y Ronald, y tragando de un sorbo el café—. Bebida —dijo Etienne, alargando imperativamente la mano hacia la Maga, que le puso la botella de caña entre los dedos—. Un asco —dijo Etienne, después de beber un trago—. Un producto argentino, supongo. Qué tierra, Dios mío.

—No te metás con mi patria —dijo Oliveira—. Parecés el viejo del piso de arriba.

—Wong me ha sometido a varios tests —explicaba Ronald—. Dice que tengo suficiente inteligencia como para empezar a destruirla ventajosamente. Hemos quedado en que leeré el *Bardo* con atención, y de ahí pasaremos a las fases fundamentales del budismo. ¿Habrá realmente un cuerpo sutil, Horacio? Parece que cuando uno se muere... Una especie de cuerpo mental, comprendés.

Pero Horacio estaba hablándole al oído a Etienne, que gruñía y se agitaba oliendo a calle mojada, a hospital y a guiso de repollo. Babs le explicaba a Gregorovius, perdido en una especie de indiferencia, los vicios incontables de la portera. Atascado de reciente erudición, Ronald necesitaba explicarle a alguien el *Bardo,* y se las tomó con la Maga que se dibujaba frente a él como un Henry Moore en la oscuridad, una giganta vista desde el suelo, primero las rodillas a punto de romper la masa negra de la falda, después un torso que subía hacia el cielo raso, por encima una masa de pelo todavía más negro que la oscuridad, y en toda esa sombra entre sombras la luz de la lámpara en el

28 suelo hacía brillar los ojos de la Maga metida en el sillón y luchando de tiempo en tiempo para no resbalar y caerse al suelo por culpa de las patas delanteras más cortas del sillón.

—Jodido asunto —dijo Etienne, echándose otro trago.

—Te podés ir, si querés —dijo Oliveira—, pero no creo que pase nada serio, en este barrio ocurren cosas así a cada rato.

—Me quedo —dijo Etienne—. Esta bebida, ¿cómo dijiste que se llamaba?, no está tan mal. Huele a fruta.

—Wong dice que Jung estaba entusiasmado con el *Bardo* —dijo Ronald—. Se comprende, y los existencialistas también deberían leerlo a fondo. Mirá, a la hora del juicio del muerto, el rey lo enfrenta con un espejo, pero ese espejo es el karma. La suma de los actos del muerto, te das cuenta. Y el muerto ve reflejarse todas sus acciones, lo bueno y lo malo, pero el reflejo no corresponde a ninguna realidad sino que es la proyección de imágenes mentales... Como para que el viejo Jung no se haya quedado estupefacto, decime un poco. El rey de los muertos mira el espejo, pero lo que está haciendo en realidad es mirar en tu memoria. ¿Se puede imaginar una mejor descripción del psicoanálisis? Y hay algo todavía más extraordinario, querida, y es que el juicio que pronuncia el rey no es su juicio sino el tuyo. Vos mismo te juzgás sin saberlo. ¿No te parece que en realidad Sartre tendría que irse a vivir a Lhasa?

—Es increíble —dijo la Maga—. Pero, ese libro, ¿es de filosofía?

—Es un libro para muertos —dijo Oliveira.

Se quedaron callados, oyendo llover. Gregorovius sintió lástima por la Maga que parecía esperar una explicación y ya no se animaba a preguntar más.

—Los lamas hacen ciertas revelaciones a los moribundos —le dijo—. Para guiarlos en el más allá, para ayudarlos a salvarse. Por ejemplo... 28

Etienne había apoyado el hombro contra el de Oliveira. Ronald, sentado a lo sastre, canturreaba *Big Lip Blues* pensando en Jelly Roll que era su muerto preferido. Oliveira encendió un Gauloise y como en un La Tour el fuego tiñó por un segundo las caras de los amigos, arrancó de la sombra a Gregorovius conectando el murmullo de su voz con unos labios que se movían, instaló brutalmente a la Maga en el sillón, en su cara siempre ávida a la hora de la ignorancia y las explicaciones, bañó blandamente a Babs la plácida, a Ronald el músico perdido en sus improvisaciones plañideras. Entonces se oyó un golpe en el cielo raso justo cuando se apagaba el fósforo.

«Il faut tenter de vivre», se acordó Oliveira. *«Pourquoi?»*.

El verso había saltado de la memoria como las caras bajo la luz del fósforo, instantáneo y probablemente gratuito. El hombro de Etienne le daba calor, le transmitía una presencia engañosa, una cercanía que la muerte, ese fósforo que se apaga, iba a aniquilar como ahora las caras, las formas, como el silencio se cerraba otra vez en torno al golpe allá arriba.

—Y así es —terminaba Gregorovius, sentencioso— que el *Bardo* nos devuelve a la vida, a la necesidad de una vida pura, precisamente cuando ya no hay escapatoria y estamos clavados en una cama, con un cáncer por almohada.

—Ah —dijo la Maga, suspirando. Había entendido bastante, algunas piezas del puzle se iban poniendo en su sitio aunque nunca sería como la perfección del calidoscopio donde cada cristal, cada ramita, cada grano de arena se proponían perfectos, simétricos, aburridísimos pero sin problemas.

28 —Dicotomías occidentales —dijo Oliveira—. Vida y muerte, más acá y más allá. No es eso lo que enseña tu *Bardo,* Ossip, aunque personalmente no tengo la más remota idea de lo que enseña tu *Bardo*. De todos modos, será algo más plástico, menos categorizado.

—Mirá —dijo Etienne, que se sentía maravillosamente bien, aunque en las tripas le anduvieran las noticias de Oliveira como cangrejos, y nada de eso fuera contradictorio—. Mirá, argentino de mis pelotas, el Oriente no es tan otra cosa como pretenden los orientalistas. Apenas te metés un poco en serio en sus textos empezás a sentir lo de siempre, la inexplicable tentación de suicidio de la inteligencia por vía de la inteligencia misma. El alacrán clavándose el aguijón, harto de ser un alacrán pero necesitado de alacranidad para acabar con el alacrán. En Madrás o en Heidelberg, el fondo de la cuestión es el mismo: hay una especie de equivocación inefable al principio de los principios, de donde resulta este fenómeno que les está hablando en este momento y ustedes que lo están escuchando. Toda tentativa de explicarlo fracasa por una razón que cualquiera comprende, y es que para definir y entender habría que estar fuera de lo definido y lo entendible. Ergo, Madrás y Heidelberg se consuelan fabricando posiciones, algunas con base discursiva, otras con base intuitiva, aunque entre discurso e intuición las diferencias estén lejos de ser claras como sabe cualquier bachiller. Y así ocurre que el hombre solamente parece seguro en aquellos terrenos que no lo tocan a fondo: cuando juega, cuando conquista, cuando arma sus diversos caparazones históricos a base de *ethos,* cuando delega el misterio central *a cura* de cualquier revelación. Y por encima y por debajo, la curiosa noción de que la herramienta principal, el logos que nos arranca vertiginosamente a la escala zoológica, es una estafa perfecta. Y el corolario inevitable, el refugio en lo infuso y el balbuceo, la noche oscura del alma, las entrevisiones estéticas y metafísicas. Madrás y Heidelberg son diferentes dosajes de la misma receta, a veces prima el Yin y a veces el Yang, pero en las dos puntas del sube y baja hay dos *homo sapiens* igualmente inexplicados, dando grandes patadas en el suelo para remontarse el uno a expensas del otro. 28

—Es raro —dijo Ronald—. De todos modos sería estúpido negar una realidad, aunque no sepamos qué es. El eje del sube y baja, digamos. ¿Cómo puede ser que ese eje no haya servido todavía para entender lo que pasa en las puntas? Desde el hombre de Neandertal...

—Estás usando palabras —dijo Oliveira, apoyándose mejor en Etienne—. Les encanta que uno las saque del ropero y las haga dar vueltas por la pieza. Realidad, hombre de Neandertal, miralas cómo juegan, cómo se nos meten por las orejas y se tiran por los toboganes.

—Es cierto —dijo hoscamente Etienne—. Por eso prefiero mis pigmentos, estoy más seguro.

— ¿Seguro de qué?

—De su efecto.

—En todo caso de su efecto en vos, pero no en la portera de Ronald. Tus colores no son más seguros que mis palabras, viejo.

—Por lo menos mis colores no pretenden explicar nada.

—¿Y vos te conformás con que no haya una explicación?

—No —dijo Etienne—, pero al mismo tiempo hago cosas que me quitan un poco el mal gusto del vacío. Y esa es en el fondo la mejor definición del *homo sapiens*.

—No es una definición sino un consuelo —dijo Gregorovius, suspirando—. En realidad nosotros somos como

28 las comedias cuando uno llega al teatro en el segundo acto. Todo es muy bonito pero no se entiende nada. Los actores hablan y actúan no se sabe por qué, a causa de qué. Proyectamos en ellos nuestra propia ignorancia, y nos parecen unos locos que entran y salen muy decididos. Ya lo dijo Shakespeare, por lo demás, y si no lo dijo era su deber decirlo.

—Yo creo que lo dijo —dijo la Maga.

—Sí que lo dijo —dijo Babs.

—Ya ves —dijo la Maga.

—También habló de las palabras —dijo Gregorovius—, y Horacio no hace más que plantear el problema en su forma dialéctica, por decirlo así. A la manera de un Wittgenstein, a quien admiro mucho.

—No lo conozco —dijo Ronald—, pero ustedes estarán de acuerdo en que el problema de la realidad no se enfrenta con suspiros.

—Quién sabe —dijo Gregorovius—. Quién sabe, Ronald.

—Vamos, dejá la poesía para otra vez. De acuerdo en que no hay que fiarse de las palabras, pero en realidad las palabras vienen después de esto otro, de que unos cuantos estemos aquí esta noche, sentados alrededor de una lamparita.

—Hablá más bajo —pidió la Maga.

—Sin palabra alguna yo siento, yo sé que estoy aquí —insistió Ronald—. A eso le llamo la realidad. Aunque no sea más que eso.

—Perfecto —dijo Oliveira—. Solo que esta realidad no es ninguna garantía para vos o para nadie, salvo que la transformes en concepto, y de ahí en convención, en esquema útil. El solo hecho de que vos estés a mi izquierda y yo a tu derecha hace de la realidad por lo menos dos

realidades, y conste que no quiero ir a lo profundo y seña- 28
larte que vos y yo somos dos entes absolutamente incomunicados entre sí salvo por medio de los sentidos y la palabra, cosas de las que hay que desconfiar si uno es serio.

—Los dos estamos aquí —insistió Ronald—. A la derecha o a la izquierda, poco importa. Los dos estamos viendo a Babs, todos oyen lo que estoy diciendo.

—Pero esos ejemplos son para chicos de pantalón corto, hijo mío —se lamentó Gregorovius—. Horacio tiene razón no podés aceptar así nomás eso que creés la realidad. Lo más que podés decir es que sos, eso no se puede negar sin escándalo evidente. Lo que falla es el ergo, y lo que sigue al ergo, es notorio.

—No le hagás una cuestión de escuelas —dijo Oliveira—. Quedémonos en una charla de aficionados, que es lo que somos. Quedémonos en esto que Ronald llama conmovedoramente la realidad, y que cree una sola. ¿Seguís creyendo que es una sola, Ronald?

—Sí. Te concedo que mi manera de sentirla o de entenderla es diferente de la de Babs, y que la realidad de Babs difiere de la de Ossip y así sucesivamente. Pero es como las distintas opiniones sobre la Gioconda o sobre la ensalada de escarola. La realidad está ahí y nosotros en ella, entendiéndola a nuestra manera pero en ella.

—Lo único que cuenta es eso de entenderla a nuestra manera —dijo Oliveira—. Vos creés que hay una realidad postulable porque vos y yo estamos hablando en este cuarto y en esta noche, y porque vos y yo sabemos que dentro de una hora o algo así va a suceder aquí una cosa determinada. Todo eso te da una gran seguridad ontológica, me parece; te sentís bien seguro en vos mismo, bien plantado en vos mismo y en esto que te rodea. Pero si al mismo tiempo pudieras asistir a esa realidad desde mí, o desde

28 Babs, si te fuera dada una ubicuidad, entendés, y pudieras estar ahora mismo en esta misma pieza desde donde estoy yo y con todo lo que soy y lo que he sido yo, y con todo lo que es y lo que ha sido Babs, comprenderías tal vez que tu egocentrismo barato no te da ninguna realidad válida. Te da solamente una creencia fundada en el terror, una necesidad de afirmar lo que te rodea para no caerte dentro del embudo y salir por el otro lado vaya a saber adónde.

—Somos muy diferentes —dijo Ronald—, lo sé muy bien. Pero nos encontramos en algunos puntos exteriores a nosotros mismos. Vos y yo miramos esa lámpara, a lo mejor no vemos la misma cosa, pero tampoco podemos estar seguros de que no vemos la misma cosa. Hay una lámpara ahí, qué diablos.

—No grites —dijo la Maga—. Les voy a hacer más café.

—Se tiene la impresión —dijo Oliveira— de estar caminando sobre viejas huellas. Escolares nimios, rehacemos argumentos polvorientos y nada interesantes. Y todo eso, Ronald querido, porque hablamos dialécticamente. Decimos: vos, yo, la lámpara, la realidad. Da un paso atrás, por favor. Animate, no cuesta tanto. Las palabras desaparecen. Esa lámpara es un estímulo sensorial, nada más. Ahora da otro paso atrás. Lo que llamás tu vista y ese estímulo sensorial se vuelven una relación inexplicable, porque para explicarla habría que dar de nuevo un paso adelante y se iría todo al diablo.

—Pero esos pasos atrás son como desandar el camino de la especie —protestó Gregorovius.

—Sí —dijo Oliveira—. Y ahí está el gran problema, saber si lo que llamás la especie ha caminado hacia adelante o si, como le parecía a Klages, creo, en un momento dado agarró por una vía falsa.

—Sin lenguaje no hay hombre. Sin historia no hay hombre. 28

—Sin crimen no hay asesino. Nada te prueba que el hombre no hubiera podido ser diferente.

—No nos ha ido tan mal —dijo Ronald.

—¿Qué punto de comparación tenés para creer que nos ha ido bien? ¿Por qué hemos tenido que inventar el Edén, vivir sumidos en la nostalgia del paraíso perdido, fabricar utopías, proponernos un futuro? Si una lombriz pudiera pensar, pensaría que no le ha ido tan mal. El hombre se agarra de la ciencia como de eso que llaman un áncora de salvación y que jamás he sabido bien lo que es. La razón segrega a través del lenguaje una arquitectura satisfactoria, como la preciosa, rítmica composición de los cuadros renacentistas, y nos planta en el centro. A pesar de toda su curiosidad y su insatisfacción, la ciencia, es decir la razón, empieza por tranquilizarnos. «Estás aquí, en esta pieza, con tus amigos, frente a esa lámpara. No te asustes, todo va muy bien. Ahora veamos: ¿Cuál será la naturaleza de ese fenómeno luminoso? ¿Te has enterado de lo que es el uranio enriquecido? ¿Te gustan los isótopos, sabías que ya transmutamos el plomo en oro?». Todo muy incitante, muy vertiginoso, pero siempre a partir del sillón donde estamos cómodamente sentados.

—Yo estoy en el suelo —dijo Ronald— y nada cómodo para decirte la verdad. Escuchá, Horacio: negar esta realidad no tiene sentido. Está aquí, la estamos compartiendo. La noche transcurre para los dos, afuera está lloviendo para los dos. Qué sé yo lo que es la noche, el tiempo y la lluvia, pero están ahí y fuera de mí, son cosas que me pasan, no hay nada que hacerle.

—Pero claro —dijo Oliveira—. Nadie lo niega, che. Lo que no entendemos es por qué eso tiene que suceder así,

28 por qué nosotros estamos aquí y afuera está lloviendo. Lo absurdo no son las cosas, lo absurdo es que las cosas estén ahí y las sintamos como absurdas. A mí se me escapa la relación que hay entre yo y esto que me está pasando en este momento. No te niego que me esté pasando. Vaya si me pasa. Y eso es lo absurdo.

—No está muy claro —dijo Etienne.

—No puede estar claro, si lo estuviera sería falso, sería científicamente verdadero quizá, pero falso como absoluto. La claridad es una exigencia intelectual y nada más. Ojalá pudiéramos saber claro, entender claro al margen de la ciencia y la razón. Y cuando digo «ojalá», andá a saber si no estoy diciendo una idiotez. Probablemente la única áncora de salvación sea la ciencia, el uranio doscientos treinta y cinco, esas cosas. Pero además hay que vivir.

—Sí —dijo la Maga, sirviendo café—. Además hay que vivir.

—Comprendé, Ronald —dijo Oliveira apretándole una rodilla—. Vos sos mucho más que tu inteligencia, es sabido. Esta noche, por ejemplo, esto que nos está pasando ahora, aquí, es como uno de esos cuadros de Rembrandt donde apenas brilla un poco de luz en un rincón, y no es una luz física, no es eso que tranquilamente llamás y situás como lámpara, con sus vatios y sus bujías. Lo absurdo es creer que podemos aprehender la totalidad de lo que nos constituye en este momento, o en cualquier momento, e intuirlo como algo coherente, algo aceptable si querés. Cada vez que entramos en una crisis es el absurdo total, comprendé que la dialéctica solo puede ordenar los armarios en los momentos de calma. Sabés muy bien que en el punto culminante de una crisis procedemos siempre por impulso, al revés de lo previsible, haciendo la barbaridad más inesperada. Y en ese momento precisamente se podía decir que

había como una saturación de realidad, ¿no te parece? La 28
realidad se precipita, se muestra con toda su fuerza, y justamente entonces nuestra única manera de enfrentarla consiste en renunciar a la dialéctica, es la hora en que le pegamos un tiro a un tipo, que saltamos por la borda, que nos tomamos un tubo de Gardenal como Guy, que le soltamos la cadena al perro, piedra libre para cualquier cosa. La razón solo nos sirve para disecar la realidad en calma, o analizar sus futuras tormentas, nunca para resolver una crisis instantánea. Pero esas crisis son como mostraciones metafísicas, che, un estado que quizá, si no hubiéramos agarrado por la vía de la razón, sería el estado natural y corriente del pitecántropo erecto.

—Está muy caliente, tené cuidado —dijo la Maga.

—Y esas crisis que la mayoría de la gente considera como escandalosas, como absurdas, yo personalmente tengo la impresión de que sirven para mostrar el verdadero absurdo, el de un mundo ordenado y en calma, con una pieza donde diversos tipos toman café a las dos de la mañana, sin que realmente nada de eso tenga el menor sentido como no sea el hedónico, lo bien que estamos al lado de esta estufita que tira tan meritoriamente. Los milagros nunca me han parecido absurdos; lo absurdo es lo que los precede y los sigue.

—Y sin embargo —dijo Gregorovius, desperezándose— *il faut tenter de vivre.*

«Voilà», pensó Oliveira. «Otra prueba que me guardaré de mencionar. De millones de versos posibles, elige el que yo había pensado hace diez minutos. Lo que la gente llama casualidad».

—Bueno —dijo Etienne con voz soñolienta—, no es que haya que intentar vivir, puesto que la vida nos es fatalmente dada. Hace rato que mucha gente sospecha que

28 la vida y los seres vivientes son dos cosas aparte. La vida se vive a sí misma, nos guste o no. Guy ha tratado hoy de dar un mentís a esta teoría, pero estadísticamente hablando es incontrovertible. Que lo digan los campos de concentración y las torturas. Probablemente de todos nuestros sentimientos el único que no es verdaderamente nuestro es la esperanza. La esperanza le pertenece a la vida, es la vida misma defendiéndose. Etcétera. Y con esto yo me iría a dormir, porque los líos de Guy me han hecho polvo. Ronald, tenés que venir al taller mañana por la mañana, acabé una naturaleza muerta que te va a dejar como loco.

—Horacio no me ha convencido —dijo Ronald—. Estoy de acuerdo en que mucho de lo que me rodea es absurdo, pero probablemente damos ese nombre a lo que no comprendemos todavía. Ya se sabrá alguna vez.

—Optimismo encantador —dijo Oliveira—. También podríamos poner el optimismo en la cuenta de la vida pura. Lo que hace tu fuerza es que para vos no hay futuro, como es lógico en la mayoría de los agnósticos. Siempre estás vivo, siempre estás en presente, todo se te ordena satisfactoriamente como en una tabla de Van Eyck. Pero si te pasara esa cosa horrible que es no tener fe y al mismo tiempo proyectarse hacia la muerte, hacia el escándalo de los escándalos, se te empañaría bastante el espejo.

—Vamos, Ronald —dijo Babs—. Es muy tarde, tengo sueño.

—Esperá, esperá. Estaba pensando en la muerte de mi padre, sí, algo de lo que decís es cierto. Esa pieza nunca la pude ajustar en el rompecabezas, era algo tan inexplicable. Un hombre joven y feliz, en Alabama. Andaba por la calle y se le cayó un árbol en la espalda. Yo tenía quince años, me fueron a buscar al colegio. Pero hay tantas otras cosas absurdas, Horacio, tantas muertes o errores... No es una

cuestión de número, supongo. No es un absurdo total 28
como creés vos.

—El absurdo es que no parezca un absurdo —dijo sibilinamente Oliveira—. El absurdo es que salgas por la mañana a la puerta y encuentres la botella de leche en el umbral y te quedes tan tranquilo porque ayer te pasó lo mismo y mañana te volverá a pasar. Es ese estancamiento, ese así sea, esa sospechosa carencia de excepciones. Yo no sé, che, habría que intentar otro camino.

—¿Renunciando a la inteligencia? —dijo Gregorovius, desconfiado.

—No sé, tal vez. Empleándola de otra manera. ¿Estará bien probado que los principios lógicos son carne y uña con nuestra inteligencia? Si hay pueblos capaces de sobrevivir dentro de un orden mágico... Cierto que los pobres comen gusanos crudos, pero también eso es una cuestión de valores.

—Los gusanos, qué asco —dijo Babs—. Ronald, querido, es tan tarde.

—En el fondo —dijo Ronald— lo que a vos te molesta es la legalidad en todas sus formas. En cuanto una cosa empieza a funcionar bien te sentís encarcelado. Pero todos nosotros somos un poco así, una banda de lo que llaman fracasados porque no tenemos una carrera hecha, títulos y el resto. Por eso estamos en París, hermano, y tu famoso absurdo se reduce al fin y al cabo a una especie de vago ideal anárquico que no alcanzás a concretar.

—Tenés tanta, tanta razón —dijo Oliveira—. Con lo bueno que sería irse a la calle y pegar carteles a favor de Argelia libre. Con todo lo que queda por hacer en la lucha social.

—La acción puede servir para darle un sentido a tu vida —dijo Ronald—. Ya lo habrás leído en Malraux, supongo.

28 —*Éditions N. R. F.* —dijo Oliveira.

—En cambio te quedás masturbándote como un mono, dándole vueltas a los falsos problemas, esperando no sé qué. Si todo esto es absurdo hay que hacer algo para cambiarlo.

—Tus frases me suenan —dijo Oliveira—. Apenas creés que la discusión se orienta hacia algo que considerás más concreto, como tu famosa acción, te llenás de elocuencia. No te querés dar cuenta de que la acción, lo mismo que la inacción, hay que merecerlas. ¿Cómo actuar sin una actitud central previa, una especie de aquiescencia a lo que creemos bueno y verdadero? Tus nociones sobre la verdad y la bondad son puramente históricas, se fundan en una ética heredada. Pero la historia y la ética me parecen a mí altamente dudosas.

—Alguna vez —dijo Etienne, enderezándose— me gustaría oírte discurrir con más detalle sobre eso que llamás la actitud central. A lo mejor en el mismísimo centro hay un perfecto hueco.

—No te creas que no lo he pensado —dijo Oliveira—. Pero hasta por razones estéticas, que estás muy capacitado para apreciar, admitirás que entre situarse en un centro y andar revoloteando por la periferia hay una diferencia cualitativa que da que pensar.

—Horacio —dijo Gregorovius— está haciendo gran uso de esas palabras que hace un rato nos había desaconsejado enfáticamente. Es un hombre al que no hay que pedirle discursos sino otras cosas, cosas brumosas e inexplicables como sueños, coincidencias, revelaciones, y sobre todo humor negro.

—El tipo de arriba golpeó otra vez —dijo Babs.

—No, es la lluvia —dijo la Maga—. Ya es hora de darle el remedio a Rocamadour.

—Todavía tenés tiempo —dijo Babs agachándose presurosa hasta pegar el reloj pulsera contra la lámpara—. Las tres menos diez. Vámonos, Ronald, es tan tarde. 28

—Nos iremos a las tres y cinco —dijo Ronald.

—¿Por qué a las tres y cinco? —preguntó la Maga.

—Porque el primer cuarto de hora es siempre fasto —explicó Gregorovius.

—Dame otro trago de caña —pidió Etienne—. *Merde,* ya no queda nada.

Oliveira apagó el cigarrillo. «La vela de armas», pensó agradecido. «Son amigos de verdad, hasta Ossip, pobre diablo. Ahora tendremos para un cuarto de hora de reacciones en cadena que nadie podrá evitar, nadie, ni siquiera pensando que el año que viene, a esta misma hora, el más preciso y detallado de los recuerdos no será capaz de alterar la producción de adrenalina o de saliva, el sudor en la palma de las manos... Estas son las pruebas que Ronald no querrá entender nunca. ¿Qué he hecho esta noche? Ligeramente monstruoso, *a priori.* Quizá se podría haber ensayado el balón de oxígeno, algo así. Idiota, en realidad; le hubiéramos prolongado la vida a lo Monsieur Valdemar».

—Habría que prepararla —le dijo Ronald al oído.

—No digas pavadas, por favor. ¿No sentís que ya está preparada, que el olor flota en el aire?

—Ahora se ponen a hablar tan bajo —dijo la Maga— justo cuando ya no hace falta.

«Tu parles», pensó Oliveira.

—¿El olor? —murmuraba Ronald—. Yo no siento ningún olor.

—Bueno, ya van a ser las tres —dijo Etienne sacudiéndose como si tuviera frío—. Ronald, hacé un esfuerzo, Horacio no será un genio pero es fácil sentir lo que está queriendo decirte. Lo único que podemos hacer es quedar-

28 nos un poco más y aguantar lo que venga. Y vos, Horacio, ahora que me acuerdo, eso que dijiste hoy del cuadro de Rembrandt estaba bastante bien. Hay una metapintura como hay una metamúsica, y el viejo metía los brazos hasta el codo en lo que hacía. Solo los ciegos de lógica y de buenas costumbres pueden pararse delante de un Rembrandt y no sentir que ahí hay una ventana a otra cosa, un signo. Muy peligroso para la pintura, pero en cambio...

—La pintura es un género como tantos otros —dijo Oliveira—. No hay que protegerla demasiado en cuanto género. Por lo demás, por cada Rembrandt hay cien pintores a secas, de modo que la pintura está perfectamente a salvo.

—Por suerte —dijo Etienne.

—Por suerte —aceptó Oliveira—. Por suerte todo va muy bien en el mejor de los mundos posibles. Encendé la luz grande, Babs, es la llave que tenés detrás de tu silla.

—Dónde habrá una cuchara limpia —dijo la Maga, levantándose.

Con un esfuerzo que le pareció repugnante, Oliveira se contuvo para no mirar hacia el fondo del cuarto. La Maga se frotaba los ojos encandilada y Babs, Ossip y los otros miraban disimuladamente, volvían la cabeza y miraban otra vez. Babs había iniciado el gesto de tomar a la Maga por un brazo, pero algo en la cara de Ronald la detuvo. Lentamente Etienne se enderezó, estirándose los pantalones todavía húmedos. Ossip se desencajaba del sillón, hablaba de encontrar su impermeable. «Ahora deberían golpear en el techo», pensó Oliveira cerrando los ojos. «Varios golpes seguidos, y después otros tres, solemnes. Pero todo es al revés, en lugar de apagar las luces las encendemos, el escenario está de este lado, no hay remedio». Se levantó a su vez, sintiendo los huesos, la caminata de todo el día, las cosas de todo ese día. La Maga había encontrado la cuchara sobre la repisa de la chimenea, detrás de una pila de discos y de libros. Empezó a limpiarla con el borde del vestido, la escudriñó bajo la lámpara. «Ahora va a echar el remedio en la cuchara, y después perderá la mitad hasta llegar al borde de la cama», se dijo Oliveira apoyándose en la pared. Todos estaban tan callados que la Maga los miró como extrañada, pero le daba trabajo destapar el frasco, Babs quería ayudarla, sostenerle la cuchara, y a la vez tenía la cara crispada como si lo que la Maga estaba haciendo fuese un horror indecible, hasta que la Maga volcó el líquido en la cuchara y puso de cualquier manera el frasco en el borde de la mesa donde apenas cabía entre los cuadernos y los papeles, y sosteniendo la cuchara como Blondin la pértiga, como un ángel al santo que se cae a un precipicio, empezó a caminar arrastrando las zapatillas y se fue acercando a la cama, flanqueada por Babs que hacía muecas y se contenía para mirar y no mirar y después mirar a Ronald y a los otros que se acercaban a su espalda, Oliveira cerrando la marcha con el cigarrillo apagado en la boca. 28

—Siempre se me derrama la mi... —dijo la Maga, deteniéndose al lado de la cama.

—Lucía —dijo Babs, acercando las dos manos a sus hombros, pero sin tocarla.

El líquido cayó sobre el cobertor, y la cuchara encima. La Maga gritó y se volcó sobre la cama, de boca y después de costado, con la cara y las manos pegadas a un muñeco indiferente y ceniciento que temblaba y se sacudía sin convicción, inútilmente maltratado y acariciado.

—Qué joder, hubiéramos tenido que prepararla —dijo Ronald—. No hay derecho, es una infamia. Todo el mundo hablando de pavadas, y esto, esto...

28 —No te pongás histérico —dijo Etienne, hosco—. En todo caso hacé como Ossip que no pierde la cabeza. Buscá agua colonia, si hay algo que se le parezca. Oí al viejo de arriba, ya empezó otra vez.

—No es para menos —dijo Oliveira mirando a Babs que luchaba por arrancar a la Maga de la cama—. La noche que le estamos dando, hermano.

—Que se vaya al quinto carajo —dijo Ronald—. Salgo afuera y le rompo la cara, viejo hijo de puta. Si no respeta el dolor de los demás...

—*Take it easy* —dijo Oliveira—. Ahí tenés tu agua colonia, tomá mi pañuelo aunque su blancura dista de ser perfecta. Bueno, habrá que ir hasta la comisaría.

—Puedo ir yo —dijo Gregorovius, que tenía el impermeable en el brazo.

—Pero claro, vos sos de la familia —dijo Oliveira.

—Si pudieras llorar —decía Babs, acariciando la frente de la Maga que había apoyado la cara en la almohada y miraba fijamente a Rocamadour—. Un pañuelo con alcohol, por favor, algo para que reaccione.

Etienne y Ronald empezaban a afanarse en torno a la cama. Los golpes se repetían rítmicamente en el cielo raso, y cada vez Ronald miraba hacia arriba y en una ocasión agitó histéricamente el puño. Oliveira había retrocedido hasta la estufa y desde ahí miraba y escuchaba. Sentía que el cansancio se le había subido a babuchas, lo tironeaba hacia abajo, le costaba respirar, moverse. Encendió otro cigarrillo, el último del paquete. Las cosas empezaban a andar un poco mejor, por lo pronto Babs había explorado un rincón del cuarto y después de fabricar una especie de cuna con dos sillas y una manta, se confabulaba con Ronald (era curioso ver sus gestos por encima de la Maga perdida en un delirio frío, en un monólogo vehemente

pero seco y espasmódico), en un momento dado cubrían 28
los ojos de la Maga con un pañuelo («si es el del agua colonia la van a dejar ciega», se dijo Oliveira), y con una rapidez extraordinaria ayudaban a que Etienne levantara a Rocamadour y lo transportara a la cuna improvisada, mientras arrancaban el cobertor de debajo de la Maga y se lo ponían por encima, hablándole en voz baja, acariciándola, haciéndole respirar el pañuelo. Gregorovius había ido hasta la puerta y se estaba allí, sin decidirse a salir, mirando furtivamente hacia la cama y después a Oliveira que le daba la espalda pero sentía que lo estaba mirando. Cuando se decidió a salir el viejo ya estaba en el rellano, armado de un bastón, y Ossip volvió a entrar de un salto. El bastón se estrelló contra la puerta. «Así podrían seguir acumulándose las cosas», se dijo Oliveira dando un paso hacia la puerta. Ronald, que había adivinado, se precipitó enfurecido mientras Babs le gritaba algo en inglés. Gregorovius quiso prevenirlo pero ya era tarde. Salieron Ronald, Ossip y Babs, seguidos de Etienne que miraba a Oliveira como si fuese el único que conservaba un poco de sentido común.

—Andá a ver que no hagan una estupidez —le dijo Oliveira—. El viejo tiene como ochenta años, y está loco.

—*Tous des cons!* —gritaba el viejo en el rellano—. *Bande de tueurs, si vous croyez que ça va se passer comme ça! Des fripouilles, des fainéants. Tas d'enculés!*

Curiosamente, no gritaba demasiado fuerte. Desde la puerta entreabierta, la voz de Etienne volvió como una carambola: «*Ta gueule, pépère*». Gregorovius había agarrado por un brazo a Ronald, pero a la luz que alcanzaba a salir de la pieza Ronald se había dado cuenta de que el viejo era realmente muy viejo, y se limitaba a pasearle delante de la cara un puño cada vez menos convencido. Una o dos veces Oliveira miró hacia la cama, donde la Maga se había que-

28 dado muy quieta debajo del cobertor. Lloraba a sacudidas, con la boca metida en la almohada, exactamente en el sitio donde había estado la cabeza de Rocamadour, «*Faudrait quand même laisser dormir les gens*», decía el viejo. «*Qu'est-ce que ça me fait, moi, un gosse qu'a claqué? C'est pas une façon d'agir, quand même, on est à Paris, pas en Amazonie*». La voz de Etienne subió tragándose la otra, convenciéndola. Oliveira se dijo que no sería tan difícil llegarse hasta la cama, agacharse para decirle unas palabras al oído a la Maga. «Pero eso yo lo haría por mí», pensó. «Ella está más allá de cualquier cosa. Soy yo el que después dormiría mejor, aunque no sea más que una manera de decir. Yo, yo, yo. Yo dormiría mejor después de besarla y consolarla y repetir todo lo que ya le han dicho estos».

—*Eh bien, moi, messieurs, je respecte la douleur d'une mère* —dijo la voz del viejo—. *Allez, bonsoir messieurs, dames.*

La lluvia golpeaba a chijetazos en la ventana, París debía ser una enorme burbuja grisácea en la que poco a poco se levantaría el alba. Oliveira se acercó al rincón donde su canadiense parecía un torso de descuartizado, rezumando humedad. Se la puso despacio, mirando siempre hacia la cama como si esperara algo. Pensaba en el brazo de Berthe Trépat en su brazo, la caminata bajo el agua. «¿De qué te sirvió el verano, oh ruiseñor en la nieve?», citó irónicamente. «Apestado, che, perfectamente apestado. Y no tengo más tabaco, carajo». Habría que ir hasta el café de Bébert, al fin y al cabo la madrugada iba a ser tan repugnante ahí como en cualquier otra parte.

—Qué viejo idiota —dijo Ronald, cerrando la puerta.

—Se volvió a su pieza —informó Etienne—. Creo que Gregorovius bajó a avisar a la policía. ¿Vos te quedás aquí?

—No, ¿para qué? No les va a gustar si encuentran tanta gente a esta hora. Mejor sería que se quedara Babs, dos

mujeres son siempre un buen argumento en estos casos. Es 28
más íntimo, ¿entendés?

Etienne lo miró.

—Me gustaría saber por qué te tiembla tanto la boca —dijo.

—Tics nerviosos —dijo Oliveira.

—Los tics y el aire cínico no van muy bien juntos. Te acompaño, vamos.

—Vamos.

Sabía que la Maga se estaba incorporando en la cama y que lo miraba. Metiendo las manos en los bolsillos de la canadiense, fue hacia la puerta. Etienne hizo un gesto como para atajarlo, y después lo siguió. Ronald los vio salir y se encogió de hombros, rabioso. «Qué absurdo es todo esto», pensó. La idea de que todo fuera absurdo lo hizo sentirse incómodo, pero no se daba cuenta por qué. Se puso a ayudar a Babs, a ser útil, a mojar las compresas. Empezaron a golpear en el cielo raso.

(-130)

29

—*Tiens* —dijo Oliveira.

Gregorovius estaba pegado a la estufa, envuelto en una *robe de chambre* negra y leyendo. Con un clavo había sujetado una lámpara en la pared, y una pantalla de papel de diario organizaba esmeradamente la luz.

—No sabía que tenías una llave.

—Sobrevivencias —dijo Oliveira, tirando la canadiense al rincón de siempre—. Te la dejaré ahora que sos el dueño de casa.

—Por un tiempo solamente. Aquí hace demasiado frío, y además hay que tener en cuenta al viejo de arriba. Esta mañana golpeó cinco minutos, no se sabe por qué.

—Inercia. Todo dura siempre un poco más de lo que debería. Yo, por ejemplo, subir estos pisos, sacar la llave, abrir... Huele a encerrado aquí.

—Un frío espantoso —dijo Gregorovius—. Hubo que tener abierta la ventana cuarenta y ocho horas después de las fumigaciones.

—¿Y estuviste aquí todo el tiempo? *Caritas*. Qué tipo.

—No era por eso, tenía miedo de que alguno de la casa aprovechara para meterse en el cuarto y hacerse fuerte. Lucía me dijo una vez que la propietaria es una vieja loca,

y que varios inquilinos no pagan nada desde hace años. En 29
Budapest yo era gran lector del código civil, son cosas que se pegan.

—Total que te instalaste como un bacán. *Chapeau, mon vieux.* Espero que no me habrán tirado la yerba a la basura.

—Oh, no, está ahí en la mesa de luz, entre las medias. Ahora hay mucho espacio libre.

—Así parece —dijo Oliveira—. A la Maga le ha dado un ataque de orden, no se ven los discos ni las novelas. Che, pero ahora que lo pienso...

—Se llevó todo —dijo Gregorovius.

Oliveira abrió el cajón de la mesa de luz y sacó la yerba y el mate. Empezó a cebar despacio, mirando a un lado y a otro. La letra de *Mi noche triste* le bailaba en la cabeza. Calculó con los dedos. Jueves, viernes, sábado. No. Lunes, martes, miércoles. No, el martes a la noche, Berthe Trépat, *me amuraste / en lo mejor de la vida,* miércoles (una borrachera como pocas veces, N. B. no mezclar vodka y vino tinto), *dejándome el alma herida / y espina en el corazón,* jueves, viernes, Ronald en un auto prestado, visita a Guy Monod como un guante dado vuelta, litros y litros de vómitos verdes, fuera de peligro, *sabiendo que te quería / que vos eras mi alegría / mi esperanza y mi ilusión,* sábado, ¿adónde, adónde?, en alguna parte del lado de Marly-le-Roi, en total cinco días, no, seis, en total una semana más o menos, y la pieza todavía helada a pesar de la estufa. Ossip, qué tipo rana, el rey del acomodo.

—Así que se fue —dijo Oliveira, repantigándose en el sillón con la pavita al alcance de la mano.

Gregorovius asintió. Tenía el libro abierto sobre las rodillas y daba la impresión de querer (educadamente) seguir leyendo.

—Y te dejó la pieza.

29 —Ella sabía que yo estaba pasando por una situación delicada —dijo Gregorovius—. Mi tía abuela ha dejado de mandarme la pensión, probablemente ha fallecido. Miss Babington guarda silencio, pero dada la situación en Chipre... Ya se sabe que siempre repercute en Malta: censura y esas cosas. Lucía me ofreció compartir el cuarto después que vos anunciaste que te ibas. Yo no sabía si aceptar, pero ella insistió.

—No encaja demasiado con su partida.

—Pero todo eso era antes.

—¿Antes de las fumigaciones?

—Exactamente.

—Te sacaste la lotería, Ossip.

—Es muy triste —dijo Gregorovius—. Todo podía haber sido tan diferente.

—No te quejés, viejo. Una pieza de cuatro por tres cincuenta, a cinco mil francos mensuales, con agua corriente...

—Yo desearía —dijo Gregorovius— que la situación quedara aclarada entre nosotros. Esta pieza...

—No es mía, dormí tranquilo. Y la Maga se ha ido.

—De todos modos...

—¿Adónde?

—Habló de Montevideo.

—No tiene plata para eso.

—Habló de Perugia.

—Querés decir de Lucca. Desde que leyó *Sparkenbroke* se muere por esas cosas. Decime bien clarito dónde está.

—No tengo la menor idea, Horacio. El viernes llenó una valija con libros y ropa, hizo montones de paquetes y después vinieron dos negros y se los llevaron. Me dijo que yo me podía quedar aquí, y como lloraba todo el tiempo no creas que era fácil hablar.

—Me dan ganas de romperte la cara —dijo Oliveira, cebando un mate. 29

—¿Qué culpa tengo yo?

—No es por una cuestión de culpa, che. Sos dostoievskianamente asqueroso y simpático a la vez, una especie de lameculos metafísico. Cuando te sonreís así uno comprende que no hay nada que hacer.

—Oh, yo estoy de vuelta —dijo Gregorovius—. La mecánica del *challenge and response* queda para los burgueses. Vos sos como yo, y por eso no me vas a pegar. No me mires así, no sé nada de Lucía. Uno de los negros va casi siempre al café Bonaparte, lo he visto. A lo mejor te informa. ¿Pero para qué la buscás, ahora?

—Explicá eso de «ahora».

Gregorovius se encogió de hombros.

—Fue un velatorio muy digno —dijo—. Sobre todo después que nos sacamos de encima a la policía. Socialmente hablando, tu ausencia provocó comentarios contradictorios. El Club te defendía, pero los vecinos y el viejo de arriba...

—No me digas que el viejo vino al velorio.

—No se puede llamar velorio; nos permitieron guardar el cuerpecito hasta mediodía, y después intervino una repartición nacional. Eficaz y rápida, debo decirlo.

—Me imagino el cuadro —dijo Oliveira—. Pero no es una razón para que la Maga se mande mudar sin decir nada.

—Ella se imaginaba todo el tiempo que vos estabas con Pola.

—*Ça alors* —dijo Oliveira.

—Ideas que se hace la gente. Ahora que nos tuteamos por culpa tuya, se me hace más difícil decirte algunas cosas. Paradoja, evidentemente, pero es así. Probablemente

29 porque es un tuteo completamente falso. Vos lo provocaste la otra noche.

—Muy bien se puede tutear al tipo que se ha estado acostando con tu mujer.

—Me cansé de decirte que no era cierto; ya ves que no hay ninguna razón para que nos tuteemos. Si fuera cierto que la Maga se ha ahogado yo comprendería que en el dolor del momento, mientras uno se está abrazando y consolándose... Pero no es el caso, por lo menos no parece.

—Leíste alguna cosa en el diario —dijo Oliveira.

—La filiación no corresponde para nada. Podemos seguir hablándonos de usted. Ahí está, arriba de la chimenea.

En efecto, no correspondía para nada. Oliveira tiró el diario y se cebó otro mate. Lucca, Montevideo, *la guitarra en el ropero / para siempre está colgada...* Y cuando se mete todo en la valija y se hacen paquetes, uno puede deducir que (ojo: no toda deducción es una prueba), *nadie en ella toca nada / ni hace sus cuerdas sonar*. Ni hace sus cuerdas sonar.

—Bueno, ya averiguaré dónde se ha metido. No andará lejos.

—Esta será siempre su casa —dijo Gregorovius—, y eso que a lo mejor Adgalle viene a pasar la primavera conmigo.

—¿Tu madre?

—Sí. Un telegrama conmovedor, con mención del tetragrámaton. Justamente yo estaba leyendo ahora el *Sefer Yetzirah,* tratando de distinguir las influencias neoplatónicas. Adgalle es muy fuerte en cabalística; va a haber discusiones terribles.

—¿La Maga hizo alguna insinuación de que se iba a matar?

—Bueno, las mujeres, ya se sabe.

—Concretamente.

—No creo —dijo Gregorovius—. Insistía más en lo de Montevideo.

—Es idiota, no tiene un centavo.

—En lo de Montevideo y en eso de la muñeca de cera.

—Ah, la muñeca. Y ella pensaba...

—Lo daba por seguro. A Adgalle le va a interesar el caso. Lo que vos llamás coincidencia... Lucía no creía que fuera una coincidencia. Y en el fondo vos tampoco. Lucía me dijo que cuando descubriste la muñeca verde la tiraste al suelo y la pisoteaste.

—Odio la estupidez —dijo virtuosamente Oliveira.

—Los alfileres se los había clavado todos en el pecho, y solamente uno en el sexo. ¿Vos ya sabías que Pola estaba enferma cuando pisoteaste la muñeca verde?

—Sí.

—A Adgalle le va a interesar enormemente. ¿Conocés el sistema del retrato envenenado? Se mezcla el veneno con los colores y se espera la luna favorable para pintar el retrato. Adgalle lo intentó con su padre, pero hubo interferencias... De todos modos el viejo murió tres años después de una especie de difteria. Estaba solo en el castillo, teníamos un castillo en esa época, y cuando empezó a asfixiarse quiso intentar una traqueotomía delante del espejo, clavarse un canuto de ganso o algo así. Lo encontraron al pie de la escalera, pero no sé por qué te cuento esto.

—Porque sabés que no me importa, supongo.

—Sí, puede ser —dijo Gregorovius—. Vamos a hacer café, a esta hora se siente la noche aunque no se la vea.

Oliveira agarró el diario. Mientras Ossip ponía la cacerola en la chimenea, empezó a leer otra vez la noticia.

29 Rubia, de unos cuarenta y dos años. Qué estupidez pensar que. Aunque, claro. *Les travaux du grand barrage d'Assouan ont commencé. Avant cinq ans, la vallée moyenne du Nil sera transformée en un immense lac. Des édifices prodigieux, qui comptent parmi les plus admirables de la planète...*

(-107)

30

—Un malentendido como todo, che. Pero el café es digno de la ocasión. ¿Te tomaste toda la caña?

—Vos sabés, el velatorio...

—El cuerpecito, claro.

—Ronald bebió como un animal. Estaba realmente afligido, nadie sabía por qué. Babs, celosa. Hasta Lucía lo miraba sorprendida. Pero el relojero del sexto trajo una botella de aguardiente, y alcanzó para todos.

—¿Vino mucha gente?

—Esperá, estábamos los del Club, vos no estabas («No, yo no estaba»), el relojero del sexto, la portera y la hija, una señora que parecía una polilla, el cartero de los telegramas se quedó un rato, y los de la policía olfateaban el infanticidio, cosas así.

—Me asombra que no hayan hablado de autopsia.

—Hablaron. Babs armó una de a pie, y Lucía... Vino una mujer, estuvo mirando, tocando... Ni cabíamos en la escalera, todo el mundo afuera y un frío. Algo hicieron, pero al final nos dejaron tranquilos. No sé cómo el certificado fue a parar a mi cartera, si querés verlo.

—No, seguí contando. Yo te escucho aunque no parezca. Dale nomás, che. Estoy muy conmovido. No se nota

30 pero podés creerme. Yo te escucho, dale viejo. Me represento perfectamente la escena. No me vas a decir que Ronald no ayudó a bajarlo por la escalera.

—Sí, él y Perico y el relojero. Yo acompañaba a Lucía.

—Por delante.

—Y Babs cerraba la marcha con Etienne.

—Por detrás.

—Entre el cuarto y el tercer piso se oyó un golpe terrible. Ronald dijo que era el viejo del quinto, que se vengaba. Cuando llegue mamá le voy a pedir que trabe relación con el viejo.

—¿Tu mamá? ¿Adgalle?

—Es mi madre, en fin, la de Herzegovina. Esta casa le va a gustar, ella es profundamente receptiva y aquí han pasado cosas... No me refiero solamente a la muñeca verde.

—A ver, explicá por qué es receptiva tu mamá, y por qué la casa. Hablemos, che, hay que rellenar los almohadones. Dale con la estopa.

(-57)

31

Hacía mucho que Gregorovius había renunciado a la ilusión de entender, pero de todos modos le gustaba que los malentendidos guardaran un cierto orden, una razón. Por más que se barajaran las cartas del tarot, tenderlas era siempre una operación consecutiva, que se llevaba a cabo en el rectángulo de una mesa o sobre el acolchado de una cama. Conseguir que el tomador de brebajes pampeanos accediera a revelar el orden de su deambular. En el peor de los casos que lo inventara en el momento; después le sería difícil escapar de su propia tela de araña. Entre mate y mate Oliveira condescendía a recordar algún momento del pasado o contestar preguntas. A su vez preguntaba, irónicamente interesado en los detalles del entierro, la conducta de la gente. Pocas veces se refería directamente a la Maga, pero se veía que sospechaba alguna mentira. Montevideo, Lucca, un rincón de París. Gregorovius se dijo que Oliveira hubiera salido corriendo si hubiera tenido una idea del paradero de Lucía. Parecía especializarse en causas perdidas. Perderlas primero y después largarse atrás como un loco.

—Adgalle va a saborear su estadía en París —dijo Oliveira cambiando la yerba—. Si busca un acceso a los in-

31 fiernos no tenés más que mostrarle algunas de estas cosas. En un plano modesto, claro, pero también el infierno se ha abaratado. Las *nekías* de ahora: un viaje en el metro a las seis y media o ir a la policía para que te renueven la *carte de séjour.*

—A vos te hubiera gustado encontrar la gran entrada, ¿eh? Diálogo con Ayax, con Jacques Clement, con Keitel, con Troppmann.

—Sí, pero hasta ahora el agujero más grande es el del lavabo. Y ni siquiera Traveler entiende, mirá si será poca cosa. Traveler es un amigo que no conocés.

—Vos —dijo Gregorovius, mirando el suelo— escondés el juego.

—¿Por ejemplo?

—No sé, es un pálpito. Desde que te conozco no hacés más que buscar, pero uno tiene la sensación de que ya llevás en el bolsillo lo que andás buscando.

—Los místicos han hablado de eso, aunque sin mencionar los bolsillos.

—Y entre tanto le estropeás la vida a una cantidad de gente.

—Consienten, viejo, consienten. No hacía falta más que un empujoncito, paso yo y listo. Ninguna mala intención.

—¿Pero qué buscás con eso, Horacio?

—Derecho de ciudad.

—¿Aquí?

—Es una metáfora. Y como París es otra metáfora (te lo he oído decir alguna vez) me parece natural haber venido para eso.

—¿Pero Lucía? ¿Y Pola?

—Cantidades heterogéneas —dijo Oliveira—. Vos te creés que por ser mujeres las podés sumar en la misma columna. Ellas, ¿no buscan también su contento? Y vos, tan puritano de golpe, ¿no te has colado aquí gracias a una meningitis o lo que le hayan encontrado al chico? Menos mal que ni vos ni yo somos cursis, porque de aquí salía uno muerto y el otro con las esposas puestas. Propiamente para Shólojov, creeme. Pero ni siquiera nos detestamos, se está tan abrigado en esta pieza. 31

—Vos —dijo Gregorovius, mirando otra vez el suelo— escondés el juego.

—Elucidá, hermano, me harás un favor.

—Vos —insistió Gregorovius— tenés una idea imperial en el fondo de la cabeza. ¿Tu derecho de ciudad? Un dominio de ciudad. Tu resentimiento: una ambición mal curada. Viniste aquí para encontrar tu estatua esperándote al borde de la Place Dauphine. Lo que no entiendo es tu técnica. La ambición, ¿por qué no? Sos bastante extraordinario en algunos aspectos. Pero hasta ahora todo lo que te he visto hacer ha sido lo contrario de lo que hubieran hecho otros ambiciosos. Etienne, por ejemplo, y no hablemos de Perico.

—Ah —dijo Oliveira—. Los ojos a vos te sirven para algo, parece.

—Exactamente lo contrario —repitió Ossip—, pero sin renunciar a la ambición. Y eso no me lo explico.

—Oh, las explicaciones, vos sabés... Todo es muy confuso, hermano. Ponele que eso que llamás ambición no pueda fructificar más que en la renuncia. ¿Te gusta la fórmula? No es eso, pero lo que yo quisiera decir es justamente indecible. Hay que dar vueltas alrededor como un perro buscándose la cola. Con eso y con lo que te dije del derecho de ciudad tendría que bastarte, montenegrino del carajo.

—Entiendo oscuramente. Entonces vos... No será una vía como el vedanta o algo así, espero.

31 —No, no.

—¿Un renunciamiento laico, vamos a decirle así?

—Tampoco. No renuncio a nada, simplemente hago todo lo que puedo para que las cosas me renuncien a mí. ¿No sabías que para abrir un agujerito hay que ir sacando la tierra y tirándola lejos?

—Pero el derecho de ciudad, entonces...

—Exactamente, ahí estás poniendo el dedo. Acordate del *dictum*: *Nous ne sommes pas au monde*. Y ahora sacale punta, despacito.

—¿Una ambición de tabla rasa y vuelta a empezar, entonces?

—Un poquitito, una nadita de eso, un chorrito apenas, una insignificancia, oh, transilvano adusto, ladrón de mujeres en apuros, hijo de tres necrománticas.

—Vos y los otros... —murmuró Gregorovius, buscando la pipa—. Qué merza, madre mía. Ladrones de eternidad, embudos del éter, mastines de Dios, nefelibatas. Menos mal que uno es culto y puede enumerarlos. Puercos astrales.

—Me honrás con esas calificaciones —dijo Oliveira—. Es la prueba de que vas entendiendo bastante bien.

—Bah, yo prefiero respirar el oxígeno y el hidrógeno en las dosis que manda el Señor. Mis alquimias son mucho menos sutiles que las de ustedes; a mí lo único que me interesa es la piedra filosofal. Una bicoca al lado de tus embudos y tus lavabos y tus sustracciones ontológicas.

—Hacía tanto que no teníamos una buena charla metafísica, ¿eh? Ya no se estila entre amigos, pasa por snob. Ronald, por ejemplo, les tiene horror. Y Etienne no sale del espectro solar. Se está bien aquí con vos.

—En realidad podríamos haber sido amigos —dijo Gregorovius— si hubiera algo de humano en vos. Me sospecho que Lucía te lo debe haber dicho más de una vez.

—Cada cinco minutos exactamente. Hay que ver el juego que le puede sacar la gente a la palabra humano. Pero la Maga, ¿por qué no se quedó con vos que resplandecés de humanidad? 31

—Porque no me quiere. Hay de todo en la humanidad.

—Y ahora se va a volver a Montevideo, y va a recaer en esa vida de...

—A lo mejor se fue a Lucca. En cualquier lado va a estar mejor que con vos. Lo mismo que Pola, o yo, o el resto. Perdoná la franqueza.

—Pero si está tan bien, Ossip Ossipovich. ¿Para qué nos vamos a engañar? No se puede vivir cerca de un titiritero de sombras, de un domador de polillas. No se puede aceptar a un tipo que se pasa el día dibujando con los anillos tornasolados que hace el petróleo en el agua del Sena. Yo, con mis candados y mis llaves de aire, yo, que escribo con humo. Te ahorro la réplica porque la veo venir: No hay sustancias más letales que esas que se cuelan por cualquier parte, que se respiran sin saberlo, en las palabras o en el amor o en la amistad. Ya va siendo tiempo de que me dejen solo, solito y solo. Admitirás que no me ando colgando de los levitones. Rajá, hijo de Bosnia. La próxima vez que me encontrés en la calle no me conozcas.

—Estás loco, Horacio. Estás estúpidamente loco, porque se te da la gana.

Oliveira sacó del bolsillo un pedazo de diario que estaba ahí vaya a saber desde cuándo: una lista de las farmacias de turno. Que atenderán al público desde las ocho del lunes hasta la misma hora del martes.

—Primera sección —leyó—. Reconquista 446 (31-5488), Córdoba 366 (32-8845), Esmeralda 599 (31-1700), Sarmiento 581 (32-2021).

—¿Qué es eso?

31 Instancias de realidad. Te explico: Reconquista, una cosa que le hicimos a los ingleses. Córdoba, la docta. Esmeralda, gitana ahorcada por el amor de un arcediano. Sarmiento, se tiró un pedo y se lo llevó el viento. Segundo cuplé: Reconquista, calle de turras y restaurantes libaneses. Córdoba, alfajores estupendos. Esmeralda, un río colombiano. Sarmiento, nunca faltó a la escuela. Tercer cuplé: Reconquista, una farmacia. Esmeralda, otra farmacia. Sarmiento, otra farmacia. Cuarto cuplé...

—Y cuando insisto en que estás loco, es porque no le veo la salida a tu famoso renunciamiento.

—Florida 620 (31-2200).

—No fuiste al entierro porque aunque renuncies a muchas cosas, ya no sos capaz de mirar en la cara a tus amigos.

—Hipólito Yrigoyen 749 (34-0936).

—Y Lucía está mejor en el fondo del río que en tu cama.

—Bolívar 800. El teléfono está medio borrado. Si a los del barrio se les enferma el nene, no van a poder conseguir la terramicina.

—En el fondo del río, sí.

—Corrientes 1117 (35-1468).

—O en Lucca, o en Montevideo.

—O en Rivadavia 1301 (38-7841).

—Guardá esa lista para Pola —dijo Gregorovius, levantándose—. Yo me voy, vos hacé lo que quieras. No estás en tu casa, pero como nada tiene realidad, y hay que partir *ex nihil,* etcétera... Disponé a tu gusto de todas estas ilusiones. Bajo a comprar una botella de aguardiente.

Oliveira lo alcanzó al lado de la puerta y le puso la mano abierta sobre el hombro.

—Lavalle 2099 —dijo, mirándolo en la cara y sonriendo—. Cangallo 1501. Pueyrredón 53.

—Faltan los teléfonos —dijo Gregorovius. 31

—Empezás a comprender —dijo Oliveira sacando la mano—. Vos en el fondo te das cuenta de que ya no puedo decirte nada, ni a vos ni a nadie.

A la altura del segundo piso los pasos se detuvieron. «Va a volver», pensó Oliveira. «Tiene miedo de que le queme la cama o le corte las sábanas. Pobre Ossip». Pero después de un momento los zapatos siguieron escalera abajo.

Sentado en la cama, miró los papeles del cajón de la mesa de luz. Una novela de Pérez Galdós, una factura de la farmacia. Era la noche de las farmacias. Unos papeles borroneados con lápiz. La Maga se había llevado todo, quedaba un olor de antes, el empapelado de las paredes, la cama con el acolchado a rayas. Una novela de Galdós, qué idea. Cuando no era Vicki Baum era Roger Martin du Gard, y de ahí el salto inexplicable a Tristan L'Hermite, horas enteras repitiendo por cualquier motivo *«les rêves de l'eau qui songe»,* o una plaqueta con *pantungs,* o los relatos de Schwitters, una especie de rescate, de penitencia en lo más exquisito y sigiloso, hasta de golpe recaer en John Dos Passos y pasarse cinco días tragando enormes raciones de letra impresa.

Los papeles borroneados eran una especie de carta.

(-32)

32

Bebé Rocamadour, bebé bebé, Rocamadour:

Rocamadour, ya sé que es como un espejo. Estás durmiendo o mirándote los pies. Yo aquí sostengo un espejo y creo que sos vos. Pero no lo creo, te escribo porque no sabés leer. Si supieras no te escribiría o te escribiría cosas importantes. Alguna vez tendré que escribirte que te portes bien o que te abrigues. Parece increíble que alguna vez, Rocamadour. Ahora solamente te escribo en el espejo, de vez en cuando tengo que secarme el dedo porque se moja de lágrimas. ¿Por qué, Rocamadour? No estoy triste, tu mamá es una pavota, se me fue al fuego el *borsch* que había hecho para Horacio; vos sabés quién es Horacio, Rocamadour, el señor que el domingo te llevó el conejito de terciopelo y que se aburría mucho porque vos y yo nos estábamos diciendo tantas cosas y él quería volver a París; entonces te pusiste a llorar y él te mostró cómo el conejito movía las orejas; en ese momento estaba hermoso, quiero decir Horacio, algún día comprenderás, Rocamadour.

Rocamadour, es idiota llorar así porque el *borsch* se ha ido al fuego. La pieza está llena de remolacha, Rocamadour, te divertirías si vieras los pedazos de remolacha y la crema, todo tirado por el suelo. Menos mal que cuando venga Horacio ya habré limpiado, pero primero tenía que escribirte, llorar así es tan tonto, las cacerolas se ponen blandas, se ven como halos en los vidrios de la ventana, y ya no se oye cantar a la chica del piso de arriba que canta todo el día *Les Amants du Havre.* Cuando estemos juntos te lo cantaré, verás. *Puisque la terre est ronde, mon amour t'en fais pas, mon amour, t'en fais pas...* Horacio la silba de noche cuando escribe o dibuja. A ti te gustaría, Rocamadour. A vos te gustaría, Horacio se pone furioso porque me gusta hablar de tú como Perico, pero en el Uruguay es distinto. Perico es el señor que no te llevó nada el otro día pero que hablaba tanto de los niños y la alimentación. Sabe muchas cosas, un día le tendrás mucho respeto, Rocamadour, y serás un tonto si le tienes respeto. Si le tenés, si le tenés respeto, Rocamadour. 32

Rocamadour, Madame Irène no está contenta de que seas tan lindo, tan alegre, tan llorón y gritón y meón. Ella dice que todo está muy bien y que eres un niño encantador, pero mientras habla esconde las manos en los bolsillos del delantal como hacen algunos animales malignos, Rocamadour, y eso me da miedo. Cuando se lo dije a Horacio, se reía mucho, pero no se da cuenta de que yo lo siento, y que aunque no haya ningún animal maligno que esconde las manos, yo siento, no sé lo que siento, no lo puedo explicar. Rocamadour, si en tus ojitos pudiera leer lo que te ha pasado en esos quince días, momento por momento. Me parece que voy a buscar otra *nourrice* aunque Horacio se ponga furioso y diga, pero a ti no te interesa lo que él dice de mí. Otra *nourrice* que hable menos, no importa si dice que eres malo o que lloras de noche o que no quieres comer, no importa si cuando me lo dice yo siento que no es maligna, que me está diciendo algo que no puede dañarte. Todo es tan raro, Rocamadour, por ejemplo me gusta decir tu nom-

32 bre y escribirlo, cada vez me parece que te toco la punta de la nariz y que te reís, en cambio Madame Irène no te llama nunca por tu nombre, dice *l'enfant*, fijate, ni siquiera dice *le gosse*, dice *l'enfant*, es como si se pusiera guantes de goma para hablar, a lo mejor los tiene puestos y por eso mete las manos en los bolsillos y dice que sos tan bueno y tan bonito.

Hay una cosa que se llama tiempo, Rocamadour, es como un bicho que anda y anda. No te puedo explicar porque eres tan chico, pero quiero decir que Horacio llegará enseguida. ¿Le dejo leer mi carta para que él también te diga alguna cosa? No, yo tampoco querría que nadie leyera una carta que es solamente para mí. Un gran secreto entre los dos, Rocamadour. Ya no lloro más, estoy contenta, pero es tan difícil entender las cosas, necesito tanto tiempo para entender un poco eso que Horacio y los otros entienden enseguida, pero ellos que todo lo entienden tan bien no te pueden entender a ti y a mí, no entienden que yo no puedo tenerte conmigo, darte de comer y cambiarte los pañales, hacerte dormir o jugar, no entienden y en realidad no les importa, y a mí que tanto me importa solamente sé que no te puedo tener conmigo, que es malo para los dos, que tengo que estar sola con Horacio, vivir con Horacio, quién sabe hasta cuándo ayudándolo a buscar lo que él busca y que también tú buscarás, Rocamadour, porque serás un hombre y también buscarás como un gran tonto.

Es así, Rocamadour: En París somos como hongos, crecemos en los pasamanos de las escaleras, en piezas oscuras donde huele a sebo, donde la gente hace todo el tiempo el amor y después fríe huevos y pone discos de Vivaldi, enciende los cigarrillos y habla como Horacio y Gregorovius y Wong y yo, Rocamadour, y como Perico y Ronald y Babs,

todos hacemos el amor y freímos huevos y fumamos, ah, 32
no puedes saber todo lo que fumamos, todo lo que hacemos el amor, parados, acostados, de rodillas, con las manos, con las bocas, llorando o cantando, y afuera hay de todo, las ventanas dan al aire y eso empieza con un gorrión o una gotera, llueve muchísimo aquí, Rocamadour, mucho más que en el campo, y las cosas se herrumbran, las canaletas, las patas de las palomas, los alambres con que Horacio fabrica esculturas. Casi no tenemos ropa, nos arreglamos con tan poco, un buen abrigo, unos zapatos en los que no entre el agua, somos muy sucios, todo el mundo es muy sucio y hermoso en París, Rocamadour, las camas huelen a noche y a sueño pesado, debajo hay pelusas y libros, Horacio se duerme y el libro va a parar abajo de la cama, hay peleas terribles porque los libros no aparecen y Horacio cree que se los ha robado Ossip, hasta que un día aparecen y nos reímos, y casi no hay sitio para poner nada, ni siquiera otro par de zapatos, Rocamadour, para poner una palangana en el suelo hay que sacar el tocadiscos, pero dónde ponerlo si la mesa está llena de libros. Yo no te podría tener aquí, aunque seas tan pequeño no cabrías en ninguna parte, te golpearías contra las paredes. Cuando pienso en eso me pongo a llorar, Horacio no entiende, cree que soy mala, que hago mal en no traerte, aunque sé que no te aguantaría mucho tiempo. Nadie se aguanta aquí mucho tiempo, ni siquiera tú y yo, hay que vivir combatiéndose, es la ley, la única manera que vale la pena pero duele, Rocamadour, y es sucio y amargo, a ti no te gustaría, tú que ves a veces los corderitos en el campo, o que oyes los pájaros parados en la veleta de la casa. Horacio me trata de sentimental, me trata de materialista, me trata de todo porque no te traigo o porque quiero traerte, porque renuncio, porque quiero ir a verte, porque de golpe comprendo que no puedo ir, por-

32 que soy capaz de caminar una hora bajo el agua si en algún barrio que no conozco pasan *Potemkin* y hay que verlo aunque se caiga el mundo, Rocamadour, porque el mundo ya no importa si uno no tiene fuerzas para seguir eligiendo algo verdadero, si uno se ordena como un cajón de la cómoda y te pone a ti de un lado, el domingo del otro, el amor de madre, el juguete nuevo, la Gare de Montparnasse, el tren, la visita que hay que hacer. No me da la gana de ir, Rocamadour, y tú sabes que está bien y no estás triste. Horacio tiene razón, no me importa nada de ti a veces, y creo que eso me lo agradecerás un día cuando comprendas, cuando veas que valía la pena que yo fuera como soy. Pero lloro lo mismo, Rocamadour, y te escribo esta carta porque no sé, porque a lo mejor me equivoco, porque a lo mejor soy mala o estoy enferma o un poco idiota, no mucho, un poco pero eso es terrible, la sola idea me da cólicos, tengo completamente metidos para adentro los dedos de los pies, voy a reventar los zapatos si no me los saco, y te quiero tanto, Rocamadour, bebé Rocamadour, dientecito de ajo, te quiero tanto, nariz de azúcar, arbolito, caballito de juguete...

(-132)

33

«Me ha dejado solo a propósito», pensó Oliveira, abriendo y cerrando el cajón de la mesa de luz. «Una delicadeza o una guachada, depende de cómo se lo mire. A lo mejor está en la escalera, escuchando como un sádico de tres por cinco. Espera la gran crisis karamazófica, el ataque celinesco. O pasa por una de sus puntillas herzegovinas, y en la segunda copa de *kirsch* en lo de Bébert arma un tarot mental y planea las ceremonias para el arribo de Adgalle. El suplicio por la esperanza: Montevideo, el Sena o Lucca. Variantes: el Marne, Perugia. Pero entonces vos, realmente...».

Encendiendo un Gauloise con el pucho del otro, miró otra vez el cajón, sacó la novela, pensando vagamente en la lástima, ese tema de tesis. La lástima de sí mismo: eso estaba mejor. «Nunca me propuse la felicidad», pensó hojeando vagamente la novela. «No es una excusa ni una justificación. *Nous ne sommes pas au monde. Donc,* ergo, *dunque...* ¿Por qué le voy a tener lástima? ¿Porque encuentro una carta a su hijo que en realidad es una carta para mí? Yo, autor de las cartas completas a Rocamadour. Ninguna razón para la lástima. Allí donde esté tiene el pelo ardiendo como una torre y me quema desde lejos, me hace

33 pedazos nada más que con su ausencia. Y patatí y patatá. Se va a arreglar perfectamente sin mí y sin Rocamadour. Una mosca azul, preciosa, volando al sol, golpeándose alguna vez contra un vidrio, zas, le sangra la nariz, una tragedia. Dos minutos después tan contenta, comprándose una figurita en una papelería y corriendo a meterla en un sobre y mandársela a una de sus vagas amigas con nombres nórdicos, desparramadas en los países más increíbles. ¿Cómo le podés tener lástima a una gata, a una leona? Máquinas de vivir, perfectos relámpagos. Mi única culpa es no haber sido lo bastante combustible para que a ella se le calentaran a gusto las manos y los pies. Me eligió como una zarza ardiente, y he aquí que le resulto un jarrito de agua en el pescuezo. Pobrecita, carajo».

(-67)

34

En setiembre del 80, pocos meses después del fallecimiento
Y las cosas que lee, una novela, mal escrita, para colmo una
de mi padre, resolví apartarme de los negocios, cediéndolos
edición infecta, uno se pregunta cómo puede interesarle
a otra casa extractora de Jerez tan acreditada como la mía;
algo así. Pensar que se ha pasado horas enteras devorando
realicé los créditos que pude, arrendé los predios, traspasé
esta sopa fría y desabrida, tantas otras lecturas increíbles,
las bodegas y sus existencias, y me fui a vivir a Madrid. Mi
Elle y *France Soir,* los tristes magazines que le prestaba
tío (primo carnal de mi padre), don Rafael Bueno de Guzmán
Babs. Y *me fui a vivir a Madrid,* me imagino que después
y Ataide, quiso albergarme en su casa; mas yo me resistí
de tragarse cinco o seis páginas uno acaba por engranar y ya
a ello por no perder mi independencia. Por fin supe hallar
no puede dejar de leer, un poco como no se puede dejar de
un término de conciliación, combinando mi cómoda libertad
dormir o de mear, servidumbres o látigos o babas. *Por fin*
con el hospitalario deseo de mi pariente; y alquilando un
supe hallar un término de conciliación, una lengua hecha
cuarto próximo a su vivienda, me puse en la situación más
de frases preacuñadas para transmitir ideas archipodridas,

34 propia para estar solo cuando quisiese o gozar del calor de
las monedas de mano en mano, de generación degenera-,
la familia cuando lo hubiese menester. Vivía el buen señor,
ción *te voilà en pleine écholalie. Gozar del calor de la familia,*
quiero decir, vivíamos en el barrio que se ha construido
esa es buena, joder si es buena. Ah, Maga, cómo podías
donde antes estuvo el Pósito. El cuarto de mi tío era un
tragar esta sopa fría, y qué diablos es el Pósito, che. Cuántas
principal de dieciochomil reales, hermoso y alegre, si bien
horas leyendo estas cosas, probablemente convencida de
no muy holgado para tanta familia. Yo tomé el bajo, poco
que eran la vida, y tenías razon, son la vida, por eso habría
menos grande que el principal, pero sobradamente espa-
que acabar con ellas. (El principal, qué es eso). Y algunas
cioso para mí solo, y lo decoré con lujo y puse en él todas
tardes cuando me había dado por recorrer vitrina por vilas comodidades a que estaba acostumbrado. Mi fortuna,
trina toda la sección egipcia del Louvre, y volvía deseoso
gracias a Dios, me lo permitía con exceso.
de mate y de pan con dulce, te encontraba pegada a la ven-

Mis primeras impresiones fueron de grata sorpresa en lo
tana, con un novelón espantoso en la mano y a veces has-
referente al aspecto de Madrid, donde yo no había estado
ta llorando, sí, no lo niegues, llorabas porque acababan
desde los tiempos de González Brabo. Causábanme asombro
de cortarle la cabeza a alguien, y me abrazabas con toda
la hermosura y amplitud de las nuevas barriadas, los expe-
tu fuerza y querías saber adónde había estado, pero yo no
ditivos medios de comunicación, la evidente mejora en el
te lo decía porque eras una carga en el Louvre, no se podía
cariz de los edificios, de las calles y aun de las personas;
andar con vos al lado, tu ignorancia era de las que estropea-
los bonitísimos jardines plantados en las antes polvorosas

ban todo goce, pobrecita, y en realidad la culpa de que le- 34
plazuelas, las gallardas construcciones de los ricos, las va-
yeras novelones la tenía yo por egoísta (*polvorosas plazuelas,*
riadas y aparatosas tiendas, no inferiores por lo que desde
está bien, pienso en las plazas de los pueblos de la pro-
la calle se ve, a las de París o Londres, y, por fin, los muchos
vincia, o las calles de La Rioja en el 42, las montañas
y elegantes teatros para todas las clases, gustos y fortunas.
violetas al oscurecer, esa felicidad de estar solo en una
Esto y otras cosas que observé después en sociedad hicié-
punta del mundo, y *elegantes teatros*). ¿De qué está hablando
ronme comprender los bruscos adelantos que nuestra ca-
el tipo? Por ahí acaba de mencionar a París y a Londres,
pital había realizado desde el 68, adelantos más parecidos
habla de gustos y de fortunas, ya ves, Maga, ya ves, ahora
a saltos caprichosos que al andar progresivo y firme de los
estos ojos se arrastran irónicos por donde vos andabas
que saben adónde van; mas no eran por eso menos reales.
emocionada, convencida de que te estabas cultivando una
En una palabra, me daba en la nariz cierto tufillo de cul-
barbaridad porque leías a un novelista español con foto en
tura europea, de bienestar y aun de riqueza y trabajo.
la contratapa, pero justamente el tipo habla de tufillo de

Mi tío es un agente de negocios muy conocido en Madrid.
cultura europea, vos estabas convencida de que esas lecturas
En otros tiempos desempeñó cargos de importancia en la
te permitirían comprender el micro y el macrocosmo, casi
Administración: fue primero cónsul; después agregado de
siempre bastaba que yo llegara para que sacases del cajón
embajada; más tarde el matrimonio le obligó a fijarse en
de tu mesa —porque tenías una mesa de trabajo, eso no
la corte; sirvió algún tiempo en Hacienda, protegido y
podía faltar nunca aunque jamás me enteré de qué clase de

34 alentado por Bravo Murillo, y al fin las necesidades de su
trabajos podías hacer en esa mesa—, sí, del cajón sacabas
familia lo estimularon a trocar la mezquina seguridad de
la plaqueta con poemas de Tristan L'Hermite, por ejemplo,
un sueldo por las aventuras y esperanzas del trabajo li-
o una disertación de Boris de Schloezer, y me mostrabas
bre. Tenía moderada ambición, rectitud, actividad, inteli-
con el aire indeciso y a la vez ufano de quien ha comprado
gencia, muchas relaciones; dedicose a agenciar asuntos di-
grandes cosas y se va a poner a leerlas enseguida. No había
versos, y al poco tiempo de andar en estos trotes se felici-
manera de hacerte comprender que así no llegarías nunca
taba de ello y de haber dado carpetazo a los expedientes.
a nada, que había cosas que eran demasiado tarde y otras
De ellos vivía, no obstante, despertando los que dormían
que eran demasiado pronto, y estabas siempre tan al borde
en los archivos, impulsando a los que se estacionaban en
de la desesperación en el centro mismo de la alegría y del
las mesas, enderezando como podía el camino de algunos
desenfado, había tanta niebla en tu corazón desconcertado.
que iban algo descarriados. Favorecíanle sus amistades con
Impulsando a los que se estacionaban en las mesas, no, conmigo
gente de este y el otro partido, y la vara alta que tenía en
no podías contar para eso, tu mesa era tu mesa y yo no te
todas las dependencias del Estado. No había puerta cerrada
ponía ni te quitaba de ahí, te miraba simplemente leer tus
para él. Podría creerse que los porteros de los ministerios
novelas y examinar las tapas y las ilustraciones de tus pla-
le debían el destino, pues le saludaban con cierto afecto
quetas, y vos esperabas que yo me sentara a tu lado y te
filial y le franqueaban las entradas considerándole como
explicara, te alentara, hiciera lo que toda mujer espera que
de casa. Oí contar que en ciertas épocas había ganado mucho

un hombre haga con ella, le arrolle despacito un piolín en 34
dinero poniendo su mano activa en afamados expedientes
la cintura y zas la mande zumbando y dando vueltas, le dé
de minas y ferrocarriles; pero que en otras su tímida hon-
el impulso que la arranque a su tendencia a tejer pulóvers
radez le había sido desfavorable. Cuando me establecí en
o hablar, hablar, interminablemente hablar de las muchas
Madrid, su posición debía de ser, por las apariencias, hol-
materias de la nada. Mirá si soy monstruoso, qué tengo yo
gada sin sobrantes. No carecía de nada, pero no tenía aho-
para jactarme, ni a vos te tengo ya porque estaba bien de-
rros, lo que en verdad era poco lisonjero para un hombre
cidido que tenía que perderte (ni siquiera perderte, antes
que, después de trabajar tanto, se acercaba al término de
hubiera tenido que ganarte), *lo que en verdad era poco lison-*
la vida y apenas tenía tiempo ya de ganar el terreno perdido.
jero para un hombre que... Lisonjero, desde quién sabe cuán-
Era entonces un señor menos viejo de lo que parecía,
do no oía esa palabra, cómo se nos empobrece el lenguaje
vestido siempre como los jóvenes elegantes, pulcro y dis-
a los criollos. De chico yo tenía presentes muchas más pa-
tinguidísimo. Se afeitaba toda la cara, siendo esto como un
labras que ahora, leía esas mismas novelas, me adueñaba
alarde de fidelidad a la generación anterior, de la que pro-
de un inmenso vocabulario perfectamente inútil por lo
cedía. Su finura y jovialidad, sostenidas en el fiel de la ba-
demás, *pulcro y distinguidísimo,* eso sí. Me pregunto si ver-
lanza, jamás caían del lado de la familiaridad impertinente
daderamente te metías en la trama de esta novela, o si te
ni del de la petulancia. En la conversación estaba su prin-
servía de trampolín para irte por ahí, a tus países miste-
cipal mérito y también su defecto, pues sabiendo lo que
riosos que yo te envidiaba vanamente mientras vos me en-

34 valía hablando, dejábase vencer del prurito de dar porme-
vidiabas mis visitas al Louvre, que debías sospechar aun-
nores y de diluir fatigosamente sus relatos. Alguna vez los
que no dijeras nada. Y así nos íbamos acercando a esto que
tomaba desde el principio y adornábalos con tan pueriles
tenía que ocurrirnos un día cuando vos comprendieras ple-
minuciosidades, que era preciso suplicarle por Dios que
namente que yo no te iba a dar más que una parte de mi
fuera breve. Cuando refería un incidente de caza (ejercicio
tiempo y de mi vida, *y de diluir fatigosamente sus relatos,* exac-
por el cual tenía gran pasión), pasaba tanto tiempo desde
tamente esto, me pongo pesado hasta cuando hago memo-
el exordio hasta el momento de salir el tiro, que al oyente
ria. Pero qué hermosa estabas en la ventana, con el gris del
se le iba el santo al cielo distrayéndose del asunto, y en
cielo posado en una mejilla, las manos teniendo el libro, la
sonando el pum, llevábase un mediano susto. No sé si
boca siempre un poco ávida, los ojos dudosos. Había tanto
apuntar como defecto físico su irritación crónica del apa-
tiempo perdido en vos, eras de tal manera el molde de lo
rato lacrimal, que a veces, principalmente en invierno, le
que hubieras podido ser bajo otras estrellas, que tomarte
ponía los ojos tan húmedos y encendidos como si estuviera
en los brazos y hacerte el amor se volvían una tarea dema-
llorando a moco y baba. No he conocido hombre que tu-
siado tierna, demasiado lindante con la obra pía, y ahí me
viera mayor ni más rico surtido de pañuelos de hilo. Por
engañaba yo, me dejaba caer en el imbécil orgullo del
esto y su costumbre de ostentar a cada instante el blanco
intelectual que se cree equipado para entender (*¿llorando a*
lienzo en la mano derecha o en ambas manos, un amigo mío,
moco y baba?, pero es sencillamente asqueroso como expre-
andaluz, zumbón y buena persona, de quien hablaré des-

sión). Equipado para entender, si dan ganas de reírse, Maga. 34
pués, llamaba a mi tío *la Verónica.*
Oí, esto solo para vos, para que no se lo cuentes a nadie.

Mostrábame afecto sincero, y en los primeros días de mi
Maga, el molde hueco era yo, vos temblabas, pura y libre
residencia en Madrid no se apartaba de mí para asesorarme
como una llama, como un río de mercurio, como el primer
en todo lo relativo a mi instalación y ayudarme en mil
canto de un pájaro cuando rompe el alba, y es dulce decír-
cosas. Cuando hablábamos de la familia y sacaba yo a re-
telo con las palabras que te fascinaban porque no creías
lucir recuerdos de mi infancia o anécdotas de mi padre,
que existieran fuera de los poemas, y que tuviéramos de-
entrábale al buen tío como una desazón nerviosa, un entu-
recho a emplearlas. Dónde estarás, dónde estaremos desde
siasmo febril por las grandes personalidades que ilustraron
hoy, dos puntos en un universo inexplicable, cerca o lejos,
el apellido de Bueno de Guzmán y sacando el pañuelo me
dos puntos que crean una línea, dos puntos que se alejan
refería historias que no tenían término. Conceptuábame
y se acercan arbitrariamente (*personalidades que ilustraron el*
como el último representante masculino de una raza fe-
apellido de Bueno de Guzmán, pero mirá las cursilerías de
cunda en caracteres, y me acariciaba y mimaba como a un
este tipo, Maga, cómo podías pasar de la página cinco...),
chiquillo, a pesar de mis treinta y seis años. ¡Pobre tío! En
pero no te explicaré eso que llaman movimientos brow-
esas demostraciones afectuosas que aumentaban conside-
noideos, por supuesto no te los explicaré y sin embargo los
rablemente el manantial de sus ojos, descubría yo una
dos, Maga, estamos componiendo una figura, vos un punto
pena secreta y agudísima, espina clavada en el corazón de
en alguna parte, yo otro en alguna parte, desplazándonos,

34 vos ahora a lo mejor en la Rue de la Huchette, yo ahora
aquel excelente hombre. No sé cómo pude hacer este des-
descubriendo en tu pieza vacía esta novela, mañana vos en
cubrimiento: pero tenía certidumbre de la disimulada he-
la Gare de Lyon (si te vas a Lucca, amor mío) y yo en la
rida como si la hubiera visto con mis ojos y tocado con
Rue du Chemin Vert, donde me tengo descubierto un
mis dedos. Era un desconsuelo profundo, abrumador, el
vinito extraordinario, y poquito a poco, Maga, vamos com-
sentimiento de no verme casado con una de sus tres hijas;
poniendo una figura absurda, dibujamos con nuestros mo-
contrariedad irremediable, porque sus tres hijas, ¡ay, dolor!,
vimientos una figura idéntica a la que dibujan las moscas
estaban ya casadas.
Cuando vuelan en una pieza, de aquí para allá, bruscamente dan media vuelta, de allá para aquí, eso es lo que se
llama movimiento brownoideo, ¿ahora entendés?, un ángulo recto, una línea que sube, de aquí para allá, del fondo
al frente, hacia arriba, hacia abajo, espasmódicamente,
frenando en seco y arrancando en el mismo instante en otra
dirección, y todo eso va tejiendo un dibujo, una figura,
algo inexistente como vos y como yo, como los dos puntos
perdidos en París que van de aquí para allá, de allá para
aquí, haciendo su dibujo, danzando para nadie, ni siquiera para ellos mismos, una interminable figura sin sentido.

(-87)

35

Sí Babs sí. Sí Babs sí. Sí Babs, apaguemos la luz, *darling,* hasta mañana, *sleep well,* corderito atrás de otro, ya pasó, nena, ya pasó. Todos tan malos con la pobre Babs, nos vamos a borrar del Club para castigarlos. Todos tan malos con la pobrecita Babs, Etienne malo, Perico malo, Oliveira malo, Oliveira el peor de todos, ese inquisidor como le había dicho tan bien la preciosa, preciosa Babs. Sí Babs sí. *Rock-a-bye baby.* Tura-lura-lura. Sí Babs sí. De todas maneras algo tenía que pasar, no se puede vivir con esa gente y que no pase nada. *Sh, baby, sh.* Así, bien dormida. Se acabó el Club, Babs, es seguro. No veremos nunca más a Horacio, al perverso Horacio. El Club ha saltado esta noche como un panqueque que llega al techo y se queda pegado. Podés guardar la sartén, Babs, no va a bajar más, no te matés esperando. *Sh, darling,* no llores más, qué borrachera tiene esta mujer, hasta el alma le huele a coñac.

Ronald resbaló un poco, se acomodó contra Babs, se fue quedando dormido. Club, Ossip, Perico, recapacitemos: todo había empezado porque todo tenía que acabar, los dioses celosos, el huevo frito combinado con Oliveira, la culpa concreta la tenía el jodido huevo frito, según Etienne no había ninguna necesidad de tirar el huevo a la basura,

35 una preciosidad con esos verdes metálicos, y Babs se había encrespado a lo Hokusai: el huevo daba un olor a tumba que mataba, cómo pretender que el Club sesionara con ese huevo a dos pasos, y de golpe Babs se puso a llorar, el coñac se le salía hasta por las orejas, y Ronald comprendió que mientras se discutían cosas inmortales Babs se había tomado ella sola más de media botella de coñac, lo del huevo era una manera de exudarlo, y a nadie le extrañó y a Oliveira menos que a nadie que del huevo Babs pasara poco a poco a rumiar lo del entierro, a prepararse entre hipos y una especie de aleteo a soltar lo de la criatura, el entripado completo. Inútil que Wong desplegara un biombo de sonrisas, interposiciones entre Babs y Oliveira distraído, y referencias laudatorias a la edición de *La rencontre de la langue d'oïl, de la langue d'oc et du franco-provençal entre Loire et Allier —limites phonétiques et morphologiques,* subrayaba Wong—, por S. Escoffier, libro del más alto interés, decía Wong empujando enmantecadamente a Babs para proyectarla hacia el pasillo, nada podía impedir que Oliveira escuchara lo de inquisidor y que alzara las cejas con un aire entre admirado y perplejo, relojeando de paso a Gregorovius como si este pudiera aclararle el epíteto. El Club sabía que Babs lanzada era Babs catapulta, otras veces ya había ocurrido; única solución, la rueda en torno a la redactora de actas y encargada del *buffet,* a la espera de que el tiempo cumpliera su obra, ningún llanto es eterno, las viudas se casan de nuevo. Nada que hacer, Babs borracha ondulaba entre los abrigos y las bufandas del Club, retrocedía desde el pasillo, quería arreglar cuentas con Oliveira, era el momento justo de decirle a Oliveira lo de inquisidor, de afirmar lacrimosamente que en su perra vida había conocido a alguien más infame, desalmado, hijo de puta, sádico, maligno, verdugo, racista, incapaz de la menor de-

cencia, basura, podrido, montón de mierda, asqueroso y sifilítico. Noticias acogidas con delicia infinita por Perico y Etienne, y expresiones contradictorias por los demás, entre ellos el recipientario. 35

Era el ciclón Babs, el tornado del sexto distrito: puré de casas. El Club agachaba la cabeza, se enfundaba en las gabardinas agarrándose con todas sus fuerzas de los cigarrillos. Cuando Oliveira pudo decir algo se hizo un gran silencio teatral. Oliveira dijo que el pequeño cuadro de Nicolas de Stäel le parecía muy hermoso y que Wong, ya que tanto jodía con la obra de Escoffier, debería leerla y resumirla en alguna otra sesión del Club. Babs lo trató otra vez de inquisidor, y Oliveira debió pensar algo divertido porque sonrió. La mano de Babs le cruzó la cara. El Club tomó rápidas medidas, y Babs se largó a llorar a gritos, delicadamente sujeta por Wong que se interponía entre ella y Ronald enfurecido. El Club se fue cerrando en torno a Oliveira de manera de dejar fuera a Babs, que había aceptado a) sentarse en un sillón y b) el pañuelo de Perico. Las precisiones sobre la Rue Monge debieron empezar a esa altura, y también la historia de la Maga samaritana, a Ronald le parecía —estaba viendo grandes fosfenos verdes, entresueño recapitulador de la velada— que Oliveira le había preguntado a Wong si era cierto que la Maga estaba viviendo en un *meublé* de la Rue Monge, y tal vez entonces Wong dijo que no sabía, o dijo que era cierto, y alguien, probablemente Babs desde el sillón y grandes sollozos volvió a insultar a Oliveira restregándole por la cara la abnegación de la Maga samaritana junto a la cabecera de Pola enferma, y probablemente también a esa altura Oliveira se puso a reír mirando especialmente a Gregorovius, y pidió más detalles sobre la abnegación de la Maga enfermera y si era cierto que vivía en la Rue Monge, qué número, esos

35 detalles catastrales inevitables. Ahora Ronald tendía a estirar la mano y meterla entre las piernas de Babs que rezongaba como desde lejos, a Ronald le gustaba dormirse con los dedos perdidos en ese vago territorio tibio, Babs agente provocadora precipitando la disolución del Club, habría que reprenderla a la mañana siguiente: cosas-que-no-se-hacen. Pero todo el Club había estado rodeando de alguna manera a Oliveira, como en un juicio vergonzante, y Oliveira se había dado cuenta de eso antes que el mismo Club, en el centro de la rueda se había echado a reír con el cigarrillo en la boca y las manos en el fondo de la canadiense, y después había preguntado (a nadie en particular, mirando un poco por encima del círculo de las cabezas) si el Club esperaba una *amende honorable* o algo por el estilo, y el Club no había entendido en el primer momento o había preferido no entender, salvo Babs que desde el sillón donde Ronald la sujetaba había vuelto a gritar lo de inquisidor, que sonaba casi sepulcralmente a-esa-hora-avanzada-de-la-noche. Entonces Oliveira había dejado de reírse, y como si bruscamente aceptara el juicio (aunque nadie lo estaba juzgando, porque el Club no estaba para eso) había tirado el cigarrillo al suelo, aplastándolo con el zapato, y después de un momento, apartando apenas un hombro para evitar la mano de Etienne que se adelantaba indecisa, había hablado en voz muy baja, anunciando irrevocablemente que se borraba del Club y que el Club, empezando por él y siguiendo con todos los demás, podía irse a la puta que lo parió.

Dont acte.

(-121)

36

La Rue Dauphine no quedaba lejos, a lo mejor valía la pena asomarse a verificar lo que había dicho Babs. Por supuesto Gregorovius había sabido desde el primer momento que la Maga, loca como de costumbre, iría a visitar a Pola. *Caritas.* Maga samaritana. Lea «El Cruzado». ¿Dejó pasar el día sin hacer su buena acción? Era para reírse. Todo era para reírse. O más bien había como una gran risa y a eso le llamaban la Historia. Llegar a la Rue Dauphine, golpear despacito en la pieza del último piso y que apareciera la Maga, propiamente *nurse* Lucía, no, era realmente demasiado. Con una escupidera en la mano, o un irrigador. No se puede ver a la enfermita, es muy tarde y está durmiendo. *Vade retro,* Asmodeo. O que lo dejaran entrar y le sirvieran café, no, todavía peor, y que en una de esas empezaran a llorar, porque seguramente sería contagioso, iban a llorar los tres hasta perdonarse, y entonces todo podía suceder, las mujeres deshidratadas son terribles. O lo pondrían a contar veinte gotas de belladona, una por una.

—Yo en realidad tendría que ir —le dijo Oliveira a un gato negro de la Rue Danton—. Una cierta obligación estética, completar la figura. El tres, la Cifra. Pero no hay que olvidarse de Orfeo. Tal vez rapándome, llenándome la

36 cabeza de ceniza, llegar con el cazo de las limosnas. No soy ya el que conocisteis, oh, mujeres. *Histrio.* Mimo. Noche de empusas, lamias, mala sombra, final del gran juego. Cómo cansa ser todo el tiempo uno mismo. Irremisiblemente. No las veré nunca más, está escrito. *O toi que voilà, qu'as tu fait de ta jeunesse?* Un inquisidor, realmente esa chica saca cada figura... En todo caso un autoinquisidor, *et encore...* Epitafio justísimo: *Demasiado blando.* Pero la inquisición blanda es terrible, torturas de sémola, hogueras de tapioca, arenas movedizas, la medusa chupando solapada. La medusa solando chulapada. Y en el fondo demasiada piedad, yo que me creía despiadado. No se puede querer lo que quiero, y en la forma en que lo quiero, y de yapa compartir la vida con los otros. Había que saber estar solo y que tanto querer hiciera su obra, me salvara o me matara, pero sin la Rue Dauphine, sin el chico muerto, sin el Club y todo el resto. ¿Vos no creés, che?

El gato no dijo nada.

Hacía menos frío junto al Sena que en las calles, y Oliveira se subió el cuello de la canadiense y fue a mirar el agua. Como no era de los que se tiran, buscó un puente para meterse debajo y pensar un rato en lo del kibutz, hacía rato que la idea del kibutz le rondaba, un kibutz del deseo. «Curioso que de golpe una frase brote así y no tenga sentido, un kibutz del deseo, hasta que a la tercera vez empieza a aclararse despacito y de golpe se siente que no era una frase absurda, que por ejemplo una frase como: "La esperanza, esa Palmira gorda" es completamente absurda, un borborigmo sonoro, mientras que el kibutz del deseo no tiene nada de absurdo, es un resumen eso sí bastante hermético de andar dando vueltas por ahí, de corso en corso. Kibutz; colonia, *settlement,* asentamiento, rincón elegido donde alzar la tienda final, donde salir al aire de la noche con la cara lavada por el tiempo, y unirse al mundo, a la Gran Locura, a la Inmensa Burrada, abrirse a la cristalización del deseo, al encuentro. Hojo, Horacio», hanotó Holiveira sentándose en el parapeto debajo del puente, oyendo los ronquidos de los *clochards* debajo de sus montones de diarios y arpilleras. 36

Por una vez no le era penoso ceder a la melancolía. Con un nuevo cigarrillo que le daba calor, entre los ronquidos que venían como del fondo de la tierra, consintió en deplorar la distancia insalvable que lo separaba de su kibutz. Puesto que la esperanza no era más que una Palmira gorda, ninguna razón para hacerse ilusiones. Al contrario, aprovechar la refrigeración nocturna para sentir lúcidamente, con la precisión descarnada del sistema de estrellas sobre su cabeza, que su búsqueda incierta era un fracaso y que a lo mejor en eso precisamente estaba la victoria. Primero por ser digno de él (a sus horas Oliveira tenía un buen concepto de sí mismo como espécimen humano), por ser la búsqueda de un kibutz desesperadamente lejano, ciudadela solo alcanzable con armas fabulosas, no con el alma de Occidente, con el espíritu, esas potencias gastadas por su propia mentira como tan bien se había dicho en el Club, esas coartadas del animal hombre metido en un camino irreversible. Kibutz del deseo, no del alma, no del espíritu. Y aunque deseo fuese también una vaga definición de fuerzas incomprensibles, se lo sentía presente y activo, presente en cada error y también en cada salto adelante, eso era ser hombre, no ya un cuerpo y un alma sino esa totalidad inseparable, ese encuentro incesante con las carencias, con todo lo que le habían robado al poeta, la nostalgia vehemente de un territorio donde la vida pudiera balbucearse desde otras brújulas y otros nombres. Aunque la muerte estuviera en la esquina con su escoba en alto, aunque la

36 esperanza no fuera más que una Palmira gorda. Y un ronquido, y de cuando en cuando un pedo.

Entonces equivocarse ya no importaba tanto como si la búsqueda de su kibutz se hubiera organizado con mapas de la Sociedad Geográfica, brújulas certificadas auténticas, el Norte al norte, el Oeste al oeste; bastaba, apenas, comprender, vislumbrar fugazmente que al fin y al cabo su kibutz no era más imposible a esa hora y con ese frío y después de esos días que si lo hubiera perseguido de acuerdo con la tribu, meritoriamente y sin ganarse el vistoso epíteto de inquisidor, sin que le hubieran dado vuelta la cara de un revés, sin gente llorando y mala conciencia y ganas de tirar todo al diablo y volverse a su libreta de enrolamiento y a un hueco abrigado en cualquier presupuesto espiritual o temporal. Se moriría sin llegar a su kibutz pero su kibutz estaba allí, lejos pero estaba y él sabía que estaba porque era hijo de su deseo, era su deseo así como él era su deseo y el mundo o la representación del mundo eran deseo, eran su deseo o el deseo, no importaba demasiado a esa hora. Y entonces podía meter la cara entre las manos, dejando nada más que el espacio para que pasara el cigarrillo y quedarse junto al río, entre los vagabundos, pensando en su kibutz.

La *clocharde* se despertó de un sueño en el que alguien le había dicho repetidamente: *«Ça suffit, conasse»,* y supo que Célestin se había marchado en plena noche llevándose el cochecito de niño lleno de latas de sardinas (en mal estado) que por la tarde les habían regalado en el *ghetto* del Marais. Toto y Lafleur dormían como topos debajo de las arpilleras, y el nuevo estaba sentado en un poyo, fumando. Amanecía.

La *clocharde* retiró delicadamente las sucesivas ediciones de *France-Soir* que la abrigaban, y se rascó un rato la cabeza.

A las seis había una sopa caliente en la Rue du Jour. Casi seguramente Célestin iría a la sopa, y podría quitarle las latas de sardinas si no se las había vendido ya a Pipon o a La Vase. 36

—*Merde* —dijo la *clocharde,* iniciando la complicada tarea de enderezarse—. *Y a la bise, c'est cul.*

Arropándose con un sobretodo negro que le llegaba hasta los tobillos, se acercó al nuevo. El nuevo estaba de acuerdo en que el frío era casi peor que la policía. Cuando le alcanzó un cigarrillo y se lo encendió, la *clocharde* pensó que lo conocía de alguna parte. El nuevo le dijo que también él la conocía de alguna parte, y a los dos les gustó mucho reconocerse a esa hora de la madrugada. Sentándose en el poyo de al lado, la *clocharde* dijo que todavía era temprano para ir a la sopa. Discutieron sopas un rato, aunque en realidad el nuevo no sabía nada de sopas, había que explicarle dónde quedaban las mejores, era realmente un nuevo pero se interesaba mucho por todo y tal vez se atreviera a quitarle las sardinas a Célestin. Hablaron de las sardinas y el nuevo prometió que apenas encontrara a Célestin se las reclamaría.

—Va a sacar el gancho —previno la *clocharde*—. Hay que andar rápido y pegarle con cualquier cosa en la cabeza. A Tonio le tuvieron que dar cinco puntadas, gritaba que se lo oía hasta Pontoise. *C'est cul,* Pontoise —agregó la *clocharde* entregándose a la añoranza.

El nuevo miraba amanecer sobre la punta del Vert-Galant, el sauce que iba sacando sus finas arañas de la bruma. Cuando la *clocharde* le preguntó por qué temblaba con semejante canadiense, se encogió de hombros y le ofreció un nuevo cigarrillo. Fumaban y fumaban, hablando y mirándose con simpatía. La *clocharde* le explicaba las costumbres de Célestin y el nuevo se acordaba de las tardes

36 en que la habían visto abrazada a Célestin en todos los bancos y pretiles del Pont des Arts, en la esquina del Louvre frente a los plátanos como tigres, debajo de los portales de Saint-Germain l'Auxerrois, y una noche en la Rue Gît-le-Coeur, besándose y rechazándose alternativamente, borrachos perdidos, Célestin con una blusa de pintor y la *clocharde* como siempre debajo de cuatro o cinco vestidos y algunas gabardinas y sobretodos, sosteniendo un lío de género rojo de donde salían pedazos de mangas y una corneta rota, tan enamorada de Célestin que era admirable, llenándole la cara de *rouge* y de algo como grasa, espantosamente perdidos en su idilio público, metiéndose al final por la Rue de Nevers, y entonces la Maga había dicho: «Es ella la que está enamorada, a él no le importa nada», y lo había mirado un instante antes de agacharse para juntar un piolincito verde y arrollárselo al dedo.

—A esta hora no hace frío —decía la *clocharde,* dándole ánimos—. Voy a ver si a Lafleur le ha quedado un poco de vino. El vino asienta la noche. Célestin se llevó dos litros que eran míos, y las sardinas. No, no le queda nada. Usted que está bien vestido podría comprar un litro en lo de Habeb. Y pan, si le alcanza —le caía muy bien el nuevo, aunque en el fondo sabía que no era nuevo, que estaba bien vestido y podía acodarse en el mostrador de Habeb y tomarse un pernod tras otro sin que los otros protestaran por el mal olor y esas cosas. El nuevo seguía fumando, asintiendo vagamente, con la cabeza en otro lado. Cara conocida. Célestin hubiera acertado enseguida porque Célestin, para las caras... —a las nueve empieza el frío de verdad. Viene del barro, de abajo. Pero podemos ir a la sopa, es bastante buena.

(Y cuando ya casi no se los veía en el fondo de la Rue de Nevers, cuando estaban llegando tal vez al sitio exacto en

que un camión había aplastado a Pierre Curie («¿Pierre 36
Curie?», preguntó la Maga, extrañadísima y pronta a aprender), ellos se habían vuelto despacio a la orilla alta del río, apoyándose contra la caja de un *bouquinists,* aunque a Oliveira las cajas de los *bouquinistes* le parecían siempre fúnebres de noche, hilera de ataúdes de emergencia posados en el pretil de piedra, y una noche de nevada se habían divertido en escribir RIP con un palito en todas las cajas de latón, y a un policía le había gustado más bien poco la gracia y se los había dicho, mencionando cosas tales como el respeto y el turismo, esto último no se sabía bien por qué. En esos días todo era todavía kibutz, o por lo menos posibilidad de kibutz, y andar por la calle escribiendo RIP en las cajas de los *bouquinistes* y admirando a la *clochardo* enamorada formaba parte de una confusa lista de ejercicios a contrapelo que había que hacer, aprobar, ir dejando atrás. Y así era, y hacía frío, y no había kibutz. Salvo la mentira de ir a comprarle el vino tinto a Habeb y fabricarse un kibutz igualito al de Kubla Khan, salvadas las distancias entre el láudano y el tintillo del viejo Habeb).

In Xanadu did Kubla Khan
A stately pleasure-dome decree.

—Extranjero —dijo la *clocharde,* con menos simpatía por el nuevo—. Español, eh. Italiano.

—Una mezcla —dijo Oliveira, haciendo un esfuerzo viril para soportar el olor.

—Pero usted trabaja, se ve —lo acusó la *clocharde.*

—Oh, no. En fin, le llevaba los libros a un viejo, pero hace rato que no nos vemos.

—No es una vergüenza, siempre que no se abuse. Yo, de joven...

36 —Emmanuèle —dijo Oliveira, apoyándole la mano en el lugar donde, muy abajo, debía estar un hombro. La *clocharde* se sobresaltó al oír el nombre, lo miró de reojo y después sacó un espejito del bolsillo del sobretodo y se miró la boca. Oliveira se preguntó qué cadena inconcebible de circunstancias podía haber permitido que la *clocharde* tuviera el pelo oxigenado. La operación de untarse la boca con un final de barra de *rouge* la ocupaba profundamente. Sobraba tiempo para tratarse a sí mismo y una vez más de imbécil. La mano en el hombro después de lo de Berthe Trépat. Con resultados que eran del dominio público. Una autopatada en el culo que lo diera vuelta como un guante. *Cretinaccio, furfante,* infecto pelotudo. RIP, RIP. *Malgré le tourisme.*

—¿Cómo sabe que me llamo Emmanuèle?

—Ya no me acuerdo. Alguien me lo habrá dicho.

Emmanuèle sacó una lata de pastillas Valda llena de polvos rosas y empezó a frotarse una mejilla. Si Célestin hubiera estado ahí, seguramente que. Por supuesto que. Célestin: infatigable. Docenas de latas de sardinas, *le salaud.* De golpe se acordó.

—Ah —dijo.

—Probablemente —consintió Oliveira, envolviéndose lo mejor posible en humo.

—Los vi juntos muchas veces —dijo Emmanuèle.

—Andábamos por ahí.

—Pero ella solamente hablaba conmigo cuando estaba sola. Una chica muy buena, un poco loca.

«Ponele la firma», pensó Oliveira. Escuchaba a Emmanuèle que se acordaba cada vez mejor, un paquete de garrapiñadas, un pulóver blanco muy usable todavía, una chica excelente que no trabajaba ni perdía el tiempo atrás de un diploma, bastante loca de a ratos y malgastando los

francos en alimentar a las palomas de la isla Saint-Louis, a 36
veces tan triste, a veces muerta de risa. A veces mala.

—Nos peleamos —dijo Emmanuéle— porque me aconsejó que dejara en paz a Célestin. No vino nunca más, pero yo la quería mucho.

—¿Tantas veces había venido a charlar con usted?

—No le gusta, ¿verdad?

—No es eso —dijo Oliveira, mirando a la otra orilla. Pero sí era eso, porque la Maga no le había confiado más que una parte de su trato con la *clocharde,* y una elemental generalización lo llevaba, etcétera. Celos retrospectivos, véase Proust, sutil tortura *and so on.* Probablemente iba a llover, el sauce estaba como suspendido en un aire húmedo. En cambio haría menos frío, un poco menos de frío. Quizá agregó algo como: «Nunca me habló mucho de usted», porque Emmanuèle soltó una risita satisfecha y maligna, y siguió untándose polvos rosas con un dedo negruzco; de cuando en cuando levantaba la mano y se daba un golpe seco en el pelo apelmazado, envuelto por una vincha de lana a rayas rojas y verdes, que en realidad era una bufanda sacada de un tacho de basura. En fin, había que irse, subir a la ciudad, tan cerca ahí a seis metros de altura, empezando exactamente al otro lado del pretil del Sena, detrás de las cajas RIP de latón donde las palomas dialogaban esponjándose a la espera del primer sol blando y sin fuerza, la pálida sémola de las ocho y media que baja de un cielo aplastado, que no baja porque seguramente iba a lloviznar como siempre.

Cuando ya se iba, Emmanuèle le gritó algo. Se quedó esperándola, treparon juntos la escalera. En lo de Habeb compraron dos litros de tinto, por la Rue de l'Hirondelle fueron a guarecerse en la galería cubierta. Emmanuèle condescendió a extraer de entre dos de sus abrigos un paquete

36 de diarios, y se hicieron una excelente alfombra en un rincón que Oliveira exploró con fósforos desconfiados. Desde el otro lado de los portales venía un ronquido como de ajo y coliflor y olvido barato; mordiéndose los labios Oliveira resbaló hasta quedar lo más bien instalado en el rincón contra la pared, pegado a Emmanuèle que ya estaba bebiendo de la botella y resoplaba satisfecha entre trago y trago. Deseducación de los sentidos, abrir a fondo la boca y las narices y aceptar el peor de los olores, la mugre humana. Un minuto, dos, tres, cada vez más fácil como cualquier aprendizaje. Conteniendo la náusea Oliveira agarró la botella, sin poder verlo sabía que el cuello estaba untado de *rouge* y saliva, la oscuridad le acuciaba el olfato. Cerrando los ojos para protegerse de no sabía qué, se bebió de un saque un cuarto litro de tinto. Después se pusieron a fumar hombro contra hombro, satisfechos. La náusea retrocedía, no vencida pero humillada, esperando con la cabeza gacha, y se podía empezar a pensar en cualquier cosa. Emmanuèle hablaba todo el tiempo, se dirigía solemnes discursos entre hipo e hipo, amonestaba maternalmente a un Célestin fantasma, inventariaba las sardinas, su cara se encendía a cada chupada del cigarrillo y Oliveira veía las placas de mugre en la frente, los gruesos labios manchados de vino, la vincha triunfal de diosa siria pisoteada por algún ejército enemigo, una cabeza criselefantina revolcada en el polvo, con placas de sangre y mugre pero conservando la diadema eterna a franjas rojas y verdes, la Gran Madre tirada en el polvo y pisoteada por soldados borrachos que se divertían en mear contra los senos mutilados, hasta que el más payaso se arrodillaba entre las aclamaciones de los otros, el falo erecto sobre la diosa caída, masturbándose contra el mármol y dejando que la esperma le entrara por los ojos donde ya las manos de los oficiales habían

arrancado las piedras preciosas, en la boca entreabierta que 36
aceptaba la humillación como una última ofrenda antes de rodar al olvido. Y era tan natural que en la sombra la mano de Emmanuèle tanteara el brazo de Oliveira y se posara confiadamente, mientras la otra mano buscaba la botella y se oía el gluglú y un resoplar satisfecho, tan natural que todo fuese así absolutamente anverso o reverso, el signo contrario como posible forma de sobrevivencia. Y aunque Holiveira desconfiara de la hebriedad, hastuta cómplice del Gran Hengaño, algo le decía que también allí había kibutz, que detrás, siempre detrás había esperanza de kibutz. No una certidumbre metódica, oh, no, viejo querido, eso no por lo que más quieras, ni un *in vino veritas* ni una dialéctica a lo Fichte u otros lapidarios spinozianos, solamente como una aceptación en la náusea, Heráclito se había hecho enterrar en un montón de estiércol para curarse la hidropesía, alguien lo había dicho esa misma noche, alguien que ya era como de otra vida, alguien como Pola o Wong, gentes que él había vejado nada más que por querer entablar contacto por el buen lado, reinventar el amor como la sola manera de entrar alguna vez en su kibutz. En la mierda hasta el cogote, Heráclito el Oscuro, exactamente igual que ellos pero sin el vino, y además para curarse la hidropesía. Entonces tal vez fuera eso, estar en la mierda hasta el cogote y también esperar, porque seguramente Heráclito había tenido que quedarse en la mierda días enteros, y Oliveira se estaba acordando de que también Heráclito había dicho que si no se esperaba jamás se encontraría lo inesperado, tuércele el cuello al cisne, había dicho Heráclito, pero no, por supuesto no había dicho semejante cosa, y mientras bebía otro largo trago y Emmanuèle se reía en la penumbra al oír el gluglú y le acariciaba el brazo como para mostrarle que apreciaba su compañía

36 y la promesa de ir a quitarle las sardinas a Célestin, a Oliveira le subía como un eructo vinoso el doble apellido del cisne estrangulable, y le daban unas enormes ganas de reírse y contarle a Emmanuèle, pero en cambio le devolvió la botella que estaba casi vacía, y Emmanuèle se puso a cantar desgarradoramente *Les Amants du Havre,* una canción que cantaba la Maga cuando estaba triste, pero Emmanuèle la cantaba con un arrastre trágico, desentonando y olvidándose de las palabras mientras acariciaba a Oliveira que seguía pensando en que solo el que espera podrá encontrar lo inesperado, y entrecerrando los ojos para no aceptar la vaga luz que subía de los portales, se imaginaba muy lejos (¿al otro lado del mar, o era un ataque de patriotismo?) el paisaje tan puro que casi no existía de su kibutz. Evidentemente había que torcerle el cuello al cisne, aunque no lo hubiese mandado Heráclito. Se estaba poniendo sentimental, *puisque la terre est ronde, mon amour t'en fais pas, mon amour, t'en fais pas,* con el vino y la voz pegajosa se estaba poniendo sentimental, todo acabaría en llanto y autoconmiseración, como Babs, pobrecito Horacio anclado en París, cómo habrá cambiado tu calle Corrientes, Suipacha, Esmeralda, y el viejo arrabal. Pero aunque pusiera toda su rabia en encender otro Gauloise, muy lejos en el fondo de los ojos seguía viendo su kibutz, no al otro lado del mar o a lo mejor al otro lado del mar, o ahí afuera en la Rue Galande o en Puteaux o en la Rue de la Tombe Issoire, de cualquier manera su kibutz estaba siempre ahí y no era un espejismo.

—No es un espejismo, Emmanuèle.

—*Ta gueule, mon pote* —dijo Emmanuèle manoteando entre sus innúmeras faldas para encontrar la otra botella.

Después se perdieron en otras cosas, Emmanuèle le contó de una ahogada que Célestin había visto a la altura de

Grenelle, y Oliveira quiso saber de qué color tenía el pelo, 36
pero Célestin no había visto más que las piernas que en ese momento salían un poco del agua, y se había mandado mudar antes de que la policía empezara con su maldita costumbre de interrogar a todo el mundo. Y cuando se bebieron casi toda la segunda botella y estaban más contentos que nunca, Emmanuèle recitó un fragmento de *La mort du loup,* y Oliveira la introdujo rudamente en las sextinas del *Martín Fierro.* Ya pasaba uno que otro camión por la plaza, empezaban a oírse los rumores que Delius, alguna vez... Pero hubiera sido vano hablarle a Emmanuèle de Delius a pesar de que era una mujer sensible que no se conformaba con la poesía y se expresaba manualmente, frotándose contra Oliveira para sacarse el frío, acariciándole el brazo, ronroneando pasajes de ópera y obscenidades contra Célestin. Apretando el cigarrillo entre los labios hasta sentirlo casi como parte de la boca, Oliveira la escuchaba, la dejaba que se fuera apretando contra él, se repetía fríamente que no era mejor que ella y que en el peor de los casos siempre podría curarse como Heráclito, tal vez el mensaje más penetrante del Oscuro era el que no había escrito, dejando que la anécdota, la voz de los discípulos, la transmitiera para que quizá algún oído fino entendiese alguna vez. Le hacía gracia que amigablemente y de lo más *matter of fact* la mano de Emmanuèle lo estuviera desabotonando, y poder pensar al mismo tiempo que quizá el Oscuro se había hundido en la mierda hasta el cogote sin estar enfermo, sin tener en absoluto hidropesía, sencillamente dibujando una figura que su mundo no le hubiera perdonado bajo forma de sentencia o de lección, y que de contrabando había cruzado la línea del tiempo hasta llegar mezclada con la teoría, apenas un detalle desagradable y penoso al lado del diamante estremecedor del *panta rhei,*

36 una terapéutica bárbara que ya Hipócrates hubiera condenado, como por razones de elemental higiene hubiera igualmente condenado que Emmanuèle se echara poco a poco sobre su amigo borracho y con una lengua manchada de tanino le lamiera humildemente la pija, sosteniendo su comprensible abandono con los dedos y murmurando el lenguaje que suscitan los gatos y los niños de pecho, por completo indiferente a la meditación que acontecía un poco más arriba, ahincada en un menester que poco provecho podía darle, procediendo por alguna oscura conmiseración, para que el nuevo estuviese contento en su primera noche de *clochard* y a lo mejor se enamorara un poco de ella para castigar a Célestin, se olvidara de las cosas raras que había estado mascullando en su idioma de salvaje americano mientras resbalaba un poco más contra la pared y se dejaba ir con un suspiro, metiendo una mano en el pelo de Emmanuèle y creyendo por un segundo (pero eso debía ser el infierno) que era el pelo de Pola, que todavía una vez más Pola se había volcado sobre él entre ponchos mexicanos y postales de Klee y el Cuarteto de Durrell para hacerlo gozar y gozar desde fuera, atenta y analítica y ajena, antes de reclamar su parte y tenderse contra él temblando, reclamándole que la tomara y la lastimara, con la boca manchada como la diosa siria, como Emmanuèle que se enderezaba tironeada por el policía, se sentaba bruscamente y decía: *On faisait rien, quoi,* y de golpe bajo el gris que sin saber cómo llenaba los portales Oliveira abría los ojos y veía las piernas del vigilante contra las suyas, ridículamente desabotonado y con una botella vacía rodando bajo la patada del vigilante, la segunda patada en el muslo, la cachetada feroz en plena cabeza de Emmanuèle que se agachaba y gemía, y sin saber cómo de rodillas, la única posición lógica para meter en el pantalón

lo antes posible el cuerpo del delito reduciéndose prodigiosamente con un gran espíritu de colaboración para dejarse encerrar y abotonar, y realmente no había pasado nada pero cómo explicarlo al policía que los arreaba hasta el camión celular en la plaza, cómo explicarle a Babs que la inquisición era otra cosa, y a Ossip, sobre todo a Ossip, cómo explicarle que todo estaba por hacerse y que lo único decente era ir hacia atrás para tomar el buen impulso, dejarse caer para después poder quizá levantarse, Emmanuèle para después, quizá... 36

—Déjela irse —le pidió Oliveira al policía—. La pobre está más borracha que yo.

Bajó la cabeza a tiempo para esquivar el golpe. Otro policía lo agarró por la cintura, y de un solo envión lo metió en el camión celular. Le tiraron encima a Emmanuèle, que cantaba algo parecido a *Le temps des cerises.* Los dejaron solos dentro del camión, y Oliveira se frotó el muslo que le dolía atrozmente, y unió su voz para cantar *Le temps des cerises,* si era eso. El camión arrancó como si lo largaran con una catapulta.

—*Et tous nos amours* —vociferó Emmanuèle.

—*Et tous nos amours* —dijo Oliveira, tirándose en el banco y buscando un cigarrillo—. Esto, vieja, ni Heráclito.

—*Tu me fais chier* —dijo Emmanuèle, poniéndose a llorar a gritos—. *Et tous nos amours* —cantó entre sollozos. Oliveira oyó que los policías se reían, mirándolos por entre las rejas. «Bueno, si quería tranquilidad la voy a tener en abundancia. Hay que aprovecharla, che, nada de hacer lo que estás pensando». Telefonear para contar un sueño divertido estaba bien, pero basta, no insistir. Cada uno por su lado, la hidropesía se cura con paciencia, con mierda y con soledad. Por lo demás el Club estaba liquidado, todo estaba felizmente liquidado y lo que todavía quedaba por

36 liquidar era cosa de tiempo. El camión frenó en una esquina y cuando Emmanuèle gritaba *Quand il reviendra, le temps des cerises,* uno de los policías abrió la ventanilla y les vaticinó que si no se callaban les iba a romper la cara a patadas. Emmanuèle se acostó en el piso del camión, boca abajo y llorando a gritos, y Oliveira le puso los pies sobre el traste y se instaló cómodamente en el banco. La rayuela se juega con una piedrita que hay que empujar con la punta del zapato. Ingredientes: una acera, una piedrita, un zapato, y un bello dibujo con tiza, preferentemente de colores. En lo alto está el Cielo, abajo está la Tierra, es muy difícil llegar con la piedrita al Cielo, casi siempre se calcula mal y la piedra sale del dibujo. Poco a poco, sin embargo, se va adquiriendo la habilidad necesaria para salvar las diferentes casillas (rayuela caracol, rayuela rectangular, rayuela de fantasía, poco usada) y un día se aprende a salir de la Tierra y remontar la piedrita hasta el Cielo, hasta entrar en el Cielo (*Et tous nos amours,* sollozó Emmanuèle boca abajo), lo malo es que justamente a esa altura, cuando casi nadie ha aprendido a remontar la piedrita hasta el Cielo, se acaba de golpe la infancia y se cae en las novelas, en la angustia al divino cohete, en la especulación de otro Cielo al que también hay que aprender a llegar. Y porque se ha salido de la infancia (*Je n'oublierai pas le temps des cerises,* pataleó Emmanuèle en el suelo) se olvida que para llegar al Cielo se necesitan, como ingredientes, una piedrita y la punta de un zapato. Que era lo que sabía Heráclito, metido en la mierda, y a lo mejor Emmanuèle sacándose los mocos a manotones en el tiempo de las cerezas, o los dos pederastas que no se sabía cómo estaban sentados en el camión celular (pero sí, la puerta se había abierto y cerrado, entre chillidos y risitas y un toque de silbato) y que riéndose como locos miraban a Emmanuéle en el suelo y a Oliveira

que hubiera querido fumar pero estaba sin tabaco y sin fósforos aunque no se acordaba de que el policía le hubiera registrado los bolsillos, *et tous nos amours, et tous nos amours.* Una piedrita y la punta de un zapato, eso que la Maga había sabido tan bien y él mucho menos bien, y el Club más o menos bien y que desde la infancia en Burzaco o en los suburbios de Montevideo mostraba la recta vía del Cielo, sin necesidad de vedanta o de zen o de escatologías surtidas, sí, llegar al Cielo a patadas, llegar con la piedrita (¿cargar con su cruz? Poco manejable ese artefacto) y en una última patada proyectar la piedra contra *l'azur l'azur l'azur l'azur,* plaf vidrio roto, a la cama sin postre, niño malo, y qué importaba si detrás del vidrio roto estaba el kibutz, si el Cielo era nada más que un nombre infantil de su kibutz.

—Por todo eso —dijo Horacio— cantemos y fumemos. Emmanuèle, arriba, vieja llorona.

—*Et tous nos amours* —bramó Emmanuèle.

—*Il est beau* —dijo uno de los pederastas, mirando a Horacio con ternura—. *Il a l'air farouche.*

El otro pederasta había sacado un tubo de latón del bolsillo y miraba por un agujero, sonriendo y haciendo muecas. El pederasta más joven le arrebató el tubo y se puso a mirar. «No se ve nada, Jo», dijo. «Sí que se ve, rico», dijo Jo. «No, no, no, no». «Sí que se ve, sí que se ve. LOOK THROUGH THE PEEPHOLE AND YOU'LL SEE PATTERNS PRETTY AS CAN BE». «Es de noche, Jo». Jo sacó una caja de fósforos y encendió uno delante del calidoscopio. Chillidos de entusiasmo, *patterns pretty as can be. Et tous nos amours,* declamó Emmanuèle sentándose en el piso del camión. Todo estaba tan bien, todo llegaba a su hora, la rayuela y el calidoscopio, el pequeño pederasta mirando y mirando, oh, Jo, no veo nada, más luz, más luz, Jo. Tum-

36 bado en el banco, Horacio saludó al Oscuro, la cabeza del Oscuro asomando en la pirámide de bosta con dos ojos como estrellas verdes, *patterns pretty as can be,* el Oscuro tenía razón, un camino al kibutz, tal vez el único camino al kibutz, eso no podía ser el mundo, la gente agarraba el calidoscopio por el mal lado, entonces había que darlo vuelta con ayuda de Emmanuèle y de Pola y de París y de la Maga y de Rocamadour, tirarse al suelo como Emmanuèle y desde ahí empezar a mirar desde la montaña de bosta, mirar el mundo a través del ojo del culo, *and you'll see patterns pretty as can be,* la piedrita tenía que pasar por el ojo del culo, metida a patadas por la punta del zapato, y de la Tierra al Cielo las casillas estarían abiertas, el laberinto se desplegaría como una cuerda de reloj rota haciendo saltar en mil pedazos el tiempo de los empleados, y por los mocos y el semen y el olor de Emmanuèle y la bosta del Oscuro se entraría al camino que llevaba al kibutz del deseo, no ya subir al Cielo (subir, palabra hipócrita, Cielo, *flatus vocis*), sino caminar con pasos de hombre por una tierra de hombres hacia el kibutz allá lejos pero en el mismo plano, como el Cielo estaba en el mismo plano que la Tierra en la acera roñosa de los juegos, y un día quizá se entraría en el mundo donde decir Cielo no sería un repasador manchado de grasa, y un día alguien vería la verdadera figura del mundo, *patterns pretty as can be,* y tal vez, empujando la piedra, acabaría por entrar en el kibutz.

(-37)

DEL LADO DE ACÁ

Il faut voyager loin en aimant sa maison,
APOLLINAIRE, *Les mamelles de Tirésias.*

37

Le daba rabia llamarse Traveler, él que nunca se había movido de la Argentina como no fuera para cruzar a Montevideo y una vez a Asunción del Paraguay, metrópolis recordadas con soberana indiferencia. A los cuarenta años seguía adherido a la calle Cachimayo, y el hecho de trabajar como gestor y un poco de todo en el circo «Las Estrellas» no le daba la menor esperanza de recorrer los caminos del mundo *more* Barnum; la zona de operaciones del circo se extendía de Santa Fe a Carmen de Patagones, con largas recaladas en la capital federal, La Plata y Rosario. Cuando Talita, lectora de enciclopedias, se interesaba por los pueblos nómades y las culturas trashumantes, Traveler gruñía y hacía un elogio insincero del patio con geranios, el catre y el no te salgás del rincón donde empezó tu existencia. Entre mate y mate sacaba a relucir una sapiencia que impresionaba a su mujer, pero se lo veía demasiado dispuesto a persuadir. Dormido se le escapaban algunas veces vocablos de destierro, de desarraigo, de tránsitos ultramarinos, de pasos aduaneros y alidadas imprecisas. Si Talita se burlaba de él al despertar, empezaba por darle de chirlos en la cola, y después se reían como locos y hasta parecía como si la autotraición de Traveler les hiciera bien a los dos. Una

37 cosa había que reconocer y era que, a diferencia de casi todos sus amigos, Traveler no le echaba la culpa a la vida o a la suerte por no haber podido viajar a gusto. Simplemente se bebía una ginebra de un trago, y se trataba a sí mismo de cretinacho.

—Por supuesto, yo soy el mejor de sus viajes —decía Talita cuando se le presentaba la oportunidad— pero es tan tonto que no se da cuenta. Yo, señora, lo he llevado en alas de la fantasía hasta el borde mismo del horizonte.

La señora así interpelada creía que Talita hablaba en serio, y contestaba dentro de la línea siguiente:

—Ah, señora, los hombres son tan incomprensibles (*sic* por incomprensivos).

O:

—Créame, lo mismo somos yo y mi Juan Antonio. Siempre se lo digo, pero él como si llovería.

O:

—Cómo la comprendo, señora. La vida es una lucha.

O:

—No se haga mala sangre, doña. Basta la salud y un pasar.

Después Talita se lo contaba a Traveler, y los dos se retorcían en el piso de la cocina hasta destrozarse la ropa. Para Traveler no había nada más prodigioso que esconderse en el water y escuchar, con un pañuelo o una camiseta metidos en la boca, cómo Talita hacía hablar a las señoras de la pensión Sobrales y a algunas otras que vivían en el hotel de enfrente. En los ratos de optimismo, que no le duraban mucho, planeaba una pieza de radioteatro para tomarles el pelo a esas gordas sin que se dieran cuenta, forzándolas a llorar copiosamente y sintonizar todos los días la audición. Pero de todas maneras no había viajado, y era como una piedra negra en el medio de su alma.

—Un verdadero ladrillo —explicaba Traveler, tocándose el estómago. 37

—Nunca vi un ladrillo negro —decía el director del circo, confidente eventual de tanta nostalgia.

—Se ha puesto así a fuerza de sedentarismo. ¡Y pensar que ha habido poetas que se quejaban de ser *heimatlos*, Ferraguto!

—Hábleme en castilla, che —decía el director a quien el invocativo dramáticamente personalizado producía un cierto sobresalto.

—No puedo, Dire —murmuraba Traveler, disculpándose tácitamente por haberlo llamado por su nombre—. Las bellas palabras extranjeras son como oasis, como escalas. ¿Nunca iremos a Costa Rica? ¿A Panamá, donde antaño los galeones imperiales...? ¡Gardel murió en Colombia, Dire, en Colombia!

—Nos falta el numerario, che —decía el director, sacando el reloj—. Me voy al hotel que mi Cuca debe estar que brama.

Traveler se quedaba solo en la oficina y se preguntaba cómo serían los atardeceres en Connecticut. Para consolarse pasaba revista a las cosas buenas de su vida. Por ejemplo, una de las buenas cosas de su vida había sido entrar una mañana de 1940 en el despacho de su jefe, en Impuestos Internos, con un vaso de agua en la mano. Había salido cesante, mientras el jefe se absorbía el agua de la cara con un papel secante. Esa había sido una de las buenas cosas de su vida, porque justamente ese mes iban a ascenderlo, así como casarse con Talita había sido otra buena cosa (aunque los dos sostuvieran lo contrario) puesto que Talita estaba condenada por su diploma de farmacéutica a envejecer sin apelación en el esparadrapo, y Traveler se había apersonado a comprar unos supositorios contra la bronquitis,

37 y de la explicación que había solicitado a Talita el amor había soltado sus espumas como el *shampoo* bajo la ducha. Incluso Traveler sostenía que se había enamorado de Talita exactamente en el momento en que ella, bajando los ojos, trataba de explicarle por qué el supositorio era más activo después y no antes de una buena evacuación del vientre.

—Desgraciado —decía Talita a la hora de las rememoraciones—. Bien que entendías las instrucciones, pero te hacías el sonso para que yo te lo tuviera que explicar.

—Una farmacéutica está al servicio de la verdad, aunque se localice en los sitios más íntimos. Si supieras con qué emoción me puse el primer supositorio esa tarde, después de dejarte. Era enorme y verde.

—El eucaliptus —decía Talita—. Alegrate de que no te vendí de esos que huelen a ajo a veinte metros.

Pero de a ratos se quedaban tristes y comprendían vagamente que una vez más se habían divertido como recurso extremo contra la melancolía porteña y una vida sin demasiado (¿Qué agregar a «demasiado»? Vago malestar en la boca del estómago, el ladrillo negro como siempre). Talita explicándole las melancolías de Traveler a la señora de Gutusso:

—Le agarra a la hora de la siesta, es como algo que le sube de la pleura.

—Debe ser alguna inflamación de adentro —dice la señora de Gutusso—. El pardejón, que le dicen.

—Es del alma, señora. Mi esposo es poeta, créame.

Encerrado en el water, con una toalla contra la cara, Traveler llora de risa.

—¿No será alguna alergia, que le dicen? Mi nene el Vítor, usted lo ve jugando ahí entre los malvones y es propiamente una flor, créame, pero cuando le agarra la

alergia al apio se pone que es un cuasimodo. Mire, se le 37
van cerrando esos ojitos tan negros que tiene, la boca se le hincha que parece un sapo, y al rato ya no puede ni abrir los dedos de los pies.

—Abrir los dedos de los pies no es tan necesario —dice Talita.

Se oyen los rugidos ahogados de Traveler en el water, y Talita cambia rápidamente de conversación para despistar a la señora de Gutusso. Por lo regular Traveler abandona su escondite sintiéndose muy triste, y Talita lo comprende. Habrá que hablar de la comprensión de Talita. Es una comprensión irónica, tierna, como lejana. Su amor por Traveler está hecho de cacerolas sucias, de largas vigilias, de una suave aceptación de sus fantasías nostálgicas y su gusto por los tangos y el truco. Cuando Traveler está triste y piensa que nunca ha viajado (y Talita sabe que eso no le importa, que sus preocupaciones son más profundas), hay que acompañarlo sin hablar mucho, cebarle mate, cuidar de que no le falte tabaco, cumplir el oficio de mujer cerca del hombre pero sin taparle la sombra, y eso es difícil. Talita es muy feliz con Traveler, con el circo, peinando al gato calculista antes de que salga a escena, llevando las cuentas del director. A veces piensa modestamente que está mucho más cerca que Traveler de esas honduras elementales que lo preocupan, pero toda alusión metafísica la asusta un poco y termina por convencerse de que él es el único capaz de hacer la perforación y provocar el chorro negro y aceitoso. Todo eso flota un poco, se viste de palabras o figuras, se llama lo otro, se llama la risa o el amor, y también es el circo y la vida para darle sus nombres más exteriores y fatales y no hay tu tía.

A falta de lo otro, Traveler es un hombre de acción. La califica de acción restringida porque no es cosa de andarse

37 matando. A lo largo de cuatro décadas ha pasado por etapas fácticas diversas: fútbol (en Colegiales, centroforward nada malo), pedestrismo, política (un mes en la cárcel de Devoto en 1934), cunicultura y apicultura (granja en Manzanares, quiebra al tercer mes, conejos apestados y abejas indómitas), automovilismo (copiloto de Marimón, vuelco en Resistencia, tres costillas rotas), carpintería fina (perfeccionamiento de muebles que se remontan al cielo raso una vez usados, fracaso absoluto), matrimonio y ciclismo en la avenida General Paz los sábados, en bicicleta alquilada. La urdimbre de esa acción es una biblioteca mental surtida, dos idiomas, pluma fácil, interés irónico por la soteriología y las bolas de cristal, tentativa de creación de una mandrágora plantando una batata en una palangana con tierra y esperma, la batata criándose al modo estentóreo de las batatas, invadiendo la pensión, saliéndose por las ventanas, sigilosa intervención de Talita armada de unas tijeras, Traveler explorando el tallo de la batata, sospechando algo, renuncia humillada a la mandrágora fruto de horca, *Alraune,* rémoras de infancia. A veces Traveler hace alusiones a un doble que tiene más suerte que él, y a Talita, no sabe por qué, no le gusta eso, lo abraza y lo besa inquieta, hace todo lo que puede para arrancarlo a esas ideas. Entonces se lo lleva a ver a Marilyn Monroe, gran favorita de Traveler, y-tasca-el-freno de unos celos puramente artísticos en la oscuridad del cine Presidente Roca.

(-98)

38

Talita no estaba muy segura de que a Traveler lo alegrara la repatriación de un amigo de la juventud, porque lo primero que hizo Traveler al enterarse de que el tal Horacio volvía violentamente a la Argentina en el motoscafo *Andrea C.* fue soltarle un puntapié al gato calculista del circo y proclamar que la vida era una pura joda. De todos modos lo fue a esperar al puerto con Talita y con el gato calculista metido en una canasta. Oliveira salió del galpón de la aduana llevando una sola y liviana valija, y al reconocer a Traveler levantó las cejas con aire entre sorprendido y fastidiado.

—Qué decís, che.

—Salú —dijo Traveler, apretándole la mano con una emoción que no había esperado.

—Mirá —dijo Oliveira—, vamos a una parrilla del puerto a comernos unos chorizos.

—Te presento a mi mujer —dijo Traveler.

Oliveira dijo: «Mucho gusto» y le alargó la mano casi sin mirarla. Enseguida preguntó quién era el gato y por qué lo llevaban en canasta al puerto. Talita, ofendida por la recepción, lo encontró positivamente desagradable y anunció que se volvía al circo con el gato.

38 —Y bueno —dijo Traveler—. Ponelo del lado de la ventanilla en el bondi, ya sabés que no le gusta nada el pasillo.

En la parrilla, Oliveira empezó a tomar vino tinto y a comer chorizos y chinchulines. Como no hablaba gran cosa, Traveler le contó del circo y de cómo se había casado con Talita. Le hizo un resumen de la situación política y deportiva del país, deteniéndose especialmente en la grandeza y decadencia de Pascualito Pérez. Oliveira dijo que en París se había cruzado con Fangio y que el chueco parecía dormido. A Traveler le empezó a dar hambre y pidió unas achuras. Le gustó que Oliveira aceptara con una sonrisa el primer cigarrillo criollo y que lo fumara apreciativamente. Se internaron juntos en otro litro de tinto, y Traveler habló de su trabajo, de que no había perdido la esperanza de encontrar algo mejor, es decir con menos trabajo y más guita, todo el tiempo esperando que Oliveira le dijese alguna cosa, no sabía qué, un rumbo cualquiera que los afirmara en ese encuentro después de tanto tiempo.

—Bueno, contá algo —propuso.

—El tiempo —dijo Oliveira— era muy variable, pero de cuando en cuando había días buenos. Otra cosa: Como muy bien dijo César Bruto, si a París vas en octubre, no dejes de ver el Louvre. ¿Qué más? Ah, sí, una vez llegué hasta Viena. Hay unos cafés fenomenales, con gordas que llevan al perro y al marido a comer *strudel.*

—Está bien, está bien —dijo Traveler—. No tenés ninguna obligación de hablar, si no te da la gana.

—Un día se me cayó un terrón de azúcar debajo de la mesa de un café. En París, no en Viena.

—Para hablar tanto de los cafés no valía la pena que cruzaras el charco.

38

—A buen entendedor —dijo Oliveira, cortando con muchas precauciones una tira de chinchulines—. Esto sí que no lo tenés en la Ciudad Luz, che. La de argentinos que me lo han dicho. Lloran por el bife, y hasta conocí a una señora que se acordaba con nostalgia del vino criollo. Según ella el vino francés no se presta para tomarlo con soda.

—Qué barbaridad —dijo Traveler.

—Y por supuesto el tomate y la papa son más sabrosos aquí que en ninguna parte.

—Se ve —dijo Traveler— que te codeabas con la crema.

—Una que otra vez. En general, no les caían bien mis codos, para aprovechar tu delicada metáfora. Qué humedad, hermano.

—Ah, eso —dijo Traveler—. Te vas a tener que reaclimatar.

En esa forma siguieron unos veinticinco minutos.

(-39)

39

Por supuesto Oliveira no iba a contarle a Traveler que en la escala de Montevideo había andado por los barrios bajos, preguntando y mirando, tomándose un par de cañas para hacer entrar en confianza a algún morocho. Y que nada, salvo que había un montón de edificios nuevos y que en el puerto, donde había pasado la última hora antes de que zarpara el *Andrea C.*, el agua estaba llena de pescados muertos flotando panza arriba, y entre los pescados uno que otro preservativo ondulando despacito en el agua grasienta. No quedaba más que volverse al barco, pensando que a lo mejor Lucca, que a lo mejor realmente había sido Lucca o Perugia. Y todo tan al divino cohete.

Antes de desembarcar en la mamá patria, Oliveira había decidido que todo lo pasado no era pasado y que solamente una falacia mental como tantas otras podía permitir el fácil expediente de imaginar un futuro abonado por los juegos ya jugados. Entendió (solo en la proa, al amanecer, en la niebla amarilla de la rada) que nada había cambiado si él decidía plantarse, rechazar las soluciones de facilidad. La madurez, suponiendo que tal cosa existiese, era en último término una hipocresía. Nada estaba maduro, nada podía ser más natural que esa mujer con un gato en una

canasta, esperándolo al lado de Manolo Traveler, se pare- 39
ciera un poco a esa otra mujer que (pero de qué le había servido andar por los barrios bajos de Montevideo, tomarse un taxi hasta el borde del Cerro, consultando viejas direcciones reconstruidas por una memoria indócil). Había que seguir, o recomenzar o terminar: todavía no había puente. Con una valija en la mano, enderezó para el lado de una parrilla del puerto, donde una noche alguien medio curda le había contado anécdotas del payador Betinoti, y de cómo cantaba aquel vals: *Mi diagnóstico es sencillo: / Sé que no tengo remedio*. La idea de la palabra «diagnóstico» metida en un vals le había parecido irresistible a Oliveira, pero ahora se repetía los versos con un aire sentencioso, mientras Traveler le contaba del circo, de K. O. Lausse y hasta de Juan Perón.

(-86)

40

Se dio cuenta de que la vuelta era realmente la ida en más de un sentido. Ya vegetaba con la pobre y abnegada Gekrepten en una pieza de hotel frente a la pensión Sobrales donde revistaban los Traveler. Les iba muy bien, Gekrepten estaba encantada, cebaba unos mates impecables, y aunque hacía pésimamente el amor y la pasta *asciutta,* tenía otras relevantes cualidades domésticas y le dejaba todo el tiempo necesario para pensar en lo de la ida y la vuelta, problema que lo preocupaba en los intervalos de un corretaje de cortes de gabardina. Al principio Traveler le había criticado su manía de encontrarlo todo mal en Buenos Aires, de tratar a la ciudad de puta encorsetada, pero Oliveira les explicó a él y a Talita que en esas críticas había una cantidad tal de amor que solamente dos tarados como ellos podían malentender sus denuestos. Acabaron por darse cuenta de que tenía razón, que Oliveira no podía reconciliarse hipócritamente con Buenos Aires, y que ahora estaba mucho más lejos del país que cuando andaba por Europa. Solo las cosas simples y un poco viejas lo hacían sonreír: el mate, los discos de De Caro, a veces el puerto por la tarde. Los tres andaban mucho por la ciudad, aprovechando que Gekrepten trabajaba en una tienda, y Tra-

veler espiaba en Oliveira los signos del pacto ciudadano, 40
abonando entre tanto el terreno con enormes cantidades de cerveza. Pero Talita era más intransigente (característica propia de la indiferencia) y exigía adhesiones a corto plazo: la pintura de Clorindo Testa, por ejemplo, o las películas de Torre Nilsson. Se armaban terribles discusiones sobre Bioy Casares, David Viñas, el padre Castellani, Manauta y la política de YPF. Talita acabó por entender que a Oliveira le daba exactamente lo mismo estar en Buenos Aires que en Bucarest, y que en realidad no había vuelto sino que lo habían traído. Por debajo de los temas de discusión circulaba siempre un aire patafísico, la triple coincidencia en una histriónica búsqueda de puntos de mira que excentraran al mirador o a lo mirado. A fuerza de pelear, Talita y Oliveira empezaban a respetarse. Traveler se acordaba del Oliveira de los veinte años y le dolía el corazón, aunque a lo mejor eran los gases de la cerveza.

—Lo que a vos te ocurre es que no sos un poeta —decía Traveler—. No sentís como nosotros a la ciudad como una enorme panza que oscila lentamente bajo el cielo, una araña enormísima con las patas en San Vicente, en Burzaco, en Sarandí, en el Palomar, y las otras metidas en el agua, pobre bestia, con lo sucio que es este río.

—Horacio es un perfeccionista —lo compadecía Talita que ya había agarrado confianza—. El tábano sobre el noble caballo. Debías aprender de nosotros, que somos unos porteños humildes y sin embargo sabemos quién es Pieyre de Mandiargues.

—Y por las calles —decía Traveler, entornando los ojos— pasan chicas de ojos dulces y caritas donde el arroz con leche y Radio El Mundo han ido dejando como un talco de amable tontería.

40 —Sin contar las mujeres emancipadas e intelectuales que trabajan en los circos —decía modestamente Talita.

—Y los especialistas en folklore canyengue, como un servidor. Haceme acordar en casa que te lea la confesión de Ivonne Guitry, viejo, es algo grande.

—A propósito, manda decir la señora de Gutusso que si no le devolvés la antología de Gardel te va a rajar una maceta en el cráneo —informó Talita.

—Primero le tengo que leer la confesión a Horacio. Que se espere, vieja de mierda.

—¿La señora de Gutusso es esa especie de catoblepas que se la pasa hablando con Gekrepten? —preguntó Oliveira.

—Sí, esta semana les toca ser amigas. Ya vas a ver dentro de unos días, nuestro barrio es así.

—Plateado por la luna —dijo Oliveira.

—Es mucho mejor que tu Saint-Germain-des-Prés —dijo Talita.

—Por supuesto —dijo Oliveira, mirándola. Tal vez, entornando un poco los ojos... Y esa manera de pronunciar el francés, esa manera, y si él entrecerraba los ojos (Farmacéutica, lástima).

Como les encantaba jugar con las palabras, inventaron en esos días los juegos en el cementerio, abriendo por ejemplo el de Julio Casares en la página 558 y jugando con la *hallulla,* el *hámago,* el *halieto,* el *haloque,* el *hamez,* el *harambel* el *harbullista,* el *harca* y la *harija*. En el fondo se quedaban un poco tristes pensando en posibilidades malogradas por el carácter argentino y el paso-implacable-del-tiempo. A propósito de farmacéutica Traveler insistía en que se trataba del gentilicio de una nación sumamente merovingia, y entre él y Oliveira le dedicaron a Talita un poema épico en el que las hordas farmacéuticas invadían

Cataluña sembrando el terror, la piperina y el eléboro. La 40
nación farmacéutica, de ingentes caballos. Meditación en la estepa farmacéutica. Oh, emperatriz de los farmacéuticos, ten piedad de los afofados, los afrontilados, los agalbanados y los aforados que se afufan.

Mientras Traveler se lo trabajaba de a poco al director para que lo hiciera entrar a Oliveira en el circo, el objeto de esos desvelos tomaba mate en la pieza y se ponía desganadamente al día en materia de literatura nacional. Entregado a esas tareas se descolgaron los grandes calores, y la venta de cortes de gabardina mermó considerablemente. Empezaron las reuniones en el patio de don Crespo, que era amigo de Traveler y le alquilaba piezas a la señora de Gutusso y a otras damas y caballeros. Favorecido por la ternura de Gekrepten, que lo mimaba como a un chico, Oliveira dormía hasta no poder más y en los intervalos lúcidos miraba a veces un librito de Crevel que había aparecido en el fondo de la valija, y tomaba un aire de personaje de novela rusa. De esa flaca tan metódica no podía resultar nada bueno, y él confiaba vagamente en eso, en que entrecerrando los ojos se vieran algunas cosas mejor dibujadas, de que durmiendo se le aclararan las meninges. Lo del circo andaba muy mal, el director no quería saber nada de otro empleado. A la nochecita, antes de constituirse en el empleo, los Traveler bajaban a tomar mate con don Crespo, y Oliveira caía también y escuchaban discos viejos en un aparato que andaba por milagro, que es como deben escucharse los discos viejos. A veces Talita se sentaba frente a Oliveira para hacer juegos con el cementerio, o desafiarse a las preguntas-balanza que era otro juego que habían inventado con Traveler y que los divertía mucho. Don Crespo los consideraba locos y la señora de Gutusso estúpidos.

40 —Nunca hablás de aquello —decía a veces Traveler, sin mirar a Oliveira. Era más fuerte que él; cuando se decidía a interrogarlo tenía que desviar los ojos, y tampoco sabía por qué pero no podía nombrar la capital de Francia, decía «aquello» como una madre que se pela el coco inventando nombres inofensivos para las partes pudendas de los nenes, cositas de Dios.

—Ningún interés —contestaba Oliveira—. Andá a ver si no me creés.

Era la mejor manera de hacer rabiar a Traveler, nómade fracasado. En vez de insistir, templaba su horrible guitarra de Casa América y empezaba con los tangos. Talita miraba de reojo a Oliveira, un poco resentida. Sin decirlo nunca demasiado claramente, Traveler le había metido en la cabeza que Oliveira era un tipo raro, y aunque eso estaba a la vista la rareza debía ser otra, andar por otra parte. Había noches en que todo el mundo estaba como esperando algo. Se sentían muy bien juntos, pero eran como una cabeza de tormenta. En esas noches, si abrían el cementerio les caían cosas como *cisco, cisticerco, ¡cito!, cisma, cístico* y *cisión.* Al final se iban a la cama con un malhumor latente, y soñaban toda la noche con cosas divertidas y agradables, lo que más bien era un contrasentido.

(-59)

41

A Oliveira el sol le daba en la cara a partir de las dos de la tarde. Para colmo con ese calor se le hacía muy difícil enderezar clavos martillándolos en una baldosa (cualquiera sabe lo peligroso que es enderezar un clavo a martillazos, hay un momento en que el clavo está casi derecho, pero cuando se lo martilla una vez más da media vuelta y pellizca violentamente los dedos que lo sujetan; es algo de una perversidad fulminante), martillándolos empecinadamente en una baldosa (pero cualquiera sabe que) empecinadamente en una baldosa (pero cualquiera) empecinadamente.

«No queda ni uno derecho», pensaba Oliveira, mirando los clavos desparramados en el suelo. «Y a esta hora la ferretería está cerrada, me van a echar a patadas si golpeo para que me vendan treinta guitas de clavos. Hay que enderezarlos, no hay remedio».

Cada vez que conseguía enderezar a medias un clavo, levantaba la cabeza en dirección a la ventana abierta y silbaba para que Traveler se asomara. Desde su cuarto veía muy bien una parte del dormitorio, y algo le decía que Traveler estaba en el dormitorio, probablemente acostado con Talita. Los Traveler dormían mucho de día, no tanto

41 por el cansancio del circo sino por un principio de fiaca que Oliveira respetaba. Era penoso despertar a Traveler a las dos y media de la tarde, pero Oliveira tenía ya amoratados los dedos con que sujetaba los clavos, la sangre machucada empezaba a extravasarse, dando a los dedos un aire de chipolatas mal hechas que era realmente repugnante. Más se los miraba, más sentía la necesidad de despertar a Traveler. Para colmo tenía ganas de matear y se le había acabado la yerba: es decir, le quedaba yerba para medio mate, y convenía que Traveler o Talita le tiraran la cantidad restante metida en un papel y con unos cuantos clavos de lastre para embocar la ventana. Con clavos derechos y yerba la siesta sería más tolerable.

«Es increíble lo fuerte que silbo», pensó Oliveira, deslumbrado. Desde el piso de abajo, donde había un clandestino con tres mujeres y una chica para los mandados, alguien lo parodiaba con un contrasilbido lamentable, mezcla de pava hirviendo y chiflido desdentado. A Oliveira le encantaba la admiración y la rivalidad que podía suscitar su silbido; no lo malgastaba, reservándolo para las ocasiones importantes. En sus horas de lectura, que se cumplían entre la una y las cinco de la madrugada, pero no todas las noches, había llegado a la desconcertante conclusión de que el silbido no era un tema sobresaliente en la literatura. Pocos autores hacían silbar a sus personajes. Prácticamente ninguno. Los condenaban a un repertorio bastante monótono de elocuciones (decir, contestar, cantar, gritar, balbucear, bisbisar, proferir, susurrar, exclamar y declamar) pero ningún héroe o heroína coronaba jamás un gran momento de sus epopeyas con un real silbido de esos que rajan los vidrios. Los *squires* ingleses silbaban para llamar a sus sabuesos, y algunos personajes dickensianos silbaban para conseguir un *cab*. En cuanto a la literatura argentina silbaba poco, lo que era una vengüenza. Por eso aunque Oliveira no había leído a Cambaceres, tendía a considerarlo como un maestro nada más que por sus títulos; a veces imaginaba una continuación en la que el silbido se iba adentrando en la Argentina visible e invisible, la envolvía en su piolín reluciente y proponía a la estupefacción universal ese matambre arrollado que poco tenía que ver con la versión áulica de las embajadas y el contenido del rotograbado dominical y digestivo de los Gainza Mitre Paz, y todavía menos con los altibajos de Boca Juniors y los cultos necrofílicos de la baguala y el barrio de Boedo. «La puta que te parió» (a un clavo), «no me dejan siquiera pensar tranquilo, carajo». Por lo demás esas imaginaciones le repugnaban por lo fáciles, aunque estuviera convencido de que a la Argentina había que agarrarla por el lado de la vergüenza, buscarle el rubor escondido por un siglo de usurpaciones de todo género como tan bien explicaban sus ensayistas, y para eso lo mejor era demostrarle de alguna manera que no se la podía tomar en serio como pretendía. ¿Quién se animaría a ser el bufón que desmontara tanta soberanía al divino cohete? ¿Quién se le reiría en la cara para verla enrojecer y acaso, alguna vez, sonreír como quien encuentra y reconoce? Che, pero pibe, qué manera de estropearse el día. A ver si ese clavito se resistía menos que los otros, tenía un aire bastante dócil. 41

«Qué frío bárbaro hace», se dijo Oliveira que creía en la eficacia de la autosugestión. El sudor le chorreaba desde el pelo a los ojos, era imposible sostener un clavo con la torcedura hacia arriba porque el menor golpe del martillo lo hacía resbalar en los dedos empapados (de frío) y el clavo volvía a pellizcarlo y a amoratarle (de frío) los dedos. Para peor el sol empezaba a dar de lleno en la pieza (era la luna sobre las estepas cubiertas de nieve, y él silbaba para

41 azuzar a los caballos que impulsaban su tarantás), a las tres no quedaría un solo rincón sin nieve, se iba a helar lentamente hasta que lo ganara la somnolencia tan bien descrita y hasta provocada en los relatos eslavos, y su cuerpo quedara sepultado en la blancura homicida de las lívidas flores del espacio. Estaba bien eso: las lívidas flores del espacio. En ese mismo momento se pegó un martillazo de lleno en el dedo pulgar. El frío que lo invadió fue tan intenso que tuvo que revolcarse en el suelo para luchar contra la rigidez de la congelación. Cuando por fin consiguió sentarse, sacudiendo la mano en todas direcciones, estaba empapado de pies a cabeza, probablemente de nieve derretida o de esa ligera llovizna que alterna con las lívidas flores del espacio y refresca la piel de los lobos.

Traveler se estaba atando el pantalón del piyama y desde su ventana veía muy bien la lucha de Oliveira contra la nieve y la estepa. Estuvo por darse vuelta y contarle a Talita que Oliveira se revolcaba por el piso sacudiendo una mano, pero entendió que la situación revestía cierta gravedad y que era preferible seguir siendo un testigo adusto e impasible.

—Por fin salís, qué joder —dijo Oliveira—. Te estuve silbando media hora. Mirá la mano cómo la tengo machucada.

—No será de vender cortes de gabardina —dijo Traveler.

—De enderezar clavos, che. Necesito unos clavos derechos y un poco de yerba.

—Es fácil —dijo Traveler—. Esperá.

—Armá un paquete y me lo tirás.

—Bueno —dijo Traveler—. Pero ahora que lo pienso me va a dar trabajo ir hasta la cocina.

—¿Por qué? —dijo Oliveira—. No está tan lejos.

—No, pero hay una punta de piolines con ropa tendida 41
y esas cosas.

—Pasá por debajo —sugirió Oliveira—. A menos que los cortes. El chicotazo de una camisa mojada en las baldosas es algo inolvidable. Si querés te tiro el cortaplumas. Te juego a que lo clavo en la ventana. Yo de chico clavaba un cortaplumas en cualquier cosa y a diez metros.

—Lo malo en vos —dijo Traveler— es que cualquier problema lo retrotraés a la infancia. Ya estoy harto de decirte que leas un poco a Jung, che. Y mirá que la tenés con el cortaplumas ese, cualquiera diría que es un arma interplanetaria. No se te puede hablar de nada sin que saques a relucir el cortaplumas. Decime qué tiene que ver eso con un poco de yerba y unos clavos.

—Vos no seguiste el razonamiento —dijo Oliveira, ofendido—. Primero mencioné la mano machucada, y después pasé a los clavos. Entonces vos me antepusiste que unas piolas no te dejaban ir a la cocina, y era bastante lógico que las piolas me llevaran a pensar en el cortaplumas. Vos deberías leer a Edgar Poe, che. A pesar de las piolas no tenés hilación, eso es lo que te pasa.

Traveler se acodó en la ventana y miró la calle. La poca sombra se aplastaba contra el adoquinado, y a la altura del primer piso empezaba la materia solar, un arrebato amarillo que manoteaba para todos lados y le aplastaba literalmente la cara a Oliveira.

—Vos de tarde estás bastante jodido con ese sol —dijo Traveler.

—No es sol —dijo Oliveira—. Te podrías dar cuenta de que es la luna y de que hace un frío espantoso. Esta mano se me ha amoratado por exceso de congelación. Ahora empezará la gangrena, y dentro de unas semanas me estarás llevando gladiolos a la quinta del ñato.

41 —¿La luna? —dijo Traveler, mirando hacia arriba—. Lo que te voy a tener que llevar es toallas mojadas a Vieytes.

—Allí lo que más se agradece son los Particulares livianos —dijo Oliveira—. Vos abundás en incongruencias, Manú.

—Te he dicho cincuenta veces que no me llames Manú.

—Talita te llama Manú —dijo Oliveira, agitando la mano como si quisiera desprenderla del brazo.

—Las diferencias entre vos y Talita —dijo Traveler— son de las que se ven palpablemente. No entiendo por qué tenés que asimilar su vocabulario. Me repugnan los cangrejos ermitaños, las simbiosis en todas sus formas, los líquenes y demás parásitos.

—Sos de una delicadeza que me parte literalmente el alma —dijo Oliveira.

—Gracias. Estábamos en que yerba y clavos. ¿Para qué querés los clavos?

—Todavía no sé —dijo Oliveira, confuso—. En realidad, saqué la lata de clavos y descubrí que estaban todos torcidos. Los empecé a enderezar, y con este frío, ya ves... Tengo la impresión de que en cuanto tenga clavos bien derechos voy a saber para qué los necesito.

—Interesante —dijo Traveler, mirándolo fijamente—. A veces te pasan cosas curiosas a vos. Primero los clavos y después la finalidad de los clavos. Sería una lección para más de cuatro, viejo.

—Vos siempre me comprendiste —dijo Oliveira—. Y la yerba, como te imaginarás, la quiero para cebarme unos amargachos.

—Está bien —dijo Traveler—. Esperame. Si tardo mucho podés silbar, a Talita le divierte tu silbido.

Sacudiendo la mano, Oliveira fue hasta el lavatorio y se echó agua por la cara y el pelo. Siguió mojándose hasta

empaparse la camiseta, y volvió al lado de la ventana para 41
aplicar la teoría según la cual el sol que cae sobre un trapo mojado provoca una violenta sensación de frío. «Pensar que me moriré», se dijo Oliveira, «sin haber visto en la primera página del diario la noticia de las noticias: ¡SE CAYÓ LA TORRE DE PISA! Es triste, bien mirado».

Empezó a componer titulares, cosa que siempre ayudaba a pasar el tiempo. SE LE ENREDA LA LANA DEL TEJIDO Y PERECE ASFIXIADA EN LANÚS OESTE. Contó hasta doscientos sin que se le ocurriera otro titular pasable.

—Me voy a tener que mudar —murmuró Oliveira—. Esta pieza es enormemente chica. Yo en realidad tendría que entrar en el circo de Manú y vivir con ellos. ¡¡La yerba!!

Nadie contestó.

—La yerba —dijo suavemente Oliveira—. La yerba, che. No me hagás eso, Manú. Pensar que podríamos charlar de ventana a ventana, con vos y Talita, y a lo mejor venía la señora de Gutusso o la chica de los mandados, y hacíamos juegos en el cementerio y otros juegos.

«Después de todo», pensó Oliveira, «los juegos en el cementerio los puedo hacer yo solo».

Fue a buscar el diccionario de la Real Academia Española, en cuya tapa la palabra Real había sido encarnizadamente destruida a golpes de *gillette,* lo abrió al azar y preparó para Manú el siguiente juego en el cementerio.

«Hartos del cliente y de sus cleuasmos, le sacaron el clíbano y el clípeo y le hicieron tragar una clica. Luego le aplicaron un clistel clínico en la cloaca, aunque clocaba por tan clivoso ascenso de agua mezclada con clinopodio, revolviendo los clisos como clerizón clorótico».

—Joder —dijo admirativamente Oliveira. Pensó que también joder podía servir como punto de arranque, pero lo decepcionó descubrir que no figuraba en el cementerio;

41 en cambio en el jonuco estaban jonjobando dos jobs, ansiosos por joparse; lo malo era que el jorbín los había jomado, jitándolos como jocós apestados.

«Es realmente la necrópolis», pensó. «No entiendo cómo a esta porquería le dura la encuadernación».

Se puso a escribir otro juego, pero no le salía. Decidió probar los diálogos típicos y buscó el cuaderno donde los iba escribiendo después de inspirarse en el subterráneo, los cafés y los bodegones. Tenía casi terminado un diálogo típico de españoles y le dio algunos toques más, no sin echarse antes un jarro de agua en la camiseta.

DIÁLOGO TÍPICO DE ESPAÑOLES

López. —Yo he vivido un año entero en Madrid. Verá usted, era en 1925, y...

Pérez. —¿En Madrid? Pues precisamente le decía yo ayer al doctor García...

López. —De 1925 a 1926, en que fui profesor de Literatura en la Universidad.

Pérez. —Le decía yo: «Hombre, todo el que haya vivido en Madrid sabe lo que es eso».

López. —Una cátedra especialmente creada para mí para que pudiera dictar mis cursos de Literatura.

Pérez. —Exacto, exacto. Pues ayer mismo le decía yo al doctor García, que es muy amigo mío...

López. —Y claro, cuando se ha vivido allí más de un año, uno sabe muy bien que el nivel de los estudios deja mucho que desear.

Pérez. —Es un hijo de Paco García, que fue ministro de Comercio, y que criaba toros.

López. —Una vergüenza, créame usted, una verdadera vergüenza.

Pérez. —Sí, hombre, ni qué hablar. Pues este doctor 41
García...

Oliveira estaba ya un poco aburrido del diálogo, y cerró el cuaderno. «Shiva», pensó bruscamente. «Oh, bailarín cósmico, cómo brillarías, bronce infinito, bajo este sol. ¿Por qué pienso en Shiva? Buenos Aires. Uno vive. Manera tan rara. Se acaba por tener una enciclopedia. De qué te sirvió el verano, oh, ruiseñor. Claro que peor sería especializarse y pasar cinco años estudiando el comportamiento del acridio. Pero mirá qué lista increíble, pibe, mirame un poco esto...».

Era un papelito amarillo, recortado de un documento de carácter vagamente internacional. Alguna publicación de la Unesco o cosa así, con los nombres de los integrantes de cierto Consejo de Birmania. Oliveira empezó a regodearse con la lista y no pudo resistir a la tentación de sacar un lápiz y escribir la jitanjáfora siguiente:

U Nu,
U Tin,
Mya Bu,
Thado Thiri Thudama U E Maung,
Sithu U Cho,
Wunna Kyaw Htin U Khin Zaw,
Wunna Kyaw Htin U Thein Han,
Wunna Kyaw Htin U Myo Min,
Thiri Pyanchi U Thant,
Thado Maha Thray Sithu U Chan Htoon.

«Los tres Wunna Kyaw Htin son un poco monótonos», se dijo mirando los versos. «Debe significar algo como "Su excelencia el Honorabilísimo". Che, qué bueno es lo de Thiri Pyanchi U Thant, es lo que suena mejor. ¿Y cómo se pronunciará Htoon?».

41 —Salú —dijo Traveler.

—Salú —dijo Oliveira—. Qué frío hace, che.

—Disculpá si te hice esperar. Vos sabés, los clavos...

—Seguro —dijo Oliveira—. Un clavo es un clavo, sobre todo si está derecho. ¿Hiciste un paquete?

—No —dijo Traveler, rascándose una tetilla—. Qué barbaridad de día, che, es como fuego.

—Avisá —dijo Oliveira tocándose la camiseta completamente seca—. Vos sos como la salamandra, vivís en un mundo de perpetua piromanía. ¿Trajiste la yerba?

—No —dijo Traveler—. Me olvidé completamente de la yerba. Tengo nada más que los clavos.

—Bueno, andá buscala, me hacés un paquete y me lo revoleás.

Traveler miró su ventana, después la calle, y por último la ventana de Oliveira.

—Va a ser peliagudo —dijo—. Vos sabés que yo nunca emboco un tiro, aunque sea a dos metros. En el circo me han tomado el pelo veinte veces.

—Pero si es casi como si me lo alcanzaras —dijo Oliveira.

—Vos decís, vos decís, y después los clavos le caen en la cabeza a uno de abajo y se arma un lío.

—Tirame el paquete y después hacemos juegos en el cementerio —dijo Oliveira.

—Sería mejor que vinieras a buscarlo.

—¿Pero vos estás loco, pibe? Bajar tres pisos, cruzar por entre el hielo y subir otros tres pisos, eso no se hace ni en la cabaña del tío Tom.

—No vas a pretender que sea yo el que practique ese andinismo vespertino.

—Lejos de mí tal intención —dijo virtuosamente Oliveira.

—Ni que vaya a buscar un tablón a la antecocina para 41
fabricar un puente.

—Esa idea —dijo Oliveira— no es mala del todo, aparte de que nos serviría para ir usando los clavos, vos de tu lado y yo del mío.

—Bueno, esperá —dijo Traveler, y desapareció.

Oliveira se quedó pensando en un buen insulto para aplastar a Traveler en la primera oportunidad. Después de consultar el cementerio y echarse un jarro de agua en la camiseta se apostó a pleno sol en la ventana. Traveler no tardó en llegar arrastrando un enorme tablón, que sacó poco a poco por la ventana. Recién entonces Oliveira se dio cuenta de que Talita sostenía también el tablón, y la saludó con un silbido. Talita tenía puesta una salida de baño verde, lo bastante ajustada como para dejar ver que estaba desnuda.

—Qué secante sos —dijo Traveler, bufando—. En qué líos nos metés.

Oliveira vio su oportunidad.

—Callate, miriápodo de diez a doce centímetros de largo, con un par de patas en cada uno de los veintiún anillos en que tiene dividido el cuerpo, cuatro ojos y en la boca mandibulillas córneas y ganchudas que al morder sueltan un veneno muy activo —dijo de un tirón.

—Mandibulillas —comentó Traveler—. Vos fijate las palabras que profiere. Che, si sigo sacando el tablón por la ventana va a llegar un momento en que la fuerza de gravedad nos va a mandar al diablo a Talita y a mí.

—Ya veo —dijo Oliveira—, pero considerá que la punta del tablón está demasiado lejos para que yo pueda agarrarlo.

—Estirá un poco las mandibulillas —dijo Traveler.

—No me da el cuero, che. Además, sabés muy bien que sufro de *horror vacuis*. Soy una caña pensante de buena ley.

41 —La única caña que te conozco es paraguaya —dijo Traveler furioso—. Yo realmente no sé qué vamos a hacer, este tablón empieza a pesar demasiado, ya sabés que el peso es una cosa relativa. Cuando lo trajimos era livianísimo, claro que no le daba el sol como ahora.

—Volvé a meterlo en la pieza —dijo Oliveira, suspirando—. Lo mejor va a ser esto: Yo tengo otro tablón, no tan largo pero en cambio más ancho. Le pasamos una soga haciendo un lazo, y atamos los dos tablones por la mitad. El mío yo lo sujeto a la cama, vos hacés como te parezca.

—El nuestro va a ser mejor calzarlo en un cajón de la cómoda —dijo Talita—. Mientras traés el tuyo, nosotros nos preparamos.

«Qué complicados son», pensó Oliveira yendo a buscar el tablón que estaba parado en el zaguán, entre la puerta de su pieza y la de un turco curandero. Era un tablón de cedro, muy bien cepillado pero con dos o tres nudos que se le habían salido. Oliveira pasó un dedo por un agujero, observó cómo salía por el otro lado, y se preguntó si los agujeros servirían para pasar la soga. El zaguán estaba casi a oscuras (pero era más bien la diferencia entre la pieza asoleada y la sombra) y en la puerta del turco había una silla donde se desbordaba una señora de negro. Oliveira la saludó desde detrás del tablón, que había enderezado y sostenía como un inmenso (e ineficaz) escudo.

—Buenas tardes, don —dijo la señora de negro—. Qué calor que hace.

—Al contrario, señora —dijo Oliveira—. Hace más bien un frío horrible.

—No sea chistoso, señor —dijo la señora—. Más respeto con los enfermos.

—Pero si usted no tiene nada, señora.

—¿Nada? ¿Cómo se atreve?

«Esto es la realidad», pensó Oliveira, sujetando el tablón y mirando a la señora de negro. «Esto que acepto a cada momento como la realidad y que no puede ser, no puede ser». 41

—No puede ser —dijo Oliveira.

—Retírese, atrevido —dijo la señora—. Le debía dar vergüenza salir a esta hora en camiseta.

—Es Masllorens, señora —dijo Oliveira.

—Asqueroso —dijo la señora.

«Esto que creo la realidad», pensó Oliveira, acariciando el tablón, apoyándose en él. «Esta vitrina arreglada, iluminada por cincuenta o sesenta siglos de manos, de imaginaciones, de compromisos, de pactos, de secretas libertades».

—Parece mentira que peine canas —decía la señora de negro.

«Pretender que uno es el centro», pensó Oliveira, apoyándose más cómodamente en el tablón. «Pero es incalculablemente idiota. Un centro tan ilusorio como lo sería pretender la ubicuidad. No hay centro, hay una especie de confluencia continua, de ondulación de la materia. A lo largo de la noche yo soy un cuerpo inmóvil, y del otro lado de la ciudad un rollo de papel se está convirtiendo en el diario de la mañana, y a las ocho y cuarenta yo saldré de casa y a las ocho y veinte el diario habrá llegado al kiosco de la esquina, y a las ocho y cuarenta y cinco mi mano y el diario se unirán y empezarán a moverse juntos en el aire, a un metro del suelo, camino del tranvía...».

—Y don Bunche que no la termina más con el otro enfermo —dijo la señora de negro.

Oliveira levantó el tablón y lo metió en su pieza. Traveler le hacía señas para que se apurara, y para tranquilizarlo le contestó con dos silbidos estridentes. La soga es-

41 taba encima del ropero, había que arrimar una silla y subirse.

—Si te apuraras un poco —dijo Traveler.

—Ya está, ya está —dijo Oliveira, asomándose a la ventana—. ¿Tu tablón está bien sujeto, che?

—Lo calzamos en un cajón de la cómoda, y Talita le metió encima la *Enciclopedia autodidáctica Quillet*.

—No está mal —dijo Oliveira—. Yo al mío le voy a poner la memoria anual del *Statens Psykologisk-Pedagogiska Institut,* que le mandan a Gekrepten no se sabe por qué.

—Lo que no veo es cómo los vamos a ensamblar —dijo Traveler, empezando a mover la cómoda para que el tablón saliera poco a poco por la ventana.

—Parecen dos jefes asirios con los arietes que derribaban las murallas —dijo Talita que no en vano era dueña de la enciclopedia—. ¿Es alemán ese libro que dijiste?

—Sueco, burra —dijo Oliveira—. Trata de cosas tales como la *Mentalhygieniska synpunkter i förskoleundervisning.* Son palabras espléndidas, dignas de este mozo Snorri Sturlusson tan mencionado en la literatura argentina. Verdaderos pectorales de bronce, con la imagen talismánica del halcón.

—Los raudos torbellinos de Noruega —dijo Traveler.

—¿Vos realmente sos un tipo culto o solamente la embocás? —preguntó Oliveira con cierto asombro.

—No te voy a decir que el circo no me lleve tiempo —dijo Traveler— pero siempre queda un rato para abrocharse una estrella en la frente. Esta frase de la estrella me sale siempre que hablo del circo, por pura contaminación. ¿De dónde la habré sacado? ¿Vos tenés alguna idea, Talita?

—No —dijo Talita, probando la solidez del tablón—. Probablemente de alguna novela portorriqueña.

—Lo que más me molesta es que en el fondo yo sé dónde he leído eso.

—¿Algún clásico? —insinuó Oliveira.

—Ya no me acuerdo de qué trataba —dijo Traveler— pero era un libro inolvidable.

—Se nota —dijo Oliveira.

—El tablón nuestro está perfecto —dijo Talita—. Ahora que no sé cómo vas a hacer para sujetarlo al tuyo.

Oliveira acabó de desenredar la soga, la cortó en dos, y con una mitad ató el tablón al elástico de la cama. Apoyando el extremo del tablón en el borde de la ventana, corrió la cama y el tablón empezó a hacer palanca en el antepecho, bajando poco a poco hasta posarse sobre el de Traveler, mientras los pies de la cama subían unos cincuenta centímetros. «Lo malo es que va a seguir subiendo en cuanto alguien quiera pasar por el puente», pensó Oliveira preocupado. Se acercó al ropero y empezó a empujarlo en dirección a la cama.

—¿No tenés bastante apoyo? —preguntó Talita, que se había sentado en el borde de su ventana, y miraba hacia la pieza de Oliveira.

—Extrememos las precauciones —dijo Oliveira— para evitar algún sensible accidente.

Empujó el ropero hasta dejarlo al lado de la cama, y lo tumbó poco a poco. Talita admiraba la fuerza de Oliveira casi tanto como la astucia y las invenciones de Traveler. «Son realmente dos gliptodontes», pensaba enternecida. Los períodos antediluvianos siempre le habían parecido refugio de sapiencia.

El ropero tomó velocidad y cayó violentamente sobre la cama, haciendo temblar el piso. Desde abajo subieron gritos, y Oliveira pensó que el turco de al lado debía estar juntando una violenta presión chamánica. Acabó de acomodar el ropero y montó a caballo en el tablón, naturalmente que del lado de adentro de la ventana.

41 —Ahora va a resistir cualquier peso —anunció—. No habrá tragedia, para desencanto de las chicas de abajo que tanto nos quieren. Para ellas nada de esto tiene sentido hasta que alguien se rompe el alma en la calle. La vida, que le dicen.

—¿No empatillás los tablones con tu soga? —preguntó Traveler.

—Mirá —dijo Oliveira—. Vos sabés muy bien que a mí el vértigo me ha impedido escalar posiciones. El solo nombre del Everest es como si me pegaran un tirón en las verijas. Aborrezco a mucha gente pero a nadie como al *sherpa* Tensing, creéme.

—Es decir que nosotros vamos a tener que sujetar los tablones —dijo Traveler.

—Viene a ser eso —concedió Oliveira, encendiendo un 43.

—Vos te das cuenta —le dijo Traveler a Talita—. Pretende que te arrastres hasta el medio del puente y ates la soga.

—¿Yo? —dijo Talita.

—Bueno, ya lo oíste.

—Oliveira no dijo que yo tenía que arrastrarme hasta el medio del puente.

No lo dijo pero se deduce. Aparte de que es más elegante que seas vos la que le alcance la yerba.

—No voy a saber atar la soga —dijo Talita—. Oliveira y vos saben hacer nudos, pero a mí se me desatan enseguida. Ni siquiera llegan a atarse.

—Nosotros te daremos las instrucciones —condescendió Traveler.

Talita se ajustó la salida de baño y se quitó una hebra que le colgaba de un dedo. Tenía necesidad de suspirar, pero sabía que a Traveler lo exasperaban los suspiros.

—¿Vos realmente querés que sea yo la que le lleve la yerba a Oliveira? —dijo en voz baja. 41

—¿Qué están hablando, che? —dijo Oliveira, sacando la mitad del cuerpo por la ventana y apoyando las dos manos en su tablón. La chica de los mandados había puesto una silla en la vereda y los miraba. Oliveira la saludó con una mano. «Doble fractura del tiempo y el espacio», pensó. «La pobre da por supuesto que estamos locos, y se prepara a una vertiginosa vuelta a la normalidad. Si alguien se cae la sangre la va a salpicar, eso es seguro. Y ella no sabe que la sangre la va a salpicar, no sabe que ha puesto ahí la silla para que la sangre la salpique, y no sabe que hace diez minutos le dio una crisis de *tedium vitae* en plena antecocina, nada más que para vehicular el traslado de la silla a la vereda. Y que el vaso de agua que bebió a las dos y veinticinco estaba tibio y repugnante para que el estómago, centro del humor vespertino, le preparara el ataque de *tedium vitae* que tres pastillas de leche de magnesia Phillips hubieran yugulado perfectamente; pero esto último ella no tenía que saberlo, ciertas cosas desencadenantes o yugulantes solo pueden ser sabidas en un plano astral, por usar esa terminología inane».

—No hablamos de nada —decía Traveler—. Vos prepará la soga.

—Ya está, es una soga macanuda. Dale, Talita, yo te la alcanzo desde aquí.

Talita se puso a caballo en el tablón y avanzó unos cinco centímetros, apoyando las dos manos y levantando la grupa hasta posarla un poco más adelante.

—Esta salida de baño es muy incómoda —dijo—. Sería mejor unos pantalones tuyos o algo así.

—No vale la pena —dijo Traveler—. Ponele que te caés, y me arruinás la ropa.

41 —Vos no te apurés —dijo Oliveira—. Un poco más y ya te puedo tirar la soga.

—Qué ancha es esta calle —dijo Talita, mirando hacia abajo—. Es mucho más ancha que cuando la mirás por la ventana.

—Las ventanas son los ojos de la ciudad —dijo Traveler— y naturalmente deforman todo lo que miran. Ahora estás en un punto de gran pureza, y quizá ves las cosas como una paloma o un caballo que no saben que tienen ojos.

—Dejate de ideas para la N. R. F. y sujetale bien el tablón —aconsejó Oliveira.

—Naturalmente a vos te revienta que cualquiera diga algo que te hubiera encantado decir antes. El tablón lo puedo sujetar perfectamente mientras pienso y hablo.

—Ya debo estar cerca del medio —dijo Talita.

—¿Del medio? Si apenas te has despegado de la ventana. Te faltan dos metros por lo menos.

—Un poco menos —dijo Oliveira, alentándola—. Ahora nomás te tiro la soga.

—Me parece que el tablón se está doblando para abajo —dijo Talita.

—No se dobla nada —dijo Traveler, que se había puesto a caballo pero del lado de adentro—. Apenas vibra un poco.

—Además la punta descansa sobre mi tablón —dijo Oliveira—. Sería muy extraño que los dos cedieran al mismo tiempo.

—Sí, pero yo peso cincuenta y seis kilos —dijo Talita—. Y al llegar al medio voy a pesar por lo menos doscientos. Siento que el tablón baja cada vez más.

—Si bajara —dijo Traveler— yo estaría con los pies en el aire, y en cambio me sobra sitio para apoyarlos en el

piso. Lo único que puede suceder es que los tablones se 41
rompan, pero sería muy raro.

—La fibra resiste mucho en sentido longitudinal —convino Oliveira—. Es el apólogo del haz de juncos, y otros ejemplos. Supongo que traés la yerba y los clavos.

—Los tengo en el bolsillo —dijo Talita—. Tirame la soga de una vez. Me pongo nerviosa, creeme.

—Es el frío —dijo Oliveira, revoleando la soga como un gaucho—. Ojo, no vayas a perder el equilibrio. Mejor te enlazo, así estamos seguros de que podés agarrar la soga.

«Es curioso», pensó viendo pasar la soga sobre su cabeza.

«Todo se encadena perfectamente si a uno se le da realmente la gana. Lo único falso en esto es el análisis».

—Ya estás llegando —anunció Traveler—. Ponete de manera de poder atar bien los dos tablones, que están un poco separados.

—Vos fijate lo bien que la enlacé —dijo Oliveira—. Ahí tenés, Manú, no me vas a negar que yo podría trabajar con ustedes en el circo.

—Me lastimaste la cara —se quejó Talita—. Es una soga llena de pinchos.

—Me pongo un sombrero tejano, salgo silbando y enlazo a todo el mundo —propuso Oliveira entusiasmado—. Las tribunas me ovacionan, un éxito pocas veces visto en los anales circenses.

—Te estás insolando —dijo Traveler, encendiendo un cigarrillo—. Y ya te he dicho que no me llames Manú.

—No tengo fuerza —dijo Talita—. La soga es áspera, se agarra en ella misma.

—La ambivalencia de la soga —dijo Oliveira—. Su función natural saboteada por una misteriosa tendencia a la neutralización. Creo que a eso le llaman la entropía.

41 —Está bastante bien ajustado —dijo Talita—. ¿Le doy otra vuelta? Total hay un pedazo que cuelga.

—Sí, arrollala bien —dijo Traveler—. Me revientan las cosas que sobran y que cuelgan; es diabólico.

—Un perfeccionista —dijo Oliveira—. Ahora pasate a mi tablón para probar el puente.

—Tengo miedo —dijo Talita—. Tu tablón parece menos sólido que el nuestro.

—¿Qué? —dijo Oliveira ofendido—. ¿Pero vos no te das cuenta que es un tablón de puro cedro? No vas a comparar con esa porquería de pino. Pasate tranquila al mío, nomás.

—¿Vos qué decis, Manú? —preguntó Talita, dándose vuelta.

Traveler, que iba a contestar, miró el punto donde se tocaban los dos tablones y la soga mal ajustada. A caballo sobre su tablón, sentía que le vibraba entre las piernas de una manera entre agradable y desagradable. Talita no tenía más que apoyarse sobre las manos, tomar un ligero impulso y entrar en la zona del tablón de Oliveira. Por supuesto el puente resistiría; estaba muy bien hecho.

—Mirá, esperá un momento —dijo Traveler, dubitativo—. ¿No le podés alcanzar el paquete desde ahí?

—Claro que no puede —dijo Oliveira, sorprendido—. ¿Qué idea se te ocurre? Estás estropeando todo.

—Lo que se dice alcanzárselo, no puedo —admitió Talita—. Pero se lo puedo tirar, desde aquí es lo más fácil del mundo.

—Tirar —dijo Oliveira, resentido—. Tanto lío y al final hablan de tirarme el paquete.

—Si vos sacás el brazo estás a menos de cuarenta centímetros del paquete —dijo Traveler—. No hay necesidad de que Talita vaya hasta allá. Te tira el paquete y chau.

—Va a errar el tiro, como todas las mujeres —dijo 41
Oliveira— y la yerba se va a desparramar en los adoquines, para no hablar de los clavos.

—Podés estar tranquilo —dijo Talita, sacando presurosa el paquete—. Aunque no te caiga en la mano lo mismo va a entrar por la ventana.

—Sí, y se va a reventar en el piso, que está sucio, y yo voy a tomar un mate asqueroso lleno de pelusas —dijo Oliveira.

—No le hagás caso —dijo Traveler—. Tirale nomás el paquete, y volvé.

Talita se dio vuelta y lo miró, dudando de que hablara en serio. Traveler la estaba mirando de una manera que conocía muy bien, y Talita sintió como una caricia que le corría por la espalda. Apretó con fuerza el paquete, calculó la distancia.

Oliveira había bajado los brazos y parecía indiferente a lo que Talita hiciera o no hiciera. Por encima de Talita miraba fijamente a Traveler, que lo miraba fijamente. «Estos dos han tendido otro puente entre ellos», pensó Talita. «Si me cayera a la calle ni se darían cuenta». Miró los adoquines, vio a la chica de los mandados que la contemplaba con la boca abierta; dos cuadras más allá venía caminando una mujer que debía ser Gekrepten. Talita esperó, con el paquete apoyado en el puente.

—Ahí está —dijo Oliveira—. Tenía que suceder, a vos no te cambia nadie. Llegás al borde de las cosas y uno piensa que por fin vas a entender, pero es inútil, che, empezás a darles la vuelta, a leerles las etiquetas. Te quedás en el prospecto, pibe.

—¿Y qué? —dijo Traveler—. ¿Por qué te tengo que hacer el juego, hermano?

—Los juegos se hacen solos, sos vos el que mete un palito para frenar la rueda.

—La rueda que vos fabricaste, si vamos a eso.

41 —No creo —dijo Oliveira—. Yo no hice más que suscitar las circunstancias, como dicen los entendidos. El juego había que jugarlo limpio.

—Frase de perdedor, viejito.

—Es fácil perder si el otro te carga la taba.

—Sos grande —dijo Traveler—. Puro sentimiento gaucho.

Talita sabía que de alguna manera estaban hablando de ella, y seguía mirando a la chica de los mandados inmóvil en la silla con la boca abierta. «Daría cualquier cosa por no oírlos discutir», pensó Talita. «Hablen de lo que hablen, en el fondo es siempre de mí, pero tampoco es eso, aunque es casi eso». Se le ocurrió que sería divertido soltar el paquete de manera que le cayera en la boca a la chica de los mandados. Pero no le hacía gracia, sentía el otro puente por encima, las palabras yendo y viniendo, las risas, los silencios calientes.

«Es como un juicio», pensó Talita. «Como una ceremonia». Reconoció a Gekrepten que llegaba a la otra esquina y empezaba a mirar hacia arriba. «¿Quién te juzga?», acababa de decir Oliveira. Pero no era a Traveler sino a ella que estaban juzgando. Un sentimiento, algo pegajoso como el sol en la nuca y en las piernas. Le iba a dar un ataque de insolación, a lo mejor eso sería la sentencia. «No creo que seas nadie para juzgarme», había dicho Manú. Pero no era a Manú sino a ella que estaban juzgando. Y a través de ella, vaya a saber qué, mientras la estúpida de Gekrepten revoleaba el brazo izquierdo y le hacía señas como si ella, por ejemplo, estuviera a punto de tener un ataque de insolación y fuera a caerse a la calle, condenada sin remedio.

—¿Por qué te balanceás así? —dijo Traveler, sujetando su tablón con las dos manos—. Che, lo estás haciendo vibrar demasiado. A ver si nos vamos todos al diablo.

—No me muevo —dijo miserablemente Talita—. Yo 41
solamente quisiera tirarle el paquete y entrar otra vez en casa.

—Te está dando todo el sol en la cabeza, pobre —dijo Traveler—. Realmente es una barbaridad, che.

—La culpa es tuya —dijo Oliveira rabioso—. No hay nadie en la Argentina capaz de armar quilombos como vos.

—La tenés conmigo —dijo Traveler objetivamente—. Apurate, Talita. Rajale el paquete por la cara y que nos deje de joder de una buena vez.

—Es un poco tarde —dijo Talita—. Ya no estoy tan segura de embocar la ventana.

—Te lo dije —murmuró Oliveira que murmuraba muy poco y solo cuando estaba al borde de alguna barbaridad—. Ahí viene Gekrepten llena de paquetes. Éramos pocos y parió la abuela.

—Tirale la yerba de cualquier manera —dijo Traveler, impaciente—. Vos no te aflijas si sale desviado.

Talita inclinó la cabeza y el pelo le chorreó por la frente, hasta la boca. Tenía que parpadear continuamente porque el sudor le entraba en los ojos. Sentía la lengua llena de sal y de algo que debían ser chispazos, astros diminutos corriendo y chocando con las encías y el paladar.

—Esperá —dijo Traveler.

—¿Me lo decís a mí? —preguntó Oliveira.

—No. Esperá, Talita. Tenete bien fuerte que te voy a alcanzar un sombrero.

—No te salgas del tablón —pidió Talita—. Me voy a caer a la calle.

—La enciclopedia y la cómoda lo sostienen perfectamente. Vos no te movás, que vuelvo enseguida.

Los tablones se inclinaron un poco hacia abajo, y Talita se agarró desesperadamente. Oliveira silbó con todas sus

41 fuerzas como para detener a Traveler, pero ya no había nadie en la ventana.

—Qué animal —dijo Oliveira—. No te muevas, no respires siquiera. Es una cuestión de vida o muerte, creeme.

—Me doy cuenta —dijo Talita, con un hilo de voz—. Siempre ha sido así.

—Y para colmo Gekrepten está subiendo la escalera. Lo que nos va a escorchar, madre mía. No te muevas.

—No me muevo —dijo Talita—. Pero parecería que...

—Sí, pero apenas —dijo Oliveira—. Vos no te movás, es lo único que se puede hacer.

«Ya me han juzgado», pensó Talita. «Ahora no tengo más que caerme y ellos seguirán con el circo, con la vida».

—¿Por qué llorás? —dijo Oliveira, interesado.

—Yo no lloro —dijo Talita—. Estoy sudando, solamente.

—Mirá —dijo Oliveira resentido—, yo seré muy bruto pero nunca me ha ocurrido confundir las lágrimas con la transpiración. Es completamente distinto.

—Yo no lloro —dijo Talita—. Casi nunca lloro, te juro. Lloran las gentes como Gekrepten, que está subiendo por la escalera llena de paquetes. Yo soy como el ave cisne, que canta cuando se muere —dijo Talita—. Estaba en un disco de Gardel.

Oliveira encendió un cigarrillo. Los tablones se habían equilibrado otra vez. Aspiró satisfecho el humo.

—Mirá, hasta que vuelva ese idiota de Manú con el sombrero, lo que podemos hacer es jugar a las preguntas-balanza.

—Dale —dijo Talita—. Justamente ayer preparé unas cuantas, para que sepas.

—Muy bien. Yo empiezo y cada uno hace una pregunta-balanza. La operación que consiste en depositar sobre

un cuerpo sólido una capa de metal disuelto en un líquido, 41
valiéndose de corrientes eléctricas, ¿no es una embarcación antigua, de vela latina, de unas cien toneladas de porte?

—Sí que es —dijo Talita, echándose el pelo hacia atrás—. Andar de aquí para allá, vagar, desviar el golpe de un arma, perfumar con algalia, y ajustar el pago del diezmo de los frutos en verde, ¿no equivale a cualquiera de los jugos vegetales destinados a la alimentación, como vino, aceite, etcétera?

—Muy bueno —condescendió Oliveira—. Los jugos vegetales, como vino, aceite... Nunca se me había ocurrido pensar en el vino como en un jugo vegetal. Es espléndido. Pero escuchá esto: Reverdecer, verdear el campo, enredarse el pelo, la lana, enzarzarse en una riña o contienda, envenenar el agua con verbasco u otra sustancia análoga para atontar a los peces y pescarlos, ¿no es el desenlace del poema dramático, especialmente cuando es doloroso?

—Qué lindo —dijo Talita, entusiasmada—. Es lindísimo, Horacio. Vos realmente le sacás el jugo al cementerio.

—El jugo vegetal —dijo Oliveira.

Se abrió la puerta de la pieza y Gekrepten entró respirando agitadamente. Gekrepten era rubia teñida, hablaba con mucha facilidad, y ya no se sorprendía por un ropero tirado en una cama y un hombre a caballo en un tablón.

—Qué calor —dijo tirando los paquetes sobre una silla—. Es la peor hora para ir de compras, creeme. ¿Qué hacés ahí, Talita? Yo no sé por qué salgo siempre a la hora de la siesta.

—Bueno, bueno —dijo Oliveira, sin mirarla—. Ahora te toca a vos, Talita.

—No me acuerdo de ninguna otra.

—Pensá, no puede ser que no te acuerdes.

41 —Ah, es por el dentista —dijo Gekrepten—. Siempre me dan las horas peores para emplomar las muelas. ¿Te dije que hoy tenía que ir al dentista?

—Ahora me acuerdo de una —dijo Talita.

—Y mirá lo que me pasa —dijo Gekrepten—. Llego a lo del dentista, en la calle Warnes. Toco el timbre del consultorio y sale la mucama. Yo le digo: «Buenas tardes». Me dice: «Buenas tardes. Pase, por favor». Yo paso, y me hace entrar en la sala de espera.

—Es así —dijo Talita—. El que tiene abultados los carrillos, o la fila de cubas amarradas que se conducen a modo de balsa, hacia un sitio poblado de carrizos: el almacén de artículos de primera necesidad, establecido para que se surtan de él determinadas personas con más economía que en las tiendas, y todo lo perteneciente o relativo a la égloga, ¿no es como aplicar el galvanismo a un animal vivo o muerto?

—Qué hermosura —dijo Oliveira deslumbrado—. Es sencillamente fenomenal.

—Me dice: «Siéntese un momento, por favor». Yo me siento y espero.

—Todavía me queda una —dijo Oliveira—. Esperá, no me acuerdo muy bien.

—Había dos señoras y un señor con un chico. Los minutos parecía que no pasaban. Si te digo que me leí enteros tres números de *Idilio*. El chico lloraba, pobre criatura, y el padre, un nervioso... No quisiera mentir pero pasaron más de dos horas, desde las dos y media que llegué. Al final me tocó el turno, y el dentista me dice: «Pase, señora»; yo paso, y me dice: «¿No le molestó mucho lo que le puse el otro día?». Yo le digo: «No, doctor, qué me va a molestar. Además que todo este tiempo mastiqué siempre de un solo lado». Me dice: «Muy bien, es lo que hay que hacer. Siéntese, señora». Yo me siento, y me dice: «Por favor, abra la boca». Es muy amable, ese dentista. 41

—Ya está —dijo Oliveira—. Oí bien, Talita. ¿Por qué mirás para atrás? —Para ver si vuelve Manú.

—Qué va a venir. Escuchá bien: la acción y efecto de contrapasar, o en los torneos y justas, hacer un jinete que su caballo dé con los pechos en los del caballo de su contrario, ¿no se parece mucho al fastigio, momento más grave e intenso de una enfermedad?

—Es raro —dijo Talita, pensando—. ¿Se dice así, en español?

—¿Qué cosa se dice así?

—Eso de hacer un jinete que su caballo dé con los pechos.

—En los torneos sí —dijo Oliveira—. Está en el cementerio, che.

—Fastigio —dijo Talita— es una palabra muy bonita. Lástima lo que quiere decir.

—Bah, lo mismo pasa con mortadela y tantas otras —dijo Oliveira—. Ya se ocupó de eso el abate Bremond, pero no hay nada que hacerle. Las palabras son como nosotros, nacen con una cara y no hay tutía. Pensá en la cara que tenía Kant, decime un poco. O Bernardino Rivadavia, para no ir tan lejos.

—Me ha puesto una emplomadura de material plástico —dijo Gekrepten.

—Hace un calor terrible —dijo Talita—. Manú dijo que iba a traerme un sombrero.

—Qué va a traer, ese —dijo Oliveira.

—Si a vos te parece te tiro el paquete y me vuelvo a casa —dijo Talita.

Oliveira miró el puente, midió la ventana abriendo vagamente los brazos, y movió la cabeza.

41 —Quién sabe si lo vas a embocar —dijo—. Por otra parte me da no sé qué tenerte ahí con ese frío glacial. ¿No sentís que se te forman carámbanos en el pelo y las fosas nasales?

—No —dijo Talita—. ¿Los carámbanos vienen a ser como los fastigios?

—En cierto modo sí —dijo Oliveira—. Son dos cosas que se parecen desde sus diferencias, un poco como Manú y yo, si te ponés a pensarlo. Reconocerás que el lío con Manú es que nos parecemos demasiado.

—Sí —dijo Talita—. Es bastante molesto a veces.

—Se fundió la manteca —dijo Gekrepten, untando una tajada de pan negro—. La manteca, con el calor, es una lucha.

—La peor diferencia está en eso —dijo Oliveira—. La peor de las peores diferencias. Dos tipos con pelo negro, con cara de porteños farristas, con el mismo desprecio por casi las mismas cosas, y vos...

—Bueno, yo... —dijo Talita.

—No tenés por qué escabullirte —dijo Oliveira—. Es un hecho que vos te sumás de alguna manera a nosotros dos para aumentar el parecido, y por lo tanto la diferencia.

—A mí no me parece que me sume a los dos —dijo Talita.

—¿Qué sabés? ¿Qué podés saber, vos? Estás ahí en tu pieza, viviendo y cocinando y leyendo la enciclopedia autodidáctica, y de noche vas al circo, y entonces te parece que solamente estás ahí en donde estás. ¿Nunca te fijaste en los picaportes de las puertas, en los botones de metal, en los pedacitos de vidrio?

—Sí, a veces me fijo —dijo Talita.

—Si te fijaras bien, verías que por todos lados, donde menos se sospecha, hay imágenes que copian todos tus movimientos. Yo soy muy sensible a esas idioteces, creeme.

—Vení, tomá la leche que ya se le formó nata —dijo Gekrepten—. ¿Porqué hablan siempre de cosas raras? 41

—Vos me estás dando demasiada importancia —dijo Talita.

—Oh, esas cosas no las decide uno —dijo Oliveira—. Hay todo un orden de cosas que uno no decide, y son siempre fastidiosas aunque no las más importantes. Te lo digo porque es un gran consuelo. Por ejemplo yo pensaba tomar mate. Ahora llega esta y se pone a preparar café con leche sin que nadie se lo pida. Resultado: si no lo tomo, a la leche se le forma nata. No es importante, pero joroba un poco. ¿Te das cuenta de lo que estoy diciendo?

—Oh, sí —dijo Talita, mirándolo en los ojos—. Es verdad que te parecés a Manú. Los dos saben hablar tan bien del café con leche y del mate, y uno acaba por darse cuenta de que el café con leche y el mate, en realidad...

—Exacto —dijo Oliveira—. *En realidad*. De modo que podemos volver a lo que decía antes. La diferencia entre Manú y yo es que somos casi iguales. En esa proporción, la diferencia es como un cataclismo inminente. ¿Somos amigos? Sí, claro, pero a mí no me sorprendería nada que... Fijate que desde que nos conocemos, te lo puedo decir porque vos ya lo sabés, no hacemos más que lastimarnos. A él no le gusta que yo sea como soy, apenas me pongo a enderezar unos clavos ya ves el lío que arma, y te embarca de paso a vos. Pero a él no le gusta que yo sea como soy porque en realidad muchas de las cosas que a mí se me ocurren, muchas de las cosas que hago, es como si se las escamoteara delante de las narices. Antes de que él las piense, zas, ya están. Bang, bang, se asoma a la ventana y yo estoy enderezando los clavos.

Talita miró hacia atrás, y vio la sombra de Traveler que escuchaba, escondido entre la cómoda y la ventana.

41 —Bueno, no tenés que exagerar —dijo Talita—. A vos no se te ocurrirían algunas cosas que se le ocurren a Manú.

—¿Por ejemplo?

—Se te enfría la leche —dijo Gekrepten quejumbrosa—. ¿Querés que te la ponga otro poco al fuego, amor?

—Hacé un flan para mañana —aconsejó Oliveira—. Vos seguí, Talita.

—No —dijo Talita, suspirando—. Para qué. Tengo tanto calor, y me parece que me estoy empezando a marear.

Sintió la vibración del puente cuando Traveler lo cabalgó al borde de la ventana. Echándose de bruces sin pasar del nivel del antepecho, Traveler puso un sombrero de paja sobre el tablón. Con ayuda de un palo de plumero empezó a empujarlo centímetro a centímetro.

—Si se desvía apenas un poco —dijo Traveler—, seguro que se cae a la calle y va a ser un lío bajar a buscarlo.

—Lo mejor sería que yo me volviera a casa —dijo Talita, mirando penosamente a Traveler.

—Pero primero le tenés que pasar la yerba a Oliveira —dijo Traveler.

—Ya no vale la pena —dijo Oliveira—. En todo caso que tire el paquete, da lo mismo.

Talita los miró alternativamente, y se quedó inmóvil.

—A vos es difícil entenderte —dijo Traveler—. Todo este trabajo y ahora resulta que mate más, mate menos, te da lo mismo.

—Ha transcurrido el minutero, hijo mío —dijo Oliveira—. Vos te movés en el continuo tiempo-espacio con una lentitud de gusano. Pensá en todo lo que ha acontecido desde que decidiste ir a buscar ese zarandeado jipijapa. El ciclo del mate se cerró sin consumarse, y entre tanto hizo aquí su llamativa entrada la siempre fiel Gekrepten,

armada de utensilios culinarios. Estamos en el sector del 41
café con leche, nada que hacerle.

—Vaya razones —dijo Traveler.

—No son razones, son mostraciones perfectamente objetivas. Vos tendés a moverte en el continuo, como dicen los físicos, mientras que yo soy sumamente sensible a la discontinuidad vertiginosa de la existencia. En este mismo momento el café con leche irrumpe, se instala, impera, se difunde, se reitera en cientos de miles de hogares. Los mates han sido lavados, guardados, abolidos. Una zona temporal de café con leche cubre este sector del continente americano. Pensá en todo lo que eso supone y acarrea. Madres diligentes que aleccionan a sus párvulos sobre la dietética láctea, reuniones infantiles en torno a la mesa de la antecocina, en cuya parte superior todas son sonrisas y en la inferior un diluvio de patadas y pellizcos. Decir café con leche a esta hora significa mutación, convergencia amable hacia el fin de la jornada, recuento de las buenas acciones, de las acciones al portador, situaciones transitorias, vagos proemios a lo que las seis de la tarde, hora terrible de llave en las puertas y carreras al ómnibus, concretará brutalmente. A esta hora casi nadie hace el amor, eso es antes o después. A esta hora se piensa en la ducha (pero la tomaremos a las cinco) y la gente empieza a rumiar las posibilidades de la noche, es decir si van a ir a ver a Paulina Singerman o a Toco Tarántola (pero no estamos seguros, todavía hay tiempo). ¿Qué tiene ya que ver todo eso con la hora del mate? No te hablo del mate mal tomado, superpuesto al café con leche, sino al auténtico que yo quería, a la hora justa, en el momento de más frío. Y esas cosas me parece que no las comprendés lo suficiente.

—La modista es una estafadora —dijo Gekrepten—. ¿Vos te hacés hacer los vestidos por una modista, Talita?

41 —No —dijo Talita—. Sé un poco de corte y confección.

—Hacés bien, *m'hija.* Yo esta tarde después del dentista me corro hasta la modista que está a una cuadra y le voy a reclamar una pollera que ya tendría que estar hace ocho días. Me dice: «Ay, señora, con la enfermedad de mi mamá no he podido lo que se dice enhebrar la aguja». Yo le digo: «Pero, señora, yo la pollera la necesito». Me dice: «Créame, lo siento mucho. Una clienta como usted. Pero va a tener que disculpar». Yo le digo: «Con disculpar no se arregla nada, señora. Más le valdría cumplir a tiempo y todos saldríamos gananciosos». Me dice: «Ya que lo toma así, ¿por qué no va de otra modista?». Y yo le digo: «No es que me falten ganas, pero ya que me comprometí con usted más vale que la espere, y eso que me parece una informalidad».

—¿Todo eso te sucedió? —dijo Oliveira.

—Claro —dijo Gekrepten—. ¿No ves que se lo estoy contando a Talita?

—Son dos cosas distintas.

—Ya empezás, vos.

—Ahí tenés —le dijo Oliveira a Traveler, que lo miraba cejijunto—. Ahí tenés lo que son las cosas. Cada uno cree que está hablando de lo que comparte con los demás.

—Y no es así, claro —dijo Traveler—. Vaya noticia.

—Conviene repetirla, che.

—Vos repetís todo lo que supone una sanción contra alguien.

—Dios me puso sobre vuestra ciudad —dijo Oliveira.

—Cuando no me juzgás a mí te la agarrás con tu mujer.

—Para picarlos y tenerlos despiertos —dijo Oliveira.

—Una especie de manía mosaica. Te la pasás bajando del Sinaí.

—Me gusta —dijo Oliveira— que las cosas queden siempre lo más claras posibles. A vos parece darte lo mismo que en plena conversación Gekrepten intercale una historia absolutamente fantasiosa de un dentista y no sé qué pollera. No parecés darte cuenta de que esas irrupciones, disculpables cuando son hermosas o por lo menos inspiradas, se vuelven repugnantes apenas se limitan a escindir un orden, a torpedear una estructura. Cómo hablo, hermano. 41

—Horacio es siempre el mismo —dijo Gekrepten—. No le haga caso, Traveler.

—Somos de una blandura insoportable, Manú. Consentimos a cada instante que la realidad se nos huya entre los dedos como una agüita cualquiera. La teníamos ahí, casi perfecta, como un arcoíris saltando del pulgar al meñique. Y el trabajo para conseguirla, el tiempo que se necesita, los méritos que hay que hacer... Zas, la radio anuncia que el general Pisotelli hizo declaraciones. *Kaputt.* Todo *kaputt.* «Por fin algo en serio», piensa la chica de los mandados, o esta, o a lo mejor vos mismo. Y yo, porque no te vayas a imaginar que me creo infalible. ¿Qué sé yo dónde está la verdad? Solamente que me gustaba tanto ese arcoíris como un sapito entre los dedos. Y esta tarde... Mirá, a pesar del frío a mí me parece que estábamos empezando a hacer algo en serio. Talita, por ejemplo, cumpliendo esa proeza extraordinaria de no caerse a la calle, y vos ahí, y yo... Uno es sensible a ciertas cosas, qué demonios.

—No sé si te entiendo —dijo Traveler—. A lo mejor lo del arcoíris no está tan mal. ¿Pero por qué sos tan intolerante? Viví y dejá vivir, hermano.

—Ahora que ya jugaste bastante, vení a sacar el ropero de arriba de la cama —dijo Gekrepten.

—¿Te das cuenta? —dijo Oliveira.

—Eh, sí —dijo Traveler, convencido.

—*Quod erat demostrandum,* pibe.

—*Quod erat* —dijo Traveler.

41 —Y lo peor es que en realidad ni siquiera habíamos empezado.

—¿Cómo? —dijo Talita, echándose el pelo para atrás y mirando si Traveler había empujado lo suficiente el sombrero.

—Vos no te pongás nerviosa —aconsejó Traveler—. Date vuelta despacio, estirá esa mano, así. Esperá, ahora yo empujo un poco más... ¿No te dije? Listo.

Talita sujetó el sombrero y se lo encasquetó de un solo golpe. Abajo se habían juntado dos chicos y una señora, que hablaban con la chica de los mandados y miraban el puente.

—Ahora yo le tiro el paquete a Oliveira y se acabó —dijo Talita sintiéndose más segura con el sombrero puesto—. Tengan firme los tablones, no sea cosa.

—¿Lo vas a tirar? —dijo Oliveira—. Seguro que no lo embocás.

—Dejala que haga la prueba —dijo Traveler—. Si el paquete se escracha en la calle, ojalá le pegue en el melón a la de Gutusso, lechuzón repelente.

—Ah, a vos tampoco te gusta —dijo Oliveira—. Me alegro porque no la puedo tragar. ¿Y vos, Talita?

—Yo preferiría tirarte el paquete —dijo Talita.

—Ahora, ahora, pero me parece que te estás apurando mucho.

—Oliveira tiene razón —dijo Traveler—. A ver si la arruinás justamente al final después de todo el trabajo.

—Pero es que tengo calor —dijo Talita—. Yo quiero volver a casa, Manú.

—No estás tan lejos para quejarte así. Cualquiera creería que me estás escribiendo desde Mato Grosso.

—Lo dice por la yerba —informó Oliveira a Gekrepten, que miraba el ropero.

—¿Van a seguir jugando mucho tiempo? —preguntó Gekrepten.

—Nones —dijo Oliveira.

—Ah —dijo Gekrepten—. Menos mal.

Talita había sacado el paquete del bolsillo de la salida de baño y lo balanceaba de atrás adelante. El puente empezó a vibrar, y Traveler y Oliveira lo sujetaron con todas sus fuerzas. Cansada de balancear el paquete, Talita empezó a revolear el brazo, sujetándose con la otra mano.

—No hagás tonterías —dijo Oliveira—. Más despacio. ¿Me oís? ¡Más despacio!

—¡Ahí va! —gritó Talita.

—¡Más despacio, te vas a caer a la calle!

—¡No me importa! —gritó Talita, soltando el paquete que entró a toda velocidad en la pieza y se hizo pedazos contra el ropero.

—Espléndido —dijo Traveler, que miraba a Talita como si quisiera sostenerla en el puente con la sola fuerza de la mirada—. Perfecto, querida. Más claro, imposible. Eso sí que fue *demostrandum*.

El puente se aquietaba poco a poco. Talita se sujetó con las dos manos y agachó la cabeza. Oliveira no veía más que el sombrero, y el pelo de Talita derramado sobre los hombros. Levantó los ojos y miró a Traveler.

—Si te parece —dijo—. Yo también creo que más claro, imposible.

«Por fin», pensó Talita, mirando los adoquines, las veredas. «Cualquier cosa es mejor que estar así, entre las dos ventanas».

—Podés hacer dos cosas —dijo Traveler—. Seguir adelante, que es más fácil, y entrar por lo de Oliveira, o retroceder, que es más difícil, y ahorrarte las escaleras y el cruce de la calle.

—Que venga aquí, pobre —dijo Gekrepten—. Tiene la cara toda empapada de transpiración.

41 —Los niños y los locos —dijo Oliveira.

—Dejame descansar un momento —dijo Talita—. Me parece que estoy un poco mareada.

—Oliveira se echó de bruces en la ventana, y le tendió el brazo. Talita no tenía más que avanzar medio metro para tocar su mano.

—Es un perfecto caballero —dijo Traveler—. Se ve que ha leído el consejero social del profesor Maidana. Lo que se llama un conde. No te pierdas eso, Talita.

—Es la congelación —dijo Oliveira—. Descansá un poco, Talita, y franqueá el trecho remanente. No le hagas caso, ya se sabe que la nieve hace delirar antes del sueño inapelable.

Pero Talita se había enderezado lentamente, y apoyándose en las dos manos trasladó su trasero veinte centímetros más atrás. Otro apoyo, y otros veinte centímetros. Oliveira, siempre con la mano tendida, parecía el pasajero de un barco que empieza a alejarse lentamente del muelle.

Traveler estiró los brazos y calzó las manos en las axilas de Talita. Ella se quedó inmóvil, y después echó la cabeza hacia atrás con un movimiento tan brusco que el sombrero cayó planeando hasta la vereda.

—Como en las corridas de toros —dijo Oliveira—. La de Gutusso se lo va a querer portar vía.

Talita había cerrado los ojos y se dejaba sostener, arrancar del tablón, meter a empujones por la ventana. Sintió la boca de Traveler pegada en su nuca, la respiración caliente y rápida.

—Volviste —murmuró Traveler—. Volviste, volviste.

—Sí —dijo Talita, acercándose a la cama—. ¿Cómo no iba a volver? Le tiré el maldito paquete y volví, le tiré el paquete y volví, le...

Traveler se sentó al borde de la cama. Pensaba en el ar- 41
coíris entre los dedos, esas cosas que se le ocurrían a Oliveira. Talita resbaló a su lado y empezó a llorar en silencio. «Son los nervios», pensó Traveler. «Lo ha pasado muy mal». Iría a buscarle un gran vaso de agua con jugo de limón, le daría una aspirina, le pantallaría la cara con una revista, la obligaría a dormir un rato. Pero antes había que sacar la enciclopedia autodidáctica, arreglar la cómoda y meter dentro el tablón. «Esta pieza está tan desordenada», pensó, besando a Talita. Apenas dejara de llorar le pediría que lo ayudara a acomodar el cuarto. Empezó a acariciarla, a decirle cosas.

—En fin, en fin —dijo Oliveira.

Se apartó de la ventana y se sentó al borde de la cama, aprovechando el espacio que le dejaba libre el ropero. Gekrepten había terminado de juntar la yerba con una cuchara.

—Estaba llena de clavos —dijo Gekrepten—. Qué cosa tan rara.

—Rarísima —dijo Oliveira.

—Me parece que voy a bajar a buscar el sombrero de Talita. Vos sabés lo que son los chicos.

—Sana idea —dijo Oliveira, alzando un clavo y dándole vueltas entre los dedos.

Gekrepten bajó a la calle. Los chicos habían recogido el sombrero y discutían con la chica de los mandados y la señora de Gutusso.

—Demelón a mí —dijo Gekrepten, con una sonrisa estirada—. Es de la señora de enfrente, conocida mía.

—Conocida de todos, hijita —dijo la señora de Gutusso—. Vaya espectáculo a estas horas, y con los niños mirando.

—No tenía nada de malo —dijo Gekrepten, sin mucha convicción.

41 —Con las piernas al aire en ese tablón, mire qué ejemplo para las criaturas. Usted no se habrá dado cuenta, pero desde aquí se le veía propiamente todo, le juro.

—Tenía muchísimos pelos —dijo el más chiquito.

—Ahí tiene —dijo la señora de Gutusso—. Las criaturas dicen lo que ven, pobres inocentes. ¿Y qué tenía que hacer esa a caballo en una madera, dígame un poco? A esta hora cuando las personas decentes duermen la siesta o se ocupan de sus quehaceres. ¿Usted se montaría en una madera, señora, si no es mucho preguntar?

—Yo no —dijo Gekrepten—. Pero Talita trabaja en un circo, son todos artistas.

—¿Hacen pruebas? —preguntó uno de los chicos—. ¿Adentro de cuál circo trabaja la cosa esa?

—No era una prueba —dijo Gekrepten—. Lo que pasa es que querían darle un poco de yerba a mi marido, y entonces...

La señora de Gutusso miraba a la chica de los mandados. La chica de los mandados se puso un dedo en la sien y lo hizo girar. Gekrepten agarró el sombrero con las dos manos y entró en el zaguán. Los chicos se pusieron en fila y empezaron a cantar, con música de «Caballería ligera»:

Lo corrieron de atrás, lo corrieron de atrás,
le metieron un palo en el cuuulo.
¡Pobre señor! ¡Pobre señor!
No se lo pudo sacar.

(Bis).

(-148)

42

Il mio supplizio
è quando
non mi credo
in armonia.
UNGARETTI, *I Fiumi*.

El trabajo consiste en impedir que los chicos se cuelen por debajo de la carpa, dar una mano si pasa algo con los animales, ayudar al proyeccionista, redactar avisos y carteles llamativos, ocuparse de la condigna impresión, entenderse con la policía, señalar al director toda anomalía digna de mención, ayudar al señor Manuel Traveler en la parte administrativa, ayudar a la señora Atalía Donosi de Traveler en la taquilla (llegado el caso), etcétera.

¡Oh, corazón mío, no te levantes para testimoniar en contra de mí!
(*Libro de los Muertos,* o inscripción en un escarabajo).

Entre tanto había muerto en Europa, a los treinta y tres años de edad, Dinu Lipatti. Del trabajo y de Dinu Lipatti fueron hablando hasta la esquina, porque a Talita le pare-

42 cía que también era bueno acumular pruebas tangibles de la inexistencia de Dios o por lo menos de su incurable frivolidad. Les había propuesto comprar inmediatamente un disco de Lipatti y entrar en lo de don Crespo para escucharlo, pero Traveler y Oliveira querían tomarse una cerveza en el café de la esquina y hablar del circo, ahora que eran colegas y estaban satisfechísimos. A Oliveira no-se-le-escapaba que Traveler había tenido que hacer un-esfuerzo-heroico para convencer al Dire, y que lo había convencido más por casualidad que por otra cosa. Ya habían decidido que Oliveira le regalaría a Gekrepten dos de los tres cortes de casimir que le quedaban por vender, y que con el tercero Talita se haría un traje sastre. Cuestión de festejar el nombramiento. Traveler pidió en consecuencia las cervezas mientras Talita se iba a preparar el almuerzo. Era lunes, día de descanso. El martes habría función a las siete y a las nueve, con presentación de cuatro osos cuatro, del malabarista recién desembarcado de Colombo, y por supuesto del gato calculista. Para empezar el trabajo de Oliveira sería más bien de puro sebo, hasta hacerse la mano. De paso se veía la función que no era peor que otras. Todo iba muy bien.

Todo iba tan bien que Traveler bajó los ojos y se puso a tamborilear en la mesa. El mozo, que los conocía mucho, se acercó para discutir sobre Ferrocarril Oeste, y Oliveira apostó diez pesos a la mano de Chacarita Juniors. Marcando un compás de baguala con los dedos, Traveler se decía que todo estaba perfectamente bien así, y que no había otra salida, mientras Oliveira acababa con los parlamentos ratificatorios de la apuesta y se bebía su cerveza. Le había dado esa mañana por pensar en frases egipcias, en Toth, significativamente dios de la magia e inventor del lenguaje. Discutieron un rato si no sería una falacia estar discu-

tiendo un rato, dado que el lenguaje, por más lunfardo que 42
lo hablaran, participaba quizá de una estructura mántica nada tranquilizadora. Concluyeron que el doble ministerio de Toth era al fin y al cabo una manifiesta garantía de coherencia en la realidad o la irrealidad; los alegró dejar bastante resuelto el siempre desagradable problema del correlato objetivo. Magia o mundo tangible, había un dios egipcio que armonizaba verbalmente los sujetos y los objetos. Todo iba realmente muy bien.

(-75)

43

En el circo se estaba perfectamente, una estafa de lentejuelas y música rabiosa, un gato calculista que reaccionaba a la previa y secreta pulverización con valeriana de ciertos números de cartón, mientras señoras conmovidas mostraban a su prole tan elocuente ejemplo de evolución darwiniana. Cuando Oliveira, la primera noche, se asomó a la pista aún vacía y miró hacia arriba, al orificio en lo más alto de la carpa roja, ese escape hacia un quizá contacto, ese centro, ese ojo como un puente del suelo al espacio liberado, dejó de reírse y pensó que a lo mejor otro hubiera ascendido con toda naturalidad por el mástil más próximo al ojo de arriba, y que ese otro no era él que fumaba mirando el agujero en lo alto, ese otro no era él que se quedaba abajo fumando en plena gritería del circo.

Una de esas primeras noches comprendió por qué Traveler le había conseguido el empleo. Talita se lo dijo sin rodeos mientras contaban dinero en la pieza de ladrillos que servía de banco y administración al circo. Oliveira ya lo sabía pero de otra manera, y fue necesario que Talita se lo dijese desde su punto de vista para que de las dos cosas naciera como un tiempo nuevo, un presente en el que de pronto se sentía metido y obligado. Quiso protestar, decir que eran invenciones de Traveler, quiso sentirse una vez más fuera del tiempo de los otros (él, que se moría por acceder, por inmiscuirse, por ser) pero al mismo tiempo comprendió que era cierto, que de una manera u otra había transgredido el mundo de Talita y Traveler, sin actos, sin intenciones siquiera, nada más que cediendo a un capricho nostálgico. Entre una palabra y otra de Talita vio dibujarse la línea mezquina del Cerro, oyó la ridícula frase lusitana que inventaba sin saberlo un futuro de frigoríficos y caña quemada. Le soltó la risa en la cara a Talita, como esa misma mañana al espejo mientras estaba por cepillarse los dientes. 43

Talita ató con un hilo de coser un fajo de billetes de diez pesos, y mecánicamente se pusieron a contar el resto.

—Que querés —dijo Talita—. Yo creo que Manú tiene razón.

—Claro que tiene —dijo Oliveira—. Pero lo mismo es idiota, y vos lo sabés de sobra.

—De sobra no. Lo sé, o mejor lo supe cuando estaba a caballo en el tablón. Ustedes sí lo saben de sobra, yo estoy en el medio como esa parte de la balanza que nunca sé cómo se llama.

—Sos nuestra ninfa Egeria, nuestro puente mediúmnico. Ahora que lo pienso, cuando vos estás presente Manú y yo caemos en una especie de trance. Hasta Gekrepten se percata, y me lo ha dicho empleando precisamente ese vistoso verbo.

—Puede ser —dijo Talita, anotando las entradas—. Si querés que te diga lo que pienso, Manú no sabe qué hacer con vos. Te quiere como a un hermano, supongo que hasta vos te habrás dado cuenta, y a la vez lamenta que hayas vuelto.

—No tenía por qué ir a buscarme al puerto. Yo no le mandé postales, che.

43 —Lo averiguó por Gekrepten que había llenado el balcón de malvones. Gekrepten lo supo por el ministerio.

—Un proceso diabólico —dijo Oliveira—. Cuando me enteré de que Gekrepten se había informado por vía diplomática, comprendí que lo único que me quedaba era permitirle que se tirara en mis brazos como una ternera loca. Vos date cuenta qué abnegación, qué penelopismo exacerbado.

—Si no te gusta hablar de esto —dijo Talita mirando el suelo—, podemos cerrar la caja e irlo a buscar a Manú.

—Me gusta muchísimo, pero esas complicaciones de tu marido me crean incómodos problemas de conciencia. Y eso, para mí... En una palabra, no entiendo por qué vos misma no resolvés el problema.

—Bueno —dijo Talita, mirándolo sosegada—, me parece que la otra tarde cualquiera que no sea un estúpido se habrá dado cuenta.

—Por supuesto, pero ahí lo tenés a Manú, al día siguiente se viene a verlo al Dire y me consigue el trabajo. Justamente cuando yo me enjugaba las lágrimas con un corte de género, antes de salir a venderlo.

—Manú es bueno —dijo Talita—. No podrás saber nunca lo bueno que es.

—Rara bondad —dijo Oliveira—. Dejando de lado eso de que yo no podré saberlo nunca, que al fin y al cabo debe ser cierto, permitime insinuarte que a lo mejor Manú quiere jugar con fuego. Es un juego de circo, bien mirado. Y vos —dijo Oliveira, apuntándole con el dedo— tenés cómplices.

—¿Cómplices?

—Sí, cómplices. Yo el primero, y alguien que no está aquí. Te creés el fiel de la balanza, para usar tu bonita figura, pero no sabés que estás echando el cuerpo sobre uno de los lados. Conviene que te enteres.

—¿Por qué no te vas, Horacio? —dijo Talita—. ¿Por 43
qué no lo dejás tranquilo a Manú?

—Ya te expliqué, iba a salir a vender los cortes y ese bruto me consigue el trabajo. Comprendé que no le voy a hacer un feo, sería mucho peor. Sospecharía cualquier idiotez.

—Y así, entonces, vos te quedás aquí, y Manú duerme mal.

—Dale Equanil, vieja.

Talita ató los billetes de cinco pesos. A la hora del gato calculista se asomaban siempre a verlo trabajar porque ese animal era absolutamente inexplicable, ya dos veces había resuelto una multiplicación antes de que funcionara el truco de la valeriana. Traveler estaba estupefacto, y pedía a los íntimos que lo vigilaran. Pero esa noche el gato estaba hecho un estúpido, apenas si le salían las sumas hasta veinticinco, era trágico. Fumando en uno de los accesos a la pista, Traveler y Oliveira decidieron que probablemente el gato necesitaba alimentos fosfatados, habría que hablarle al Dire. Los dos payasos, que odiaban al gato sin que se supiera bien por qué, bailaban alrededor del estrado donde el felino se atusaba los bigotes bajo una luz de mercurio. A la tercera vuelta que dieron entonando una canción rusa, el gato sacó las uñas y se tiró a la cara del más viejo. Como de costumbre el público aplaudía locamente el número. En el carro de Bonetti padre e hijo, payasos, el director recuperaba el gato y les ponía una doble multa por provocación. Era una noche rara, mirando a lo alto como le daba siempre por hacer a esa hora, Oliveira veía a Sirio en mitad del agujero negro y especulaba sobre los tres días en que el mundo está abierto, cuando los manes ascienden y hay puente del hombre al agujero en lo alto, puente del hombre al hombre (porque, ¿quién trepa hasta el agujero si no

43 es para querer bajar cambiado y encontrarse otra vez, pero de otra manera, con su raza? El 24 de agosto era uno de los tres días en que el mundo se abría; claro que para qué pensar tanto en eso si estaban apenas en febrero. Oliveira no se acordaba de los otros dos días, era curioso recordar solo una fecha sobre tres. ¿Por qué precisamente esa? Quizá porque era un octosílabo, la memoria tiene esos juegos. Pero a lo mejor, entonces, la Verdad era un alejandrino o un endecasílabo; quizá los ritmos, una vez más, marcaban el acceso y escandían las etapas del camino. Otros tantos temas de tesis para cogotudos. Era un placer mirar al malabarista, su increíble agilidad, la pista láctea en la que el humo del tabaco se posaba en las cabezas de centenares de niños de Villa del Parque, barrio donde por suerte quedan abundantes eucaliptus que equilibran la balanza, por citar otra vez ese instrumento de judicatura, esa casilla zodiacal.

(-125)

44

Era cierto que Traveler dormía poco, en mitad de la noche suspiraba como si tuviera un peso sobre el pecho y se abrazaba a Talita que lo recibía sin hablar, apretándose contra él para que la sintiera profundamente cerca. En la oscuridad se besaban en la nariz, en la boca, sobre los ojos, y Traveler acariciaba la mejilla de Talita con una mano que salía de entre las sábanas y volvía a esconderse como si hiciera mucho frío, aunque los dos estaban sudando; después Traveler murmuraba cuatro o cinco cifras, vieja costumbre para volver a dormirse, y Talita lo sentía aflojar los brazos, respirar hondo, aquietarse. De día andaba contento y silbaba tangos mientras cebaba mate o leía, pero Talita no podía cocinar sin que él se apareciera cuatro o cinco veces con pretextos diversos y hablara de cualquier cosa, sobre todo del manicomio ahora que las tratativas parecían bien encaminadas y el director se embalaba cada vez más con las perspectivas de comprar el loquero. A Talita le hacía poca gracia la idea del manicomio, y Traveler lo sabía. Los dos le buscaban el lado humorístico, prometiéndose espectáculos dignos de Samuel Beckett, despreciando de labios para afuera al pobre circo que completaba sus funciones en Villa del Parque y se preparaba a debutar en

44 San Isidro. A veces Oliveira caía a tomar mate, aunque por lo general se quedaba en su pieza aprovechando que Gekrepten tenía que irse al empleo y él podía leer y fumar a gusto. Cuando Traveler miraba los ojos un poco violeta de Talita mientras la ayudaba a desplumar un pato, lujo quincenal que entusiasmaba a Talita, aficionada al pato en todas sus presentaciones culinarias, se decía que al fin y al cabo las cosas no estaban tan mal como estaban, y hasta prefería que Horacio se arrimara a compartir unos mates, porque entonces empezaban inmediatamente a jugar un juego cifrado que apenas comprendían pero que había que jugar para que el tiempo pasara y los tres se sintieran dignos los unos de los otros. También leían, porque de una juventud coincidentemente socialista, y un poco teosófica por el lado de Traveler, los tres amaban cada uno a su manera la lectura comentada, las polémicas por el gusto hispano-argentino de querer convencer y no aceptar jamás la opinión contraria, y las posibilidades innegables de reírse como locos y sentirse por encima de la humanidad doliente so pretexto de ayudarla a salir de su mierdosa situación contemporánea.

Pero era cierto que Traveler dormía mal, Talita se lo repetía retóricamente mientras lo miraba afeitarse iluminado por el sol de la mañana. Una pasada, otra, Traveler en camiseta y pantalón de piyama silbaba prolongadamente *La gayola* y después proclamaba a gritos: «¡Música, melancólico alimento para los que vivimos de amor!», y dándose vuelta miraba agresivo a Talita que ese día desplumaba el pato y era muy feliz porque los canutos salían que era un encanto y el pato tenía un aire benigno poco frecuente en esos cadáveres rencorosos, con los ojitos entreabiertos y una raja imperceptible como de luz entre los párpados, animales desdichados.

—¿Por qué dormís tan mal, Manú? 44

—*¡Música, me...!* ¿Yo, mal? Directamente no duermo, amor mío, me paso la noche meditando el *Liber penitentialis,* edición Macrovius Basca, que le saqué el otro día al doctor Feta aprovechando un descuido de su hermana. Por cierto que se lo voy a devolver, debe costar miles de mangos. Un *liber penitentialis,* date cuenta.

—¿Y qué es eso? —dijo Talita que ahora comprendía ciertos escamoteos y un cajón con doble llave—. Vos me escondés tus lecturas, es la primera vez que ocurre desde que nos casamos.

—Ahí está, podés mirarlo todo lo que se te dé la gana, pero siempre que primero te laves las manos. Lo escondo porque es valioso y vos andás siempre con raspas de zanahoria y cosas así en los dedos, sos tan doméstica que arruinarías cualquier incunable.

—No me importa tu libro —dijo Talita ofendida—. Vení a cortarle la cabeza, no me gusta aunque esté muerto.

—Con la navaja —propuso Traveler—. Le va a dar un aire truculento al asunto, y además siempre es bueno ejercitarse, uno nunca sabe.

—No. Con este cuchillo que está afilado.

—Con la navaja.

—No. Con este cuchillo.

Traveler se acercó navaja en mano al pato y le hizo volar la cabeza.

—Andá aprendiendo —dijo—. Si nos toca ocuparnos del manicomio conviene acumular experiencia tipo doble asesinato de la calle de la Morgue.

—¿Se matan así los locos?

—No, vieja, pero de cuando en cuando se tiran el lance. Lo mismo que los cuerdos, si me permitís la mala comparación.

44 —Es vulgar —admitió Talita, organizando el pato en una especie de paralelepípedo sujeto con piolín blanco.

—En cuanto a que no duermo bien —dijo Traveler, limpiando la navaja en un papel higiénico—, vos sabés perfectamente de qué se trata.

—Pongamos que sí. Pero vos también sabés que no hay problema.

—Los problemas —dijo Traveler— son como los calentadores Primus, todo está muy bien hasta que revientan. Yo te diría que en este mundo hay problemas teleológicos. Parece que no existen, como en este momento, y lo que ocurre es que el reloj de la bomba marca las doce del día de mañana. Tictac, tictac, todo va tan bien. Tictac.

—Lo malo —dijo Talita— es que el encargado de darle cuerda al reloj sos vos mismo.

—Mi mano, ratita, está también marcada para las doce de mañana. Entre tanto vivamos y dejemos vivir.

Talita untó el pato con manteca, lo que era un espectáculo denigrante.

—¿Tenés algo que reprocharme? —dijo, como si le hablara al palmípedo.

—Absolutamente nada en este momento —dijo Traveler—. Mañana a las doce veremos, para prolongar la imagen hasta su desenlace cenital.

—Cómo te parecés a Horacio —dijo Talita—. Es increíble cómo te parecés.

—Tictac —dijo Traveler buscando los cigarrillos—. Tictac, tictac.

—Sí, te parecés —insistió Talita, soltando el pato que se estrelló en el suelo con un ruido fofo que daba asco—. Él también hubiera dicho: Tictac, él también hubiera hablado con figuras todo el tiempo. ¿Pero es que me van a dejar tranquila? Te digo a propósito que te parecés a él,

para que de una vez por todas nos dejemos de absurdos. 44
No puede ser que todo cambie así con la vuelta de Horacio. Anoche se lo dije, ya no puedo más, ustedes están jugando conmigo, es como un partido de tenis, me golpean de los dos lados, no hay derecho, Manú, no hay derecho.

Traveler la tomó en sus brazos aunque Talita se resistía, y después de poner un pie encima del pato y dar un resbalón que casi los manda al suelo, consiguió dominarla y besarle la punta de la nariz.

—A lo mejor no hay bomba para vos, ratita —dijo, sonriéndole con una expresión que aflojó a Talita, la hizo buscar una postura más cómoda entre sus brazos—. Mirá, no es que yo ande buscando que me caiga un refusilo en la cabeza, pero siento que no debo defenderme con un pararrayos, que tengo que salir con la cabeza al aire hasta que sean las doce de algún día. Solamente después de esa hora, de ese día, me voy a sentir otra vez el mismo. No es por Horacio, amor, no es solamente por Horacio aunque él haya llegado como una especie de mensajero. A lo mejor si no hubiese llegado me habría ocurrido otra cosa parecida. Habría leído algún libro desencadenador, o me habría enamorado de otra mujer... Esos pliegues de la vida, comprendés, esas inesperadas mostraciones de algo que uno no se había sospechado y que de golpe ponen todo en crisis. Tendrías que comprender.

—¿Pero es que vos creés realmente que él me busca, y que yo...?

—Él no te busca en absoluto —dijo Traveler, soltándola—. A Horacio vos le importás un pito. No te ofendas, sé muy bien lo que valés y siempre estaré celoso de todo el mundo cuando te miran o te hablan. Pero aunque Horacio se tirara un lance con vos, incluso en ese caso, aunque me

44 creas loco yo te repetiría que no le importás, y por lo tanto no tengo que preocuparme. Es otra cosa —dijo Traveler subiendo la voz—. ¡Es malditamente otra cosa, carajo!

—Ah —dijo Talita, recogiendo el pato y limpiándole el pisotón con un trapo de cocina—. Le has hundido las costillas. De manera que es otra cosa. No entiendo nada, pero a lo mejor tenés razón.

—Y si él estuviera aquí —dijo Traveler en voz baja, mirando su cigarrillo— tampoco entendería nada. Pero sabría muy bien que es otra cosa. Increíble, parecería que cuando él se junta con nosotros hay paredes que se caen, montones de cosas que se van al quinto demonio, y de golpe el cielo se pone fabulosamente hermoso, las estrellas se meten en esa panera, uno podría pelarlas y comérselas, ese pato es propiamente el cisne de Lohengrin, y detrás, detrás...

—¿No molesto? —dijo la señora de Gutusso, asomándose desde el zaguán—. A lo mejor ustedes estaban hablando de cosas personales, a mí no me gusta meterme donde no me llaman.

—Valiente —dijo Talita—. Entre nomás, señora, mire qué belleza de animal.

—Una gloria —dijo la señora de Gutusso—. Yo siempre digo que el pato será duro pero tiene su gusto especial.

—Manú le puso un pie encima —dijo Talita—. Va a estar hecho una manteca, se lo juro.

—Póngale la firma —dijo Traveler.

(-102)

45

Era natural pensar que él estaba esperando que se asomara a la ventana. Bastaba despertarse a las dos de la mañana, con un calor pegajoso, con el humo acre de la espiral matamosquitos, con dos estrellas enormes plantadas en el fondo de la ventana, con la otra ventana enfrente que también estaría abierta.

Era natural porque en el fondo el tablón seguía estando ahí, y la negativa a pleno sol podía quizá ser otra cosa a plena noche, virar a una aquiescencia súbita, y entonces él estaría allí en su ventana, fumando para espantar los mosquitos y esperando que Talita sonámbula se desgajara suavemente del cuerpo de Traveler para asomarse y mirarlo de oscuridad a oscuridad. Tal vez con lentos movimientos de la mano él dibujaría signos con la brasa del cigarrillo. Triángulos, circunferencias, instantáneos escudos de armas, símbolos del filtro fatal o de la difenilpropilamina, abreviaciones farmacéuticas que ella sabría interpretar, o solamente un vaivén luminoso de la boca al brazo del sillón, del brazo del sillón a la boca, de la boca al brazo del sillón, toda la noche.

No había nadie en la ventana, Traveler se asomó al pozo caliente, miró la calle donde un diario abierto se dejaba leer indefenso por un cielo estrellado y como palpable. La ventana

45 del hotel de enfrente parecía todavía más próxima de noche, un gimnasta hubiera podido llegar de un salto. No, no hubiera podido. Tal vez con la muerte en los talones, pero no de otra manera. Ya no quedaban huellas del tablón, no había paso.

Suspirando, Traveler se volvió a la cama. A una pregunta soñolienta de Talita, le acarició el pelo y murmuró cualquier cosa. Talita besó el aire, manoteó un poco, se tranquilizó.

Si él había estado en alguna parte del pozo negro, metido en el fondo de la pieza y desde allí mirando por la ventana, tenía que haber visto a Traveler, su camiseta blanca como un ectoplasma. Si él había estado en alguna parte del pozo negro esperando que Talita se asomara, la aparición indiferente de una camiseta blanca debía haberlo mortificado minuciosamente. Ahora se rascaría despacio el antebrazo, gesto usual de incomodidad y resentimiento en él, aplastaría el cigarrillo entre los labios, murmuraría alguna obscenidad adecuada, probablemente se tiraría en la cama sin ninguna consideración hacia Gekrepten profundamente dormida.

Pero si él no había estado en alguna parte del pozo negro, el hecho de levantarse y salir a la ventana a esa hora de la noche era una admisión de miedo, casi un asentimiento. Prácticamente equivalía a dar por sentado que ni Horacio ni él habían retirado los tablones. De una manera u otra había pasaje, se podía ir o venir. Cualquiera de los tres, sonámbulo, podía pasar de ventana a ventana, pisando el aire espeso sin temor de caerse a la calle. El puente solo desaparecería con la luz de la mañana, con la reaparición del café con leche que devuelve a las construcciones sólidas y arranca la telaraña de las altas horas a manotazos de boletín radial y ducha fría.

Sueños de Talita: La llevaban a una exposición de pintura en un inmenso palacio en ruinas, y los cuadros colgaban a

alturas vertiginosas, como si alguien hubiera convertido 45
en museo las prisiones de Piranesi. Y así para llegar a los cuadros había que trepar por arcos donde apenas las entalladuras permitían apoyar los dedos de los pies, avanzar por galerías que se interrumpían al borde de un mar embravecido, con olas como de plomo, subir por escaleras de caracol para finalmente ver, siempre mal, siempre desde abajo o de costado, los cuadros en los que la misma mancha blanquecina, el mismo coágulo de tapioca o de leche se repetía al infinito.

Despertar de Talita: Sentándose de golpe en la cama, a las nueve de la mañana, sacudiendo a Traveler que duerme boca abajo, dándole de palmadas en el trasero para que se despierte. Traveler estirando una mano y pellizcándole una pierna, Talita echándose sobre él y tirándole del pelo. Traveler abusando de su fuerza, retorciéndole una mano hasta que Talita pide perdón. Besos, un calor terrible.

—Soñé con un museo espantoso. Vos me llevabas.

—Detesto la oniromancia. Cebá mate, bicho.

—¿Por qué te levantaste anoche? No era para hacer pis, cuando te levantás para hacer pis me lo explicás primero como si yo fuera estúpida, me decís: «Me voy a levantar porque no puedo aguantar más», y yo te tengo lástima porque yo aguanto muy bien toda la noche, ni siquiera tengo que aguantar, es un metabolismo diferente.

—¿Un qué?

—Decime por qué te levantaste. Fuiste hasta la ventana y suspiraste.

—No me tiré.

—Idiota.

—Hacía calor.

—Decí por qué te levantaste.

45 —Por nada, por ver si Horacio estaba también con insomnio, así charlábamos un rato.

—¿A esa hora? Si apenas hablan de día, ustedes dos.

—Hubiera sido distinto, a lo mejor. Nunca se sabe.

—Soñé con un museo horrible —dice Talita, empezando a ponerse un *slip*.

—Ya me explicaste —dice Traveler, mirando el cielo raso.

—Tampoco nosotros hablamos mucho, ahora —dice Talita.

—Cierto. Es la humedad.

—Pero parecería que algo habla, algo nos utiliza para hablar. ¿No tenés esa sensación? ¿No te parece que estamos como habitados? Quiero decir... Es difícil, realmente.

—Transhabitados, más bien. Mirá, esto no va a durar siempre. *No te aflijas, Catalina* —canturrea Traveler—, *ya vendrán tiempos mejores / y te pondré un comedor.*

—Estúpido —dice Talita besándolo en la oreja—. Esto no va a durar siempre, esto no va a durar siempre... Esto no debería durar ni un minuto más.

—Las amputaciones violentas son malas, después te duele el muñón toda la vida.

—Si querés que te diga la verdad —dice Talita—, tengo la impresión de que estamos criando arañas o ciempiés. Las cuidamos, las atendemos, y van creciendo, al principio eran unos bichitos de nada, casi lindos, con tantas patas, y de golpe han crecido, te saltan a la cara. Me parece que también soñé con arañas, me acuerdo vagamente.

—Oílo a Horacio —dice Traveler, poniéndose los pantalones—. A esta hora silba como loco para festejar la partida de Gekrepten. Qué tipo.

(-80)

46

—Música, melancólico alimento para los que vivimos de amor —había citado por cuarta vez Traveler, templando la guitarra antes de proferir el tango *Cotorrita de la suerte.*

Don Crespo se interesó por la referencia y Talita subió a buscarle los cinco actos en versión de Astrana Marín. La calle Cachimayo estaba ruidosa al caer la noche pero en el patio de don Crespo, aparte del canario Cien Pesos no se oía más que la voz de Traveler que llegaba a la parte de *la obrerita juguetona y pizpireta / la que diera a su casita la alegría*. Para jugar a la escoba de quince no hace falta hablar, y Gekrepten le ganaba vuelta tras vuelta a Oliveira que alternaba con la señora de Gutusso en la tarea de aflojar monedas de veinte. La cotorrita de la suerte *(que augura la vida o muerte)* había sacado entre tanto un papelito rosa: Un novio, larga vida. Lo que no impedía que la voz de Traveler se ahuecara para describir la rápida enfermedad de la heroína, *y la tarde en que moría tristemente / preguntando a su mamita: «¿No llegó?». Trran.*

—Qué sentimiento —dijo la señora de Gutusso—. Hablan mal del tango, pero no me lo va a comparar con los calipsos y otras porquerías que pasan por la radio. Alcánceme los porotos, don Horacio.

46 Traveler apoyó la guitarra en una maceta, chupó a fondo el mate y sintió que la noche iba a caerle pesada. Casi hubiera preferido tener que trabajar, o sentirse enfermo, cualquier distracción. Se sirvió una copa de caña y la bebió de un trago, mirando a don Crespo que con los anteojos en la punta de la nariz se internaba desconfiado en los proemios de la tragedia. Vencido, privado de ochenta centavos, Oliveira vino a sentarse cerca y también se tomó una copa.

—El mundo es fabuloso —dijo Traveler en voz baja—. Ahí dentro de un rato será la batalla de Actium, si el viejo aguanta hasta esa parte. Y al lado estas dos locas guerreando por porotos a golpes de siete de velos.

—Son ocupaciones como cualquiera —dijo Oliveira—. ¿Te das cuenta de la palabra? Estar ocupado, tener una ocupación. Me corre frío por la columna, che. Pero mirá, para no ponernos metafísicos te voy a decir que mi ocupación en el circo es una estafa pura. Me estoy ganando esos pesos sin hacer nada.

—Esperá a que debutemos en San Isidro, va a ser más duro. En Villa del Parque teníamos todos los problemas resueltos, sobre todo el de una coima que lo traía preocupado al Dire. Ahora hay que empezar con gente nueva y vas a estar bastante ocupado, ya que te gusta el término.

—No me digas. Qué macana, che, yo en realidad me estaba mandando la parte. ¿Así que va a haber que trabajar?

—Los primeros días, después todo entra en la huella. Decime un poco, ¿vos nunca trabajaste cuando andabas por Europa?

—El mínimo imponible —dijo Oliveira—. Era tenedor de libros clandestino. El viejo Trouille, qué personaje para Céline. Algún día te tengo que contar, si es que vale la pena, y no la vale.

—Me gustaría —dijo Traveler.

— Sabés, todo está tan en el aire. Cualquier cosa que te dijera sería como un pedazo del dibujo de la alfombra. Falta el coagulante, por llamarlo de alguna manera: zas, todo se ordena en su justo sitio y te nace un precioso cristal con todas sus facetas. Lo malo —dijo Oliveira mirándose las uñas— es que a lo mejor ya se coaguló y no me di cuenta, me quedé atrás como los viejos que oyen hablar de cibernética y mueven despacito la cabeza pensando en que ya va a ser la hora de la sopa de fideos finos. 46

El canario Cien Pesos produjo un trino más chirriante que otra cosa.

—En fin —dijo Traveler—. A veces se me ocurre como que no tendrías que haber vuelto.

—Vos lo pensás —dijo Oliveira—. Yo lo vivo. A lo mejor es lo mismo en el fondo, pero no caigamos en fáciles deliquios. Lo que nos mata a vos y a mí es el pudor, che. Nos paseamos desnudos por la casa, con gran escándalo de algunas señoras, pero cuando se trata de hablar... Comprendés, de a ratos se me ocurre que podría decirte... No sé, tal vez en el momento las palabras servirían de algo, nos servirían. Pero como no son las palabras de la vida cotidiana y del mate en el patio, de la charla bien lubricada, uno se echa atrás, precisamente al mejor amigo es al que menos se le pueden decir cosas así. ¿No te ocurre a veces confiarte mucho más a un cualquiera?

—Puede ser —dijo Traveler afinando la guitarra—. Lo malo es que con esos principios ya no se ve para qué sirven los amigos.

—Sirven para estar ahí, y en una de esas quién te dice.

—Como quieras. Así va a ser difícil que nos entendamos como en otros tiempos.

—En nombre de los otros tiempos se hacen las grandes macanas en estos —dijo Oliveira—. Mirá, Manolo, vos

46 hablás de entendernos, pero en el fondo te das cuenta que yo también quisiera entenderme con vos, y *vos* quiere decir mucho más que vos mismo. La joroba es que el verdadero entendimiento es otra cosa. Nos conformamos con demasiado poco. Cuando los amigos se entienden bien entre ellos, cuando los amantes se entienden bien entre ellos, cuando las familias se entienden bien entre ellas, entonces nos creemos en armonía. Engaño puro, espejo para alondras. A veces siento que entre dos que se rompen la cara a trompadas hay mucho más entendimiento que entre los que están ahí mirando desde afuera. Por eso... Che, pero yo realmente podría colaborar en *La Nación* de los domingos.

—Ibas bien —dijo Traveler afinando la prima—, pero al final te dio uno de esos ataques de pudor de que hablabas antes. Me hiciste pensar en la señora de Gutusso cuando se cree obligada a aludir a las almorranas del marido.

—Este Octavio César dice cada cosa —rezongó don Crespo, mirándolos por encima de los anteojos—. Aquí habla de que Marco Antonio había comido una carne muy extraña en los Alpes. ¿Qué me representa con esa frase? Chivito, me imagino.

—Más bien bípedo implume —dijo Traveler.

—En esta obra el que no está loco le anda cerca —dijo respetuosamente don Crespo—. Hay que ver las cosas que hace Cleopatra.

—Las reinas son tan complicadas —dijo la señora de Gutusso—. Esa Cleopatra armaba cada lío, salió en una película. Claro que eran otros tiempos, no había religión.

—Escoba —dijo Talita, recogiendo seis barajas de un saque.

—Usted tiene una suerte...

—Lo mismo pierdo al final. Manú, se me acabaron las monedas.

—Cambiale a don Crespo que a lo mejor ha entrado en 46 el tiempo faraónico y te da piezas de oro puro. Mirá, Horacio, eso que decías de la armonía...

—En fin —dijo Oliveira—, ya que insistís en que me dé vuelta los bolsillos y ponga las pelusas sobre la mesa...

—Altro que dar vuelta los bolsillos. Mi impresión es que vos te quedás tan tranquilo viendo cómo a los demás se nos empieza a armar un corso a contramano. Buscás eso que llamás la armonía, pero la buscás justo ahí donde acabás de decir que no está, entre los amigos, en la familia, en la ciudad. ¿Por qué la buscás dentro de los cuadros sociales?

—No sé, che. Ni siquiera la busco. Todo me va sucediendo.

—¿Por qué te tiene que suceder a vos que los demás no podamos dormir por tu culpa?

—Yo también duermo mal.

—¿Por qué, para darte un ejemplo, te juntaste con Gekrepten? ¿Por qué me venís a ver? ¿Acaso no es Gekrepten, no somos nosotros los que te estamos estropeando la armonía?

—¡Quiere beber mandrágora! —gritó don Crespo estupefacto.

—¿Lo qué? —dijo la señora de Gutusso.

—¡Mandrágora! Le manda a la esclava que le sirva mandrágora. Dice que quiere dormir. ¡Está completamente loca!

—Tendría de tomar Bromural —dijo la señora de Gutusso—. Claro que en esos tiempos...

—Tenés mucha razón, viejito —dijo Oliveira, llenando los vasos de caña—, con la única salvedad de que le estás dando a Gekrepten más importancia de la que tiene.

—¿Y nosotros?

—Ustedes, che, a lo mejor son ese coagulante de que hablábamos hace un rato. Me da por pensar que nuestra

46 relación es casi química, un hecho fuera de nosotros mismos. Una especie de dibujo que se va haciendo. Vos me fuiste a esperar, no te olvides.

—¿Y por qué no? Nunca pensé que volverías con esa mufa, que te habrían cambiado tanto por allá, que me darías tantas ganas de ser diferente... No es eso, no es eso. Bah, vos ni vivís ni dejás vivir.

La guitarra, entre los dos, se paseaba por un cielito.

—No tenés más que chasquear los dedos así —dijo Oliveira en voz muy baja— y no me ven más. Sería injusto que por culpa mía, vos y Talita...

—A Talita dejala afuera.

—No —dijo Oliveira—. Ni pienso dejarla afuera. Nosotros somos Talita, vos y yo, un triángulo sumamente trismegístico. Te lo vuelvo a decir: me hacés una seña y me corto solo. No te creas que no me doy cuenta de que andás preocupado.

—No es con irte ahora que vas a arreglar mucho.

—Hombre, por qué no. Ustedes no me necesitan.

Traveler preludió *Malevaje,* se interrumpió. Ya era noche cerrada, y don Crespo encendía la luz del patio para poder leer.

—Mirá —dijo Traveler en voz baja—. De todas maneras alguna vez te mandarás mudar y no hay necesidad de que yo te ande haciendo señas. Yo no dormiré de noche, como te lo habrá dicho Talita, pero en el fondo no lamento que hayas venido. A lo mejor me hacía falta.

—Como quieras viejo. Las cosas se dan así, lo mejor es quedarse tranquilo. A mí tampoco me va tan mal.

—Parece un diálogo de idiotas —dijo Traveler.

—De mongoloides puros —dijo Oliveira.

—Uno cree que va a explicar algo, y cada vez es peor.

—La explicación es un error bien vestido —dijo Oliveira—. Anotá eso.

—Sí, entonces más vale hablar de otras cosas, de lo que pasa en el Partido Radical. Solamente que vos... Pero es como las calesitas, siempre de vuelta a lo mismo, el caballito blanco, después el rojo, otra vez el blanco. Somos poetas, hermano.

—Unos vates bárbaros —dijo Oliveira llenando los vasos—. Gentes que duermen mal y salen a tomar aire fresco a la ventana, cosas así.

—Así que me viste, anoche.

—Dejame que piense. Primero Gekrepten se puso pesada y hubo que contemporizar. Livianito, nomás, pero en fin... Después me dormí a pata suelta, cosa de olvidarme. ¿Por qué me preguntás?

—Por nada —dijo Traveler, y aplastó la mano sobre las cuerdas. Haciendo sonar sus ganancias, la señora de Gutusso arrimó una silla y le pidió a Traveler que cantara.

—Aquí un tal Enobarbo dice que la humedad de la noche es venenosa —informó don Crespo—. En esta obra están todos piantados, a la mitad de una batalla se ponen a hablar de cosas que no tienen nada que ver.

—Y bueno —dijo Traveler, vamos a complacer a la señora, si don Crespo no se opone. *Malevaje,* tangacho de Juan de Dios Filiberto. Ah, pibe, haceme acordar que te lea la confesión de Ivonne Guitry, es algo grande. Talita, andá a buscar la antología de Gardel. Está en la mesita de luz, que es donde debe estar una cosa así.

—Y de paso me la devuelve —dijo la señora de Gutusso—. No es por nada pero a mí los libros me gusta tenerlos cerca. Mi esposo es igual, le juro.

(-47)

47

Soy yo, soy él. Somos, pero soy yo, primeramente, soy yo, defenderé ser yo hasta que no pueda más. Atalía, soy yo. Ego. Yo. Diplomada, argentina, una uña encarnada, bonita de a ratos, grandes ojos oscuros, yo. Atalía Donosi, yo. Yo. Yo-yo, carretel y piolincito. Cómico.

Manú, qué loco, irse a Casa América y solamente por divertirse alquilar este artefacto. *Rewind*. Qué voz, esta no es mi voz. Falsa y forzada: «Soy yo, soy él. Somos, pero soy yo, primeramente soy yo, defenderé...». STOP. Un aparato extraordinario, pero no sirve para pensar en voz alta, o a lo mejor hay que acostumbrarse, Manú habla de grabar su famosa pieza de radioteatro sobre las señoras, no va a hacer nada. El ojo mágico es realmente mágico, las estrías verdes que oscilan, se contraen, gato tuerto mirándome. Mejor taparlo con un cartoncito. REWIND. La cinta corre tan lisa, tan parejita. VOLUME. Poner en 5 o 5 ½: «El ojo mágico es realmente mágico, las estrías verdes que os...». Pero lo verdaderamente mágico sería que mi voz dijese: «El ojo mágico juega a la escondida, las estrías rojas...». Demasiado eco, hay que poner el micrófono más cerca y bajar el volumen. Soy yo, soy él. Lo que realmente soy es una mala parodia de Faulkner. Efectos fáciles. ¿Dicta con un mag-

netófono o el whisky le sirve de cinta grabadora? ¿Se dice 47
grabador o magnetófono? Horacio dice magnetófono, se quedó asombrado al ver el artefacto, dijo: «Qué magnetófono, pibe». El manual dice grabador, los de Casa América deben saber. Misterio: Por qué Manú compra todo, hasta los zapatos, en Casa América. Una fijación, una idiotez. REWIND. Esto va a ser divertido: «... Faulkner. Efectos fáciles». STOP. No es muy divertido volver a escucharme. Todo esto debe llevar tiempo, tiempo, tiempo. Todo esto debe llevar tiempo. REWIND. A ver si el tono es más natural: «... po, tiempo, tiempo. Todo esto debe...». Lo mismo, una voz de enana resfriada. Eso sí, ya lo manejo bien, Manú se va a quedar asombrado, me tiene tanta desconfianza para los aparatos. A mí, una farmacéutica, Horacio ni siquiera se fijaría, lo mira a uno como un puré que pasa por el colador, una pasta zas que sale por el otro lado, a sentarse y a comer. *¿Rewind?* No, sigamos, apaguemos la luz. Hablemos en tercera persona, a lo mejor... Entonces Talita Donosi apaga la luz y no queda más que el ojito mágico con sus estrías rojas (a lo mejor sale verde, a lo mejor sale violeta) y la brasa del cigarrillo. Calor, y Manú que no vuelve de San Isidro, las once y media. Ahí está Gekrepten en la ventana, no la veo pero es lo mismo, está en la ventana, en camisón, y Horacio delante de su mesita, con una vela, leyendo y fumando. La pieza de Horacio y Gekrepten no sé por qué es menos hotel que esta. Estúpida, es tan hotel que hasta las cucarachas deben tener el número escrito en el lomo, y al lado se lo aguantan a don Bunche con sus tuberculosos a veinte pesos la consulta, los renguitos y los epilépticos. Y abajo el clandestino, y los tangos desafinados de la chica de los mandados. REWIND. Un buen rato, para remontar hasta por lo menos medio minuto antes. Se va contra el tiempo, a Manú le gustaría hablar de eso. Volumen 5:

47 «... el número escrito en el lomo...». Más atrás. REWIND. Ahora: «... Horacio delante de su mesita, con una vela verde...». STOP. Mesita, mesita. Ninguna necesidad de decir mesita cuando una es farmacéutica. Merengue puro. ¡Mesita! La ternura mal aplicada. Y bueno, Talita. Basta de pavadas. REWIND. Todo, hasta que la cinta esté a punto de salirse, el defecto de esta máquina es que hay que calcular tan bien, si la cinta se escapa se pierde medio minuto enganchándola de nuevo. STOP. Justo, por dos centímetros. ¿Qué habré dicho al principio? Ya no me acuerdo pero me salía una voz de ratita asustada, el conocido temor al micrófono. A ver, volumen 5 ½ para que se oiga bien. «Soy yo, soy él. Somos, pero soy yo, primeramen...». ¿Y por qué, por qué decir eso? Soy yo, soy él, y después hablar de la mesita, y después enojarme. «Soy yo, soy él. Soy yo, soy él». Talita cortó el grabador, le puso la tapa, lo miró con profundo asco y se sirvió un vaso de limonada. No quería pensar en la historia de la clínica (el director decía «la clínica mental», lo que era insensato) pero si renunciaba a pensar en la clínica (aparte de que eso de renunciar a pensar era más una esperanza que una realidad) inmediatamente ingresaba en otro orden igualmente molesto. Pensaba en Manú y Horacio al mismo tiempo, en el símil de la balanza que tan vistosamente habían manejado Horacio y ella en la casilla del circo. La sensación de estar habitada se hacía entonces más fuerte, por lo menos la clínica era una idea de miedo, de desconocido, una visión espeluznante de locos furiosos en camisón, persiguiéndose con navajas y enarbolando taburetes y patas de cama, vomitando sobre las hojas de temperatura y masturbándose ritualmente. Iba a ser muy divertido ver a Manú y a Horacio con guardapolvos blancos, cuidando a los locos. «Voy a tener cierta importancia», pensó modestamente

Talita. «Seguramente el director me confiará la farmacia de la clínica, si es que tienen una farmacia. A lo mejor es un botiquín de primeros auxilios. Manú me va a tomar el pelo como siempre». Tendría que repasar algunas cosas, tanto que se olvida, el tiempo con su esmeril suavecito, la batalla indescriptible de cada día de ese verano, el puerto y el calor, Horacio bajando la planchada con cara de pocos amigos, la grosería de despacharla con el gato, vos tomate el tranvía de vuelta que nosotros tenemos que hablar. Y entonces empezaba un tiempo que era como un terreno baldío lleno de latas retorcidas, ganchos que podían lastimar los pies, charcos sucios, pedazos de trapo enganchados en los cardos, el circo de noche con Horacio y Manú mirándola o mirándose, el gato cada vez más estúpido o francamente genial, resolviendo cuentas entre los alaridos del público enloquecido, las vueltas a pie con paradas en los boliches para que Manú y Horacio bebieran cerveza, hablando, hablando de nada, oyéndose hablar entre ese calor y ese humo y el cansancio. *Soy yo, soy él,* lo había dicho sin pensarlo, es decir que estaba más que pensado, venía de un territorio donde las palabras eran como los locos en la clínica, entes amenazadores o absurdos viviendo una vida propia y aislada, saltando de golpe sin que nada pudiera atajarlos: *Soy yo, soy él,* y él no era Manú, él era Horacio, el habitador, el atacante solapado, la sombra dentro de la sombra de su pieza por la noche, la brasa del cigarrillo dibujando lentamente las formas del insomnio. 47

Cuando Talita tenía miedo se levantaba y se hacía un té de tilo y menta *fifty fifty*. Se lo hizo, esperando deseosa que la llave de Manú escarbara en la puerta. Manú había dicho con aladas palabras: «A Horacio vos no le importás un pito». Era ofensivo pero tranquilizador. Manú había dicho

47 que aunque Horacio se tirara un lance (y no lo había hecho, jamás había insinuado siquiera que)

una de tilo
una de menta
el agüita bien caliente, primer hervor, *stop*

ni siquiera en ese caso le importaría nada de ella. Pero entonces. Pero si no le importaba, por qué estar siempre ahí en el fondo de la pieza, fumando o leyendo, *estar* (soy yo, soy él) como necesitándola de alguna manera, sí, era exacto, necesitándola, colgándose de ella desde lejos como en una succión desesperada para alcanzar algo, ver mejor algo, ser mejor algo. Entonces no era: soy yo, soy él. Entonces era al revés: Soy él *porque* soy yo. Talita suspiró, levemente satisfecha de su buen raciocinio y de lo sabroso que estaba el té.

Pero no era solamente eso, porque entonces hubiera resultado demasiado sencillo. No podía ser (para algo está la lógica) que Horacio se interesara y a la vez no se interesara. De la combinación de las dos cosas debía salir una tercera, algo que no tenía nada que ver con el amor, por ejemplo (era tan estúpido pensar en el amor cuando el amor era solamente Manú, solamente Manú hasta la consumación de los tiempos), algo que estaba del lado de la caza, de la búsqueda, o más bien como una expectación terrible, como el gato mirando al canario inalcanzable, una especie de congelación del tiempo y del día, un agazapamiento. Terrón y medio, olorcito a campo. Un agazapamiento sin explicaciones de-este-lado-de-las-cosas, o hasta que un día Horacio se dignara hablar, irse, pegarse un tiro, cualquier explicación o materia sobre la cual imaginar una explicación. No ese estar ahí tomando mate y mirándolos, haciendo que Manú tomara mate y lo mirara, que los tres estuvieran bailando una lenta figura interminable. «Yo»,

pensó Talita, «debería escribir novelas, se me ocurren ideas 47
gloriosas». Estaba tan deprimida que volvió a enchufar el grabador y cantó canciones hasta que llegó Traveler. Los dos convinieron en que la voz de Talita no salía bien, y Traveler le demostró cómo había que cantar una baguala. Acercaron el grabador a la ventana para que Gekrepten pudiera juzgar imparcialmente, y hasta Horacio si estaba en su pieza, pero no estaba. Gekrepten encontró todo perfecto, y decidieron cenar juntos en lo de Traveler fusionando un asado frío que tenía Talita con una ensalada mixta que Gekrepten produciría antes de trasladarse enfrente. A Talita todo eso le pareció perfecto y a la vez tenía algo de cubrecama o cubretetera, de cubre cualquier cosa, lo mismo que el grabador o el aire satisfecho de Traveler, cosas hechas o decididas para poner encima, pero encima de qué, ese era el problema y la razón de que todo en el fondo siguiera como antes del té de tilo y menta *fifty fifty*.

(-110)

48

Al lado del Cerro —aunque ese Cerro no tenía lado, se llegaba de golpe y nunca se sabía bien si ya se estaba o no, entonces más bien cerca del Cerro—, en un barrio de casas bajas y chicos discutidores, las preguntas no habían servido de nada, todo se iba estrellando en sonrisas amables, en mujeres que hubieran querido ayudar pero no estaban al tanto, la gente se muda, señor, aquí todo ha cambiado mucho, a lo mejor si va a la policía quién le dice. Y no podía quedarse demasiado porque el barco salía al rato nomás, y aunque no hubiera salido en el fondo todo estaba perdido de antemano, las averiguaciones las hacía por las dudas, como una jugada de quiniela o una obediencia astrológica. Otro bondi de vuelta al puerto, y a tirarse en la cucheta hasta la hora de comer.

Esa misma noche, a eso de las dos de la mañana, volvió a verla por primera vez. Hacía calor y en el «camerone» donde ciento y pico de inmigrantes roncaban y sudaban, se estaba peor que entre los rollos de soga bajo el cielo aplastado del río, con toda la humedad de la rada pegándose a la piel. Oliveira se puso a fumar sentado contra un mamparo, estudiando las pocas estrellas rasposas que se colaban entre las nubes. La Maga salió de detrás de un

ventilador, llevando en una mano algo que arrastraba por 48
el suelo, y casi enseguida le dio la espalda y caminó hacia una de las escotillas. Oliveira no hizo nada por seguirla, sabía de sobra que estaba viendo algo que no se dejaría seguir. Pensó que sería alguna de las pitucas de primera clase que bajaban hasta la mugre de la proa, ávidas de eso que llamaban experiencia o vida, cosas así. Se parecía mucho a la Maga, era evidente, pero lo más del parecido lo había puesto él, de modo que una vez que el corazón dejó de latirle como un perro rabioso encendió otro cigarrillo y se trató a sí mismo de cretino incurable.

Haber creído ver a la Maga era menos amargo que la certidumbre de que un deseo incontrolable la había arrancado del fondo de eso que definían como subconsciencia y proyectado contra la silueta de cualquiera de las mujeres de a bordo. Hasta ese momento había creído que podía permitirse el lujo de recordar melancólicamente ciertas cosas, evocar a su hora y en la atmósfera adecuada determinadas historias, poniéndoles fin con la misma tranquilidad con que aplastaba el pucho en el cenicero. Cuando Traveler le presentó a Talita en el puerto, tan ridícula con ese gato en la canasta y un aire entre amable y Alida Valli, volvió a sentir que ciertas remotas semejanzas condensaban bruscamente un falso parecido total, como si de su memoria aparentemente tan bien compartimentada se arrancara de golpe un ectoplasma capaz de habitar y completar otro cuerpo y otra cara, de mirarlo desde fuera con una mirada que él había creído reservada para siempre a los recuerdos.

En las semanas que siguieron, arrasadas por la abnegación irresistible de Gekrepten y el aprendizaje del difícil arte de vender cortes de casimir de puerta en puerta, le sobraron vasos de cerveza y etapas en los bancos de las

48 plazas para disecar episodios. Las indagaciones en el Cerro habían tenido el aire exterior de un descargo de conciencia: encontrar, tratar de explicarse, decir adiós para siempre. Esa tendencia del hombre a terminar limpiamente lo que hace, sin dejar hilachas colgando. Ahora se daba cuenta (una sombra saliendo detrás de un ventilador, una mujer con un gato) que no había ido por eso al Cerro. La psicología analítica lo irritaba, pero era cierto: no había ido por eso al Cerro. De golpe era un pozo cayendo infinitamente en sí mismo. Irónicamente se apostrofaba en plena plaza del Congreso. «¿Y a esto le llamabas búsqueda? ¿Te creías libre? ¿Cómo era aquello de Heráclito? A ver, repetí los grados de la liberación, para que me ría un poco. Pero si estás en el fondo del embudo, hermano». Le hubiera gustado saberse irreparablemente envilecido por su descubrimiento, pero lo inquietaba una vaga satisfacción a la altura del estómago, esa respuesta felina de contentamiento que da el cuerpo cuando se ríe de las hinquietudes del hespíritu y se acurruca cómodamente entre sus costillas, su barriga y la planta de sus pies. Lo malo era que en el fondo él estaba bastante contento de sentirse así, de no haber vuelto, de estar siempre de ida aunque no supiera adónde. Por encima de ese contento lo quemaba como una desesperación del entendimiento a secas un reclamo de algo que hubiera querido encarnarse y que ese contento vegetativo rechazaba pachorriento, mantenía a distancia. Por momentos Oliveira asistía como espectador a esa discordia, sin querer tomar partido, socarronamente imparcial. Así vinieron el circo, las mateadas en el patio de don Crespo, los tangos de Traveler, en todos esos espejos Oliveira se miraba de reojo. Hasta escribió notas sueltas en un cuaderno que Gekrepten guardaba amorosamente en el cajón de la cómoda sin atreverse a leer. Despacio se fue

dando cuenta de que la visita al Cerro había estado bien, 48
precisamente porque se había fundado en otras razones que las supuestas. Saberse enamorado de la Maga no era un fracaso ni una fijación en un orden caduco; un amor que podía prescindir de su objeto, que en la nada encontraba su alimento, se sumaba quizá a otras fuerzas, las articulaba y las fundía en un impulso que destruiría alguna vez ese contento visceral del cuerpo hinchado de cerveza y papas fritas. Todas esas palabras que usaba para llenar el cuaderno entre grandes manotazos al aire y silbidos chirriantes lo hacían reír una barbaridad. Traveler acababa asomándose a la ventana para pedirle que se callara un poco. Pero otras veces Oliveira encontraba cierta paz en las ocupaciones manuales, como enderezar clavos o deshacer un hilo sisal para construir con sus fibras un delicado laberinto que pegaba contra la pantalla de la lámpara y que Gekrepten calificaba de elegante. Tal vez el amor fuera el enriquecimiento más alto, un dador de ser; pero solo malográndolo se podía evitar su efecto bumerán, dejarlo correr al olvido y sostenerse, otra vez solo, en ese nuevo peldaño de realidad abierta y porosa. Matar el objeto amado, esa vieja sospecha del hombre, era el precio de no detenerse en la escala, así como la súplica de Fausto al instante que pasaba no podía tener sentido si a la vez no se lo abandonaba como se posa en la mesa la copa vacía. Y cosas por el estilo, y mate amargo.

Hubiera sido tan fácil organizar un esquema coherente, un orden de pensamiento y de vida, una armonía. Bastaba la hipocresía de siempre, elevar el pasado a valor de experiencia, sacar partido de las arrugas de la cara, del aire vivido que hay en las sonrisas o los silencios de más de cuarenta años. Después uno se ponía un traje azul, se peinaba las sienes plateadas y entraba en las exposiciones

48 de pintura, en la Sade y en el Richmond, reconciliado con el mundo. Un escepticismo discreto, un aire de estar de vuelta, un ingreso cadencioso en la madurez, en el matrimonio, en el sermón paterno a la hora del asado o de la libreta de clasificaciones insatisfactoria. Te lo digo porque yo he vivido mucho. Yo que he viajado. Cuando yo era muchacho. Son todas iguales, te lo digo yo. Te hablo por experiencia, *m'hijo.* Vos todavía no conocés la vida.

Y todo eso tan ridículo y gregario podía ser peor todavía en otros planos, en la meditación siempre amenazada por los *idola fori,* las palabras que falsean las intuiciones, las petrificaciones simplificantes, los cansancios en que lentamente se va sacando del bolsillo del chaleco la bandera de la rendición. Podía ocurrir que la traición se consumara en una perfecta soledad, sin testigos ni cómplices: mano a mano, creyéndose más allá de los compromisos personales y los dramas de los sentidos, más allá de la tortura ética de saberse ligado a una raza o por lo menos a un pueblo y una lengua. En la más completa libertad aparente, sin tener que rendir cuentas a nadie, abandonar la partida, salir de la encrucijada y meterse por cualquiera de los caminos de la circunstancia, proclamándolo el necesario o el único. La Maga era uno de esos caminos, la literatura era otro (quemar inmediatamente el cuaderno aunque Gekrepten se re-tor-cie-ra las manos), la fiaca era otro, y la meditación al soberano cuete era otro. Parado delante de una pizzería de Corrientes al mil trescientos, Oliveira se hacía las grandes preguntas: «Entonces, ¿hay que quedarse como el cubo de la rueda en mitad de la encrucijada? ¿De qué sirve saber o creer saber que cada camino es falso si no lo caminamos con un propósito que ya no sea el camino mismo? No somos Buda, che, aquí no hay árboles donde sen-

tarse en la postura del loto. Viene un cana y te hace la 48
boleta».

Caminar con un propósito que ya no fuera el camino mismo. De tanta cháchara (qué letra, la *che,* madre de la chancha, el chamamé y el chijete) no le quedaba más resto que esa entrevisión. Sí, era una fórmula meditable. Así la visita al Cerro, después de todo, habría tenido un sentido, así la Maga dejaría de ser un objeto perdido para volverse la imagen de una posible reunión —pero no ya con ella sino más acá o más allá de ella; por ella, pero no ella—. Y Manú, y el circo, y esa increíble idea del loquero de la que hablaban tanto en estos días, todo podía ser significativo siempre que se lo extrapolara, hinevitable hextrapolación a la hora metafísica, siempre fiel a la cita ese vocablo cadencioso. Oliveira empezó a morder la pizza, quemándose las encías como le pasaba siempre por glotón, y se sintió mejor. Pero cuántas veces había cumplido el mismo ciclo en montones de esquinas y cafés de tantas ciudades, cuántas veces había llegado a conclusiones parecidas, se había sentido mejor, había creído poder empezar a vivir de otra manera, por ejemplo una tarde en que se había metido a escuchar un concierto insensato, y después... Después había llovido tanto, para qué darle vueltas al asunto. Era como con Talita, más vueltas le daba, peor. Esa mujer estaba empezando a sufrir por culpa de él, no por nada grave, solamente que él estaba ahí y todo parecía cambiar entre Talita y Traveler, montones de esas pequeñas cosas que se daban por supuestas y descontadas, de golpe se llenaban de filos y lo que empezaba siendo un puchero a la española acababa en un arenque a la Kierkegaard, por no decir más. La tarde del tablón había sido una vuelta al orden, pero Traveler había dejado pasar la ocasión de decir lo que había que decir para que ese mismo día Oliveira se

48 mandara mudar del barrio y de sus vidas, no solamente no había dicho nada sino que le había conseguido el empleo en el circo, prueba de que. En ese caso apiadarse hubiera sido tan idiota como la otra vez: lluvia, lluvia. ¿Seguiría tocando el piano Berthe Trépat?

(-111)

49

Talita y Traveler hablaban enormemente de locos célebres o de otros más secretos, ahora que Ferraguto se había decidido a comprar la clínica y cederle el circo con gato y todo a un tal Suárez Melián. Les parecía, sobre todo a Talita, que el cambio del circo a la clínica era una especie de paso adelante, pero Traveler no veía muy clara la razón de ese optimismo. A la espera de un mejor entendimiento andaban muy excitados y continuamente salían a sus ventanas o a la puerta de calle para cambiar impresiones con la señora de Gutusso, don Bunche, don Crespo y hasta con Gekrepten si andaba a tiro. Lo malo era que en esos días se hablaba mucho de revolución, de que Campo de Mayo se iba a levantar, y a la gente eso le parecía mucho más importante que la adquisición de la clínica de la calle Trelles. Al final Talita y Traveler se ponían a buscar un poco de normalidad en un manual de psiquiatría. Como de costumbre cualquier cosa los excitaba, y el día del pato, no se sabía por qué, las discusiones llegaban a un grado de violencia tal que Cien Pesos se enloquecía en su jaula y don Crespo esperaba el paso de cualquier conocido para iniciar un movimiento de rotación con el índice de la mano izquierda apoyado en la sien del mismo lado. En esas oca-

49 siones espesas nubes de plumas de pato empezaban a salir por la ventana de la cocina, y había un golpear de puertas y una dialéctica cerrada y sin cuartel que apenas cedía con el almuerzo, oportunidad en la cual el pato desaparecía hasta el último tegumento.

A la hora del café con caña Mariposa una tácita reconciliación los acercaba a textos venerados, a números agotadísimos de unas revistas esotéricas, tesoros cosmológicos que se sentían necesitados de asimilar como una especie de preludio a la nueva vida. De piantados hablaban mucho, porque tanto Traveler como Oliveira habían condescendido a sacar papeles viejos y exhibir parte de su colección de fenómenos, iniciada en común cuando incurrían en una bien olvidada Facultad y proseguida luego por separado. El estudio de esos documentos les llevaba sus buenas sobremesas, y Talita se había ganado el derecho de participación gracias a sus números de *Renovigo* (Periódiko Rebolusionario Bilingue), publicación mexicana en lengua ispamerikana de la editorial Lumen, y en la que un montón de locos trabajaban con resultados exaltantes. De Ferraguto solo tenían noticias cada tanto, porque el circo ya estaba prácticamente en manos de Suárez Melián, pero parecía seguro que les entregarían la clínica hacia mediados de marzo. Una o dos veces Ferraguto se había aparecido por el circo para ver al gato calculista, del que evidentemente le iba a costar separarse, y en cada caso se había referido a la inminencia de la gran tratativa y a las-pesadas-responsabilidades que caerían sobre todos ellos (suspiro). Parecía casi seguro que a Talita le iban a confiar la farmacia, y la pobre estaba nerviosísima repasando unos apuntes del tiempo del unto. Oliveira y Traveler se divertían enormemente a costa de ella, pero cuando volvían al circo los dos andaban tristes y miraban a la gente y al gato como si un circo fuera algo inapreciablemente raro. 49

—Aquí todos están mucho más locos —decía Traveler—. No se va a poder comparar, che.

Oliveira se-encogía-de-hombros, incapaz de decir que en el fondo le daba lo mismo, y miraba a lo alto de la carpa, se perdía bobamente en unas rumias inciertas.

—Vos, claro, has cambiado de un sitio a otro —refunfuñaba Traveler—. Yo también, pero siempre aquí, siempre en este meridiano...

Estiraba el brazo, mostrando vagamente una geografía bonaerense.

—Los cambios, vos sabés... —decía Oliveira.

Al rato de hablar así se ahogaban de risa, y el público los miraba de reojo porque distraían la atención.

En momentos de confidencia, los tres admitían que estaban admirablemente preparados para sus nuevas funciones. Por ejemplo, cosas como la llegada de *La Nación* de los domingos les provocaban una tristeza solo comparable a la que les producían las colas de la gente en los cines y la tirada del *Reader's Digest.*

—Los contactos están cada vez más cortados —decía sibilinamente Traveler—. Hay que pegar un grito terrible.

—Ya lo pegó anoche el coronel Flappa —contestaba Talita—. Consecuencia, estado de sitio.

—Eso no es un grito, hija, apenas un estertor. Yo te hablo de las cosas que soñaba Yrigoyen, las cuspideaciones históricas, las prometizaciones augurales, esas esperanzas de la raza humana tan venida a menos por estos lados.

—Vos ya hablás como el otro —decía Talita, mirándolo preocupada pero disimulando la ojeada caracterológica.

El otro seguía en el circo, dándole la última mano a Suárez Melián y asombrándose de a ratos de que todo le

49 estuviera resultando tan indiferente. Tenía la impresión de haberle pasado su resto de maná a Talita y a Traveler, que cada vez se excitaban más pensando en la clínica; a él lo único que realmente le gustaba en esos días era jugar con el gato calculista, que le había tomado un cariño enorme y le hacía cuentas exclusivamente para su placer. Como Ferraguto había dado instrucciones de que al gato no se le sacara a la calle más que en una canasta y con un collar de identificación idéntico a los de la batalla de Okinawa, Oliveira comprendía los sentimientos del gato y apenas estaban a dos cuadras del circo metía la canasta en una fiambrería de confianza, le sacaba el collar al pobre animal, y los dos se iban por ahí a mirar latas vacías en los baldíos o a mordisquear pastitos, ocupación delectable. Después de esos paseos higiénicos, a Oliveira le resultaba casi tolerable ingresar en las tertulias del patio de don Crespo, en la ternura de Gekrepten emperrada en tejerle cosas para el invierno. La noche en que Ferraguto telefoneó a la pensión para avisarle a Traveler la fecha inminente de la gran tratativa, estaban los tres perfeccionando sus nociones de lengua ispamerikana, extraídas con infinito regocijo de un número de *Renovigo*. Se quedaron casi tristes, pensando que en la clínica los esperaba la seriedad, la ciencia, la abnegación y todas esas cosas.

—¿Ké bida no es trajedia? —leyó Talita en excelente ispamerikano.

Así siguieron hasta que llegó la señora de Gutusso con las últimas noticias radiales sobre el coronel Flappa y sus tanques, por fin algo real y concreto que los dispersó enseguida para sorpresa de la informante, ebria de sentimiento patrio.

(-118)

50

De la parada del colectivo a la calle Trelles no había más que un paso, o sea tres cuadras y pico. Ferraguto y la Cuca ya estaban con el administrador cuando llegaron Talita y Traveler. La gran tratativa ocurría en una sala del primer piso, con dos ventanas que daban al patio-jardín donde se paseaban los enfermos y se veía subir y bajar un chorrito de agua en una fuente de porlan. Para llegar hasta la sala, Talita y Traveler habían tenido que recorrer varios pasillos y habitaciones de la planta baja, donde señoras y caballeros los habían interpelado en correcto castellano para mangarles la entrega benévola de uno que otro atado de cigarrillos. El enfermero que los acompañaba parecía encontrar ese intermedio perfectamente natural, y las circunstancias no favorecieron un primer interrogatorio de ambientación. Casi sin tabaco llegaron a la sala de la gran tratativa donde Ferraguto les presentó al administrador con palabras vistosas. A la mitad de la lectura de un documento ininteligible se apareció Oliveira y hubo que explicarle entre bisbiseos y señas de truco que todo iba perfectamente y que nadie entendía gran cosa. Cuando Talita le susurró sucintamente su subida *sh, sh,* Oliveira la miró extrañado porque él se había metido directamente en un zaguán

50 que daba a una puerta, esa. En cuanto al Dire, estaba de negro riguroso.

El calor que hacía era de los que engolaban más a fondo la voz de los locutores que cada hora pasaban primero el parte meteorológico y segundo los desmentidos oficiales sobre el levantamiento de Campo de Mayo y las adustas intenciones del coronel Flappa. El administrador había interrumpido la lectura del documento a la seis menos cinco para encender su transistor japonés y mantenerse, según afirmó previo pedido de disculpas, en contacto con los hechos. Frase que determinó en Oliveira la inmediata aplicación del gesto clásico de los que se han olvidado algo en el zaguán (y que al fin y al cabo, pensó, el administrador tendría que admitir como otra forma de contacto con los hechos) y a pesar de las miradas fulminantes de Traveler y Talita se largó sala afuera por la primera puerta a tiro y que no era la misma por la que había entrado.

De un par de frases del documento había inferido que la clínica se componía de planta baja y cuatro pisos, más un pabellón en el fondo del patio-jardín. Lo mejor sería darse una vuelta por el patio-jardín, si encontraba el camino, pero no hubo ocasión porque apenas había andado cinco metros un hombre joven en mangas de camisa se le acercó sonriendo, lo tomó de una mano y lo llevó, balanceando el brazo como los chicos, hasta un corredor donde había no pocas puertas y algo que debía ser la boca de un montacargas. La idea de conocer la clínica de la mano de un loco era sumamente agradable, y lo primero que hizo Oliveira fue sacar cigarrillos para su compañero, muchacho de aire inteligente que aceptó un pitillo y silbó satisfecho. Después resultó que era un enfermero y que Oliveira no era un loco, los malentendidos usuales en esos casos. El episodio era barato y poco promisorio, pero entre piso y piso Oliveira y Remorino se hicieron amigos y la topografía de la clínica se fue mostrando desde adentro, con anécdotas, feroces púas contra el resto del personal y puestas en guardia de amigo a amigo. Estaban en el cuarto donde el doctor Ovejero guardaba sus cobayos y una foto de Mónica Vitti, cuando un muchacho bizco apareció corriendo para decirle a Remorino que si ese señor que estaba con él era el señor Horacio Oliveira, etcétera. Con un suspiro, Oliveira bajó dos pisos y volvió a la sala de la gran tratativa donde el documento se arrastraba a su fin entre los rubores menopáusicos de la Cuca Ferraguto y los bostezos desconsiderados de Traveler. Oliveira se quedó pensando en la silueta vestida con un piyama rosa que había entrevisto al doblar un codo del pasillo del tercer piso, un hombre ya viejo que andaba pegado a la pared acariciando una paloma como dormida en su mano. Exactamente en el momento en que la Cuca Ferraguto soltaba una especie de berrido. 50

—¿Cómo que tiene que firmar el *okey*?

—Callate, querida —dijo el Dire—. El señor quiere significar...

—Está bien claro —dijo Talita que siempre se había entendido bien con la Cuca y la quería ayudar—. El traspaso exige el consentimiento de los enfermos.

—Pero es una locura —dijo la Cuca muy *ad hoc*.

—Mire, señora —dijo el administrador tirándose del chaleco con la mano libre—. Aquí los enfermos son muy especiales, y la ley Méndez Delfino es de lo más clara al respecto. Salvo ocho o diez cuyas familias ya han dado el *okey*, los otros se han pasado la vida de loquero en loquero, si me permite el término, y nadie responde por ellos. En ese caso la ley faculta al administrador para que, en los períodos lúcidos de estos sujetos, los consulte sobre si es-

50 tán de acuerdo en que la clínica pase a un nuevo propietario. Aquí tiene los artículos marcados —agregó mostrándole un libro encuadernado en rojo de donde salían unas tiras de la Razón Quinta—. Los lee y se acabó.

—Si he entendido bien —dijo Ferraguto—, ese trámite debería hacerse de inmediato.

—¿Y para qué se cree que los he convocado? Usted como propietario y estos señores como testigos: vamos llamando a los enfermos, y todo se resuelve esta misma tarde.

—La cuestión —dijo Traveler— es que los puntos estén en eso que usted llamó período lúcido.

El administrador lo miró con lástima, y tocó un timbre. Entró Remorino de blusa, le guiñó el ojo a Oliveira y puso un enorme registro sobre una mesita. Instaló una silla delante de la mesita, y se cruzó de brazos como un verdugo persa. Ferraguto, que se había apresurado a examinar el registro con aire de entendido, preguntó si el *okey* quedaría registrado al pie del acta, y el administrador dijo que sí, para lo cual se llamaría a los enfermos por orden alfabético y se les pediría que estamparan la millonaria mediante una rotunda birome azul. A pesar de tan eficientes preparativos, Traveler se emperró en insinuar que tal vez alguno de los enfermos se negara a firmar o cometiera algún acto extemporáneo. Aunque sin atreverse a apoyarlo abiertamente, la Cuca y Ferraguto estaban-pendientes-de-sus-palabras.

(-119)

51

Ahí nomás se apareció Remorino con un anciano que parecía bastante asustado, y que al reconocer al administrador lo saludó con una especie de reverencia.

—¡En piyama! —dijo la Cuca estupefacta.

—Ya los viste al entrar —dijo Ferraguto.

—No estaban en piyama. Era más bien una especie de...

—Silencio —dijo el administrador—. Acérquese, Antúnez, y eche una firma ahí donde le indica Remorino.

El viejo examinó atentamente el registro, mientras Remorino le alcanzaba la birome. Ferraguto sacó el pañuelo y se secó la frente con leves golpecitos.

—Esta es la página ocho —dijo Antúnez—, y a mí me parece que tengo que firmar en la página uno.

—Aquí —dijo Remorino, mostrándole un lugar del registro—. Vamos, que se le va a enfriar el café con leche.

Antúnez firmó floridamente, saludó a todos y se fue con unos pasitos rosas que encantaron a Talita. El segundo piyama era mucho más gordo, y después de circunnavegar la mesita fue a darle la mano al administrador, que la estrechó sin ganas y señaló el registro con un gesto seco.

—Usted ya está enterado, de modo que firme y vuélvase a su pieza.

51 —Mi pieza está sin barrer —dijo el piyama gordo.

La Cuca anotó mentalmente la falta de higiene. Remorino trataba de poner la birome en la mano del piyama gordo, que retrocedía lentamente.

—Se la van a limpiar enseguida —dijo Remorino—. Firme, don Nicanor.

—Nunca —dijo el piyama gordo—. Es una trampa.

—Qué trampa ni qué macana —dijo el administrador—. Ya el doctor Ovejero les explicó de qué se trataba. Ustedes firman, y desde mañana doble ración de arroz con leche.

—Yo no firmo si don Antúnez no está de acuerdo —dijo el piyama gordo.

—Justamente acaba de firmar antes que usted. Mire.

—No se entiende la firma. Esta no es la firma de don Antúnez. Ustedes le sacaron la firma con picana eléctrica. Mataron a don Antúnez.

—Andá traelo de vuelta —mandó el administrador a Remorino, que salió volando y volvió con Antúnez. El piyama gordo soltó una exclamación de alegría y fue a darle la mano.

—Dígale que está de acuerdo, y que firme sin miedo —dijo el administrador—. Vamos, que se hace tarde.

—Firmá sin miedo, *m'hijo* —le dijo Antúnez al piyama gordo—. Total, lo mismo te la van a dar por la cabeza.

El piyama gordo soltó la birome. Remorino la recogió rezongando, y el administrador se levantó como una fiera. Refugiado detrás de Antúnez, el piyama gordo temblaba y se retorcía las mangas. Golpearon secamente a la puerta, y antes de que Remorino pudiera abrirla entró sin rodeos una señora de kimono rosa, que se fue derecho al registro y lo miró por todos lados como si fuera un lechón adobado. Enderezándose satisfecha, puso la mano abierta sobre el registro.

—Juro —dijo la señora—, decir toda la verdad. Usted 51
no me dejará mentir, don Nicanor.

El piyama gordo se agitó afirmativamente, y de pronto aceptó la birome que le tendía Remorino y firmó en cualquier parte, sin dar tiempo a nada.

—Qué animal —le oyeron murmurar al administrador—. Fijate si cayó en buen sitio, Remorino. Menos mal. Y ahora usted, señora Schwitt, ya que está aquí. Marcale el sitio, Remorino.

—Si no mejoran el ambiente social no firmo nada —dijo la señora Schwitt—. Hay que abrir puertas y ventanas al espíritu.

—Yo quiero dos ventanas en mi cuarto —dijo el piyama gordo—. Y don Antúnez quiere ir a la Franco-Inglesa a comprar algodón y qué sé yo cuántas cosas. Este sitio es tan oscuro.

Girando apenas la cabeza, Oliveira vio que Talita lo estaba mirando y le sonrió. Los dos sabían que el otro estaba pensando que todo era una comedia idiota, que el piyama gordo y los demás estaban tan locos como ellos. Malos actores, ni siquiera se esforzaban por parecer alienados decentes delante de ellos que se tenían bien leído su manual de psiquiatría al alcance de todos. Por ejemplo ahí, perfectamente dueña de sí misma, apretando la cartera con las dos manos y muy sentada en su sillón, la Cuca parecía bastante más loca que los tres firmantes, que ahora se habían puesto a reclamar algo así como la muerte de un perro sobre el que la señora Schwitt se extendía con lujo de ademanes. Nada era demasiado imprevisible, la causalidad más pedestre seguía rigiendo esas relaciones volubles y locuaces en que los bramidos del administrador servían de bajo continuo a los dibujos repetidos de las quejas y las reivindicaciones y la Franco-Inglesa. Así vieron sucesiva-

51 mente cómo Remorino se llevaba a Antúnez y al piyama gordo, cómo la señora Schwitt firmaba desdeñosamente el registro, cómo entraba un gigante esquelético, una especie de desvaída llamarada de franela rosa, y detrás un jovencito de pelo completamente blanco y ojos verdes de una hermosura maligna. Estos últimos firmaron sin mayor resistencia, pero en cambio se pusieron de acuerdo en querer quedarse hasta el final del acto. Para evitar más líos, el administrador los mandó a un rincón y Remorino fue a traer a otros dos enfermos, una muchacha de abultadas caderas y un hombre achinado que no levantaba la mirada del suelo. Sorpresivamente se oyó hablar otra vez de la muerte de un perro. Cuando los enfermos firmaron, la muchacha saludó con un ademán de bailarina. La Cuca Ferraguto le contestó con una amable inclinación de cabeza, cosa que a Talita y a Traveler les produjo un monstruoso ataque de risa. En el registro ya había diez firmas y Remorino seguía trayendo gente, había saludos y una que otra controversia que se interrumpía o cambiaba de protagonistas; cada tanto, una firma. Ya eran las siete y media, y la Cuca sacaba una polverita y se arreglaba la cara con un gesto de directora de clínica, algo entre Madame Curie y Edwige Feuillère. Nuevos retorcimientos de Talita y Traveler, nueva inquietud de Ferraguto que consultaba alternativamente los progresos en el registro y la cara del administrador. A las siete y cuarenta una enferma declaró que no firmaría hasta que mataran al perro. Remorino se lo prometió, guiñando un ojo en dirección de Oliveira que apreciaba la confianza. Habían pasado veinte enfermos, y faltaban solamente cuarenta y cinco. El administrador se les acercó para informarles que los casos más peliagudos ya estaban estampados (así dijo) y que lo mejor era pasar a cuarto intermedio con cerveza y noticiosos. Durante el

piscolabis hablaron de psiquiatría y de política. La revo- 51
lución había sido sofocada por las fuerzas del gobierno, los cabecillas se rendían en Luján. El doctor Nerio Rojas estaba en un congreso de Ámsterdam. La cerveza, riquísima.

A las ocho y media se completaron cuarenta y ocho firmas. Anochecía, y la sala estaba pegajosa de humo y de gente en los rincones, de la tos que de cuando en cuando se asomaba por alguno de los presentes. Oliveira hubiera querido irse a la calle, pero el administrador era de una severidad sin grietas. Los últimos tres enfermos firmantes acababan de reclamar modificaciones en el régimen de comidas (Ferraguto hacía señas a la Cuca para que tomara nota, no faltaba más, en su clínica las colaciones iban a ser impecables) y la muerte del perro (la Cuca juntaba itálicamente los dedos de la mano y se los mostraba a Ferraguto, que sacudía la cabeza perplejo y miraba al administrador que estaba cansadísimo y se apantallaba con un almanaque de confitería). Cuando llegó el viejo con la paloma en el hueco de la mano, acariciándola despacio como si quisiera hacerla dormir, hubo una larga pausa en que todos se dedicaron a contemplar la paloma inmóvil en la mano del enfermo, y era casi una lástima que el enfermo tuviera que interrumpir su rítmica caricia en el lomo de la paloma para tomar torpemente la birome que le alcanzaba Remorino. Detrás del viejo vinieron dos hermanas del brazo, que reclamaron de entrada la muerte del perro y otras mejoras en el establecimiento. Lo del perro hacía reír a Remorino, pero al final Oliveira sintió como si algo se le rebalsara a la altura del bazo, y levantándose le dijo a Traveler que se iba a dar una vuelta y que volvería enseguida.

—Usted tiene que quedarse —dijo el administrador—. Testigo.

51 —Estoy en la casa —dijo Oliveira—. Mire la ley Méndez Delfino, está previsto.

—Voy con vos —dijo Traveler—. Volvemos en cinco minutos.

—No se alejen del precinto —dijo el administrador.

—Faltaría más —dijo Traveler—. Vení, hermano, me parece que por este lado se baja al jardín. Qué decepción, no te parece.

—La unanimidad es aburrida —dijo Oliveira—. Ni uno solo se le ha plantado al chalecudo. Mirá que la tienen con la muerte del perro. Vamos a sentarnos cerca de la fuente, el chorrito de agua tiene un aire lustral que nos hará bien.

—Huele a nafta —dijo Traveler—. Muy lustral, en efecto.

—En realidad, ¿qué estábamos esperando? Ya ves que al final todos firman, no hay diferencia entre ellos y nosotros. Ninguna diferencia. Vamos a estar estupendamente acá.

—Bueno —dijo Traveler—, hay una diferencia, y es que ellos andan de rosa.

—Mirá —dijo Oliveira, señalando los pisos altos. Ya era casi de noche, y en las ventanas del segundo y tercer piso se encendían y apagaban rítmicamente las luces. Luz en una ventana y sombra en la de al lado. Viceversa. Luz en un piso, sombra en el de arriba, viceversa.

—Se armó —dijo Traveler—. Mucha firma, pero ya empiezan a mostrar la hilacha.

Decidieron acabar el cigarrillo al lado del chorrito lustral, hablando de nada y mirando las luces que se encendían y apagaban. Fue entonces cuando Traveler aludió a los cambios, y después de un silencio oyó cómo Horacio se reía bajito en la sombra. Insistió, queriendo alguna certidumbre y sin saber cómo plantear una materia que le resbalaba de las palabras y las ideas. 51

—Como si fuéramos vampiros, como si un mismo sistema circulatorio nos uniera, es decir nos desuniera. A veces vos y yo, a veces los tres, no nos llamemos a engaño. No sé cuándo empezó, es así y hay que abrir los ojos. Yo creo que aquí no hemos venido solamente porque el Dire nos trae. Era fácil quedarse en el circo con Suárez Melián, conocemos el trabajo y nos aprecian. Pero no, había que entrar aquí. Los tres. El primer culpable soy yo, porque no quería que Talita creyera... En fin, que te dejaba de lado en este asunto para librarme de vos. Cuestión de amor propio, te das cuenta.

—En realidad —dijo Oliveira—, yo no tengo por qué aceptar. Me vuelvo al circo o mejor me voy del todo. Buenos Aires es grande. Ya te lo dije un día.

—Sí, pero te vas después de esta conversación, es decir que lo hacés por mí, y es justamente lo que no quiero.

—De todas maneras aclarame eso de los cambios.

—Qué sé yo, si quiero explicarlo se me nubla todavía más. Mirá, es algo así: Si estoy con vos no hay problema, pero apenas me quedo solo parece como si me estuvieras presionando, por ejemplo desde tu pieza. Acordate el otro día cuando me pediste los clavos. Talita también lo siente, me mira y yo tengo la impresión de que la mirada te está destinada, en cambio cuando estamos los tres juntos ella se pasa las horas sin darse casi cuenta de que estás ahí. Te habrás percatado, supongo.

—Sí. Dale.

—Eso es todo, y por eso no me parece bien contribuir a que te cortes solo. Tiene que ser algo que decidas vos mismo, y ahora que he hecho la macana de hablarte del asunto, ni siquiera vos vas a tener libertad para decidir, porque te vas a plantear la cosa desde el ángulo de la res-

51 ponsabilidad y estamos sonados. Lo ético, en este caso, es perdonarle la vida a un amigo, y yo no lo acepto.

—Ah —dijo Oliveira—. De manera que vos no me dejás ir, y yo no me puedo ir. Es una situación ligeramente en piyama rosa, no te parece.

—Más bien, sí.

—Fijate qué curioso.

—¿Qué cosa?

—Se apagaron todas las luces al mismo tiempo.

—Deben haber llegado a la última firma. La clínica es del Dire, viva Ferraguto.

—Me imagino que ahora habrá que darles el gusto y matar al perro. Es increíble la inquina que le tienen.

—No es inquina —dijo Traveler—. Aquí tampoco las pasiones parecen muy violentas por el momento.

—Vos tenés una necesidad de soluciones radicales, viejo. A mí me pasó lo mismo tanto tiempo, y después...

Empezaron a caminar de vuelta, con cuidado porque el jardín estaba muy oscuro y no se acordaban de la disposición de los canteros. Cuando pisaron la rayuela, ya cerca de la entrada, Traveler se rio en voz baja y levantando un pie empezó a saltar de casilla en casilla. En la oscuridad el dibujo de tiza fosforecía débilmente.

—Una de estas noches —dijo Oliveira—, te voy a contar de allá. No me gusta, pero a lo mejor es la única manera de ir matando al perro, por así decirlo.

Traveler saltó fuera de la rayuela, y en ese momento las luces del segundo piso se encendieron de golpe. Oliveira, que iba a agregar algo más, vio salir de la sombra la cara de Traveler, y en el instante que duró la luz antes de volver a apagarse le sorprendió una mueca, un rictus (del latín *rictus,* abertura de boca: contracción de los labios, semejante a la sonrisa).

—Hablando de matar al perro —dijo Traveler—, no sé si habrás advertido que el médico principal se llama Ovejero. Esas cosas. 51

—No es eso lo que querías decirme.

—Mirá quién para quejarse de mis silencios o mis sustituciones —dijo Traveler—. Claro que no es eso, pero qué más da. Esto no se puede hablar. Si vos querés hacer la prueba... Pero algo me dice que ya es medio tarde, che. Se enfrió la pizza, no hay vuelta que darle. Mejor nos ponemos a trabajar enseguida, va a ser una distracción.

Oliveira no contestó, y subieron a la sala de la gran tratativa donde el administrador y Ferraguto se estaban tomando una caña doble. Oliveira se apiló enseguida pero Traveler fue a sentarse en el sofá donde Talita leía una novela con cara de sueño. Tras la última firma, Remorino había hecho desaparecer el registro y los enfermos asistentes a la ceremonia. Traveler notó que el administrador había apagado la luz del cielo raso, reemplazándola por una lámpara del escritorio; todo era blando y verde, se hablaba en voz baja y satisfecha. Oyó combinar planes para un mondongo a la genovesa en un restaurante del centro. Talita cerró el libro y lo miró soñolienta, Traveler le pasó una mano por el pelo y se sintió mejor. De todas maneras la idea del mondongo a esa hora y con ese calor era insensata.

(-69)

52

Porque en realidad él no le podía *contar* nada a Traveler. Si empezaba a tirar del ovillo iba a salir una hebra de lana, metros de lana, lanada, lanagnórisis, lanatúrner, lannapurna, lanatomía, lanata, lanatalidad, lanacionalidad, lanaturalidad, la lana hasta lanáusea pero nunca el ovillo. Hubiera tenido que hacerle sospechar a Traveler que lo que le contara no tenía sentido directo (¿pero qué sentido tenía?) y que tampoco era una especie de figura o de alegoría. La diferencia insalvable, un problema de niveles que nada tenían que ver con la inteligencia o la información, una cosa era jugar al truco o discutir a John Donne con Traveler, todo transcurría en un territorio de apariencia común; pero lo otro, ser una especie de mono entre los hombres, querer ser un mono por razones que ni siquiera el mono era capaz de explicarse empezando porque de razones no tenían nada y su fuerza estaba precisamente en eso, y así sucesivamente.

Las primeras noches en la clínica fueron tranquilas; el personal saliente desempeñaba todavía sus funciones, y los nuevos se limitaban a mirar, recoger experiencia y reunirse en la farmacia donde Talita, de blanco vestida, redescubría emocionada las emulsiones y los barbitúricos. El problema

era sacarse de encima a la Cuca Ferraguto, instalada como 52
fierro en el departamento del administrador, porque la Cuca parecía decidida a imponer su férula a la clínica, y el mismo Dire escuchaba respetuoso el *new deal* resumido en términos tales como higiene, disciplina, diospatriayhogar, piyamas grises y té de tilo. Asomándose a cada rato a la farmacia, la Cuca prestaba-un-oído-atento a los supuestos diálogos profesionales del nuevo equipo. Talita le merecía cierta confianza porque la chica tenía su diploma ahí colgado, pero el marido y el compinche eran sospechosos. El problema de la Cuca era que a pesar de todo siempre le habían caído horriblemente simpáticos, lo que la obligaba a debatir cornelianamente el deber y los metejones platónicos, mientras Ferraguto organizaba la administración y se iba acostumbrando de a poco a sustituir tragasables por esquizofrénicos y fardos de pasto por ampollas de insulina. Los médicos, en número de tres, acudían por la mañana y no molestaban gran cosa. El interno, tipo dado al póker, ya había intimado con Oliveira y Traveler; en su consultorio del tercer piso se armaban potentes escaleras reales, y pozos de entre diez y cien mangos pasaban de mano en mano que *te la voglio dire.*

Los enfermos mejor, gracias.

(-89)

53

Y un jueves, zas, todos instalados a eso de las nueve de la noche. Por la tarde se había ido el personal golpeando las puertas (risas irónicas de Ferraguto y la Cuca, firmes en no redondear las indemnizaciones) y una delegación de enfermos había despedido a los salientes con gritos de: «¡Se murió el perro, se murió el perro!», lo que no les había impedido presentar una carta con cinco firmas a Ferraguto, reclamando chocolate, el diario de la tarde y la muerte del perro. Quedaron los nuevos, un poco despistados todavía, y Remorino que se hacía el canchero y decía que todo iba a andar fenómeno. Por Radio El Mundo se alimentaba el espíritu deportivo de los porteños con boletines sobre la ola de calor. Batidos todos los récords, se podía sudar patrióticamente a gusto, y Remorino ya había recogido cuatro o cinco piyamas tirados en los rincones. Entre él y Oliveira convencían a los propietarios de que se los pusieran de nuevo, por lo menos el pantalón. Antes de trenzarse en un póker con Ferraguto y Traveler, el doctor Ovejero había autorizado a Talita para que distribuyera limonada sin miedo, con excepción del 6, el 18 y la 31. A la 31 esto le había provocado un ataque de llanto, y Talita le había dado doble ración de limonada. Ya era tiempo de proceder *motu proprio*, muera el perro.

¿Cómo se podía empezar a vivir esa vida, así apacible- 53
mente, sin demasiado extrañamiento? Casi sin preparación previa, porque el manual de psiquiatría adquirido en lo de Tomás Pardo no era precisamente propedéutico para Talita y Traveler. Sin experiencia, sin verdaderas ganas, sin nada: el hombre era verdaderamente el animal que se acostumbra hasta a no estar acostumbrado. Por ejemplo la morgue: Traveler y Oliveira la ignoraban, y heteakí que el martes por la noche Remorino subió a buscarlos por orden de Ovejero. El 56 acababa de morir esperadamente en el segundo piso, había que darle una mano al camillero y distraer a la 31 que tenía unos telepálpitos de abrigo. Remorino les explicó que el personal saliente era muy reivindicatorio y que estaba trabajando a reglamento desde que se había enterado del asunto de las indemnizaciones, así que no quedaba otro remedio que empezar a pegarle fuerte al trabajo, de paso les venía bien como práctica.

Qué cosa tan rara que en el inventario leído el día de la gran tratativa no se hubiera mencionado una morgue. Pero che, en alguna parte hay que guardar a los fiambres hasta que venga la familia o la municipalidad mande el furgón. A lo mejor en el inventario se hablaba de una cámara de depósito, o una sala de tránsito, o un ambiente frigorífico, esos eufemismos, o simplemente se mencionaban las ocho heladeras. Morgue al fin y al cabo no era bonito de escribir en un documento, creía Remorino. ¿Y para qué ocho heladeras? Ah, eso... Alguna exigencia del departamento nacional de higiene o un acomodo del exadministrador cuando las licitaciones, pero tan mal no estaba porque a veces había rachas, como el año que había ganado San Lorenzo (¿qué año era? Remorino no se acordaba, pero era el año que San Lorenzo había hecho capote), de golpe cuatro enfermos al tacho, un saque de guadaña de esas que te la

53 debo. Eso sí, poco frecuente, el 56 era fatal, qué le va a hacer. Por aquí, hablen bajo para no despertar a la merza. Y vos qué me representás a esta hora, rajá a la cama, rajá. Es un buen pibe, mírenlo cómo se las pica. De noche le da por salir al pasillo pero no se crean que es por las mujeres, ese asunto lo tenemos bien arreglado. Sale porque es loco, nomás, como cualquiera de nosotros si vamos al caso.

Oliveira y Traveler pensaron que Remorino era macanudo. Un tipo evolucionado, se veía enseguida. Ayudaron al camillero, que cuando no hacía de camillero era el 7 a secas, un caso curable de manera que podía colaborar en los trabajos livianos. Bajaron la camilla en el montacargas, un poco amontonados y sintiendo muy cerca el bulto del 56 debajo de la sábana. La familia iba a venir a buscarlo el lunes, eran de Trelew, pobre gente. Al 22 no lo habían venido a buscar todavía, era el colmo. Gente de plata, creía Remorino: los peores, buitres puros, sin sentimiento. ¿Y la municipalidad permitía que el 22...? El expediente andaría por ahí, esas cosas. Total que los días iban pasando, dos semanas, así que ya veían la ventaja de tener muchas heladeras. Con una cosa y otra ya eran tres, porque también estaba la 2, una de las fundadoras. Eso era grande, la 2 no tenía familia pero en cambio la dirección de sepelios había avisado que el furgón pasaría a las cuarenta y ocho horas. Remorino había sacado la cuenta para reírse, y ya hacían trescientas seis horas, casi trescientas siete. Lo de fundadora lo decía porque era una viejita de los primeros tiempos, antes del doctor que le había vendido a don Ferraguto. Qué buen tipo parecía don Ferraguto, ¿no? Pensar que había tenido un circo, qué cosa grande.

El 7 abrió el montacargas, tiró de la camilla y salió por el pasillo piloteando que era una barbaridad, hasta que Remorino lo frenó en seco y se adelantó con una yale para abrir la puerta metálica mientras Traveler y Oliveira sacaban al mismo tiempo los cigarrillos, esos reflejos... En realidad lo que hubieran tenido que hacer era traerse los sobretodos, porque de la ola de calor no se tenía noticia en la morgue, que por lo demás parecía un despacho de bebidas con una mesa larga a un lado y un refrigerador hasta el techo en la otra pared.

—Sacá una cerveza —mandó Remorino—. Ustedes no saben nada, eh. A veces aquí el reglamento es demasiado... Mejor no le digan a don Ferraguto, total solamente nos tomamos una cervecita de cuando en cuando.

El 7 se fue a una de las puertas del refrigerador y sacó una botella. Mientras Remorino la abría con un dispositivo del que estaba provisto su cortaplumas, Traveler miró a Oliveira pero el 7 habló primero.

—Mejor lo guardamos antes, no le parece.

—Vos... —empezó Remorino, pero se quedó con el cortaplumas abierto en la mano—. Tenés razón, pibe. Dale. Esa de ahí está libre.

—No —dijo el 7.

—¿Me vas a decir a mí?

—Usted perdone y disculpe —dijo el 7—. La que está libre es esa.

Remorino se quedó mirándolo, y el 7 le sonrió y con una especie de saludo se acercó a la puerta en litigio y la abrió. Salió una luz brillante, como de aurora boreal u otro meteoro hiperbóreo, en medio de la cual se recortaban claramente unos pies bastante grandes.

—El 22 —dijo el 7—. ¿No le decía? Yo los conozco a todos por los pies. Ahí está la 2. ¿Qué me quiere jugar? Mire, si no me cree. ¿Se convenció? Bueno, entonces lo ponemos en esta que está libre. Ustedes me ayudan, ojo que tiene que entrar de cabeza.

53 —Es un campeón —le dijo Remorino en voz baja a Traveler—. Yo realmente no sé por qué Ovejero lo tiene aquí adentro. No hay vasos, che, de manera que nos prendemos a la que te criaste.

Traveler tragó humo hasta las rodillas antes de aceptar la botella. Se la fueron pasando de mano en mano, y el primer cuento verde lo contó Remorino.

(-66)

54

Desde la ventana de su cuarto en el segundo piso Oliveira veía el patio con la fuente, el chorrito de agua, la rayuela del 8, los tres árboles que daban sombra al cantero de malvones y césped, y la altísima tapia que le ocultaba las casas de la calle. El 8 jugaba casi toda la tarde a la rayuela, era imbatible, el 4 y la 19 hubieran querido arrebatarle el Cielo pero era inútil, el pie del 8 era un arma de precisión, un tiro por cuadro, el tejo se situaba siempre en la posición más favorable, era extraordinario. Por la noche la rayuela tenía como una débil fosforescencia y a Oliveira le gustaba mirarla desde la ventana. En su cama, cediendo a los efectos de un centímetro cúbico de hipnosal, el 8 se estaría durmiendo como las cigüeñas, parado mentalmente en una sola pierna, impulsando el tejo con golpes secos e infalibles, a la conquista de un cielo que parecía desencantarlo apenas ganado. «Sos de un romanticismo inaguantable», se pensaba Oliveira, cebando mate. «¿Para cuándo el piyama rosa?». Tenía sobre la mesa una cartita de Gekrepten inconsolable, de modo que no te dejan salir más que los sábados, pero esto no va a ser una vida, querido, yo no me resigno a estar sola tanto tiempo, si vieras nuestra piecita. Apoyando el mate en el antepecho de la

54 ventana, Oliveira sacó una birome del bolsillo y contestó la carta. Primero, había teléfono (seguía el número); segundo, estaban muy ocupados, pero la reorganización no llevaría más de dos semanas y entonces podrían verse por lo menos los miércoles, sábados y domingos. Tercero, se le estaba acabando la yerba. «Escribo como si me hubieran encerrado», pensó echando una firma. Eran casi las once, pronto le tocaría relevar a Traveler que hacía guardia en el tercer piso. Cebando otro mate, releyó la carta y pegó el sobre. Prefería escribir, el teléfono era un instrumento confuso en manos de Gekrepten, no entendía nada de lo que se le explicaba.

En el pabellón de la izquierda se apagó la luz de la farmacia. Talita salió al patio, cerró con llave (se la veía muy bien a la luz del cielo estrellado y caliente) y se acercó indecisa a la fuente. Oliveira le silbó bajito, pero Talita siguió mirando el chorro de agua, y hasta acercó un dedo experimental y lo mantuvo un momento en el agua. Después cruzó el patio, pisoteando sin orden la rayuela, y desapareció debajo de la ventana de Oliveira. Todo había sido un poco como en las pinturas de Leonora Carrington, la noche con Talita y la rayuela, un entrecruzamiento de líneas ignorándose, un chorrito de agua en una fuente. Cuando la figura de rosa salió de alguna parte y se acercó lentamente a la rayuela, sin atreverse a pisarla, Oliveira comprendió que todo volvía al orden, que necesariamente la figura de rosa elegiría una piedra plana de las muchas que el 8 amontonaba al borde del cantero, y que la Maga, porque era la Maga, doblaría la pierna izquierda y con la punta del zapato proyectaría el tejo a la primera casilla de la rayuela. Desde lo alto veía el pelo de la Maga, la curva de los hombros y cómo levantaba a medias los brazos para mantener el equilibrio, mientras con pequeños saltos entraba en la primera casilla, impulsaba el tejo hasta la segunda (y Oliveira tembló un poco porque el tejo había estado a punto de salirse de la rayuela, una irregularidad de las baldosas lo detuvo exactamente en el límite de la segunda casilla), entraba livianamente y se quedaba un segundo inmóvil, como un flamenco rosa en la penumbra, antes de acercar poco a poco el pie al tejo, calculando la distancia para hacerlo pasar a la tercera casilla. 54

Talita alzó la cabeza y vio a Oliveira en la ventana. Tardó en reconocerlo, y entre tanto se balanceaba en una pierna, como sosteniéndose en el aire con las manos. Mirándola con un desencanto irónico, Oliveira reconoció su error, vio que el rosa no era rosa, que Talita llevaba una blusa de un gris ceniciento y una pollera probablemente blanca. Todo se (por así decirlo) explicaba: Talita había entrado y vuelto a salir, atraída por la rayuela, y esa ruptura de un segundo entre el pasaje y la reaparición había bastado para engañarlo como aquella otra noche en la proa del barco, como a lo mejor tantas otras noches. Contestó apenas al ademán de Talita, que ahora bajaba la cabeza concentrándose, calculaba, y el tejo salía con fuerza de la segunda casilla y entraba en la tercera, enderezándose, echando a rodar de perfil, saliéndose de la rayuela, una o dos baldosas fuera de la rayuela.

—Tenés que entrenarte más —dijo Oliveira— si le querés ganar al 8.

—¿Qué hacés ahí?

—Calor. Guardia a las once y media. Correspondencia.

—Ah —dijo Talita—. Qué noche.

—Mágica —dijo Oliveira, y Talita se rio brevemente antes de desaparecer bajo la puerta. Oliveira la oyó subir la escalera, pasar frente a su puerta (pero a lo mejor estaba subiendo en el ascensor), llegar al tercer piso. «Admití que

54 se parece bastante», pensó. «Con eso y ser un cretino todo se explica al pelo». Pero lo mismo se quedó mirando un rato el patio, la rayuela desierta, como para convencerse. A las once y diez vino Traveler a buscarlo y le pasó el parte. El 5 bastante inquieto, avisarle a Ovejero si se ponía molesto; los demás dormían.

El tercer piso estaba como un guante, y hasta el 5 se había tranquilizado. Aceptó un cigarrillo, lo fumó aplicadamente y le explicó a Oliveira que la conjuración de los editores judíos retardaba la publicación de su gran obra sobre los cometas, le prometió un ejemplar dedicado. Oliveira le dejó la puerta entornada porque le conocía las mañas, y empezó a ir y venir por el pasillo, mirando de cuando en cuando por los ojos mágicos instalados gracias a la astucia de Ovejero, el administrador, y la casa Liber & Finkel: cada cuarto un diminuto Van Eyck, salvo el de la 14 que como siempre había pegado una estampilla contra el lente. A las doce llegó Remorino con varias ginebras a medio asimilar; charlaron de caballos y de fútbol, y después Remorino se fue a dormir un rato a la planta baja. El 5 se había calmado del todo, y el calor apretaba en el silencio y la penumbra del pasillo. La idea de que alguien tratara de matarlo no se le había ocurrido hasta ese momento a Oliveira, pero le bastó un dibujo instantáneo, un esbozo que tenía más de escalofrío que otra cosa, para darse cuenta de que no era una idea nueva, que no se derivaba de la atmósfera del pasillo con sus puertas cerradas y la sombra de la caja del montacargas en el fondo. Lo mismo se le podía haber ocurrido a mediodía en el almacén de Roque, o en el subte a las cinco de la tarde. O mucho antes, en Europa, alguna noche de vagancia por las zonas francas, los baldíos donde una lata vieja podía servir para tajear una garganta por poco que las dos pusieran buena voluntad. Deteniéndose al lado del agujero del montacargas miró el fondo negro y pensó en los Campos Flegreos, otra vez en el acceso. En el circo había sido al revés, un agujero en lo alto, la apertura comunicando con el espacio abierto, figura de consumación; ahora estaba al borde del pozo, agujero de Eleusis, la clínica envuelta en vapores de calor acentuaba el pasaje negativo, los vapores de solfatara, el descenso. Dándose vuelta vio la recta del pasillo hasta el fondo, con la débil luz de las lámparas violeta sobre el marco de las puertas blancas. Hizo una cosa tonta: encogiendo la pierna izquierda, avanzó a pequeños saltos por el pasillo, hasta la altura de la primera puerta. Cuando volvió a apoyar el pie izquierdo en el linóleo verde, estaba bañado en sudor. A cada salto había repetido entre dientes el nombre de Manú. «Pensar que yo había esperado un pasaje», se dijo apoyándose en la pared. Imposible objetivar la primera fracción de un pensamiento sin encontrarlo grotesco. Pasaje, por ejemplo. Pensar que él había esperado. Esperado un pasaje. Dejándose resbalar, se sentó en el suelo y miró fijamente el linóleo. ¿Pasaje a qué? ¿Y por qué la clínica tenía que servirle de pasaje? ¿Qué clase de templos andaba necesitando, qué intercesores, qué hormonas psíquicas o morales que lo proyectaran fuera o dentro de sí? 54

Cuando llegó Talita trayendo un vaso de limonada (esas ideas de ella, ese lado maestrita de los obreros y La Gota de Leche), le habló enseguida del asunto. Talita no se sorprendía de nada; sentándose frente a él lo miró beberse la limonada de un trago.

—Si la Cuca nos viera tirados en el suelo le daría un ataque. Qué manera de montar guardia, vos. ¿Duermen?

—Sí. Creo. La 14 tapó la mirilla, andá a saber qué está haciendo. Me da no sé qué abrirle la puerta, che.

54 —Sos la delicadeza misma —dijo Talita—. Pero yo, de mujer a mujer...

Volvió casi enseguida, y esta vez se instaló al lado de Oliveira para apoyarse en la pared.

—Duerme castamente. El pobre Manú tuvo una pesadilla horrorosa. Siempre pasa lo mismo, se vuelve a dormir pero yo me quedo tan trastornada que acabo por levantarme. Se me ocurrió que tendrías calor, vos o Remorino, entonces les hice limonada. Qué verano, y con esas paredes ahí afuera que cortan el aire. De manera que me parezco a esa otra mujer.

—Un poco, sí —dijo Oliveira—, pero no tiene ninguna importancia. Lo que me gustaría saber es por qué te vi vestida de rosa.

—Influencias ambientes, la asimilaste a los demás.

—Sí, eso era más bien fácil, todo bien considerado. Y vos, ¿por qué te pusiste a jugar a la rayuela? ¿También te asimilaste?

—Tenés razón —dijo Talita—. ¿Por qué me habré puesto? A mí en realidad no me gustó nunca la rayuela. Pero no te fabriques una de tus teorías de posesión, yo no soy el zombi de nadie.

—No hay necesidad de decirlo a gritos.

—De nadie —repitió Talita bajando la voz—. Vi la rayuela al entrar, había una piedrita... Jugué y me fui.

—Perdiste en la tercera casilla. A la Maga le hubiera pasado lo mismo, es incapaz de perseverar, no tiene el menor sentido de las distancias, el tiempo se le hace trizas en las manos, anda a los tropezones con el mundo. Gracias a lo cual, te lo digo de paso, es absolutamente perfecta en su manera de denunciar la falsa perfección de los demás. Pero yo te estaba hablando del montacargas, me parece.

—Sí, dijiste algo y después te bebiste la limonada. No, esperá, la limonada te la bebiste antes. 54

—Probablemente me traté de infeliz, cuando llegaste estaba en pleno trance chamánico, a punto de tirarme por el agujero para terminar de una vez con las conjeturas, esa palabra esbelta.

—El agujero acaba en el sótano —dijo Talita—. Hay cucarachas, si te interesa saberlo, y trapos de colores por el suelo. Todo está húmedo y negro, y un poco más lejos empiezan los muertos. Manú me contó.

—¿Manú está durmiendo?

—Sí. Tuvo una pesadilla, gritó algo de una corbata perdida. Ya te conté.

—Es una noche de grandes confidencias —dijo Oliveira, mirándola despacio.

—Muy grandes —dijo Talita—. La Maga era solamente un nombre, y ahora ya tiene una cara. Todavía se equivoca en el color de la ropa, parece.

—La ropa es lo de menos, cuando la vuelva a ver andá a saber lo que tendrá puesto. Estará desnuda, o andará con su chico en brazos cantándole *Les Amants du Havre*, una canción que no conocés.

—No te creas —dijo Talita—. La pasaban bastante seguido por Radio Belgrano. La-la-la, la-la-la...

Oliveira dibujó una bofetada blanda, que acabó en caricia. Talita echó la cabeza para atrás y se golpeó contra la pared del pasillo. Hizo una mueca y se frotó la nuca, pero siguió tarareando la melodía. Se oyó un *clic* y después un zumbido que parecía azul en la penumbra del pasillo. Oyeron subir el montacargas, se miraron apenas antes de levantarse de un salto. A esa hora quién podía... *Clic,* el paso del primer piso, el zumbido azul. Talita retrocedió y se puso detrás de Oliveira. *Clic.* El piyama rosa se distinguía

54 perfectamente en el cubo de cristal enrejado. Oliveira corrió al montacargas y abrió la puerta. Salió una bocanada de aire casi frío. El viejo lo miró como si no lo conociera y siguió acariciando la paloma, era fácil comprender que la paloma había sido alguna vez blanca, que la continua caricia de la mano del viejo la había vuelto de un gris ceniciento. Inmóvil, con los ojos entornados, descansaba en el hueco de la mano que la sostenía a la altura del pecho, mientras los dedos pasaban una y otra vez del cuello hasta la cola, del cuello hasta la cola.

—Vaya a dormir, don López —dijo Oliveira, respirando fuerte.

—Hace calor en la cama —dijo don López—. Mírela cómo está contenta cuando la paseo.

—Es muy tarde, váyase a su cuarto.

—Yo le llevaré una limonada fresca —prometió Talita Nightingale.

Don López acarició la paloma y salió del montacargas. Lo oyeron bajar la escalera.

—Aquí cada uno hace lo que quiere —murmuró Oliveira cerrando la puerta del montacargas—. En una de esas va a haber un degüello general. Se lo huele, qué querés que te diga. Esa paloma parecía un revólver.

—Habría que avisarle a Remorino. El viejo venía del sótano, es raro.

—Mirá, quedate un momento aquí vigilando, yo bajo al sótano a ver, no sea que algún otro esté haciendo macanas.

—Bajo con vos.

—Bueno, total estos duermen tranquilos.

Dentro del montacargas la luz era vagamente azul y se bajaba con un zumbido de *science-fiction*. En el sótano no había nadie vivo, pero una de las puertas del refrigerador

estaba entornada y por la ranura salía un chorro de luz. 54
Talita se paró en la puerta, con una mano contra la boca, mientras Oliveira se acercaba. Era el 56, se acordaba muy bien, la familia tenía que estar al caer de un momento a otro. Desde Trelew. Y entre tanto el 56 había recibido la visita de un amigo, era de imaginar la conversación con el viejo de la paloma, uno de esos seudodiálogos en que al interlocutor lo tiene sin cuidado que el otro hable o no hable siempre que esté ahí delante, siempre que haya algo ahí delante, cualquier cosa, una cara, unos pies saliendo del hielo. Como acababa de hablarle él a Talita contándole lo que había visto, contándole que tenía miedo, hablando todo el tiempo de agujeros y de pasajes, a Talita o a cualquier otro, a un par de pies saliendo del hielo, a cualquier apariencia antagónica capaz de escuchar y asentir. Pero mientras cerraba la puerta de la heladera y se apoyaba sin saber por qué en el borde de la mesa, un vómito de recuerdo empezó a ganarlo, se dijo que apenas un día o dos atrás le había parecido imposible llegar a contarle nada a Traveler, un mono no podía contarle nada a un hombre, y de golpe, sin saber cómo, se había oído hablándole a Talita como si fuera la Maga, sabiendo que no era pero hablándole de la rayuela, del miedo en el pasillo, del agujero tentador. Entonces (y Talita estaba ahí, a cuatro metros, a sus espaldas, esperando) eso era como un fin, la apelación a la piedad ajena, el reingreso en la familia humana, la esponja cayendo con un chasquido repugnante en el centro del *ring*. Sentía como si se estuviera yendo de sí mismo, abandonándose para echarse —hijo (de puta) pródigo— en los brazos de la fácil reconciliación, y de ahí la vuelta todavía más fácil al mundo, a la vida posible, al tiempo de sus años, a la razón que guía las acciones de los argentinos buenos y del bicho humano en general. Estaba en su

54 pequeño, cómodo Hades refrigerado, pero no había ninguna Eurídice que buscar, aparte de que había bajado tranquilamente en montacargas y ahora, mientras abría una heladera y sacaba una botella de cerveza, piedra libre para cualquier cosa con tal de acabar esa comedia.

—Vení a tomar un trago —invitó—. Mucho mejor que tu limonada. Talita dio un paso y se detuvo.

—No seas necrófilo —dijo—. Salgamos de aquí.

—Es el único lugar fresco, reconocé. Yo creo que me voy a traer un catre.

—Estás pálido de frío —dijo Talita, acercándose—. Vení, no me gusta que te quedes aquí.

—¿No te gusta? No van a salir de ahí para comerme, los de arriba son peores.

—Vení, Horacio —repitió Talita—. No quiero que te quedes aquí.

—Vos... —dijo Oliveira mirándola colérico, y se interrumpió para abrir la cerveza con un golpe de la mano contra el borde de una silla. Estaba viendo con tanta claridad un *boulevard* bajo la lluvia, pero en vez de ir llevando a alguien del brazo, hablándole con lástima, era a él que lo llevaban, compasivamente le habían dado el brazo y le hablaban para que estuviera contento, le tenían tanta lástima que era positivamente una delicia. El pasado se invertía, cambiaba de signo, al final iba a resultar que La Piedad no estaba liquidando. Esa mujer jugadora de rayuela le tenía lástima, era tan claro que quemaba.

—Podemos seguir hablando en el segundo piso —dijo ilustrativamente Talita—. Traé la botella, y me das un poco.

—*Oui madame, bien sûr madame* —dijo Oliveira.

—Por fin decís algo en francés. Manú y yo creíamos que habías hecho una promesa. Nunca...

—*Assez* —dijo Oliveira—. *Tu m'as eu, petite, Céline avait* 54
raison, on se croit enculé d'un centimètre et on l'est déjà de plusieurs mètres.

Talita lo miró con la mirada de los que no entienden, pero su mano subió sin que la sintiera subir, y se apoyó un instante en el pecho de Oliveira. Cuando la retiró, él se puso a mirarla como desde abajo, con ojos que venían de algún otro lado.

—Andá a saber —le dijo Oliveira a alguien que no era Talita—. Andá a saber si no sos vos la que esta noche me escupe tanta lástima. Andá a saber si en el fondo no hay que llorar de amor hasta llenar cuatro o cinco palanganas. O que te las lloren, como te las están llorando.

Talita le dio la espalda y fue hacia la puerta. Cuando se detuvo a esperarlo, desconcertada y al mismo tiempo necesitando esperarlo porque alejarse de él en ese instante era como dejarlo caer en el pozo (con cucarachas, con trapos de colores), vio que sonreía y que tampoco la sonrisa era para ella. Nunca lo había visto sonreír así, desventuradamente y a la vez con toda la cara abierta y de frente, sin la ironía habitual, aceptando alguna cosa que debía llegarle desde el centro de la vida, desde ese otro pozo (¿con cucarachas, con trapos de colores, con una cara flotando en un agua sucia?), acercándose a ella en el acto de aceptar esa cosa innominable que lo hacía sonreír. Y tampoco su beso era para ella, no ocurría allí grotescamente al lado de una heladera llena de muertos, a tan poca distancia de Manú durmiendo. Se estaban como alcanzando desde otra parte, con otra parte de sí mismos, y no era de ellos que se trataba, como si estuvieran pagando o cobrando algo por otros, como si fueran los *golems* de un encuentro imposible entre sus dueños. Y los Campos Flegreos, y lo que Horacio había murmurado sobre el descenso, una insensatez tan absoluta

54 que Manú y todo lo que era Manú y estaba en el nivel de Manú no podía participar de la ceremonia, porque lo que empezaba ahí era como la caricia a la paloma, como la idea de levantarse para hacerle una limonada a un guardián, como doblar una pierna y empujar un tejo de la primera a la segunda casilla, de la segunda a la tercera. De alguna manera habían ingresado en otra cosa, en ese algo donde se podía estar de gris y ser de rosa, donde se podía haber muerto ahogada en un río (y eso ya no lo estaba pensando ella) y asomar en una noche de Buenos Aires para repetir en la rayuela la imagen misma de lo que acababan de alcanzar, la última casilla, el centro del mandala, el Ygdrassil vertiginoso por donde se salía a una playa abierta, a una extensión sin límites, al mundo debajo de los párpados que los ojos vueltos hacia adentro reconocían y acataban.

(-129)

55

Pero Traveler no dormía, después de una o dos tentativas la pesadilla lo seguía rondando y al final se sentó en la cama y encendió la luz. Talita no estaba, esa sonámbula, esa falena de insomnios, y Traveler se bebió un vaso de caña y se puso el saco del piyama. El sillón de mimbre parecía más fresco que la cama, y era una buena noche para quedarse leyendo. De a ratos se oía caminar en el pasillo, y Traveler se asomó dos veces a la puerta que daba sobre el ala administrativa. No había nadie, ni siquiera el ala, Talita se habría ido a trabajar a la farmacia, era increíble cómo la entusiasmaba el reingreso en la ciencia, las balancitas, los antipiréticos. Traveler se puso a leer un rato, entre caña y caña. De todas maneras era raro que Talita no hubiera vuelto de la farmacia. Cuando reapareció, con un aire de fantasma que aterraba, la botella de caña estaba tan menoscabada que a Traveler casi no le importó verla o no verla, y charlaron un rato de tantas cosas, mientras Talita desplegaba un camisón y diversas teorías, casi todas toleradas por Traveler que a esa altura tendía a la benevolencia. Después Talita se quedó dormida boca arriba, con un sueño intranquilo entrecortado por bruscos manotones y quejidos. Siempre era lo mismo, a Traveler le costaba dor-

55 mirse cuando Talita estaba inquieta, pero apenas lo vencía el cansancio ella se despertaba y al minuto estaba completamente desvelada porque él protestaba o se retorcía en sueños, y así se pasaban la noche como en un sube y baja. Para peor la luz había quedado encendida y era complicadísimo alcanzar la llave, razón por la cual acabaron despertándose del todo y entonces Talita apagó la luz y se apretó un poco contra Traveler que sudaba y se retorcía.

—Horacio vio a la Maga esta noche —dijo Talita—. La vio en el patio, hace dos horas, cuando vos estabas de guardia.

—Ah —dijo Traveler, tendiéndose de espaldas y buscando los cigarrillos sistema Braille. Agregó una frase confusa que salía de sus últimas lecturas.

—La Maga era yo —dijo Talita, apretándose más contra Traveler—. No sé si te das cuenta.

—Más bien sí.

—Alguna vez tenía que ocurrir. Lo que me asombra es que se haya quedado tan sorprendido por la confusión.

—Oh, vos sabés, Horacio arma los líos y después los mira con el mismo aire de los cachorros cuando han hecho caca y se quedan contemplándola estupefactos.

—Yo creo que ocurrió el mismo día que lo fuimos a buscar al puerto —dijo Talita—. No se puede explicar, porque ni siquiera me miró, y entre los dos me echaron como a un perro, con el gato abajo del brazo.

Traveler masculló algo ininteligible.

—Me confundió con la Maga —insistió Talita.

Traveler la oía hablar, aludir como todas las mujeres a la fatalidad, a la inevitable concatenación de las cosas, y hubiera preferido que se callara pero Talita se resistía afiebradamente, se apretaba contra él y se empecinaba en contar, en contarse y naturalmente, en contarle. Traveler se dejó llevar.

—Primero vino el viejo con la paloma, y entonces ba- 55
jamos al sótano. Horacio hablaba todo el tiempo del descenso, de esos huecos que lo preocupan. Estaba desesperado, Manú, daba miedo ver lo tranquilo que parecía, y entre tanto... Bajamos con el montacargas, y él fue a cerrar una de las heladeras, algo tan horrible.

—De manera que bajaste —dijo Traveler—. Está bueno.

—Era diferente —dijo Talita—. No era como bajar. Hablábamos, pero yo sentía como si Horacio estuviera desde otra parte, hablándole a otra, a una mujer ahogada, por ejemplo. Ahora se me ocurre eso, pero él todavía no había dicho que la Maga se había ahogado en el río.

—No se ahogó en lo más mínimo —dijo Traveler—. Me consta, aunque admito que no tengo la menor idea. Basta conocerlo a Horacio.

—Cree que está muerta, Manú, y al mismo tiempo la siente cerca y esta noche fui yo. Me dijo que también la había visto en el barco, y debajo del puente de la Avenida San Martín... No lo dice como si hablara de una alucinación, y tampoco pretende que le creas. Lo dice, nomás, y es verdad, es algo que está ahí. Cuando cerró la heladera y yo tuve miedo y dije no sé qué, me empezó a mirar y era a la otra que miraba. Yo no soy el zombi de nadie, Manú, no quiero ser el zombi de nadie.

Traveler le pasó la mano por el pelo, pero Talita lo rechazó con impaciencia. Se había sentado en la cama y él la sentía temblar. Con ese calor, temblando. Le dijo que Horacio la había besado, y trató de explicar el beso y como no encontraba las palabras iba tocando a Traveler en la oscuridad, sus manos caían como trapos sobre su cara, sobre sus brazos, le resbalaban por el pecho, se apoyaban en sus rodillas, y de todo eso nacía como una explicación que Traveler era incapaz de rechazar, un contagio que venía desde

55 más allá, desde alguna parte en lo hondo o en lo alto o en cualquier parte que no fuera esa noche y esa pieza, un contagio a través de Talita lo poseía a su vez, un balbuceo como un anuncio intraducible, la sospecha de que estaba delante de algo que podía ser un anuncio, pero la voz que lo traía estaba quebrada y cuando decía el anuncio lo decía en un idioma ininteligible, y sin embargo eso era lo único necesario ahí al alcance de la mano, reclamando el conocimiento y la aceptación, debatiéndose contra una pared esponjosa, de humo y de corcho, inasible y ofreciéndose, desnudo entre los brazos pero como de agua yéndose entre lágrimas.

«La dura costra mental», alcanzó a pensar Traveler. Oía confusamente que el miedo, que Horacio, que el montacargas, que la paloma; un sistema comunicable volvía a entrar poco a poco en el oído. De manera que el pobre infeliz tenía miedo de que él lo matara, era para reírse.

—¿Te lo dijo realmente? Cuesta creerlo, vos sabés el orgullo que tiene.

—Es otra cosa —dijo Talita, quitándole el cigarrillo y chupando con una especie de avidez de cine mudo—. Yo creo que el miedo que siente es como un último refugio, el barrote donde tiene las manos prendidas antes de tirarse. Está tan contento de tener miedo esta noche, yo sé que está contento.

—Eso —dijo Traveler, respirando como un verdadero yogui— no lo entendería la Cuca, podés estar segura. Y yo debo estar de lo más inteligente esta noche, porque lo del miedo alegre es medio duro de tragar, vieja.

Talita se corrió un poco en la cama y se apoyó contra Traveler. Sabía que estaba otra vez de su lado, que no se había ahogado, que él la estaba sosteniendo a flor de agua y que en el fondo era una lástima, una maravillosa lástima.

Los dos lo sintieron en el mismo instante, y resbalaron el 55
uno hacia el otro como para caer en ellos mismos, en la tierra común donde las palabras y las caricias y las bocas los envolvían como la circunferencia al círculo, esas metáforas tranquilizadoras, esa vieja tristeza satisfecha de volver a ser el de siempre, de continuar, de mantenerse a flote contra viento y marea, contra el llamado y la caída.

56

De dónde le vendría la costumbre de andar siempre con piolines en los bolsillos, de juntar hilos de colores y meterlos entre las páginas de los libros, de fabricar toda clase de figuras con esas cosas y goma tragacantos. Mientras arrollaba un piolín negro al picaporte, Oliveira se preguntó si la fragilidad de los hilos no le daba algo así como una perversa satisfacción, y convino en que *maybe peut-être* y quién te dice. Lo único seguro era que los piolines y los hilos lo alegraban, que nada le parecía más aleccionante que armar por ejemplo un gigantesco dodecaedro transparente, tarea de muchas horas y mucha complicación, para después acercarle un fósforo y ver cómo una llamita de nada iba y venía mientras Gekrepten se-re-tor-cía-las-manos y decía que era una vergüenza quemar algo tan bonito. Difícil explicarle que cuanto más frágil y perecedero el armazón, más libertad para hacerlo y deshacerlo. Los hilos le parecían a Oliveira el único material justificable para sus inventos, y solo de cuando en cuando, si lo encontraba en la calle, se animaba a usar un pedazo de alambre o algún fleje. Le gustaba que todo lo que hacía estuviera lo más lleno posible de espacio libre, y que el aire entrara y saliera, y sobre todo que saliera; cosas parecidas le ocurrían con los libros, las mujeres y las obligaciones, y no pretendía que Gekrepten o el cardenal primado entendieran esas fiestas. 56

Lo de arrollar un piolín negro al picaporte empezó casi un par de horas después, porque entre tanto Oliveira hizo diversas cosas en su pieza y fuera de ella. La idea de las palanganas era clásica y no se sintió en absoluto orgulloso de acatarla, pero en la oscuridad una palangana de agua en el suelo configura una serie de valores defensivos bastante sutiles: sorpresa, tal vez terror, en todo caso la cólera ciega que sigue a la noción de haber metido un zapato de Fanacal o de Tonsa en el agua, y la media por si fuera poco, y que todo eso chorree agua mientras el pie completamente perturbado se agita en la media, y la media en el zapato, como una rata ahogándose o uno de esos pobres tipos que los sultanes celosos tiraban al Bósforo dentro de una bolsa cosida (con piolín, naturalmente: todo acababa por encontrarse, era bastante divertido que la palangana con agua y los piolines se encontraran al final del razonamiento y no al principio, pero aquí Horacio se permitía conjeturar que el orden de los razonamientos no tenía a) que seguir el tiempo físico, el antes y el después, y b) que a lo mejor el razonamiento se había cumplido inconscientemente para llevarlo de la noción de piolín a la de la palangana acuosa). En definitiva, apenas lo analizaba un poco caía en graves sospechas de determinismo; lo mejor era continuar parapetándose sin hacer demasiado caso a las razones o a las preferencias. De todas maneras, ¿qué venía primero, el piolín o la palangana? Como ejecución, la palangana, pero el piolín había sido decidido antes. No valía la pena seguir preocupándose cuando estaba en juego la vida, la obtención de las palanganas era mucho más importante, y la primera media hora consistió en una cautelosa exploración

56 del segundo piso y parte de la planta baja, de la que volvió con cinco palanganas de tamaño mediano, tres escupideras y una lata vacía de dulce de batata, todo ello agrupado bajo el rubro general de palangana. El 18, que estaba despierto, se empeñó en hacerle compañía y Oliveira acabó por aceptar, decidido a echarlo apenas las operaciones defensivas alcanzaran cierta envergadura. Para la parte de los hilos el 18 resultó muy útil, porque apenas lo informó sucintamente de las necesidades estratégicas, entornó sus ojos verdes de una hermosura maligna y dijo que la 6 tenía cajones llenos de hilos de colores. El único problema era que la 6 estaba en la planta baja, en el ala de Remorino, y si Remorino se despertaba se iba a armar una de la gran flauta. El 18 sostenía además que la 6 estaba loca, lo que complicaba la incursión en su aposento. Entornando sus ojos verdes de una hermosura maligna, le propuso a Oliveira que montara guardia en el pasillo mientras él se descalzaba y procedía a incautarse de los hilos, pero a Oliveira le pareció que era ir demasiado lejos y optó por asumir personalmente la responsabilidad de meterse en la pieza de la 6 a esa hora de la noche. Era bastante divertido pensar en responsabilidad mientras se invadía el dormitorio de una muchacha que roncaba boca arriba, expuesta a los peores contratiempos; con los bolsillos y las manos llenos de ovillos de piolín y de hilos de colores, Oliveira se quedó mirándola un momento, pero después se encogió de hombros como para que el mono de la responsabilidad le pesara menos. Al 18, que lo esperaba en su pieza contemplando las palanganas amontonadas sobre la cama, le pareció que Oliveira no había juntado piolines en cantidad suficiente. Entornando sus ojos verdes de una hermosura maligna, sostuvo que para completar eficazmente los preparativos de defensa se necesitaba una buena cantidad de

rulemanes y una *heftpistole*. La idea de los rulemanes le 56 pareció buena a Oliveira, aunque no tenía una noción precisa de lo que pudieran ser, pero desechó de plano la *heftpistole*. El 18 abrió sus ojos verdes de una hermosura maligna y dijo que la *heftpistole* no era lo que el doctor se imaginaba (decía «doctor» con el tono necesario para que cualquiera se diese cuenta de que lo decía por jorobar) pero que en vista de su negativa iba a tratar de conseguir solamente los rulemanes. Oliveira lo dejó irse, esperanzado en que no volviera porque tenía ganas de estar solo. A las dos se iba a levantar Remorino para relevarlo y había que pensar alguna cosa. Si Remorino no lo encontraba en el pasillo iba a venir a buscarlo a su pieza y eso no convenía, a menos de hacer la primera prueba de las defensas a su costa. Rechazó la idea porque las defensas estaban concebidas en previsión de un determinado ataque, y Remorino iba a entrar desde un punto de vista por completo diferente. Ahora sentía cada vez más miedo (y cuando sentía el miedo miraba su reloj pulsera, y el miedo subía con la hora); se puso a fumar, estudiando las posibilidades defensivas de la pieza, y a las dos menos diez fue en persona a despertar a Remorino. Le transmitió un parte que era una joya, con sutiles alteraciones de las hojas de temperatura, la hora de los calmantes y las manifestaciones sindromáticas y eupépticas de los pensionistas del primer piso, de tal manera que Remorino tendría que pasarse casi todo el tiempo ocupado con ellos, mientras los del segundo piso, según el mismo parte, dormían plácidamente y lo único que necesitaban era que nadie los fuese a escorchar en el curso de la noche. Remorino se interesó por saber (sin muchas ganas) si esos cuidados y esos descuidos procedían de la alta autoridad del doctor Ovejero, a lo que Oliveira respondió hipócritamente con el adverbio monosilábico de afirmación adecua-

56 do a la circunstancia. Tras de lo cual se separaron amistosamente y Remorino subió bostezando un piso mientras Oliveira subía temblando dos. Pero de ninguna manera iba a aceptar la ayuda de una *heftpistole,* y gracias a que consentía en los rulemanes.

Tuvo todavía un rato de paz, porque el 18 no llegaba y había que ir llenando las palanganas y las escupideras, disponiéndolas en una primera línea de defensa algo más atrás de la primera barrera de hilos (todavía teórica pero ya perfectamente planeada) y ensayando las posibilidades de avance, la eventual caída de la primera línea y la eficacia de la segunda. Entre dos palanganas, Oliveira llenó el lavatorio de agua fría y metió la cara y las manos, se empapó el cuello y el pelo. Fumaba todo el tiempo, pero no llegaba ni a la mitad del cigarrillo y ya se iba a la ventana a tirar el pucho y encender otro. Los puchos caían sobre la rayuela y Oliveira calculaba para que cada ojo brillante ardiera un momento sobre diferentes casillas; era divertido. A esa hora le ocurría llenarse de pensamientos ajenos, *dona nobis pacem, que el bacán que te acamala tenga pesos duraderos,* cosas así, y también de golpe le caían jirones de una materia mental, algo entre noción y sentimiento, por ejemplo que parapetarse era la última de las torpezas, que la sola cosa insensata y por lo tanto experimentable y quizá eficaz hubiera sido atacar en vez de defenderse, asediar en vez de estar ahí temblando y fumando y esperando que el 18 volviera con los rulemanes; pero duraba poco, casi como los cigarrillos, y las manos le temblaban y él sabía que no le quedaba más que eso, y de golpe otro recuerdo que era como una esperanza, una frase donde alguien decía que las horas del sueño y la vigilia no se habían fundido todavía en la unidad, y a eso seguía una risa que él escuchaba como si no fuera suya, y una mueca en la que se demostraba cumplidamente que esa unidad estaba demasiado lejos y 56 que nada del sueño le valdría en la vigilia o viceversa. Atacar a Traveler como la mejor defensa era una posibilidad, pero significaba invadir lo que él sentía cada vez más como una masa negra, un territorio donde la gente estaba durmiendo y nadie esperaba en absoluto ser atacado a esa hora de la noche y por causas inexistentes en términos de masa negra. Pero mientras lo sentía así, a Oliveira le desagradaba haberlo formulado en términos de masa negra, el sentimiento era como una masa negra pero por culpa de él y no del territorio donde dormía Traveler; por eso era mejor no usar palabras tan negativas como masa negra, y llamarlo territorio a secas, ya que uno acababa siempre llamando de alguna manera a sus sentimientos. Vale decir que frente a su pieza empezaba el territorio, y atacar el territorio era desaconsejable puesto que los motivos del ataque dejaban de tener inteligibilidad o posibilidad de ser intuidos por parte del territorio. En cambio si él se parapetaba en su pieza y Traveler acudía a atacarlo, nadie podría sostener que Traveler ignoraba lo que estaba haciendo, y el atacado por su parte estaba perfectamente al tanto y tomaba sus medidas, precauciones y rulemanes, sea lo que fueran estos últimos.

Entre tanto se podía estar en la ventana fumando, estudiando la disposición de las palanganas acuosas y los hilos, y pensando en la unidad tan puesta a prueba por el conflicto del territorio *versus* la pieza. A Oliveira le iba a doler siempre no poder hacerse ni siquiera una noción de esa unidad que otras veces llamaba centro, y que a falta de contorno más preciso se reducía a imágenes como la de un grito negro, un kibutz del deseo (tan lejano ya, ese kibutz de madrugada y vino tinto) y hasta una vida digna de ese nombre porque (lo sintió mientras tiraba el cigarrillo sobre

56 la casilla cinco) había sido lo bastante infeliz como para imaginar la posibilidad de una vida digna al término de diversas indignidades minuciosamente llevadas a cabo. Nada de todo eso podía pensarse, pero en cambio se dejaba sentir en términos de contracción de estómago, territorio, respiración profunda o espasmódica, sudor en la palma de las manos, encendimiento de un cigarrillo, tirón de las tripas, sed, gritos silenciosos que reventaban como masas negras en la garganta (siempre había alguna masa negra en ese juego), ganas de dormir, miedo de dormir, ansiedad, la imagen de una paloma que había sido blanca, trapos de colores en el fondo de lo que podía haber sido un pasaje, Sirio en lo alto de una carpa, y basta, che, basta por favor; pero era bueno haberse sentido profundamente ahí durante un tiempo inconmensurable, sin pensar nada, solamente siendo eso que estaba ahí con una tenaza prendida en el estómago. *Eso* contra el territorio, la vigilia contra el sueño. Pero decir: la vigilia contra el sueño era ya reingresar en la dialéctica, era corroborar una vez más que no había la más remota esperanza de unidad. Por eso la llegada del 18 con los rulemanes valía como un pretexto excelente para reanudar los preparativos de defensa, a las tres y veinte en punto más o menos.

El 18 entornó sus ojos verdes de una hermosura maligna y desató una toalla donde traía los rulemanes. Dijo que había espiado a Remorino, y que Remorino tenía tanto trabajo con la 31, el 7 y la 45 que ni pensaría en subir al segundo piso. Lo más probable era que los enfermos se hubieran resistido indignados a las novedades terapéuticas que pretendía aplicarles Remorino, y el reparto de pastillas o inyecciones llevaría su buen rato. De todas maneras a Oliveira le pareció bien no perder más tiempo, y después de indicarle al 18 que dispusiera los rulemanes de la manera más conveniente, se puso a ensayar la eficacia de las palanganas acuosas, para lo cual fue hasta el pasillo venciendo el miedo que le daba salir de la pieza y meterse en la luz violeta del pasillo, y volvió a entrar con los ojos cerrados, imaginándose Traveler y caminando con los pies un poco hacia afuera como Traveler. Al segundo paso (aunque lo sabía) metió el zapato izquierdo en una escupidera acuosa, y al sacarlo de golpe mandó por el aire la escupidera que por suerte cayó sobre la cama y no hizo el menor ruido. El 18, que andaba debajo del escritorio sembrando los rulemanes, se levantó de un salto y entornando sus ojos verdes de una hermosura maligna aconsejó un amontonamiento de rulemanes entre las dos líneas de palanganas a fin de completar la sorpresa del agua fría con la posibilidad de un resbalón de la madona. Oliveira no dijo nada pero lo dejó hacer, y cuando hubo colocado nuevamente la escupidera acuosa en su sitio, se puso a arrollar un piolín negro en el picaporte. Este piolín lo estiró hasta el escritorio y lo ató al respaldo de la silla colocando la silla sobre dos patas, apoyada de canto en el borde del escritorio, bastaba querer abrir la puerta para que cayera al suelo. El 18 salió al pasillo para ensayar, y Oliveira sostuvo la silla para evitar el ruido. Empezaba a molestarle la presencia amistosa del 18, que de cuando en cuando entornaba sus ojos verdes de una hermosura maligna y quería contarle la historia de su ingreso en la clínica. Cierto que bastaba con ponerse un dedo delante de la boca para que se callara avergonzado y se quedara cinco minutos de espaldas contra la pared, pero lo mismo Oliveira le regaló un atado nuevo de cigarrillos y le dijo que se fuera a dormir sin hacerse ver por Remorino.

—Yo me quedo con usted, doctor —dijo el 18.

—No, andate. Yo me voy a defender lo más bien.

56 —Le hacía falta una *heftpistole,* yo se lo dije. Pone ganchitos por todos lados, y es mejor para sujetar los piolines.

—Yo me voy a arreglar, viejo —dijo Oliveira—. Andate a dormir, lo mismo te agradezco.

—Bueno, doctor, entonces que le vaya bonito.

—Chau, dormí bien.

—Atenti a los rulemanes, mire que no fallan. Usted los deja como están y ya va a ver.

—De acuerdo.

—Si a la final quiere la *heftpistole* me avisa, el 16 tiene una.

—Gracias. Chau.

A las tres y media Oliveira terminó de colocar los hilos. El 18 se había llevado las palabras, o por lo menos eso de mirarse uno a otro de cuando en cuando o alcanzarse un cigarrillo. Casi en la oscuridad, porque había envuelto la lámpara del escritorio con un pulóver verde que se iba chamuscando poco a poco, era raro hacerse la araña yendo de un lado a otro con los hilos, de la cama a la puerta, del lavatorio al ropero, tendiendo cada vez cinco o seis hilos y retrocediendo con mucho cuidado para no pisar los rulemanes. Al final iba a quedar acorralado entre la ventana, un lado del escritorio (colocado en la ochava de la pared, a la derecha) y la cama (pegada a la pared de la izquierda). Entre la puerta y la última línea se tendían sucesivamente los hilos anunciadores (del picaporte a la silla inclinada, del picaporte a un cenicero del vermut Martini puesto en el borde del lavatorio, y del picaporte a un cajón del ropero, lleno de libros y papeles, sostenido apenas por el borde), las palanganas acuosas en forma de dos líneas defensivas irregulares, pero orientadas en general de la pared de la izquierda a la de la derecha, o sea desde el lavatorio al ropero la primera línea, y de los pies de la cama a las patas del escritorio la segunda línea. Quedaba apenas un metro libre entre la última serie de palanganas acuosas, sobre la cual se tendían múltiples hilos, y la pared donde se abría la ventana sobre el patio (dos pisos más abajo). Sentándose en el borde del escritorio, Oliveira encendió otro cigarrillo y se puso a mirar por la ventana; en un momento dado se sacó la camisa y la metió debajo del escritorio. Ahora ya no podía beber aunque sintiera sed. Se quedó así, en camiseta, fumando y mirando el patio, pero con la atención fija en la puerta aunque de cuando en cuando se distraía en el momento de tirar el pucho sobre la rayuela. Tan mal no se estaba aunque el borde del escritorio era duro y el olor a quemado del pulóver le daba asco. Terminó por apagar la lámpara y poco a poco vio dibujarse una raya violeta al pie de la puerta, es decir que al llegar Traveler sus zapatillas de goma cortarían en dos sitios la raya violeta, señal involuntaria de que iba a iniciarse el ataque. Cuando Traveler abriera la puerta pasarían varias cosas y podrían pasar muchas otras. Las primeras eran mecánicas y fatales, dentro de la estúpida obediencia del efecto a la causa, de la silla al piolín, del picaporte a la mano, de la mano a la voluntad, de la voluntad a... Y por ahí se pasaba a las otras cosas que podrían ocurrir o no, según que el golpe de la silla en el suelo, la rotura en cinco o seis pedazos del cenicero Martini, y la caída del cajón del ropero, repercutieran de una manera o de otra en Traveler y hasta en el mismo Oliveira porque ahora, mientras encendía otro cigarrillo con el pucho del anterior y tiraba el pucho de manera que cayese en la novena casilla, y lo veía caer en la octava y saltar a la séptima, pucho de mierda, ahora era tal vez el momento de preguntarse qué iba a hacer cuando se abriera la puerta y medio dormitorio se fuera al quinto carajo y se oyera la sorda exclamación de Traveler, si era

56 una exclamación y si era sorda. En el fondo había sido un estúpido al rechazar la *heftpistole,* porque aparte de la lámpara que no pesaba nada, y de la silla, en el rincón de la ventana no había absolutamente el menor arsenal defensivo, y con la lámpara y la silla no iría demasiado lejos si Traveler conseguía quebrar las dos líneas de palanganas acuosas y se salvaba de patinar en los rulemanes. Pero no lo conseguiría, toda la estrategia estaba en eso; las armas de la defensa no podían ser de la misma naturaleza que las armas de la ofensiva. Los hilos, por ejemplo, a Traveler le iban a producir una impresión terrible cuando avanzara en la oscuridad y sintiera crecer como una sutil resistencia contra su cara, en los brazos y las piernas, y le naciera ese asco insuperable del hombre que se enreda en una tela de araña. Suponiendo que en dos saltos arrancara todos los hilos, suponiendo que no metiera un zapato en una palangana acuosa y que no patinara en un rulemán, llegaría finalmente al sector de la ventana y a pesar de la oscuridad reconocería la silueta inmóvil en el borde del escritorio. Era remotamente probable que llegara hasta ahí, pero si llegaba, no cabía duda de que a Oliveira le iba a ser por completo inútil una *heftpistole,* no tanto por el hecho de que el 18 había hablado de unos ganchitos, sino porque no iba a haber un encuentro como quizá se lo imaginara Traveler sino una cosa totalmente distinta, algo que él era incapaz de imaginarse pero que sabía con tanta certeza como si lo estuviera viendo o viviendo, un resbalar de la masa negra que venía de fuera contra eso que él sabía sin saber, un desencuentro incalculable entre la masa negra Traveler y eso ahí en el borde del escritorio fumando. Algo como la vigilia contra el sueño (las horas del sueño y la vigilia, había dicho alguien un día, no se habían fundido todavía en la unidad), pero decir vigilia contra sueño era

admitir hasta el final que no existía esperanza alguna de unidad. En cambio podía suceder que la llegada de Traveler fuera como un punto extremo desde el cual intentar una vez más el salto de lo uno en lo otro y a la vez de lo otro en lo uno, pero precisamente ese salto sería lo contrario de un choque, Oliveira estaba seguro de que el territorio Traveler no podía llegar hasta él aunque le cayera encima, lo golpeara, le arrancase la camiseta a tirones, le escupiera en los ojos y en la boca, le retorciera los brazos y lo tirara por la ventana. Si una *heftpistole* era por completo ineficaz contra el territorio, puesto que según el 18 venía a ser una abrochadora o algo por el estilo, ¿qué valor podía tener un cuchillo Traveler o un puñetazo Traveler, pobres *heftpistole* inadecuadas para salvar la insalvable distancia de un cuerpo a cuerpo en el que un cuerpo empezaría por negar al otro, o el otro al uno? Si de hecho Traveler podía matarlo (y por algo tenía él la boca seca y las palmas de las manos le sudaban abominablemente), todo lo movía a negar esa posibilidad en un plano en que su ocurrencia de hecho no tuviera confirmación más que para el asesino. Pero mejor todavía era sentir que el asesino no era un asesino, que el territorio ni siquiera era un territorio, adelgazar y minimizar y subestimar el territorio para que de tanta zarzuela y tanto cenicero rompiéndose en el piso no quedara más que ruido y consecuencias despreciables. Si se afirmaba (luchando contra el miedo) en ese total extrañamiento con relación al territorio, la defensa era entonces el mejor de los ataques, la peor puñalada nacería del cabo y no de la hoja. Pero qué se ganaba con metáforas a esa hora de la noche cuando lo único sensatamente insensato era dejar que los ojos vigilaran la línea violácea a los pies de la puerta, esa raya termométrica del territorio.

56 A las cuatro menos diez Oliveira se enderezó, moviendo los hombros para desentumecerse, y fue a sentarse en el antepecho de la ventana. Le hacía gracia pensar que si hubiera tenido la suerte de volverse loco esa noche, la liquidación del territorio Traveler hubiera sido absoluta. Solución en nada de acuerdo con su soberbia y su intención de resistir a cualquier forma de entrega. De todas maneras, imaginarse a Ferraguto inscribiéndolo en el registro de pacientes, poniéndole un número en la puerta y un ojo mágico para espiarlo de noche... Y Talita preparándole sellos en la farmacia, pasando por el patio con mucho cuidado para no pisar la rayuela, para no volver nunca más a pisar la rayuela. Sin hablar de Manú, el pobre, terriblemente desconsolado de su torpeza y su absurda tentativa. Dando la espalda al patio, hamacándose peligrosamente en el antepecho de la ventana, Oliveira sintió que el miedo empezaba a irse, y que eso era malo. No sacaba los ojos de la raya de luz, pero a cada respiración le entraba un contento por fin sin palabras, sin nada que ver con el territorio, y la alegría era precisamente eso, sentir cómo iba cediendo el territorio. No importaba hasta cuándo, con cada inspiración el aire caliente del mundo se reconciliaba con él como ya había ocurrido una que otra vez en su vida. Ni siquiera le hacía falta fumar, por unos minutos había hecho la paz consigo mismo y eso equivalía a abolir el territorio, a vencer sin batalla y a querer dormirse por fin en el despertar, en ese filo donde la vigilia y el sueño mezclaban las primeras aguas y descubrían que no había aguas diferentes; pero eso era majo, naturalmente, naturalmente todo eso tenía que verse interrumpido por la brusca interposición de dos sectores negros a media distancia de la raya de luz violácea, y un arañar prolijito en la puerta. «Vos te la buscaste», pensó Oliveira resbalando hasta pegarse al escri-

torio. «La verdad es que si hubiera seguido un momento más así me caigo de cabeza en la rayuela. Entrá de una vez, Manú, total no existís o no existo yo, o somos tan imbéciles que creemos en esto y nos vamos a matar, hermano, esta vez es la vencida, no hay tu tía». 56

—Entrá nomás —repitió en voz alta, pero la puerta no se abrió. Seguían arañando suave, a lo mejor era pura coincidencia que abajo hubiera alguien al lado de la fuente, una mujer de espaldas, con el pelo largo y los brazos caídos, absorta en la contemplación del chorrito de agua. A esa hora y con esa oscuridad lo mismo hubiera podido ser la Maga que Talita o cualquiera de las locas, hasta Pola si uno se ponía a pensarlo. Nada le impedía mirar a la mujer de espaldas puesto que si Traveler se decidía a entrar las defensas funcionarían automáticamente y habría tiempo de sobra para dejar de mirar el patio y hacerle frente. De todas maneras era bastante raro que Traveler siguiera arañando la puerta como para cerciorarse de si él estaba durmiendo (no podía ser Pola, porque Pola tenía el cuello más corto y las caderas más definidas), a menos que también por su parte hubiera puesto en pie un sistema especial de ataque (podían ser la Maga o Talita, se parecían tanto y mucho más de noche y desde un segundo piso) destinado a-sacarlo-de-sus-casillas (por lo menos de la una hasta las ocho, porque no había podido pasar de las ocho, no llegaría jamás al Cielo, no entraría jamás en su kibutz). «Qué esperás, Manú», pensó Oliveira. «De qué nos sirve todo esto». Era Talita, por supuesto, que ahora miraba hacia arriba y se quedaba de nuevo inmóvil cuando él sacó el brazo desnudo por la ventana y lo movió cansadamente de un lado a otro.

—Acercate, Maga —dijo Oliveira—. Desde aquí sos tan parecida que se te puede cambiar el nombre.

56 —Cerrá esa ventana, Horacio —pidió Talita.

—Imposible, hace un calor tremendo y tu marido está ahí arañando la puerta que da miedo. Es lo que llaman un conjunto de circunstancias enojosas. Pero no te preocupés, agarrá una piedrita y ensayá de nuevo, quién te dice que en una...

El cajón, el cenicero y la silla se estrellaron al mismo tiempo en el suelo. Agachándose un poco, Oliveira miró enceguecido el rectángulo violeta que reemplazaba la puerta, la mancha negra moviéndose, oyó la maldición de Traveler. El ruido debía haber despertado a medio mundo.

—Mirá que sos infeliz —dijo Traveler, inmóvil en la puerta—. ¿Pero vos querés que el Dire nos raje a todos?

—Me está sermoneando —le informó Oliveira a Talita—. Siempre fue como un padre para mí.

—Cerrá la ventana, por favor —dijo Talita.

—No hay nada más necesario que una ventana abierta —dijo Oliveira—. Oílo a tu marido, se nota que metió un pie en el agua. Seguro que tiene la cara llena de piolines, no sabe qué hacer.

—La puta que te parió —decía Traveler manoteando en la oscuridad y sacándose piolines por todas partes—. Encendé la luz, carajo.

—Todavía no se fue al suelo —informó Oliveira—. Me están fallando los rulemanes.

—¡No te asomés así! —gritó Talita, levantando los brazos. De espaldas a la ventana, con la cabeza ladeada para verla y hablarle, Oliveira se inclinaba cada vez más hacia atrás. La Cuca Ferraguto salía corriendo al patio, y solo en ese momento Oliveira se dio cuenta de que ya no era de noche, la bata de la Cuca tenía el mismo color de las piedras del patio, de las paredes de la farmacia. Consintiéndose un reconocimiento del frente de guerra, miró hacia la oscuridad y se percató de que a pesar de sus dificultades

ofensivas, Traveler había optado por cerrar la puerta. Oyó, 56
entre dos maldiciones, el ruido de la falleba.

—Así me gusta, che —dijo Oliveira—. Solitos en el *ring* como dos hombres.

—Me cago en tu alma —dijo Traveler enfurecido—. Tengo una zapatilla hecha sopa, y es lo que más asco me da en el mundo. Por lo menos encendé la luz, no se ve nada.

—La sorpresa de Cancha Rayada fue algo por el estilo —dijo Oliveira—. Comprenderás que no voy a sacrificar las ventajas de mi posición. Gracias que te contesto, porque ni eso debería. Yo también he ido al Tiro Federal, hermano.

Oyó respirar pesadamente a Traveler. Afuera se golpeaban puertas, la voz de Ferraguto se mezclaba con otras preguntas y respuestas. La silueta de Traveler se volvía cada vez más visible; todo sacaba número y se ponía en su lugar, cinco palanganas, tres escupideras, decenas de rulemanes. Ya casi podían mirarse en esa luz que era como la paloma entre las manos del loco.

—En fin —dijo Traveler levantando la silla caída y sentándose sin ganas—. Si me pudieras explicar un poco este quilombo.

—Va a ser más bien difícil, che. Hablar, vos sabés...

—Vos para hablar te buscás unos momentos que son para no creerlo —dijo Traveler rabioso—. Cuando no estamos a caballo en dos tablones con cuarenta y cinco a la sombra, me agarrás con un pie en el agua y esos piolines asquerosos.

—Pero siempre en posiciones simétricas —dijo Oliveira—. Como dos mellizos que juegan en un sube y baja, o simplemente como cualquiera delante del espejo. ¿No te llama la atención, *doppelgänger*?

56 Sin contestar Traveler sacó un cigarrillo del bolsillo del piyama y lo encendió, mientras Oliveira sacaba otro y lo encendía casi al mismo tiempo. Se miraron y se pusieron a reír.

—Estás completamente chiflado —dijo Traveler—. Esta vez no hay vuelta que darle. Mirá que imaginarte que yo...

—Dejá la palabra imaginación en paz —dijo Oliveira—. Limitate a observar que tomé mis precauciones, pero que vos viniste. No otro. Vos. A las cuatro de la mañana.

—Talita me dijo, y me pareció... ¿Pero vos realmente creés...?

—A lo mejor en el fondo es necesario, Manú. Vos pensás que te levantaste para venir a calmarme, a darme seguridades. Si yo hubiese estado durmiendo habrías entrado sin inconveniente, como cualquiera que se acerca al espejo sin dificultades, claro, se acerca tranquilamente al espejo con la brocha en la mano, y ponele que en vez de la brocha fuera eso que tenés ahí en el piyama...

—Lo llevo siempre, che —dijo Traveler indignado—. ¿O te creés que estamos en un jardín de infantes, aquí? Si vos andás desarmado es porque sos un inconsciente.

—En fin —dijo Oliveira, sentándose otra vez en el borde de la ventana y saludando con la mano a Talita y a la Cuca—, lo que yo creo de todo esto importa muy poco al lado de lo que tiene que ser, nos guste o no nos guste. Hace tanto que somos el mismo perro dando vueltas y vueltas para morderse la cola. No es que nos odiemos, al contrario. Hay otras cosas que nos usan para jugar, el peón blanco y el peón morocho, algo por el estilo. Digamos dos maneras, necesitadas de que la una quede abolida en la otra y viceversa.

—Yo no te odio —dijo Traveler—. Solamente que me has acorralado a un punto en que ya no sé qué hacer.

—*Mutatis mutandis,* vos me esperaste en el puerto con 56 algo que se parecía a un armisticio, una bandera blanca, una triste incitación al olvido. Yo tampoco te odio, hermano, pero te denuncio, y eso es lo que vos llamás acorralar.

—Yo estoy vivo —dijo Traveler mirándolo en los ojos—. Estar vivo parece siempre el precio de algo. Y vos no querés pagar nada. Nunca lo quisiste. Una especie de cátaro existencial, un puro. O César o nada, esa clase de tajos radicales. ¿Te creés que no te admiro a mi manera? ¿Te creés que no admiro que no te hayas suicidado? El verdadero *doppelgänger* sos vos, porque estás como desencarnado, sos una voluntad en forma de veleta, ahí arriba. Quiero esto, quiero aquello, quiero el norte y el sur y todo al mismo tiempo, quiero a la Maga, quiero a Talita, y entonces el señor se va a visitar la morgue y le planta un beso a la mujer de su mejor amigo. Todo porque se le mezclan las realidades y los recuerdos de una manera sumamente no-euclidiana.

Oliveira se encogió de hombros pero miró a Traveler para hacerle sentir que no era un gesto de desprecio. Cómo transmitirle algo de eso que en el territorio de enfrente llamaban un beso, un beso a Talita, un beso de él a la Maga o a Pola, ese otro juego de espejos como el juego de volver la cabeza hacia la ventana y mirar a la Maga parada ahí al borde de la rayuela mientras la Cuca y Remorino y Ferraguto, amontonados cerca de la puerta, estaban como esperando que Traveler saliera a la ventana y les anunciara que todo iba bien, y que un sello de embutal o a lo mejor un chalequito de fuerza por unas horas, hasta que el muchacho reaccionara de su viaraza. Los golpes en la puerta tampoco contribuían a facilitar la comprensión. Si por lo menos Manú fuera capaz de sentir que nada de lo que estaba pensando tenía sentido del lado de la ventana, que solo valía

56 del lado de las palanganas y los rulemanes, y si el que golpeaba la puerta con los dos puños se quedara quieto un solo minuto, tal vez entonces... Pero no se podía hacer otra cosa que mirar a la Maga tan hermosa al borde de la rayuela, y desear que impulsara el tejo de una casilla a otra, de la tierra al Cielo.

—... sumamente no-euclidiana.

—Te esperé todo este tiempo —dijo Oliveira, cansado—. Comprenderás que no me iba a dejar achurar así nomás. Cada uno sabe lo que tiene que hacer, Manú. Si querés una explicación de lo que pasó allá abajo..., solamente que no tendrá nada que ver, y eso vos lo sabés. Lo sabés, *doppelgänger,* lo sabés. Qué te importa a vos lo del beso, y a ella tampoco le importa nada. La cosa es entre ustedes, al fin y al cabo.

—¡Abran! ¡Abran enseguida!

—Se la toman en serio —dijo Traveler, levantándose—. ¿Les abrimos? Debe ser Ovejero.

—Por mí...

—Te va a querer dar una inyección, seguro que Talita alborotó el loquero.

—Las mujeres son la muerte —dijo Oliveira—. Ahí donde la ves, lo más modosita al lado de la rayuela... Mejor no les abrás, Manú, estamos tan bien así.

Traveler fue hasta la puerta y acercó la boca a la cerradura. Manga de cretinos, por qué no se dejaban de joder con esos gritos de película de miedo. Tanto él como Oliveira estaban perfectamente y ya abrirían cuando fuera el momento. Harían mejor en preparar café para todo el mundo, en esa clínica no se podía vivir.

Era bastante audible que Ferraguto no estaba nada convencido, pero la voz de Ovejero se le superpuso como un sabio ronroneo persistente, y al final dejaron la puerta en

paz. Por el momento la única señal de inquietud era la 56
gente en el patio y las luces del tercer piso que se encendían y apagaban continuamente, alegre costumbre del 43. Al rato nomás Ovejero y Ferraguto reaparecieron en el patio, y desde ahí miraron a Oliveira sentado en la ventana, que los saludó excusándose por estar en camiseta. El 18 se había acercado a Ovejero y le estaba explicando algo de la *heftpistole,* y Ovejero parecía muy interesado y miraba a Oliveira con atención profesional, como si ya no fuera su mejor contrincante de póker, cosa que a Oliveira le hizo bastante gracia. Se habían abierto casi todas las ventanas del primer piso, y varios enfermos participaban con suma vivacidad en todo lo que estaba sucediendo, que no era gran cosa. La Maga había levantado el brazo derecho para atraer la atención de Oliveira, como si eso fuera necesario, y le estaba pidiendo que llamara a Traveler a la ventana. Oliveira le explicó de la manera más clara que eso era imposible porque la zona de la ventana correspondía exclusivamente a la defensa, pero que tal vez se pudiera pactar una tregua. Agregó que el gesto de llamarlo levantando el brazo lo hacía pensar en actrices del pasado y sobre todo en cantantes de ópera como Emmy Destynn, Melba, Marjorie Lawrence, Muzio, Bori, y por qué no Theda Bara y Nita Naldi, le iba soltando nombres con enorme gusto y Talita bajaba el brazo y después lo volvía a subir suplicando, Eleonora Duse, naturalmente, Vilma Banky, exactamente Garbo, pero claro, y una foto de Sarah Bernhardt que de chico tenía pegada en un cuaderno, y la Karsavina, la Baronova, las mujeres, esos gestos eternos, esa perpetuación del destino aunque en ese caso no fuera posible acceder al amable pedido.

Ferraguto y la Cuca vociferaban manifestaciones más bien contradictorias cuando Ovejero, que con su cara de

56 dormido lo escuchaba todo, les hizo seña de que se callaran para que Talita pudiera entenderse con Oliveira. Operación que no sirvió de nada porque Oliveira, después de escuchar por séptima vez el pedido de la Maga, les dio la espalda y lo vieron (aunque no podían oírlo) dialogar con el invisible Traveler.

—Fijate que pretenden que vos te asomes.

—Mirá, en todo caso dejame nada más que un segundo. Puedo pasar por debajo de los piolines.

—Macana, che —dijo Oliveira—. Es la última línea de defensa, si la quebrás quedamos en resuelto *infighting*.

—Está bien —dijo Traveler sentándose en la silla—. Seguí amontonando palabras inútiles.

—No son inútiles —dijo Oliveira—. Si querés venir aquí no tenés necesidad de pedirme permiso. Creo que está claro.

—¿Me jurás que no te vas a tirar?

Oliveira se quedó mirándolo como si Traveler fuera un panda gigante.

—Por fin —dijo—. Se destapó la olla. Ahí abajo la Maga está pensando lo mismo. Y yo que creía que a pesar de todo me conocían un poco.

—No es la Maga —dijo Traveler—. Sabés perfectamente que no es la Maga.

—No es la Maga —dijo Oliveira—. Sé perfectamente que no es la Maga. Y vos sos el abanderado, el heraldo de la rendición, de la vuelta a casa y al orden. Me empezás a dar pena, viejo.

—Olvidate de mí —dijo Traveler, amargo—. Lo que quiero es que me des tu palabra de que no vas a hacer esa idiotez.

—Fijate que si me tiro —dijo Oliveira—, voy a caer justo en el Cielo.

—Pasate de este lado, Horacio, y dejame hablar con Ovejero. Yo puedo arreglar las cosas, mañana nadie se va a acordar de esto. 56

—Lo aprendió en el manual de psiquiatría —dijo Oliveira, casi admirado—. Es un alumno de gran retentiva.

—Escuchá —dijo Traveler—. Si no me dejás asomarme a la ventana voy a tener que abrirles la puerta y va a ser peor.

—Me da igual, una cosa es que entren y otra que lleguen hasta aquí.

—Querés decir que si tratan de agarrarte vos te vas a tirar.

—Puede ser que de tu lado signifique eso.

—Por favor —dijo Traveler, dando un paso adelante—. ¿No te das cuenta de que es una pesadilla? Van a creer que estás loco de veras, van a creer que realmente yo quería matarte.

Oliveira se echó un poco más hacia afuera, y Traveler se detuvo a la altura de la segunda línea de palanganas acuosas. Aunque había hecho volar dos rulemanes de una patada, no siguió avanzando. Entre los alaridos de la Cuca y Talita, Oliveira se enderezó lentamente y les hizo una seña tranquilizadora. Como vencido, Traveler arrimó un poco la silla y se sentó. Volvían a golpear a la puerta, menos fuerte que antes.

—No te rompás más la cabeza —dijo Oliveira—. ¿Por qué le buscás explicaciones viejo? La única diferencia real entre vos y yo en este momento es que yo estoy solo. Por eso lo mejor es que bajes a reunirte con los tuyos, y seguimos hablando por la ventana como buenos amigos. A eso de las ocho me pienso mandar mudar, Gekrepten quedó en esperarme con tortas fritas y mate.

—No estás solo, Horacio. Quisieras estar solo por pura vanidad, por hacerte el Maldoror porteño. ¿Hablabas de un *doppelgänger,* no? Ya ves que alguien te sigue, que alguien

56 es como vos aunque esté del otro lado de tus condenados piolines.

—Es una lástima —dijo Oliveira— que te hagas una idea tan pacata de la vanidad. Ahí está el asunto, hacerte una idea de cualquier cosa, cueste lo que cueste. ¿No sos capaz de intuir un solo segundo que esto puede no ser así?

—Ponele que lo piense. Lo mismo estás hamacándote al lado de una ventana abierta.

—Si realmente sospecharas que esto puede no ser así, si realmente llegaras al corazón del alcaucil... Nadie te pide que niegues lo que estás viendo, pero si solamente fueras capaz de empujar un poquito, comprendés, con la punta del dedo...

—Si fuera tan fácil —dijo Traveler—, si no hubiera más que colgar piolines idiotas... No digo que no hayas dado tu empujón, pero mirá los resultados.

—¿Qué tienen de malo, che? Por lo menos estamos con la ventana abierta y respiramos este amanecer fabuloso, sentí el fresco que sube a esta hora. Y abajo todo el mundo se pasea por el patio, es extraordinario, están haciendo ejercicio sin saberlo. La Cuca, fijate un poco, y el Dire, esa especie de marmota pegajosa. Y tu mujer, que es la haraganería misma. Por tu parte no me vas a negar que nunca estuviste tan despierto como ahora. Y cuando digo despierto me entendés, ¿verdad?

—Me pregunto si no será al revés, viejo.

—Oh, esas son las soluciones fáciles, cuentos fantásticos para antologías. Si fueras capaz de ver la cosa por el otro lado a lo mejor ya no te querrías mover de ahí. Si te salieras del territorio, digamos de la casilla una a la dos, o de la dos a la tres... Es tan difícil, *doppelgänger,* yo me he pasado toda la noche tirando puchos y sin embocar más que la casilla ocho. Todos quisiéramos el reino milenario, una especie de Arcadia donde a lo mejor se sería mucho más desdichado que aquí, porque no se trata de felicidad, *doppelgänger,* pero donde no habría más ese inmundo juego de sustituciones que nos ocupa cincuenta o sesenta años, y donde nos daríamos de verdad la mano en vez de repetir el gesto del miedo y querer saber si el otro lleva un cuchillo escondido entre los dedos. Hablando de sustituciones, nada me extrañaría que vos y yo fuéramos el mismo, uno de cada lado. Como decís que soy un vanidoso, parece que me he elegido el lado más favorable, pero quién sabe, Manú. Una sola cosa sé y es que de tu lado ya no puedo estar, todo se me rompe entre las manos, hago cada barbaridad que es para volverse loco suponiendo que fuera tan fácil. Pero vos que estás en armonía con el territorio no querés entender este ir y venir, doy un empujón y me pasa algo, entonces cinco mil años de genes echados a perder me tiran para atrás y recaigo en el territorio, chapaleo dos semanas, dos años, quince años... Un día meto un dedo en la costumbre y es increíble cómo el dedo se hunde en la costumbre y asoma por el otro lado, parece que voy a llegar por fin a la última casilla y de golpe una mujer se ahoga, ponele, o me da un ataque, un ataque de piedad al divino botón, porque eso de la piedad... ¿Te hablé de las sustituciones, no? Qué inmundicia, Manú. Consultá a Dostoievski para eso de las sustituciones. En fin, cinco mil años me tiran otra vez para atrás y hay que volver a empezar. Por eso siento que sos mi *doppelgänger,* porque todo el tiempo estoy yendo y viniendo de tu territorio al mío, si es que llego al mío, y en esos pasajes lastimosos me parece que vos sos mi forma que se queda ahí mirándome con lástima, sos los cinco mil años de hombre amontonados en un metro setenta, mirando a ese payaso que quiere salirse de su casilla. He dicho.

56 —Déjense de joder —les gritó Traveler a los que golpeaban otra vez la puerta—. Che, en este loquero no se puede hablar tranquilo.

—Sos grande, hermano —dijo Oliveira conmovido.

—De todas maneras —dijo Traveler acercando un poco la silla— no me vas a negar que esta vez se te está yendo la mano. Las transustanciaciones y otras yerbas están muy bien pero tu chiste nos va a costar el empleo a todos, y yo lo siento sobre todo por Talita. Vos podrás hablar todo lo que quieras de la Maga, pero a mi mujer le doy de comer yo.

—Tenés mucha razón —dijo Oliveira—. Uno se olvida de que está empleado y esas cosas. ¿Querés que le hable a Ferraguto? Ahí está al lado de la fuente. Disculpame, Manú, yo no quisiera que la Maga y vos...

—¿Ahora es a propósito que le llamás la Maga? No mientas, Horacio.

—Yo sé que es Talita, pero hace un rato era la Maga. Es las dos, como nosotros.

—Eso se llama locura —dijo Traveler.

—Todo se llama de alguna manera, vos elegís y dale que va. Si me permitís voy a atender un poco a los de afuera, porque están que no dan más.

—Me voy —dijo Traveler, levantándose.

—Es mejor —dijo Oliveira—. Es mucho mejor que te vayas y desde aquí yo hablo con vos y con los otros. Es mucho mejor que te vayas y que no dobles las rodillas como lo estás haciendo, porque yo te voy a explicar exactamente lo que va a suceder, vos que adorás las explicaciones como todo hijo de los cinco mil años. Apenas me saltés encima llevado por tu amistad y tu diagnóstico, yo me voy a hacer a un lado, porque no sé si te acordás de cuando practicaba judo con los muchachos de la calle Anchorena, y el resultado es que vas a seguir viaje por esta ventana y te vas a hacer moco en la casilla cuatro, y eso si tenés suerte porque lo más probable es que no pases de la dos. 56

Traveler lo miraba, y Oliveira vio que se le llenaban los ojos de lágrimas. Le hizo un gesto como si le acariciara el pelo desde lejos.

Traveler esperó todavía un segundo, y después fue a la puerta y la abrió. Apenas quiso entrar Remorino (detrás se veía a otros dos enfermeros) lo agarró por los hombros y lo echó atrás.

—Déjenlo tranquilo —mandó—. Va a estar bien dentro de un rato. Hay que dejarlo solo, qué tanto joder.

Prescindiendo del diálogo rápidamente ascendido a tetrálogo, exálogo y dodecálogo, Oliveira cerró los ojos y pensó que todo estaba tan bien así, que realmente Traveler era su hermano. Oyó el golpe de la puerta al cerrarse, las voces que se alejaban. La puerta se volvió a abrir coincidiendo con sus párpados que trabajosamente se levantaban.

—Metele la falleba —dijo Traveler—. No les tengo mucha confianza.

—Gracias —dijo Oliveira—. Bajá al patio, Talita está muy afligida.

Pasó por debajo de los pocos piolines sobrevivientes y corrió la falleba. Antes de volverse a la ventana metió la cara en el agua del lavatorio y bebió como un animal, tragando y lamiendo y resoplando. Abajo se oían las órdenes de Remorino que mandaba a los enfermos a sus cuartos. Cuando volvió a asomarse, fresco y tranquilo, vio que Traveler estaba al lado de Talita y que le había pasado el brazo por la cintura. Después de lo que acababa de hacer Traveler todo era como un maravilloso sentimiento de conciliación y no se podía violar esa armonía insensata pero vívida y presente, ya no se la podía falsear, en el fondo Traveler

56 era lo que él hubiera debido ser con un poco menos de maldita imaginación, era el hombre del territorio, el incurable error de la especie descaminada, pero cuánta hermosura en el error y en los cinco mil años de territorio falso y precario, cuánta hermosura en esos ojos que se habían llenado de lágrimas y en esa voz que le había aconsejado: «Metele la falleba, no les tengo mucha confianza», cuánto amor en ese brazo que apretaba la cintura de una mujer. «A lo mejor», pensó Oliveira mientras respondía a los gestos amistosos del doctor Ovejero y de Ferraguto (un poco menos amistoso), «la única manera posible de escapar del territorio era metiéndose en él hasta las cachas». Sabía que apenas insinuara eso (una vez más, eso) iba a entrever la imagen de un hombre llevando del brazo a una vieja por unas calles lluviosas y heladas. «Andá a saber», se dijo. «Andá a saber si no me habré quedado al borde, y a lo mejor había un pasaje. Manú lo hubiera encontrado, seguro, pero lo idiota es que Manú no lo buscará nunca y yo, en cambio...».

—Che, Oliveira, ¿por qué no baja a tomar café? —proponía Ferraguto con visible desagrado de Ovejero—. Ya ganó la apuesta, ¿no le parece? Mírela a la Cuca, está más inquieta...

—No se aflija, señora —dijo Oliveira—. Usted, con su experiencia del circo, no se me va a achicar por pavadas.

—Ay, Oliveira, usted y Traveler son terribles —dijo la Cuca—. ¿Por qué no hace como dice mi esposo? Justamente yo pensaba que tomáramos el café todos juntos.

—Sí, che, vaya bajando —dijo Ovejero como casualmente—. Me gustaría consultarle un par de cosas sobre unos libros en francés.

—De aquí se oye muy bien —dijo Oliveira.

—Está bien, viejo —dijo Ovejero—. Usted baje cuando quiera, nosotros nos vamos a desayunar.

—Con medialunas fresquitas —dijo la Cuca—. ¿Vamos 56
a preparar el café, Talita?

—No sea idiota —dijo Talita, y en el silencio extraordinario que siguió a su admonición, el encuentro de las miradas de Traveler y Oliveira fue como si dos pájaros chocaran en pleno vuelo y cayeran enredados en la casilla nueve, o por lo menos así lo disfrutaron los interesados. A todo esto la Cuca y Ferraguto respiraban agitadamente, y al final la Cuca abrió la boca para chillar: «¿Pero qué significa esa insolencia?», mientras Ferraguto sacaba pecho y medía de arriba abajo a Traveler que a su vez miraba a su mujer con una mezcla de admiración y censura, hasta que Ovejero encontró la salida científica apropiada y dijo secamente: «Histeria matinensis yugulata, entremos que les voy a dar unos comprimidos», a tiempo que el 18, violando las órdenes de Remorino, salía al patio para anunciar que la 31 estaba descompuesta y que llamaban por teléfono de Mar del Plata. Su expulsión violenta a cargo de Remorino ayudó a que los administradores y Ovejero evacuaran el patio sin excesiva pérdida de prestigio.

—Ay, ay, ay —dijo Oliveira, balanceándose en la ventana—, y yo que creía que las farmacéuticas eran tan educadas.

—¿Vos te das cuenta? —dijo Traveler—. Estuvo gloriosa.

—Se sacrificó por mí —dijo Oliveira—. La otra no se lo va a perdonar ni en el lecho de muerte.

—Para lo que me importa —dijo Talita—. «Con medialunas fresquitas», date cuenta un poco.

—¿Y Ovejero, entonces? —dijo Traveler—. ¡Libros en francés! Che, pero lo único que faltaba era que te quisieran tentar con una banana. Me asombra que no los hayas mandado al cuerno.

56 Era así, la armonía duraba increíblemente, no había palabras para contestar a la bondad de esos dos ahí abajo, mirándolo y hablándole desde la rayuela, porque Talita estaba parada sin darse cuenta en la casilla tres, y Traveler tenía un pie metido en la seis, de manera que lo único que él podía hacer era mover un poco la mano derecha en un saludo tímido y quedarse mirando a la Maga, a Manú, diciéndose que al fin y al cabo algún encuentro había, aunque no pudiera durar más que ese instante terriblemente dulce en el que lo mejor sin lugar a dudas hubiera sido inclinarse apenas hacia afuera y dejarse ir, paf se acabó.

***

(-135)

DE OTROS LADOS

(Capítulos prescindibles)

57

—Estoy refrescando algunas nociones para cuando llegue Adgalle. ¿Qué te parece si la llevo una noche al Club? A Etienne y a Ronald les va a encantar, es tan loca.

—Llevala.

—A vos también te hubiera gustado.

—¿Por qué hablás como si me hubiera muerto?

—No sé —dijo Ossip—. La verdad, no sé. Pero tenés una facha.

—Esta mañana le estuve contando a Etienne unos sueños muy bonitos. Ahora mismo se me estaban mezclando con otros recuerdos mientras vos disertabas sobre el entierro con palabras tan sentidas. Realmente debe haber sido una ceremonia emotiva, che. Es muy raro poder estar en tres partes a la vez, pero esta tarde me pasa eso, debe ser la influencia de Morelli. Sí, sí, ya te voy a contar. En cuatro partes a la vez, ahora que lo pienso. Me estoy acercando a la ubicuidad, de ahí a volverse loco... Tenés razón, probablemente no conoceré a Adgalle, me voy a ir al tacho mucho antes.

—Justamente el zen explica las posibilidades de una preubicuidad, algo como lo que vos has sentido, si lo has sentido.

57 —Clarito, che. Vuelvo de cuatro partes simultáneas: El sueño de esta mañana, que sigue vivito y coleando. Unos interludios con Pola que te ahorro, tu descripción tan vistosa del sepelio del chico, y ahora me doy cuenta de que al mismo tiempo yo le estaba contestando a Traveler, un amigo de Buenos Aires que en su puta vida entendió unos versos míos que empezaban así, fijate un poco: «Yo entresueño, buzo de lavabos». Y es tan fácil, si te fijás un poco, a lo mejor vos lo comprendés. Cuando te despertás, con los restos de un paraíso entrevisto en sueños, y que ahora te cuelgan como el pelo de un ahogado: una náusea terrible, ansiedad, sentimiento de lo precario, lo falso, sobre todo lo inútil. Te caés hacia adentro, mientras te cepillás los dientes sos verdaderamente un buzo de lavabos, es como si te absorbiera el lavatorio blanco, te fueras resbalando por ese agujero que se te lleva el sarro, los mocos, las lagañas, las costras de caspa, la saliva, y te vas dejando ir con la esperanza de quizá volver a lo otro, a eso que eras antes de despertar y que todavía flota, todavía está en vos, es vos mismo, pero empieza a irse..., sí, te caés por un momento hacia adentro, hasta que las defensas de la vigilia, oh, la bonita expresión, oh, lenguaje, se encargan de detener.

—Experiencia típicamente existencial —dijo Gregorovius, petulante.

—Seguro, pero todo depende de la dosis. A mí el lavabo me chupa de verdad, che.

(-70)

58

—Hiciste muy bien en venir —dijo Gekrepten, cambiando la yerba—. Aquí en casa estás mucho mejor, cuantimás que allá el ambiente, qué querés. Te tendrías que tomar dos o tres días de descanso.

—Ya lo creo —dijo Oliveira—. Y mucho más que eso, vieja. Las tortas fritas están sublimes.

—Qué suerte que te gustaron. No me comas muchas que te vas a empachar.

—No hay problema —dijo Ovejero, encendiendo un cigarrillo—. Usted ahora me va a dormir una buena siesta, y esta noche ya está en condiciones de mandarse una escalera real y varios póker de ases.

—No te muevas —dijo Talita—. Es increíble cómo no sabés quedarte quieto.

—Mi esposa está tan disgustada —dijo Ferraguto.

—Servite otra torta frita —dijo Gekrepten.

—No le den más que jugo de frutas —mandó Ovejero.

—Corporación nacional de los doctos en ciencias de lo idóneo y sus casas de ciencias —se burló Oliveira.

—En serio, che, no me coma nada hasta mañana —dijo Ovejero.

—Esta que tiene mucho azúcar —dijo Gekrepten.

58 —Tratá de dormir —dijo Traveler.

—Che, Remorino, quedate cerca de la puerta y no dejés que el 18 venga a fastidiarlo —dijo Ovejero—. Se ha agarrado un camote bárbaro y no habla más que de una pistola no sé cuántos.

—Si querés dormir entorno la persiana —dijo Gekrepten—, así no se oye la radio de don Crespo.

—No, dejala —dijo Oliveira—. Están pasando algo de Falú.

—Ya son las cinco —dijo Talita—. ¿No querés dormir un poco?

—Cambiale otra vez la compresa —dijo Traveler—, se ve que eso lo alivia.

—Ya está medio lavado —dijo Gekrepten—. ¿Querés que baje a comprar *Noticias Gráficas*?

—Bueno —dijo Oliveira—. Y un atado de cigarrillos.

—Le costó dormirse —dijo Traveler— pero ahora va a seguir viaje toda la noche, Ovejero le dio una dosis doble.

—Portate bien, tesoro —dijo Gekrepten—, yo vuelvo enseguida. Esta noche comemos asado de tira, ¿querés?

—Con ensalada mixta —dijo Oliveira.

—Respira mejor —dijo Talita.

—Y te hago un arroz con leche —dijo Gekrepten—. Tenías tan mala cara cuando llegaste.

—Me tocó un tranvía completo —dijo Oliveira—. Vos sabés lo que es la plataforma a las ocho de la mañana y con este calor.

—¿De veras creés que va a seguir durmiendo, Manú?

—En la medida en que me animo a creer algo, sí.

—Entonces subamos a ver al Dire que nos está esperando para echarnos.

—Mi esposa está tan disgustada —dijo Ferraguto.

—¡¿Pero qué significa esa insolencia?! —gritó la Cuca.

58

—Eran unos tipos macanudos —dijo Ovejero.

—Gente así se ve poca —dijo Remorino.

—No me quiso creer que necesitaba una *heftpistole* —dijo el 18.

—Rajá a tu cuarto o te hago dar un enema —dijo Ovejero.

—Muera el perro —dijo el 18.

(-131)

59

Entonces, para pasar el tiempo, se pescan peces no comestibles; para impedir que se pudran, a lo largo de las playas se han distribuido carteles en los cuales se ordena a los pescadores que los entierren en la arena apenas sacados del agua.

CLAUDE LÉVI-STRAUSS, *Tristes tropiques*.

(-41)

60

Morelli había pensado una lista de *acknowledgments* que nunca llegó a incorporar a su obra publicada. Dejó varios nombres: Jelly Roll Morton, Robert Musil, Dasetz Teitaro Suzuki, Raymond Roussel, Kurt Schwitters, Vieira da Silva, Akutagawa, Anton Webern, Greta Garbo, José Lezama Lima, Buñuel, Louis Armstrong, Borges, Michaux, Dino Buzzati, Max Ernst, Pevsner, Gilgamesh (?), Garcilaso, Arcimboldo, René Clair, Piero di Cosimo, Wallace Stevens, Izak Dinesen. Los nombres de Rimbaud, Picasso, Chaplin, Alban Berg y otros habían sido tachados con un trazo muy fino, como si fueran demasiado obvios para citarlos. Pero todos debían serlo, al fin y al cabo, porque Morelli no se decidió a incluir la lista en ninguno de los volúmenes.

(-26)

61

Nota inconclusa de Morelli:

No podré renunciar jamás al sentimiento de que ahí, pegado a mi cara, entrelazado en mis dedos, hay como una deslumbrante explosión hacia la luz, irrupción de mí hacia lo otro o de lo otro en mí, algo infinitamente cristalino que podría cuajar y resolverse en luz total sin tiempo ni espacio. Como una puerta de ópalo y diamante desde la cual se empieza a ser eso que verdaderamente se es y que no se quiere y no se sabe y no se puede ser.

Ninguna novedad en esa sed y esa sospecha, pero sí un desconcierto cada vez más grande frente a los *ersatz* que me ofrece esta inteligencia del día y de la noche, este archivo de datos y recuerdos, estas pasiones donde voy dejando pedazos de tiempo y de piel, estos asomos tan por debajo y lejos de ese otro asomo ahí al lado, pegado a mi cara, previsión mezclada ya con la visión, denuncia de esa libertad fingida en que me muevo por las calles y los años.

Puesto que soy solamente este cuerpo ya podrido en un punto cualquiera del tiempo futuro, estos huesos que escriben anacrónicamente, siento que ese cuerpo está reclamándose, reclamándole a su conciencia esa operación todavía inconcebible por la que dejaría de ser podredumbre. Ese cuerpo que soy yo tiene la presciencia de un estado en que al negarse a sí mismo como tal, y al negar simultáneamente el correlato objetivo como tal, su conciencia accedería a un estado fuera del cuerpo y fuera del mundo que sería el verdadero acceso al ser. Mi cuerpo será, no el mío Morelli, no yo que en mil novecientos cincuenta ya estoy podrido en mil novecientos ochenta, mi cuerpo será porque detrás de la puerta de luz (cómo nombrar esa asediante certeza pegada a la cara) el ser será otra cosa que cuerpos y, que cuerpos y almas y, que yo y lo otro, que ayer y mañana. Todo depende de... (una frase tachada).

Final melancólico: Un *satori* es instantáneo y todo lo resuelve. Pero para llegar a él habría que desandar la historia de fuera y la de dentro. *Trop tard pour moi. Crever en italien, voire en occidental, c'est tout ce qui me reste. Mon petit café-crème le matin, si agréable...*

(-33)

62

En un tiempo Morelli había pensado un libro que se quedó en notas sueltas. La que mejor lo resumía es esta: «Psicología, palabra con aire de vieja. Un sueco trabaja en una teoría química del pensamiento*. Química, electromagne-

---

* *L'Express,* París, sin fecha.

Hace dos meses un neurobiólogo sueco, Holger Hyden, de la Universidad de Göteborg, presentó a los especialistas más destacados del mundo, reunidos en San Francisco, sus teorías sobre la naturaleza química de los procesos mentales. Para Hyden el hecho de pensar, de recordar, de sentir o de adoptar una decisión se manifiesta por la aparición en el cerebro y en los nervios que vinculan a este con los otros órganos, de ciertas moléculas particulares que las células nerviosas elaboran en función de la excitación exterior. [...] El equipo sueco logró la delicada separación de las dos clases de células en tejidos todavía vivientes de conejos, las pesó (en millonésimos de millonésimo de gramo) y determinó por análisis de qué manera esas células utilizan su combustible en diversos casos.

Una de las funciones esenciales de las neuronas es la de transmitir los impulsos nerviosos. Esa transmisión se opera por medio de reacciones electroquímicas casi instantáneas. No es fácil sorprender a una célula nerviosa en funcionamiento, pero parece que los suecos lo han conseguido mediante el acertado empleo de diversos métodos.

Se ha comprobado que el estímulo se traduce por un incremento, en las neuronas, de ciertas proteínas cuya molécula varía según la naturaleza del mensaje. Al mismo tiempo la cantidad de proteínas de las células satélites disminuye, como si sacrificaran sus reservas en beneficio de la neurona. La información contenida en la molécula de proteína se convierte, según Hyden, en el impulso que la neurona envía a sus vecinos.

tismo, flujos secretos de la materia viva, todo vuelve a 62
evocar extrañamente la noción del maná; así, al margen de las conductas sociales, podría sospecharse una interacción de otra naturaleza, un billar que algunos individuos suscitan o padecen, un drama sin Edipos, sin Rastignacs, sin Fedras, drama *impersonal* en la medida en que la conciencia y las pasiones de los personajes no se ven comprometidas más que *a posteriori*. Como si los niveles subliminales fueran los que atan y desatan el ovillo del grupo comprometido en el drama. O para darle el gusto al sueco: como si ciertos individuos incidieran sin proponérselo en la química profunda de los demás y viceversa, de modo que se

---

Las funciones superiores del cerebro —la memoria y la facultad de razonar— se explican, para Hyden, por la forma particular de las moléculas de proteína que corresponde a cada clase de excitación. Cada neurona del cerebro contiene millones de moléculas de ácidos ribonucleicos diferentes, que se distinguen por la disposición de sus elementos constituyentes simples. Cada molécula particular de ácido ribonucleico (RNA) corresponde a una proteína bien definida, a la manera como una llave se adapta exactamente a una cerradura. Los ácidos nucleicos dictan a la neurona la forma de la molécula de proteína que va a formar. Esas moléculas son, según los investigadores suecos, la traducción química de los pensamientos.

La memoria correspondería, pues, a la ordenación de las moléculas de ácidos nucleicos en el cerebro, que desempeñan el papel de las tarjetas perforadas en las computadoras modernas. Por ejemplo, el impulso que corresponde a la nota mi captada por el oído se desliza rápidamente de una neurona a otra hasta alcanzar a todas aquellas que contienen las moléculas de ácido RNA correspondiente a esta excitación particular. Las células fabrican de inmediato moléculas de la proteína correspondiente regida por este ácido, y realizamos la audición de dicha nota.

La riqueza, la variedad del pensamiento se explican por el hecho de que un cerebro medio contiene unos diez mil millones de neuronas, cada una de las cuales encierra varios millones de moléculas de distintos ácidos nucleicos; el número de combinaciones posibles es astronómico. Esta teoría tiene, por otra parte, la ventaja de explicar por qué en el cerebro no se han podido descubrir zonas netamente definidas y particulares de cada una de las funciones cerebrales superiores; como cada neurona dispone de varios ácidos nucleicos, puede participar en procesos mentales diferentes, y evocar pensamientos y recuerdos diversos.

62 operaran las más curiosas e inquietantes reacciones en ca
dena, fisiones y transmutaciones.

«Así las cosas, basta una amable extrapolación para pos
tular un grupo humano que cree reaccionar psicológica
mente en el sentido clásico de esa vieja, vieja palabra, per
que no representa más que una instancia de ese flujo de l
materia animada, de las infinitas interacciones de lo qu
antaño llamábamos deseos, simpatías, voluntades, convic
ciones, y que aparecen aquí como algo irreductible a tod
razón y a toda descripción: fuerzas habitantes, extranjeras
que avanzan en procura de su derecho de ciudad; una búsque
da superior a nosotros mismos como individuos y que no
usa para sus fines, una oscura necesidad de evadir el estad
de *homo sapiens* hacia... ¿qué *homo*? Porque *sapiens* es otr
vieja, vieja palabra, de esas que hay que lavar a fondo ante
de pretender usarla con algún sentido.

»Si escribiera ese libro, las conductas standard (inclus
las más insólitas, su categoría de lujo) serían inexplicable
con el instrumental psicológico al uso. Los actores parece
rían insanos o totalmente idiotas. No que se mostrara
incapaces de los *challenge and response* corrientes: amor, ce
los, piedad y así sucesivamente, sino que en ellos algo qu
el *homo sapiens* guarda en lo subliminal se abriría penosa
mente un camino como si un tercer ojo* parpadeara peno
samente debajo del hueso frontal. Todo sería como un
inquietud, un desasosiego, un desarraigo continuo, u
territorio donde la causalidad psicológica cedería descon
certada, y esos fantoches se destrozarían o se amarían o s
reconocerían sin sospechar demasiado que la vida trata d
cambiar la clave en y a través y por ellos, que una tentativ

---

* Nota de Wong (con lápiz): «Metáfora elegida deliberadamente para in
sinuar la dirección a que apunta».

apenas concebible nace en el hombre como en otro tiempo 62
fueron naciendo la clave-razón, la clave-sentimiento, la
clave-pragmatismo. Que a cada sucesiva derrota hay un
acercamiento a la mutación final, y que el hombre no es
sino que busca ser, proyecta ser, manoteando entre palabras
y conducta y alegría salpicada de sangre y otras retóricas
como esta».

(-23)

63

—No te muevas —dijo Talita—. Parecería que en vez de una compresa fría te estuviera echando vitriolo.

—Tiene como una especie de electricidad —dijo Oliveira.

—No digás pavadas.

—Veo toda clase de fosforescencias, parece una de Norman McLaren.

—Levantá un momento la cabeza, la almohada es demasiado baja, te la voy a cambiar.

—Mejor sería que dejaras tranquila la almohada y me cambiaras la cabeza —dijo Oliveira—. La cirugía está en pañales, hay que admitirlo.

(-88

64

Una de las veces en que se encontraron en el barrio latino, Pola estaba mirando la vereda y medio mundo miraba la vereda. Hubo que pararse y contemplar a Napoleón de perfil, al lado una excelente reproducción de Chartres, y un poco más lejos una yegua con su potrillo en un campo verde. Los autores eran dos muchachos rubios y una chica indochina. La caja de tizas estaba llena de monedas de diez y veinte francos. De cuando en cuando uno de los artistas se agachaba para perfeccionar algún detalle, y era fácil advertir que en ese momento aumentaba el número de dádivas.

—Aplican el sistema Penélope, pero sin destejer antes —dijo Oliveira—. Esa señora, por ejemplo, no aflojó los cordones de la faltriquera hasta que la pequeña Tsong Tsong se tiró al suelo para retocar a la rubia de ojos azules. El trabajo los emociona, es un hecho.

—¿Se llama Tsong Tsong? —preguntó Pola.

—Qué sé yo. Tiene lindos tobillos.

—Tanto trabajo y esta noche vendrán los barrenderos y se acabó.

—Justamente ahí está lo bueno. De las tizas de colores como figura escatológica, tema de tesis. Si las barredoras

64 municipales no acabaran con todo eso al amanecer, Tsong Tsong vendría en persona con un balde de agua. Solo termina de veras lo que recomienza cada mañana. La gente echa monedas sin saber que la están estafando, porque en realidad estos cuadros no se han borrado nunca. Cambian de vereda o de color, pero ya están hechos en una mano, una caja de tizas, un astuto sistema de movimientos. En rigor, si uno de estos muchachos se pasara la mañana agitando los brazos en el aire, merecería diez francos con el mismo derecho que cuando dibuja a Napoleón. Pero necesitamos pruebas. Ahí están. Echales veinte francos, no seas tacaña.

—Ya les di antes que llegaras.

—Admirable. En el fondo esas monedas las ponemos en la boca de los muertos, el óbolo propiciatorio. Homenaje a lo efímero, a que esa catedral sea un simulacro de tiza que un chorro de agua se llevará en un segundo. La moneda está ahí, y la catedral renacerá mañana. Pagamos la inmortalidad, pagamos la duración. *No money, no cathedral.* ¿Vos también sos de tiza?

Pero Pola no le contestó, y él le puso el brazo sobre los hombros y caminaron Boul'Mich' abajo y Boul'Mich' arriba, antes de irse vagando lentamente hacia la Rue Dauphine. Un mundo de tiza de colores giraba en torno y los mezclaba en su danza, papas fritas de tiza amarilla, vino de tiza roja, un pálido y dulce cielo de tiza celeste con algo de verde por el lado del río. Una vez más echarían la moneda en la caja de cigarros para detener la fuga de la catedral, y con su mismo gesto la condenarían a borrarse para volver a ser, a irse bajo el chorro de agua para retornar tizas tras tizas negras y azules y amarillas. La Rue Dauphine de tiza gris, la escalera aplicadamente tizas pardas, la habitación con sus líneas de fuga astutamente tendidas con tiza verde

claro, las cortinas de tiza blanca, la cama con su poncho 64
donde todas las tizas ¡viva México!, el amor, sus tizas hambrientas de un fijador que las clavara en el presente, amor de tiza perfumada, boca de tiza naranja, tristeza y hartura de tizas sin color girando en un polvo imperceptible, posándose en las caras dormidas, en la tiza agobiada de los cuerpos.

—Todo se deshace cuando lo agarrás, hasta cuando lo mirás —dijo Pola—. Sos como un ácido terrible, te tengo miedo.

—Hacés demasiado caso de unas pocas metáforas.

—No es solamente que lo digas, es una manera de... No sé, como un embudo. A veces me parece que me voy a ir resbalando entre tus brazos y que me voy a caer en un pozo. Es peor que soñar que uno se cae en el vacío.

—Tal vez —dijo Oliveira— no estás perdida del todo.

—Oh, dejame tranquila. Yo sé vivir, entendés. Yo vivo muy bien como vivo. Aquí, con mis cosas y mis amigos.

—Enumerá, enumerá. Eso ayuda. Sujetate a los nombres, así no te caés. Ahí está la mesa de luz, la cortina no se ha movido de la ventana, Claudette sigue en el mismo número, DAN-ton 34 no sé cuántos, y tu mamá te escribe desde Aix-en-Provence. Todo va bien.

—Me das miedo, monstruo americano —dijo Pola apretándose contra él—. Habíamos quedado en que en mi casa no se iba a hablar de...

—De tizas de colores.

—De todo eso.

Oliveira encendió un Gauloise y miró el papel doblado sobre la mesa de luz.

—¿Es la orden para los análisis?

—Sí, quiere que me los haga hacer enseguida. Tocá aquí, está peor que la semana pasada.

64 Era casi de noche y Pola parecía una figura de Bonnard, tendida en la cama que la última luz de la ventana envolvía en un verde amarillento. «La barredora del amanecer», pensó Oliveira inclinándose para besarla en un seno, exactamente donde ella acababa de señalar con un dedo indeciso. «Pero no suben hasta el cuarto piso, no se ha sabido de ninguna barredora ni regadora que suba hasta un cuarto piso. Aparte de que mañana vendría el dibujante y repetiría exactamente lo mismo, esta curva tan fina en la que algo...». Consiguió dejar de pensar, consiguió por apenas un instante besarla sin ser más que su propio beso.

(-155)

65

Modelo de ficha del Club.

Gregorovius, Ossip.

Apátrida.

Luna llena (lado opuesto, invisible en ese entonces *pres-putnik*): ¿cráteres, mares, cenizas?

Tiende a vestir de negro, de gris, de pardo. Nunca se lo ha visto con un traje completo. Hay quienes afirman que tiene tres pero que combina invariablemente el saco de uno con el pantalón de otro. No sería difícil verificar esto.

Edad: dice tener cuarenta y ocho años.

Profesión: intelectual. Tía abuela envía módica pensión.

Carte de séjour AC 3456923 (por seis meses, renovable. Ya ha sido renovada nueve veces, cada vez con mayor dificultad).

País de origen: nacido en Borzok (partida de nacimiento probablemente falsa, según declaración de Gregorovius a la policía de París. Las razones de su presunción constan en el prontuario).

País de origen: en el año de su nacimiento, Borzok formaba parte del imperio austrohúngaro. Origen magiar evidente. A él le gusta insinuar que es checo.

País de origen: probablemente Gran Bretaña. Gregorovius habría nacido en Glasgow, de padre marino y madre

65 terrícola, resultado de una escala forzosa, un arrumaje precario, *stout ale* y complacencias xenofílicas excesivas por parte de Miss Marjorie Babington, 22 Stewart Street.

A Gregorovius le agrada establecer una picaresca prenatal y difama a sus madres (tiene tres, según la borrachera) atribuyéndoles costumbres licenciosas. La Herzogin Magda Razenswill, que aparece con el *whisky* o el coñac, era una lesbiana autora de un tratado seudocientífico sobre la *carezza* (traducción a cuatro idiomas). Miss Babington, que se ectoplasmiza con el *gin,* acabó de puta en Malta. La tercera madre es un constante problema para Etienne, Ronald y Oliveira, testigos de su esfumada aparición vía Beaujolais, Côtes du Rhône o Bourgogne Aligoté. Según los casos se llama Galle, Adgalle o Minti, vive libremente en Herzegovina o Nápoles, viaja a Estados Unidos con una compañía de *vaudeville,* es la primera mujer que fuma en España, vende violetas a la salida de la Ópera de Viena, inventa métodos anticonceptivos, muere de tifus, está viva pero ciega en Huerta, desaparece junto con el chofer del Zar en Tsarskoie-Selo, extorsiona a su hijo en los años bisiestos, cultiva la hidroterapia, tiene relaciones sospechosas con un cura de Pontoise, ha muerto al nacer Gregorovius, que además sería hijo de Santos Dumont. De manera inexplicable los testigos han notado que estas sucesivas (o simultáneas) versiones de la tercera madre van siempre acompañadas de referencias a Gurdiaeff, a quien Gregorovius admira y detesta pendularmente.

(-11)

66

Facetas de Morelli, su lado Bouvard et Pécuchet, su lado compilador de almanaque literario (en algún momento llama «Almanaque» a la suma de su obra).

Le gustaría *dibujar* ciertas ideas, pero es incapaz de hacerlo. Los diseños que aparecen al margen de sus notas son pésimos. Repetición obsesiva de una espiral temblorosa, con un ritmo semejante a las que adornan la *stupa* de Sanchi.

Proyecta uno de los muchos finales de su libro inconcluso, y deja una maqueta. La página contiene una sola frase: «En el fondo sabía que no se puede ir más allá porque no lo hay». La frase se repite a lo largo de toda la página, dando la impresión de un muro, de un impedimento. No hay puntos ni comas ni márgenes. De hecho un muro de palabras ilustrando el sentido de la frase, el choque contra una barrera detrás de la cual no hay nada. Pero hacia abajo y a la derecha, en una de las frases falta la palabra *lo*. Un ojo sensible descubre el hueco entre los ladrillos, la luz que pasa.

(-149)

67

Me estoy atando los zapatos, contento, silbando, y de pronto la infelicidad. Pero esta vez te pesqué, angustia, te sentí *previa* a cualquier organización mental, al primer juicio de negación. Como un color gris que fuera un dolor y fuera el estómago. Y *casi* a la par (pero después, esta vez no me engañás) se abrió paso el repertorio inteligible, con una primera idea explicatoria: «Y ahora vivir otro día, etcétera». De donde se sigue: «Estoy angustiado *porque...,* etcétera.

Las ideas a vela, impulsadas por el viento primordial que sopla desde abajo (pero abajo es solo una localización física). Basta un cambio de brisa *(¿pero qué es lo que la cambia de cuadrante?)* y al segundo están aquí las barquitas felices, con sus velas de colores. «Después de todo no hay razón para quejarse, che», ese estilo.

Me desperté y vi la luz del amanecer en las mirillas de la persiana. Salía de tan adentro de la noche que tuve como un vómito de mí mismo, el espanto de asomar a un nuevo día con su misma presentación, su indiferencia mecánica de cada vez: conciencia, sensación de luz, abrir los ojos, persiana, el alba.

En ese segundo, con la omnisciencia del semisueño, medí el horror de lo que tanto maravilla y encanta a las religiones: la perfección eterna del cosmos, la revolución inacabable del globo sobre su eje. Náusea, sensación insoportable de coacción. *Estoy obligado a tolerar que el sol salga todos los días*. Es monstruoso. Es *inhumano*. 67

Antes de volver a dormirme imaginé (vi) un universo plástico, cambiante, lleno de maravilloso azar, un cielo elástico, un sol que de pronto falta o se queda fijo o cambia de forma.

Ansié la dispersión de las duras constelaciones, esa sucia propaganda luminosa del Trust Divino Relojero.

(-83)

68

Apenas él le amalaba el noema, a ella se le agolpaba el clémiso y caían en hidromurias, en salvajes ambonios, en sustalos exasperantes. Cada vez que él procuraba relamar las incopelusas, se enredaba en un grimado quejumbroso y tenía que envulsionarse de cara al nóvalo, sintiendo cómo poco a poco las arnillas se espejunaban, se iban apeltronando, reduplimiendo, hasta quedar tendido como el trimalciato de ergomanina al que se le han dejado caer unas fílulas de cariaconcia. Y sin embargo era apenas el principio, porque en un momento dado ella se tordulaba los hurgalios, consintiendo en que él aproximara suavemente sus orfelunios. Apenas se entreplumaban, algo como un ulucordio los encrestoriaba, los extrayuxtaba y paramovía, de pronto era el clinón, la esterfurosa convulcante de las mátricas, la jadehollante embocapluvia del orgumio, los esproemios del merpasmo en una sobrehumítica agopausa. ¡Evohé! ¡Evohé! Volposados en la cresta del murelio, se sentían balparamar, perlinos y márulos. Temblaba el troc, se vencían las marioplumas, y todo se resolviraba en un profundo pínice, en niolamas de argutendidas gasas, en carinias casi crueles que los ordopenaban hasta el límite de las gunfias.

(-9)

69

(Renovigo, n.º 5)

Otro suisida

Ingrata sorpresa fue leer en «Ortográfiko» la notisia de aber fayesido en San Luis Potosí el 1.º de marso último, el teniente koronel (asendido a koronel para retirarlo del serbisio) Adolfo Abila Sanhes. Sorpresa fue porke no teníamos notisia de ke se ayara en kama. Por lo demás, ya ase tiempo lo teníamos katalogado entre nuestros amigos los suisidas, i en una okasión se refirió «Renovigo» a siertos síntomas en él obserbados. Solamente ke Abila Sanhes no eskojió el rebólber komo el eskritor antiklerikal Giyermo Delora, ni la soga como el esperantista fransés Eujenio Lanti.

Abila Sanhes fue un ombre meresedor de atensión i de apresio. Soldado pundonoroso onró a su institusión en la teoría i en la práktica. Tubo un alto konsepto de la lealtad i fue asta el kampo de bataya. Ombre de kultura, enseñó siensias a jóbenes i adultos. Pensador, eskribió bastante en periódikos i dejó algunas obras inéditas, entre eyas «Máximas de Kuartel». Poeta, bersifikaba kon gran fasilidad en distintos jéneros. Artista del lápis y la pluma, nos regaló barias beses kon sus kreasiones. Linguista, era muy afekto

69 a tradusir sus propias produksiones al inglés, esperanto i otros idiomas.

En konkreto, Abila Sanhes fue ombre de pensamiento y aksión, de moral i de kultura. Esto son las partidas de su aber.

En la otra kolumna de su kuenta, ai kargadas barias, i es natural titubear antes de lebantar el belo de su bida pribada. Pero komo no la tiene el ombre públiko i Abila Sanhes lo fue, inkuriríamos en la falta ke antes señalamos okultando el reberso de la medaya. En nuestro karákter de biógrafos e istoriadores debemos romper kon los eskrúpulos.

Konosimos personalmente a Abila Sanhes ayá por 1936 en Linares, N. L., i luego en Monterei lo tratamos en su ogar, ke paresía próspero y felis. Años después ke lo bisitamos en Samora, la impresión fue totalmente opuesta, nos dimos kuenta de ke el ogar se derumbaba, i asi fue semanas más tarde, lo abandonó la primera esposa i después se dispersaron los ijos. Posteriormente, en San Luis Potosí, enkontró a una joben bondadosa ke le tubo simpatía y aseptó kasarse kon él: por eso kreó una segunda familia, ke abnegadamente soportó más ke la primera i no yegó a abandonarlo.

¿Ké ubo primero en Abila Sanhes, el desarreglo mental o el alkoolismo? No lo sabemos, pero ambos, kombinados, fueron la ruina de su bida y la kausa de su muerte. Un enfermo en sus últimos años, lo abíamos desausiado sabiendo ke era un suisida kaminando rápidamente asia su inebitable fin. El fatalismo se impone kuando obserba uno a personas tan klaramente dirijidas asia un serkano y trájico okaso.

El desaparesido kreía en la bida futura. Si lo konfirmó, ke aya en eya la felisidad ke, aunke kon distintas karakterísticas, anelamos todos los umanos.

(-52)

70

«Cuando estaba yo en mi causa primera, no tenía a Dios...; me quería a mí mismo y no quería nada más; era lo que quería, y quería lo que era, y estaba libre de Dios y de todas las cosas... Por eso suplicamos a Dios que nos libre de Dios, y que concibamos la verdad y gocemos eternamente de ella, allí donde los ángeles supremos, la mosca y el alma son semejantes, allí donde yo estaba y donde quería eso que era y era eso que quería...».

MEISTER ECKHART, sermón *Beati pauperes spiritu.*

(-147)

71

Morelliana.

¿Qué es en el fondo esa historia de encontrar un reino milenario, un edén, un otro mundo? Todo lo que se escribe en estos tiempos y que vale la pena leer está orientado hacia la nostalgia. Complejo de la Arcadia, retorno al gran útero, *back to Adam, le bon sauvage* (y van...), *Paraíso perdido perdido por buscarte yo, sin luz para siempre...* Y dale con las islas (cf. Musil) o con los gurús (si se tiene plata para el avión París-Bombay) o simplemente agarrando una tacita de café y mirándola por todos lados, no ya como una taza sino como un testimonio de la inmensa burrada en que estamos metidos todos, creer que ese objeto es nada más que una tacita de café cuando el más idiota de los periodistas encargados de resumirnos los *quanta,* Planck y Heisenberg, se mata explicándonos a tres columnas que todo vibra y tiembla y está como un gato a la espera de dar el enorme salto de hidrógeno o de cobalto que nos va a dejar a todos con las patas para arriba. Grosero modo de expresarse, realmente.

La tacita de café es blanca, el buen salvaje es marrón, Planck era un alemán formidable. Detrás de todo eso (siempre es detrás, hay que convencerse de que es la idea

clave del pensamiento moderno) el Paraíso, el otro mundo, 71
la inocencia hollada que oscuramente se busca llorando, la tierra de Hurqalyã. De una manera u otra todos la buscan, todos quieren abrir la puerta para ir a jugar. Y no por el Edén, no tanto por el Edén en sí, sino solamente por dejar a la espalda los aviones a chorro, la cara de Nikita o de Dwight o de Charles o de Francisco, el despertar a campanilla, el ajustarse a termómetro y ventosa, la jubilación a patadas en el culo (cuarenta años de fruncir el traste para que duela menos, pero lo mismo duele, lo mismo la punta del zapato entra cada vez un poco más, a cada patada desfonda un momentito más el pobre culo del cajero o del subteniente o del profesor de literatura o de la enfermera), y decíamos que el *homo sapiens* no busca la puerta para entrar en el reino milenario (aunque no estaría nada mal, nada mal realmente) sino solamente para poder cerrarla a su espalda y menear el culo como un perro contento sabiendo que el zapato de la puta vida se quedó atrás, reventándose contra la puerta cerrada, y que se puede ir aflojando con un suspiro el pobre botón del culo, enderezarse y empezar a caminar entre las florcitas del jardín y sentarse a mirar una nube nada más que cinco mil años, o veinte mil si es posible y si nadie se enoja y si hay una chance de quedarse en el jardín mirando las florcitas.

De cuando en cuando entre la legión de los que andan con el culo a cuatro manos hay alguno que no solamente quisiera cerrar la puerta para protegerse de las patadas de las tres dimensiones tradicionales, sin contar las que vienen de las categorías del entendimiento, del más que podrido principio de razón suficiente y otras pajolerías infinitas, sino que además estos sujetos creen con otros locos que no estamos en el mundo, que nuestros gigantes padres nos han metido en un corso a contramano del que habrá

71 que salir si no se quiere acabar en una estatua ecuestre o convertido en abuelo ejemplar, y que nada está perdido si se tiene por fin el valor de proclamar que todo está perdido y que hay que empezar de nuevo, como los famosos obreros que en 1907 se dieron cuenta una mañana de agosto de que el túnel del Monte Brasco estaba mal enfilado y que acabarían saliendo a más de quince metros del túnel que excavaban los obreros yugoslavos viniendo de Dublivna. ¿Qué hicieron los famosos obreros? Los famosos obreros dejaron como estaba su túnel, salieron a la superficie, y después de varios días y noches de deliberación en diversas cantinas del Piemonte, empezaron a excavar por su cuenta y riesgo en otra parte del Brasco, y siguieron adelante sin preocuparse de los obreros yugoslavos, llegando después de cuatro meses y cinco días a la parte sur de Dublivna, con no poca sorpresa de un maestro de escuela jubilado que los vio aparecer a la altura del cuarto de baño de su casa. Ejemplo loable que hubieran debido seguir los obreros de Dublivna (aunque preciso es reconocer que los famosos obreros no les habían comunicado sus intenciones) en vez de obstinarse en empalmar con un túnel inexistente, como es el caso de tantos poetas asomados con más de medio cuerpo a la ventana de la sala de estar, a altas horas de la noche.

Y así uno puede reírse, y creer que no está hablando en serio, pero sí se está hablando en serio, la risa ella sola ha cavado más túneles útiles que todas las lágrimas de la tierra, aunque mal les sepa a los cogotudos empecinados en creer que Melpómene es más fecunda que Queen Mab. De una vez por todas sería bueno ponernos de desacuerdo en esta materia. Hay quizá una salida, pero esa salida debería ser una entrada. Hay quizá un reino milenario, pero no es escapando de una carga enemiga que se toma por asalto

una fortaleza. Hasta ahora este siglo se escapa de montones 71
de cosas, busca las puertas y a veces las desfonda. Lo que ocurre después no se sabe, algunos habrán alcanzado a ver y han perecido, borrados instantáneamente por el gran olvido negro, otros se han conformado con el escape chico, la casita en las afueras, la especialización literaria o científica, el turismo. Se planifican los escapes, se los tecnologiza, se los arma con el Modulor o con la Regla de Nylon. Hay imbéciles que siguen creyendo que la borrachera puede ser un método, o la mescalina o la homosexualidad, cualquier cosa magnífica o inane *en sí* pero estúpidamente exaltada a sistema, a llave del reino. Puede ser que haya otro mundo dentro de este, pero no lo encontraremos recortando su silueta en el tumulto fabuloso de los días y las vidas, no lo encontraremos ni en la atrofia ni en la hipertrofia. Ese mundo no existe, hay que crearlo como el fénix. Ese mundo existe en este, pero como el agua existe en el oxígeno y el hidrógeno, o como en las páginas 78, 457, 3, 271, 688, 75 y 456 del diccionario de la Academia Española está lo necesario para escribir un cierto endecasílabo de Garcilaso. Digamos que el mundo es una figura, hay que leerla. Por leerla entendamos generarla. ¿A quién le importa un diccionario por el diccionario mismo? Si de delicadas alquimias, ósmosis y mezclas de simples surge por fin Beatriz a orillas del río, ¿cómo no sospechar maravilladamente lo que a su vez podría nacer de ella? Qué inútil tarea la del hombre, peluquero de sí mismo, repitiendo hasta la náusea el recorte quincenal, tendiendo la misma mesa, rehaciendo la misma cosa, comprando el mismo diario, aplicando los mismos principios a las mismas coyunturas. Puede ser que haya un reino milenario, pero si alguna vez llegamos a él, si somos él, ya no se llamará así. Hasta no quitarle al tiempo su látigo de historia, hasta

71 no acabar con la hinchazón de tantos *hasta,* seguiremos tomando la belleza por un fin, la paz por un desiderátum, siempre de este lado de la puerta donde en realidad no siempre se está mal, donde mucha gente encuentra una vida satisfactoria, perfumes agradables, buenos sueldos, literatura de alta calidad, sonido estereofónico, y por qué entonces inquietarse si probablemente el mundo es finito, la historia se acerca al punto óptimo, la raza humana sale de la Edad Media para ingresar en la era cibernética. *Tout va très bien, madame La Marquise, tout va très bien, tout va très bien.*

Por lo demás hay que ser imbécil, hay que ser poeta, hay que estar en la luna de Valencia para perder más de cinco minutos con estas nostalgias perfectamente liquidables a corto plazo. Cada reunión de gerentes internacionales, de hombres-de-ciencia, cada nuevo satélite artificial, hormona o reactor atómico aplastan un poco más estas falaces esperanzas. El reino será de material plástico, es un hecho. Y no que el mundo haya de convertirse en una pesadilla orwelliana o huxleyana; será mucho peor, será un mundo delicioso, a la medida de sus habitantes, sin ningún mosquito, sin ningún analfabeto, con gallinas de enorme tamaño y probablemente dieciocho patas, exquisitas todas ellas, con cuartos de baño telecomandados, agua de distintos colores según el día de la semana, una delicada atención del servicio nacional de higiene, con televisión en cada cuarto, por ejemplo grandes paisajes tropicales para los habitantes de Reikiavik, vistas de *igloos* para los de La Habana, compensaciones sutiles que conformarán todas las rebeldías, etcétera.

Es decir, un mundo satisfactorio para gentes razonables.

¿Y quedará en él alguien, uno solo, que no sea razonable?

En algún rincón, un vestigio del reino olvidado. En alguna muerte violenta, el castigo por haberse acordado del reino. En alguna risa, en alguna lágrima, la sobrevivencia del reino. En el fondo no parece que el hombre acabe por matar al hombre. 71

Se le va a escapar, le va a agarrar el timón de la máquina electrónica, del cohete sideral, le va a hacer una zancadilla y después que le echen un galgo. Se puede matar todo menos la nostalgia del reino, la llevamos en el color de los ojos, en cada amor, en todo lo que profundamente atormenta y desata y engaña. *Wishful thinking,* quizá; pero esa es otra definición posible del bípedo implume.

(-5)

72

—Hiciste bien en venir a casa, amor, si estabas tan cansado.

—*There's not a place like home* —dijo Oliveira.

—Tomá otro matecito, está recién cebado.

—Con los ojos cerrados parece todavía más amargo, es una maravilla. Si me dejaras dormir un rato mientras leés alguna revista.

—Sí, querido —dijo Gekrepten secándose las lágrimas y buscando *Idilio* por pura obediencia, aunque hubiera sido incapaz de leer nada.

—Gekrepten.

—Sí, amor.

—No te preocupes por esto, vieja.

—Claro que no, monono. Esperá que te pongo otra compresa fría.

—Dentro de un rato me levanto y nos vamos a dar una vuelta por Almagro. A lo mejor dan alguna musical en colores.

—Mañana, amor, ahora mejor descansá. Viniste con una cara...

—Es la profesión, qué le vas a hacer. No te tenés que preocupar. Oí cómo canta Cien Pesos ahí abajo.

—Le estarán cambiando la sepia, animalito de Dios 72
—dijo Gekrepten—. Es más agradecido...

—Agradecido —repitió Oliveira—. Mirá que agradecerle al que lo tiene enjaulado.

—Los animales no se dan cuenta.

—Los animales —repitió Oliveira.

(-77)

73

Sí, pero quién nos curará del fuego sordo, del fuego sin color que corre al anochecer por la Rue de la Huchette, saliendo de los portales carcomidos, de los parvos zaguanes, del fuego sin imagen que lame las piedras y acecha en los vanos de las puertas, cómo haremos para lavarnos de su quemadura dulce que prosigue, que se aposenta para durar aliada al tiempo y al recuerdo, a las sustancias pegajosas que nos retienen de este lado, y que nos arderá dulcemente hasta calcinarnos. Entonces es mejor pactar como los gatos y los musgos, trabar amistad inmediata con las porteras de roncas voces, con las criaturas pálidas y sufrientes que acechan en las ventanas jugando con una rama seca. Ardiendo así sin tregua, soportando la quemadura central que avanza como la madurez paulatina en el fruto, ser el pulso de una hoguera en esta maraña de piedra interminable, caminar por las noches de nuestra vida con la obediencia de la sangre en su circuito ciego.

Cuántas veces me pregunto si esto no es más que escritura, en un tiempo en que corremos al engaño entre ecuaciones infalibles y máquinas de conformismos. Pero preguntarse si sabremos encontrar el otro lado de la costumbre o si más vale dejarse llevar por su alegre cibernética, ¿no

será otra vez literatura? Rebelión, conformismo, angustia, 73
alimentos terrestres, todas las dicotomías: el Yin y el Yang, la contemplación o la *Tätigkeit,* avena arrollada o perdices *faisandées,* Lascaux o Mathieu, qué hamaca de palabras, qué dialéctica de bolsillo con tormentas en piyama y cataclismos de living room. El solo hecho de interrogarse sobre la posible elección vicia y enturbia lo elegible. *Que sí, que no, que en esta está...* Parecería que una elección no puede ser dialéctica, que su planteo la empobrece, es decir la falsea, es decir la transforma en otra cosa. Entre el Yin y el Yang, ¿cuántos eones? Del sí al no, ¿cuántos quizá? Todo es escritura, es decir fábula. ¿Pero de qué nos sirve la verdad que tranquiliza al propietario honesto? Nuestra verdad posible tiene que ser *invención,* es decir escritura, literatura, pintura, escultura, agricultura, piscicultura, todas las *turas* de este mundo. Los valores, *turas,* la santidad, una *tura*, la sociedad, una *tura,* el amor, pura *tura,* la belleza, *tura* de *turas*. En uno de sus libros, Morelli habla del napolitano que se pasó años sentado a la puerta de su casa mirando un tornillo en el suelo. Por la noche lo juntaba y lo ponía debajo del colchón. El tornillo fue primero risa, tomada de pelo, irritación comunal, junta de vecinos, signo de violación de los deberes cívicos, finalmente encogimiento de hombros, la paz, el tornillo fue la paz, nadie podía pasar por la calle sin mirar de reojo el tornillo y sentir que era la paz. El tipo murió de un síncope, y el tornillo desapareció apenas acudieron los vecinos. Uno de ellos lo guarda, quizá lo saca en secreto y lo mira, vuelve a guardarlo y se va a la fábrica sintiendo algo que no comprende, una oscura reprobación. Solo se calma cuando saca el tornillo y lo mira, se queda mirándolo hasta que oye pasos y tiene que guardarlo presuroso. Morelli pensaba que el tornillo debía ser otra cosa, un dios o algo así. Solución demasiado

73 fácil. Quizá el error estuviera en aceptar que ese objeto era un tornillo por el hecho de que tenía la forma de un tornillo. Picasso toma un auto de juguete y lo convierte en el mentón de un cinocéfalo. A lo mejor el napolitano era un idiota pero también pudo ser el inventor de un mundo. Del tornillo a un ojo, de un ojo a una estrella... ¿Por qué entregarse a la Gran Costumbre? Se puede elegir la *tura,* la invención, es decir el tornillo o el auto de juguete. Así es como París nos destruye despacio, deliciosamente, triturándonos entre flores viejas y manteles de papel con manchas de vino, con su fuego sin color que corre al anochecer saliendo de los portales carcomidos. Nos arde un fuego inventado, una incandescente *tura,* un artilugio de la raza, una ciudad que es el Gran Tornillo, la horrible aguja con su ojo nocturno por donde corre el hilo del Sena, máquina de torturas como puntillas, agonía en una jaula atestada de golondrinas enfurecidas. Ardemos en nuestra obra, fabuloso honor mortal, alto desafío del fénix. Nadie nos curará del fuego sordo, del fuego sin color que corre al anochecer por la Rue de la Huchette. Incurables, perfectamente incurables, elegimos por *tura* el Gran Tornillo, nos inclinamos sobre él, entramos en él, volvemos a inventarlo cada día, a cada mancha de vino en el mantel, a cada beso del moho en las madrugadas de la Cour de Rohan, inventamos nuestro incendio, ardemos de dentro afuera, quizá eso sea la elección, quizá las palabras envuelvan esto como la servilleta el pan y dentro esté la fragancia, la harina esponjándose, el sí sin el no, o el no sin el sí, el día sin Manes, sin Ormuz *o* Arimán, de una vez por todas y en paz y basta.

(-1)

74

El inconformista visto por Morelli, en una nota sujeta con un alfiler de gancho a una cuenta de lavandería: «Aceptación del guijarro y de Beta del Centauro, de lo puro-por-anodino a lo puro-por-desmesura. Este hombre se mueve en las frecuencias más bajas y las más altas, desdeñando deliberadamente las intermedias, es decir la zona corriente de la aglomeración espiritual humana. Incapaz de liquidar la circunstancia, trata de darle la espalda; inepto para sumarse a quienes luchan por liquidarla, pues cree que esa liquidación será una mera sustitución por otra igualmente parcial e intolerable, se aleja encogiéndose de hombros. Para sus amigos, el hecho de que encuentre su contento en lo nimio, en lo pueril, en un pedazo de piolín o en un solo de Stan Getz, indica un lamentable empobrecimiento; no saben que también está el otro extremo, los arrimos a una suma que se rehúsa y se va ahilando y escondiendo, pero que la cacería no tiene fin y que no acabará ni siquiera con la muerte de ese hombre, porque su muerte no será la muerte de la zona intermedia, de las frecuencias que se escuchan con los oídos que escuchan la marcha fúnebre de Sigfrido».

Quizá para corregir el tono exaltado de esa nota, un papel amarillo garabateado con lápiz: «Guijarro y estrella:

74 imágenes absurdas. Pero el comercio íntimo con los cantos rodados acerca a veces a un pasaje; entre la mano y el guijarro vibra un acorde fuera del tiempo. Fulgurante... (palabra ilegible)... de que también eso es Beta del Centauro; los nombres y las magnitudes ceden, se disuelven, dejan de ser lo que la ciencia pretende que sean. Y así se está en algo que puramente es (¿qué?, ¿qué?): una mano que tiembla envolviendo una piedra trasparente que también tiembla». (Más abajo, con tinta: «No se trata de panteísmo, ilusión deliciosa, caída hacia arriba en un cielo incendiado al borde del mar»).

En otra parte, esta aclaración: «Hablar de frecuencias bajas y altas es ceder una vez más a los *idola fori* y al lenguaje científico, ilusión de Occidente. Para mi inconformista, fabricar alegremente un barrilete y remontarlo para alegría de los chicos presentes no representa una ocupación menor (bajo con respecto a alto, poco con respecto a mucho, etcétera), sino una coincidencia con elementos puros, y de ahí una momentánea armonía, una satisfacción que lo ayuda a sobrellevar el resto. De la misma manera los momentos de extrañamiento, de enajenación dichosa que lo precipitan a brevísimos tactos de algo que podría ser su paraíso, no representan para él una experiencia más alta que el hecho de fabricar el barrilete; es como un fin, pero no por encima o más allá. Y tampoco es un fin entendido temporalmente, una accesión en la que culmina un proceso de despojamiento enriquecedor; le puede ocurrir sentado en el W. C., y sobre todo le ocurre entre muslos de mujeres, entre nubes de humo y a la mitad de lecturas habitualmente poco cotizadas por los cultos rotograbados del domingo».

«En un plano de hechos cotidianos, la actitud de mi inconformista se traduce por su rechazo de todo lo que

huele a idea recibida, a tradición, a estructura gregaria 74
basada en el miedo y en las ventajas falsamente recíprocas. Podría ser Robinson sin mayor esfuerzo. No es misántropo, pero solo acepta de hombres y mujeres la parte que no ha sido plastificada por la superestructura social; él mismo tiene medio cuerpo metido en el molde y lo sabe, pero ese saber es activo y no la resignación del que marca el paso. Con su mano libre se abofetea la cara la mayor parte del día, y en los momentos libres abofetea la de los demás, que se lo retribuyen por triplicado. Ocupa así su tiempo con líos monstruosos que abarcan amantes, amigos, acreedores y funcionarios, y en los pocos ratos que le quedan libres hace de su libertad un uso que asombra a los demás y que acaba siempre en pequeñas catástrofes irrisorias, a la medida de él y de sus ambiciones realizables; otra libertad más secreta y evasiva lo trabaja, pero solamente él (y eso apenas) podría dar cuenta de sus juegos».

(-6)

75

Había sido tan hermoso, en viejos tiempos, sentirse instalado en un estilo imperial de vida que autorizaba los sonetos, el diálogo con los astros, las meditaciones en las noches bonaerenses, la serenidad goethiana en la tertulia del Colón o en las conferencias de los maestros extranjeros. Todavía lo rodeaba un mundo que vivía así, que se quería así, deliberadamente hermoso y atildado, arquitectónico. Para sentir la distancia que lo aislaba ahora de ese columbario, Oliveira no tenía más que remedar, con una sonrisa agria, las decantadas frases y los ritmos lujosos del ayer, los modos áulicos de decir y de callar. En Buenos Aires, capital del miedo, volvía a sentirse rodeado por ese discreto allanamiento de aristas que se da en llamar buen sentido y, por encima, esa afirmación de suficiencia que engolaba las voces de los jóvenes y los viejos, su aceptación de lo inmediato como lo verdadero, de lo vicario como lo, como lo, como lo (delante del espejo, con el tubo de dentífrico en el puño cerrándose, Oliveira una vez más se soltaba la risa en la cara y en vez de meterse el cepillo en la boca lo acercaba a su imagen y minuciosamente le untaba la falsa boca de pasta rosa, le dibujaba un corazón en plena boca, manos, pies, letras, obscenidades, corría por el espejo con el cepillo y a golpe de tubo, torciéndose de risa, hasta que Gekrepten entraba desolada con una esponja, etcétera).

(-43)

76

Lo de Pola fueron las manos, como siempre. Hay el atardecer, hay el cansancio de haber perdido el tiempo en los cafés, leyendo diarios que son siempre el mismo diario, hay como una tapa de cerveza apretando suavemente a la altura del estómago. Se está disponible para cualquier cosa, se podría caer en las peores trampas de la inercia y el abandono, y de golpe una mujer abre el bolso para pagar un *café-crème,* los dedos juegan un instante con el cierre siempre imperfecto del bolso. Se tiene la impresión de que el cierre defiende el ingreso a una casa zodiacal, que cuando los dedos de esa mujer encuentren la manera de deslizar el fino vástago dorado y que con una media vuelta imperceptible se suelte la traba, una irrupción va a deslumbrar a los parroquianos embebidos en pernod y Vuelta de Francia, o mejor se los va a tragar, un embudo de terciopelo violeta arrancará al mundo de su quicio, a todo el Luxembourg, la Rue Soufflot, la Rue Gay-Lussac, el café Capoulade, la Fontaine de Médicis, la Rue Monsieur-le-Prince, va a sumirlo todo en un gorgoteo final que no dejará más que una mesa vacía, el bolso abierto, los dedos de la mujer que sacan una moneda de cien francos y la alcanzan al Père Ragon, mientras naturalmente Horacio Oliveira, vistoso sobrevi-

76 viente de la catástrofe, se prepara a decir lo que se dice en ocasión de los grandes cataclismos.

—Oh, usted sabe —contestó Pola—. El miedo no es mi fuerte.

Dijo: *Oh, vous savez,* un poco como debió hablar la esfinge antes de plantear el enigma, excusándose casi, rehusando un prestigio que sabía grande. Habló como las mujeres de tantas novelas en las que el novelista no quiere perder tiempo y pone lo mejor de la descripción en los diálogos, uniendo así lo útil a lo agradable.

—Cuando yo digo miedo —observó Oliveira, sentado en la misma banqueta de peluche rojo, a la izquierda de la esfinge— pienso sobre todo en los reversos. Usted movía esa mano como si estuviera tocando un límite, y después de eso empezaba un mundo a contrapelo en el que por ejemplo yo podía ser su bolso y usted el Père Ragon.

Esperaba que Pola se riera y que las cosas renunciaran a ser tan sofisticadas, pero Pola (después supo que se llamaba Pola) no encontró demasiado absurda la posibilidad. Al sonreír mostraba unos dientes pequeños y muy regulares contra los que se aplastaban un poco los labios pintados de un naranja intenso, pero Oliveira estaba todavía en las manos, como siempre le atraían las manos de las mujeres, sentía la necesidad de tocarlas, de pasear sus dedos por cada falange, explorar con un movimiento como de kinesiólogo japonés la ruta imperceptible de las venas, enterarse de la condición de las uñas, sospechar quirománticamente líneas nefastas y montes propicios, oír el fragor de la luna apoyando contra su oreja la palma de una pequeña mano un poco húmeda por el amor o por una taza de té.

(-101)

77

—Comprenderá que después de esto...

—*Res, non verba* —dijo Oliveira—. Son ocho días a unos setenta pesos diarios, ocho por setenta, quinientos sesenta, digamos quinientos cincuenta y con los otros diez les paga una cola-cola a los enfermos.

—Me hará el favor de retirar inmediatamente sus efectos personales.

—Sí, entre hoy y mañana, más bien mañana que hoy.

—Aquí está el dinero. Firme el recibo, por favor.

—Por favor no. Se lo firmo nomás. *Ecco.*

—Mi esposa está tan disgustada —dijo Ferraguto, dándole la espalda y removiendo el cigarro entre los dientes.

—Es la sensibilidad femenina, la menopausia, esas cosas.

—Es la dignidad, señor.

—Exactamente lo que yo estaba pensando. Hablando de dignidad, gracias por el conchabo en el circo. Era divertido y había poco que hacer.

—Mi esposa no alcanza a comprender —dijo Ferraguto, pero Oliveira ya estaba en la puerta. Uno de los dos abrió los ojos, o los cerró. La puerta tenía también algo de ojo que se abría o se cerraba. Ferraguto encendió de nuevo

77 el cigarro y se metió las manos en los bolsillos. Pensaba en lo que iba a decirle a ese exaltado inconsciente apenas se presentara. Oliveira se dejó poner la compresa en la frente (o sea que era él quien cerraba los ojos) y pensó en lo que iba a decirle Ferraguto cuando lo mandara llamar.

(-131)

78

La intimidad de los Traveler. Cuando me despido de ellos en el zaguán o en el café de la esquina, de golpe es como un deseo de quedarme cerca, viéndolos vivir, *voyeur* sin apetitos, amistoso, un poco triste. Intimidad, qué palabra, ahí nomás dan ganas de meterle la hache fatídica. Pero qué otra palabra podría *intimar* (en primera acepción) la piel misma del conocimiento, la razón epitelial de que Talita, Manolo y yo seamos amigos. La gente se cree amiga porque coincide algunas horas por semana en un sofá, una película, a veces una cama, o porque le toca hacer el mismo trabajo en la oficina. De muchacho, en el café, cuántas veces la ilusión de la identidad con los camaradas nos hizo felices. Identidad con hombres y mujeres de los que conocíamos apenas una manera de ser, una forma de entregarse, un perfil. Me acuerdo, con una nitidez fuera del tiempo, de los cafés porteños en que por unas horas conseguimos librarnos de la familia y las obligaciones, entramos en un territorio de humo y confianza en nosotros y en los amigos, accedimos a algo que nos confortaba en lo precario, nos prometía una especie de inmortalidad. Y ahí, a los veinte años, dijimos nuestra palabra más lúcida, supimos de nuestros afectos más profundos, fuimos como

78 dioses del medio litro cristal y del cubano seco. Cielito del café, cielito lindo. La calle, después, era como una expulsión, siempre, el ángel con la espada flamígera dirigiendo el tráfico en Corrientes y San Martín. A casa que es tarde, a los expedientes, a la cama conyugal, al té de tilo para la vieja, al examen de pasado mañana, a la novia ridícula que lee a Vicki Baum y con la que nos casaremos, no hay remedio.

(Extraña mujer, Talita. Da la impresión de andar llevando una vela encendida en la mano, mostrando un camino. Y eso que es la modestia misma, cosa rara en una diplomada argentina, aquí donde basta un título de agrimensor para que cualquiera se la piye en serio. Pensar que atendía una farmacia, es ciclópeo, es verdaderamente aglutinante. Y se peina de una manera tan bonita).

Ahora vengo a descubrir que Manolo se llama Manú en la intimidad. A Talita le parece tan natural eso de llamarle Manú a Manolo, no se da cuenta de que para sus amigos es un escándalo secreto, una herida que sangra. Pero yo, con qué derecho... El del hijo pródigo, en todo caso. Dicho sea al pasar, el hijo pródigo va a tener que buscar trabajo, el último arqueo ha sido verdaderamente espeleológico. Si acepto los requiebros de la pobre Gekrepten, que haría cualquier cosa por acostarse conmigo, tendré una pieza asegurada y camisas, etcétera. La idea de salir a vender cortes de género es tan idiota como cualquier otra, cuestión de ensayar, pero lo más divertido sería entrar en el circo con Manolo y Talita. Entrar en el circo, bella fórmula. En el comienzo fue un circo, y ese poema de Cummings donde se dice que para la creación el Viejo juntó tanto aire en los pulmones como una carpa de circo. No se puede decir en español. Sí se puede, pero habría que decir: juntó una carpa de circo de aire. Aceptaremos la oferta de Gekrepten, que es una excelente chica, y eso nos permitirá vivir más cerca de Manolo y Talita, puesto que topográficamente apenas estaremos separados por dos paredes y una fina rebanada de aire. Con un clandestino al alcance de la mano, el almacén cerca, la feria ahí nomás. Pensar que Gekrepten *me ha esperado*. Es increíble que cosas así les ocurran a otros. Todos los actos heroicos deberían quedar por lo menos en la familia de uno, y heakí que esa chica se ha estado informando en casa de los Traveler de mis derrotas ultramarinas, y entre tanto tejía y destejía el mismo pulóver violeta esperando a su Odiseo y trabajando en una tienda de la calle Maipú. Sería innoble no aceptar las proposiciones de Gekrepten, negarse a su infelicidad total. Y de cinismo en cinismo / te vas volviendo vos mismo. Hodioso Hodiseo. 78

No, pero pensándolo francamente, lo más absurdo de estas vidas que pretendemos vivir es su falso contacto. Órbitas aisladas, de cuando en cuando dos manos que se estrechan, una charla de cinco minutos, un día en las carreras, una noche en la ópera, un velorio donde todos se sienten un poco más unidos (y es cierto, pero se acaba a la hora de la soldadura). Y al mismo tiempo uno vive convencido de que los amigos están ahí, de que el contacto existe, de que los acuerdos o los desacuerdos son profundos y duraderos. Cómo nos odiamos todos, sin saber que el cariño es la forma presente de ese odio, y cómo la razón del odio profundo es esta excentración, el espacio insalvable entre yo y vos, entre esto y aquello. Todo cariño es un zarpazo ontológico, che, una tentativa para apoderarse de lo inapoderable, y a mí me gustaría entrar en la intimidad de los Traveler so pretexto de conocerlos mejor, de llegar a ser verdaderamente el amigo, aunque en realidad lo que quiero es apoderarme del maná de Manú, del duende de Talita, de sus maneras de ver, de sus presentes y sus futuros

78 diferentes de los míos. ¿Y por qué esa manía de apoderamientos espirituales, Horacio? ¿Por qué esa nostalgia de anexiones, vos que acabás de romper cables, de sembrar la confusión y el desánimo (tal vez debí quedarme un poco más en Montevideo, buscando mejor) en la ilustre capital del espíritu latino? He aquí que por una parte te has desconectado deliberadamente de un vistoso capítulo de tu vida, y que ni siquiera te concedés el derecho a pensar en la dulce lengua que tanto te gustaba chamuyar hace unos meses; y a la vez, oh, hidiota contradictorio, te rompés literalmente para entrar en la hintimidad de los Traveler, ser los Traveler, hinstalarte en los Traveler, circo hincluido (pero el director no va a querer darme trabajo, de modo que habrá que pensar seriamente en disfrazarse de marinero y venderles cortes de gabardina a las señoras). Oh, pelotudo. A ver si de nuevo sembrás la confusión en las filas, si te aparecés para estropearles la vida a gentes tranquilas. Aquella vez que me contaron del tipo que se creía Judas, razón por la cual llevaba una vida de perro en los mejores círculos sociales de Buenos Aires. No seamos vanidosos. Inquisidor cariñoso, a lo sumo, como tan bien me lo dijeron una noche. Vea señora qué corte. Sesenta y cinco pesos el metro por ser usted. Su ma..., su esposo, perdone, va a estar tan contento cuando vuelva del la..., del empleo, perdone. Se va a subir por las paredes, créamelo, palabra de marinero del *Río Belén*. Y sí, un pequeño contrabando para hacerme un sobresueldo, tengo al pibe con raquitismo, mi mu..., mi señora cose para una tienda, hay que ayudar un poco, usted me interpreta.

(-40)

79

Nota pedantísima de Morelli: «Intentar el *roman comique* en el sentido en que un texto alcance a insinuar otros valores y colabore así en esa antropofanía que seguimos creyendo posible. Parecería que la novela usual malogra la búsqueda al limitar al lector a su ámbito, más definido cuanto mejor sea el novelista. Detención forzosa en los diversos grados de lo dramático, psicológico, trágico, satírico o político. Intentar en cambio un texto que no agarre al lector pero que lo vuelva obligadamente cómplice al murmurarle, por debajo del desarrollo convencional, otros rumbos más esotéricos. Escritura demótica para el lector-hembra (que por lo demás no pasará de las primeras páginas, rudamente perdido y escandalizado, maldiciendo lo que le costó el libro), con un vago reverso de escritura hierática.

»Provocar, asumir un texto desaliñado, desanudado, incongruente, minuciosamente antinovelístico (aunque no antinovelesco). Sin vedarse los grandes efectos del género cuando la situación lo requiera, pero recordando el consejo gidiano, *ne jamais profiter de l'élan acquis.* Como todas las criaturas de elección del Occidente, la novela se contenta con un orden cerrado. Resueltamente en contra, buscar también aquí la apertura y para eso cortar de raíz toda

79 construcción sistemática de caracteres y situaciones. Método: la ironía, la autocrítica incesante, la incongruencia la imaginación al servicio de nadie.

»Una tentativa de este orden parte de una repulsa de la literatura; repulsa parcial puesto que se apoya en la palabra, pero que debe velar en cada operación que emprendan autor y lector. Así, usar la novela como se usa un revólver para defender la paz, cambiando su signo. Tomar de la literatura eso que es puente vivo de hombre a hombre, y que el tratado o el ensayo solo permiten entre especialistas. Una narrativa que no sea pretexto para la transmisión de un "mensaje" (no hay mensaje, hay mensajeros y eso es el mensaje, así como el amor es el que ama); una narrativa que actúe como coagulante de vivencias, como catalizadora de nociones confusas y mal entendidas, y que incida en primer término en el que la escribe, para lo cual hay que escribirla como antinovela porque todo orden cerrado dejará sistemáticamente afuera esos anuncios que pueden volvernos mensajeros, acercarnos a nuestros propios límites de los que tan lejos estamos cara a cara.

»Extraña autocreación del autor por su obra. Si de ese magma que es el día, la sumersión en la existencia, queremos potenciar valores que anuncien por fin la antropofanía, ¿qué hacer ya con el puro entendimiento, con la altiva razón razonante? Desde los eleatas hasta la fecha el pensamiento dialéctico ha tenido tiempo de sobra para darnos sus frutos. Los estamos comiendo, son deliciosos, hierven de radiactividad. Y al final del banquete, ¿por qué estamos tan tristes, hermanos de mil novecientos cincuenta y pico?».

Otra nota aparentemente complementaria:

«Situación del lector. En general todo novelista espera de su lector que lo comprenda, participando de su propia experiencia, o que recoja un determinado mensaje y lo encarne. El novelista romántico quiere ser comprendido por sí mismo o a través de sus héroes; el novelista clásico quiere enseñar, dejar una huella en el camino de la historia. 79

»Posibilidad tercera: la de hacer del lector un cómplice, un camarada de camino. Simultaneizarlo, puesto que la lectura abolirá el tiempo del lector y lo trasladará al del autor. Así el lector podría llegar a ser copartícipe y copadeciente de la experiencia por la que pasa el novelista, *en el mismo momento y en la misma forma.* Todo ardid estético es inútil para lograrlo: solo vale la materia en gestación, la inmediatez vivencial (trasmitida por la palabra, es cierto, pero una palabra lo menos estética posible; de ahí la novela "cómica", los *anticlímax,* la ironía, otras tantas flechas indicadoras que apuntan hacia lo otro).

»Para ese lector, *mon semblable, mon frère,* la novela cómica (¿y qué es *Ulysses*?) deberá trascurrir como esos sueños en los que al margen de un acaecer trivial presentimos una carga más grave que no siempre alcanzamos a desentrañar. En ese sentido la novela cómica debe ser de un pudor ejemplar; no engaña al lector, no lo monta a caballo sobre cualquier emoción o cualquier intención, sino que le da algo así como una arcilla significativa, un comienzo de modelado, con huellas de algo que quizá sea colectivo, humano y no individual. Mejor, le da como una fachada, con puertas y ventanas detrás de las cuales se está operando un misterio que el lector cómplice deberá buscar (de ahí la complicidad) y quizá no encontrará (de ahí el copadecimiento). Lo que el autor de esa novela haya logrado para sí mismo, se repetirá (agigantándose, quizá, y eso sería maravilloso) en el lector cómplice. En cuanto al lector-hembra, se quedará con la fachada y ya se sabe que las hay muy bonitas, muy *trompe l'oeil,* y que delante de

79 ellas se pueden seguir representando satisfactoriamente las comedias y las tragedias del *honnête homme.* Con lo cual todo el mundo sale contento, y a los que protesten que los agarre el beriberi».

(-22)

80

Cuando acabo de cortarme las uñas o lavarme la cabeza, o simplemente ahora que, mientras escribo, oigo un gorgoteo en mi estómago,

me vuelve la sensación de que mi cuerpo se ha quedado atrás de mí (no reincido en dualismos pero distingo entre yo y mis uñas)

y que el cuerpo empieza a andarnos mal, que nos falta o nos sobra (depende).

De otro modo: nos mereceríamos ya una máquina mejor. El psicoanálisis muestra cómo la contemplación del cuerpo crea complejos tempranos. (Y Sartre, que en el hecho de que la mujer esté «agujereada» ve implicaciones existenciales que comprometen toda su vida). Duele pensar que vamos delante de este cuerpo, pero que la delantera es ya error y rémora y probable inutilidad, porque estas uñas, este ombligo,

quiero decir otra cosa, casi inasible: que el «alma» (mi yo-no-uñas) es el alma de un cuerpo que no existe. El alma empujó quizá al hombre en su evolución corporal, pero está cansada de tironear y sigue sola adelante. Apenas da dos pasos

se rompe el alma ay porque su verdadero cuerpo no existe y la deja caer plaf.

80

La pobre se vuelve a casa, etcétera, pero esto no es lo que yo En fin.

Larga charla con Traveler sobre la locura. Hablando de los sueños, nos dimos cuenta casi al mismo tiempo que ciertas estructuras soñadas serían formas corrientes de locura a poco que continuaran en la vigilia. Soñando nos es dado ejercitar gratis nuestra aptitud para la locura. Sospechamos al mismo tiempo que toda locura es un sueño que se fija.

Sabiduría del pueblo: «Es un pobre loco, un soñador...».

(-46)

81

Lo propio del sofista, según Aristófanes, es inventar razones nuevas.

Procuremos inventar pasiones nuevas, o reproducir las viejas con pareja intensidad.

Analizo una vez más esta conclusión, de raíz pascaliana: la verdadera creencia está entre la superstición y el libertinaje.

JOSÉ LEZAMA LIMA, *Tratados en La Habana*.

(-74)

82

Morelliana.

¿Por qué escribo esto? No tengo ideas claras, ni siquiera tengo ideas. Hay jirones, impulsos, bloques, y todo busca una forma, entonces entra en juego el ritmo y yo escribo dentro de ese ritmo, escribo por él, movido por él y no por eso que llaman el pensamiento y que hace la prosa, literaria u otra. Hay primero una situación confusa, que solo puede definirse en la palabra; de esa penumbra parto, y si lo que quiero decir (si lo que quiere *decirse*) tiene suficiente fuerza, inmediatamente se inicia el *swing*, un balanceo rítmico que me saca a la superficie, lo ilumina todo, conjuga esa materia confusa y el que la padece en una tercera instancia clara y como fatal: la frase, el párrafo, la página, el capítulo, el libro. Ese balanceo, ese *swing* en el que se va informando la materia confusa, es para mí la única certidumbre de su necesidad, porque apenas cesa comprendo que no tengo ya nada que decir. Y también es la única recompensa de mi trabajo: sentir que lo que he escrito es como un lomo de gato bajo la caricia, con chispas y un arquearse cadencioso. Así por la escritura bajo al volcán, me acerco a las Madres, me conecto con el Centro —sea lo que sea—. Escribir es dibu-

jar mi mandala y a la vez recorrerlo, inventar la purifica- 82
ción purificándose; tarea de pobre chamán blanco con calzoncillos de nailon.

(-99)

83

La invención del alma por el hombre se insinúa cada vez que surge el sentimiento del cuerpo como parásito, como gusano adherido al yo. Basta sentirse vivir (y no solamente vivir como aceptación, como cosa-que-está-bien-que-ocurra) para que aun lo más próximo y querido del cuerpo, por ejemplo la mano derecha, sea de pronto un objeto que participa repugnantemente de la doble condición de no ser yo y de estarme adherido.

Trago la sopa. Después, en medio de una lectura, pienso: «La sopa está *en mí,* la tengo en esa bolsa que no veré jamás, mi estómago». Palpo con dos dedos y siento el bulto, el removerse de la comida ahí dentro. Y yo soy eso, un saco con comida adentro.

Entonces nace el alma: «No, yo no soy eso».

Ahora que (seamos honestos por una vez)

sí, yo soy eso. Con una escapatoria muy bonita para uso de delicados: «Yo soy *también eso*». O un escaloncito más: «Yo soy *en* eso».

Leo *The Waves,* esa puntilla cineraria, fábula de espumas. A treinta centímetros por debajo de mis ojos, una sopa se mueve lentamente en mi bolsa estomacal, un pelo crece en mi muslo, un quiste sebáceo surge imperceptible en mi espalda.

83

Al final de lo que Balzac hubiese llamado una orgía, cierto individuo nada metafísico me dijo, creyendo hacer un chiste, que defecar le causaba una impresión de irrealidad. Me acuerdo de sus palabras: «Te levantás, te das vuelta y mirás, y entonces decís: *¿Pero esto lo hice yo?*».

(Como el verso de Lorca: «Sin remedio, hijo mío, ¡vomita! No hay remedio». Y creo que también Swift, loco: «Pero, Celia, Celia, Celia defeca»).

Sobre el dolor físico como aguijón metafísico abunda la escritura. A mí todo dolor me ataca con arma doble: hace sentir como nunca el divorcio entre mi yo y mi cuerpo (y su falsedad, su invención consoladora) y a la vez me acerca mi cuerpo, *me lo pone* como dolor. Lo siento más mío que el placer o la mera cenestesia. Es realmente un *lazo.* Si supiera dibujar mostraría alegóricamente el dolor ahuyentando al alma del cuerpo, pero a la vez daría la impresión de que todo es falso: meros modos de un complejo cuya unidad está en no tenerla.

(-142)

84

Vagando por el Quai des Célestins piso unas hojas secas y cuando levanto una y la miro bien la veo llena de polvo de oro viejo, con por debajo unas tierras profundas como el perfume musgoso que se me pega en la mano. Por todo eso traigo las hojas secas a mi pieza y las sujeto en la pantalla de una lámpara. Viene Ossip, se queda dos horas y ni siquiera mira la lámpara. Al otro día aparece Etienne, y todavía con la boina en la mano, *Dis donc, c'est épatant, ça!,* y levanta la lámpara, estudia las hojas, se entusiasma, Durero, las nervaduras, etcétera.

Una misma situación y dos versiones... Me quedo pensando en todas las hojas que no veré yo, el juntador de hojas secas, en tanta cosa que habrá en el aire y que no ven estos ojos, pobres murciélagos de novelas y cines y flores disecadas. Por todos lados habrá lámparas, habrá hojas que no veré.

Y así, *de feuille en aiguile,* pienso en esos estados excepcionales en que por un instante se adivinan las hojas y las lámparas invisibles, se las siente en un aire que está fuera del espacio. Es muy simple, toda exaltación o depresión me empuja a un estado propicio a

lo llamaré paravisiones

es decir (lo malo es eso, decirlo) 84

una aptitud instantánea para salirme, para de pronto desde fuera aprehenderme, o de dentro pero en otro plano,

como si yo fuera alguien que me está mirando

(mejor todavía —porque en realidad no me veo—: como alguien que me está viviendo).

No dura nada, dos pasos en la calle, el tiempo de respirar profundamente (a veces al despertarse dura un poco más, pero entonces es fabuloso)

y en ese instante sé *lo que soy* porque estoy exactamente sabiendo *lo que no soy* (eso que ignoraré luego astutamente). Pero no hay palabras para una materia entre palabra y visión pura, como un bloque de evidencia. Imposible objetivar, precisar esa defectividad que aprehendí en el instante y que era *clara ausencia* o claro error o clara insuficiencia, pero

sin saber *de qué, qué.*

Otra manera de tratar de decirlo: Cuando es eso, ya no estoy mirando hacia el mundo, de mí a lo otro, sino que por un segundo soy el mundo, el plano de fuera, *lo demás mirándome.* Me veo como pueden verme los otros. Es inapreciable: por eso dura apenas. Mido mi defectividad, advierto todo lo que por ausencia o defecto no nos vemos nunca. Veo lo que no soy. Por ejemplo (esto lo armo de vuelta, pero sale de ahí): hay enormes zonas a las que no he llegado nunca, y lo que no se ha conocido es lo que no se es. Ansiedad por echar a correr, entrar en una casa, en esa tienda, saltar a un tren, devorar todo Jouhandeau, saber alemán, conocer Aurangabad... Ejemplos localizados y lamentables pero que pueden dar una idea (¿una *idea*?).

Otra manera de querer decirlo: Lo defectivo se siente más como una pobreza intuitiva que como una mera falta de experiencia. Realmente no me aflige gran cosa no haber

84 leído todo Jouhandeau, a lo sumo la melancolía de una vida demasiado corta para tantas bibliotecas, etcétera. La falta de experiencia es inevitable, si leo a Joyce estoy sacrificando automáticamente otro libro y viceversa, etcétera. La sensación de falta es más aguda en

Es un poco así: hay líneas de aire a los lados de tu cabeza, de tu mirada,

zonas de detención de tus ojos, tu olfato, tu gusto,

es decir que andás con tu límite *por fuera*

y más allá de ese límite no podés llegar cuando creés que has aprehendido plenamente cualquier cosa, la cosa lo mismo que un iceberg tiene un pedacito por fuera y te lo muestra, y el resto enorme está más allá de tu límite y así es como se hundió el *Titanic*. Heste Holiveira siempre con sus hejemplos.

Seamos serios. Ossip no vio las hojas secas en la lámpara simplemente porque su límite está más acá de lo que significaba esa lámpara. Etienne las vio perfectamente, pero en cambio su límite no le dejó ver que yo estaba amargo y sin saber qué hacer por lo de Pola. Ossip se dio inmediatamente cuenta, y me lo hizo notar. Así vamos todos.

Imagino al hombre como una ameba que tira seudópodos para alcanzar y envolver su alimento. Hay seudópodos largos y cortos, movimientos, rodeos. Un día eso se *fija* (lo que llaman la madurez, el hombre hecho y derecho). Por un lado alcanza lejos, por otro no ve una lámpara a dos pasos. Y ya no hay nada que hacer, como dicen los reos, uno es favorito de esto o de aquello. En esa forma el tipo va viviendo bastante convencido de que no se le escapa nada interesante, hasta que un instantáneo corrimiento a un costado le muestra por un segundo, sin por desgracia darle tiempo a *saber qué,*

le muestra su parcelado ser, sus seudópodos irregulares,

la sospecha de que más allá, donde ahora veo el aire limpio, 84
o en esta indecisión, en la encrucijada de la opción,
yo mismo, en el resto de la realidad que ignoro
me estoy esperando inútilmente.

(Suite)

Individuos como Goethe no debieron abundar en experiencias de este tipo. Por aptitud o decisión (el genio es elegirse genial y *acertar*) están con los seudópodos tendidos al máximo en todas direcciones. Abarcan con un diámetro uniforme, su límite es su piel proyectada espiritualmente a enorme distancia. No parece que necesiten desear lo que empieza (o continúa) más allá de su enorme esfera. Por eso son clásicos, che.

A la ameba *uso nostro* lo desconocido se le acerca por todas partes. Puedo saber mucho o vivir mucho en un sentido dado, pero entonces *lo otro* se arrima por el lado de mis carencias y me rasca la cabeza con su uña fría. Lo malo es que me rasca cuando no me pica, y a la hora de la comezón —cuando quisiera conocer—, todo lo que me rodea está tan plantado, tan ubicado, tan completo y macizo y etiquetado, que llego a creer que soñaba, que estoy bien así, que me defiendo bastante y que no debo dejarme llevar por la imaginación.

(Última *suite*)

Se ha elogiado en exceso la imaginación. La pobre no puede ir un centímetro más allá del límite de los seudópodos. Hacia acá, gran variedad y vivacidad. Pero en el otro espacio, donde sopla el viento cósmico que Rilke sentía pasar sobre su cabeza, Dame Imagination no corre. *Ho detto.*

(-4)

85

Las vidas que terminan como los artículos literarios de periódicos y revistas, tan fastuosos en la primera plana y rematando en una cola desvaída, allá por la página treinta y dos, entre avisos de remate y tubos de dentífrico.

(-150)

86

Los del Club, con dos excepciones, sostenían que era más fácil entender a Morelli por sus citas que por sus meandros personales. Wong insistió hasta su partida de Francia (la policía no quiso renovarle la *carte de séjour*) que no valía la pena seguir molestándose en champollionizar las rosetas del viejo, una vez localizadas las dos citas siguientes, ambas de Pauwels y Bergier:

«Quizá haya un lugar en el hombre desde donde pueda percibirse la realidad entera. Esta hipótesis parece delirante. Auguste Comte declaraba que jamás se conocería la composición química de una estrella. Al año siguiente, Bunsen inventaba el espectroscopio.

....

»El lenguaje, al igual que el pensamiento, procede del funcionamiento aritmético binario de nuestro cerebro. Clasificamos en sí y no, en positivo y negativo. [...] Lo único que prueba mi lenguaje es la lentitud de una visión del mundo limitada a lo binario. Esta insuficiencia del lenguaje es evidente, y se la deplora vivamente. ¿Pero qué decir de la insuficiencia de la inteligencia bina-

86 ria en sí misma? La existencia interna, la esencia de las cosas se le escapa. Puede descubrir que la luz es continua y discontinua a la vez, que la molécula de la bencina establece entre sus seis átomos relaciones dobles y que sin embargo se excluyen mutuamente; lo admite, pero no puede comprenderlo, no puede incorporar a su propia estructura la realidad de las estructuras profundas que examina. Para conseguirlo, debería cambiar de estado, sería necesario que otras máquinas que las usuales se pusieran a funcionar en el cerebro, que el razonamiento binario fuese sustituido por una conciencia analógica que asumiera las formas y asimilara los ritmos inconcebibles de esas estructuras profundas...».

Le matin des magiciens.

(-78)

87

En el 32, Ellington grabó *Baby When You Ain't There,* uno de sus temas menos alabados y al que el fiel Barry Ulanov no dedica mención especial. Con voz curiosamente seca canta Cootie Williams los versos:

I get the blues down North,
The blues down South,
Blues anywhere,
I get the blues down East,
Blues down West,
Blues anywhere.
I get the blues very well
O my baby when you ain't there
ain't there ain't there—

¿Por qué, a ciertas horas, es tan necesario decir: «Amé esto»? Amé unos *blues,* una imagen en la calle, un pobre río seco del norte. Dar testimonio, luchar contra la nada que nos barrerá. Así quedan todavía en el aire del alma esas pequeñas cosas, un gorrioncito que fue de Lesbia, unos *blues* que ocupan en el recuerdo el sitio menudo de los perfumes, las estampas y los pisapapeles.

(-105)

88

—Che, pero si movés así la pierna te voy a clavar la aguja en las costillas —dijo Traveler.

—Seguime contando eso del colorado del amarillo —dijo Oliveira—. Con los ojos tapados es como un calidoscopio.

—El colorado del amarillo —dijo Traveler, frotándole el muslo con un algodón— está a cargo de la corporación nacional de agentes comisionados en las especies correspondientes.

—Animales de pelaje amarillo, vegetales de flor amarilla y minerales de aspecto amarillo —recitó obedientemente Oliveira—. ¿Por qué no? Al fin y al cabo aquí el jueves es el día de moda, el domingo no se trabaja, las metamorfosis entre la mañana y la tarde del sábado son extraordinarias, y la gente tan tranquila. Me estás haciendo doler que da miedo. ¿Es algún metal de aspecto amarillo, o qué?

—Agua destilada —dijo Traveler—. Para que te creas que es morfina. Tenés mucha razón, el mundo de Ceferino solo les puede parecer raro a los tipos que creen en sus instituciones con prescindencia de las ajenas. Si se piensa en todo lo que cambia apenas dejás el cordón de la vereda y das tres pasos en la calzada...

88

—Como pasar del colorado del amarillo al colorado del pampa —dijo Oliveira—. Esto da un poco de sueño, che.

—El agua es soporífera. Si fuera por mí te hubiera inyectado nebiolo y estarías lo más despierto.

—Explicame una cosa antes de que me duerma.

—Dudo de que te duermas, pero dale nomás.

(-72)

89

Había dos cartas del licenciado Juan Cuevas, pero era materia de polémica el orden en que debían leerse. La primera constituía la exposición poética de lo que él llamaba «soberanía mundial»; la segunda, también dictada a un mecanógrafo del portal de Santo Domingo, se desquitaba del obligado recato de la primera:

> Pueden sacar de la presente carta todas las copias que deseen, especialmente para los miembros de la ONU y gobiernos del mundo, que son puros cerdos y chacalazos internacionales. Por otra parte, el portal de Santo Domingo es la tragedia de los ruidos, pero por otra parte me gusta, porque aquí vengo a tirar las piedras más grandes de la historia.

Entre las piedras figuraban las siguientes:

> El Papa Romano es el cerdo más grande de la historia, pero de ninguna manera el representante de Dios; el clericalismo romano es la pura mierda de Satanás; todos los templos clericales romanos deben ser arrasados por completo, para que esplenda la luz del Cristo, no solamente en lo profundo de los corazones humanos, sino transparentada en la luz universal de Dios, y digo todo esto,

porque la carta anterior la hice delante de una señorita muy amable, en donde no pude decir ciertos disparates, que me miraba con una mirada muy lánguida. 89

¡Caballeresco licenciado! Enemigo acérrimo de Kant, insistía en «humanizar la filosofía actual del mundo», tras de lo cual decretaba:

Y que la novela sea más bien psicopsiquiátrica, es decir, que los elementos realmente espirituales del alma se constituyan como elementos científicos de la verdadera psiquiatría universal...

Abandonando por momentos un arsenal dialéctico considerable, entreveía el reino de la religión mundial:

Pero siempre que la humanidad se encarrile por los dos mandamientos universales; y hasta las piedras duras del mundo, tórnanse cera sedosa de luz iluminada...

Poeta, y de los buenos.

Las voces de todas las piedras del mundo resuenan en todas las cataratas y barrancas del mundo, con hilillos de voces de plata, ocasión infinita de amar a las mujeres y a Dios...

De golpe, la visión arquetípica invadiendo y derramándose:

El Cosmos de la Tierra, interior como la imagen mental universal de Dios, que más tarde se había de tornar materia condensada, está simbolizado en el Antiguo Testamento por aquel arcángel que voltea la cabeza y ve un mundo obscuro de luces, claro que literalmente no puedo recordar párrafos del Antiguo Testamento, pero

89 más o menos ahí va la cosa: es como si el rostro del Universo se tornara la misma luz de la Tierra, y quedara como órbita de energía universal, alrededor del sol... Del mismo modo la Humanidad entera y sus pueblos han de voltear sus cuerpos, sus almas y sus cabezas... Es el Universo y toda la Tierra que se vuelven al Cristo, poniendo a sus pies todas las leyes de la Tierra...

Y entonces,

... solamente queda como una luz universal de lámparas iguales, iluminando el corazón más profundo de los pueblos...

Lo malo era que, de golpe,

Señoras y señores: La presente carta la estoy haciendo en medio de un ruido espantoso. Y sin embargo aquí le vamos dando; es que ustedes todavía no se dan cuenta de que para que la soberanía mundial se escriba (?) de una manera más perfecta y que tenga realmente alcances universales de entendimiento, por lo menos he de merecer de ustedes que me ayuden amplísimamente para que cada renglón y cada letra estén en su lugar, y no este relajo de hijos de hijos de hijo de la chingada madre de todas las madres; chinguen a su madre todos los ruidos.

¿Pero qué importaba? A renglón seguido era otra vez el éxtasis:

¡Qué prestancia de universos! Que florecen como luz espiritual de rosas encantadoras en el corazón de todos los pueblos...

Y la carta iba a terminar floralmente, aunque con curiosos injertos de último minuto:

89

... Parece que se clarifica todo el Universo, como luz de Cristo universal, en cada flor humana, de pétalos infinitos que alumbran eternamente por todos los caminos de la Tierra: así queda clarificada en la luz de la Soberanía Mundial dicen que tú ya no me quieres, porque tienes otras mañas. — Muy atentamente. México, D. F., 20 septiembre 1956—. 5 de mayo 32, int. 111.—Edif. París. Lic. JUAN CUEVAS.

(-53)

90

En esos días andaba caviloso, y la mala costumbre de rumiar largo cada cosa se le hacía cuesta arriba pero inevitable. Había estado dándole vueltas al gran asunto, y la incomodidad en que vivía por culpa de la Maga y de Rocamadour lo incitaba a analizar con creciente violencia la encrucijada en que se sentía metido. En esos casos Oliveira agarraba una hoja de papel y escribía las grandes palabras por las que iba resbalando su rumia. Escribía, por ejemplo: «El gran hasunto», o «la hencrucijada». Era suficiente para ponerse a reír y cebar otro mate con más ganas. «La hunidad», hescribía Holiveira. «El hego y el hotro». Usaba las haches como otros la penicilina. Después volvía más despacio al asunto, se sentía mejor. «Lo himportante es no hinflarse», se decía Holiveira. A partir de esos momentos se sentía capaz de pensar sin que las palabras le jugaran sucio. Apenas un progreso metódico porque el gran asunto seguía invulnerable. «¿Quién te iba a decir, pibe, que acabarías metafísico?», se interpelaba Oliveira. «Hay que resistirse al ropero de tres cuerpos, che, conformate con la mesita de luz del insomnio cotidiano». Ronald había venido a proponerle que lo acompañara en unas confusas actividades políticas, y durante toda la noche (la Maga no había traído todavía a Rocamadour del campo) habían discutido como Arjuna y el Cochero, la acción y la pasividad, las razones de arriesgar el presente por el futuro, la parte de chantaje de toda acción con un fin social, en la medida en que el riesgo corrido sirve por lo menos para paliar la mala conciencia individual, las canallerías personales de todos los días. Ronald había acabado por irse cabizbajo, sin convencer a Oliveira de que era necesario apoyar con la acción a los rebeldes argelinos. El mal gusto en la boca le había durado todo el día a Oliveira, porque había sido más fácil decirle que no a Ronald que a sí mismo. De una sola cosa estaba bastante seguro, y era que no podía renunciar sin traición a la pasiva espera a la que vivía entregado desde su venida a París. Ceder a la generosidad fácil y largarse a pegar carteles clandestinos en las calles le parecía una explicación mundana, un arreglo de cuentas con los amigos que apreciarían su coraje, más que una verdadera respuesta a las grandes preguntas. Midiendo la cosa desde lo temporal y lo absoluto, sentía que erraba en el primer caso y acertaba en el segundo. Hacía mal en no luchar por la independencia argelina, o contra el antisemitismo o el racismo. Hacía bien en negarse al fácil estupefaciente de la acción colectiva y quedarse otra vez solo frente al mate amargo, pensando en el gran asunto, dándole vueltas como un ovillo donde no se ve la punta o donde hay cuatro o cinco puntas. 90

Estaba bien, sí, pero además había que reconocer que su carácter era como un pie que aplastaba toda dialéctica de la acción al modo de la *Bhagavadgita*. Entre cebar el mate y que se lo cebara la Maga no había duda posible. Pero todo era escindible y admitía enseguida una interpretación antagónica: a carácter pasivo correspondía una máxima libertad y disponibilidad, la perezosa ausencia de

90 principios y convicciones lo volvía más sensible a la condición axial de la vida (lo que se llama un tipo veleta), capaz de rechazar por haraganería pero a la vez de llenar el hueco dejado por el rechazo con un contenido libremente escogido por una conciencia o un instinto más abiertos, más ecuménicos por decirlo así.

«Más hecuménicos», anotó prudentemente Oliveira.

Además, ¿cuál era la verdadera moral de la acción? Una acción social como la de los sindicalistas se justificaba de sobra en el terreno histórico. Felices los que vivían y dormían en la historia. Una abnegación se justificaba casi siempre como una actitud de raíz religiosa. Felices los que amaban al prójimo como a sí mismos. En todos los casos Oliveira rechazaba esa salida del yo, esa invasión magnánima del redil ajeno, bumerán ontológico destinado a enriquecer en última instancia al que lo soltaba, a darle más humanidad, más santidad. Siempre se es santo a costa de otro, etc. No tenía nada que objetar a esa acción en sí, pero la apartaba desconfiado de su conducta personal. Sospechaba la traición apenas cediera a los carteles en las calles o a las actividades de carácter social; una traición vestida de trabajo satisfactorio, de alegrías cotidianas, de conciencia satisfecha, de deber cumplido. Conocía de sobra a algunos comunistas de Buenos Aires y de París, capaces de las peores vilezas pero rescatados en su propia opinión por «la lucha», por tener que levantarse a mitad de la cena para correr a una reunión o completar una tarea. En esas gentes la acción social se parecía demasiado a una coartada, como los hijos suelen ser la coartada de las madres para no hacer nada que valga la pena en esta vida, como la erudición con anteojeras sirve para no enterarse de que en la cárcel de la otra cuadra siguen guillotinando a tipos que no deberían ser guillotinados. La falsa acción era casi siempre la más

espectacular, la que desencadenaba el respeto, el prestigio 90
y las hestatuas hecuestres. Fácil de calzar como un par de zapatillas, podía incluso llegar a ser meritoria («al fin y al cabo estaría tan bien que los argelinos se independizaran y que todos ayudáramos un poco», se decía Oliveira); la traición era de otro orden, era como siempre la renuncia al centro, la instalación en la periferia, la maravillosa alegría de la hermandad con otros hombres embarcados en la misma acción. Allí donde cierto tipo humano podía realizarse como héroe, Oliveira se sabía condenado a la peor de las comedias. Entonces valía más pecar por omisión que por comisión. Ser actor significaba renunciar a la platea, y él parecía nacido para ser espectador en fila uno. «Lo malo», se decía Oliveira, «es que además pretendo ser un espectador activo y ahí empieza la cosa».

Hespectador hactivo. Había que hanalizar despacio el hasunto. Por el momento ciertos cuadros, ciertas mujeres, ciertos poemas, le daban una esperanza de alcanzar alguna vez una zona desde donde le fuera posible aceptarse con menos asco y menos desconfianza que por el momento. Tenía la ventaja nada despreciable de que sus peores defectos tendían a servirle en eso que no era un camino sino la búsqueda de un alto previo a todo camino. «Mi fuerza está en mi debilidad», pensó Oliveira. «Las grandes decisiones las he tomado siempre como máscaras de fuga». La mayoría de sus empresas (de sus hempresas) culminaban *not with a bang but a whimper*; las grandes rupturas, los *bang* sin vuelta eran mordiscos de rata acorralada y nada más. Lo otro giraba ceremoniosamente, resolviéndose en tiempo o en espacio o en comportamiento, sin violencia, por cansancio —como el fin de sus aventuras sentimentales— o por una lenta retirada como cuando se empieza a visitar cada vez menos a un amigo, leer cada vez menos a un poeta,

90 ir cada vez menos a un café, dosando suavemente la nada para no lastimarse.

«A mí en realidad no me puede suceder ni medio» pensaba Oliveira. «No me va a caer jamás una maceta en el coco». ¿Por qué entonces la inquietud, si no era la manida atracción de los contrarios, la nostalgia de la vocación y la acción? Un análisis de la inquietud, en la medida de lo posible, aludía siempre a una descolocación, a una excentración con respecto a una especie de orden que Oliveira era incapaz de precisar. Se sabía espectador al margen del espectáculo, como estar en un teatro con los ojos vendados: a veces le llegaba el sentido segundo de alguna palabra, de alguna música, llenándolo de ansiedad porque era capaz de intuir que ahí estaba el sentido primero. En esos momentos se sabía más próximo al centro que muchos que vivían convencidos de ser el eje de la rueda, pero la suya era una proximidad inútil, un instante tantálico que ni siquiera adquiría calidad de suplicio. Alguna vez había creído en el amor como enriquecimiento, exaltación de las potencias intercesoras. Un día se dio cuenta de que sus amores eran impuros porque presuponían esa esperanza, mientras que el verdadero amante amaba sin esperar nada fuera del amor, aceptando ciegamente que el día se volviera más azul y la noche más dulce y el tranvía menos incómodo. «Hasta de la sopa hago una operación dialéctica», pensó Oliveira. De sus amantes acababa por hacer amigas, cómplices en una especial contemplación de la circunstancia. Las mujeres empezaban por adorarlo (realmente lo hadoraban), por admirarlo (una hadmiración hilimitada), después algo les hacía sospechar el vacío, se echaban atrás y él les facilitaba la fuga, les abría la puerta para que se fueran a jugar a otro lado. En dos ocasiones había estado a punto de sentir lástima y dejarles la ilusión

le que lo comprendían, pero algo le decía que su lástima 90
no era auténtica, más bien un recurso barato de su egoísmo
y su pereza y sus costumbres. «La Piedad está liquidando»,
se decía Oliveira y las dejaba irse, se olvidaba pronto de
ellas.

(-20)

91

Los papeles sueltos en la mesa. Una mano (de Wong). Una voz lee despacio, equivocándose, las eles como ganchos, las es incalificables. Apuntes, fichas donde hay una palabra, un verso en cualquier idioma, la cocina del escritor. Otra mano (Ronald). Una voz grave que sabe leer. Saludos en voz baja a Ossip y a Oliveira que llegan contritos (Babs ha ido a abrirles, los ha recibido con un cuchillo en cada mano). Coñac, luz de oro, la leyenda de la profanación de la hostia, un pequeño De Stäel. Las gabardinas se pueden dejar en el dormitorio. Una escultura de (quizá) Brâncuşi. En el fondo del dormitorio, perdida entre un maniquí vestido de húsar y una pila de cajas donde hay alambres y cartones. Las sillas no alcanzan, pero Oliveira trae dos taburetes. Se produce uno de esos silencios comparables, según Gênet, al que observan las gentes bien educadas cuando perciben de pronto, en un salón, el olor de un pedo silencioso. Recién entonces Etienne abre el portafolios y saca los papeles.

—Nos pareció mejor esperarte para clasificarlos —dice—. Entre tanto estuvimos mirando algunas hojas sueltas. Esta bruta tiró un huevo hermosísimo a la basura.

—Estaba podrido —dice Babs.

91

Gregorovius pone una mano que tiembla visiblemente sobre una de las carpetas. Debe hacer mucho frío en la calle, entonces un coñac doble. El color de la luz los calienta, y la carpeta verde, el Club. Oliveira mira el centro de la mesa, la ceniza de su cigarrillo empieza a sumarse a la que llena el cenicero.

(-82)

92

Ahora se daba cuenta de que en los momentos más altos del deseo no había sabido meter la cabeza en la cresta de la ola y pasar a través del fragor fabuloso de la sangre. Querer a la Maga había sido como un rito del que ya no se espera la iluminación; palabras y actos se habían sucedido con una inventiva monotonía, una danza de tarántulas sobre un piso lunado, una viscosa y prolongada manipulación de ecos. Y todo el tiempo él había esperado de esa alegre embriaguez algo como un despertar, un ver mejor lo que lo circundaba, ya fueran los papeles pintados de los hoteles o las razones de cualquiera de sus actos, sin querer comprender que limitarse a esperar abolía toda posibilidad real, como si por adelantado se condenara a un presente estrecho y nimio. Había pasado de la Maga a Pola en un solo acto, sin ofender a la Maga ni ofenderse, sin molestarse en acariciar la rosada oreja de Pola con el nombre excitante de la Maga. Fracasar en Pola era la repetición de innúmeros fracasos, un juego que se pierde al filial pero que ha sido bello jugar, mientras que de la Maga empezaba a salirse resentido, con una conciencia de sarro y un pucho oliendo a madrugada en un rincón de la boca. Por eso llevó a Pola al mismo hotel de la Rue Valette, encon-

traron a la misma vieja que los saludó comprensivamente, 92
qué otra cosa se podía hacer con ese sucio tiempo. Seguía oliendo a blando, a sopa, pero habían limpiado la mancha azul en la alfombra y había sitio para nuevas manchas.

—¿Por qué aquí? —dijo Pola, sorprendida. Miraba el cobertor amarillo, la pieza apagada y mohosa, la pantalla de flecos rosa colgando en lo alto.

—Aquí, o en otra parte...

—Si es por una cuestión de dinero, no había más que decirlo, querido.

—Si es por una cuestión de asco, no hay más que mandarse mudar, tesoro.

—No me da asco. Es feo, simplemente. A lo mejor...

Le había sonreído, como si tratara de comprender. A lo mejor... Su mano encontró la de Oliveira cuando al mismo tiempo se agachaban para levantar el cobertor. Toda esa tarde él asistió otra vez, una vez más, una de tantas veces más, testigo irónico y conmovido de su propio cuerpo, a las sorpresas, los encantos y las decepciones de la ceremonia. Habituado sin saberlo a los ritmos de la Maga, de pronto un nuevo mar, un diferente oleaje lo arrancaba a los automatismos, lo confrontaba, parecía denunciar oscuramente su soledad enredada de simulacros. Encanto y desencanto de pasar de una boca a otra, de buscar con los ojos cerrados un cuello donde la mano ha dormido recogida, y sentir que la curva es diferente, una base más espesa, un tendón que se crispa brevemente con el esfuerzo de incorporarse para besar o morder. Cada momento de su cuerpo frente a un desencuentro delicioso, tener que alargarse un poco más, o bajar la cabeza para encontrar la boca que antes estaba ahí tan cerca, acariciar una cadera más ceñida, incitar a una réplica y no encontrarla, insistir, distraído, hasta darse cuenta de que todo hay que inventarlo otra vez, que

92 el código no ha sido estatuido, que las claves y las cifras van a nacer de nuevo, serán diferentes, responderán a otra cosa. El peso, el olor, el tono de una risa o de una súplica, los tiempos y las precipitaciones, nada coincide siendo igual, todo nace de nuevo siendo inmortal, el amor juega a inventarse, huye de sí mismo para volver en su espiral sobrecogedora, los senos cantan de otro modo, la boca besa más profundamente o como de lejos, y en un momento donde antes había como cólera y angustia es ahora el juego puro, el retozo increíble, o al revés, a la hora en que antes se caía en el sueño, el balbuceo de dulces cosas tontas, ahora hay una tensión, algo incomunicado pero presente que exige incorporarse, algo como una rabia insaciable. Solo el placer en su aletazo último es el mismo; antes y después el mundo se ha hecho pedazos y hay que nombrarlo de nuevo, dedo por dedo, labio por labio, sombra por sombra.

La segunda vez fue en la pieza de Pola, en la Rue Dauphine. Si algunas frases habían podido darle una idea de lo que iba a encontrar, la realidad fue mucho más allá de lo imaginable. Todo estaba en su lugar y había un lugar para cada cosa. La historia del arte contemporáneo se inscribía módicamente en tarjetas postales: un Klee, un Poliakoff, un Picasso (ya con cierta condescendencia bondadosa), un Manessier y un Fautrier. Clavados artísticamente, con un buen cálculo de distancias. En pequeña escala ni el *David* de la Signoria molesta. Una botella de pernod y otra de coñac. En la cama un poncho mexicano. Pola tocaba a veces la guitarra, recuerdo de un amor de altiplanicies. En su pieza se parecía a Michèle Morgan, pero era resueltamente morocha. Dos estantes de libros incluían el cuarteto alejandrino de Durrell, muy leído y anotado, traducciones de Dylan Thomas manchadas de

rouge, números de *Two Cities,* Christiane Rochefort, Blon- 92
din, Sarraute (sin cortar) y algunas NRF. El resto gravitaba en torno a la cama, donde Pola lloró un rato mientras se acordaba de una amiga suicida (fotos, la página arrancada a un diario íntimo, una flor seca). Después a Oliveira no le pareció extraño que Pola se mostrara perversa, que fuese la primera en abrir el camino a las complacencias, que la noche los encontrara como tirados en una playa donde la arena va cediendo lentamente al agua llena de algas. Fue la primera vez que la llamó Pola París, por jugar, y que a ella le gustó y lo repitió, y le mordió la boca murmurando Pola París, como si asumiera el nombre y quisiera merecerlo, polo de París, París de Pola, la luz verdosa del neón encendiéndose y apagándose contra la cortina de rafia amarilla, Pola París, Pola París, la ciudad desnuda con el sexo acordado a la palpitación de la cortina, Pola París, Pola París, cada vez más suya, senos sin sorpresa, la curva del vientre exactamente recorrida por la caricia, sin el ligero desconcierto al llegar al límite antes o después, boca ya encontrada y definida, lengua más pequeña y más aguda, saliva más parca, dientes sin filo, labios que se abrían para que él le tocara las encías, entrara y recorriera cada repliegue tibio donde se olía un poco el coñac y el tabaco.

(-103)

93

Pero el amor, esa palabra... Moralista Horacio, temeroso de pasiones sin una razón de aguas hondas, desconcertado y arisco en la ciudad donde el amor se llama con todos los nombres de todas las calles, de todas las casas, de todos los pisos, de todas las habitaciones, de todas las camas, de todos los sueños, de todos los olvidos o los recuerdos. Amor mío, no te quiero por vos ni por mí ni por los dos juntos, no te quiero porque la sangre me llame a quererte, te quiero porque no sos mía, porque estás del otro lado, ahí donde me invitás a saltar y no puedo dar el salto, porque en lo más profundo de la posesión no estás en mí, no te alcanzo, no paso de tu cuerpo, de tu risa, hay horas en que me atormenta que me ames (cómo te gusta usar el verbo amar, con qué cursilería lo vas dejando caer sobre los platos y las sábanas y los autobuses), me atormenta tu amor que no me sirve de puente porque un puente no se sostiene de un solo lado, jamás Wright ni Le Corbusier van a hacer un puente sostenido de un solo lado, y no me mires con esos ojos de pájaro, para vos la operación del amor es tan sencilla, te curarás antes que yo y eso que me querés como yo no te quiero. Claro que te curarás, porque vivís en la salud, después de mí será cualquier otro, eso se cam-

bia como los corpiños. Tan triste oyendo al cínico Horacio 93
que quiere un amor pasaporte, amor pasamontañas, amor llave, amor revólver, amor que le dé los mil ojos de Argos, la ubicuidad, el silencio desde donde la música es posible, la raíz desde donde se podría empezar a tejer una lengua. Y es tonto porque todo eso duerme un poco en vos, no habría más que sumergirte en un vaso de agua como una flor japonesa y poco a poco empezarían a brotar los pétalos coloreados, se hincharían las formas combadas, crecería la hermosura. Dadora de infinito, yo no sé tomar, perdoname. Me estás alcanzando una manzana y yo he dejado los dientes en la mesa de luz. *Stop,* ya está bien así. También puedo ser grosero, fijate. Pero fijate bien, porque no es gratuito.

¿Por qué *stop*? Por miedo de empezar las fabricaciones, son tan fáciles. Sacás una idea de ahí, un sentimiento del otro estante, los atás con ayuda de palabras, perras negras, y resulta que te quiero. Total parcial: te quiero. Total general: te amo. Así viven muchos amigos míos, sin hablar de un tío y dos primos, convencidos del amor-que-sienten-por-sus-esposas. De la palabra a los actos, che; en general sin verba no hay res. Lo que mucha gente llama amar consiste en elegir a una mujer y casarse con ella. La eligen, te lo juro, los he visto. Como si se pudiese elegir en el amor, como si no fuera un rayo que te parte los huesos y te deja estaqueado en la mitad del patio. Vos dirás que la eligen porque-la-aman, yo creo que es al verse. A Beatriz no se la elige, a Julieta no se la elige. Vos no elegís la lluvia que te va a calar hasta los huesos cuando salís de un concierto. Pero estoy solo en mi pieza, caigo en artilugios de escriba, las perras negras se vengan como pueden, me mordisquean desde abajo de la mesa. ¿Se dice abajo o debajo? Lo mismo te muerden. ¿Por qué, por qué, *pourquoi, why, warum, perchè*

93 este horror a las perras negras? Miralas ahí en ese poema de Nashe, convertidas en abejas. Y ahí, en dos versos de Octavio Paz, muslos del sol, recintos del verano. Pero un mismo cuerpo de mujer es María y la Brinvilliers, los ojos que se nublan mirando un bello ocaso son la misma óptica que se regala con los retorcimientos de un ahorcado. Tengo miedo de ese proxenetismo, de tinta y de voces, mar de lenguas lamiendo el culo del mundo. Miel y leche hay debajo de tu lengua... Sí, pero también está dicho que las moscas muertas hacen heder el perfume del perfumista. En guerra con la palabra, en guerra, todo lo que sea necesario aunque haya que renunciar a la inteligencia, quedarse en el mero pedido de papas fritas y los telegramas Reuter, en las cartas de mi noble hermano y los diálogos del cine. Curioso, muy curioso que Puttenham sintiera las palabras como si fueran objetos, y hasta criaturas con vida propia. También a mí, a veces, me parece estar engendrando ríos de hormigas feroces que se comerán el mundo. Ah, si en el silencio empollara el Roc... Logos *faute éclatante!* Concebir una raza que se expresara por el dibujo, la danza, el macramé o una mímica abstracta. ¿Evitarían las connotaciones, raíz del engaño? *Honneur des hommes,* etcétera. Sí, pero un honor que se deshonra a cada frase, como un burdel de vírgenes si la cosa fuera posible.

Del amor a la filología, estás lucido, Horacio. La culpa la tiene Morelli que te obsesiona, su insensata tentativa te hace entrever una vuelta al paraíso perdido, pobre preadamita de *snack-bar,* de edad de oro envuelta en celofán. *This is a plastic's age, man, a plastic's age.* Olvidate de las perras. Rajá, jauría, tenemos que pensar, lo que se llama pensar, es decir sentir, situarse y confrontarse antes de permitir el paso de la más pequeña oración principal o subordinada. París es un centro, entendés, un mandala que hay que re-

correr sin dialéctica, un laberinto donde las fórmulas prag- 93
máticas no sirven más que para perderse. Entonces un *cogito* que sea como respirar París, entrar en él dejándolo entrar, neuma y no logos. Argentino compadrón, desembarcando con la suficiencia de una cultura de tres por cinco, entendido en todo, al día en todo, con un buen gusto aceptable, la historia de la raza humana bien sabida, los períodos artísticos, el románico y el gótico, las corrientes filosóficas, las tensiones políticas, la Shell Mex, la acción y la reflexión, el compromiso y la libertad, Piero della Francesca y Anton Webern, la tecnología bien catalogada, Lettera 22, Fiat 1600, Juan XXIII. Qué bien, qué bien. Era una pequeña librería de la Rue du Cherche-Midi, era un aire suave de pausados giros, era la tarde y la hora, era del año la estación florida, era el Verbo (en el principio), era un hombre que se creía un hombre. Qué burrada infinita, madre mía. Y ella salió de la librería (recién ahora me doy cuenta de que era como una metáfora, ella saliendo nada menos que de una librería) y cambiamos dos palabras y nos fuimos a tomar una copa de *pelure d'oignon* a un café de Sèvres-Babylone (hablando de metáforas, yo delicada porcelana recién desembarcada, HANDLE WITH CARE, y ella Babilonia, raíz de tiempo, cosa anterior, *primeval being*, terror y delicia de los comienzos, romanticismo de Atala pero con un tigre auténtico esperando detrás del árbol). Y así Sèvres se fue con Babylone a tomar un vaso de *pelure d'oignon*, nos mirábamos y yo creo que ya empezábamos a desearnos (pero eso fue más tarde, en la Rue Réaumur) y sobrevino un diálogo memorable, absolutamente recubierto de malentendidos, de desajustes que se resolvían en vagos silencios, hasta que las manos empezaron a tallar, era dulce acariciarse las manos mirándose y sonriendo, encendíamos los Gauloises el uno en el pucho del otro, nos fro-

93 tábamos con los ojos, estábamos tan de acuerdo en todo que era una vergüenza, París danzaba afuera esperándonos, apenas habíamos desembarcado, apenas vivíamos, todo estaba ahí sin nombre y sin historia (sobre todo para Babylone, y el pobre Sèvres hacía un enorme esfuerzo, fascinado por esa manera Babylone de mirar lo gótico sin ponerle etiquetas, de andar por las orillas del río sin ver remontar los *drakens* normandos). Al despedirnos éramos como dos chicos que se han hecho estrepitosamente amigos en una fiesta de cumpleaños y se siguen mirando mientras los padres los tiran de la mano y los arrastran, y es un dolor dulce y una esperanza, y se sabe que uno se llama Tony y la otra Lulú, y basta para que el corazón sea como una frutilla, y...

Horacio, Horacio.

Merde, alors. ¿Por qué no? Hablo de entonces, de Sèvres-Babylone, no de este balance elegíaco en que ya sabemos que el juego está jugado.

(-68)

94

Morelliana.

Una prosa puede corromperse como un bife de lomo. Asisto hace años a los signos de podredumbre en mi escritura. Como yo, hace sus anginas, sus ictericias, sus apendicitis, pero me excede en el camino de la disolución final. Después de todo podrirse significa terminar con la impureza de los compuestos y devolver sus derechos al sodio, al magnesio, al carbono químicamente puros. Mi prosa se pudre sintácticamente y avanza —con tanto trabajo— hacia la simplicidad. Creo que por eso ya no sé escribir «coherente»; un encabritamiento verbal me deja de a pie a los pocos pasos. *Fixer des vertiges,* qué bien. Pero yo siento que debería fijar elementos. El poema está para eso, y ciertas situaciones de novela o cuento o teatro. Lo demás es tarea de relleno y me sale mal.

—Sí, pero los elementos ¿son lo esencial? Fijar el carbono vale menos que fijar la historia de los Guermantes.

—Creo oscuramente que los elementos a que apunto son un término de la *composición*. Se invierte el punto de vista de la química escolar. Cuando la composición ha llegado a su extremo límite, se abre el territorio de lo elemental. Fijarlos y, si es posible, serlos.

(-91)

95

En una que otra nota, Morelli se había mostrado curiosamente explícito acerca de sus intenciones. Dando muestra de un extraño anacronismo, se interesaba por estudios o desestudios tales como el budismo zen, que en esos años era la urticaria de la *beat generation*. El anacronismo no estaba en eso sino en que Morelli parecía mucho más radical y más joven en sus exigencias espirituales que los jóvenes californianos borrachos de palabras sánscritas y cerveza en lata. Una de las notas aludía suzukianamente al lenguaje como una especie de exclamación o grito surgido directamente de la experiencia interior. Seguían varios ejemplos de diálogos entre maestros y discípulos, por completo ininteligibles para el oído racional y para toda lógica dualista y binaria, así como de respuestas de los maestros a las preguntas de sus discípulos, consistentes por lo común en descargarles un bastón en la cabeza, echarles un jarro de agua, expulsarlos a empellones de la casa o, en el mejor de los casos, repetirles la pregunta en la cara. Morelli parecía moverse a gusto en ese universo aparentemente demencial, y dar por supuesto que esas conductas magistrales constituían la verdadera lección, el único *modo* de abrir el ojo espiritual del discípulo y revelarte la verdad. Esa violenta irracionalidad le parecía *natural,* en el sentido de que abolía las estructuras que constituyen la especialidad del Occidente, los ejes donde pivota el entendimiento histórico del hombre y que tienen en el pensamiento discursivo (e incluso en el sentimiento estético y hasta poético) su instrumento de elección. 95

El tono de las notas (apuntes con vistas a una mnemotecnia o a un fin no bien explicado) parecía indicar que Morelli estaba lanzado a una aventura análoga en la obra que penosamente había venido escribiendo y publicando en esos años. Para algunos de sus lectores (y para él mismo) resultaba irrisoria la intención de escribir una especie de novela prescindiendo de las articulaciones lógicas del discurso. Se acababa por adivinar como una transacción, un procedimiento (aunque quedara en pie el absurdo de elegir una narración para fines que no parecían narrativos).*

(-146)

---

* ¿Por qué no? La pregunta se la hacía el mismo Morelli en un papel cuadriculado en cuyo margen había una lista de legumbres, probablemente un *memento buffandi.* Los profetas, los místicos, la noche oscura del alma: utilización frecuente del relato en forma de apólogo o visión. Claro que una novela... Pero ese escándalo nacía más de la manía genérica y clasificatoria del mono occidental que de una verdadera contradicción interna.**

** Sin contar que cuanto más violenta fuera la contradicción interna, más eficacia podría dar a una, digamos, técnica al modo zen. A cambio del bastonazo en la cabeza, una novela absolutamente antinovelesca, con el escándalo y el choque consiguiente, y quizá con una apertura para los más avisados.***

*** Como esperanza de esto último, otro papelito continuaba la cita suzukiana en el sentido de que la comprensión del extraño lenguaje de los maestros significa la comprensión de sí mismo por parte del discípulo y no la del sentido de ese lenguaje. Contrariamente a lo que podría deducir el astuto filósofo europeo, el lenguaje del maestro zen transmite ideas y no sentimientos o intuiciones. Por eso no sirve en cuanto lenguaje en sí, pero como la elección de las frases proviene del maestro, el misterio se cumple en la región que le es propia y el discípulo se abre a sí mismo, se comprende, y la frase pedestre se vuelve llave.****

**** Por eso Etienne, que había estudiado analíticamente los trucos de Morelli (cosa que a Oliveira le hubiera parecido una garantía de fracaso), creía

95

reconocer en ciertos pasajes del libro, incluso en capítulos enteros, una especie de gigantesca amplificación *ad usum homo sapiens* de ciertas bofetadas zen. A esas partes del libro Morelli las llamaba «arquepítulos» y «capetipos», adefesios verbales donde se adivinaba una mezcla no por nada joyciana. En cuanto a lo que tuvieran que hacer ahí los arquetipos, era tema de desasosiego para Wong y Gregorovius.*****

**** Observación de Etienne: De ninguna manera Morelli parecía querer treparse al árbol *bodhi,* al Sinaí o a cualquier plataforma revelatoria. No se proponía actitudes magistrales desde las cuales guiar al lector hacia nuevas y verdes praderas. Sin servilismo (el viejo era de origen italiano y se encaramaba fácilmente al do de pecho, hay que decirlo) escribía como si él mismo, en una tentativa desesperada y conmovedora, imaginara al maestro que debería iluminarlo. Soltaba su frase zen, se quedaba escuchándola —a veces a lo largo de cincuenta páginas, el muy monstruo—, y hubiera sido absurdo y de mala fe sospechar que esas páginas estaban orientadas a un lector. Si Morelli las publicaba era en parte por su lado italiano *(«Ritorna vincitor!»)* y en parte porque estaba encantado de lo vistosas que le resultaban.******

****** Etienne veía en Morelli al perfecto occidental, al colonizador. Cumplida su modesta cosecha de amapolas búdicas, se volvía con las semillas al Quartier Latin. Si la revelación última era lo que quizá lo esperanzaba más, había que reconocer que su libro constituía ante todo una empresa literaria, precisamente porque se proponía como una destrucción de formas (de fórmulas) literarias.*******

******* También era occidental, dicho sea en su alabanza, por la convicción cristiana de que no hay salvación individual posible, y que las faltas del uno manchan a todos y viceversa. Quizá por eso (pálpito de Oliveira) elegía la forma novela para sus andanzas, y además publicaba lo que iba encontrando o desencontrando.

96

La noticia corriócomounreguerodepólvora, y prácticamente todo el Club estaba allí a las diez de la noche. Etienne portador de la llave, Wong inclinándose hasta el suelo para contrarrestar la furiosa recepción de la portera, *mais qu'est-ce qu'ils viennent fiche, non mais vraiment ces étrangers, écoutez, je veux bien vous laisser monter puisque vous dites que vous êtes des amis du vi... de monsieur Morelli, mais quand même il aurait fallu prévenir, quoi, une bande qui s'amène à dix heures du soir, non, vraiment, Gustave, tu devrais parler au syndic, ça devient trop con, etcétera,* Babs armada de lo que Ronald llamaba *the alligator's smile,* Ronald entusiasmado y golpeando a Etienne en la espalda, empujándolo para que se apurara, Perico Romero maldiciendo la literatura, primer piso RODEAU, FOURRURES, segundo piso DOCTEUR, tercer piso HUSSENOT, era demasiado increíble, Ronald metiendo un codo en las costillas de Etienne y hablando mal de Oliveira, *the bloody bastard, just another of his practical jokes I imagine, dis donc, tu vas me foutre la paix, toi,* París no es más que esto, coño, una puñetera escalera atrás de otra, ya está uno más harto de ellas que del quinto carajo. *Si tous les gars du monde...* Wong cerrando la marcha, Wong sonrisa para Gustave, sonrisa para la portera, *bloody bas-*

96 *tard,* coño, *ta gueule, salaud.* En el cuarto piso la puerta de la derecha se abrió unos tres centímetros y Perico vio una gigantesca rata de camisón blanco que espiaba con un ojo y toda la nariz. Antes de que pudiera cerrar otra vez la puerta, calzó un zapato adentro y le recitó aquello de entre las serpientes, el basilisco crio la natura tan ponzoñoso y conquistador de todas las otras, que con su silbo las asombra y con su venida las ahuyenta y desparce, con su vista las mata. Madame René Lavalette, née Francillon, no entendió gran cosa pero contestó con un bufido y un empujón, Perico sacó el zapato 1/8 de segundo antes, PLAF. En el quinto se pararon a mirar cómo Etienne introducía solemnemente la llave.

—No puede ser —repitió por última vez Ronald—. Estamos soñando, como dicen las princesas de la Tour et Taxis. ¿Trajiste la bebida, Babsie? Un óbolo a Caronte, sabés. Ahora se va abrir la puerta y empezarán los prodigios, yo espero cualquier cosa de esta noche, hay como una atmósfera de fin del mundo.

—Casi me destroza el pie la puñetera bruja —dijo Perico mirándose el zapato—. Abre de una vez, hombre, ya estoy de escaleras hasta la coronilla.

Pero la llave no andaba, aunque Wong insinuó que en las ceremonias iniciáticas los movimientos más sencillos se ven trabados por Fuerzas que hay que vencer con Paciencia y

	Astucia. Se apagó la luz. Alguno que sa-
Babs	que el yesquero, coño. *Tu pourrais quand*
	même parler français non? Ton copain
Ronald	*l'argencul n'est pas là pour piger ton chara-*
Etienne	*bia.* Un fósforo, Ronald. Maldita llave,
	se ha herrumbrado, el viejo la guardaba
Etienne	dentro de un vaso con agua. *Mon copain,*
Wong	*mon copain, c'est pas mon copain.* No creo

PERICO que venga. No lo conocés. Mejor que 96
Ronald vos. Qué va. *Wanna bet something? Ah,*
PERICO *merde, mais c'est la tour de Babel, ma parole.*
Amène ton briquet, Fleuve Jaune de mon cul,
Wong *la poisse, quoi*. Los días del Yin hay que
Babs armarse de Paciencia. Dos litros pero del
ETIENNE bueno. Por Dios, que no se te caigan por
ETIENNE la escalera. Me acuerdo de una noche, en
Alabama. Eran las estrellas, mi amor.
Babs Ronald *How funny, you ought to be in the radio*. Ya
Babs Babs está, empieza a dar vueltas, estaba atas-
Ronald cada, el Yin, por supuesto, *stars fell in*
Ronald *Alabama,* me ha dejado el pie hecho una
mierda, otro fósforo, no se ve nada, *où*
ETIENNE & *chorus* *qu'elle est, la minuterie?* No funciona. Al-
guien me está tocando el culo, amor
mío... Sh... Sh... Que entre primero Wong
para exorcizar a los demonios. Oh, de ninguna manera. Dale un empujón, Perico, total es chino.

—A callarse —dijo Ronald—. Esto es otro territorio, lo digo en serio. Si alguien vino a divertirse, que se mande mudar. Dame las botellas, tesoro, siempre acaban por caérsete cuando estás emocionada.

—No me gusta que me anden sobando en la oscuridad —dijo Babs mirando a Perico y a Wong.

Etienne paseó lentamente la mano por el marco interior de la puerta. Esperaron callados a que encontrara la llave de la luz. El departamento era pequeño y polvoriento, las luces bajas y domesticadas lo envolvían en un aire dorado donde el Club primero suspiró con alivio y después se fue a mirar el resto de la casa y se comunicó impresiones en voz baja: la reproducción de la tableta de Ur, la leyenda de la profanación de la hostia (Paolo Uccello *pinxit*), la foto de Pound y

96 de Musil, el cuadrito de De Stäel, la enormidad de libros por las paredes, en el suelo, las mesas, en el water, en la minúscula cocina donde había un huevo frito entre podrido y petrificado, hermosísimo para Etienne, cajón de basura para Babs, ergo discusión sibilada mientras Wong abría respetuoso el *Dissertatio de morbis a fascino et fascino contra morbos,* de Zwinger, Perico subido en un taburete como era su especialidad recorría una ringlera de poetas españoles del Siglo de Oro, examinaba un pequeño astrolabio de estaño y marfil, y Ronald ante la mesa de Morelli se quedaba inmóvil, una botella de coñac debajo de cada brazo, mirando la carpeta de terciopelo verde, exactamente el lugar para que se sentara a escribir Balzac y no Morelli. Entonces era cierto, el viejo había estado viviendo ahí, a dos pasos del Club, y el maldito editor que lo declaraba en Austria o la Costa Brava cada vez que se le pedían las señas por teléfono. Las carpetas a la derecha y a la izquierda, entre veinte y cuarenta, de todos colores, vacías o llenas, y en el medio un cenicero que era como otro archivo de Morelli, un amontonamiento pompeyano de ceniza y fósforos quemados.

—Tiró la naturaleza muerta a la basura —dijo Etienne, rabioso—. Si llega a estar la Maga no le deja un pelo en la cabeza. Pero vos, el marido...

—Mirá —dijo Ronald, mostrándole la mesa para calmarlo—. Y además Babs dijo que estaba podrido, no hay razón para que te empecines. Queda abierta la sesión. Etienne preside, qué le vamos a hacer. ¿Y el argentino?

—Faltan el argentino y el transilvano, Guy que se ha ido al campo, y la Maga que anda vaya a saber por dónde. De todos modos hay cuórum. Wong, redactor de actas.

—Esperamos un rato a Oliveira y a Ossip. Babs, revisora de cuentas.

—Ronald, secretario. A cargo del bar. *Sweet, get some glasses, will you?* 96

—Se pasa a cuarto intermedio —dijo Etienne, sentándose a un lado de la mesa—. El Club se reúne esta noche para cumplir un deseo de Morelli. Mientras llega Oliveira, si llega, bebamos por que el viejo vuelva a sentarse aquí uno de estos días. Madre mía, qué espectáculo penoso. Parecemos una pesadilla que a lo mejor Morelli está soñando en el hospital. Horrible. Que conste en acta.

—Pero entre tanto hablemos de él —dijo Ronald que tenía los ojos llenos de lágrimas naturales y luchaba con el corcho del coñac—. Nunca habrá otra sesión como esta, hace años que yo estaba haciendo el noviciado y no lo sabía. Y vos, Wong, y Perico. Todos. *Damn it, I could cry.* Uno se debe sentir así cuando llega a la cima de una montaña o bate un récord, ese tipo de cosas. *Sorry.*

Etienne le puso la mano en el hombro. Se fueron sentando alrededor de la mesa. Wong apagó las lámparas, salvo la que iluminaba la carpeta verde. Era casi una escena para Eusapia Paladino, pensó Etienne que respetaba el espiritismo. Empezaron a hablar de los libros de Morelli y a beber coñac.

(-94)

97

A Gregorovius, agente de fuerzas heteróclitas, le había interesado una nota de Morelli: «Internarse en una realidad o en un modo posible de una realidad, y sentir cómo aquello que en una primera instancia parecía el absurdo más desaforado llega a valer, a articularse con otras formas absurdas o no, hasta que del tejido divergente (con relación al dibujo estereotipado de cada día) surge y se define un dibujo coherente que solo por comparación temerosa con aquel parecerá insensato o delirante o incomprensible. Sin embargo, ¿no peco por exceso de confianza? Negarse a hacer *psicologías* y osar al mismo tiempo poner a un lector —a un cierto lector, es verdad— en contacto con un mundo *personal,* con una vivencia y una meditación personales... Ese lector carecerá de todo puente, de toda ligazón intermedia, de toda articulación causal. Las cosas en bruto: conductas, resultantes, rupturas, catástrofes, irrisiones. Allí donde debería haber una despedida hay un dibujo en la pared; en vez de un grito, una caña de pescar; una muerte se resuelve en un trío para mandolinas. Y eso es despedida, grito y muerte, pero ¿quién está dispuesto a desplazarse, a desaforarse, a descentrarse, a descubrirse? Las formas exteriores de la novela han cambiado, pero sus héroes siguen siendo los avatares de Tristán, de Jane Eyre, de Lafcadio, de Leopold Bloom, gente de la calle, de la casa, de la alcoba, *caracteres.* Para un héroe como Ulrich (*more* Musil) o Molloy (*more* Beckett), hay quinientos Darley (*more* Durrell). Por lo que me toca, me pregunto si alguna vez conseguiré hacer sentir que el verdadero y único personaje que me interesa es el lector, en la medida en que algo de lo que escribo debería contribuir a mutarlo, a desplazarlo, a extrañarlo, a enajenarlo». Pese a la tácita confesión de derrota de la última frase, Ronald encontraba en esta nota una presunción que le desagradaba. 97

(-18)

98

Y así es como los que nos iluminan son los ciegos.

Así es como alguien, sin saberlo, llega a mostrarte irrefutablemente un camino que por su parte sería incapaz de seguir. La Maga no sabrá nunca cómo su dedo apuntaba hacia la fina raya que triza el espejo, hasta qué punto ciertos silencios, ciertas atenciones absurdas, ciertas carreras de ciempiés deslumbrado eran el santo y seña para mi bien plantado estar en mí mismo, que no era estar en ninguna parte. En fin, eso de la fina raya... Si quieres ser feliz como me dices / No poetices, Horacio, no poetices.

Visto objetivamente: Ella era incapaz de mostrarme nada dentro de mi terreno, incluso en el suyo giraba desconcertada, tanteando, manoteando. Un murciélago frenético, el dibujo de la mosca en el aire de la habitación. De pronto, para mí sentado ahí mirándola, un indicio, un barrunto. Sin que ella lo supiera, la razón de sus lágrimas o el orden de sus compras o su manera de freír las papas eran *signos.* Morelli hablaba de algo así cuando escribía: «Lectura de Heisenberg hasta mediodía, anotaciones, fichas. El niño de la portera me trae el correo, y hablamos de un modelo de avión que está armando en la cocina de su casa. Mientras me cuenta, da dos saltitos sobre el pie izquierdo, tres sobre el derecho, dos sobre el izquierdo. Le pregunto por qué dos y tres, y no dos y dos o tres y tres. Me mira sorprendido, no comprende. Sensación de que Heisenberg y yo estamos del otro lado de un territorio, mientras que el niño sigue todavía a caballo, con un pie en cada uno, sin saberlo, y que pronto no estará más que de nuestro lado y toda comunicación se habrá perdido. ¿Comunicación con qué, para qué? En fin, sigamos leyendo: a lo mejor Heisenberg...». 98

(-38)

99

—No es la primera vez que alude al empobrecimiento del lenguaje —dijo Etienne—. Podría citar varios momentos en que los personajes desconfían de sí mismos en la medida en que se sienten como dibujados por su pensamiento y su discurso, y temen que el dibujo sea engañoso. *Honneur des hommes, Saint Langage...* Estamos lejos de eso.

—No tan lejos —dijo Ronald—. Lo que Morelli quiere es devolverle al lenguaje sus derechos. Habla de expurgarlo, castigarlo, cambiar «descender» por «bajar» como medida higiénica; pero lo que él busca en el fondo es devolverle al verbo «descender» todo su brillo, para que pueda ser usado como yo uso los fósforos y no como un fragmento decorativo, un pedazo de lugar común.

—Sí, pero ese combate se cumple en varios planos —dijo Oliveira saliendo de un largo mutismo—. En lo que acabás de leernos está bien claro que Morelli condena en el lenguaje el reflejo de una óptica y de un *Organum* falsos o incompletos, que nos enmascaran la realidad, la humanidad. A él en el fondo no le importa demasiado el lenguaje, salvo en el plano estético. Pero esa referencia al *ethos* es inequívoca. Morelli entiende que el mero escribir estético es un escamoteo y una mentira, que acaba por suscitar al

lector-hembra, al tipo que no quiere problemas sino solu- 99
ciones, o falsos problemas ajenos que le permiten sufrir cómodamente sentado en su sillón, sin comprometerse en el drama que también debería ser el suyo. En la Argentina, si puedo incurrir en localismos con permiso del Club, ese tipo de escamoteo nos ha tenido de lo más contentos y tranquilos durante un siglo.

—Feliz del que encuentra sus pares, los lectores activos —recitó Wong—. Está en ese papelito azul, en la carpeta veintiuno. Cuando leí por primera vez a Morelli (en Meudon, una película secreta, amigos cubanos) me pareció que todo el libro era la Gran Tortuga patas arriba. Difícil de entender. Morelli es un filósofo extraordinario, aunque sumamente bruto a ratos.

—Como tú —dijo Perico bajándose del taburete y entrando a codazos en el círculo de la mesa—. Todas esas fantasías de corregir el lenguaje son vocaciones de académico, chico, por no decirte de gramático. Descender o bajar, la cuestión es que el personaje se largó escalera abajo y se acabó.

—Perico —dijo Etienne— nos salva de un excesivo confinamiento, de remontar a las abstracciones que a veces le gustan demasiado a Morelli.

—Te diré —dijo Perico conminatorio—. A mí eso de las abstracciones...

El coñac le quemó la garganta a Oliveira, que resbalaba agradecido a la discusión donde por un rato todavía podría perderse. En algún pasaje (no sabía exactamente cuál, tendría que buscarlo) Morelli daba algunas claves sobre un método de composición. Su problema previo era siempre el resecamiento, un horror mallarmeano frente a la página en blanco, coincidente con la necesidad de abrirse paso a toda costa. Inevitable que una parte de su obra fuese una reflexión

99 sobre el problema de escribirla. Se iba alejando así cada vez más de la utilización profesional de la literatura, de ese tipo de cuentos o poemas que le habían valido su prestigio inicial. En algún otro pasaje Morelli decía haber releído con nostalgia y hasta con asombro textos suyos de años atrás. ¿Cómo habían podido brotar esas invenciones, ese desdoblamiento maravilloso pero tan cómodo y tan simplificante de un narrador y su narración? En aquel tiempo había sido como si lo que escribía estuviese ya tendido delante de él, escribir era pasar una Lettera 22 sobre palabras invisibles pero presentes, como el diamante por el surco del disco. Ahora solo podía escribir laboriosamente, examinando a cada paso el posible contrario, la escondida falacia (habría que releer, pensó Oliveira, un curioso pasaje que hacía las delicias de Etienne), sospechando que toda idea clara era siempre error o verdad a medias, desconfiando de las palabras que tendían a organizarse eufónica, rítmicamente, con el ronroneo feliz que hipnotiza al lector después de haber hecho su primera víctima en el escritor mismo. («Sí, pero el verso...». «Sí, pero esta nota en que habla del *swing* que pone en marcha el discurso...»). Por momentos Morelli optaba por una conclusión amargamente simple: no tenía ya nada que decir, los reflejos condicionados de la profesión confundían necesidad con rutina, caso típico de los escritores después de los cincuenta años y los grandes premios. Pero al mismo tiempo sentía que jamás había estado tan deseoso, tan urgido de escribir. ¿Reflejo, rutina, esa ansiedad deliciosa al entablar la batalla consigo mismo, línea a línea? ¿Por qué, enseguida, un contragolpe, la carrera descendente del pistón, la duda acezante, la sequedad, la renuncia?

—Che —dijo Oliveira—, ¿dónde estaba el pasaje de la sola palabra que te gustaba tanto?

—Lo sé de memoria —dijo Etienne—. Es la preposi- 99
ción *si* seguida de una llamada al pie, que a su vez tiene una llamada al pie que a su vez tiene otra llamada al pie. Le estaba diciendo a Perico que las teorías de Morelli no son precisamente originales. Lo que lo hace entrañable es su práctica, la fuerza con que trata de desescribir como él dice, para ganarse el derecho (y ganárselo a todos) de entrar de nuevo con el buen pie en la casa del hombre. Uso sus misma palabras, o muy parecidas.

—Para surrealistas ya ha habido de sobra —dijo Perico.

—No se trata de una empresa de liberación verbal —dijo Etienne—. Los surrealistas creyeron que el verdadero lenguaje y la verdadera realidad estaban censurados y relegados por la estructura racionalista y burguesa del Occidente. Tenían razón, como lo sabe cualquier poeta, pero eso no era más que un momento en la complicada peladura de la banana. Resultado, más de uno se la comió con la cáscara. Los surrealistas se colgaron de las palabras en vez de despegarse brutalmente de ellas, como quisiera hacer Morelli desde la palabra misma. Fanáticos del verbo en estado puro, pitonisos frenéticos, aceptaron cualquier cosa mientras no pareciera excesivamente gramatical. No sospecharon bastante que la creación de todo un lenguaje, aunque termine traicionando su sentido, muestra irrefutablemente la estructura humana, sea la de un chino o la de un piel roja. Lenguaje quiere decir residencia en una realidad, vivencia en una realidad. Aunque sea cierto que el lenguaje que usamos nos traiciona (y Morelli no es el único en gritarlo a todos los vientos) no basta con querer liberarlo de sus tabúes. Hay que re-vivirlo, no re-animarlo.

—Suena solemnísimo —dijo Perico.

—Está en cualquier buen tratado de filosofía —dijo tímidamente Gregorovius, que había hojeado entomoló-

99 gicamente las carpetas y parecía medio dormido—. No se puede revivir el lenguaje si no se empieza por intuir de otra manera casi todo lo que constituye nuestra realidad. Del ser al verbo, no del verbo al ser.

—Intuir —dijo Oliveira— es una de esas palabras que lo mismo sirven para un barrido que para un fregado. No le atribuyamos a Morelli los problemas de Dilthey, de Husserl o de Wittgenstein. Lo único claro en todo lo que ha escrito el viejo es que si seguimos utilizando el lenguaje en su clave corriente, con sus finalidades corrientes, nos moriremos sin haber sabido el verdadero nombre del día. Es casi tonto repetir que nos venden la vida, como decía Malcolm Lowry, que nos la dan prefabricada. También Morelli es casi tonto al insistir en eso, pero Etienne acierta en el clavo: por la práctica el viejo se muestra y nos muestra la salida. ¿Para qué sirve un escritor sino para destruir la literatura? Y nosotros, que no queremos ser lectores-hembra, ¿para qué servimos sino para ayudar en lo posible a esa destrucción?

—¿Pero y después, qué vamos a hacer después? —dijo Babs.

—Me pregunto —dijo Oliveira—. Hasta hace unos veinte años había la gran respuesta: la Poesía, ñata, la Poesía. Te tapaban la boca con la gran palabra. Visión poética del mundo, conquista de una realidad poética. Pero después de la última guerra, te habrás dado cuenta de que se acabó. Quedan poetas, nadie lo niega, pero no los lee nadie.

—No digas tonterías —dijo Perico—. Yo leo montones de versos.

—Claro, yo también. Pero no se trata de los versos, che, se trata de eso que anunciaban los surrealistas y que todo poeta desea y busca, la famosa realidad poética. Creeme, querido, desde el año cincuenta estamos en plena realidad tecnológica, por lo menos estadísticamente hablando. Muy mal, una lástima, habrá que mesarse los cabellos, pero es así. 99

—A mí se me importa un bledo la tecnología —dijo Perico—. Fray Luis, por ejemplo...

—Estamos en mil novecientos cincuenta y pico.

—Ya lo sé, coño.

—No parece.

—¿Pero es que te crees que yo me voy a colocar en una puñetera posición historicista?

—No, pero deberías leer los diarios. A mí me gusta tan poco la tecnología como a vos, solamente que siento lo que ha cambiado el mundo en los últimos veinte años. Cualquier tipo con más de cuarenta abriles tiene que darse cuenta, y por eso la pregunta de Babs nos pone a Morelli y a nosotros contra la pared. Está muy bien hacerle la guerra al lenguaje emputecido, a la literatura por llamarla así, en nombre de una realidad que creemos verdadera, que creemos alcanzable, que creemos en alguna parte del espíritu, con perdón de la palabra. Pero el mismo Morelli no ve más que el lado negativo de su guerra. Siente que tiene que hacerla, como vos y como todos nosotros. ¿Y?

—Seamos metódicos —dijo Etienne—. Dejemos tranquilo tu «¿y?». La lección de Morelli basta como primera etapa.

—No podés hablar de etapas sin presuponer una meta.

—Llamale hipótesis de trabajo, cualquier cosa así. Lo que Morelli busca es quebrar los hábitos mentales del lector. Como ves, algo muy modesto, nada comparable al cruce de los Alpes por Aníbal. Hasta ahora, por lo menos, no hay gran cosa de metafísica en Morelli, salvo que vos, Horacio Curiacio, sos capaz de encontrar metafísica en una lata de tomates. Morelli es un artista que tiene una idea especial del arte, consistente más que nada en echar abajo

99 las formas usuales, cosa corriente en todo buen artista. Por ejemplo, le revienta la novela rollo chino. El libro que se lee del principio al final como un niño bueno. Ya te habrás fijado que cada vez le preocupa menos la ligazón de las partes, aquello de que una palabra trae la otra... Cuando leo a Morelli tengo la impresión de que busca una interacción menos mecánica, menos causal de los elementos que maneja; se siente que lo ya escrito condiciona apenas lo que está escribiendo, sobre todo que el viejo, después de centenares de páginas, ya ni se acuerda de mucho de lo que ha hecho.

—Con lo cual —dijo Perico— le ocurre que una enana de la página veinte tiene dos metros cinco en la página cien. Me he percatado más de una vez. Hay escenas que empiezan a las seis de la tarde y acaban a las cinco y media. Un asco.

—¿Y a vos no te ocurre ser enano o gigante según andés de ánimo? —dijo Ronald.

—Estoy hablando del soma —dijo Perico.

—Cree en el soma —dijo Oliveira—. El soma en el tiempo. Cree en el tiempo, en el antes y en el después. El pobre no ha encontrado en algún cajón una carta suya escrita hace veinte años, no la ha releído, no se ha dado cuenta de que nada se sostiene si no lo apuntalamos con miga de tiempo, si no inventamos el tiempo para no volvernos locos.

—Todo eso es oficio —dijo Ronald—. Pero detrás, detrás...

—Un poeta —dijo Oliveira, sinceramente conmovido—. Vos te deberías llamar Behind o Beyond, americano mío. O *Yonder,* que es tan bonita palabra.

—Nada de eso tendría sentido si no hubiera un detrás —dijo Ronald—. Cualquier *best seller* escribe mejor que Morelli. Si lo leemos, si estamos aquí esta noche, es por-

que Morelli tiene lo que tenía el Bird, lo que de golpe tienen 99
Cummings o Jackson Pollock, en fin, basta de ejemplos.
¿Y por qué basta de ejemplos? —gritó Ronald enfurecido, mientras Babs lo miraba admirada y bebiendosuspalabras-deunsolotrago—. Citaré todo lo que me dé la gana. Cualquiera se da cuenta de que Morelli no se complica la vida por gusto, y además su libro es una provocación desvergonzada como todas las cosas que valen la pena. En ese mundo tecnológico de que hablabas, Morelli quiere salvar algo que se está muriendo, pero para salvarlo hay que matarlo antes o por lo menos hacerle tal transfusión de sangre que sea como una resurrección. El error de la poesía futurista —dijo Ronald, con inmensa admiración de Babs— fue querer comentar el maquinismo, creer que así se salvarían de la leucemia. Pero no es con hablar literariamente de lo que ocurre en el Cabo Cañaveral que vamos a entender mejor la realidad, me parece.

—Te parece muy bien —dijo Oliveira—. Sigamos en busca del *Yonder,* hay montones de Yonders que ir abriendo uno detrás de otro. Yo diría para empezar que esta realidad tecnológica que aceptan hoy los hombres de ciencia y los lectores de *France-Soir,* este mundo de cortisona, rayos gamma y elución del plutonio, tiene tan poco que ver con la realidad como el mundo del *Roman de la Rose.* Si se lo mencioné hace un rato a nuestro Perico, fue para hacerle notar que sus criterios estéticos y su escala de valores están más bien liquidados y que el hombre, después de haberlo esperado todo de la inteligencia y el espíritu, se encuentra como traicionado, oscuramente consciente de que sus armas se han vuelto contra él, que la cultura, la *civiltà,* lo han traído a este callejón sin salida donde la barbarie de la ciencia no es más que una reacción muy comprensible. Perdón por el vocabulario.

99 —Eso ya lo dijo Klages —dijo Gregorovius.

—No pretendo ningún *copyright* —dijo Oliveira—. La idea es que la realidad, aceptes la de la Santa Sede, la de René Char o la de Oppenheimer, es siempre una realidad convencional, incompleta y parcelada. La admiración de algunos tipos frente a un microscopio electrónico no me parece más fecunda que la de las porteras por los milagros de Lourdes. Creer en lo que llaman materia, creer en lo que llaman espíritu, vivir en Emmanuel o seguir cursos de zen, plantearse el destino humano como un problema económico o como un puro absurdo, la lista es larga, la elección, múltiple. Pero el mero hecho de que pueda haber elección y que la lista sea larga basta para mostrar que estamos en la prehistoria y en la prehumanidad. No soy optimista, dudo mucho de que alguna vez accedamos a la verdadera historia de la verdadera humanidad. Va a ser difícil llegar al famoso *Yonder* de Ronald, porque nadie negará que el problema de la realidad tiene que plantearse en términos colectivos, no en la mera salvación de algunos elegidos. Hombres realizados, hombres que han dado el salto fuera del tiempo y se han integrado en una suma, por decirlo así... Sí, supongo que los ha habido y los hay. Pero no basta, yo siento que mi salvación, suponiendo que pudiera alcanzarla, tiene que ser también la salvación de todos, hasta el último de los hombres. Y eso, viejo... Ya no estamos en los campos de Asís, ya no podemos esperar que el ejemplo de un santo siembre la santidad, que cada gurú sea la salvación de todos los discípulos.

—Volvé de Benarés —aconsejó Etienne—. Hablábamos de Morelli, me parece. Y para empalmar con lo que decías se me ocurre que ese famoso *Yonder* no puede ser imaginado como futuro en el tiempo o en el espacio. Si seguimos ateniéndonos a categorías kantianas, parece querer

decir Morelli, no saldremos nunca del atolladero. Lo que 99
llamamos realidad, la verdadera realidad que también llamamos *Yonder* (a veces ayuda darle muchos nombres a una entrevisión, por lo menos se evita que la noción se cierre y se acartone), esa verdadera realidad, repito, no es algo por venir, una meta, el último peldaño, el final de una evolución. No, es algo que ya está aquí, en nosotros. Se la siente, basta tener el valor de estirar la mano en la oscuridad. Yo la siento mientras estoy pintando.

—Puede ser el Malo —dijo Oliveira—. Puede ser una mera exaltación estética. Pero también podría ser ella. Sí, también podría ser ella.

—Está aquí —dijo Babs, tocándose la frente—. Yo la siento cuando estoy un poco borracha, o cuando...

Soltó una carcajada y se tapó la cara. Ronald le dio un empujón cariñoso.

—No está —dijo Wong, muy serio—. Es.

—No iremos muy lejos por ese camino —dijo Oliveira—. ¿Qué nos da la poesía sino esa entrevisión? Vos, yo, Babs... El reino del hombre no ha nacido por unas pocas chispas aisladas. Todo el mundo ha tenido su instante de visión, pero lo malo es la recaída en el *hic* y el *nunc.*

—Bah, vos no entendés nada si no es en términos de absoluto —dijo Etienne—. Dejame terminar lo que quería decir. Morelli cree que si los liróforos, como dice nuestro Perico, se abrieran paso a través de las formas petrificadas y periclitadas, ya sea un adverbio de modo, un sentido del tiempo o lo que te dé la gana, harían algo útil por primera vez en su vida. Al acabar con el lector-hembra, o por lo menos al menoscabarlo seriamente, ayudarían a todos los que de alguna manera trabajan para llegar al *Yonder.* La técnica narrativa de tipos como él no es más que una incitación a salirse de las huellas.

99 —Sí, para meterse en el barro hasta el cogote —dijo Perico, que a las once de la noche estaba contra cualquier cosa.

—Heráclito —dijo Gregorovius— se enterró en la mierda hasta el cogote y se curó de la hidropesía.

—Dejá tranquilo a Heráclito —dijo Etienne—. Ya me empieza a dar sueño tanto macaneo, pero de todos modos voy a decir lo siguiente, dos puntos: Morelli parece convencido de que si el escritor sigue sometido al lenguaje que le han vendido junto con la ropa que lleva puesta y el nombre y el bautismo y la nacionalidad, su obra no tendrá otro valor que el estético, valor que el viejo parece despreciar cada vez más. En alguna parte es bastante explícito: según él no se puede denunciar nada si se lo hace dentro del sistema al que pertenece lo denunciado. Escribir en contra del capitalismo con el bagaje mental y el vocabulario que se derivan del capitalismo es perder el tiempo. Se lograrán resultados históricos como el marxismo y lo que te guste, pero el *Yonder* no es precisamente historia, el *Yonder* es como las puntas de los dedos que sobresalen de las aguas de la historia, buscando dónde agarrarse.

—Pamemas —dijo Perico.

—Y por eso el escritor tiene que incendiar el lenguaje, acabar con las formas coaguladas e ir todavía más allá, poner en duda la posibilidad de que este lenguaje esté todavía en contacto con lo que pretende mentar. No ya las palabras en sí, porque eso importa menos, sino la estructura total de una lengua, de un discurso.

—Para todo lo cual se sirve de una lengua sumamente clara —dijo Perico.

—Por supuesto, Morelli no cree en los sistemas onomatopéyicos ni en los letrismos. No se trata de sustituir la sintaxis por la escritura automática o cualquier otro truco al uso. Lo que él quiere es transgredir el hecho literario 99 total, el libro, si querés. A veces en la palabra, a veces en lo que la palabra transmite. Procede como un guerrillero, hace saltar lo que puede, el resto sigue su camino. No creas que no es un hombre de letras.

—Habría que pensar en irse —dijo Babs que tenía sueño.

—Tú dirás lo que quieras —se emperró Perico— pero ninguna revolución de verdad se hace contra las formas. Lo que cuenta es el fondo, chico, el fondo.

—Llevamos decenas de siglos de literatura de fondo —dijo Oliveira— y los resultados ya los estás viendo. Por literatura entiendo, te darás cuenta, todo lo hablable y lo pensable.

—Sin contar que el distingo entre fondo y forma es falso —dijo Etienne—. Hace años que cualquiera lo sabe. Distingamos más bien entre elemento expresivo, o sea el lenguaje en sí, y la cosa expresada, o sea la realidad haciéndose conciencia.

—Como quieras —dijo Perico—. Lo que me gustaría saber es si esa ruptura que pretende Morelli, es decir la ruptura de eso que llamas elemento expresivo para alcanzar mejor la cosa expresable, tiene verdaderamente algún valor a esta altura.

—Probablemente no servirá para nada —dijo Oliveira— pero nos hace sentirnos un poco menos solos en este callejón sin salida al servicio de la Gran-Infatuación-Idealista-Realista-Espiritualista-Materialista del Occidente, S. R. L.

—¿Creés que algún otro hubiera podido abrirse paso a través del lenguaje hasta tocar las raíces? —preguntó Ronald.

—Tal vez. Morelli no tiene el genio o la paciencia que se necesitan. Muestra un camino, da unos golpes de pico... Deja un libro. No es mucho.

99 —Vámonos —dijo Babs—. Es tarde, se ha acabado el coñac.

—Y hay otra cosa —dijo Oliveira—. Lo que él persigue es absurdo en la medida en que nadie sabe sino lo que sabe, es decir una circunscripción antropológica. Wittgensteinianamente, los problemas se eslabonan *hacia atrás,* es decir que lo que un hombre sabe es el saber de un hombre, pero del hombre mismo ya no se sabe todo lo que se debería saber para que *su* noción de la realidad fuera aceptable. Los gnoseólogos se plantearon el problema y hasta creyeron encontrar un terreno firme desde donde reanudar la carrera hacia adelante, rumbo a la metafísica. Pero el higiénico retroceso de un Descartes se nos aparece hoy como parcial y hasta insignificante, porque en este mismo minuto hay un señor Wilcox, de Cleveland, que con electrodos y otros artefactos está probando la equivalencia del pensamiento y de un circuito electromagnético (cosas que a su vez cree conocer muy bien porque conoce muy bien el lenguaje que las define, etcétera). Por si fuera poco, un sueco acaba de lanzar una teoría muy vistosa sobre la química cerebral. Pensar es el resultado de la interacción de unos ácidos de cuyo nombre no quiero acordarme. *Acido, ergo sum.* Te echás una gota en las meninges y a lo mejor Oppenheimer o el doctor Petiot, asesino eminente. Ya ves cómo el *cogito,* la Operación Humana por excelencia, se sitúa hoy en una región bastante vaga, entre electromagnética y química, y probablemente no se diferencia tanto como pensábamos de cosas tales como una aurora boreal o una foto con rayos infrarrojos. Ahí va tu *cogito,* eslabón del vertiginoso flujo de fuerzas cuyos peldaños en 1950 se llaman *inter alia* impulsos eléctricos, moléculas, átomos, neutrones, protones, potirones, microbotones, isótopos radiactivos, pizcas de cinabrio, rayos cósmicos: *Words, words,*

words, Hamlet, acto segundo, creo. Sin contar —agregó Oliveira suspirando— que a lo mejor es al revés, y resulta que la aurora boreal es un fenómeno *espiritual,* y entonces sí que estamos como queremos... 99

—Con semejante nihilismo, harakiri —dijo Etienne.

—Pues claro, manito —dijo Oliveira—. Pero para volver al viejo, si lo que él persigue es absurdo, puesto que es como pegarle con una banana a Sugar Ray Robinson, puesto que es una insignificante ofensiva en medio de la crisis y la quiebra total de la idea clásica del *homo sapiens,* no hay que olvidarse de que vos sos vos y yo soy yo, o que por lo menos nos parece, y que aunque no tengamos la menor certidumbre sobre todo lo que nuestros gigantes padres aceptaban como irrefutable, nos queda la amable posibilidad de vivir y de obrar *como si,* eligiendo hipótesis de trabajo, atacando como Morelli lo que nos parece más falso en nombre de alguna oscura sensación de certidumbre, que probablemente será tan incierta como el resto, pero que nos hace levantar la cabeza y contar las Cabritas, o buscar una vez más las Pléyades, esos bichos de infancia, esas luciérnagas insondables. Coñac.

—Se acabó —dijo Babs—. Vamos, me estoy durmiendo.

—Al final, como siempre, un acto de fe —dijo Etienne, riendo—. Sigue siendo la mejor definición del hombre. Ahora, volviendo al asunto del huevo frito...

(-35)

100

Puso la ficha en la ranura, marcó lentamente el número. A esa hora Etienne debía estar pintando y le reventaba que le telefonearan en mitad del trabajo, pero lo mismo tenía que llamarlo. El teléfono empezó a sonar del otro lado, en un taller cerca de la Place d'Italie, a cuatro kilómetros de la oficina de correos de la Rue Danton. Una vieja con aire de rata se había apostado delante de la casilla de vidrio, miraba disimuladamente a Oliveira sentado en el banco con la cara pegada al aparato telefónico, y Oliveira sentía que la vieja lo estaba mirando, que implacablemente empezaba a contar los minutos. Los vidrios de la casilla estaban limpios, cosa rara: la gente iba y venía en el correo, se oía el golpe sordo (y fúnebre, no se sabía por qué) de los sellos inutilizando las estampillas. Etienne dijo algo del otro lado, y Oliveira apretó el botón niquelado que abría la comunicación y se tragaba definitivamente la ficha de veinte francos.

—Te podías dejar de joder —rezongó Etienne que parecía haberlo reconocido enseguida—. Sabés que a esta hora trabajo como un loco.

—Yo también —dijo Oliveira—. Te llamé porque justamente mientras trabajaba tuve un sueño.

—¿Cómo mientras trabajabas? 100

—Sí, a eso de las tres de la mañana. Soñé que iba a la cocina, buscaba pan y me cortaba una tajada. Era un pan diferente de los de aquí, un pan francés como los de Buenos Aires, entendés, que no tienen nada de franceses pero se llaman panes franceses. Date cuenta de que es un pan más bien grueso, de color claro, con mucha miga. Un pan para untar con manteca y dulce, comprendés.

—Ya sé —dijo Etienne—. En Italia los he comido.

—Estás loco. No tienen nada que ver. Un día te voy a hacer un dibujo para que te des cuenta. Mirá, tiene la forma de un pescado ancho y corto, apenas quince centímetros pero bien gordo en el medio. Es el pan francés de Buenos Aires.

—El pan francés de Buenos Aires —repitió Etienne.

—Sí, pero esto sucedía en la cocina de la Rue de la Tombe Issoire, antes de que yo me mudara con la Maga. Tenía hambre y agarré el pan para cortarme una tajada. Entonces oí que el pan lloraba. Sí, claro que era un sueño, pero el pan lloraba cuando yo le metía el cuchillo. Un pan francés cualquiera y lloraba. Me desperté sin saber qué iba a pasar, yo creo que todavía tenía el cuchillo clavado en el pan cuando me desperté.

—*Tiens* —dijo Etienne.

—Ahora vos te das cuenta, uno se despierta de un sueño así, sale al pasillo a meter la cabeza debajo del agua, se vuelve a acostar, fuma toda la noche... Qué sé yo, era mejor que hablara con vos, aparte de que nos podríamos citar para ir a ver al viejito ese del accidente que te conté.

—Hiciste bien —dijo Etienne—. Parece un sueño de chico. Los chicos todavía pueden soñar cosas así, o imaginárselas. Mi sobrino me dijo una vez que había estado en la luna. Le pregunté qué había visto. Me contestó: «Había

100 un pan y un corazón». Te das cuenta que después de estas experiencias de panadería uno ya no puede mirar a un chico sin tener miedo.

—Un pan y un corazón —repitió Oliveira—. Sí, pero yo solamente veo un pan. En fin. Ahí afuera hay una vieja que me empieza a mirar de mala manera. ¿Cuántos minutos se puede hablar en estas casillas?

—Seis. Después te va a golpear el vidrio. ¿Hay solamente una vieja?

—Una vieja, una mujer bizca con un chico, y una especie de viajante de comercio. Debe ser un viajante de comercio porque aparte de una libreta que está hojeando como un loco, le salen tres puntas de lápiz por el bolsillo de arriba.

—También podría ser un cobrador.

—Ahora llegan otros dos, un chico de unos catorce años que se hurga la nariz, y una vieja con un sombrero extraordinario, como para un cuadro de Cranach.

—Te vas sintiendo mejor —dijo Etienne.

—Sí, esta casilla no está mal. Lástima que haya tanta gente esperando. ¿Te parece que ya hemos hablado seis minutos?

—De ninguna manera —dijo Etienne—. Apenas tres, y ni siquiera eso.

—Entonces la vieja no tiene ningún derecho de golpearme el vidrio, ¿no creés?

—Que se vaya al diablo. Por supuesto que no tiene derecho. Vos disponés de seis minutos para contarme todos los sueños que te dé la gana.

—Era solamente eso —dijo Oliveira— pero lo malo no es el sueño. Lo malo es que eso que llaman despertarse... ¿A vos no te parece que en realidad es ahora que yo estoy soñando?

—¿Quién te dice? Pero es un tema trillado, viejo, el 100
filósofo y la mariposa, son cosas que se saben.

—Sí, pero disculpame si insisto un poco. Yo quisiera que te imaginaras un mundo donde podés cortar un pan en pedazos sin que se queje.

—Es difícil de creer, realmente —dijo Etienne.

—No, en serio, che. ¿A vos no te pasa que te despertás a veces con la exacta conciencia de que en ese momento empieza una increíble equivocación?

—En medio de esa equivocación —dijo Etienne— yo pinto magníficos cuadros y poco me importa si soy una mariposa o Fu-Manchú.

—No tiene nada que ver. Parece que gracias a diversas equivocaciones Colón llegó a Guanahani o como se llamara la isla. ¿Por qué ese criterio griego de verdad de error?

—Pero si no soy yo —dijo Etienne, resentido—. Fuiste vos el que habló de una increíble equivocación.

—También era una figura —dijo Oliveira—. Lo mismo que llamarle sueño. Eso no se puede calificar, precisamente la equivocación es que no se puede decir siquiera que es una equivocación.

—La vieja va a romper el vidrio —dijo Etienne—. Se oye desde aquí.

—Que se vaya al demonio —dijo Oliveira—. No puede ser que hayan pasado seis minutos.

—Más o menos. Y además está la cortesía sudamericana, tan alabada siempre.

—No son seis minutos. Me alegro de haberte contado el sueño, y cuando nos veamos...

—Vení cuando quieras —dijo Etienne—. Ya no voy a pintar más esta mañana, me has reventado.

—¿Vos te das cuenta cómo me golpea el vidrio? —dijo Oliveira—. No solamente la vieja con cara de rata, sino el

100 chico y la bizca. De un momento a otro va a venir un empleado.

—Te vas a agarrar a trompadas, claro.

—No, para qué. El gran sistema es hacerme el que no entiendo ni una palabra en francés.

—En realidad vos no entendés mucho —dijo Etienne.

—No. Lo triste es que para vos eso es una broma, y en realidad no es una broma. La verdad es que no quiero entender nada, si por entender hay que aceptar eso que llamábamos la equivocación. Che, han abierto la puerta, hay un tipo que me golpea en el hombro. Chau, gracias por escucharme.

—Chau —dijo Etienne.

Arreglándose el saco, Oliveira salió de la casilla. El empleado le gritaba en la oreja el repertorio reglamentario. «Si ahora tuviera el cuchillo en la mano», pensó Oliveira, sacando los cigarrillos, «a lo mejor este tipo se pondría a cacarear o se convertiría en un ramo de flores». Pero las cosas se petrificaban, duraban terriblemente, había que encender el cigarrillo, cuidando de no quemarse porque le temblaba bastante la mano, y seguir oyendo los gritos del tipo que se alejaba, dándose vuelta cada dos pasos para mirarlo y hacerle gestos, y la bizca y el viajante de comercio lo miraban con un ojo y con el otro ya se habían puesto a vigilar a la vieja para que no se pasara de los seis minutos, la vieja dentro de la casilla era exactamente una momia quechua del Museo del Hombre, de esas que se iluminan si uno aprieta un botoncito. Pero era al revés como en tantos sueños, la vieja desde adentro apretaba el botoncito y empezaba a hablar con alguna otra vieja metida en cualquiera de las bohardillas del inmenso sueño.

(-76)

101

Alzando apenas la cabeza Pola veía el almanaque del PTT, una vaca rosa en un campo verde con un fondo de montañas violetas bajo un cielo azul, jueves 1, viernes 2, sábado 3, domingo 4, lunes 5, martes 6, Saint Mamert, Sainte Solange, Saint Achille, Saint Servais, Saint Boniface, *lever* 4 h 12, *coucher* 19 h 23, *lever* 4 h 10, *coucher* 19 h 24, *lever coucher, lever coucher, levercoucher, coucher, coucher, coucher.*

Pegando la cara al hombro de Oliveira besó una piel transpirada, tabaco y sueño. Con una mano lejanísima y libre le acariciaba el vientre, iba y venía por los muslos, jugaba con el vello, enredaba los dedos y tiraba un poco, suavemente, para que Horacio se enojara y la mordiera jugando. En la escalera se arrastraban unas zapatillas, Saint Ferdinand, Sainte Pétronille, Saint Fortuné, Sainte Blandine, *un, deux, un, deux,* derecha, izquierda, derecha, izquierda, bien, mal, bien, mal, adelante, atrás, adelante, atrás. Una mano andaba por su espalda, bajaba lentamente, jugando a la araña, un dedo, otro, otro, Saint Fortuné, Sainte Blandine, un dedo aquí, otro más allá, otro encima, otro debajo. La caricia la penetraba despacio, desde otro plano. La hora del lujo, del *surplus,* morderse despacio, buscar el contacto con delicadeza de exploración, con titubeos fin-

101 gidos, apoyar la punta de la lengua contra una piel, clavar lentamente una uña, murmurar, *coucher* 19 h 24, Saint Ferdinand. Pola levantó un poco la cabeza y miró a Horacio que tenía los ojos cerrados. Se preguntó si también haría eso con su amiga, la madre del chico. A él no le gustaba hablar de la otra, exigía como un respeto al no referirse más que obligadamente a ella. Cuando se lo preguntó, abriéndole un ojo con dos dedos y besándolo rabiosa en la boca que se negaba a contestar, lo único consolador a esa hora era el silencio, quedarse así uno contra otro, oyéndose respirar, viajando de cuando en cuando con un pie o una mano hasta el otro cuerpo, emprendiendo blandos itinerarios sin consecuencias, restos de caricias perdidas en la cama, en el aire, espectros de besos, menudas larvas de perfumes o de costumbre. No, no le gustaba hacer eso con su amiga, solamente Pola podía comprender, plegarse tan bien a sus caprichos. Tan a la medida que era extraordinario. Hasta cuando gemía, porque en un momento había gemido, había querido librarse pero ya era demasiado tarde, el lazo estaba cerrado y su rebelión no había servido más que para ahondar el goce y el dolor, el doble malentendido que tenían que superar porque era falso, no podía ser que en un abrazo, a menos que sí, a menos que tuviera que ser así.

(-144)

102

Sumamente hormiga, Wong acabó por descubrir en la biblioteca de Morelli un ejemplar dedicado de *Die Verwirrungen des Zöglings Törless,* de Musil, con el siguiente pasaje enérgicamente subrayado:

¿Cuáles son las cosas que me parecen extrañas? Las más triviales. Sobre todo, los objetos inanimados. ¿Qué es lo que parece extraño en ellos? Algo que no conozco. ¡Pero es justamente eso! ¿De dónde diablos saco esa noción de «algo»? Siento que está ahí, que existe. Produce en mí un efecto, como si tratara de hablar. Me exaspero, como quien se esfuerza por leer en los labios torcidos de un paralítico, sin conseguirlo. Es como si tuviera un sentido adicional, uno más que los otros, pero que no se ha desarrollado del todo, un sentido que está ahí y se hace notar, pero que no funciona. Para mí el mundo está lleno de voces silenciosas. ¿Significa eso que soy un vidente, o que tengo alucinaciones?

Ronald encontró esta cita de *La carta de Lord Chandos,* de Hofmannsthal:

Así como había visto cierto día con un vidrio de aumento la piel de mi dedo meñique, semejante a una llanura con surcos y hondo-

102 nadas, así veía ahora a los hombres y sus acciones. Ya no conseguía percibirlos con la mirada simplificadora de la costumbre. Todo se descomponía en fragmentos que se fragmentaban a su vez; nada conseguía captar por medio de una noción definida.

(-45)

103

Tampoco Pola hubiera comprendido por qué de noche él retenía el aliento para escucharla dormir, espiando los rumores de su cuerpo. Boca arriba, colmada, alentaba pesadamente y apenas si alguna vez, desde algún sueño incierto, agitaba una mano o soplaba alzando el labio inferior y proyectando el aire contra la nariz. Horacio se mantenía inmóvil, la cabeza un poco levantada o apoyada en el puño, el cigarrillo colgando. A las tres de la mañana la Rue Dauphine callaba, la respiración de Pola iba y venía, entonces había como un leve corrimiento, un menudo torbellino instantáneo, un agitarse interior como de segunda vida, Oliveira se enderezaba lentamente y acercaba la oreja a la piel desnuda, se apoyaba contra el curvo tambor tenso y tibio, escuchaba. Rumores, descensos y caídas, ludiones y murmullos, andar de cangrejos y babosas, un mundo negro y apagado deslizándose sobre felpa, estallando aquí y allá y disimulándose otra vez (Pola suspiraba, se movía un poco). Un cosmos líquido, fluido, en gestación nocturna, plasmas subiendo y bajando, la máquina opaca y lenta moviéndose a desgano, y de pronto un chirrido, una carrera vertiginosa casi contra la piel, una fuga y un gorgoteo de contención o de filtro, el vientre de Pola un cielo

103 negro con estrellas gordas y pausadas, cometas fulgurantes, rodar de inmensos planetas vociferantes, el mar con un plancton de susurro, sus murmuradas medusas, Pola microcosmo, Pola resumen de la noche universal en su pequeña noche fermentada donde el *yoghourt* y el vino blanco se mezclaban con la carne y las legumbres, centro de una química infinitamente rica y misteriosa y remota y contigua.

(-108)

104

La vida, como un *comentario* de otra cosa que no alcanzamos, y que está ahí al alcance del salto que no damos.

La vida, un *ballet* sobre un tema histórico, una historia sobre un hecho vivido, un hecho vivido sobre un hecho real.

La vida, fotografía del número, posesión en las tinieblas (¿mujer, monstruo?), la vida, proxeneta de la muerte, espléndida baraja, tarot de claves olvidadas que unas manos gotosas rebajan a un triste solitario.

(-10)

105

Morelliana.

Pienso en los gestos olvidados, en los múltiples ademanes y palabras de los abuelos, poco a poco perdidos, no heredados, caídos uno tras otro del árbol del tiempo. Esta noche encontré una vela sobre una mesa, y por jugar la encendí y anduve con ella en el corredor. El aire del movimiento iba a apagarla, entonces vi levantarse sola mi mano izquierda, ahuecarse, proteger la llama con una pantalla viva que alejaba el aire. Mientras el fuego se enderezaba otra vez alerta, pensé que ese gesto había sido el de todos nosotros (pensé *nosotros* y pensé bien, o sentí bien) durante miles de años, durante la Edad del Fuego, hasta que nos la cambiaron por la luz eléctrica. Imaginé otros gestos, el de las mujeres alzando el borde de las faldas, el de los hombres buscando el puño de la espada. Como las palabras perdidas de la infancia, escuchadas por última vez a los viejos que se iban muriendo. En mi casa ya nadie dice «la cómoda de alcanfor», ya nadie habla de «las trebes» —las trébedes—. Como las músicas del momento, los valses del año veinte, las polcas que enternecían a los abuelos.

Pienso en esos objetos, esas cajas, esos utensilios que aparecen a veces en graneros, cocinas o escondrijos, *y cuyo uso ya nadie es capaz de explicar.* Vanidad de creer que comprendemos las obras del tiempo: él entierra sus muertos y guarda las llaves. Solo en sueños, en la poesía, en el juego —encender una vela, andar con ella por el corredor— nos asomamos a veces a lo que fuimos antes de ser esto que vaya a saber si somos. 105

(-96)

106

Johnny Temple:

Between midnight and dawn, baby we may ever have to part,
But there's one thing about it, baby, please remember I've always
{been your heart.

The Yas Yas Girl:

Well it's blues in my house, from the roof to the ground,
And it's blues everywhere since my good man left town.
Blues in my mail-box cause I cain't get no mail,
Says blues in my bread-box 'cause my bread got stale.
Blues in my meal-barrel and there's blues upon my shelf
And there's blues in my bed, 'cause I'm sleepin' by myself.

(-13)

107

Escrito por Morelli en el hospital:

La mejor cualidad de mis antepasados es la de estar muertos; espero modesta pero orgullosamente el momento de heredarla. Tengo amigos que no dejarán de hacerme una estatua en la que me representarán tirado boca abajo en el acto de asomarme a un charco con ranitas auténticas. Echando una moneda en una ranura se me verá escupir en el agua, y las ranitas se agitarán alborozadas y croarán durante un minuto y medio, tiempo suficiente para que la estatua pierda todo interés.

(-113)

108

—La *cloche,* le *clochard,* la *clocharde, clocharder.* Pero si hasta han presentado una tesis en la Sorbona sobre la psicología de los *clochards*.

—Puede ser —dijo Oliveira—. Pero no tienen ningún Juan Filloy que les escriba *Caterva*. ¿Qué será de Filloy, che?

Naturalmente la Maga no podía saberlo, empezando porque ignoraba su existencia. Hubo que explicarle por qué Filloy, por qué *Caterva*. A la Maga le gustó muchísimo el argumento del libro, la idea de que los linyeras criollos estaban en la línea de los *clochards*. Se quedó firmemente convencida de que era un insulto confundir a un linyera con un mendigo, y su simpatía por la *clocharde* del Pont des Arts se arraigó en razones que ahora le parecían científicas. Sobre todo en esos días en que habían descubierto, andando por las orillas, que la *clocharde* estaba enamorada, la simpatía y el deseo de que todo terminara bien era para la Maga algo así como el arco de los puentes, que siempre la emocionaban, o esos pedazos de latón o de alambre que Oliveira juntaba cabizbajo al azar de los paseos.

—Filloy, carajo —decía Oliveira mirando las torres de la Conserjería y pensando en Cartouche—. Qué lejos está mi país, che, es increíble que pueda haber tanta agua salada en este mundo de locos. 108

—En cambio hay menos aire —decía la Maga—. Treinta y dos horas, nada más.

—Ah. Cierto. Y qué me decís de la menega.

—Y de las ganas de ir. Porque yo no tengo.

—Ni yo. Pero ponele. No hay caso, irrefutablemente.

—Vos nunca hablabas de volver —dijo la Maga.

—Nadie habla, cumbres borrascosas, nadie habla. Es solamente la conciencia de que todo va como la mona para el que no tiene guita.

—París es gratis —citó la Maga—. Vos lo dijiste el día que nos conocimos. Ir a ver la *clocharde* es gratis, hacer el amor es gratis, decirte que sos malo es gratis, no quererte... ¿Por qué te acostate con Pola?

—Una cuestión de perfumes —dijo Oliveira sentándose en el riel al borde del agua—. Me pareció que olía a cantar de los cantares, a cinamomo, a mirra, esas cosas. Era cierto, además.

—La *clocharde* no va a venir esta noche. Ya tendría que estar aquí, no falta casi nunca.

—A veces los meten presos —dijo Oliveira—. Para despiojarlos, supongo, o para que la ciudad duerma tranquila a orillas de su río impasible. Un *clochard* es más escándalo que un ladrón, es sabido; en el fondo no pueden contra ellos, tienen que dejarlos en paz.

—Contame de Pola. A lo mejor entre tanto vemos a la *clocharde.*

—Va cayendo la noche, los turistas americanos se acuerdan de sus hoteles, les duelen los pies, han comprado cantidad de porquerías, ya tienen completos sus Sade, sus Miller, sus *Onze mille verges,* las fotos artísticas, las estampas libertinas, los Sagan y los Buffet. Mirá cómo se va despe-

108 jando el paisaje por el lado del puente. Y dejala tranquila a Pola, eso no se cuenta. Bueno, el pintor está plegando el caballete, ya nadie se para a mirarlo. Es increíble cómo se ve de nítido, el aire está lavado como el pelo de esa chica que corre allá, mirala, vestida de rojo.

—Contame de Pola —repitió la Maga, golpeándole el hombro con el revés de la mano.

—Pura pornografía —dijo Oliveira—. No te va a gustar.

—Pero a ella seguramente que le contaste de nosotros.

—No. En líneas generales, solamente. ¿Qué le puedo contar? Pola no existe, lo sabés. ¿Dónde está? Mostrámela.

—Sofismas —dijo la Maga, que había aprendido el término en las discusiones de Ronald y Etienne—. No estará aquí, pero está en la Rue Dauphine, eso es seguro.

—¿Pero dónde está la Rue Dauphine? —dijo Oliveira—. *Tiens, la clocharde qui s'amène*. Che, pero está deslumbrante.

Bajando la escalinata, tambaleándose bajo el peso de un enorme fardo de donde sobresalían mangas de sobretodos deshilachados, bufandas rotas, pantalones recogidos en los tachos de basura, pedazos de género y hasta un rollo de alambre ennegrecido, la *clocharde* llegó al nivel del muelle más bajo y soltó una exclamación entre berrido y suspiro. Sobre un fondo indescifrable donde se acumularían camisones pegados a la piel, blusas regaladas y algún corpiño capaz de contener unos senos ominosos, se iban sumando, dos, tres, quizá cuatro vestidos, el guardarropas completo, y por encima un saco de hombre con una manga casi arrancada, una bufanda sostenida por un broche de latón con una piedra verde y otra roja, y en el pelo increíblemente teñido de rubio una especie de vincha verde de gasa, colgando de un lado.

108

—Está maravillosa —dijo Oliveira—. Viene a seducir a los del puente.

—Se ve que está enamorada —dijo la Maga—. Y cómo se ha pintado, mirale los labios. Y el rímel, se ha puesto todo lo que tenía.

—Parece Grock en peor. O algunas figuras de Ensor. Es sublime. ¿Cómo se las arreglarán para hacer el amor esos dos? Porque no me vas a decir que se aman a distancia.

—Conozco un rincón cerca del hotel de Sens donde los *clochards* se juntan para eso. La policía los deja. Madame Léonie me dijo que siempre hay algún soplón de la policía entre ellos, a esa hora aflojan los secretos. Parece que los *clochards* saben muchas cosas del hampa.

—El hampa, qué palabra —dijo Oliveira—. Sí, claro que saben. Están en el borde social, en el filo del embudo. También deben saber muchas cosas de los rentistas y los curas. Una buena ojeada a los tachos de basura...

—Allá viene el *clochard*. Está más borracho que nunca. Pobrecita, cómo lo espera, mirá cómo ha dejado el paquete en el suelo para hacerle señas, está tan emocionada.

—Por más hotel de Sens que digas, me pregunto cómo se las arreglan —murmuró Oliveira—. Con toda esa ropa, che. Porque ella no se saca más que una o dos cosas cuando hace menos frío, pero debajo tiene cinco o seis más, sin hablar de lo que llaman ropa interior. ¿Vos te imaginás lo que puede ser eso, y en un terreno baldío? El tipo es más fácil, los pantalones son tan manejables.

—No se desvisten —conjeturó la Maga—. La policía no los dejaría. Y la lluvia, pensá un poco. Se meten en los rincones, en ese baldío hay como unos pozos de medio metro, con cascotes en los bordes, donde los obreros tiran basuras y botellas. Me imagino que hacen el amor parados.

108 —¿Con toda esa ropa? Pero es inconcebible. ¿Quiere decir que el tipo no la ha visto nunca desnuda? Eso tiene que ser una porquería.

—Mirá cómo se quieren —dijo la Maga—. Se miran de una manera.

—Al tipo se le sale el vino por los ojos, che. Ternura a once grados y bastante tanino.

—Se quieren, Horacio, se quieren. Ella se llama Emmanuèle, fue puta en las provincias. Vino en una *péniche,* se quedó en los muelles. Una noche que yo estaba triste hablamos. Huele que es un horror, al rato tuve que irme. ¿Sabés qué le pregunté? Le pregunté cuándo se cambiaba de ropa. Qué tontería preguntarle eso. Es muy buena, está bastante loca, esa noche creía ver las flores del campo en los adoquines, las iba nombrando.

—Como Ofelia —dijo Horacio—. La naturaleza imita el arte.

—¿Ofelia?

—Perdoná, soy un pedante. ¿Y qué te contestó cuando le preguntaste lo de la ropa?

—Se puso a reír y se bebió medio litro de un trago. Dijo que la última vez que se había sacado algo había sido por abajo, tirando desde las rodillas. Todo iba saliendo a pedazos. En invierno tienen mucho frío, se echan encima todo lo que encuentran.

—No me gustaría ser enfermero y que me la trajeran en camilla alguna noche. Un prejuicio como cualquier otro. Pilares de la sociedad. Tengo sed, Maga.

—Andá a lo de Pola —dijo la Maga, mirando a la *clochard*e que se acariciaba con su enamorado debajo del puente—. Fijate, ahora va a bailar, siempre baila un poco a esta hora.

—Parece un oso.

108

—Es tan feliz —dijo la Maga juntando una piedrita blanca y mirándola por todos lados.

Horacio le quitó la piedra y la lamió. Tenía gusto a sal y a piedra.

—Es mía —dijo la Maga, queriendo recuperarla.

—Sí, pero mirá qué color tiene cuando está conmigo. Conmigo se ilumina.

—Conmigo está más contenta. Dámela, es mía.

Se miraron. Pola.

—Y bueno —dijo Horacio—. Lo mismo da ahora que cualquier otra vez. Sos tan tonta, muchachita, si supieras lo tranquila que podés dormir.

—Dormir sola, vaya la gracia. Ya ves, no lloro. Podés seguir hablando, no voy a llorar. Soy como ella, mirala bailando, mirá, es como la luna, pesa más que una montaña y baila, tiene tanta roña y baila. Es un ejemplo. Dame la piedrita.

—Tomá. Sabés, es tan difícil decirte: te quiero. Tan difícil, ahora.

—Sí, parecería que a mí me das la copia con papel carbónico.

—Estamos hablando como dos águilas —dijo Horacio.

—Es para reírse —dijo la Maga—. Si querés te la presto un momentito, mientras dure el baile de la *clocharde*.

—Bueno —dijo Horacio, aceptando la piedra y lamiéndola otra vez—. ¿Por qué hay que hablar de Pola? Está enferma y sola, la voy a ver, hacemos el amor todavía, pero basta, no quiero convertirla en palabras, ni siquiera con vos.

—Emmanuèle se va a caer al agua —dijo la Maga—. Está más borracha que el tipo.

—No, todo va a terminar con la sordidez de siempre —dijo Oliveira, levantándose del riel—. ¿Ves al noble re-

108 presentante de la autoridad que se acerca? Vámonos, es demasiado triste. Si la pobre tenía ganas de bailar...

—Alguna vieja puritana armó un lío ahí arriba. Si la encontramos vos le pegás una patada en el traste.

—Ya está. Y vos me disculpás diciendo que a veces se me dispara la pierna por culpa del obús que recibí defendiendo Stalingrado.

—Y entonces vos te cuadrás y hacés la venia.

—Eso me sale muy bien, che, lo aprendí en Palermo. Vení, vamos a beber algo. No quiero mirar para atrás, oí cómo el cana la putea. Todo el problema está en eso. ¿No tendría que volver y encajarle a él la patada? Oh, Arjuna, aconséjame. Y debajo de los uniformes está el olor de la ignominia de los civiles. *Ho detto*. Vení, rajemos una vez más. Estoy más sucio que tu Emmanuèle, es una roña que empezó hace tantos siglos, *Persil lave plus blanc,* haría falta un detergente padre, muchachita, una jabonada cósmica. ¿Te gustan las palabras bonitas? *Salut,* Gaston.

—*Salut messieurs dames* —dijo Gaston—. *Alors, deux petits blancs secs comme d'habitude, hein?*

—*Comme d'habitude, mon vieux, comme d'habitude. Avec du Persil dedans*.

Gaston lo miró y se fue moviendo la cabeza. Oliveira se apoderó de la mano de la Maga y le contó atentamente los dedos. Después colocó la piedra sobre la palma, fue doblando los dedos uno a uno, y encima de todo puso un beso. La Maga vio que había cerrado los ojos y parecía como ausente. «Comediante», pensó enternecida.

(-64)

109

En alguna parte Morelli procuraba justificar sus incoherencias narrativas, sosteniendo que la vida de los otros, tal como nos llega en la llamada realidad, no es cine sino fotografía, es decir que no podemos aprehender la acción sino tan solo sus fragmentos eleáticamente recortados. No hay más que los momentos en que estamos con ese otro cuya vida creemos entender, o cuando nos hablan de él, o cuando él nos cuenta lo que le ha pasado o proyecta ante nosotros lo que tiene intención de hacer. Al final queda un álbum de fotos, de instantes fijos; jamás el devenir realizándose ante nosotros, el paso del ayer al hoy, la primera aguja del olvido en el recuerdo. Por eso no tenía nada de extraño que él hablara de sus personajes en la forma más espasmódica imaginable; dar coherencia a la serie de fotos para que pasaran a ser cine (como le hubiera gustado tan enormemente al lector que él llamaba el lector-hembra) significaba rellenar con literatura, presunciones, hipótesis e invenciones los hiatos entre una y otra foto. A veces las fotos mostraban una espalda, una mano apoyada en una puerta, el final de un paseo por el campo, la boca que se abre para gritar, unos zapatos en el ropero, personas andando por el Champ de Mars, una estampilla usada, el

109 olor de *Ma Griffe,* cosas así. Morelli pensaba que la vivencia de esas fotos, que procuraba presentar con toda la acuidad posible, debía poner al lector en condiciones de aventurarse, de participar casi en el destino de sus personajes. Lo que él iba sabiendo de ellos por vía imaginativa se concretaba inmediatamente en acción, sin ningún artificio destinado a integrarlo en lo ya escrito o por escribir. Los puentes entre una y otra instancia de esas vidas tan vagas y poco caracterizadas, debería presumirlos o inventarlos el lector, desde la manera de peinarse, si Morelli no la mencionaba, hasta las razones de una conducta o una inconducta, si parecía insólita o excéntrica. El libro debía ser como esos dibujos que proponen los psicólogos de la Gestalt, y así ciertas líneas inducirían al observador a trazar imaginativamente las que cerraban la figura. Pero a veces las líneas ausentes eran las más importantes, las únicas que realmente contaban. La coquetería y la petulancia de Morelli en este terreno no tenían límite.

Leyendo el libro, se tenía por momentos la impresión de que Morelli había esperado que la acumulación de fragmentos cristalizara bruscamente en una realidad total. Sin tener que inventar los puentes, o coser los diferentes pedazos del tapiz, que de golpe hubiera ciudad, hubiera tapiz, hubiera hombres y mujeres en la perspectiva absoluta de su devenir, y que Morelli, el autor, fuese el primer espectador maravillado de ese mundo que ingresaba en la coherencia.

Pero no había que fiarse, porque coherencia quería decir en el fondo asimilación al espacio y al tiempo, ordenación a gusto del lector-hembra. Morelli no hubiera consentido en eso, más bien parecía buscar una cristalización

que, sin alterar el desorden en que circulaban los cuerpos 109
de su pequeño sistema planetario, permitiera la comprensión ubicua y total de sus razones de ser, fueran estas el desorden mismo, la inanidad o la gratuidad. Una cristalización en la que nada quedara subsumido, pero donde un ojo lúcido pudiese asomarse al calidoscopio y entender la gran rosa policroma, entenderla como una figura, *imago mundis* que por fuera del calidoscopio se resolvía en *living room* de estilo provenzal, o concierto de tías tomando té con galletitas Bagley.

(-27)

110

El sueño estaba compuesto como una torre formada por capas sin fin que se alzaran y se perdieran en el infinito, o bajaran en círculos perdiéndose en las entrañas de la tierra. Cuando me arrastró en sus ondas la espiral comenzó, y esa espiral era un laberinto. No había ni techo ni fondo, ni paredes ni regreso. Pero había temas que se repetían con exactitud.

ANAÏS NIN, *Winter of Artifice.*

(-48)

III

Esta narración se la hizo su protagonista, Ivonne Guitry, a Nicolás Díaz, amigo de Gardel en Bogotá.

«Mi familia pertenecía a la clase intelectual húngara. Mi madre era directora de un seminario femenino donde se educaba la *élite* de una ciudad famosa cuyo nombre no quiero decirle. Cuando llegó la época turbia de la posguerra, con el desquiciamiento de tronos, clases sociales y fortunas, yo no sabía qué rumbo tomar en la vida. Mi familia quedó sin fortuna, víctima de las fronteras del Trianón *(sic)* como otros miles y miles. Mi belleza, mi juventud y mi educación no me permitían convertirme en una humilde dactilógrafa. Surgió entonces en mi vida el príncipe encantador, un aristócrata del alto mundo cosmopolita, de los *resorts* europeos. Me casé con él con toda la ilusión de la juventud, a pesar de la oposición de mi familia, por ser yo tan joven y él extranjero.

Viaje de bodas. París, Niza, Capri. Luego, el fracaso de la ilusión. No sabía adónde ir ni osaba contar a mis gentes la tragedia de mi matrimonio. Un marido que jamás podría hacerme madre. Ya tengo dieciséis años y viajo como una peregrina sin rumbo, tratando de disipar mi pena. Egipto, Java, Japón, el Celeste Imperio, todo el Lejano Oriente, en un carnaval de *champagne* y de falsa alegría, con el alma rota.

III Corren los años. En 1927 nos radicamos definitivamente en la Côte d'Azur. Yo soy una mujer de alto mundo y la sociedad cosmopolita de los casinos, de los *dancins,* de las pistas hípicas, me rinde pleitesía.

Un bello día de verano tomé una resolución definitiva: la separación. Toda la naturaleza estaba en flor: el mar, el cielo, los campos se abrían en una canción de amor y festejaban la juventud.

La fiesta de las mimosas en Cannes, el carnaval florido de Niza, la primavera sonriente de París. Así abandoné hogar, lujo y riquezas, y me fui sola hacia el mundo...

Tenía entonces dieciocho años y vivía sola en París, sin rumbo definido. París de 1928. París de las orgías y el derroche de champán. París de los francos sin valor. París, paraíso del extranjero. Impregnado de yanquis y sudamericanos, pequeños reyes del oro. París de 1928, donde cada día nacía un nuevo cabaret, una nueva sensación que hiciese aflojar la bolsa al extranjero.

Dieciocho años, rubia, ojos azules. Sola en París.

Para suavizar mi desgracia me entregué de lleno a los placeres. En los cabarets llamaba la atención porque siempre iba sola, a derrochar champaña con los bailarines y propinas fabulosas a los sirvientes. No tenía noción del valor del dinero.

Alguna vez, uno de aquellos elementos que merodean siempre en aquel ambiente cosmopolita descubre mi pena secreta y me recomienda el remedio para el olvido... Cocaína, morfina, drogas. Entonces empecé a buscar lugares exóticos, bailarines de aspecto extraño, sudamericanos de tinte moreno y opulentas cabelleras.

En aquella época cosechaba éxitos y aplausos un recién llegado, cantante de cabaret. Debutaba en el Florida y cantaba canciones extrañas en un idioma extraño.

Cantaba en un traje exótico, desconocido en aquellos sitios hasta entonces, tangos, rancheras y zambas argentinas. Era un muchacho más bien delgado, un tanto moreno, de dientes blancos, a quien las bellas de París colmaban de atenciones. Era Carlos Gardel. Sus tangos llorones, que cantaba con toda el alma, capturaban al público sin saberse por qué. Sus canciones de entonces —*Caminito, La chacarera, Aquel tapado de armiño, Queja indiana, Entre sueños*— no eran tangos modernos, sino canciones de la vieja Argentina, el alma pura del gaucho de las pampas. Gardel estaba de moda. No había comida elegante o recepción galante a que no se le invitase. Su cara morena, sus dientes blancos, su sonrisa fresca y luminosa, brillaba en todas partes. Cabarets, teatros, *music-hall,* hipódromos. Era un huésped permanente de Auteuil y de Longchamps. III

Pero a Gardel le gustaba más que todo divertirse a su manera, entre los suyos, en el círculo de sus íntimos.

Por aquella época había en París un cabaret llamado Palermo, en la calle Clichy, frecuentado casi exclusivamente por sudamericanos... Allí lo conocí. A Gardel le interesaban todas las mujeres, pero a mí no me interesaba más que la cocaína... y el champán. Cierto que halagaba mi vanidad femenina el ser vista en París con el hombre del día, con el ídolo de las mujeres, pero nada decía a mi corazón.

Aquella amistad se reafirmó en otras noches, otros paseos, otras confidencias, bajo la pálida luna parisién, a través de los campos floridos. Pasaron muchos días de un interés romántico. Ese hombre se me iba entrando en el alma. Sus palabras eran de seda, sus frases iban cavando la roca de mi indiferencia. Me volví loca. Mi pisito lujoso pero triste estaba ahora lleno de luz. No volví a los cabarets. En mi bella sala gris, al fulgor de las farolas eléctricas, una cabecita rubia se acoplaba a un firme rostro de morenos matices. Mi alcoba azul, que conoció todas las nostalgias de un alma sin rumbo, era ahora un verdadero nido de amor. Era mi primer amor.

Voló el tiempo raudo y fugaz. No puedo decir cuánto tiempo pasó. La rubia exótica que deslumbraba a París con sus extravagancias, con sus *toiletts dernière cri (sic),* con sus fiestas galantes en que el caviar ruso y la champaña formaban el plato de resistencia cotidiana, había desaparecido.

III Meses después, los habitués eternos de Palermo, de Florida y de Garón se enteraban por la prensa de que una bailarina rubia, de ojos azules que ya tenía veinte años, enloquecía a los señoritos de la capital platense con sus bailes etéreos, con su desfachatez inaudita, con toda la voluptuosidad de su juventud en flor.

Era Ivonne Guitry.

(Etcétera)».

La escuela gardeleana,
Editorial Cisplatina, Montevideo.

(-49)

112

Morelliana.

Estoy revisando un relato que quisiera lo menos literario posible. Empresa desesperada desde el vamos, en la revisión saltan enseguida las frases insoportables. Un personaje llega a una escalera: «Ramón emprendió el descenso...». Tacho y escribo: «Ramón empezó a bajar...». Dejo la revisión para preguntarme una vez más las verdaderas razones de esta repulsión por el lenguaje «literario». *Emprender el descenso* no tiene nada de malo como no sea su facilidad; pero *empezar a bajar* es exactamente lo mismo salvo que más crudo, *prosaico* (es decir, mero vehículo de información), mientras que la otra forma parece ya combinar lo útil con lo agradable. En suma, lo que me repele en «emprendió el descenso» es el uso decorativo de un verbo y un sustantivo que no empleamos casi nunca en el habla corriente; en suma, me repele el lenguaje literario (en mi obra, se entiende). ¿Por qué?

De persistir en esa actitud, que empobrece vertiginosamente casi todo lo que he escrito en los últimos años, no tardaré en sentirme incapaz de formular la menor idea, de intentar la más simple descripción. Si mis razones fueran las del Lord Chandos de Hofmannsthal, no habría moti-

112 vo de queja, pero si esta repulsión a la retórica (porque en el fondo es eso) solo se debe a un desecamiento verbal, correlativo y paralelo a otro vital, entonces sería preferible renunciar de raíz a toda escritura. Releer los resultados de lo que escribo en estos tiempos me aburre. Pero a la vez, detrás de esa pobreza deliberada, detrás de ese «empezar a bajar» que sustituye a «emprender el descenso», entreveo algo que me alienta. Escribo muy mal, pero algo pasa a través. El «estilo» de antes era un espejo para lectores-alondra; se miraban, se solazaban, se reconocían, como ese público que espera, reconoce y goza las réplicas de los personajes de un Salacrou o un Anouilh. Es mucho más fácil escribir así que escribir («desescribir», casi) como quisiera hacerlo ahora, porque ya no hay diálogo o encuentro con el lector, hay solamente esperanza de un cierto diálogo con un cierto y remoto lector. Por supuesto, el problema se sitúa en un plano *moral*. Quizá la arteriosclerosis, el avance de la edad acentúan esta tendencia —un poco misantrópica, me temo— a exaltar el *ethos* y descubrir (en mi caso es un descubrimiento bien tardío) que los órdenes estéticos son más un espejo que un pasaje para la ansiedad metafísica.

Sigo tan sediento de absoluto como cuando tenía veinte años, pero la delicada crispación, la delicia ácida y mordiente del acto creador o de la simple contemplación de la belleza no me parecen ya un premio, un acceso a una realidad absoluta y satisfactoria. Solo hay una belleza que todavía puede darme ese acceso: aquella que es un fin y no un medio, y que lo es porque su creador ha identificado en sí mismo su sentido de la condición humana con su sentido de la condición de artista. En cambio el plano meramente estético me parece eso: meramente. No puedo explicarme mejor.

(-154)

113

Nódulos de un viaje a pie de la Rue de la Glacière hasta la Rue du Sommerard:

—¿Hasta cuándo vamos a seguir fechando «d. J. C.»?

—Documentos literarios vistos dentro de doscientos años: coprolitos.

—Klages tenía razón.

—Morelli y su lección. De a ratos inmundo, horrible, lastimoso. Tanta palabra para lavarse de otras palabras, tanta suciedad para dejar de oler a Piver, a Caron, a Carven, a d. J. C. Quizá haya que pasar por todo eso para recobrar un derecho perdido, el uso original de la palabra.

—El uso original de la palabra (?). Probablemente una frase hueca.

—Pequeño ataúd, caja de cigarros, Caronte soplará apenas y cruzarás el charco balanceándote como una cuna. La barca es para adultos solamente. Damas y niños gratis, un empujón y ya del otro lado. Una muerte mexicana, calavera de azúcar; *Totenkinder lieder*...

—Morelli mirará a Caronte. Un mito frente al otro. ¡Qué viaje imprevisible por las aguas negras!

—Una rayuela en la acera: tiza roja, tiza verde. CIEL. La vereda, allá en Burzaco, la piedrita tan amorosamente

113 elegida, el breve empujón con la punta del zapato, despacio, despacio, aunque el Cielo esté cerca, toda la vida por delante.

—Un ajedrez infinito, tan fácil postularlo. Pero el frío entra por una suela rota, en la ventana de ese hotel una cara como de payaso hace muecas detrás del vidrio. La sombra de una paloma roza un excremento de perro: París.

—Pola París. ¿Pola? Ir a verla, *faire l'amour*. *Carezza*. Como larvas perezosas. Pero larva también quiere decir máscara, Morelli lo ha escrito en alguna parte.

(-30)

114

4 de mayo de 195... (A. P.) a pesar de los esfuerzos de sus abogados, y de un último recurso de apelación interpuesto el 2 del corriente, Lou Vincent fue ejecutado esta mañana en la cámara de gas de la prisión de San Quintín, estado de California.

... las manos y los tobillos atados a la silla. El carcelero jefe ordenó a los cuatro ayudantes que salieran de la cámara, y luego de palmear a Vincent en el hombro, salió a su vez. El condenado quedó solo en la habitación, mientras cincuenta y tres testigos observaban a través de las ventanillas.

... echó la cabeza hacia atrás y aspiró profundamente.

... dos minutos más tarde su rostro se cubrió de sudor, mientras los dedos se movían como queriendo librarse de las correas...

... seis minutos, las convulsiones se repitieron, y Vincent echó hacia adelante y hacia atrás la cabeza. Un poco de espuma empezó a salirle de la boca.

... ocho minutos, la cabeza cayó sobre el pecho, después de una última convulsión.

... A las diez y doce minutos, el doctor Reynolds anunció que el condenado acababa de morir. Los testigos, entre los que se contaban tres periodistas de...

(-117)

115

Morelliana.

Basándose en una serie de notas sueltas, muchas veces contradictorias, el Club dedujo que Morelli veía en la narrativa contemporánea un avance hacia la mal llamada abstracción. «La música pierde melodía, la pintura pierde anécdota, la novela pierde descripción». Wong, maestro en *collages* dialécticos, sumaba aquí este pasaje: «La novela que nos interesa no es la que va colocando los personajes en la situación, sino la que instala la situación en los personajes. Con lo cual estos dejan de ser personajes para volverse personas. Hay como una extrapolación mediante la cual ellos saltan hacia nosotros, o nosotros hacia ellos. El K. de Kafka se llama como su lector, o al revés». Y a esto debía agregarse una nota bastante confusa, donde Morelli tramaba un episodio en el que dejaría en blanco el nombre de los personajes, para que en cada caso esa supuesta abstracción se resolviera obligadamente en una atribución hipotética.

(-14)

116

En un pasaje de Morelli, este epígrafe de *L'Abbé C,* de Georges Bataille: «Il souffrait d'avoir introduit des figures décharnées, qui se déplaçaient dans un monde dément, qui jamais ne pourraient convaincre».

Una nota con lápiz, casi ilegible: «Sí, se sufre de a ratos, pero es la única salida decente. Basta de novelas hedónicas, premasticadas, con *psicologías.* Hay que tenderse al máximo, ser *voyant* como quería Rimbaud. El novelista hedónico no es más que un *voyeur.* Por otro lado, basta de técnicas puramente descriptivas, de novelas "del comportamiento", meros guiones de cine sin el rescate de las imágenes».

A relacionar con otro pasaje: «¿Cómo *contar* sin cocina, sin maquillaje, sin guiñadas de ojo al lector? Tal vez renunciando al supuesto de que una narración es una obra de arte. Sentirla como sentiríamos el yeso que vertemos sobre un rostro para hacerle una mascarilla. Pero el rostro debería ser el nuestro».

Y quizá también esta nota suelta: «Lionello Venturi, hablando de Manet y su *Olympia,* señala que Manet prescinde de la naturaleza, la belleza, la acción y las intenciones morales, para concentrarse en la imagen plástica. Así, sin que él lo sepa, está operando como un retorno del arte

116 moderno a la Edad Media. Esta había entendido el arte como una serie de imágenes, sustituidas durante el Renacimiento y la época moderna por la representación de la realidad. El mismo Venturi (¿o es Giulio Carlo Argan?) agrega: "La ironía de la historia ha querido que en el mismo momento en que la representación de la realidad se volvía objetiva, y por ende fotográfica y mecánica, un brillante parisiense que quería hacer realismo haya sido impulsado por su formidable genio a devolver el arte a su función de creador de imágenes"».

Morelli añade: «Acostumbrarse a emplear la expresión *figura* en vez de *imagen,* para evitar confusiones. Sí, todo coincide. Pero no se trata de una vuelta a la Edad Media ni cosa parecida. Error de postular un tiempo histórico absoluto: Hay tiempos diferentes *aunque* paralelos. En ese sentido, uno de los tiempos de la llamada Edad Media puede coincidir con uno de los tiempos de la llamada Edad Moderna. Y ese tiempo es el percibido y habitado por pintores y escritores que rehúsan apoyarse en la circunstancia, ser "modernos" en el sentido en que lo entienden los contemporáneos, lo que no significa que opten por ser anacrónicos; sencillamente están al margen del tiempo superficial de su época, y desde ese otro tiempo donde todo accede a la condición *de figura,* donde todo vale como signo y no como tema de descripción, intentan una obra que puede parecer ajena o antagónica a su tiempo y a su historia circundantes, y que sin embargo los incluye, los explica, y en último término los orienta hacia una trascendencia en cuyo término está esperando el hombre».

(-3)

117

He visto a un tribunal apremiado y hasta amenazado para que condenara a muerte a dos niños, en contra de la ciencia, en contra de la filosofía, en contra del humanitarismo, en contra de la experiencia, en contra de las ideas más humanas y mejores de la época.

¿Por qué razón mi amigo Mr. Marshall, que exhumó entre las reliquias del pasado precedentes que harían enrojecer de vergüenza a un salvaje, no leyó esta frase de Blackstone:

«Si un niño de menos de catorce años, aunque sea juzgado incapaz de culpa *prima facie* es, en opinión del tribunal y el jurado, capaz de culpa y de discernimiento entre el bien y el mal, puede ser convicto y condenado a muerte»?

Así, una niña de trece años fue quemada por haber muerto a su maestra.

Un niño de diez y otro de once años que habían matado a sus compañeros fueron condenados a muerte, y el de diez ahorcado.

¿Por qué?

Porque sabía la diferencia que hay entre lo que está bien y lo que está mal. Lo había aprendido en la escuela dominical.

CLARENCE DARROW, *Defensa de Leopold y Loeb,* 1924.

(-15)

118

¿Cómo convencerá el asesinado a su asesino de que no ha de aparecérsele?

MALCOLM LOWRY, *Under the Volcano*.

(-50)

119

¡COTORRITA AUSTRALIANA IMPOSIBILITADA DE TENDER SUS ALAS!

¡Un inspector de la R. S. P. C. A. entró en una casa y encontró el pájaro en una jaula de apenas ocho pulgadas de diámetro! El dueño del pájaro tuvo que pagar una multa de dos libras. Para proteger a las criaturas indefensas necesitamos algo más que su ayuda moral. La R. S. P. C. A. precisa ayuda económica. Dirigirse a la Secretaría, etcétera.

The Observer, Londres.

(-51)

120

a la hora de la siesta todos dormían, era fácil bajarse de la cama sin que se despertara su madre, gatear hasta la puerta, salir despacio oliendo con avidez la tierra húmeda del piso, escaparse por la puerta hasta los pastizales del fondo; los sauces estaban llenos de bichos-canasto, Ireneo elegía uno bien grande, se sentaba al lado de un hormiguero y empezaba a apretar poco a poco el fondo del canasto hasta que el gusano asomaba la cabeza por la golilla sedosa, entonces había que tomarlo delicadamente por la piel del cuello como a un gato, tirar sin mucha fuerza para no lastimarlo, y el gusano ya estaba desnudo, retorciéndose cómicamente en el aire; Ireneo lo colocaba al lado del hormiguero y se instalaba a la sombra, boca abajo, esperando; a esa hora las hormigas negras trabajaban furiosamente, cortando pasto y acarreando bichos muertos o vivos de todas partes, enseguida una exploradora avistaba el gusano, su mole retorciéndose grotescamente, lo palpaba con las antenas como si no pudiera convencerse de tanta suerte, corría a un lado y a otro rozando las antenas de las otras hormigas, un minuto después el gusano estaba rodeado, montado, inútilmente se retorcía queriendo librarse de las pinzas que se clavaban en su piel mientras las hormigas ti-

raban en dirección del hormiguero, arrastrándolo, Ireneo 120
gozaba sobre todo de la perplejidad de las hormigas cuando no podían hacer entrar el gusano por la boca del hormiguero, el juego estaba en elegir un gusano más grueso que la entrada del hormiguero, las hormigas eran estúpidas y no entendían, tiraban de todos lados queriendo meter el gusano pero el gusano se retorcía furiosamente, debía ser horrible lo que sentía, las patas y las pinzas de las hormigas en todo el cuerpo, en los ojos y la piel, se debatía queriendo librarse y era peor porque venían más hormigas, algunas realmente rabiosas que le clavaban las pinzas y no soltaban hasta conseguir que la cara del gusano se fuera enterrando un poco en el pozo del hormiguero, y otras que venían del fondo debían estar tirando con todas sus fuerzas para meterlo, Ireneo hubiera querido poder estar también dentro del hormiguero para ver cómo las hormigas tiraban del gusano metiéndole las pinzas en los ojos y en la boca y tirando con todas sus fuerzas hasta meterlo del todo, hasta llevárselo a las profundidades y matarlo y comérselo.

(-16)

121

Con tinta roja y manifiesta complacencia, Morelli había copiado en una libreta el final de un poema de Ferlinghetti:

Yet I have slept with beauty
in my own weird way
and I have made a hungry scene or two
with beauty in my bed
and so spilled out another poem or two
and so spilled out another poem or two
upon the Bosch-like world.

(-36)

122

Las enfermeras iban y venían hablando de Hipócrates. Con un mínimo de trabajo, cualquier pedazo de realidad podía plegarse a un verso ilustre. Pero para qué plantearle enigmas a Etienne que había sacado su carnet y dibujaba alegremente una fuga de puertas blancas, camillas adosadas a las paredes y ventanales por donde entraba una materia gris y sedosa, un esqueleto de árbol con dos palomas de buches burgueses. Le hubiera gustado contarle el otro sueño, era tan curioso que toda la mañana hubiera estado obsesionado por el sueño del pan, y zas, en la esquina de Raspail y Montparnasse el otro sueño se le había caído encima como una pared, o más bien como si toda la mañana hubiera estado aplastado por la pared del pan quejándose y de golpe, como en una película al revés, la pared se hubiera salido de él, enderezándose de un salto para dejarlo frente al recuerdo del otro sueño.

—Cuando vos quieras —dijo Etienne, guardando el carnet—. Cuando te venga bien, no hay ningún apuro. Todavía espero vivir unos cuarenta años, de modo que...

—*Time present and time past* —recitó Oliveira— *are both perhaps present in time future.* Está escrito que hoy todo va

122 a parar a los versos de T. S. Estaba pensando en un sueño, che, disculpá. Ahora mismo vamos.

—Sí, porque con lo del sueño ya está bien. Uno aguanta, aguanta, pero al final...

—En realidad se trata de otro sueño.

—*Misère!* —dijo Etienne.

—No te lo conté por teléfono porque en ese momento no me acordaba.

—Y estaba el asunto de los seis minutos —dijo Etienne—. En el fondo las autoridades son sabias. Uno se caga todo el tiempo en ellas, pero hay que decir que saben lo que hacen. Seis minutos...

—Si me hubiera acordado en ese momento, no tenía más que salir de la cabina y meterme en la de al lado.

—Está bien —dijo Etienne—. Vos me contás el sueño, y después bajamos por esa escalera y nos vamos a tomar un vinito a Montparno. Te cambio a tu famoso viejo por un sueño. Las dos cosas son demasiado.

—Diste justo en el clavo —dijo Oliveira, mirándolo con interés—. El problema es saber si esas cosas se pueden cambiar. Lo que me decías justamente hoy: ¿mariposa o Chang-Kai-Chek? A lo mejor al cambiarme al viejo por un sueño, lo que me estás cambiando es un sueño por el viejo.

—Para decirte la verdad, maldito lo que me importa.

—Pintor —dijo Oliveira.

—Metafísico —dijo Etienne—. Y ya que estamos, ahí hay una enfermera que empieza a preguntarse si somos un sueño o un par de vagos. ¿Qué va a pasar? Si viene a echarnos, ¿es una enfermera que nos echa o un sueño que echa a dos filósofos que están soñando con un hospital donde entre otras cosas hay un viejo y una mariposa enfurecida?

122

—Era mucho más sencillo —dijo Oliveira, resbalando un poco en el banco y cerrando los ojos—. Mirá, no era más que la casa de mi infancia y la pieza de la Maga, las dos cosas juntas en el mismo sueño. No me acuerdo cuándo lo soñé, me lo había olvidado completamente y esta mañana, mientras iba pensando en lo del pan...

—Lo del pan ya me lo contaste.

—De golpe es otra vez lo otro y el pan se va al demonio, porque no se puede comparar. El sueño del pan me lo puede haber inspirado... Inspirado, mirá qué palabra.

—No tengas vergüenza de decirlo, si es lo que me imagino.

—Pensaste en el chico, claro. Una asociación forzosa. Pero yo no tengo ningún sentimiento de culpa, che. Yo no lo maté.

—Las cosas no son tan fáciles —dijo Etienne, incómodo—. Vamos a ver al viejo, basta de sueños idiotas.

—En realidad casi no te lo puedo contar —dijo Oliveira, resignado—. Imaginate que al llegar a Marte un tipo te pidiera que le describas la ceniza. Más o menos eso.

—¿Vamos o no a ver al viejo?

—Me da absolutamente lo mismo. Ya que estamos... La cama diez, creo. Le podríamos haber traído alguna cosa, es estúpido venir así. En todo caso regalale un dibujito.

—Mis dibujos se venden —dijo Etienne.

(-112)

123

El verdadero sueño se situaba en una zona imprecisa, del lado del despertar pero sin que él estuviera verdaderamente despierto; para hablar de eso hubiera sido necesario valerse de otras referencias, eliminar esos rotundos *soñar* y *despertar* que no querían decir nada, situarse más bien en esa zona donde otra vez se proponía la casa de la infancia la sala y el jardín en un presente nítido, con colores como se los ve a los diez años, rojos tan rojos, azules de mamparas de vidrios coloreados, verde de hojas, verde de fragancia, olor y color una sola presencia a la altura de la nariz y los ojos y la boca. Pero en el sueño, la sala con las dos ventanas que daban al jardín era a la vez la pieza de la Maga; el olvidado pueblo bonaerense y la Rue du Sommerard se aliaban sin violencia, no yuxtapuestos ni imbricados sino fundidos, y en la contradicción abolida sin esfuerzo había la sensación de estar en lo propio, en lo esencial como cuando se es niño y no se duda de que la sala va a durar toda la vida: una pertenencia inalienable. De manera que la casa de Burzaco y la pieza de la Rue du Sommerard eran *el lugar,* y en el sueño había que elegir la parte más tranquila del lugar, la razón del sueño parecía ser solamente esa, elegir una parte tranquila. En el lugar había

otra persona, su hermana que lo ayudaba sin palabras a 123
elegir la parte tranquila, como se interviene en algunos sueños sin siquiera estar, dándose por sentado que la persona o la cosa están ahí e intervienen; una potencia sin manifestaciones visibles, algo que es o hace a través de una presencia que puede pasarse de apariencia. Así él y su hermana elegían la sala como la parte más tranquila del lugar, y estaba bien elegida porque en la pieza de la Maga no se podía tocar el piano o escuchar radio después de las diez de la noche, inmediatamente el viejo de arriba empezaba a golpear en el techo o los del cuarto piso delegaban a una enana bizca para que subiera a quejarse. Sin una sola palabra, puesto que ni siquiera parecían estar ahí, él y su hermana elegían la sala que daba al jardín, descartando la pieza de la Maga. En ese momento del sueño Oliveira se había despertado, tal vez porque la Maga había pasado una pierna por entre las suyas. En la oscuridad lo único sensible era el haber estado hasta ese instante en la sala de la infancia con su hermana, y además unas ganas terribles de orinar. Empujando sin ceremonias la pierna de la Maga, se levantó y salió al rellano, encendió a tientas la mala luz del water, y sin molestarse en cerrar la puerta se puso a mear apoyado con una mano en la pared, luchando por no quedarse dormido y caerse en esa porquería de water, completamente metido en el aura del sueño, mirando sin ver el chorro que le salía por entre los dedos y se perdía en el agujero o erraba vagamente por los bordes de loza negruzca. Tal vez el verdadero sueño se le apareció en ese momento cuando se sintió despierto y meando a las cuatro de la mañana en un quinto piso de la Rue du Sommerard y supo que la sala que daba al jardín en Burzaco era la realidad, lo supo como se saben unas pocas cosas indesmentibles, como se sabe que se es uno mismo, que nadie sino uno

123 mismo está pensando eso, supo sin ningún asombro ni escándalo que su vida de hombre despierto era un fantaseo al lado de la solidez y la permanencia de la sala aunque después al volverse a la cama no hubiera ninguna sala y solamente la pieza de la Rue du Sommerard, supo que el lugar era la sala de Burzaco con el olor de los jazmines del Cabo que entraba por las dos ventanas, la sala con el viejo piano Bluthner, con su alfombra rosa y sus sillitas enfundadas y su hermana también enfundada. Hizo un violento esfuerzo para salirse del aura, renunciar al lugar que lo estaba engañando, lo bastante despierto como para dejar entrar la noción de engaño, de sueño y vigilia, pero mientras sacudía unas últimas gotas y apagaba la luz y frotándose los ojos cruzaba el rellano para volver a meterse en la pieza, todo era menos, era signo menos, menos rellano, menos puerta, menos luz, menos cama, menos Maga. Respirando con esfuerzo murmuró: «Maga», murmuró: «París», quizá murmuró: «Hoy». Sonaba todavía a lejano, a hueco, a realmente no vivido. Se volvió a dormir como quien busca su lugar y su casa después de un largo camino bajo el agua y el frío.

(-145)

124

Había que proponerse, según Morelli, un movimiento al margen de toda *gracia*. En lo que él llevaba cumplido de ese movimiento, era fácil advertir el casi vertiginoso empobrecimiento de su mundo novelístico, no solamente manifiesto en la inopia casi simiesca de los personajes sino en el mero transcurso de sus acciones y sobre todo de sus inacciones. Acababa por no pasarles nada, giraban en un comentario sarcástico de su inanidad, fingían adorar ídolos ridículos que presumían haber descubierto. A Morelli eso debía parecerle importante porque había multiplicado las notas sobre una supuesta exigencia, un recurso final y desesperado para arrancarse de las huellas de la ética inmanente y trascendente, en busca de una desnudez que él llamaba axial y a veces *el umbral*. ¿Umbral de qué, a qué? Se deducía una incitación a algo como darse vuelta al modo de un guante, de manera de recibir desolladamente un contacto con una realidad sin interposición de mitos, religiones, sistemas y reticulados. Era curioso que Morelli abrazaba con entusiasmo las hipótesis de trabajo más recientes de la ciencia física y la biología, se mostraba convencido de que el viejo dualismo se había agrietado ante la evidencia de una común reducción de la materia y el

124 espíritu a nociones de energía. En consecuencia, sus monos sabios parecían querer retroceder cada vez más hacia sí mismos, anulando por una parte las quimeras de una realidad mediatizada y traicionada por los supuestos instrumentos cognoscitivos, y anulando a la vez su propia fuerza mitopoyética, su «alma», para acabar en una especie de encuentro *ab ovo,* de encogimiento al máximo, a ese punto en que va a perderse la última chispa de (falsa) humanidad. Parecía proponer —aunque no llegaba a formularlo nunca— un camino que empezara a partir de esa liquidación externa e interna. Pero había quedado casi sin palabras, sin gente, sin cosas, y potencialmente, claro, sin lectores. El Club suspiraba, entre deprimido y exasperado, y era siempre la misma cosa o casi.

(-128

125

La noción de ser como un perro entre los hombres: materia de desganada reflexión a lo largo de dos cañas y una caminata por los suburbios, sospecha creciente de que solo el alfa da el omega, de que toda obstinación en una etapa intermedia —épsilon, lambda— equivale a girar con un pie clavado en el suelo. La flecha va de la mano al blanco: no hay mitad de camino, no hay siglo XX entre el X y el XXX. Un hombre debería ser capaz de aislarse de la especie dentro de la especie misma, y optar por el perro o el pez original como punto inicial de la marcha hacia sí mismo. No hay pasaje para el doctor en letras, no hay apertura para el alergólogo eminente. Incrustados en la especie, serán lo que deben ser y si no no serán nada. Muy meritorios, ni qué hablar, pero siempre épsilon, lambda o pi, nunca alfa y nunca omega. El hombre de que se habla no acepta esas seudo realizaciones, la gran máscara podrida de Occidente. El tipo que ha llegado vagando hasta el puente de la Avenida San Martín y fuma en una esquina, mirando a una mujer que se ajusta una media, tiene una idea completamente insensata de lo que él llama realización, y no lo lamenta porque algo le dice que en la insensatez está la semilla, que el ladrido del perro anda más cerca del

125 omega que una tesis sobre el gerundio en Tirso de Molina. Qué metáforas estúpidas. Pero él sigue emperrado, es el caso de decirlo. ¿Qué busca? ¿Se busca? No se buscaría si ya no se hubiera encontrado. Quiere decir que se ha encontrado (pero esto ya no es insensato, ergo hay que desconfiar. Apenas la dejás suelta, La Razón te saca un boletín especial, te arma el primer silogismo de una cadena que no te lleva a ninguna parte como no sea a un diploma o a un chalecito californiano y los nenes jugando en la alfombra con enorme encanto de mamá). A ver, vamos despacio. ¿Qué es lo que busca ese tipo? ¿Se busca? ¿Se busca en tanto que individuo? ¿En tanto que individuo pretendidamente intemporal, o como ente histórico? Si es esto último, tiempo perdido. Si en cambio se busca al margen de toda contingencia, a lo mejor lo del perro no está mal. Pero vamos despacio (le encanta hablarse así, como un padre a su hijo, para después darse el gran gusto de todos los hijos y patearle el nido al viejo), vamos *piano piano,* a ver qué es eso de la búsqueda. Bueno, la búsqueda no *es.* Sutil, eh. No es búsqueda porque ya se ha encontrado. Solamente que el encuentro no cuaja. Hay carne, papas y puerros, pero no hay puchero. O sea que ya no estamos con los demás, que ya hemos dejado de ser un ciudadano (por algo me sacan carpiendo de todas partes, que lo diga Lutecia), pero tampoco hemos sabido salir del perro para llegar a eso que no tiene nombre, digamos a esa conciliación, a esa reconciliación.

Terrible tarea la de chapotear en un círculo cuyo centro está en todas partes y su circunferencia en ninguna, por decirlo escolásticamente. ¿Qué se busca? ¿Qué se busca? Repetirlo quince mil veces, como martillazos en la pared. ¿Qué se busca? ¿Qué es esa conciliación sin la cual la vida no pasa de una oscura tomada de pelo? No la conciliación del santo, porque si en la noción de bajar al perro, de recomenzar desde el perro o desde el pez o desde la mugre y la fealdad y la miseria y cualquier otro disvalor, hay siempre como una nostalgia de santidad, parecería que se añora una santidad no religiosa (y ahí empieza la insensatez), un estado *sin diferencia,* sin santo (porque el santo es siempre de alguna manera el santo y los que no son santos, y eso escandaliza a un pobre tipo como el que admira la pantorrilla de la muchacha absorta en arreglarse la media torcida), es decir que si hay conciliación tiene que ser otra cosa que un estado de santidad, estado excluyente desde el vamos. Tiene que ser algo inmanente, sin sacrificio del plomo por el oro, del celofán por el cristal, del menos por el más; al contrario, la insensatez exige que el plomo valga el oro, que el más esté en el menos. Una alquimia, una geometría no euclidiana, una indeterminación *up to date* para las operaciones del espíritu y sus frutos. No se trata de *subir,* viejo ídolo mental desmentido por la historia, vieja zanahoria que ya no engaña al burro. No se trata de perfeccionar, de decantar, de rescatar, de escoger, de libre albedrizar, de ir del alfa hacia el omega. *Ya se está.* Cualquiera ya está. El disparo está en la pistola; pero hay que apretar un gatillo y resulta que el dedo está haciendo señas para parar el ómnibus, o algo así. 125

Cómo habla, cuánto habla este vago fumador de suburbio. La chica ya se acomodó la media, listo. ¿Ves? Formas de la conciliación. *Il mio supplizio...* A lo mejor todo es tan sencillo, un tironcito a las mallas, un dedito mojado con saliva que pasa sobre la parte corrida. A lo mejor bastaría agarrarse la nariz y ponérsela a la altura de la oreja, desacomodar una nada la circunstancia. Y no, tampoco así. Nada más fácil que cargarle la romana a lo de afuera, como si se estuviera seguro de que afuera y adentro son las dos

125 vigas maestras de la casa. Pero es que todo está mal, l
historia te lo está diciendo, y el hecho mismo de estarl
pensando en vez de estarlo viviendo te prueba que est
mal, que nos hemos metido en una desarmonía total qu
todos nuestros recursos disfrazan con el edificio social, co
la historia, con el estilo jónico, con la alegría del Renaci
miento, con la tristeza superficial del romanticismo, y as
vamos y que nos echen un galgo.

(-44

126

—Por qué, con tus encantamientos infernales, me has arrancado a la tranquilidad de mi primera vida... El sol y la luna brillaban para mí sin artificio; me despertaba entre apacibles pensamientos, y al amanecer plegaba mis hojas para hacer mis oraciones. No veía nada de malo, pues no tenía ojos; no escuchaba nada de malo, pues no tenía oídos; ¡pero me vengaré!

«Discurso de la mandrágora», en *Isabel de Egipto,* de ACHIM VON ARNIM.

(-21)

127

Así los monstruos le pateaban el nido a la Cuca para que se fuera de la farmacia y los dejara tranquilos. De paso y mucho más en serio, discutían el sistema de Ceferino Piriz y las ideas de Morelli. Como a Morelli se lo conocía mal en la Argentina, Oliveira les pasó los libros y les habló de algunas notas sueltas que había conocido en otro tiempo. Descubrieron que Remorino, que seguiría trabajando como enfermero y que se aparecía a la hora del mate y de la caña era un gran entendido en Roberto Arlt, y eso les produjo una conmoción considerable, por lo cual durante una semana no se habló más que de Arlt y de cómo nadie le había pisado el poncho en un país donde se preferían las alfombras. Pero sobre todo hablaban de Ceferino con gran seriedad, y cada tanto les ocurría mirarse de una manera especial, por ejemplo levantando la vista al mismo tiempo y dándose cuenta de que los tres hacían lo mismo, es decir mirarse de una manera especial e inexplicable, como ciertas miradas en el truco o cuando un hombre que ama desesperadamente tiene que sobrellevar un té con masas y varias señoras y hasta un coronel retirado que explica las causas de que todo ande mal en el país, y metido en su silla el hombre mira por igual a todos, al coronel y a la mujer que ama y a las tías de la mujer, los mira afablemente porque en realidad sí, es una vergüenza que el país esté en manos de una pandilla de criptocomunistas, entonces de la masa de crema, la tercera a la izquierda de la bandeja, y de la cucharita boca arriba sobre el mantel bordado por las tías, la mirada afable se alza un instante y por encima de los criptocomunistas se enlaza en el aire con la otra mirada que ha subido desde la azucarera de material plástico verde nilo, y ya no hay nada, una consumación fuera del tiempo se vuelve secreto dulcísimo, y si los hombres de hoy fueran verdaderos hombres, joven, y no unos maricas de mierda («¡Pero Ricardo!». «Está bien, Carmen, pero es que me subleva, me su-ble-va lo que pasa con el país»), *mutatis mutandis* era un poco la mirada de los monstruos cuando alguna que otra vez les ocurría mirarse con una mirada a la vez furtiva y total secreta y mucho más clara que cuando se miraban largo tiempo, pero no por nada se es un monstruo, como le decía la Cuca a su marido, y los tres soltaban la risa y se avergonzaban enormemente de haberse mirado así sin estar jugando al truco y sin tener amores culpables. A menos que. 127

(-56)

128

Nous sommes quelques-uns à cette époque à avoir voulu attenter aux choses, créer en nous des espaces à la vie, des espaces qui n'étaient pas et ne semblaient pas devoir trouver place dans l'espace.

ARTAUD, *Le Pèse-nerfs.*

(-24)

129

Pero Traveler no dormía, después de una o dos tentativas la pesadilla lo seguía rondando y al final se sentó en la cama y encendió la luz. Talita no estaba, esa sonámbula, esa falena de insomnios, y Traveler se bebió un vaso de caña y se puso el saco del piyama. El sillón de mimbre parecía más fresco que la cama, y era una buena noche para seguir estudiando a Ceferino Piriz.

Dans cet annonce ou carte —decía textualmente Ceferino— *ye reponds devant ou sur votre demande de suggérer idées pour UNESCO et écrit en el journal* El Diario *de Montevideo.*

¡Afrancesado Ceferino! Pero no había peligro, «La Luz de la Paz del Mundo», cuyos extractos poseía preciosamente Traveler, estaba escrito en admirable castellano, como por ejemplo la introducción:

En este anuncio presento a algunas partes extractadas de una obra recientemente escrita por mí y titulada *La Luz de la Paz del Mundo*. Tal obra ha sido o está presentada a un concurso internacional..., pero sucede de que a cuya obra no la puedo enviar entera a vosotros, ya que cuya Revista no permite por cierto tiempo de que

129 cuya obra sea entregada en su formación completa, a ninguna persona ajena a cuya Revista...

Así que yo en este anuncio me limito solamente a enviar algunos extractos de cuya obra, los cuales, estos que irán a continuación, no deben ser publicados por ahora.

Muchísimo más claro que un texto equivalente de Julián Marías, por ejemplo. Con dos copas de caña se establecía el contacto, y vamos allá. A Traveler le empezó a gustar el haberse levantado, y que Talita anduviera por ahí prodigando romanticismo. Por décima vez se internó lentamente en el texto de Ceferino.

En este libro se hace la presentación de lo que pudiéramos llamar «gran fórmula en pro de la paz mundial». Tanto es así que en cuya fórmula grande entran una Sociedad de Naciones o una U. N., donde esta Sociedad es de tendencia hacia valores (preciosos, etc.) y razas humanas; y finalmente, como ejemplo indiscutido en lo internacional, entra un país que es verdadero ejemplar, ya que el cual está compuesto por 45 CORPORACIONES NACIONALES o ministerios de lo simple, y de 4 Poderes nacionales.

Tal cual: un ministerio de lo simple. Ah, Ceferino, filósofo natural, herborista de paraísos uruguayos, nefelibata...

Por otra parte esta fórmula grande, en su medida de ella, no es ajena, respectivamente, al mundo de los videntes; a la naturaleza de los principios niños; de las medidas naturales que, en una fórmula que se dé de por sí, no admiten ninguna alteración en la cuya fórmula dada de por sí; etc.

Como siempre, el sabio parecía añorar la videncia y la intuición, pero a las primeras de cambio la manía clasifi-

catoria del *homo occidentalis* entraba a saco en el ranchito de 129
Ceferino, y entre mate y mate le organizaba la civilización en tres etapas:

Etapa primera de civilización

Se puede concebir a una etapa primera de civilización a contar desde tiempos desconocidos en el pasado, hasta el año 1940. Etapa que consistía en que todo se inclinaba hacia la guerra mundial de allá por el año 1940.

Etapa segunda de civilización

También se puede concebir a una etapa segunda de civilización, a contar desde el año 1940, hasta el año 1953. Etapa que ha consistido en que todo se ha inclinado hacia la paz mundial o reconstrucción mundial.

(Reconstrucción mundial: hacer de que en el mundo, cada cual quede con lo que suyo; reconstruir eficazmente, a todo lo ya deshecho antes: edificios, derechos humanos, equilibrios universales de precios; etc.; etc.).

Etapa tercera de civilización

También hoy día o actualmente se puede concebir a una etapa tercera de civilización, contando desde el año 1953, hasta el futuro año 2000. Etapa que consiste en que todo marche firmemente hacia el arreglo eficaz de las cosas.

Evidentemente, para Toynbee... Pero la crítica enmudecía ante el planteo antropológico de Ceferino:

Ahora bien, he aquí los humanos ante las mencionadas etapas:

A) Los humanos vivientes en la etapa segunda mismamente, en aquellos mismos días, no atinaban mayormente de pensar de la etapa primera.

129 B) Los humanos vivientes, o que somos vivientes en esta etapa tercera de hoy día, en estos mismos tiempos no atinan, o no atinamos mayormente de pensar de la etapa segunda. Y

C) En el mañana que ha de estar después, o ha de partir del año 2000, los humanos de esos días, y en esos días, ellos no atinarán mayormente de pensar de la etapa tercera: la de hoy día.

Lo de no pensar mayormente era bastante cierto, *beati pauperes spiritu,* y ya Ceferino se largaba a lo Paul Rivet cuesta abajo de una clasificación que había sido la delicia de las tardes en el patio de don Crespo, a saber:

En el mundo se pueden contar hasta seis razas humanas: la blanca, la amarilla, la parda, la negra, la roja y la pampa.

RAZA BLANCA: son de tal raza, todos los habitantes de piel blanca, tales, los de los países bálticos, nórdicos, europeos, americanos, etc.

RAZA AMARILLA: son de tal raza, todos los habitantes de piel amarilla, tales, chinos, japoneses, mongoles, hindúes en su mayoría de ellos, etc.

RAZA PARDA: son de tal raza, todos los habitantes de piel parda por naturaleza, tales, los rusos pardos propiamente, los turcos de piel parda, los árabes de piel parda, los gitanos, etc.

RAZA NEGRA: son de tal raza, todos los habitantes de piel negra, tales los habitantes del África Oriental en su gran mayoría de ellos, etc.

RAZA ROJA: son de tal raza, todos los habitantes de piel roja, tales una gran parte de etíopes de piel rojiza oscura, y donde el negus o rey de Etiopía es un ejemplar rojo; una gran parte de hindúes de piel rojiza oscura o de «color café»; una gran parte de egipcios de piel rojiza oscura; etc.

RAZA PAMPA: son de tal raza, todos los habitantes de piel de color vario o pampa, tales como todos los indios de las tres Américas.

129

—Aquí tendría que estar Horacio —se habló Traveler—. Esta parte él la comentaba muy bien. Al fin y al cabo, ¿por qué no? El pobre Cefe tropieza con las clásicas dificultades de la Etiqueta Engomada, y hace lo que puede, como Linneo o los cuadros sinópticos de las enciclopedias. Lo de la raza parda es una solución genial, hay que reconocerlo.

Se oía caminar en el pasillo, y Traveler se asomó a la puerta, que daba sobre el ala administrativa. Como hubiera dicho Ceferino, la primera puerta, la segunda puerta y la tercera puerta estaban cerradas. Talita se habría vuelto a su farmacia, era increíble cómo la entusiasmaba su reingreso en la ciencia, en las balancitas y los sellos antipiréticos.

Ajeno a esas nimiedades, Ceferino pasaba a explicar su Sociedad de Naciones modelo:

> Una sociedad que sea fundada en cualquier parte del mundo, aun siendo el mejor lugar la Europa. Una Sociedad que funcione permanentemente, y por ende todos los días hábiles. Una sociedad donde su gran local o palacio, disponga al menos de siete (7) cámaras o recintos bien grandes. Etc.
>
> Ahora bien; de las siete mencionadas cámaras del palacio de cuya Sociedad una primera cámara ha de ser ocupada por los Delegados de los países de raza blanca, y su Presidente de igual color; una segunda cámara ha de ser ocupada por los Delegados de los países de raza amarilla, y su Presidente de igual color; una tercer...

Y así todas las razas, o sea que se podía saltar la enumeración, *pero no era lo mismo* después de cuatro copitas de caña (Mariposa y no Ancap, lástima, porque el homenaje patriótico hubiera valido la pena); no era en absoluto lo mismo,

129 porque el pensamiento de Ceferino era cristalográfico, cuajaba con todas las aristas y los puntos de intersección, regido por la simetría y el *horror vacui,* o sea que

... una tercer cámara ha de ser ocupada por los Delegados de los países de raza parda, y su Presidente de igual color; una cuarta cámara ha de ser ocupada por los Delegados de los países de raza negra, y su Presidente de igual color; una quinta cámara ha de ser ocupada por los Delegados de los países de raza roja, y su Presidente de igual color; una sexta cámara ha de ser ocupada por los Delegados de los países de raza pampa, y su Presidente de igual color; y una —la— séptima cámara ha de ser ocupada por el «Estado Mayor» de toda cuya Sociedad de Naciones.

A Traveler lo había fascinado siempre ese «—la—» que interrumpía la rigurosa cristalización del sistema, como el misterioso *jardín* del zafiro, ese misterioso punto de la gema que quizá determinaba la coalescencia del sistema y que en los zafiros irradiaba su transparente cruz celeste como una energía congelada en el corazón de la piedra. (¿Y por qué se llamaba *jardín,* a menos de imaginar los jardines de pedrerías de las fábulas orientales?).

Cefe, mucho menos delicuescente, explicaba enseguida la importancia de la cuestión:

Más detalles sobre la mencionada séptima cámara: en cuya séptima cámara del palacio de la Sociedad de las Naciones, han de estar el Secretario General de toda cuya Sociedad, y el Presidente General, también de toda cuya Sociedad, pero tal Secretario General al mismo tiempo también ha de ser el Secretario directo del mencionado Presidente General.

Más detalles aún: bien; en la cámara primera ha de estar su correspondiente Presidente, el cual siempre ha de presidir a cuya cámara primera; si hablamos con respecto a la cámara segunda, ídem; si hablamos con respecto a la cámara tercera, ídem; si hablamos con respecto a la cámara cuarta, ídem; si hablamos con respecto a la cámara quinta, ídem; y si hablamos con respecto a la cámara sexta, ídem. 129

A Traveler lo enternecía pensar que ese «ídem» le debía haber costado bastante a Ceferino. Era una condescendencia extraordinaria hacia el lector. Pero ya estaba en el fondo del asunto, y procedía a enumerar lo que él llamaba: «Primoroso cometido de la Sociedad de Naciones modelo», *i. e.*:

1) Ver (por no decir fijar) al o a los valores del dinero en su circulación internacional; 2) designar a los jornales de obreros, a los sueldos de empleados, etc.; 3) designar valores en pro de lo internacional (dar o fijar precio a todo artículo de los vendibles, y dar valor o mérito a otras cosas: cuántas armas de guerra ha de tener un país; cuántos niños ha de dar a luz, por convención internacional, una mujer, etc.); 4) designar de cuánto deban percibir monetariamente por concepto de jubilación un jubilado, un pensionado, etc.; 5) de hasta cuántos niños ha de dar a luz toda respectiva mujer en el mundo; 6) de las distribuciones equitativas en el terreno internacional; etc.

¿Por qué, se preguntaba sagazmente Traveler, esa repetición en materia de libertad de vientres y demografía? Bajo 3) se lo entendía como un valor, y bajo 5) como cuestión concreta de competencia de la Sociedad. Curiosas infracciones a la simetría, al rigor implacable de la enumeración consecutiva y ordenada, que quizá traducían una inquietud, la sospecha de que el orden clásico era como siempre un sacrificio de la verdad a la belleza. Pero Ceferino se

129 reponía de ese romanticismo que le sospechaba Traveler, y procedía a una distribución ejemplar:

Distribución de las armas de guerra:

Ya es sabido que cada respectivo país del mundo cuenta con sus correspondientes kilómetros cuadrados de territorio.

Ahora bien, he aquí un ejemplo:

A) El país que en un suponer tiene 1 000 kilómetros cuadrados, ha de tener 1000 cañones; el país que en un suponer tiene 5 000 kilómetros cuadrados, ha de tener 5 000 cañones, etc.

(En esto se ha de comprender 1 cañón por cada kilómetro cuadrado);

B) El país que en un suponer tiene 1 000 kilómetros cuadrados, ha de tener 2 000 fusiles; el país que en un suponer tiene 5 000 kilómetros cuadrados, ha de tener 10 000 fusiles, etc.

(En esto se han de comprender 2 fusiles por cada kilómetro cuadrado), etc.

Este ejemplo ha de comprender a todos los respectivos países que existen: Francia tiene 2 fusiles por cada kilómetro suyo, España, ídem; Bélgica, ídem; Rusia, ídem, Norteamérica, ídem; Uruguay, ídem; China, ídem, etc.; y también ha de comprender a todas las clases de armas de guerra que existen: a) tanques; b) ametralladoras; c) bombas terroríficas, fusiles, etc.

(-139)

130

Riesgos del cierre relámpago

El *British Medical Journal* informa sobre una nueva clase de accidente que pueden sufrir los niños. Dicho accidente es causado por el empleo de cierre relámpago en lugar de botones en la bragueta de los pantalones (escribe nuestro corresponsal de medicina).

El peligro está en que el prepucio quede atrapado por el cierre. Ya se han registrado dos casos. En ambos hubo que practicar la circuncisión para liberar al niño.

El accidente tiene más probabilidades de ocurrir cuando el niño va solo al retrete. Al tratar de ayudarlo, los padres pueden empeorar las cosas tirando del cierre en sentido equivocado, pues el niño no está en condiciones de explicar si el accidente se ha producido al tirar del cierre hacia arriba o hacia abajo. Si el niño ya ha sido circuncidado, el daño puede ser mucho más grave.

El médico sugiere que cortando la parte inferior del cierre con alicates o tenazas se pueden separar fácilmente las dos mitades. Pero habrá que practicar una anestesia local para extraer la parte incrustada en la piel.

The Observer, Londres.

(-151)

131

—Qué te parece si ingresamos en la corporación nacional de los monjes de la oración del santiguamiento.

—Entre eso y entrar en el presupuesto de la nación...

—Tendríamos ocupaciones formidables —dijo Traveler, observando la respiración de Oliveira—. Me acuerdo perfectamente, nuestras obligaciones serían las de rezar o santiguar a personas, a objetos, y a esas regiones tan misteriosas que Ceferino llama lugares de parajes.

—Este debe ser uno —dijo Oliveira como desde lejos—. Es un lugar de paraje clavado, hermanito.

—Y también santiguaríamos a los sembrados de vegetales, y a los novios mal afectados por un rival.

—Llamalo a Cefe —dijo la voz de Oliveira desde algún lugar de paraje—. Cómo me gustaría... Che, ahora que lo pienso, Cefe es uruguayo.

Traveler no le contestó nada, y miró a Ovejero que entraba y se inclinaba para tomar el pulso de la histeria matinensis yugulata.

—Monjes que han de combatir siempre todo mal espiritual —dijo distintamente Oliveira.

—Ahá —dijo Ovejero para alentarlo.

(-58)

132

Y mientras alguien como siempre explica alguna cosa, yo no sé por qué estoy en el café, en todos los cafés, en el Elephant & Castle, en el Dupont Barbès, en el Sacher, en el Pedrocchi, en el Gijón, en el Greco, en el Café de la Paix, en el Café Mozart, en el Florian, en el Capoulade, en Les Deux Magots, en el bar que saca las sillas a la plaza del Colleone, en el café Dante a cincuenta metros de la tumba de los Escalígeros y la cara como quemada por las lágrimas de Santa María Egipcíaca en un sarcófago rosa, en el café frente a la Giudecca, con ancianas marquesas empobrecidas que beben un té minucioso y alargado con falsos embajadores polvorientos, en el Jandilla, en el Floccos, en el Cluny, en el Richmond de Suipacha, en El Olmo, en la Closerie des Lilas, en el Stéphane (que está en la Rue Mallarmé), en el Tokio (que está en Chivilcoy), en el café Au Chien qui Fume, en el Opern Café, en el Dôme, en el Café du Vieux Port, en los cafés de cualquier lado donde

We make our meek adjustments,
Contented with such random consolations
As the wind deposits
In slithered and too ample pockets.

132

Hart Crane *dixit*. Pero son más que eso, son el territorio neutral para los apátridas del alma, el centro inmóvil de la rueda desde donde uno puede alcanzarse a sí mismo en plena carrera, verse entrar y salir como un maníaco, envuelto en mujeres o pagarés o tesis epistemológicas, y mientras revuelve el café en la tacita que va de boca en boca por el filo de los días, puede desapegadamente intentar la revisión y el balance, igualmente alejado del yo que entró hace una hora en el café y del yo que saldrá dentro de otra hora. Autotestigo y autojuez, autobiógrafo irónico entre dos cigarrillos.

En los cafés me acuerdo de los sueños, un *no man's land* suscita el otro; ahora me acuerdo de uno, pero no, solamente me acuerdo de que debí soñar algo maravilloso y que al final me sentía como expulsado (o yéndome, pero a la fuerza) del sueño que irremediablemente quedaba a mis espaldas. No sé si incluso se cerraba una puerta detrás de mí, creo que sí; de hecho se establecía una separación entre lo ya soñado (perfecto, esférico, concluido) y el ahora. Pero yo seguía durmiendo, lo de la expulsión y la puerta cerrándose también lo soñé. Una certidumbre sola y terrible dominaba ese instante de tránsito dentro del sueño: saber que irremisiblemente esa expulsión comportaba el olvido total de la maravilla previa. Supongo que la sensación de puerta cerrándose era eso, el olvido fatal e instantáneo. Lo más asombroso es acordarme también de haber soñado que me olvidaba del sueño anterior, y de que ese sueño *tenía* que ser olvidado (yo expulsado de su esfera concluida).

Todo eso tendrá, me imagino, una raíz edénica. Tal vez el Edén, como lo quieren por ahí, sea la proyección mitopoyética de los buenos ratos fetales que perviven en el inconsciente. De golpe comprendo mejor el espantoso ges-

to del Adán de Masaccio. Se cubre el rostro para proteger 132
su visión, lo que fue suyo; guarda en esa pequeña noche manual el último paisaje de su paraíso. Y llora (porque el gesto es también el que acompaña el llanto) cuando se da cuenta de que es inútil, que la verdadera condena es eso que ya empieza: el olvido del Edén, es decir la conformidad vacuna, la alegría barata y sucia del trabajo y el sudor de la frente y las vacaciones pagas.

(-61)

133

Claro que, como lo pensó enseguida Traveler, lo que contaba eran los resultados. Sin embargo, ¿por qué tanto pragmatismo? Cometía una injusticia con Ceferino, puesto que su sistema geopolítico no había sido ensayado como muchos otros igualmente insensatos (y por tanto promisorios, eso había que reconocerlo). Impertérrito, Cefe se mantenía en el terreno teórico y casi de inmediato entraba en otra demostración aplastante:

Los jornales obreros en el mundo:

De acuerdo con la Sociedad de las Naciones será o ha de ser que si por ejemplo un obrero francés, un herrero pongamos por caso, gana un jornal diario y basado entre una *base mínima* de \$ 8,00 y una *base máxima* de \$ 10,00, entonces ha de ser que un herrero italiano también ha de ganar igual, entre \$ 8,00 y \$ 10,00 por jornada; más: si un herrero italiano gana lo mismo dicho, entre \$ 8,00 y \$ 10,00 por jornada, entonces un herrero español también ha de ganar entre \$ 8,00 y \$ 10,00 por jornada; más: si un herrero español gana entre \$ 8,00 y \$ 10,00 por jornada, entonces un herrero ruso también ha de ganar entre \$ 8,00 y \$ 10,00 por jornada; más, si un herrero ruso gana entre \$ 8,00 y \$ 10,00 por jornada, entonces un herrero norteamericano también ha de ganar entre \$ 8,00 y \$ 10,00 por jornada; etc.

—¿Cuál es la razón —monologó Traveler— de ese «etc.», de que en un momento dado Ceferino se pare y opte por ese etcétera tan penoso para él? No puede ser solamente el cansancio de la repetición, porque es evidente que le encanta, ni la sensación de monotonía, porque es evidente que le encanta (se le estaba pegando el estilo). El hecho era que el «etc.» lo dejaba un poco nostálgico a Ceferino, cosmólogo obligado a conceder un *reader's digest* irritante. El pobre se desquitaba agregando a continuación de su lista de herreros: 133

(Por lo demás, en esta tesis, de seguir hablando, caben o cabrían desde luego todos los países respectivamente, o bien todos los herreros de todo respectivo país).

«En fin», pensó Traveler sirviéndose otra caña y rebajándola con soda, «es raro que Talita no vuelva». Habría que ir a ver. Le daba lástima salirse del mundo de Ceferino en pleno arreglo, justamente cuando Cefe se ponía a enumerar las 45 Corporaciones Nacionales que debían componer un país ejemplar:

1) Corporación Nacional de Ministerio del Interior (todas las dependencias y empleados en general de Ministerio del Interior). (Ministración de toda estabilidad de todo establecimiento, etc.); 2) Corporación Nacional de Ministerio de Hacienda (todas las dependencias y empleados en general de Ministerio de Hacienda). (Ministración a modo de patrocinio, de todo bien (toda propiedad) dentro de territorio nacional, etc.); 3).

Y así, corporaciones en número de 45, entre las que se destacaban por derecho propio la 5, la 10, la 11 y la 12:

133 5) CORPORACIÓN NACIONAL DE MINISTERIO DE LA PRIVANZA CIVIL (todas las dependencias y empleados en general de cuyo Ministerio). (Instrucción, Ilustración, Amor de un prójimo para con otro, Control, Registro (libros de), Salud, Educación Sexual, etc.). (Ministración o Control y Registro (letrado...) que ha de suplir a «Juzgados de Instrucción», a «Juzgados de lo Civil», a «Consejo del Niño», a «Juez de Menores», a «Registros»: nacimientos, defunciones, etc.) (Ministración que ha de comprender a todo lo que sea de la Privanza Civil: MATRIMONIO, PADRE, HIJO, VECINO, DOMICILIO, INDIVIDUO, INDIVIDUO DE BUENA O MALA CONDUCTA, INDIVIDUO DE INMORALIDAD PÚBLICA, INDIVIDUO CON MALAS ENFERMEDADES, HOGAR (FAMILIA Y), PERSONA INDESEABLE, JEFE DE FAMILIA, NIÑO, MENOR DE EDAD, NOVIO, CONCUBINATO, etc.).

....

10) CORPORACIÓN NACIONAL DE ESTANCIAS (todos los establecimientos rurales de la Cría Mayor de animales y todos los empleados en general de cuyos establecimientos). (Cría Mayor o cría de animales corpulentos: bueyes, caballos, avestruces, elefantes, camellos, jirafas, ballenas, etc.);

11) CORPORACIÓN NACIONAL DE GRANJAS (todas las granjas agrícolas o chacras grandes, y todos los empleados en general de cuyos establecimientos). (Plantíos de toda clase respectiva de vegetales, menos hortalizas y árboles frutales);

12) COPORACIÓN NACIONAL DE CASAS-CRIADEROS DE ANIMALES (todos los establecimientos de la Cría Menor de animales, y todos los empleados en general de cuyos establecimientos). (Cría Menor o cría de animales no corpulentos: cerdos, ovejas, chivos, perros, tigres, leones, gatos, liebres, gallinas, patos, avejas, peces, mariposas, ratones, insectos, microbios, etc.).

Enternecido, Traveler se olvidaba de la hora y de cómo bajaba la botella de caña. Los problemas se le planteaban como caricias: ¿Por qué exceptuar las hortalizas y los árboles frutales? ¿Por qué la palabra *aveja* tenía algo de diabólico? Y esa visión casi edénica de una chacra donde los chivos se criaban al lado de los tigres, los ratones, las mariposas, los leones y los microbios... Ahogándose de risa, salió al pasillo. El espectáculo casi tangible de una estancia donde los empleados-de-cuyo-establecimiento se debatían tratando de criar una ballena se superponía a la austera visión del pasillo nocturno. Era una alucinación digna del lugar y de la hora, parecía perfectamente tonto preguntarse qué andaría haciendo Talita en la farmacia o en el patio, cuando la ordenación de las Corporaciones se seguía ofreciendo como una lámpara. 133

25) Corporación Nacional de Hospitales y Casas Afines (todos los hospitales de toda clase, los talleres de arreglos y composturas, casas de curados de cueros, caballerizas de las de componer caballos, clínicas dentales, peluquerías, casas de podado de vegetales, casas de arreglado de expedientes intrincados, etc., y también todos los empleados en general de cuyos establecimientos).

—Ahí está —dijo Traveler—. Una ruptura que prueba la perfecta salud central de Ceferino. Horacio tiene razón, no hay por qué aceptar los órdenes tal como nos los alcanza papito. A Cefe le parece que el hecho de componer alguna cosa vincula al dentista con los expedientes intrincados; los accidentes valen tanto como las esencias... Pero es la poesía misma, hermano. Cefe rompe la dura costra mental, como decía no sé quién, y empieza a ver el mundo desde un ángulo diferente. Claro que a eso es lo que le llaman estar piantado.

Cuando entró Talita, estaba en la Corporación vigesimoctava:

133 28) Corporación Nacional de los Detectives Científicos en lo Andante y sus Casas de Ciencias (todos los locales de detectives y/o policías de la investigación, todos los locales de exploradores (recorredores) y todos los locales de exploradores científicos, y todos los empleados en general de cuyos mismos establecimientos). (Todos los mencionados empleados han de pertenecer a una clase que se ha de denominar como «ANDANTE»).

A Talita y a Traveler les gustaba menos esta parte, era como si Ceferino se abandonara demasiado pronto a una inquietud persecutoria. Pero quizá los detectives científicos en lo andante no eran meros pesquisas, lo de «andante» los investía de un aire quijotesco que Cefe, a lo mejor dándolo por sentado, no se había molestado en subrayar.

29) Corporación Nacional de los Detectives Científicos en lo Perteneciente a la Petición y a sus Casas de Ciencias (todos los locales de detectives y/o policía de la Investigación, y todos los locales de exploradores, y todos los empleados en general de cuyos mismos establecimientos). (Todos los mencionados empleados han de pertenecer a una clase que se ha de denominar como «PETICIÓN», y los locales y empleados de esta clase han de ser aparte de los de otras clases como la ya mencionada «ANDANTE»).

30) Corporación Nacional de los Detectives Científicos en lo Perteneciente a la Acotación a fin y sus Casas de Ciencias (todos los locales de detectives y/o policías de la Investigación, y todos los locales de exploradores, y todos los empleados en general de cuyos mismos establecimientos). (Todos los mencionados empleados han de pertenecer a una clase que se ha de denominar como «ACOTACIÓN», y los locales y empleados de esta clase han de ser aparte de los de otras clases como las ya mencionadas «ANDANTE» y «PETICIÓN»).

—Es como si hablara de órdenes de caballería —dijo 133
Talita convencida—. Pero lo raro es que en estas tres corporaciones de detectives, lo único que se menciona son los locales.

—Por un lado eso, y por otro, ¿qué quiere decir «acotación a fin»?

—Debe ser una sola palabra, *afín*. Pero no resuelve nada. Qué importa.

—Qué importa —repitió Traveler—. Tenés mucha razón. Lo hermoso es que exista la posibilidad de un mundo donde haya detectives andantes, de petición y de acotación. Por eso me parece bastante natural que ahora Cefe pase de la caballería a las órdenes religiosas, con un intermedio que viene a ser una concesión al espíritu cientificista (algún nombre hay que darle, che) de estos tiempos: Te leo:

31) Corporación Nacional de los Doctos en Ciencias de lo Idóneo y sus Casas de Ciencias (todas las casas o locales de comunidad de doctos en ciencias de lo idóneo, y todos cuyos mismos doctos). (Doctos en ciencias de lo idóneo: médicos, homeópatas, curanderos (todo cirujano), parteras, técnicos, mecánicos (toda clase de técnicos), ingenieros de segundo orden o arquitectos en toda respectiva rama (todo ejecutor de planes ya trazados de antemano, tal como lo sería un ingeniero de segundo orden), clasificadores en general, astrónomos, astrólogos, espiritistas, doctores completos en toda rama de la ley o leyes (todo perito), clasificadores en especies genéricas, contadores, traductores, maestros de escuelas de las Primarias (todo compositor), rastreadores —hombres— de asesinos, baquianos o guías, injertadores de vegetales, peluqueros, etc.

—¡Qué me contás! —dijo Traveler, bebiéndose una caña de un trago—. ¡Es absolutamente genial!

133 —Sería un gran país para los peluqueros —dijo Talita tirándose en la cama y cerrando los ojos—. Qué salto que dan en el escalafón. Lo que no entiendo es que los rastreadores de asesinos tengan que ser hombres.

—Nunca se oyó hablar de una rastreadora —dijo Traveler— y a lo mejor a Cefe le parece poco apropiado. Ya te habrás dado cuenta de que en materia sexual es un puritano terrible, se nota todo el tiempo.

—Hace calor, demasiado calor —dijo Talita—. ¿Te fijaste con qué gusto incluye a los clasificadores, y hasta repite el nombre? Bueno, a ver el salto místico que ibas a leerme.

—Carpeteá —dijo Traveler.

32) Corporación Nacional de los Monjes de la Oración de Santiguamiento y sus Casas de Ciencias (todas las casas de comunidad de monjes, y todos los monjes). (Monjes u hombres santiguadores, que han de pertenecer fuera de todo culto extraño, únicamente y solamente al mundo de la palabra y los misterios curativos y de «vencimiento» de esta). (Monjes que han de combatir siempre a todo mal espiritual, a todo daño ganado o metido dentro de bienes o cuerpos, etc.). (Monjes penitentes, y anacoretas que han de orar o santiguar, ya a personas, ya a objetos, ya a lugares de parajes, ya a sembrados de vegetales, ya a un novio mal afectado por un rival, etc.).

33) Corporación Nacional de los Beatos Guardadores de Colecciones y sus Casas de Colección (todas las casas de colección, e ídem, casas —depósitos, almacenes, archivos, museos, cementerios, cárceles, asilos, institutos de ciegos, etc., y también todos los empleados en general de cuyos establecimientos). (Colecciones: ejemplo: un archivo guarda expedientes en colección; un cementerio guarda cadáveres en colección; una cárcel guarda presos en colección, etc.).

—Lo del cementerio no se le ocurrió ni a Espronceda —dijo Traveler—. No me vas a negar que la analogía entre la Chacarita y un archivo... Ceferino adivina las relaciones, y eso en el fondo es la verdadera inteligencia, ¿no te parece? Después de semejantes proemios, su clasificación final no tiene nada de extraño, muy al contrario. Habría que ensayar un mundo así. 133

Talita no dijo nada, pero levantó el labio superior como un festón y proyectó un suspiro que venía de eso que llaman el primer sueño. Traveler se tomó otra caña y entró en las Corporaciones finales y definitivas:

40) Corporación Nacional de Agentes Comisionados en Especies Coloradas del Colorado del Rojo y Casas de Labor Activa Pro Especies Coloradas del Rojo (todas las casas de comunidad de agentes comisionados en especies genéricas del colorado del rojo, u Oficinas grandes de cuyos agentes, y también todos cuyos mismos agentes). (Especies genéricas del colorado del rojo: animales de pelaje colorado del rojo; vegetales de flor colorada del rojo, y minerales de aspecto colorado del rojo.)

41) Corporación Nacional de Agentes Comisionados en Especies Coloradas del Negro y Casas de Labor Activa Pro Especies Coloradas del Negro (todas las casas de comunidad de agentes comisionados en especies genéricas del negro, u Oficinas grandes de cuyos agentes, y también todos cuyos mismos agentes). (Especies genéricas del colorado del negro o del negro simplemente: animales de pelaje negro, vegetales de flor negra, y minerales de aspecto negro).

42) Corporación Nacional de Agentes Comisionados en Especies Coloradas del Pardo y Casas de Labor Activa Pro Especies Genéricas del Pardo (todas las casas de comunidad de agentes comisionados en especies genéricas del colorado del pardo, u Oficinas grandes de cuyos agentes, y también todos

133 cuyos mismos agentes). (Especies genéricas del colorado del pardo o del pardo simplemente: animales de pelaje pardo, vegetales de flor parda, y minerales de aspecto pardo).

43) Corporación Nacional de Agentes Comisionados en Especies Coloradas del Amarillo y Casas de Labor Activa Pro Especies Coloradas del Amarillo (todas las casas de comunidad de agentes comisionados en especies genéricas del colorado del amarillo, u Oficinas grandes de cuyos agentes, y también todos cuyos mismos agentes). (Especies genéricas del colorado del amarillo o del amarillo simplemente: animales de pelaje amarillo, vegetales de flor amarilla, y minerales de aspecto amarillo).

44) Corporación Nacional de Agentes Comisionados en Especies Genéricas del Blanco y Casas de Labor Activa Pro Especies Genéricas del Colorado del Blanco (todas las casas de comunidad de agentes comisionados en especies genéricas del colorado del blanco, u Oficinas grandes de cuyos agentes y también todos cuyos mismos agentes). (Especies genéricas del colorado del blanco: animales de pelaje blanco, vegetales de flor blanca, y minerales de aspecto blanco).

45) Corporación Nacional de Agentes Comisionados en Especies Genéricas del Pampa y Casas de Labor Activa, Pro Especies Genéricas del Colorado del Pampa (todas las casas de comunidad de agentes comisionados en especies genéricas del colorado del pampa, u Oficinas grandes de cuyos agentes, y también todos cuyos mismos agentes). (Especies genéricas del colorado del pampa o del pampa simplemente: animales de pelaje pampa, vegetales de flor pampa, y minerales de aspecto pampa).

Romper la dura costra mental... ¿Cómo *veía* Ceferino lo que había escrito? ¿Qué realidad deslumbrante (o no) le mostraba escenas donde los osos polares se movían en inmensos escenarios de mármol, entre jazmines del Cabo? O cuervos anidando en acantilados de carbón, con un tulipán negro en el pico... ¿Y por qué «colorado del negro», «colorado del blanco»? ¿No sería «coloreado»? Pero, entonces, ¿por qué «colorado del amarillo o del amarillo simplemente»? ¿Qué colores eran esos, que ninguna marihuana michauxina o huxleyana traducía? Las notas de Ceferino, útiles para perderse un poco más (sí eso era útil) no iban muy lejos. De todos modos: 133

Sobre el ya mencionado color pampa: el color pampa es todo aquel color que sea vario, o que esté o sea formado por dos o más pintas.

Y una aclaración eminentemente necesaria:

Sobre los ya aludidos o mencionados agentes en especies genéricas: cuyos agentes han de ser Gobernadores, que por medio de ellos nunca llegue a extinguirse del mundo ninguna de las especies genéricas; que las especies genéricas, dentro de sus clases, no se crucen, ya una clase con otra, ya un tipo con otro, ya una raza con otra raza, ya un color de especie con otro color de otra especie, etc.

¡Purista, racista Ceferino Piriz! ¡Un cosmos de colores puros, mondrianesco a reventar! ¡Peligroso Ceferino Piriz, siempre posible candidato a diputado, tal vez a presidente! ¡En guardia, Banda Oriental! Y otra caña antes de irse a dormir mientras Cefe, borracho de colores, se concedía un último poema donde como en un inmenso cuadro de Ensor estallaba todo lo estallable en materia de máscaras y antimáscaras. Bruscamente irrumpía el militarismo en su sistema, y había que ver el tratamiento entre macarrónico y trismegístico que le reservaba el filósofo uruguayo. O sea:

En cuanto a la anunciada obra *La Luz de la Paz del Mundo,* se trata de que en ella se explica algo detallado sobre el militarismo, pero

133 ahora, en breve explicación, diremos la o las siguientes versiones sobre militarismo:

La Guardia (tipo «Metropolitana») *para los militares nacidos bajo el signo zodiacal Aries; los Sindicatos del antigobierno fundamental, para los militares nacidos bajo el signo zodiacal Tauro; la Dirección y auspicios de festejos y reuniones sociales* (bailes, reuniones de veladas, conciertos de noviazgos: hacer parejas de novios, etc.) *para los militares nacidos bajo el signo zodiacal Géminis; la Aviación* (militar) *para los militares nacidos bajo el signo zodiacal Cáncer; la Pluma pro gobierno fundamental* (periodismo militar, y de las magias políticas en pro de todo el Gobierno fundamental y nacional) *para los militares nacidos bajo el signo zodiacal Leo; la Artillería* (armas pesadas en general y bombas) *para los militares nacidos bajo el signo zodiacal Virgo; Auspicios y representaciones prácticas de fiestas públicas y/o patrias* (usos de disfraces adecuados por parte de militares, en los momentos de encarnar, ya un desfile militar, ya un desfile de carnaval, ya una comparsa carnavalesca, ya una fiesta de las de *«vendimia», etc.) para los militares nacidos bajo el signo zodiacal Escorpión; la Caballería* (caballerías comunes y caballerías motorizadas, con las respectivas participaciones, ya de fusileros, ya de lanceros, ya de macheteros: caso común: «Guardia Republicana», ya de espadachineros, etc.) *para los militares nacidos bajo el signo zodiacal Capricornio; y la Servidumbre militar práctica* (chasquis, propios, bomberos, misioneros prácticos, sirvientes de lo práctico, etc.) *para los militares nacidos bajo el signo zodiacal Acuario.*

Sacudiendo a Talita, que se despertó indignada, Traveler le leyó la parte del militarismo y los dos tuvieron que meter la cabeza debajo de la almohada para no despertar a toda la clínica. Pero antes se pusieron de acuerdo en que la mayoría de los militares argentinos eran nacidos bajo el signo zodiacal Tauro. Tan borracho estaba Traveler, nacido bajo el signo zodiacal Escorpión, que se declaró dispuesto

a apelar de inmediato a su condición de subteniente de la 133
reserva a fin de que le permitieran hacer uso de disfraces adecuados por parte de militares.

—Organizaremos enormes fiestas de las de vendimia —decía Traveler, sacando la cabeza de debajo de la almohada y volviéndola a meter apenas terminaba la frase—. Vos vendrás con todas tus congéneres de la raza pampa, porque no hay la menor duda de que sos una pampa, o sea que estás formada por dos o más pintas.

—Yo soy blanca —dijo Talita—. Y es una lástima que vos no hayas nacido bajo el signo zodiacal Capricornio, porque me encantaría que fueras un espadachinero. O por lo menos un chasqui o un propio.

—Los chasquis son Acuario, che. Horacio es Cáncer, ¿no?

—Si no lo es, lo merece —dijo Talita cerrando los ojos.

—Le toca modestamente la aviación. No hay más que imaginárselo piloteando un Bang-Bang de esos y ya te lo está escrachando en la Confitería del Águila a la hora del té con masitas. Sería fatal.

Talita apagó la luz y se apretó un poco contra Traveler que sudaba y se retorcía, envuelto por diversos signos del zodíaco, corporaciones nacionales de agentes comisionados y minerales de aspecto amarillo.

—Horacio vio a la Maga esta noche —dijo Talita, como dormida—. La vio en el patio, hace dos horas, cuando vos estabas de guardia.

—Ah —dijo Traveler, tendiéndose de espaldas y buscando los cigarrillos sistema Braille—. Habría que meterlo entre los beatos guardadores de colecciones.

—La Maga era yo —dijo Talita, apretándose más contra Traveler—. No sé si te das cuenta.

—Más bien sí.

133 —Alguna vez tenía que ocurrir. Lo que me asombra es que se haya quedado tan sorprendido por la confusión.

—Oh, vos sabés, Horacio arma los líos y después los mira con el mismo aire de los cachorros cuando han hecho caca y se quedan contemplándola estupefactos.

—Yo creo que empezó el mismo día en que lo fuimos a buscar al puerto —dijo Talita—. No se puede explicar porque ni siquiera me miró, y entre los dos me echaron como a un perro, con el gato abajo del brazo.

—Cría de animales no corpulentos —dijo Traveler.

—Me confundió con la Maga —insistió Talita—. Todo lo demás tenía que seguir como si lo enumerara Ceferino una cosa detrás de la otra.

—La Maga —dijo Traveler, chupando del cigarrillo hasta que se le iluminó la cara en la oscuridad— también es uruguaya. Ya ves que hay un cierto orden.

—Dejame hablar, Manú.

—Mejor no. Para qué.

—Primero vino el viejo con la paloma, y entonces bajamos al sótano. Horacio hablaba todo el tiempo del descenso, de esos huecos que lo preocupan. Estaba desesperado, Manú, daba miedo ver lo tranquilo que parecía, y entre tanto... Bajamos en el montacargas, y él fue a cerrar una de las heladeras, era tan horrible.

—De manera que bajaste —dijo Traveler—. Está bueno.

—Era diferente —dijo Talita—. No era como bajar. Hablábamos, pero yo sentía como si Horacio estuviera desde otra parte, hablándole a otra, a una mujer ahogada, por ejemplo. Ahora se me ocurre eso, pero él todavía no había dicho que la Maga se había ahogado en el río.

—No se ahogó en lo más mínimo —dijo Traveler—. Me consta, aunque admito que no tengo la menor idea. Basta con conocerlo a Horacio.

—Cree que está muerta, Manú, y al mismo tiempo la 133
iente cerca y esta noche fui yo. Me dijo que también la había isto en el barco, y debajo del puente de la Avenida San Iartín... No lo dice como si hablara de una alucinación, tampoco pretende que le creas. Lo dice, nomás, y es verlad, es algo que está ahí. Cuando cerró la heladera y yo uve miedo y dije no sé qué, me empezó a mirar y era a la tra que miraba. Yo no soy el zombi de nadie, Manú, no uiero ser el zombi de nadie.

Traveler le pasó la mano por el pelo, pero Talita lo rehazó con impaciencia. Se había sentado en la cama y él la entía temblar. Con ese calor, temblando. Le dijo que Hoacio la había besado, y trató de explicar el beso y como no ncontraba las palabras iba tocando a Traveler en la oscuidad, sus manos caían como trapos sobre su cara, sobre sus razos, le resbalaban por el pecho, se apoyaban en sus roillas, y de todo eso nacía como una explicación que Traeler era incapaz de rechazar, un contagio que venía desde nás allá, desde alguna parte en lo hondo o en lo alto o en ualquier parte que no fuera esa noche y esa pieza, un ontagio que a través de Talita lo poseía a su vez, un baluceo como un anuncio intraducible, la sospecha de que staba delante de algo que podía ser un anuncio, pero la oz que lo traía estaba quebrada y cuando decía el anuncio o decía en un idioma ininteligible, y sin embargo eso era lo ínico necesario ahí al alcance de la mano, reclamando el econocimiento y la aceptación, debatiéndose contra una ared esponjosa, de humo y de corcho, inasible y ofreciénlose, desnudo, entre los brazos pero como de agua yéndoe entre lágrimas.

«La dura costra mental», alcanzó a pensar Traveler. Oía onfusamente que el miedo, que Horacio, que el montaargas, que la paloma; un sistema comunicable volvía a

133 entrar poco a poco en el oído. De manera que el pobr infeliz tenía miedo de que él lo matara, era para reírse.

—¿Te lo dijo así, che? Cuesta creerlo, vos sabés el or gullo que tiene.

—Es otra cosa —dijo Talita, quitándole el cigarrillo chupando con una especie de avidez de cine mudo—. Y creo que el miedo que siente es como un último refugic el barrote donde tiene las manos prendidas antes de tirar se. Está tan contento de tener miedo esta noche, yo sé qu está contento en el fondo.

—Eso —dijo Traveler, respirando como un verdader yogui— no lo entendería la Cuca, podés estar segura. Y yo debo estar de lo más inteligente esta noche, porque lo del miedo alegre es medio duro de tragar, vieja.

Talita se corrió un poco en la cama y se apoyó contr Traveler. Sabía que estaba otra vez de su lado, que no s había ahogado, que él la estaba sosteniendo a flor de agu y que en el fondo era una lástima, una maravillosa lástima Los dos lo sintieron en el mismo instante, y resbalaron e uno hacia el otro como para caer en ellos mismos, en la tierra común donde las palabras y las caricias y las boca los envolvían como la circunferencia al círculo, esas metá foras tranquilizadoras, esa vieja tristeza satisfecha de volve a ser el de siempre, de continuar, de mantenerse a flot contra viento y marea, contra el llamado y la caída.

(-140

134

EL JARDÍN DE FLORES

Conviene saber que un jardín planeado de manera muy rigurosa, en el estilo de los «parques a la francesa», compuesto de macizos, canteros y arriates dispuestos geométricamente, exige gran competencia y muchos cuidados.

Por el contrario, en un jardín de tipo «inglés», los fracasos del aficionado se disimularán con más facilidad. Algunos arbustos, un cuadro de césped, y una sola platabanda de flores mezcladas que se destaquen netamente, al abrigo de una pared o un seto bien orientados, son los elementos esenciales de un conjunto muy decorativo y muy práctico.

Si por desgracia algunos ejemplares no dan los resultados previstos, será fácil reemplazarlos por medio de trasplantes; no por ello se advertirá imperfección o descuido en el conjunto, pues las demás flores, dispuestas en manchas de superficie, altura y color distintos, formarán siempre un grupo satisfactorio para la vista.

Esta manera de plantar, muy apreciada en Inglaterra y los Estados Unidos, se designa con el nombre de *mixed border,* es decir, «cantero mezclado». Las flores así dispues-

134 tas, que se mezclan, se confunden y desbordan unas sobre otras como si hubieran crecido espontáneamente, darán su jardín un aspecto campestre y natural, mientras que la plantaciones alineadas, en cuadrados y en círculos, tienen siempre un carácter artificial y exigen una perfección absoluta.

Así, por razones tanto prácticas como estéticas, cabe aconsejar el arreglo en *mixed border* al jardinero aficionado.

Almanaque Hachette

(-25

135

—Están riquísimas —dijo Gekrepten—. Ya me comí dos mientras las freía, son una verdadera espuma, creeme.

—Cebá otro amargo, vieja —dijo Oliveira.

—Enseguida, amor. Esperá que primero te cambio la compresa de agua fría.

—Gracias. Es muy raro comer tortas fritas con los ojos tapados, che. Así deben entrenar a los puntos que van a descubrirnos el cosmos.

—¿Los que van volando a la luna en esos aparatos, no? Los meten en una cápsula o algo así, ¿verdad?

—Sí, y les dan tortas fritas con mate.

(-63)

136

La manía de las citas en Morelli:

«Me costaría explicar la publicación, en un mismo libro, de poemas y de una denegación de la poesía, del diario de un muerto y de las notas de un prelado amigo mío...».

GEORGES BATAILLE, *Haine de la poésie.*

(-12)

137

Morelliana.

Si el volumen o el tono de la obra pueden llevar a creer que el autor intentó una suma, apresurarse a señalarle que está ante la tentativa contraria, la de una *resta* implacable.

(-17)

138

A la Maga y a mí nos ocurre a veces profanar nuestros recuerdos. Depende de tan poco, el malhumor de una tarde, la angustia de lo que puede ocurrir si empezamos a mirarnos en los ojos. Poco a poco, al azar de un diálogo que es como un trapo en jirones, empezamos a acordarnos. Dos mundos distantes, ajenos, casi siempre inconciliables, entran en nuestras palabras, y como de común acuerdo nace la burla. Suelo empezar yo, acordándome con desprecio de mi antiguo culto ciego a los amigos, de lealtades mal entendidas y peor pagadas, de estandartes llevados con una humilde obstinación a las ferias políticas, a las palestras intelectuales, a los amores fervorosos. Me río de una honradez sospechosa que tantas veces sirvió para la desgracia propia o ajena, mientras por debajo las traiciones y las deshonestidades tejían sus telas de araña sin que pudiera impedirlo, simplemente consintiendo que otros, delante de mí, fueran traidores o deshonestos sin que yo hiciera nada por impedirlo, doblemente culpable. Me burlo de mis tíos de acrisolada decencia, metidos en la mierda hasta el pescuezo donde todavía brilla el cuello duro inmaculado. Se caerían de espaldas si supieran que están nadando en plena bosta, convencidos el uno en Tucumán y el otro

en Nueve de Julio de que son un dechado de argentinidad 138
acrisolada (son las palabras que usan). Y sin embargo tengo buenos recuerdos de ellos. Y sin embargo pisoteo esos recuerdos en los días en que la Maga y yo tenemos la mufa de París y queremos hacernos daño.

Cuando la Maga deja de reírse para preguntarme por qué digo esas cosas de mis dos tíos, me gustaría que estuvieran allí, escuchando detrás de la puerta como el viejo del quinto piso. Preparo con cuidado la explicación, porque no quiero ser injusto ni exagerado. Quiero también que le sirva para algo a la Maga, que jamás ha sido capaz de entender las cuestiones morales (como Etienne, pero de una manera menos egoísta; simplemente porque solo cree en la responsabilidad en presente, en el momento mismo en que hay que ser bueno, o noble; en el fondo, por razones tan hedónicas y egoístas como las de Etienne).

Entonces le explico que mis dos honradísimos tíos son unos argentinos perfectos como se entendía en 1915, época cenital de sus vidas entre agropecuarias y oficinescas. Cuando se habla de esos «criollos de otros tiempos», se habla de antisemitas, de xenófobos, de burgueses arraigados a una nostalgia de la estanzuela con chinitas cebando mate por diez pesos mensuales, con sentimientos patrios del más puro azul y blanco, gran respeto por todo lo militar y expedición al desierto, con camisas de plancha por docenas aunque no alcance el sueldo para pagarle a fin de mes a ese ser abyecto que toda la familia llama «el ruso» y a quien se trata a gritos, amenazas, y en el mejor de los casos con frases de perdonavidas. Cuando la Maga empieza a compartir esta visión (de la que personalmente no ha tenido jamás la menor idea) me apresuro a demostrarle que dentro de ese cuadro general mis dos tíos y sus respectivas familias son gentes llenas de excelentes cualidades. Abne-

138 gados padres e hijos, ciudadanos que concurren a los comicios y leen los diarios más ponderados, funcionarios diligentes y muy queridos por sus jefes y compañeros, gente capaz de velar noches enteras al lado de un enfermo, o hacer una gauchada a cualquiera. La Maga me mira perpleja, temiendo que me burle de ella. Tengo que insistir, explicarle por qué quiero tanto a mis tíos, por qué solo a veces, cuando estamos hartos de las calles o del tiempo, me ocurre sacarles los trapos a la sombra y pisotear los recuerdos que todavía me quedan de ellos. Entonces la Maga se anima un poco y empieza a hablarme mal de su madre, a la que quiere y detesta en proporciones dependientes del momento. A veces me aterra cómo puede volver a referirse a un episodio de infancia que otras veces me ha contado riéndose como si fuera muy gracioso, y que de golpe es un nudo siniestro, una especie de pantano de sanguijuelas y garrapatas que se persiguen y se chupan. En esos momentos la cara de la Maga se parece a la de un zorro, se le afinan las aletas de la nariz, palidece, habla entrecortadamente, retorciéndose las manos y jadeando, y como de un globo de *chewing-gum* enorme y obsceno empieza a asomar la cara fofa de la madre, el cuerpo mal vestido de la madre, la calle suburbana donde la madre se ha quedado como una escupidera vieja en un baldío, la miseria donde la madre es una mano que pasa un trapo grasiento por las cacerolas. Lo malo es que la Maga no puede seguir mucho rato, enseguida se larga a llorar, esconde la cara contra mí, se acongoja a un punto increíble, hay que preparar té, olvidarse de todo, irse por ahí o hacer el amor, sin los tíos ni la madre hacer el amor, casi siempre eso o dormir, pero casi siempre eso.

(-127)

139

Las notas del piano (la, re, mi bemol, do, si, si bemol, mi, sol), las del violín (la, mi, si bemol, mi), las del corno (la, si bemol, la, si bemol, mi, sol) representan el equivalente musical de los nombres de ArnolD SCHoenberg, Anton WEBErn, y AlBAn BErG (según el sistema alemán por el cual H representa el si, B el si bemol y S (ES) el mi bemol). No hay ninguna novedad en esta especie de anagrama musical. Se recordará que Bach utilizó su propio nombre de manera similar y que el mismo procedimiento era propiedad común de los maestros polifonistas del siglo XV [...]. Otra analogía significativa con el futuro Concierto para violín consiste en la estricta simetría del conjunto. En el Concierto para violín el número clave es dos: dos movimientos separados, dividido cada uno de ellos en dos partes, además de la división violín-orquesta en el conjunto instrumental. En el «Kammerkonzert» se destaca, en cambio, el número tres: la dedicatoria representa al Maestro y a sus dos discípulos; los instrumentos están agrupados en tres categorías: piano, violín y una combinación de instrumentos de viento; su arquitectura es una construcción en tres movimientos encadenados, cada uno de los cua-

139

les revela en mayor o menor medida una composición tripartita.

Del comentario anónimo sobre el Concierto de Cámara para violín, piano y 13 instrumentos de viento de ALBAN BERG (grabación Pathé Vox PL 8660)

(-133)

140

A la espera de algo más excitante, ejercicios de profanación y extrañamiento en la farmacia, entre medianoche y dos de la mañana, una vez que la Cuca se ha ido a dormir-un-sueño-reparador (o antes, para que se vaya: La Cuca persevera, pero el trabajo de resistir con una sonrisa sobradora y como de vuelta las ofensivas verbales de los monstruos, la fatiga atrozmente. Cada vez se va más temprano a dormir, y los monstruos sonríen amablemente al desearle las buenas noches. Más neutral, Talita pega etiquetas o consulta el *Index Pharmacorum Gottinga*).

Ejercicios tipo: Traducir con inversión maniquea un famoso soneto:

El desflorado, muerto y espantoso pasado,
¿habrá de restaurarnos con su sobrio aletazo?

Lectura de una hoja de la libreta de Traveler: «Esperando turno en la peluquería, caer sobre una publicación de la UNESCO y enterarse de los nombres siguientes: *Opintotoveri/Työläisopiskelija/Työväenopisto*. Parece que son títulos de otras tantas revistas pedagógicas finlandesas. Total irrealidad para el lector. ¿Eso existe? Para millones de rubios,

140 *Opintotoveri* significa el Monitor de la Educación Común. Para mí... (Cólera). Pero ellos no saben lo que quiere decir *cafisho* (satisfacción porteña). Multiplicación de la irrealidad. Pensar que los tecnólogos prevén que por el hecho de llegar en unas horas a Helsinki gracias al Boeing 707... Consecuencias a extraer personalmente. Me hace una media americana, Pedro».

Formas lingüísticas del extrañamiento. Talita pensativa frente a *Genshiryoku Kokunai Jijo,* que en modo alguno le parece el desarrollo de las actividades nucleares en el Japón. Se va convenciendo por superposición y diferenciación cuando su marido, maligno proveedor de materiales recogidos en peluquerías, le muestra la variante *Genshiryoku Kaigai Jijo,* al parecer desarrollo de las actividades nucleares en el extranjero. Entusiasmo de Talita, convencida analíticamente de que Kokunai = Japón y Kaigai = extranjero. Desconcierto de Matsui, tintorero de la calle Lascano, ante una exhibición poliglótica de Talita que se vuelve, pobre, con la cola entre las piernas.

Profanaciones: partir de supuestos tales como el famoso verso: «La perceptible homosexualidad de Cristo», y alzar un sistema coherente y satisfactorio. Postular que Beethoven era coprófago, etcétera. Defender la innegable santidad de Sir Roger Casement, tal como se desprende de *The Black Diaries*. Asombro de la Cuca, confirmada y comulgante.

De lo que se trata en el fondo es de alienarse por pura abnegación profesional. Todavía se ríen demasiado (no puede ser que Atila juntara estampillas) pero ese *Arbeit macht Frei* dará sus resultados, créame Cuca. Por ejemplo, la violación del obispo de Fano viene a ser un caso de...

(-138)

141

No llevaba muchas páginas darse cuenta de que Morelli apuntaba a otra cosa. Sus alusiones a las capas profundas del *Zeitgeist,* los pasajes donde la ló(gi)ca acababa ahorcándose con los cordones de las zapatillas, incapaz hasta de rechazar la incongruencia erigida en ley, evidenciaban la intención espeleológica de la obra. Morelli avanzaba y retrocedía en una tan abierta violación del equilibrio y los principios que cabría llamar *morales* del espacio, que bien podía suceder (aunque de hecho no sucedía, pero nada podía asegurarse) que los acaecimientos que relatara sucedieran en cinco minutos capaces de enlazar la batalla de Actium con el *Anschluss* de Austria (las tres A tendrían posiblemente algo que ver en la elección o más probablemente la aceptación de esos momentos históricos), o que la persona que apretaba el timbre de una casa de la calle Cochabamba al mil doscientos franqueara el umbral para salir a un patio de la casa de Menandro en Pompeya. Todo eso era más bien trivial y Buñuel, y a los del Club no se les escapaba su valor de mera incitación o de parábola abierta a otro sentido más hondo y escabroso. Gracias a esos ejercicios de volatinería, semejantísimos a los que vuelven tan vistosos los Evangelios, los Upanishads y otras materias

141 cargadas de trinitrotolueno chamánico, Morelli se daba el gusto de seguir fingiendo una literatura que en el fuero interno minaba, contraminaba y escarnecía. De golpe las palabras, toda una lengua, la superestructura de un estilo, una semántica, una psicología y una facticidad se precipitaban a espeluznantes harakiris. *¡Banzai!* Hasta nueva orden, o sin garantía alguna: al final había siempre un hilo tendido más allá, saliéndose del volumen, apuntando a un tal vez, a un a lo mejor, a un quién sabe, que dejaba en suspenso toda visión petrificante de la obra. Y esto que desesperaba a Perico Romero, hombre necesitado de certezas, hacía temblar de delicia a Oliveira, exaltaba la imaginación de Etienne, de Wong y de Ronald, y obligaba a la Maga a bailar descalza con un alcaucil en cada mano.

A lo largo de discusiones manchadas de calvados y tabaco, Eitenne y Oliveira se habían preguntado por qué odiaba Morelli la literatura, y por qué la odiaba desde la literatura misma en vez de repetir el *Exeunt* de Rimbaud o ejercitar en su temporal izquierdo la notoria eficacia de un Colt 32. Oliveira se inclinaba a creer que Morelli había sospechado la naturaleza demoníaca de toda escritura recreativa (¿y qué literatura no lo era, aunque solo fuese como excipiente para hacer tragar una gnosis, una praxis o un *ethos* de los muchos que andaban por ahí o podían inventarse?). Después de sopesar los pasajes más incitantes, había terminado por volverse sensible a un tono especial que teñía la escritura de Morelli. La primera calificación posible de ese tono era el desencanto, pero por debajo se sentía que el desencanto no estaba referido a las circunstancias y acaecimientos que se narraban en el libro, sino a la manera de narrarlos que —Morelli lo había disimulado todo lo posible— revertía en definitiva sobre lo contado. La eliminación del seudoconflicto del fondo y la forma

volvía a plantearse en la medida en que el viejo denuncia- 141
ba, utilizándolo a su modo, el material formal; al dudar de sus herramientas, descalificaba en el mismo acto los trabajos realizados con ellas. Lo que el libro contaba no servía de nada, no era nada, porque estaba mal contado, porque simplemente estaba contado, era literatura. Una vez más se volvía a la irritación del autor contra su escritura y la escritura en general. La paradoja aparente estaba en que Morelli acumulaba episodios imaginados y enfocados en las formas más diversas, procurando asaltarlos y resolverlos con todos los recursos de un escritor dueño de su oficio. No parecía proponerse una teoría, no era nada fuerte para la reflexión intelectual, pero de todo lo que llevaba escrito se desprendía con una eficacia infinitamente más grande que la de cualquier enunciado o cualquier análisis, la corrosión profunda de un mundo denunciado como falso, el ataque por acumulación y no por destrucción, la ironía casi diabólica que podía sospecharse en el éxito de los grandes trozos de bravura, los episodios rigurosamente construidos, la aparente sensación de felicidad literaria que desde hacía años venía haciendo su fama entre los lectores de cuentos y novelas. Un mundo suntuosamente orquestado se resolvía, para los olfatos finos, en la nada; pero el misterio empezaba allí porque al mismo tiempo que se presentía el nihilismo total de la obra, una intuición más demorada podía sospechar que no era esa la intención de Morelli, que la autodestrucción virtual en cada fragmento del libro era como la búsqueda del metal noble en plena ganga. Aquí había que detenerse, por miedo de equivocar las puertas y pasarse de listo. Las discusiones más feroces de Oliveira y Etienne se armaban a esta altura de su esperanza, porque tenían el pavor de estarse equivocando, de ser un par de perfectos cretinos empecinados en creer que no se puede levan-

141 tar la torre de Babel para que al final no sirva de nada. La moral de Occidente se les aparecía a esa hora como una proxeneta, insinuándoles una a una todas las ilusiones de treinta siglos inevitablemente heredados, asimilados y masticados. Era duro renunciar a creer que una flor puede ser hermosa para la nada; era amargo aceptar que se puede bailar en la oscuridad. Las alusiones de Morelli a la inversión de los signos, a un mundo visto con otras y desde otras dimensiones, como preparación inevitable a una visión más pura (y todo esto en un pasaje resplandecientemente escrito, y a la vez sospechoso de burla, de helada ironía frente al espejo) los exasperaba al tenderles la percha de una casi esperanza, de una justificación, pero negándoles a la vez la seguridad total, manteniéndolos en una ambigüedad insoportable. Si algún consuelo les quedaba era pensar que también Morelli se movía en esa misma ambigüedad, orquestando una obra cuya legítima primera audición debía ser quizá el más absoluto de los silencios. Así avanzaban por las páginas, maldiciendo y fascinados, y la Maga terminaba siempre por enroscarse como un gato en un sillón, cansada de incertidumbres, mirando cómo amanecía sobre los techos de pizarra, a través de todo ese humo que podía caber entre unos ojos y una ventana cerrada y una noche ardorosamente inútil.

(-60)

142

1.—No sé cómo era —dijo Ronald—. No lo sabremos nunca. De ella conocíamos los efectos en los demás. Éramos un poco sus espejos, o ella nuestro espejo. No se puede explicar.

2.—Era tan tonta —dijo Etienne—. Alabados sean los tontos, etcétera. Te juro que hablo en serio, que cito en serio. Me irritaba su tontería, Horacio porfiaba que era solamente falta de información, pero se equivocaba. Hay una diferencia bien conocida entre el ignorante y el tonto, y cualquiera lo sabe menos el tonto, por suerte para él. Creía que el estudio, ese famoso estudio, le daría inteligencia. Confundía saber con entender. La pobre entendía tan bien muchas cosas que ignorábamos a fuerza de saberlas.

3.—No incurras en ecolalia —dijo Ronald—. Toda esa baraja de antinomias, de polarizaciones. Para mí su tontería era el precio de ser tan vegetal, tan caracol, tan pegada a las cosas más misteriosas. Ahí está, fijate: no era capaz de creer en los nombres, tenía que apoyar el dedo sobre algo y solo entonces lo admitía. No se va muy lejos así. Es como ponerse de espaldas a todo el Occidente, a las Escuelas. Es malo para vivir en una ciudad, para tener que ganarse la vida. Eso la iba mordiendo.

142 4.—yo he sido testigo envidioso de algunas. La forma de un vaso, por ejemplo. ¿Qué otra cosa busco yo en la pintura, decime? Matándome, exigiéndome itinerarios abrumadores para desembocar en un tenedor, en dos aceitunas. La sal y el centro del mundo tienen que estar ahí, en ese pedazo del mantel. Ella llegaba y lo sentía. Una noche subí a mi taller, la encontré delante de un cuadro terminado esa mañana. Lloraba como lloraba ella, con toda la cara, horrible y maravillosa. Miraba mi cuadro y lloraba. No fui bastante hombre para decirle que por la mañana yo también había llorado. Pensar que eso le hubiera dado tanta tranquilidad, vos sabés cuánto dudaba, cómo se sentía poca cosa rodeada de nuestras brillantes astucias.

5.—Se llora por muchas razones —dijo Ronald—. Eso no prueba nada.

6.—Por lo menos prueba un contacto. Cuántos otros, delante de esa tela, la apreciaron con frases pulidas, recuento de influencias, todos los comentarios posibles *en torno*. Ves, había que llegar a un nivel donde fuera posible reunir las dos cosas. Yo creo estar ya allí, pero soy de los pocos.

7.—De pocos será el reino —dijo Ronald—. Cualquier cosa te sirve para que te des bombo.

6.—Sé que es así —dijo Etienne—. Eso sí lo sé. Pero me ha llevado la vida juntar las dos manos, la izquierda con su corazón, la derecha con su pincel y su escuadra. Al principio era de los que miraban a Rafael pensando en Perugino, saltando como una langosta sobre Leo Battista Alberti, conectando, soldando, Pico por aquí, Lorenzo Valla por allá, pero fijate, Burckhardt dice, Berenson niega, Argan cree, esos azules son sieneses, esos paños vienen de Masaccio. No me acuerdo cuándo, fue en Roma, en la galería Barberini, estaba analizando un Andrea del Sarto, lo que se dice analizar, y en una de esas lo vi. No me pidas que

explique nada. Lo vi (y no todo el cuadro, apenas un detalle 142
del fondo, una figurita en un camino). Se me saltaron las lágrimas, es todo lo que te puedo decir.

5.—Eso no prueba nada —dijo Ronald—. Se llora por muchas razones.

4.—No vale la pena que te conteste. Ella hubiera comprendido mucho mejor. En realidad vamos todos por el mismo camino, solo que unos empezamos por la izquierda y otros por la derecha. A veces, en el justo medio, alguien ve el pedazo de mantel con la copa, el tenedor, las aceitunas.

3.—Habla con figuras —dijo Ronald—. Es siempre el mismo.

2.—No hay otra manera de acercarse a todo lo perdido, lo extrañado. Ella estaba más cerca y lo sentía. Su único error era querer una prueba de que esa cercanía valía todas nuestras retóricas. Nadie podía darle esa prueba, primero porque somos incapaces de concebirla, y segundo porque de una manera u otra estamos bien instalados y satisfechos en nuestra ciencia colectiva. Es sabido que el Littré nos hace dormir tranquilos, está ahí al alcance de la mano, con todas las respuestas. Y es cierto, pero solamente porque ya no sabemos hacer las preguntas que lo liquidarían. Cuando la Maga preguntaba por qué los árboles se abrigaban en verano... Pero es inútil, viejo, mejor callarse.

1.—Sí, todo eso no se puede explicar —dijo Ronald.

(-34)

143

Por la mañana, obstinados todavía en la duermevela que el chirrido horripilante del despertador no alcanzaba a cambiarles por la filosa vigilia, se contaban fielmente los sueños de la noche. Cabeza contra cabeza, acariciándose, confundiendo las piernas y las manos, se esforzaban por traducir con palabras del mundo de fuera todo lo que habían vivido en las horas de tiniebla. A Traveler, un amigo de juventud de Oliveira, lo fascinaban los sueños de Talita, su boca crispada o sonriente según el relato, los gestos y exclamaciones con que lo acentuaba, sus ingenuas conjeturas sobre la razón y el sentido de sus sueños. Después le tocaba a él contar los suyos, y a veces a mitad de un relato sus manos empezaban a acariciarse y pasaban de los sueños al amor, se dormían de nuevo, llegaban tarde a todas partes.

Oyendo a Talita, su voz un poco pegajosa de sueño, mirando su pelo derramado en la almohada, Traveler se asombraba de que todo eso pudiera ser así. Estiraba un dedo, tocaba la sien, la frente de Talita. («Y entonces mi hermana era mi tía Irene, pero no estoy segura»), comprobaba la barrera a tan pocos centímetros de su propia cabeza («Y yo estaba desnudo en un pajonal y veía el río lívido

que subía, una ola gigantesca...»). Habían dormido con las 143
cabezas tocándose y ahí, en esa inmediatez física, en la coincidencia casi total de las actitudes, las posiciones, el aliento, la misma habitación, la misma almohada, la misma oscuridad, el mismo tictac, los mismos estímulos de la calle y la ciudad, las mismas radiaciones magnéticas, la misma marca de café, la misma conjunción estelar, la misma noche para los dos, ahí estrechamente abrazados, habían soñado sueños distintos, habían vivido aventuras disímiles, el uno había sonreído mientras la otra huía aterrada, el uno había vuelto a rendir un examen de álgebra mientras la otra llegaba a una ciudad de piedras blancas.

En el recuento matinal Talita ponía placer o congoja, pero Traveler se obstinaba secretamente en buscar las correspondencias. ¿Cómo era posible que la compañía diurna desembocara inevitablemente en ese divorcio, esa soledad inadmisible del soñante? A veces su imagen formaba parte de los sueños de Talita, o la imagen de Talita compartía el horror de una pesadilla de Traveler. Pero *ellos* no lo sabían, era necesario que el otro lo contara al despertar: «Entonces vos me agarrabas de la mano y me decías...». Y Traveler descubría que mientras en el sueño de Talita él le había agarrado la mano y le había hablado, en su propio sueño estaba acostado con la mejor amiga de Talita o hablando con el director del circo Las Estrellas o nadando en Mar del Plata. La presencia de su fantasma en el sueño ajeno lo rebajaba a un mero material de trabajo, sin prevalencia alguna sobre los maniquíes, las ciudades desconocidas, las estaciones de ferrocarril, las escalinatas, toda la utilería de los simulacros nocturnos. Unido a Talita, envolviéndole la cara y la cabeza con los dedos y los labios, Traveler sentía la barrera infranqueable, la distancia vertiginosa que ni el amor podía salvar. Durante mucho tiempo

143 esperó un milagro, que el sueño que Talita iba a contarle por la mañana fuese también lo que él había soñado. Lo esperó, lo incitó, lo provocó apelando a todas las analogías posibles, buscando semejanzas que bruscamente lo llevaran a un reconocimiento. Solo una vez, sin que Talita le diera la menor importancia, soñaron sueños análogos. Talita habló de un hotel al que iban ella y su madre y al que había que entrar llevando cada cual su silla. Traveler recordó entonces su sueño: un hotel sin baños, que lo obligaba a cruzar una estación de ferrocarril con una toalla para ir a bañarse a algún lugar impreciso. Se lo dijo: «Casi soñamos el mismo sueño, estábamos en un hotel sin sillas y sin baños». Talita se rio divertida, ya era hora de levantarse, una vergüenza ser tan haraganes.

Traveler siguió confiando y esperando cada vez menos. Los sueños volvieron, cada uno por su lado. Las cabezas dormían tocándose y en cada una se alzaba el telón sobre un escenario diferente. Traveler pensó irónicamente que parecían los cines contiguos de la calle Lavalle, y alejó del todo su esperanza. No tenía ninguna fe en que ocurriera lo que deseaba, y sabía que sin fe no ocurriría. Sabía que sin fe no ocurre nada de lo que debería ocurrir, y con fe casi siempre tampoco.

(-100)

144

.os perfumes, los himnos órficos, las algalias en primera y
n segunda acepción... Aquí olés a sardónica. Aquí a cri-
ɔprasio. Aquí, esperá un poco, aquí es como perejil pero
penas, un pedacito perdido en una piel de gamuza. Aquí
mpezás a oler a vos misma. Qué raro, verdad, que una
nujer no pueda olerse como la huele el hombre. Aquí
xactamente. No te muevas, dejame. Olés a jalea real, a
niel en un pote de tabaco, a algas aunque sea tópico de-
irlo. Hay tantas algas, la Maga olía a algas frescas, arran-
adas al último vaivén del mar. A la ola misma. Ciertos
ías el olor a alga se mezclaba con una cadencia más espe-
a, entonces yo tenía que apelar a la perversidad —pero
ra una perversidad palatina, entendé, un lujo de bulga-
óctono, de senescal rodeado de obediencia nocturna—,
ara acercar los labios a los suyos, tocar con la lengua esa
gera llama rosa que titilaba rodeada de sombra, y des-
ués, como hago ahora con vos, le iba apartando muy despa-
io los muslos, la tendía un poco de lado y la respiraba
nterminablemente, sintiendo cómo su mano, sin que yo
e lo pidiera, empezaba a desgajarme de mí mismo como
a llama empieza a arrancar sus topacios de un papel de
iario arrugado. Entonces cesaban los perfumes, maravi-

144 llosamente cesaban y todo era sabor, mordedura, jugo
esenciales que corrían por la boca, la caída en esa sombra
the primeval darkness, el cubo de la rueda de los orígenes
Sí, en el instante de la animalidad más agachada, más cer
ca de la excreción y sus aparatos indescriptibles, ahí s
dibujan las figuras iniciales y finales, ahí en la cavern
viscosa de tus alivios cotidianos está temblando Aldeba
rán, saltan los genes y las constelaciones, todo se resum
alfa y omega, *coquille, cut,* concha, *con*, coño, milenio, Ar
magedón, terramicina, oh, callate, no empecés allá arrib
tus apariencias despreciables, tus fáciles espejos. Qué si
lencio tu piel, qué abismos donde ruedan dados de esme
ralda, cínifes y fénices y cráteres...

(-92

145

Morelliana.

Una cita:

Esas, pues, son las fundamentales, capitales y filosóficas razones que me indujeron a edificar la obra sobre la base de partes sueltas —conceptuando la obra como una partícula de la obra— y tratando al hombre como una fusión de partes de cuerpo y partes de alma —mientras a la Humanidad entera la trato como a un mezclado de partes—. Pero si alguien me hiciese tal objeción: que esta parcial concepción mía no es, en verdad, ninguna concepción, sino una mofa, chanza, fisga y engaño, y que yo, en vez de sujetarme a las severas reglas y cánones del Arte, estoy intentando burlarlas por medio de irresponsables chungas, zumbas y muecas, contestaría que sí, que es cierto, que justamente tales son mis propósitos. Y, por Dios —no vacilo en confesarlo— yo deseo esquivarme tanto de vuestro Arte, señores, como de vosotros mismos, ¡pues no puedo soportaros junto con aquel Arte, con vuestras concepciones, vuestra actitud artística y con todo vuestro medio artístico!

GOMBROWICZ, *Ferdydurke,* Cap. IV.
Prefacio al Filidor forrado de niño.

(-122)

146

Carta al *Observer:*

Estimado señor:

¿Ha señalado alguno de sus lectores la escasez de mariposas este año? En esta región habitualmente prolífica casi no las he visto, a excepción de algunos enjambres de papilios. Desde marzo solo he observado hasta ahora un Cigeno, ninguna Etérea, muy pocas Teclas, una Quelonia, ningún Ojo de Pavorreal, ninguna Catocala, y ni siquiera un Almirante Rojo en mi jardín, que el verano pasado estaba lleno de mariposas.

Me pregunto si esta escasez es general, y en caso afirmativo, ¿a qué se debe?

M. WASHBOURN
Pitchcombe, Glos

(-29

147

¿Por qué tan lejos de los dioses? Quizá por preguntarlo.

¿Y qué? El hombre es el animal que pregunta. El día en que verdaderamente sepamos preguntar, habrá diálogo. Por ahora las preguntas nos alejan vertiginosamente de las respuestas. ¿Qué *epifanía* podemos esperar si nos estamos ahogando en la más falsa de las libertades, la dialéctica judeocristiana? Nos hace falta un *Novum Organum* de verdad, hay que abrir de par en par las ventanas y tirar todo a la calle, pero sobre todo hay que tirar también la ventana, y nosotros con ella. Es la muerte, o salir volando. Hay que hacerlo, de alguna manera hay que hacerlo. Tener el valor de entrar en mitad de las fiestas y poner sobre la cabeza de la relampagueante dueña de casa un hermoso sapo verde, regalo de la noche, y asistir sin horror a la venganza de los lacayos.

(-31)

148

De la etimología que da Gabio Basso a la palabra *persona.*

Sabia e ingeniosa explicación, a fe mía, la de Gabio Basso, en su tratado *Del origen de los vocablos,* de la palabra *persona,* máscara. Cree que este vocablo toma origen del verbo *personare,* «retener». He aquí cómo explica su opinión: «No teniendo la máscara que cubre por completo el rostro más que una abertura en el sitio de la boca, la voz, en vez de derramarse en todas direcciones, se estrecha para escapar por una sola salida, y adquiere por ello sonido más penetrante y fuerte. Así, pues, porque la máscara hace la voz humana más sonora y vibrante, se le ha dado el nombre de *persona,* y por consecuencia de la forma de esta palabra, es larga la letra *o* en ella».

AULIO GELIO, *Noches áticas.*

(-42)

149

Mis pasos en esta calle
Resuenan
                En otra calle
Donde
            Oigo mis pasos
Pasar en esta calle
Donde
Solo es real la niebla.

OCTAVIO PAZ.

(-54)

150

Inválidos.

Del hospital del condado de York informan que la duquesa viuda de Grafton, que se rompió una pierna el domingo último, pasó ayer un día bastante bueno.

The Sunday Times, Londres.

(-95)

151

Morelliana.

Basta mirar un momento con los ojos de todos los días el comportamiento de un gato o de una mosca para sentir que esa nueva visión a que tiende la ciencia, esa desantropomorfización que proponen urgentemente los biólogos y los físicos como única posibilidad de enlace con hechos tales como el instinto o la vida vegetal, no es otra cosa que la remota, aislada, insistente voz con que ciertas líneas del budismo, del vedanta, del sufismo, de la mística occidental, nos instan a renunciar de una vez por todas a la mortalidad.

(-152)

152

Abuso de conciencia

Esta casa en que vivo se asemeja en todo a la mía: disposición de las habitaciones, olor del vestíbulo, muebles, luz oblicua por la mañana, atenuada a mediodía, solapada por la tarde; todo es igual, incluso los senderos y los árboles del jardín, y esa vieja puerta semiderruida y los adoquines del patio.

También las horas y los minutos del tiempo que pasa son semejantes a las horas y a los minutos de mi vida. En el momento en que giran a mi alrededor, me digo: «Parecen de veras. ¡Cómo se asemejan a las verdaderas horas que vivo en este momento!».

Por mi parte, si bien he suprimido en mi casa cualquier superficie de reflexión, cuando a pesar de todo el vidrio inevitable de una ventana se empeña en devolverme mi reflejo, veo en él a alguien que se me parece. ¡Sí, que se me parece mucho, lo reconozco!

¡Pero no se vaya a pretender que soy yo! ¡Vamos! Todo es falso aquí. Cuando me hayan devuelto *mi* casa y *mi* vida, entonces encontraré mi verdadero rostro.

Jean Tardieu.

(-143)

153

—Porteño y todo, lo han de poner overo, si se descuida.

—Trataré de no descuidarme, entonces.

—Hará bien.

CAMBACERES, *Música sentimental.*

(-19)

154

De todas maneras los zapatos estaban pisando una materia linoleosa, las narices olían una agridulce aséptica pulverización, en la cama estaba el viejo muy instalado contra dos almohadas, la nariz como un garfio que se prendiera en el aire para sostenerlo sentado. Lívido, con ojeras mortuorias. Zigzag extraordinario de la hoja de temperatura. ¿Y por qué se molestaban?

Se habló de que no era nada, el amigo argentino había sido testigo casual del accidente, el amigo francés era manchista, todos los hospitales la misma infinita porquería. Morelli, sí, el escritor.

—No puede ser —dijo Etienne.

Por qué no, ediciones-piedra-en-el-agua: plop, no se vuelve a saber nada. Morelli se molestó en decirles que se habían vendido (y regalado) unos cuatrocientos ejemplares. Eso sí, dos en Nueva Zelandia, detalle emocionante.

Oliveira sacó un cigarrillo con una mano que temblaba, y miró a la enfermera que le hizo una seña afirmativa y se fue, dejándolos metidos entre los dos biombos amarillentos. Se sentaron a los pies de la cama, después de recoger algunos de los cuadernillos y rollos de papel.

—Si hubiéramos visto la noticia en los diarios... —dijo 154
Etienne.

—Salió en el *Figaro* —dijo Morelli—. Debajo de un telegrama sobre el abominable hombre de las nieves.

—Vos te das cuenta —alcanzó a murmurar Oliveira—. Pero por otro lado es mejor, supongo. Habría venido cada vieja culona con el álbum de los autógrafos y un tarro de jalea hecha en casa.

—De ruibarbo —dijo Morelli—. Es la mejor. Pero vale más que no vengan.

—En cuanto a nosotros —engranó Oliveira, realmente preocupado—, si lo estamos molestando no tiene más que decirlo. Ya habrá otras oportunidades, etcétera. Nos entendemos, ¿no?

—Ustedes vinieron sin saber quién era yo. Personalmente opino que vale la pena que se queden un rato. La sala es tranquila, y el más gritón se calló anoche a las dos. Los biombos son perfectos, una atención del médico que me vio escribiendo. Por un lado me prohibió que siguiera, pero las enfermeras pusieron los biombos y nadie me fastidia.

—¿Cuándo podrá volver a su casa?

—Nunca —dijo Morelli—. Los huesos se quedan aquí, muchachos.

—Tonterías —dijo respetuosamente Etienne.

—Será cuestión de tiempo. Pero me siento bien, se acabaron los problemas con la portera. Nadie me trae la correspondencia, ni siquiera la de Nueva Zelandia, con sus estampillas tan bonitas. Cuando se ha publicado un libro que nace muerto, el único resultado es un correo pequeño pero fiel. La señora de Nueva Zelandia, el muchacho de Sheffield. Francmasonería delicada, voluptuosidad de ser tan pocos que participan de una aventura. Pero ahora, realmente...

154 —Nunca se me ocurrió escribirle —dijo Oliveira—. Algunos amigos y yo conocemos su obra, nos parece tan... Ahórreme ese tipo de palabras, creo que se entiende lo mismo. La verdad es que hemos discutido noches enteras, y sin embargo nunca pensamos que usted estuviera en París.

—Hasta hace un año vivía en Vierzon. Vine a París porque quería explorar un poco algunas bibliotecas. Vierzon, claro... El editor tenía órdenes de no dar mi domicilio. Vaya a saber cómo se enteraron esos pocos admiradores. Me duele mucho la espalda, muchachos.

—Usted prefiere que nos vayamos —dijo Etienne—. Volveremos mañana, en todo caso.

—Lo mismo me va a doler sin ustedes —dijo Morelli—. Vamos a fumar, aprovechando que me lo han prohibido.

Se trataba de encontrar un lenguaje que no fuera literario.

Cuando pasaba la enfermera, Morelli se metía el pucho dentro de la boca con una habilidad diabólica y miraba a Oliveira con un aire de chiquilín disfrazado de viejo que era una delicia.

... partiendo un poco de las ideas centrales de un Ezra Pound, pero sin la pedantería y la confusión entre símbolos periféricos y significaciones primordiales.

Treinta y ocho dos. Treinta y siete cinco. Treinta y ocho tres. Radiografía (signo incomprensible).

... saber que unos pocos podían acercarse a esas tentativas sin creerlas un nuevo juego literario. *Benissimo*. Lo malo era que todavía faltaba tanto y se iba a morir sin terminar el juego.

—Jugaba veinticinco, las negras abandonan —dijo Morelli, echando la cabeza hacia atrás. De golpe parecía mucho más viejo—. Lástima, la partida se estaba poniendo interesante. ¿Es cierto que hay un ajedrez indio con sesenta piezas de cada lado? 154

—Es postulable —dijo Oliveira—. La partida infinita.

—Gana el que conquista el centro. Desde ahí se dominan todas las posibilidades, y no tiene sentido que el adversario se empeñe en seguir jugando. Pero el centro podría estar en una casilla lateral, o fuera del tablero.

—O en un bolsillo del chaleco.

—Figuras —dijo Morelli—. Tan difícil escapar de ellas, con lo hermosas que son. Mujeres mentales, verdad. Me hubiera gustado entender mejor a Mallarmé, su sentido de la ausencia y del silencio era mucho más que un recurso extremo, un *impasse* metafísico. Un día, en Jerez de la Frontera, oí un cañonazo a veinte metros y descubrí otro sentido del silencio. Y esos perros que oyen el silbato inaudible para nosotros... Usted es pintor, creo.

Las manos andaban por su lado, recogiendo uno a uno los cuadernillos, alisando algunas hojas arrugadas. De cuando en cuando, sin dejar de hablar, Morelli echaba una ojeada a una de las páginas y la intercalaba en los cuadernillos sujetos con clips. Una o dos veces sacó un lápiz del bolsillo del piyama y numeró una hoja.

—Usted escribe, supongo.

—No —dijo Oliveira—. Qué voy a escribir, para eso hay que tener alguna certidumbre de haber vivido.

—La existencia precede a la esencia —dijo Morelli sonriendo.

—Si quiere. No es exactamente así, en mi caso.

154 —Usted se está cansando —dijo Etienne—. Vámonos, Horacio, si te largás a hablar... Lo conozco, señor, es terrible.

Morelli seguía sonriendo, y juntaba las páginas, las miraba, parecía identificarlas y compararlas. Resbaló un poco, buscando mejor apoyo para la cabeza. Oliveira se levantó.

—Es la llave del departamento —dijo Morelli—. Me gustaría, realmente.

—Se va a armar un lío bárbaro —dijo Oliveira.

—No, es menos difícil de lo que parece. Las carpetas los ayudarán, hay un sistema de colores, de números y de letras. Se comprende enseguida. Por ejemplo, este cuadernillo va a la carpeta azul, a una parte que yo llamo el mar, pero eso es al margen, un juego para entenderme mejor. Número 52: no hay más que ponerlo en su lugar, entre el 51 y el 53. Numeración arábiga, la cosa más fácil del mundo.

—Pero usted podrá hacerlo en persona dentro de unos días —dijo Etienne.

—Duermo mal. Yo también estoy fuera de cuadernillo. Ayúdenme, ya que vinieron a verme. Pongan todo esto en su sitio y me sentiré tan bien aquí. Es un hospital formidable.

Etienne miraba a Oliveira, y Oliveira, etcétera. La sorpresa imaginable. Un verdadero honor, tan inmerecido.

—Después hacen un paquete con todo, y se lo mandan a Pakú. Editor de libros de vanguardia, Rue de l'Arbre Sec. ¿Sabían que Pakú es el nombre acadio de Hermes? Siempre me pareció... Pero hablaremos otro día.

—Póngale que metamos la pata —dijo Oliveira— y que le armemos una confusión fenomenal. En el primer tomo había una complicación terrible, este y yo hemos discutido horas sobre si no se habrían equivocado al imprimir los textos.

—Ninguna importancia —dijo Morelli—. Mi libro se puede leer como a uno le dé la gana. *Liber Fulguralis,* hojas

mánticas, y así va. Lo más que hago es ponerlo como a mí 154
me gustaría releerlo. Y en el peor de los casos, si se equivocan, a lo mejor queda perfecto. Una broma de Hermes Pakú, alado hacedor de triquiñuelas y añagazas. ¿Le gustan esas palabras?

—No —dijo Oliveira—. Ni triquiñuela ni añagaza. Me parecen bastante podridas las dos.

—Hay que tener cuidado —dijo Morelli, cerrando los ojos—. Todos andamos detrás de la pureza, reventando las viejas vejigas pintarrajeadas. Un día José Bergamín casi se cae muerto cuando me permití desinflarle dos páginas, probándole que... Pero cuidado, amigos, a lo mejor lo que llamamos pureza...

—El cuadrado de Malevich —dijo Etienne.

—*Ecco*. Decíamos que hay que pensar en Hermes, dejarlo que juegue. Tomen, ordenen todo esto, ya que vinieron a verme. Tal vez yo pueda ir por allá y echar un vistazo.

—Volveremos mañana, si usted quiere.

—Bueno, pero ya habré escrito otras cosas. Los voy a volver locos, piénsenlo bien. Tráiganme Gauloises.

Etienne le pasó su paquete. Con la llave en la mano, Oliveira no sabía qué decir. Todo estaba equivocado, eso no tendría que haber sucedido ese día, era una inmunda jugada del ajedrez de sesenta piezas, la alegría inútil en mitad de la peor tristeza, tener que rechazarla como a una mosca, preferir la tristeza cuando lo único que le llegaba hasta las manos era esa llave a la alegría, un paso a algo que admiraba y necesitaba, una llave que abría la puerta de Morelli, del mundo de Morelli, y en mitad de la alegría sentirse triste y sucio, con la piel cansada y los ojos legañosos, oliendo a noche sin sueño, a ausencia culpable, a falta de distancia para comprender si había hecho bien todo lo que había estado haciendo o no haciendo esos días,

154 oyendo el hipo de la Maga, los golpes en el techo, aguantando la lluvia helada en la cara, el amanecer sobre el Pont Marie, los eructos agrios de un vino mezclado con caña y con vodka y con más vino, la sensación de llevar en el bolsillo una mano que no era suya, una mano de Rocamadour, un pedazo de noche chorreando baba, mojándole los muslos, la alegría tan tarde o a lo mejor demasiado pronto (un consuelo: a lo mejor demasiado pronto, todavía inmerecida, pero entonces, tal vez, *vielleicht, maybe, forse, peut-être,* ah, mierda, mierda, hasta mañana, maestro, mierda mierda infinitamente mierda, sí, a la hora de visita, interminable obstinación de la mierda por la cara y por el mundo, mundo de mierda, le traeremos fruta, archimierda de contramierda, supermierda de inframierda, remierda de recontramierda, *dans cet hôpital Laennec découvrit l'auscultation:* a lo mejor todavía... Una llave, figura inefable. Una llave. Todavía, a lo mejor, se podía salir a la calle y seguir andando, una llave en el bolsillo. A lo mejor todavía, una llave Morelli, una vuelta de llave y entrar en otra cosa, a lo mejor todavía.

—En el fondo es un encuentro póstumo, días más o menos —dijo Etienne en el café.

—Andate —dijo Oliveira—. Está muy mal que te deje caer así, pero mejor andate. Avisales a Ronald y a Perico, nos encontramos a las diez en casa del viejo.

—Mala hora —dijo Etienne—. La portera no nos va a dejar pasar.

Oliveira sacó la llave, la hizo girar bajo un rayo de sol, se la entregó como si rindiera una ciudad.

(-85)

155

Es increíble, de un pantalón puede salir cualquier cosa, pelusas, relojes, recortes, aspirinas carcomidas, en una de esas metés la mano para sacar el pañuelo y por la cola sacás una rata muerta, son cosas perfectamente posibles. Mientras iba a buscar a Etienne, todavía perjudicado por el sueño del pan y otro recuerdo de sueño que de golpe se le presentaba como se presenta un accidente callejero, de golpe zas, nada que hacerle, Oliveira había metido la mano en el bolsillo de su pantalón de pana marrón, justo en la esquina del Boulevard Raspail y Montparnasse medio mirando al mismo tiempo el sapo gigantesco retorcido en su *robe de chambre,* Balzac Rodin o Rodin Balzac, mezcla inextricable de dos relámpagos en su broncosa helicoide, y la mano había salido con un recorte de farmacias de turno en Buenos Aires y otro que resultó una lista de anuncios de videntes y cartománticas. Era divertido enterarse de que la señora Colomier, vidente húngara (que a lo mejor era una de las madres de Gregorovius), vivía en la Rue des Abbesses y que poseía *secrets des bohèmes pour retour d'affections perdues*. De ahí se podía pasar gallardamente a la gran promesa: *Désenvoûtements,* tras de lo cual la referencia a la *voyance sur photo* parecía ligeramente irrisoria. A Etienne, orien-

155 talista *amateur,* le hubiera interesado saber que el profesor Mihn *vs offre le vérit. Talisman de l'Arbre Sacré de l'Inde. Broch. c. 1 NF timb. B. P. 27, Cannes*. Cómo no asombrarse de la existencia de Mme. Sanson, *Medium-Tarots, prédict. étonnantes, 23 rue Hermel* (sobre todo porque Hermel, que a lo mejor había sido un zoólogo, tenía nombre de alquimista), y descubrir con orgullo sudamericano la rotunda proclama de Anita, *cartes, dates précises*, de Joana Jopez *(sic), secrets indiens, tarots espagnols,* y de Mme. Juanita, *voyante par domino, coquillage, fleur*. Había que ir sin falta con la Maga a ver a Mme. Juanita. Coquillage, fleur! Pero no con la Maga, ya no. A la Maga le hubiera gustado conocer el destino por las flores. *Seule* M*ARZAK prouve retour affection.* ¿Pero qué necesidad de probar nada? Eso se sabe enseguida. Mejor el tono científico de Jane de Nys, *reprend ses* VISIONS *exactes sur photogr. cheveux, écrit. Tour magnétiste intégral*. A la altura del cementerio de Montparnasse, después de hacer una bolita, Oliveira calculó atentamente y mandó a las adivinas a juntarse con Baudelaire del otro lado de la tapia, con Devéria, con Aloysius Bertrand, con gentes dignas de que las videntes les miraran las manos, que Mme. Frédérika, *la voyante de l'élite parisienne et internationale, célèbre par ses prédictions dans la presse et la radio mondiales, de retour de Cannes*. Che, y con Barbey d'Aurevilly, que las hubiera hecho quemar a todas si hubiera podido, y también, claro que sí, también Maupassant, ojalá que la bolita de papel hubiera caído sobre la tumba de Maupassant o de Aloysius Bertrand, pero eran cosas que no podían saberse desde afuera.

A Etienne le parecía estúpido que Oliveira fuera a jorobarlo a esa hora de la mañana, aunque lo mismo lo esperó con tres cuadros nuevos que tenía ganas de mostrarle, pero Oliveira dijo inmediatamente que lo mejor era que aprovecharan el sol fabuloso que colgaba sobre el Boulevard de Montparnasse, y que bajaran hasta el hospital Necker para visitar al viejito. Etienne juró en voz baja y cerró el taller. La portera, que los quería mucho, les dijo que los dos tenían cara de desenterrados, de hombres del espacio, y por esto último descubrieron que Madame Bobet leía *science-fiction* y les pareció enorme. Al llegar al *Chien qui fume* se tomaron dos vinos blancos, discutiendo los sueños y la pintura como posibles recursos contra el OTAN y otros incordios del momento. A Etienne no le parecía excesivamente raro que Oliveira fuese a visitar a un tipo que no conocía, estuvieron de acuerdo en que resultaba más cómodo, etcétera. En el mostrador una señora hacía una vehemente descripción del atardecer en Nantes, donde según dijo vivía su hija. Etienne y Oliveira escuchaban atentamente palabras tales como sol, brisa, césped, luna, urracas, paz, la renga, Dios, seis mil quinientos francos, la niebla, rododendros, vejez, tu tía, celeste, ojalá no se olvide, macetas. Después admiraron la noble placa: DANS CET HÔPITAL, LAENNEC DECOUVRIT L'AUSCULTATION, y los dos pensaron (y se lo dijeron) que la auscultación debía ser una especie de serpiente o salamandra escondidísima en el hospital Necker, perseguida vaya a saber por qué extraños corredores y sótanos hasta rendirse jadeante al joven sabio. Oliveira hizo averiguaciones, y los encaminaron hacia la sala Chauffard, segundo piso a la derecha. 155

—A lo mejor no viene nadie a verlo —dijo Oliveira—. Y mirá si no es coincidencia que se llame Morelli.

—Andá a saber si no se ha muerto —dijo Etienne, mirando la fuente con peces rojos del patio abierto.

—Me lo hubieran dicho. El tipo me miró, nomás. No quise preguntarle si nadie había venido antes.

155 —Lo mismo pueden visitarlo sin pasar por la oficina de guardia.

Etcétera. Hay momentos en que por asco, por miedo o porque hay que subir dos pisos y huele a fenol, el diálogo se vuelve prolijísimo, como cuando hay que consolar a alguien al que se le ha muerto un hijo y se inventan las conversaciones más estúpidas, sentado junto a la madre se le abotona la bata que estaba un poco suelta, y se dice: «Ahí está, no tenés que tomar frío». La madre suspira: «Gracias». Uno dice: «Parece que no, pero en esta época empieza a refrescar temprano». La madre dice: «Sí, es verdad». Uno dice: «¿No querrías una pañoleta?». No. Capítulo abrigo exterior, terminado. Se ataca el capítulo abrigo interior: «Te voy a hacer un té». Pero no, no tiene ganas. «Sí, tenés que tomar algo. No es posible que pasen tantas horas sin que tomés nada». Ella no sabe qué hora es. «Más de las ocho. Desde las cuatro y media no tomás nada. Y esta mañana apenas quisiste probar bocado. Tenés que comer algo, aunque sea una tostada con dulce». No tiene ganas. «Hacelo por mí, ya vas a ver que todo es empezar». Un suspiro, ni sí ni no. «Ves, claro que tenés ganas. Yo te voy a hacer el té ahora mismo». Si eso falla, quedan los asientos. «Estás tan incómoda ahí, te vas a acalambrar». No, está bien. «Pero no, si debés tener la espalda envarada, toda la tarde en ese sillón tan duro. Mejor te acostás un rato». Ah, no, eso no. Misteriosamente, la cama es como una traición. «Pero sí, a lo mejor te dormís un rato». Doble traición. «Te hace falta, ya vas a ver que descansás. Yo me quedo con vos». No, está muy bien así. «Bueno, pero entonces te traigo una almohada para la espalda». Bueno. «Se te van a hinchar las piernas, te voy a poner un taburete para que tengas los pies más altos». Gracias. «Y dentro de un rato, a la cama. Me lo vas a prometer». Suspiro. «Sí,

sí, nada de hacerse la mimosa. Si te lo dijera el doctor, 155
tendrías que obedecer». En fin. «Hay que dormir, querida». Variantes *ad libitum.*

—*Perchance to dream* —murmuró Etienne, que había rumiado las variantes a razón de una por peldaño.

—Le debíamos haber comprado una botella de coñac —dijo Oliveira—. Vos, que tenés plata.

—Si no lo conocemos. Y a lo mejor está realmente muerto. Mirá esa pelirroja, yo me dejaría masajear con un gusto. A veces tengo fantasías de enfermedad y enfermeras. ¿Vos no?

—A los quince años, che. Algo terrible. Eros armado de una inyección intramuscular a modo de flecha, chicas maravillosas que me lavaban de arriba abajo, yo me iba muriendo en sus brazos.

—Masturbador, en una palabra.

—¿Y qué? ¿Por qué tener vergüenza de masturbarse? Un arte menor al lado del otro, pero de todos modos con su divina proporción, sus unidades de tiempo, acción y lugar, y demás retóricas. A los nueve años yo me masturbaba debajo de un ombú, era realmente patriótico.

—¿Un ombú?

—Como una especie de baobab —dijo Oliveira— pero te voy a confiar un secreto, si jurás no decírselo a ningún otro francés. El ombú no es un árbol: es un yuyo.

—Ah, bueno, entonces no era tan grave.

—¿Cómo se masturban los chicos franceses, che?

—No me acuerdo

—Te acordás perfectamente. Nosotros allá tenemos sistemas formidables. Martillito, paragüita... ¿Captás? No puedo oír ciertos tangos sin acordarme cómo los tocaba mi tía, che.

—No veo la relación —dijo Etienne.

155 —Porque no ves el piano. Había un hueco entre el piano y la pared, y yo me escondía ahí para hacerme la paja. Mi tía tocaba *Milonguita* o *Flores Negras,* algo tan triste, me ayudaba en mis sueños de muerte y sacrificio. La primera vez que salpiqué el parqué fue horrible, pensé que la mancha no iba a salir. Ni siquiera tenía un pañuelo. Me saqué rápido una media y froté como un loco. Mi tía tocaba *La Payanca,* si querés te lo silbo, es de una tristeza...

—No se silba en el hospital. Pero la tristeza se te siente lo mismo. Estás hecho un asco, Horacio.

—Yo me las busco, ñato. A rey muerto rey puesto. Si te creés que por una mujer... Ombú o mujer, todos son yuyos en el fondo, che.

—Barato —dijo Etienne—. Demasiado barato. Mal cine, diálogos pagados por centímetro, ya se sabe lo que es eso. Segundo piso, *stop.* Madame...

—*Par là* —dijo la enfermera.

—Todavía no hemos encontrado la auscultación —le informó Oliveira.

—No sea estúpido —dijo la enfermera.

—Aprendé —dijo Etienne—. Mucho soñar con un pan que se queja, mucho joder a todo el mundo, y después ni siquiera te salen los chistes. ¿Por qué no te vas al campo un tiempo? De verdad tenés una cara para Soutine, hermano.

—En el fondo —dijo Oliveira— a vos lo que te revienta es que te haya ido a sacar de entre tus pajas cromáticas, tu cincuenta puntos cotidiano, y que la solidaridad te obligue a vagar conmigo por París al otro día del entierro. Amigo triste, hay que distraerlo. Amigo telefonea, hay que resignarse. Amigo habla de hospital, y bueno, vamos.

—Para decirte la verdad —dijo Etienne— cada vez se me importa menos de vos. Con quien yo debería estar paseando es con la pobre Lucía. Esa sí lo necesita.

155

—Error —dijo Oliveira, sentándose en un banco—. La Maga tiene a Ossip, tiene distracciones, Hugo Wolf, esas cosas. En el fondo la Maga tiene una vida personal, aunque me haya llevado tiempo darme cuenta. En cambio yo estoy vacío, una libertad enorme para soñar y andar por ahí, todos los juguetes rotos, ningún problema. Dame fuego.

—No se puede fumar en el hospital.

—*We are the makers of manners,* che. Es muy bueno para la auscultación.

—La sala Chauffard está ahí —dijo Etienne—. No nos vamos a quedar todo el día en este banco.

—Esperá que termine el pitillo.

(-123)

CUADERNO DE BITÁCORA

y transcripción

El manuscrito del *Cuaderno de bitácora* fue adquirido por la Biblioteca Nacional Mariano Moreno de Buenos Aires a instancias y por gestión de Josefina Delgado, entonces vicedirectora de la institución. Una copia escaneada fue amablemente cedida para esta edición por Alberto Manguel, director de la Biblioteca hasta abril de 2018, a quien los editores manifiestan su agradecimiento.

1

RAYUELA

El libro se podrá leer:

1) Siguiendo el orden de las remisiones

2) Como cualquier libro.

Tenerlo presente al hacer el shuffling.

2

Supo que iba a morir cuando, al atardecer, la idea de la muerte dejó de preocuparlo. Hasta esa hora había luchado duramente, aceptando cada inyección, cada palabra de aliento, cada bocanada de oxígeno, como instrumentos necesarios para defender la vida. Aislado ya del mundo (estaba seguro de que su mujer estaba en la habitación de al lado, llorando o quizá durmiendo) sintió poco a poco que ese aislamiento era en el fondo la forma más alta de la accesión; el borde de la muerte era también la playa del encuentro, ricamente desposeído de lágrimas y sangre, Josafat silencioso donde el pasado y el presente volvían por fin a mezclar sus aguas ~~en un solo latido de~~ y a mostrarse en una misma imagen definitiva.

Todo eso era morir. La parte de aceptación que había en esas reconciliaciones no se le

4

escapaba, y hasta la repentina calma de su respiración le probó que no vería caer la noche. Est
ba bien morir al atardecer. *Vorrei morir quando*
tramonta il sole, pensó irónicamente. De niño e
canción le había dado un primer estremecimiento
de pena, como si el contrasentido de querer morir
a la caída del sol fuera, para su corazón de diez
años, una inteligencia prematura y tácita de todo
lo que le esperaba. Más tarde, en los años del am
la muerte había pasado a ser una mera hipótesis
de trabajo, el trampolín que ayuda al lírico. Viv
hoy como si supieras que vas a morir mañana, No
omnis moriar, Memento mori, me muero de rabi
la vas a matar a disgustos, Que muero porque
muero, Der Tod zum Venedig, sí, de todas mane
la fiebre no había caído. Mientras hay fiebre ha
esperanza, pensó con una de esas sonrisas puramen

mentales que lo habían ayudado tanto a vivir su larga vida.

Si era la hora de la recapitulación, habría sido un punto prepararse. A cuántos amigos había visto agonizar sin conciencia, perdidos para sí mismos en un momento cualquiera de la uremia, del infarto, escamoteados al balance final, al buen estado de cuentas. Amigos de la lucidez y la voluntad, lo habían aterrado esas muertes animales, esos cuerpos sobreviviendo noches enteras a la muerte de la razón. Era de los que toman rápidas disposiciones cuando caen enfermos, con un ojo en el termómetro y en la cara de los testigos. Había sospechado y luego confirmado las fases de su enfermedad, y en un momento (dos días atrás, quizá, o la noche antes; en algunas cosas su inteligencia se borroneaba como una carta en la lluvia) había

6

pasado por largas horas de delirio o de inconsciencia. Recordaba mal las palabras y los gestos del
médico y la enfermera, pero sabía que había
clavado agujas en sus muslos, movido su cuerpo
un lado a otro. Después, bruscamente, la mejo
Lo que él, sin esperanza, había llamado mejoría,
~~pepeso~~ retorno de la inteligencia y el recuerd
La cara del médico, la sonrisa de Alicia (l
sonrisa de Alisa, pensó, divertido) le confirmar
que estaba perdido. Perdido pero encontrado, se di
Así valía la pena, salir del puerto viendo cada bo
cada destello ~~[illegible]~~ azul o verde de las balijas.
esa niebla del coma, una mínima conciencia de
cerdo o de polilla. Y aunque al (final) ~~[illegible]~~
~~su cuerpo se entregara~~, la verdadera muerte se
dejara preceder por el olvido (el olvido piadoso,
~~[illegible]~~) como tan bien lo expresa

7

la frase hecha), él había estado en la borda hasta el final, cuando el puerto queda atrás y se va entrando imperceptiblemente en la masa confusa e indistinta de un cielo sin horizonte humano, de un mar que apenas se distingue del vacío.

"Haremos literatura hasta el final", pensó, paseando un dedo por las sábanas. Toda su vida había sido literatura — bueno, de eso estaba seguro —

8

NO VA

9

Es exacto que la poesía ha perdido terreno.
(Poesía-poema, se entiende)

¿Ha sido reemplazada por otra instancia de la poesía?

No. "Poetismo" general (novela, cine) pero sin la intensidad de un Rimbaud o de un Vallejo.

¿Qué indica eso?

Que el Occidente sigue occidentalizándose

Que la razón l'emporte en todos los planos: literatura, arte (ciertos movimientos "concretos") técnica, ciencia ("science fiction"!!)

El Occidente renuncia cada vez más al mundo mágico, simpático, analógico. En el país del surrealismo, hoy se aclama a un Robbe Grillet, se olvida un cine de pura poesía, y sólo se acepta lo insólito cuando ~~lo~~ viene de Beckett o Ionesco, es decir ~~[illegible]~~ dispuesto por una dialéctica reseca.

~~(El capitalismo~~

Joyce, símbolo del siglo: no es un poeta sino un filólogo genial, como Proust es un sociólogo y un psicólogo genial, y Kafka un moralista y un axiólogo genial.

10

NO VA

Curioso: en el fondo la máxima poesía de este tiempo nace de la filosofía existencial. ¡Extraños avatares!

¿Por qué ha ocurrido esta muerte de la poesía-en-la-vida?

1) La desmesurada centrifugación del hombre: radio, TV, Comet, Sputnik, high fidelity, cinemascope, etc. En vez de enraizarnos (que es actitud, búsqueda y logro de poesía), en vez de buscar el Centro (Eliade), nos extendemos en mancha de aceite, nos trivializamos. Un poema exige siempre una solidarización momentánea para una confrontación. Preferimos ~~leer lo que~~ asistir a las confrontaciones de los héroes de las novelas y del cine.

2) La "kitsch", la desaforada conquista de la masa por el capitalismo en su última carrera. Las élites mismas sucumben a las formas más altas: long play, la Dauphine que nos devuelve al bosque y a la Arcadia de week end. La lectura de los poetas es un "lujo" más, no ya una operación nocturna y grave como la entendían los románticos.

O sea que el Occidente sigue su tradición helénica de racionalismo, Apolo gana hoy este round de su

12

NO VA

lucha secular con Dionisos. Pero el <u>hombre</u> es más que el Occidente. Por no querer aceptarlo, el Occidente se está suicidando. La muerte de la poesía es una de sus necrosis.

P.D. – <u>Poésie pas morte</u>! Claro que no. "Mientras el mundo ——— habrá poesía!". ~~Pero tam~~ Tampoco han muerto las ballenas, los leones, los bacilos de Koch y las espiroquetas pálidas. Y sin embargo ya casi no cuentan... La muerte, aquí, es una resultante estadística: la poesía vuelve hoy a la dimensión de género literario que tuvo en sus peores épocas. ~~Ella~~ El ciclo real parece haberse cumplido

14

NO VA

Qué sé yo cuánto he dormido. Uno duerme, sueña, de repente se ve en la casa de la infancia (ocurren raras aventuras en un desván), ~~otras veces~~ de golpe se despierta, arregla la almohada, ya está soñando otra vez, a veces hasta sueña que está despierto o que se está despertando. Un momento antes era una discusión con un amigo, rematada por un soberano portazo, ahora ~~tengo un sé~~ siento que tengo los ojos cerrados y con absoluta claridad comprendo lo incomprensible, es tan natural, ~~no raro: hay~~ que haya una cama nada menos que cruzada en mitad de las vías, (en la estación central de Milán, es de noche y se oyen gritos de changadores, bufidos de locomotoras (¡y la cama está cruzada en mitad de las vías!),

16

NO VA

a veces una voz de papagayo gigantesco grita mecánicamente ~~y~~ alguna cosa ~~desde algún altavoz~~, y no quiero abrir los ojos, me niego a aceptar lo que sea, el hecho asombroso de que a las diez de la noche, en una estación chorreante de luces y sonidos y andenes y movimiento de convoyes que llegan y parten, ~~allí~~ alguien haya puesto una cama en mitad de una vía y que yo esté en ella negándome a aceptarlo, sin horror ni violencia, más bien rodeándome de mi negación como de una fuerza que puede protegerme unos momentos más del desenlace inevitable. Sé que no puede

18

NO VA

tardar, me amontono en mí mismo, en lo negro de mis párpados, y aunque me llega un olor a petróleo y oigo la noticia — la oigo, alguien la grita a pocos metros — de que el rápido de Roma está entrando en la estación, lo mismo me niego a creer verdaderamente que ahí entre las vías, ~~puede~~ entre centenares de hombres que van y vienen, pueda haber una cama y yo desnudo en ella. ~~Me~~ ~~niego~~ ~~me niego con~~ ~~asombro~~

Y el fragor de locomotora crece, se acerca, va a llegar, cierro los ojos hasta hacerme daño, y me quedo

20

NO VA

dormido. Cuando me despierto otra vez (he soñado con un pájaro en una jaula o algo así) el coche-cama ya está en pleno campo, me doy cuenta por la velocidad y porque no hay luces en la ventanilla. Me divierte la idea de que ahora la cama corre entre hileras de álamos, con a lo mejor de cuando en cuando un pino parasol.

París 78.

22

NO VA

Mandala

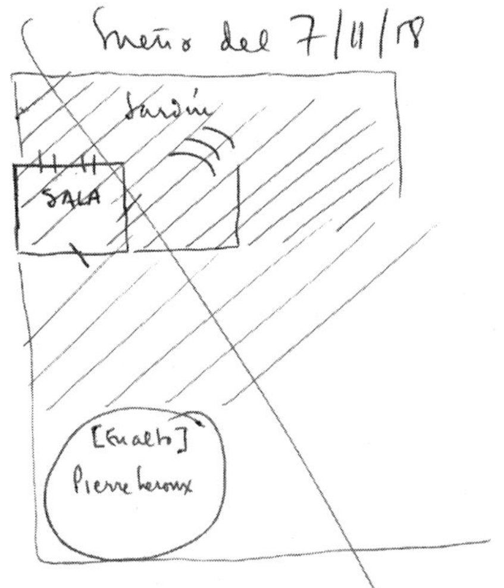

Zona de la casa de Banfield.

[Gran parte del sueño casi olvidado]

Yo elegía la sala porque ahí mi hermana y yo habíamos tocado el piano sin que nadie se quejara del ruido. En cambio la otra parte de la casa (o sea el departamento de la rue Pierre Leroux) es de mala construcción y los vecinos protestan por la música.

Convicción de la unidad de la casa (Banfield + Pierre Leroux)

Tiempo: resueltamente el de la infancia — aunque en el sueño yo no era un niño, era hoy —.

Me despierto (son entre 5 y 6 de la mañana) y voy a mear.

24

NO VA

Mientras estoy parado en el water, apoyándome con una mano en la ventana para no dormirme, tambaleándome un poco, *sigo en el aura del sueño*, pero despierto y objetivándolo. Entonces *siento profundamente* que la Sala (por decirlo así, pero es más que una metáfora) es más real que Pierre Leroux, que mi vida de hombre es un fantaseo al lado de la solidez y la permanencia de la Sala, de su olor y los jazmines del jardín. Hago un esfuerzo para *sentirme hoy*. Digo: "Museo", digo: "Aurora". Y suenan por un momento a lejano, a hueco, a no realmente vivido.

[Variación sobre estas cosas]

Entre dormido, un día llamé "Memecita" a Aurora. Una noche, bien despierta, Aurora, desde la otra habitación, quiso llamarme y dijo: "Mamá".

El pintor no entiende al público. El público no entiende al pintor. Sólo el dilettante entiende un poco al pintor y al público. Y un poco es mejor que nada.

Vinôbâ va de aldea en aldea predicando.
Yo estoy en un departamento de la rue Pierre Leroux, Paris 7.
Vinôbâ no sabrá nunca nada de esta casa en la rue Pierre Leroux. Yo sé que Vinôbâ va de aldea en aldea predicando.
¿Qué es mejor? ¿Saber o no saber?
¿Cómo puede suceder que lo pequeño sepa de lo grande y lo grande ignore lo pequeño?
¿Por qué Vinôbâ no sabe de esta casa? ¿Por qué yo tengo el privilegio de mirar las estrellas que no pueden mirarme?

28

NO VA

29

Un cuento

A Giorgio de Chirico, viejo mal pintor y cómplice de ideas malas, con tante brutte cose.

Papá y mamá subieron a mi cuarto en seguida del almuerzo y me ~~—~~ dijeron que esa tarde yo tenía que llevarlo al centro.

Se acuerda de ~~las~~ las tantas veces anteriores: hasta el portón
hasta la calle

Lo va a buscar al otro cuarto y salen

La calle: charcos de agua (se empapa)

FATT

El tranvía
Los asientos separados
La señora que se baja
El guarda. Los 2 boletos. La gente
El viaje (apertura de la ventanilla)
El inspector. La gente
El centro
La Avenida de Mayo
La Plaza de Mayo
El llanto en el banco.

30

Las armas secretas

El perseguidor

Cartas de mamá

Las babas del diablo

Los buenos servicios

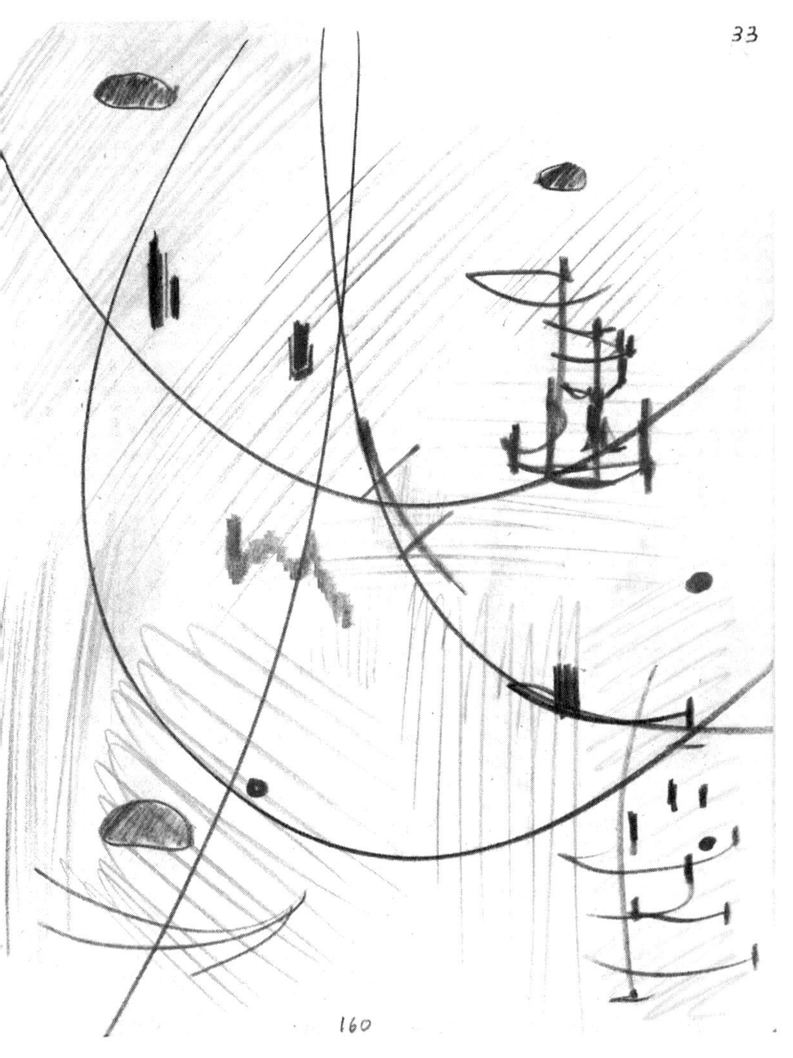
33

34

NO VA

37

La inteligencia de un escritor consumado funciona, en el acto de escribir, como un aparato cibernético. De las múltiples formas posibles de expresión de cada vivencia, elimina las que elegiría el escritor novato o mediocre (los clisés, las formas enfáticas, las metáforas gastadas o vulgares) y deja pasar la única forma justa y exacta.

(Esto se comprueba sobre todo a la hora de la revisión de lo escrito)

38

NO VA

Novela

1. La araña –

La mujer que duerme (dopada?)
El tubo de Secotine. Los hilos negros.
Un poco de Secotine en un dedo del pie. El hilo hasta el techo.
Secotine en cada dedo de las manos. Hilos. Hilos
En los pezones. En el ombligo. En la nariz. En las pestañas.
El hombre asiste al despertar de la mujer.
Hacen el amor entre los hilos.

El circo. La locura TOTAL.

Escribir pasajes así:

Entonces el hom bremoreno se diov neltay dijo secam-ente:
– Vea, mi amigo, vá yaseal car ajo.

(From Aurora (Leiris, p. 67 [errata fos sure] y, creo, Allen Ginsberg's poems.

40

NO VA

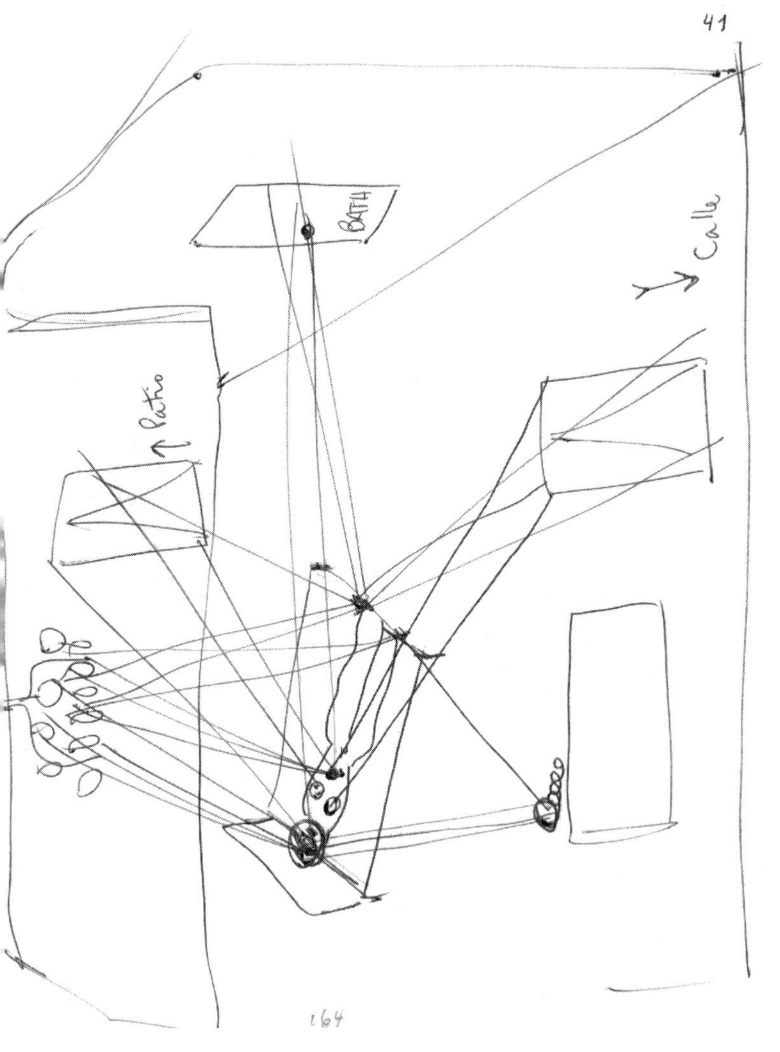
BATH
Calle
Patio

42

NO VA

(Novela)

LOS JUEGOS

- Oliveira
- El circo "Las estrellas"
- El espía
- La Seña.

- El hombre de la pipa (el administrador del circo).

[Oposición total con Traveler, Talita y Oliveira]

Un capítulo contando la vida doméstica (gadgets, etc) del hombre de la pipa.

~~La zona del café con leche~~

Log book

De ningún modo admitir que esto pueda llamarse una novela.

Llamarle (subtítulo)

ALMANAQUE

II

Tablón. Construcción del puente. | Zona del café con leche
Elegía

Discusión del trabajo del circo.

Traveler y Oliveira hacen cruzar el puente a Talita para que lleve la yerba.
(En realidad, Talita en el medio, Traveler y Oliveira en los extremos: Juicio) (1)

La chica de los mandados ve desde abajo y tiene celos de Talita. Sube a la pieza de Oliveira. [Oliveira relata su infancia (Rey del Mar)]

La mujer de Oliveira (Gekrepten) (~~que en adelante será denominada la Mujer~~) ~~en~~ llega de la calle. | Cuenta su visita y el tercero con la modista (Marina's Style)

~~Traveler, a caballo sobre el tablón, asiste a:~~

~~1) Diálogo amoroso - deseos - celos. Che, Oliveira~~

~~2) Escenas orgiásticas a través de una ventana del prostíbulo.~~

Ceferino Piriz -

[Llegan el Dire (cfr del circo) y ~~[illegible]~~] → a ver

Según bajan los anteriores.

(1) Monólogos, discursos y alocuciones en el puente. Cosa ceremonial. La idea del Mandala, ya.

Circo

El manicomio en venta.

46

Sub temas:

Lo argentino — | engolamiento
suficiencia,
compadronería

Lo argentino + | queridor
chispa
lealtad.

Teoría del **Mandala** (Oliveira)

La búsqueda del centro
Necesidad del Gran Desorden (en la Argentina
en el hombre
en el cosmos)
[o sea la búsqueda de la tercera mano —]

El jazz, que en 1960 puede ya ser considerado como la mejor música viva del siglo. 168
— Ahora entra el aterciopeladísimo Flip Phillips —

Elogio del café, donde fuimos inmortales una hora. El café: la libertad, el sentimiento de la amistad, perfecto. Los amigos: aislados de las circunstancias del momento; la palabra, la poesía, reinas.

Las ilusiones

... Y todo esto, el canto de Bessie, el arrullo de Hawkins, ¿no son la ilusión, una ilusión más? ¿Qué hay de verdadero en todo eso? Lo que hay de verdadero es que son ilusiones. Las ilusiones nos mueven, no las verdades.

[También en esa parte]

¿Por qué escribo esto — o cualquier otra cosa? Por el ritmo, porque todo lo que se tiende sobre el papel me viene con un balanceo, o un swing que es para mí la única certidumbre de su necesidad y la única recompensa de mi trabajo. Por la escritura bajo al volcán, me acerco a las Madres, me conecto al Centro —sea lo que sea—. Escribir es dibujar mi mandala, es mi tarea de pobre shamán blanco con calzoncillos de nylon. Por la escritura me asomo a una Oneness como la sentía Keats en Endymion. Sí, el jazz es lo mismo; para mí también el [illegible].

48 <u>Los supositorios</u>

Reivindicación del culo. Erogenismo

Erogenismo

<u>Farmacias de turno</u>

~~Oliveira lee la lista~~

~~Meditación de los nombres de las calles~~

~~Invención, de tanto en tanto. P. ej.: Belgrano, matemático~~

~~Color pobre de los nombres argentinos~~

~~Nominalismo argentino~~

~~La patria suena a <u>Sh</u> o <u>sky</u> o <u>sch</u>.~~

Poner a un personaje en la situación analizada por Sartre del condenado a muerte (en este caso, del que se va de viaje por varios meses). Lee el diario. Teatros, cines, exposiciones. Descubre que nada <u>es</u> realmente para él — porque él no puede ya ir, no puede proyectarse en "mañana iré a...". Abolición del futuro es abolición de ser. <u>Somos para</u>, no hay duda.

Llevar adelante la línea Medrano: el amor, ceremonia *ontologizante*. El amor, dador de *más ser*.

Mauro: música electrónica
"Hojas intercambiables" (Mallarmé)
Pasajes musicales intercambiables.

¿Por qué no escribir un capítulo o pasaje dejando en blanco el nombre del personaje? El lector aplicará el que le parezca.

Ce n'est point la bonté, mais le pouvoir de me mettre à la place d'autrui qui toujours me rendit impropre au métier de bourreau.

Mauriac, *Un homme de lettres*

El círculo y la espiral

Orden cerrado	Orden abierto
Centro	Difusión
Concentración	Excentración, descentración

50

<u>I y II</u>

I – La pieza de Traveler

II – El puente a la pieza de Oliveira.

Paso de un mundo a otro. <u>El centro</u> (Mandala).

Talita es la intercesora?
Oliveira la desea.
La escena en el puente es en realidad el punto de la situación
(background: Gekrepten, el circo [la vida])

Discusión sobre las formas de realidad: la yerba del café con leche
Las farmacias de turno

Talita, harta, amenaza con tirarse a la calle. Oliveira tiene miedo.
Talita vuelve con Traveler.
Premio consuelo de Oliveira: lo harán entrar en el circo.

Gekrepten resume la situación y lo ocurrido en un diálogo con la chica de los mandados.

[BA ⟶ PARIS]

Técnica: Para una parte del libro

[Sigue en la p. 30]

Pero, si bien sigue, el personaje está en otro tiempo y rodeado de otras gentes (y en otro espacio)

[Vuelve a la p. 10]

Retoma la acción, pero con la carga de la p. 30

O retoma la acción de la p. 30 pero en el clima de la p. 10

Ojo: Además, entre la ~~p~~ p. 9, y la 10, poner pasajes que no tienen nada que ver con la acción, y que el lector leerá o no por casualidad — pasajes críticos sin nombre

[Epígrafe de Mauriac sobre la página del Figaro]

Técnica:

Un personaje entra en una pieza. Lo que ve.

Otro personaje entra en una pieza. Lo que ve (totalmente distinto del primero)

Se saludan. Están en la misma pieza.

Además: como el libro será muy largo, el lector olvidará ciertos pasajes breves a los que ya se lo había remitido. En ese caso, volver a remitirlo más adelante.

52

III

El circo

Nuevas gentes – El gato calculista y otras locuras.

El circo dentro del circo.

~~[illegible]~~

Tomar un vocabulario (p. ej "Shipping") y usarlo en sentido metafórico:

– Menudo arrumaje en su cabeza, vaya estibe! El rollo, ¿está completo?

– Alívate la cofa...

MANDALA

Es a la vez imago mundi y panteón. Al entrar en él, el neófito se acerca en cierto modo al "Centro del Mundi"; en el corazón de mandala le es posible operar la ruptura de los niveles y acceder a un modo de ser trascendental

Mircea Eliade

~~TABLA POSIBLE~~

~~I – Oliveira. ... II – Traveler sobre el circo. El magicómano en venta~~
~~III – Oliveira (piensa en Talita) [Pasa a p.] [La Maga]~~

~~**Maga II**~~

~~Ronald – Etienne~~
~~Discada chez Ronald. Los~~
~~El jazz. Recuento de discos.~~
~~La Maga no quiere ver más que "instante"~~
~~Oliveira odia su falta de inteligencia, su falta de memoria.~~
~~La partouze.~~

Oliveira piensa (en la jazz session):

La vida, como un comentario de otra cosa que no alcanzamos y que está ahí, al alcance del salto que no damos. La vida, un ballet sobre un tema histórico, o una historia sobre un hecho vivido, o un hecho vivido sobre un hecho real. La vida, fotografía del número, la vida, posesión en las tinieblas (¿mujer, monstruo?), la vida, proxeneta de la muerte, espléndida baraja, tarot de olvidadas claves que unas manos gotosas rebajan a un triste solitario.

54 GENTE

PARIS

[Maga I]

Madame Léonie (p. 2)

El anciano de la librería de La rue de Verneuil (p. 3)

(Amigo de la Maga)

El club de la Serpiente (p. 6)

Ronald, un americano. Jazzman a sus horas

La clocharde del Pont des Arts

El viejo Trouille (Maga II)

~~Monsieur Bobo, (que encuentra de libros como éste~~.

Perico Romero ↗

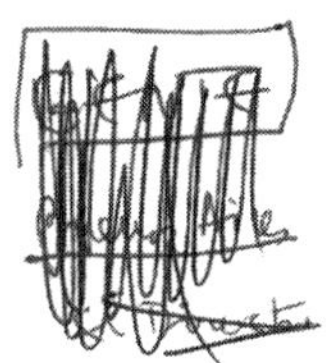

Leit-motifs

Wagnerianos conspicuos, Traveler y Talita poseen sus propios leit-motifs. Si Talita canta: Decí por Dios qué me has dao, Traveler entiende que sería bueno tomar una copa, etc. Lista de leit-motivs:

La guitarra en el ropero todavía está colgada [El pungui al codillo escolaceaba]: Hora de ir a dormir

Viejo rincón de mis primeros tangos...: No tengo plata.

Con un traje marrón entallao / la langosta llevaba puesta...: El tipo es una mierda (ponerla en la Lista)

Así, Traveler canta un día tres o cuatro frases, y Talita entiende por ejemplo: dejá salir al gato antes que llueva. (palabras siempre dominantes en algún verso)

Sutilezas: basta cantar una palabra: Balvanera / bacán / morlacos / escolaceaba / Corrientes / papusa, y el resultado es, por ejemplo: "Si no te vestís en seguida llegamos tarde al biógrafo".

56

ORDEN

— A Oliveira le hubiera gustado.

— ¿Encontraría a la Maga?

Sbornia!

TEMAS

El terror: en la noche, Oliveira espera que Traveler venga a matarlo. Diálogo con Gekrepten en la oscuridad. Precauciones de Oliveira: palanganas con agua, campanillas.

Gekrepten: está perfectamente enterada de la Maga. Favorece las nostalgias de Oliveira, como defensa contra Talita y otras mujeres.

El manicomio y el circo: Oliveira sospecha un Mandala. (topografía). El manicomio sería un gigantesco trípode de Sibila, el ágora de Eleusis, los campi Flegrei: un pasaje. La carpa del circo, en cambio, es como un Centro: Oliveira-shamán tiene que subir

– A Oliveira le [illegible] [illegible] [Para a] lo enfrentaría a la [illegible]? [illegible] al.

59

~~Tu es là, mon amour, et je n'ai lieu qu'en toi.~~

~~Perse, *Amers*~~

La Maga y Oliveira

Oliveira analiza el placer de la comunicación. Lo que significa estar entre seres afines y decir, p.ej., "El retablo de Issenheim". La Maga, que no entiende, se queda perpleja y furiosa (contra ella misma). Para Oliveira y su interlocutor, el signo 'retablo de Issenheim' configura la coexistencia y la evocación de

Grünewald / Colmar / Olores / Alsacia / El Cristo de Holbein
todos los Cristos verdes.

Oliveira, Monsieur Teste rodeado de seres más vivos que él. La lucidez, la conciencia, no son vida. La vida más viva es la más espontánea e inconsciente (la Maga, Traveler).

Gran Soliloquio de Horacio 59

Razones del absurdo

1) ¿Una realidad?
Macana
La veremos del lado de otra realidad.
Los dos que entran en la misma pieza.

2) Pero hay que conformarse [o partir de] con la realidad que nos tocó o que fabricamos.

3) De ahí que tendamos a olvidar las otras.
Nos creemos el omphalos

4) En suma, ¿qué ve, qué es? Pruebas a montones del absurdo de querer estabilizarse.

5) A eso se suma la ecuación: VIDA → Muerte
Tiempo
Espacio
Niño → viejo.
Ignorancia → Sapiencia
Fuerza → Enfermedad

mais — "il faut tenter de vivre".
¿Por qué?

— Al Gran Brucke se le ha perdido un paquete y dice que él verde lo tiene.

60

LA MAGA

Canta. Quiere (vagamente) ser cantante de cámara.

La "cosidad". La palabra evoca una relación especial con las cosas. Sus problemas: no puede guardar un pullover del revés, los colores y las formas rigen en ella de un modo especial. Necesidad de tocar ciertas cosas, de colocar los muebles en cierto orden.

Las plantas

Vive en la rue du Sommerard

Oliveira vive en la rue de la Tombe Issoire

~~[illegible]~~

Vocecita chillona
Pequeño
Barba a lo Trotzky

Le vende cocaína a Babs, la amante de Ronald.
Tiene un negocio de bric-à-brac.
Personaje ambiguo y misterioso

Posa de censor

Crítica del libro (un supuesto, a propósito de otro), de que la M. Babs se queja de la dificultad, de los "pasajes confusos", de que la novela no es lo que era.
Oliveira hace la comparación con el dodecafonismo. Crítica a fondo contra el lector-hembra, que exige lo premasticado.

En alguna intercalación, mostrar en qué orden hubiera leído M. Babs el libro que critica.

ETIENNE

Hay que hacer de Etienne un personaje fascinante. A él le dejo, le confío las relaciones, las citas, las teorías. Taller de Etienne: Sergio's. En la gran discusión Morelli, Etienne sacará a relucir sin asco toda la literatura, lo libresco. Palabras como: "Märchen", cosas como la Sagrada Familia de Gaudí.

NO TENER MIEDO. C'EST ÇA, UN ALMANAC.

62

GREGOROVIUS

Item un portafolios con libros.

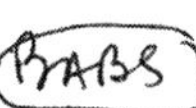

64

RONALD

PERICO ~~RODRIGUEZ~~ ROMERO

66 El viejo TROUILLE

El tipo es más macho que la puta que lo parió

subieron todos con el culo a cuatro manos

Bostita, una nena
Diálogo con la señora de Gutusso sobre la infancia.

68 conforme a la teoría neoplatónica de Ficino, bajo el signo de Mercurio, dios de las transmutaciones, las alegorías y los enigmas.

A. Chastel / Giulio C. Argan.

Inteligencia, razón —— palabras.
Lo que importa es esa aptitud para aprehender las relaciones: esta mesa y un amor de antaño, esa mosca y un tío oficinista...

Oliveira traduce para edificación de Perico un trozo de Céline al español.

Leer a Nietzsche | Daumal Bataille

La Maga:

Sentirse flor, sentirse gato, sentirse aire

Pippety-pew, me mammy me slew, / me daddy me ate, me sister Kate gathered a'me baines —

'Hadrian the Seventh'

~~Las amantes: la forma de su cuerpo. Encanto y desencanto al pasar de una a otra. El hábito y la ~~ ~~repetición como placer. Y el otro placer, la novedad.~~

¿Se oía la música?

– No. Sólo la melodía

70. No tenés suficiente fantasía. No te tirás a fon…
en la analogía

"Vivir abundantemente para acabar con
el absurdo
(Lo piensa Oliveira)

Delibes
Coppélia
Lakmé
Les Filles de Cadix
Jean de Nivelle

Saint-Saëns
Le Rouet d'Omphale
Danse Macabre
Samson et Dalila
Le Carnaval des Animaux

Hymne à Victor Hugo
Sur les bords du Nil

Wolf

Mira jugar al ajedrez
No sabe jugar
No quiere aprender

En los juegos y en los jugadores sospecha una segunda realidad que un día le será revelada y que no será el ajedrez.

¿Por qué una mujer es incapaz de sentir que ciertas mañanas ~~un~~ el hombre se despierta sediento de una necesidad sobrehumana, que las paredes y la felicidad y ella misma le parecen sofocantes, por qué no lo ayuda a irse, para que así, quizá, él vuelva alguna vez?

Séance du Club

Elogio de Lezama Lima, de Octavio Paz, de los locos y cronopios.

Etienne: facteur Cheval ?
Perico: Gaudí

Todo esto con la discusión Morelli –

72

Replantear

Gregorovius sube a ver a la Maga a eso de las diez y media.

La Maga le cuenta sus amores con Oliveira

~~[illegible]~~

Aquí: remisiones tipo "peces Quai Mégisserie"

Poesía

Episodios insensatos.

~~[illegible]~~

Uno se sienta a la pareja andando por

París.

Paraperíodos en glíglico (ya escrito)

Otros pasajes (las olores) (" ")

Discusión sobre Ronald y Babs: "Son tan estúpidamente

felices —" (Gregorovius). Parecería que sólo los beaux ténébreux s

interesantes. En el fondo la gente detesta la felicidad ajena.

París, enorme metáfora

Amour, à mort (César Moro)
Amor a muerte, amour à mort —

Un <u>Novum Organum</u> del espíritu —

El <u>Zeitgeist</u>

El mamá y la papá

<u>Mistra</u>

74

Oliveira

Empiezo a verlo — a verme. Tenía que ser.

Oliveira sube una escalera. Se siente como el bichito que saco el canto[?] de [illegible] la moneda.

De un lado el reverso: la Maga

la dimensión poética (esa maravillosa entrega a los textos, a los cuadros poéticos, [illegible] a los azares de la calle, a las puertas mágicas, al modo surreal de vida)

Todo eso es Nerval y Artaud — es decir asocialidad, miseria, soledad, muerte o suicidio. Inevitablemente si se quiere ser consecuente hasta lo último.

En él (su educación y sus medios)

el reverso: la inteligencia
el don críticos
Wit
Esprit
Humour
Sentirse hombre en el sentido de los humanistas (Castiglione).

Todo está en eso.

Una Erlebnis, una experiencia vivida

...un exemple de nature morte qui est typique de la manière propre à Cézanne de considérer l'objet d'après plusieurs points de vue différents. Le panier de fruits est vu à un niveau différent de celui où est vu le plan de la table, et la partie gauche de la table ne peut se joindre à la droite sous la nappe. Cézanne tord les objets pour rendre leur individualité, leur vitalité intense, et les insérer en même temps dans un ordre général, qui trascende les formes et les couleurs, tout en tirant son énergie de la vigueur avec laquelle sont représentés les objets.

Lionello Venturi, L'Impressionnisme.

Contra Dios: la estúpida muerte de Dinu Lipatti, de Kathleen Ferrier

[Una de las cosas más bellas del amor: la mujer que se pasea desnuda, que se cambia delante del hombre. Su confianza animal, y sin embargo, a veces, esos pudores—

A TENER EN CUENTA

Lionello Venturi, hablando de Manet y su *Olympia*, señala que Manet prescinde de la naturaleza, la belleza, la acción, las intenciones morales, para concentrarse en la imagen plástica. Y así, sin que él lo sepa, está operando como un retorno del arte moderno a la Edad Media. La Edad Media había entendido el arte como una serie de imágenes, cosa que terminó cuando el Renacimiento y la época moderna la sustituyeron por la representación de la realidad. "La ironía de la historia ha querido que en el mismo momento en que la representación de la realidad se volvía objetiva, y por ende fotográfica y mecánica, un brillante parisiense que quería hacer realismo, haya sido impulsado por su formidable genio a devolver el arte a su función de creador de imágenesx".

Manera sencillísima de destruir una ciudad

Se espera, escondido en el pasto, a que una gran nube de la especie cúmulo se sitúe sobre la ciudad aborrecida. Se dispara entonces la flecha petrificadora, la nube se convierte en mármol, ~~piedra~~, y el resto prescinde de comentarios.

Un buen epígrafe:

'— for nothing clears up a case so much as stating it to another person.'

Conan Doyle, Silver Blaze

"Idols" de Bacon

IDOLA FORI, las palabras que falsean el concepto de las cosas. Bréhier II, 49.

Impedir la petrificación del espíritu...

~~Il mio supplizio
è quando
non mi credo
in armonia.~~

Ungaretti, I Fiumi

78

El gran desorden (resumen)

~~[illegible]~~

1) Proemios,
Situación moral de H.O.

2) La discada

~~3) La Maga y Gregorovius~~
~~con Flashbacks de la Maga – Oliveira~~
~~Muerte de Rocamadour~~

3) Separación de la Maga y Oliveira

4) Oliveira en la calle
Concierto

5) La Maga y Gregorovius
Flashbacks de la Maga – Oliveira
Muerte de Rocamadour.

Oliveira se va de París una semana
Vuelve a la rue du Sommerard.
El viejo del piso alto. [Desaparición de la Maga, en tierra de Rocamadour].

~~[illegible]~~
Cuando baja la escalera, oye hablar en la pieza. Ossip se [illegible]

instalado:
Diálogo: ¿Dónde está la Maga?
Sesión del club: llegan Ronald y Etienne. Babs. Perico Wong.
~~[illegible]~~
Se habla de que la Maga ha decidido volver a Montevideo.
(Técnica: nombre al margen)
Diálogo 1-6/6-1 de Ronald y Etienne.
DISCULIBRO

Por qué O. vuelve a B.A.
1) Reaparición (o + de) la Maga. Sentimiento de culpa.

... B.A.
El circo le gusta porque es una parodia del Centro (la carpa)
Porque se va dejando vivir ahí
Talita y Traveler { ... de Tapia
Traveler: es más libre. ~~[illegible]~~ Obra sin reflexión.
Talita es como la Maga }
El manicomio en venta.
Oliveira sospecha que Traveler lo va a matar.
Oliveira vela toda una noche esperando la muerte a manos de Traveler, su doppelgänger, su forma fraternal más realizada.
Visita fantasmal de la Maga. Pero la Maga es también una de las locas
Al otro día Oliveira entra en el juego del manicomio.

80 Decidirá quedarse, pero no como guardián.
Traveler acepta que se quede.
Traveler y Talita velarán por ese hermano enfermo.

X

Técnica

Remitir de entrada a la p. 400 o la que sea, y de ahí, que será el comienzo, ir remitiendo hacia atrás y adelante. Al mismo tiempo, después de una remisión inicial hacia adelante, poner un texto que tenga aire de "comienzo", just to tease the reader (P. ej., esa parte que dice:
* Para Oliveira, el problema era" (check).

Técnica

En un pasaje erótico: "X. la tomó de los hombros, y la tendió en la cama y ..."
(Sigue en Petronio, Satiricón, II, 6; en Mirabeau, Erotica Biblion, I, 16; Proust, A l'Ombre — etc.)

X

Hice un tomo de Que sais-je?: La Phénoménologie.

X

~~[illegible] X, autor del ~~poema~~ poema sinfónico "El desastre de Cancha Rayada", que por razones inexplicables no pudo ser estrenado nunca en ~~el teatro~~ las salas de concierto de la Argentina~~

X

Técnica

Cuando hay episodios ya leídos por hace mucho, remitir de nuevo indicando que después se pasa a ... y de la nueva remisión. Obliga al lector a refrescar ciertos episodios y, sobre todo, a leerlos bajo una nueva luz.

82

La crueldad necesaria (contra lo burgués hipócrita, las conmiseraciones)

—...el caso de la sirvienta que aprovechó la ausencia de los patrones para volverse loca y, con ese pretexto, preparar un lechón al horno que resultó ser el único hijo del matrimonio, de tres años de edad...

x Y Wong, que alude al guillotinamiento secreto de un niño de 7 años. Guillotina pequeña, verdugo enano.

XXV

Cerca de Los Cocos, hotel "El Descanso". Hay un laberinto donde se pierden los niños. Sus padres entran a buscarlos y también " " . Las madres, desde una terraza que surplombe, claman dando indicaciones para orientar a padres e hijos.

x x x

~~¡Qué símbolo, Heráclito el pensador metido en la mierda hasta el cuello para curarse de la hidropesía!~~

Oliveira-Maga:

O. recordará, frente a sus contradicciones con la M., la frase de Saint-Ex: "Amarse no es mirarse el uno al otro, sino mirar los dos en la misma dirección".

x x

Si no se espera, no se encontrará lo inesperado

Heráclito, fragmento 18

X X X

Oliveira-Maga.

Cuando la Maga dice poema, O. apoya la oreja en su pecho y se tapa los oídos. Oye entonces un poema desde adentro, ~~sordo~~ y como vegetal, las raíces —

X X

84

Mitologías americanas

Islas 1959, Nº 3, p 71 o 55

—¿Cantó una rana? Me voy a morir...

Problema del hombre ⊕ 85

El tiempo se mueve continuamente hacia —

Pero nosotros, metidos en el tiempo, no lo vivimos plenamente. Las obligaciones son siempre "pérdidas de tiempo" [¡lugares comunes!], es decir que vestirse es c/vez se rabattre sur un temps mort, comer, recorrer c/vez el camino de vuelta de la oficina a casa. Todos los actos que no son libres son nuestra traición. Al cometerlos por presión material o social, estamos muertos, no vivimos como hombres. El suspiro de la abuela: "¡Ah, limpiar otra vez la cocina... y no sirve de nada!" Tender, destender la mesa.

—¿Y hacer el amor? El deseo, su satisfacción, ese ciclo implacable, ¿qué?

— Pero eso es también (o debería ser) un acto de libertad. La preuve: las variantes. Metafísica de las posturas.

Etc.

Ça c'est à écrire en développant.

86 Pour le récit

La estadística: perspectiva aérea del hombre. La curva de suicidios, de consumo de sardinas, de asistencia a las películas de gangsters, etc. Y yo y cada uno contribuimos a fijar esa curva, es decir que somos la curva sin saberlo(1). Y yo que creo comer porque me da la gana, y el que se pega un tiro creyendo que es él quien decide... [Ya sé que es falso en cada caso individual. Pero lo terrible es que en cierto modo no somos nunca
modo no somos nunca
casos individuales...]

(1) Es decir, ¿comí sardinas y contribuí a aumentar la curva, o como la curva iba en aumento yo comí anchoas?

Curva de suicidios: si hay un 20 % de aumento, mi suicidio no es libertad. Hay un impulso misterioso, una presión que me ayuda a matarme.

×

— Je ne veux pas mourir sans avoir compris pourquoi j'avais vécu — dijo Oliveira René Daumal

× × ×

Extrapolación (palabra que no "existe" en español oh oh!)

Todos los datos de un momento, de un espacio, ¿no son extrapolables a un otro plano que, así, se deja entrever?

El "mundo" es signo de ...

Cierto Gran Desorden puede extrapolarse a un Centro: buscar cambio de − a +. Miguel de Mañara $\overset{-}{}\rightarrow\overset{+}{}$ el santo
Loyola.
Pablo

Este es el subtema de todo el Gran Desorden.

Cf "long dérèglement de tous les sens"

Cf textos chinos.

88

(.) !

Oliveira visita al viejo
A Morelli
Muere
O. vela el cadáver
Identificación O – M. Oliveira se habla a sí mismo, habla de sí mismo. "Me estoy poniendo pálido —" etc –

MATAR LA ELEGANCIA

Cuadros de Llorente: trompe l'oeil con falsas litografías

La *defectología*: ¡Ça existe!

90

Ordem e progresso:

Telefonazo de O. a E. Se citan.

La sala Chauffard

Oliveira y Etienne descubren que el viejo es Morelli

El viejo les da la llave y les pide que vayan a su casa y traten de ordenar sus papeles. Dice que son largos pasajes del "gran libro", del que ellos conocen todos los episodios publicados. Cree que él podrá hacerlo, pero— (Sospecha que va a morir)

Solen y van a París ya Ronald y grandes conocedores de Morelli.

Se citan.

Oliveira vuelve a la rue du Sommerard. La Maga se ha ido.

Ossip en el departamento. → Démarrage histoire POLA

Discusión sobre Maga – Pola

Ossip insinúa que la Maga | Se ha matado / Se ha vuelto a Montevideo / Se ha ido a Italia / está en París

[Intercalados diálogos Maga-Ossip acerca de Pola]

Ossip habla del entierro de Rocamadour. ¿Por qué no estaba Oliveira?

Desconcierto de la Maga.

Oliveira piensa en Pola | intercalo episodios eróticos. / " " del entierro / Marcha paralela Eros / Tanatos.

Ossip habla de la muñeca de cera. Gran evocación de la Maga en tranvía (Adgagthe)

912

Oliveira vive || ~~Encuentro con Pola~~ – POLAPARÍS.
~~Oliveira encuentra la novela~~

Fin de la conversación Oliveira – Ossip. "Como todo es literatura, va a ser mejor que vengas con nosotros a ver la biblioteca de Morelli". – Ossip se va y O. se queda un rato en el cuarto. Encuentra [novela P. Galdós / carta a Rocamadour

Biblioteca

Discolibro

~~Y con esto, ves, se puede cerrar el periplo PARÍS.~~

~~Oliveira va chez Pola~~ ~~La encuentra con una mujer~~ ~~Empieza la amistad de la Maga.~~

Desarrollo de lo que antecede — frío – sol – (a eso de las 5 de la tarde)

~~Camino de la rue du Sommerard, O. piensa en~~ Morelli

Los pasajes eróticos, sin remisión

92 <u>Oliveira – Pola</u>

De noche, sleeping

Los muslos en el cuerpo.

O. pone la oreja contra.

Se acuerda de cuando la Maga cantaba y él oía pegado a su pecho.

Descenso a los líquidos

Inmersión en la UR-Form.

<u>Para epígrafe</u> (o remisión o pasaje entre 2 fragmentos)

The prologues are over. It is a question, now, of final belief. So, say that final belief Must be in a fiction. It is time to choose.

Wallace Stevens <u>Asides on the oboe</u>.

Ojo!

~~Propongo: Todo el disco-libro, sin remisión. Pero en un solo bloque. El que no lo vea será meritoriamente ciego.~~

~~[illegible]~~

MORELLI (inter-alia) Esto es el fin de la parte PARIS

Andanzas de la clocharde

Diálogo entre tiempo de la clocharde y la Maga

~~El Club se reúne en la de Morelli, sin Madame.~~ [Empezar cuando ya llevan parte de la noche: han cumplido el pedido de Morelli, beben, ~~etc~~]. Discolibro
DiscoParís

Alternando con: Delirio de la Maga-clocharde
Pola ~~[illegible]~~ enferma en su pieza

Oliveira [y los otros] lo sienten. ¿De qué están hablando?

Todo vuelve al problema del Sentido.

~~Ronald defensa del arte (Etienne)~~

Oliveira habla de "los que van a los museos"

Ronald: "aguantar en el bote, lo más posible..."

94
~~MORELLI~~

~~Elementos~~

~~[illegible]~~

~~Etienne y Ronald chez Morelli.~~

Nous exprimons la croyance que la réalité sensible n'est qu'un phénomène isolé, débordé d'une façon latente par les autres réalités. Les choses acquièrent souvent une signification plus large et plus variée en semblant être en contradiction avec l'expérience rationnelle

Klee

c'est moi qui souligne.

„La complète, déroutante stérilité de l'existence telle qu'elle nous est vendue„

Malcolm Lowry
La traversée du Panama

¡Oh corazón mío, no te levantes para testimoniar en contra de mí!

Livre des Morts (ou scarabée gravé)

Toth, dios de la magia e inventor del lenguaje.

Il faut être voyant. Los novelistas tradicionales no son más que voyeurs. (Morelli).

96

Para el final de PARIS

Place St André des Arts

≡

La clocharde se pone sentimental, y le hace proposiciones (Vaga alusión a que lo masturba en la oscuridad), ella lo propone

Desde lo más bajo: ¿una posibilidad de Centro? Un mandala un par de sexo y colores, una figura de tiza (rayuela) sí, por extrapolación

Pasar, mierda, las palabras y las cosas más viles [el pasaje (sucesos) llevar de Sade, p. ej.] Hundir al lector en el asco más absoluto, para que después, quizá, haya una posibilidad de levantarse.

La policía. Primera mención de la expatriación.

Canto de O. y la clocharde en el panier à salade. Un "triunfo" horrible donde todo se mezcla. Morelli trépanation

Pola Maga París.

La Station de police

y siempre el Kibbutz.

Rocamadour
El gran desorden
Jazz
La Maga
Pola
Morelli

Mandala
Centro

Emmanuèle

~~music, moody food~~
~~Of us that trade in love.~~
~~Cleopatra in A. and C., III, v.~~

Ojo! Mise en page du livre

A estudiar

El texto irán de corridos, es decir que se podrán leer sin inconvenientes.

Pero estarán divididos en párrafos, y las remisiones se harán a los párrafos, para evitar al impresor el lío de calcular la paginación en c/edición diferente.

Ej: Pasa a 312 | vuelve a 9.
[Viene de 4!]

Estudiar developments.

7o! Cómo encontrar en seguida el párrafo al que se remite? Quizá repitiéndolos en lo alto (a la derecha), además de la paginación.

Así habría, p. ej., 10 páginas numeradas 4, 5 p. numeradas 18, etc.

98

ARGENTINA

Los arquepítulos (o capetipos)

99

[Perséfone, Pitiz (Explicar cambiando un poco, cómo se concretan sus papeles)
Deméter.
El capítulo con el nombre del personaje en blanco.

Anagogía: interpretación mística de las Escrituras. "Anagógicamente", o sea, de lo literal a lo simbólico.

Absconditorum clavis (Clave de las cosas ocultas) Seligmann p. 259

Invocación del Diablo, p. 221.

La hierba meropis, que abre los mares

~~Un Liber penitencialis (libro de castigos)~~

La prima materia de los alquimistas, p. 118.

MUNDUS PATET: un día en que el mundo está abierto. El 24 de agosto cuando los Manes suben al mundo superior
Hay 3 días abiertos cada año.
Tradición romana from the Etruscans.

Manicomio

La morgue. El loco que cuida y conoce a los muertos por los pies.
El loco que acaricia la paloma.

100

Síntesis a esta altura:

1) Lectura corrida

Primero, ~~[illegible]~~ todo París

Segundo, proemios al "balcón" / Balcón

Circo

Manicomio

---

2) Lectura por párrafos

Primero, proemios al "balcón"

Balcón

Explicación del "juicio"

PARÍS (todo)

Circo

Manicomio

Temas

El terror: En la noche Oliveira espera que Traveler venga a matarlo. Precauciones: palanganas con agua, campanillas, ad infinitum.

El maniquí y el circo. Oliveira sospecha un Mandala (topografía). El maniquí sería un gigantesco trípode de sibila, el agujero de Eleusis, los Campi Flegreii: un pasaje. En cambio la carpa del circo es como un Centro: Oliveira-shamán tiene que subir.

Traveler y Oliveira, ¿son el mismo? El hombre y su Doppelgänger. Oliveira es el conocimiento, pero Traveler vive. Cada uno desea lo que es propio del otro. Talita es ese símbolo. | Fábula de Ho y Mo en Daumal, "M. Análogo", p. 123

Identificación progresiva de Talita y la Maga. Oliveira cree que puede resucitar a la Maga, que murió en París. Encarnación, y corre.

Capítulo charge Cimetière: Punto de partida:

— Infundime un poco de vino — dijo Oliveira.
— ¿Qué?
— Está en el diccionario, che.

Korsett-fetischismus
Automonosexuelle Fesselsucht

102

Posible desarrollo ~~[tachado]~~ de lo que escribiré después de acabado París

1) Proemios al "balcón":

Oliveira vende cortes de género en la calle ~~[tachado]~~ (llamarlo "el vendedor")

(Flashbacks a partes cortas [soliloquios de París]]

Piensa intensamente en Talita, mujer de Manú Traveler

Talita → Maga.

[Gekrepten]

[El circo "Las estrellas" si él, shamán, pudiera entrar ahí... Pero el Director no quiere. Traveler, aunque celoso, quisiera ayudarl[o]

~~[tachado]~~

El circo: Talita y Traveler hacen las cuentas con el Director.

Traveler: a tough guy | un tendre |

Tiene celos de Oliveira, y Talita lo siente. El pasado de Oliveira, su repatriación. Le tienen cariño. Gekrepten.

(Flashback quizá a ③ ["¿Qué es en el fondo —?"

El balcón

Pensión de Traveler: "Sobrales" 103
(calle Cachimayo) Cf Penser.

Gente

El Director

Ferraguto

Su mujer: la Cuca.

Traveler: demonólogo Sarmiento

—La solemnidad argentina, che... ¿Por qué no toman ejemplo de Macedonio, de Nalé, de César Bruto, de Oski?

Traveler cultiva cosas como la confesión de Ivonne Guitry (reproducir sic)

104

<u>La escena del balcón</u>

En París: Oliveira y ~~Babs~~ La Maga (hasta p. 16)

~~En la p. 42 ([illegible])~~ <u>remisión</u> y <u>se</u>

Remisión a p. 16: Buenos Aires   <u>invierten</u> los papeles
(puente tendido!!)

La idea es que el <u>puente</u> une París y B.A.

O sea que hay que ~~tener~~ paciencia y <u>reescribir</u>
<u>el balcón</u>.

No temer nunca a lo fantástico.

Oliveira tiende los hilos. Traveler	Oliveira, solo, endereza los clavos

Orden:

Vuelta de H.O.

Curriculum de Traveler y Talita

El patio: Traveler explica el circo

Tango - Yvonne Guitry

[Aparición de la Maga]

Historias de fantasmas y de locos

o [El manicomio]

Laberinto de los Locos, hotel "El Descanso"

{Oliveira
Sra de Gutusso
Don Crespo

~~El balcón~~

El nene
El mamá
y la papá

Talita y Oliveira: sentimiento del Mandala.

El gran pedo argentino de la cultura

ÍDOLA FORI

Il mio supplizio
è quando
non mi credo
in armonia.
Ungaretti

El balcón

106
Temas

(1ª persona) La intimidad de los Traveler. Es ahora que yo tendría que quedarme, voyeur sin deseo, amistoso.

Alegoría de la incomunicación. Órbitas que se rozan (y eso es la amistad)

La excentración inevitable, etc.

Gekrepten

Progresiva relación de Oliveira con los Traveler

Gran reunión en el patio [Sra. de Gutusso / Gekrepten / Talita / Traveler] Don Bunche

Balcón

Oliveira — Descentrado

Désaxé: ese es el problema.

Creer, además, que hay que estar désaxé dentro de este plano temporal-histórico, como condición necesaria para toda tentativa de acceder (en otro plano) a un centro, de hallar un eje

Formas de llevar la descentración al límite

a) Morelli en la literatura

El lenguaje: tenerle horror

~~[illegible]~~

La noche Trépat: era un camino. ¿Hizo mal en no seguir? Me vengué en Rocamadour, en la Maga: salaud.

Una antropofanía, por fin...

El fin (en los delirios)

Me ~~veo~~ desde lejos, avanzando hacia mí mismo. ~~Lentamente~~, cada paso es como siglos y montañas. Y al final estoy frente a mí mismo, me toco casi, pero es solamente un espejo. Entonces pasa algo, me tiro contra el espejo, y de ~~[illegible]~~ lo ~~[illegible]~~ que había creído mi yo final ~~[illegible]~~ no queda nada, la imagen se traza y explota y del ~~[illegible]~~ otro lado hay un cuerpo

Après tout c'est "L'Étudiant de Prague"

108 Ojo!
La escena de los hilos debe corresponder al manicomio, pero se la colocará, [en el orden correcto,] en París. Ergo reescribirla teniendo eso en cuenta, o sea que es puente entre los dos períodos

No creo

A citar:

Il souffrait d'avoir introduit des figures décharnées, qui se déplaçaient dans un monde dément, qui jamais ne pourraient convaincre.

Georges Bataille, *L'Abbé C.*

El infierno súmero-babilónico: Gilgamesh, p. 28.

Manicomio

¿Está loco Horacio?

El problema es que todo tiende a centrarse demasiado en H.O. como en el soliloquio excesivo, la desmesura egocéntrica.

¿~~Partir ahora de la Maga, desde Montevideo, llega a B.A.,~~ ó ~~encontrarla, loca~~?

Centrar la acción en Talita y Traveler en lo posible. Miran a H.O., y lo vemos a través de ellos. (Esto hasta el manicomio, en que H.O. recobrará el primer plano).

Hacer continuamente de manera que las cosas, y las palabras por las cosas, y las palabras por la imaginación, sean ellas mismas y no lo que ha hecho la historia. ~~[illegible]~~ Hacer que un querubín no ~~sea~~ evoque el paje de Beaumarchais sino a los Kerubim de Ezequiel, y el niño de nuestra tía Sonia, con sus alas y sus fuegos y sus rostros y sus zafiros. ~~animales en el río de Chebar~~.

119 Increíble "coincidencia":

"And if I do get to South America one day?" (He had begun talking aloud to himself.) "It may take years. And what language will I speak? And wh[ow] will they take me, a stranger and unknown? Who knows if they even have a circus in such places. If they do, they will have their own clowns and their own language."

Miller, *The Smile at the Foot of the Ladder*.

Talita empieza a crecer.

~~[illegible] (Alicia?)~~

Talita en el circo. Monólogo de Talita

---

xx La discusión sobre los granos puede ser con la Cuca Ferraguto.

Ces beaux et piteux mystères.

Manicomio

Descripción calle Trelles.

La Maga

Síntesis (20 o 30 p.) de la gran tratativa

Pola

Oliveira se instala en la enfermería | La morgue / La paloma y el loco

La noche de Oliveira esperando que Traveler venga a matarlo

[Ce ferino → O sea una idea de un mundo otro.

Meditación del mandala. El manicomio, ¿paraje?

Síntesis de la gran tratativa:

Remorino

Dr Ovejero

Los locos, en pijama rosa.

Cuthbert

Sra Schmitt

112
El manicomio

Cuando empiecen a trabajar, acabada la gran tentativa, deberá verse que quizá todos ellos no están ahí como empleados sino como enfermos. P. ej., a Traveler no lo dejan salir (pretextos)

Todo debe ir bajando lentamente del día a la noche.

Talita ya sabe de la Maga.
Talita acepta la idea de que quizá la Maga se dé en ella.
Trenza de los hilos (París / B.A. simultáneamente)
Oliveira espera que Traveler lo mate.
Teoría del mandala. El puente de Avenida San Martín.
Aclaración de los roles: el hermano enfermo.

El puente
Siempre la idea del pasaje. ?
El hombre en la esquina.
La esquina que es también una esquina de París

La Vieille Lanterne
Una noche de Baltimore

Mandala
No me puedo salvar solo
No me puedo salvar sin que se salven los otros.

~~[illegible]~~

¿Puede llegarse a los valores desde los disvalores? La extrapolación: el puente, el agujero de la carpa, el mandala: ¿pasaje?
El molero provocador: lo quiere sacar de la esquina.
Intervención de la Maga, de Pola, de Talita: △.

¿Para qué sublevarse, <u>reivindicar</u>? La plena aceptación de que todo está perdido podría resolverse en <u>acceso</u>. <u>Echarse atrás para pasar</u>. Retroparar la escalera humana mal subida.

Discusión de los granos. (Argentina!)

Asumir en su vida la tarea necesaria a toda la humanidad extraviada. ~~Volver a los orígenes~~ Intento una nueva visión. Al fin y al cabo el gran Desorden ha sido una <u>praxis</u>, y en el fondo palpitaba la esperanza del kibbutz.

Oliveira comprende ahora (pero no puede hacer nada) por qué ha perturbado las vidas de Traveler y Talita. Vuelve a la clínica caminando, preguntándose qué le queda por hacer.

114 ☆

The dream was composed like a tower of layers without end, rising upward and losing themselves in the infinite, layers coiling downward, losing themselves in the bowels the earth. When it swooped me in its undulations, the spiraling began, and this spiral was a labyrinth. The was no vault and no bottom, no walls and no return But there were themes repeating themselves with exactitude

If the walls of the dream seemed lined with mo silk, and the contours of the labyrinth lined with silence, still the steps of the dream were a series of explosions in which all the condemned fragments of myself burst into a mysterious and violent life, with the heavy maternal solicitude of ~~[illegible]~~ the night ever attentive to their flowering.

Anaïs Nin, <u>Winter of Artifice</u>.

Plan

1) Averiguación de la pieza de Oliveira (Remorino)

Poco a poco la noción de que Oliveira está <u>encerrado</u>.

Temor a ser asesinado: No se trataba de que quisieran matarlo físicamente.

Traveler estudia a Ceferino

Llega Talita

Oliveira espera que Traveler vaya a matarlo.

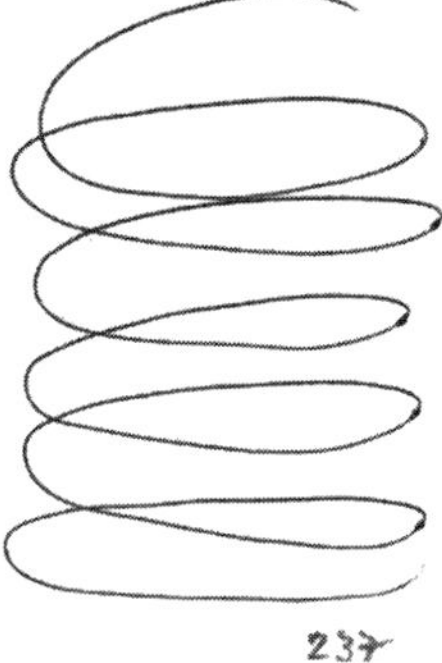

116

supongo que alude a un estado de "reintegración"

Lorsque j'étais dans ma cause première, je n'avais point de Dieu...; je me voulais moi même et ne voulais rien d'autre, ce que je voulais je l'étais, et ce que j'étais, je le voulais, et je me tenais libre de Dieu et de toute chose..." "C'est pourquoi nous supplions Dieu d'être délivrés de Dieu, et de concevoir la vérité et d'en jouir éternellement, là où les anges suprêmes et la mouche et l'âme sont pareils, là où je me tenais et où je voulais ce que j'étais et étais ce que je voulais."

Meister Eckhardt, Sermón *Beati pauperes spiritu*).

Et chacun, se rêvant soi-même et rêvant les autres, reste seul derrière son visage.

René Daumal, *Chaque fois que l'aube paraît*

~~...la dura costra mental~~

~~Suzuki~~

238

117

Creo que esto debe llamarse <u>RAYUELA</u>

(<u>Mandala</u> es pedante) Marelle Hopscotch Coxcojilla

---

mármol / oso polar / jazmín del cabo

∅ Carbón / Tulipán / cuervos

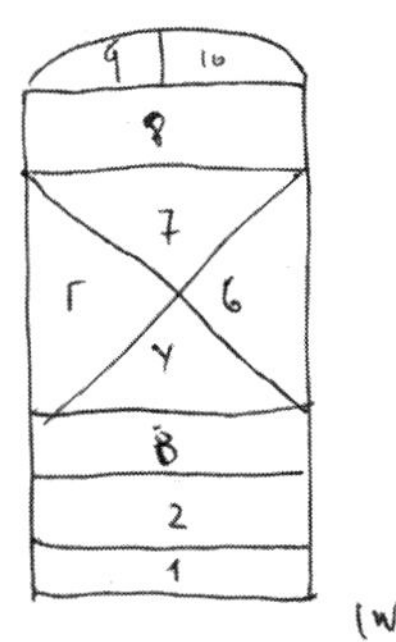

(Webster's)

Talita le dirá a Traveler que Oliveira teme que lo mate.

—Como las palomas...

118

Marcel Schwob, 102

Suzuki 592

~~Dona nobis pacem~~ Muril 91

~~Oliveira en su pieza:~~

~~Medidas de defensa (absurdas al límite)~~

~~El 16 lo ayuda.~~

~~El 16 colecciona cuentos y citas de locos ("Bizarre")~~

~~La noche de Oliveira.~~

3º → Traveler / Talita's room

2º → Oliveira's room

1º Aquí montaba guardia Oliveira.

Planta baja — Remorino's room

Sótano — Morgue

→ Farmacia

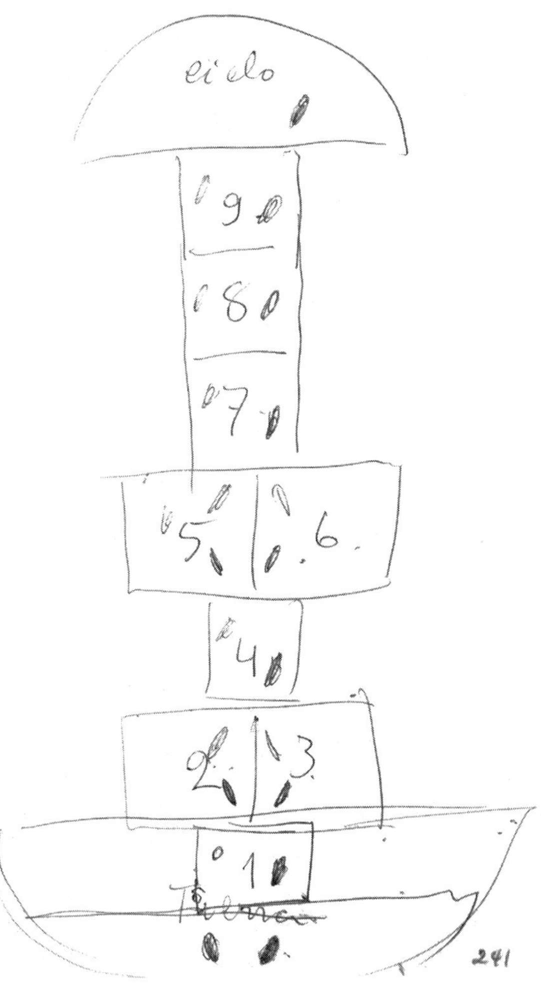
cielo
9
8
7
5
6
4
2
3
1
~~Tierra~~
241

120

Cuánto mejor estar peleados activamente que ser pasivamente amigos.

<u>Horacio</u>:

Buscar un <u>centro</u> hic et nunc significa contemporizar.

Sólo excentrado aquí, se podrá quizá alcanzar un centro, una armonía. Pero a costa de la ruptura total con la "realidad"

¿Cómo superar esa ruptura, seguir vivo?

1) Negándole realidad a la "realidad" (Vedanta)

2) Apagándola, crepuscularizándola, nadándola.

3) Volviéndose loco.

Pero volverse loco no es posible por la mera voluntad

4) Accediendo gracias a un <u>Satori</u>, una iluminación

Tampoco es posible por la mera voluntad (por lo menos en el caso de Oliveira)

El muchacho de pelo blanco y ojos verdes, "de una hermosura maligna"

El juicio en el tablón

Me moriré sin llegar a mi kibbutz...

POLA

X

~~Meditaciones (escena de los hilos~~ 129)

(Remisiones a fragmentos de París)

~~Oliveira se parapeta~~

Traveler llega al ~~amanecer~~. Estado de sitio

Diálogo con el doppelgänger.

Intervenciones grotescas de la Cuca
Remorino
Ovejero
Ferraguto.

Oliveira ve a la Maga en la rayuela

¿O es Pola? ¿O Talita?

El "cielo". Va a tirarse.

~~[illegible]~~ No se tira. No es de los que se tiran.

Todo el manicomio dialoga y discute con Oliveira

que resiste el "asedio cordial".

Tiradas Píriz

Tiradas delirantes: muerte del perro

Ovejero: la visión científica del mundo.

Piedad de Talita y Traveler.

Gekrepten llega con tortas fritas

Oliveira calla.

Choque de Traveler y Talita: vuelven a sentir el llamado

Ferrero

12

PUENTE

Pola

El sexo.

De Trelles se va al puente por Boyacá hasta Punta Arenas

Trelles

Plaza Irlanda

Donato Álvarez

Morelos

San Eduardo

Avellaneda

→ Desesperación (¿presunta? ¿al fin?) de Oliveira.

Quiere por lo menos salvar el amor de Traveler por Talita.

Se hace el loco. | La Maga se afirma.

Intervención eficacísima de Ovejero.

Todo vuelve-al-orden.

Traveler y Talita se convencen de que Horacio está loco. Velarán por ese hermano enfermo.

Ceremonias finales: Asunción de tareas:

1) Gekrepten traerá ropa y tortas
Traveler, una radio y libros
Talita baja a borrar la rayuela. Destruye el dibujo.

~~Les heures de sommeil et de veille ne s'étaient pas encore fondues en une unité.~~

~~Yuan-cheu Hsieuh-yen Su-kin, † en 1287.~~

241 ~~Suzuki, 2, 637~~

124 ~~Nota de Morelli sobre el autoengaño. Antipsicológico a [illegible] porque es incapaz de crear caracteres?~~

El reino milenario

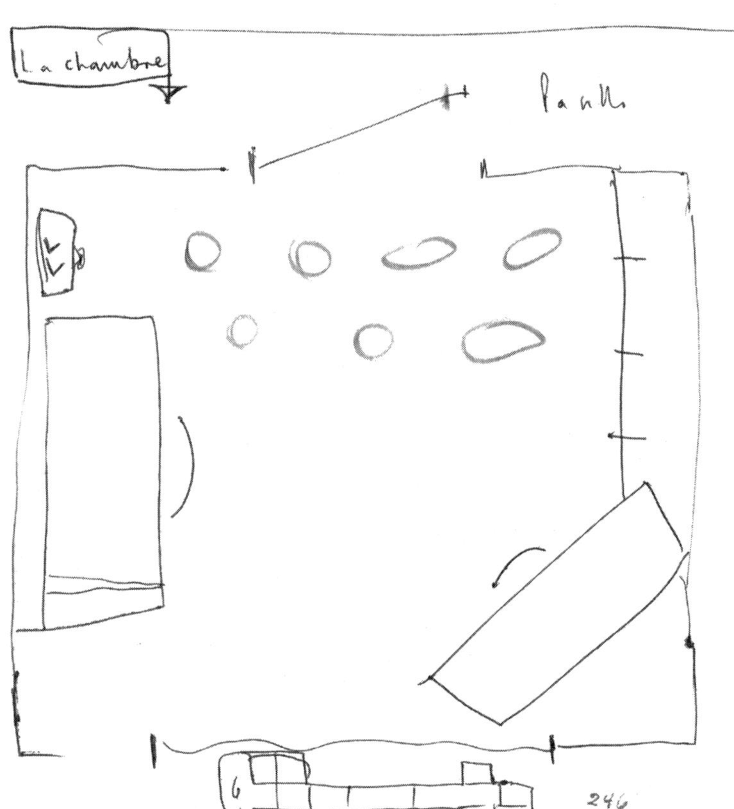

125

Ojo! "Los hilos" debe ir forzosamente antes del capítulo 19 !

El doppelgänger   Todo lo que podría ser:

Acaso lo que ocurre es otra cosa, que no vemos

Acaso hay como un segundo acontecer por encima o a través de lo que pasa.

Acaso hay una duplicación de signo inverso (por eso el sentimiento de doppelganger)

Acaso la Maga está ahí, entonces.

Acaso nunca hubo Maga y solamente Talita

Acaso hubo solamente Pola, Lilith.

—¿Por qué —dice Traveler— este abuso de los problemas?

—¿Es abuso? Desde el territorio, sí. Pero además, ¿no crees que a veces hay que empujar un poquito? La alcachofa, el sexo, la música... Poner un problemcito en vez del editorial de La Nación...

126 Vers la fin

La rayuela del loco
Rayuela
La rayuela

Los echan

Pero no era de los que se tiran.

El puente de Avenida San Martín

Pola Buenos Aires.

La fin des haricots

El ○ y la ◎

○ → orden cerrado
centro
concentración

◎ → orden abierto
difusión
excentración/descentración

La idea había sido buena: vivir absurdamente para acabar con el absurdo.

¿Por qué no vivir con el colorado del verde?

Laberinto argentino, hotel "El Descanso" en Los Cocos

→ Remorino la había contado

19 21 30

Nota de Morelli (papel pegado y doblado, sobre el <u>ritmo</u>)

" " " (Venturi sobre Cézanne)

" " " : pasaje Anaïs Nin | Pasaje Eckhart

Oliveira vuelve al patio de noche. La rayuela.
Idea de irse empobreciendo hasta que todo quepa en el tejo que tiene en la mano (mezclado quizá con una visión - París)

La ambigüedad del final: tal vez se tiró por la ventana y cayó en el "cielo"

Tal vez cayó fuera de la rayuela.

Tal vez (como tal vez la Maga se ahogó en el Sena)

Y a la vez está ahí, con el tejo, y sube de casilla en casilla. Traveler y Talita lo velan de lejos.
O él los mira mientras ellos empujan el tejo —

128

Los que andan con el yo colgado de la boca con un piolincito y lo suben y lo bajan todo el tiempo, yo-yo, entonces yo le dije, porque yo creo que, yo-yo, y a mí no me engaña porque yo en esos casos, yo-yo...

~~Nota de Morelli:~~

~~Nada tengo que enseñar a mi lector. Mi lector soy yo mismo, en el acto de tomar conciencia o inconsciencia~~

~~Acciones paralelas (y (deberá sospecharse) simultáneas)~~

~~Gekrepten cuenta a Oliveira~~
~~Talita cuenta a Oliveira~~
~~Ovejero cuenta a Oliveira~~
~~Traveler cuenta a Oliveira~~
~~Ferraguto echa a Oliveira~~
~~Oliveira sale de noche al patio~~
~~Encuentros silenciosos con Pola / La Maga~~

} Très bref (remisiones intercaladas)

} Rayuela / Mandala

A escribir (remisión, en 19, de 3 a ...4)

O. sale al patio. La rayuela
Pola
Maga etc.

El 8 juega a la rayuela.

---

enchastre

—Lo pleno se va en lágrimas se va en suspiros.

Enfin un roman sans homosexualité!
Madame Dubois, dans "La Gazette des Alpattes".

Qué dedicación, qué esmero pone la gente en ser hija de puta.

130) ~~Revisión~~

~~Las primeras partes son "artiste". Trop.~~

~~Empezar con el lenguaje del final.~~
~~Luego una nota de Morelli sobre cómo~~

El espíritu juzga mientras la vida vive

Klages

NOVA

132

Ordenación

La división 1-19 es falsa. Tiende a "separar" las partes, pero a medida que revise habrá que fusionarlas.

- Todo el comienzo + la jazz session : Parte I
- Crével–Trépat– + Ro–Morelli–Clocharde : Parte II
- Buenos Aires ——— Parte III

→ Estructura general (a suprimir la división en 3 partes)

El tiempo 133

Como duración

Como condensación (en el sueño)

En las mutaciones animales: (de Vries): el tiempo como intensidad

---

134

Rayuela:

avión

reina mora

infernáculo

rat lleta (catalán)

mariola (Galicia, Coruña)

~~07': En (9), p. 10, se habla de la definición geométrica de Dios. Creo que hacia el final se vuelve a hablar. Suprimir una de las dos.~~

Para el fin:

— ———— —.

(Pasa a usted).

07: Las remisiones a libros:

(Pasa a ~~[illegible]~~ D. F. de Sade, *Justine*, cap 9, párrafo 85 a 89, y vuelve a ...).

---

136 Conciencia oscura de un drama
sin los resortes usuales
– no Edipo no Antígona
no Swann
no Sorel
una agitación molecular
una inquietud de la insatisfacción profunda
Así una conducta equívoca (Oliveira)
repercute en Traveler y Talita
y debió repercutir en Etienne, en Wong, en Ronald.

Ojo! No hinchar a O. No es él quien agita
sino sus conductas, el fenómeno que los otros
captan.

O. No tiene ningún mérito ni grandeza.

Nota de Morelli: *Törless*, p. 60. Para ilustrar *estados fuera de lo común*

137

Una idea de Luis Meana: Los dibujos de las alfombras afganas o persas son mensajes.

Variante: El sentido fue esotérico desde un comienzo.

El sentido se perdió por decadencia histórica, y durante generaciones se ha venido transmitiendo sin entenderlo. Alguien de nuestros días lo descifra.

Posibles agregados

El laberinto de "El Descanso".

{ Korsett - fetischismus
Automonosexuelle Fesselsucht

Gilgamesh p 28

Post-scriptum

139

Entre -8 y -9 (donde hay un corte) ver si no sería bueno completar un poco el ciclo Oliveira-Maga. O si no, ampliar las partes de 1 a 8. Siento que suenan un poco fragmentarios, aunque por otro lado podrían ser como una especie de prólogo, de pórtico.

140

NO VA

156

Vienna,

Gentlemen,

I plan to go ~~bot~~ from Paris to B.A. by air, ~~—~~ via New York. I have been told ~~here~~ that your Company can assure the trip New York – Buenos Aires. As no tourist agency here is able to supply concrete data, I beg you to kindly inform me about the following points.

1) Price of two return tickets (tourist class) New York – B.A.

2) As we plan to spend 4 or 5 days in New York before leaving for B.A., should we ~~to~~ make our reservations on our arrival to New York, or would it be better to make them beforehand, that is to say, as soon as your answer reach us?

3) Which are ~~of~~ the scales of the trip? How long it takes?

~~4) Is there a chance of making any stop-over, for instance in Lima, if that city were a scale?~~

Waiting for your kind answer, I am, Gentlemen, truly yours

NO VA

162 Con todas las aspiraciones expiradas

NO VA

NO

164

~~Aunt, i que tan bellamente~~
~~duelas en cinta mi cuento~~

Cada uno de
ellos espera
el día

pudiendo después

¿qué la espera?

Así, pudiendo de un
documento imaginado

NO VA ~~Aunt, i que ...~~
~~cuentos en ...~~

~~Ken que cuenta~~

~~fin que~~

Transcripción

1

RAYUELA

El libro se podrá leer:

1) Siguiendo el orden de las remisiones
2) Como cualquier libro

Tenerlo presente al hacer el *shuffling.*

[141]

3

Supo que iba a morir cuando, al atardecer, la idea de la muerte dejó de preocuparlo. Hasta esa hora había luchado duramente aceptando cada inyección, cada palabra de aliento, cada bocanada de oxígeno, como instrumentos necesarios para defender la vida. Aislado ya del mundo (estaba seguro de que su mujer estaba en la habitación de al lado, llorando o quizá durmiendo) sintió poco a poco que ese aislamiento era en el fondo la forma más alta de la accesión; el borde de la muerte era también la plaza del encuentro, ricamente desposeído de lágrimas y sangre, Josafat silencioso donde el pasado y el presente volvían por fin a mezclar sus aguas ~~en un solo latido de pre~~ y a mostrarse en una misma imagen definitiva.

Todo eso era morir. La parte de aceptación que había en esas reconciliaciones no se le

[143]

4

escapaba, y hasta la repentina calma de su respiración le probó que no vería caer la noche. Estaba bien morir al atardecer. Vorrei morir quando tramonta il sole, pensó irónicamente. De niño esa canción le había dado un primer estremecimiento de pena, como si el contrasentido de querer morir a la caída del sol fuera, para su corazón de diez años, una inteligencia prematura y tácita de todo lo que le esperaba. Más tarde, en los años del amor, la muerte ~~se~~ había pasado a ser una mera hipótesis de trabajo, el trampolín que ayuda al brinco. Vive hoy como si supieras que vas a morir mañana. Non omnis moriar, Memento mori, me muero de rabia, la vas a matar a disgustos, Que muero porque no muero, Der Tod Zum Venedig, sí, de todas maneras la fiebre no había caído. Mientras hay fiebre hay esperanza, pensó con una de esas sonrisas puramente

[144]

5

mentales que lo habían ayudado tanto a vivir su larga vida.

Si era la hora de la recapitulación, hubiera sido injusto quejarse. A cuántos amigos había visto agonizar ~~mucho más~~ sin conciencia, perdidos para sí mismos en un momento cualquiera de la uremia, del infarto, ~~del acciden~~ escamoteados al balance final, al buen estado de cuentas. Amigo de la lucidez y la voluntad, lo habían aterrado esas muertes animales, esos cuerpos sobreviviendo noches enteras a la muerte de la razón. Era de los que toman rápidas disposiciones cuando caen enfermos, con un ojo en el termómetro y en la cara de los testigos. Había sospechado y luego confirmado las fases de su enfermedad, y en un momento ~~(ant~~ (dos días atrás, quizá, o la noche antes; en algunas cosas su inteligencia se borroneaba como una ~~papel~~ carta en la lluvia) había

[145]

6

pasado por largas horas de delirio o de inconsciencia. Recordaba mal las palabras y los gestos del médico y las enfermeras, pero sabía que habían clavado agujas en sus muslos, movido su cuerpo de un lado a otro. Después, bruscamente, la mejoría. Lo que él, sin esperanza, había llamado mejoría, el ~~regreso~~ retorno de la inteligencia y el recuerdo. La cara del médico, la sonrisa de Alicia (la sonrisia de Alisa, pensó, divertido) le confirmaron que estaba perdido. Perdido pero encontrado, se dijo. Así valía la pena, salir del puerto viendo cada boya, cada destello ~~en~~ azul o verde de las balizas. No esa niebla del coma, una mínima conciencia de cerdo o de polilla. Y aunque al final ~~cuando su cuerpo se entregara~~ la verdadera muerte se ~~v~~ dejara preceder por ~~un~~ el olvido (el olvido piadoso, ~~oh frases por algo hechas~~ como tan bien lo expresaba

[146]

7

la frase hecha), él había estado en la borda hasta el final, cuando el puerto queda atrás y se va entrando imperceptiblemente en la masa confusa e indistinta de un cielo sin horizonte humano, de un mar que apenas se distingue del vacío.

«Haremos literatura hasta el final», pensó, paseando un dedo por las sábanas. Toda su vida había sido literatura —buena, de eso estaba seguro—

[147]

9

Es exacto que la poesía ha perdido terreno.
(Poesía-poema, se entiende)
¿Ha sido remplazada por otra instancia de la poesía?
No. «Poetismo» general (novela, cine) pero sin la intensidad de un Rimbaud o de un Vallejo.
¿Qué indica eso?
Que el Occidente sigue occidentalizándose
Que la razón l'emporte en todos los planos: literatura, arte (ciertos movimientos «concretos») técnica, ciencia («science fiction»!!)

El Occidente renuncia cada vez más al mundo mágico, simpático, analógico. En el país del surrealismo, hoy se aclama a un Robbe Grillet, se olvida un cine de pura poesía, y sólo se acepta lo insólito cuando ~~lo~~ viene de Beckett o Ionesco, es decir ~~me~~ disparado por una dialéctica reseca.

~~El capitalismo~~

Joyce, símbolo del siglo: no es un poeta sino un filólogo genial, como Proust es un sociólogo y un psicólogo genial, y Kafka un moralista y un axiólogo genial.

[148]

11

Curioso: en el fondo la máxima poesía de este tiempo nace de la <u>filosofía</u> existencial. ¡Extraños avatares!
¿Por qué ha ocurrido esta muerte de la poesía-en-la-vida?
1) La desmesurada centrifugación del hombre: radio, TV, Comet, Sputnik, high fidelity, cinemascope, etc. En vez de <u>enraizarnos</u> (que es actitud, búsqueda y logro de poesía), en vez de buscar el <u>Centro</u> (Eliade), nos extendemos en mancha de aceite, nos trivializamos. Un poema exige siempre una solidarización momentánea para una confrontación. Preferimos ~~leer lo que~~ asistir a las confrontaciones de los héroes de las novelas y del cine.
2) La «kitsch», la desaforada conquista de la masa por el capitalismo en su última carrera. Las élites mismas sucumben a las formas más altas: long play, la Dauphine que nos devuelve al bosque y a la Arcadia de week end. La lectura de los poetas es un «lujo» más, no ya una operación nocturna y grave como la entendían los románticos.

O sea que el Occidente sigue su tradición helénica de racionalismo, Apolo gana hoy este round de su

[149]

13

lucha secular con Dionisos. Pero el <u>hombre</u> es más que el Occidente. Por no querer aceptarlo, el Occidente se está suicidando. La muerte de la poesía es una de sus necrosis.

P. D.- Poésie pas morte! Claro que no. «Mientras el mundo ———— habrá poesía!». ~~Pero tan~~ Tampoco han muerto las ballenas, los leones, los bacilos de Koch y las espiroquetas pálidas. Y sin embargo ya casi no cuentan... La muerte, aquí, es una resultante estadística: la poesía vuelve hoy a la dimensión de género literario que tuvo en sus peores épocas. ~~La~~ El ciclo real parece haberse cumplido

[150]

15

Qué sé yo cuánto he dormido. Uno duerme, sueña, de repente se ve en la casa de la infancia (ocurren raras aventuras en un desván), ~~otras veces~~ de golpe se despierta, arregla la almohada, ya está soñando otra vez, a veces hasta sueña que está despierto o que se está despertando. Un momento antes era una discusión con un amigo, rematada por un soberano portazo, ahora ~~tengo no se~~ siento que tengo los ojos cerrados y con absoluta claridad comprendo lo incomprensible, es tan natural, ~~así hay~~ que haya una cama cruzada en mitad de las vías, nada menos que en la estación central de Milán, es de noche y se oyen gritos de changadores, bufidos de locomotoras (¡y la cama está cruzada en mitad de las vías!),

[151]

17

a veces una voz de papagayo gigantesco grita mecánicamente alguna cosa ~~desde algún altavoz~~, y no quiero abrir los ojos, me niego a aceptar lo que sea, el hecho asombroso de que a las diez de la noche, en una estación chorreante de luces y sonidos y andenes y movimiento de convoyes que llegan y parten, ~~allí~~ alguien haya puesto una cama en mitad de una vía y que yo esté en ella negándome a aceptarlo, sin horror ni violencia, más bien rodeándome de mi negación como de una fuerza que puede protegerme ~~quizá~~ unos momentos más del desenlace inevitable. Sé que no puede

[152]

19

tardar, me amontono en mí mismo, en lo negro de mis párpados, y aunque me llega un olor a petróleo y oigo la noticia —la oigo, alguien la grita a pocos metros— de que el rápido de Roma está entrando en la estación, lo mismo me niego a creer verdaderamente que ahí entre las vías, ~~puede~~ entre centenares de hombres que van y vienen, pueda haber una cama y yo desnudo en ella. Un ~~Me niego, me niego con asombro~~ fragor de locomotora crece, se acerca, va a llegar, cierro los ojos hasta hacerme daño, y me quedo

[153]

21

dormido. Cuando me despierto otra vez (~~soñé~~ he soñado con un pájaro en una jaula o algo así) el coche-cama ya está en pleno campo, me doy cuenta por la velocidad y porque no hay luces en la ventanilla. Me divierte la idea de que ahora ~~mi~~ la cama corre entre hileras de álamos, ~~o~~ con a lo mejor de cuando en cuando un pino parasol.

París 58

[154]

23

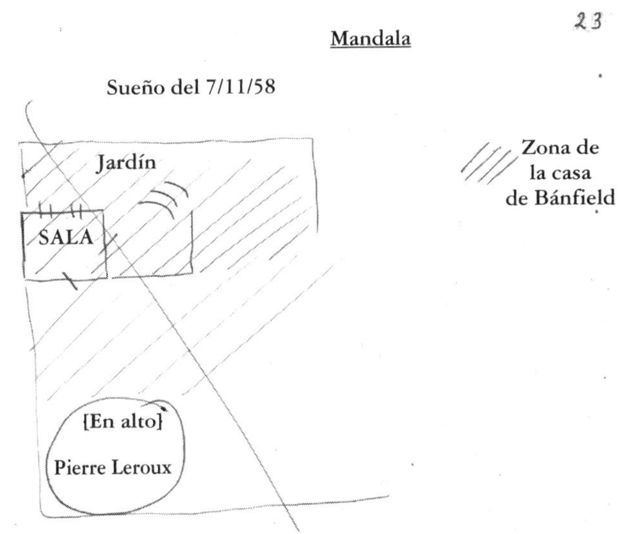

[Gran parte del sueño casi olvidado]

Yo elegía la sala porque ahí mi hermana y yo habíamos tocado el piano sin que nadie se quejara del ruido. En cambio la otra parte de la casa (o sea el departamento de la rue Pierre Leroux) es de mala construcción y los vecinos protestan por la música.

Convicción de la unidad de la casa (Bánfield + Pierre Leroux)

Tiempo: resueltamente el de la infancia —aunque en el sueño yo no era un niño, era hoy—.

Me despierto (son entre las 5 y 6 de la mañana) y voy a mear.

[155]

25

Mientras estoy parado en el water, apoyándome con una mano en la ventana para no dormirme, tambaleándome un poco, sigo en el aura del sueño, pero despierto y objetivándolo. Entonces siento profundamente que la sala (por decirlo así, pero es más que una metáfora) es más real que Pierre Leroux, que mi vida de hombre es un fantaseo al lado de la solidez y la permanencia de la sala, de su olor y los jazmines del jardín. Hago un esfuerzo para sentirme hoy. Digo: «Unesco», digo: «Aurora». Y suenan por un momento a lejano, a hueco, a no realmente vivido.

[Variación sobre estas cosas]
Entre dormido, un día llamé «Memecita» a Aurora. Una noche, bien despierta, Aurora, desde la otra habitación, quiso llamarme y dijo: «Mamá».

[156]

27

El pintor no entiende al público. El público no entiende al pintor. Sólo el dilettante entiende un poco al pintor y al público. Y un poco es mejor que nada.

Vinôbâ ~~se~~ va de aldea en aldea predicando.
Yo estoy en un departamento de la rue Pierre Leroux, Paris 7. Vinôbâ no sabrá nunca nada de esta casa en la rue Pierre Leroux. Yo sé que Vinôbâ va de aldea en aldea predicando.
¿Qué es mejor? ¿Saber o no saber?
¿Cómo puede suceder que lo pequeño sepa de lo grande y lo grande ignore lo pequeño?
¿Por qué Vinôbâ no sabe de esta casa? ¿Por qué yo tengo el privilegio de mirar las estrellas que no pueden mirarme?

[157]

29

Un cuento

A Giorgio de Chirico, viejo mal pintor
y cómplice de ideas malas,
con tante brutte cose.

Papa y mamá subieron a mi cuarto en seguida del almuerzo y me ~~avisaron~~ dijeron que esa tarde yo tenía que llevarlo al centro.
Se acuerda de ~~un~~ tentativas anteriores: hasta el portón
hasta la calle
Lo va a buscar al otro cuarto y salen
La calle: charcos de agua (se empapa)

FAIT

El tranvía
Los asientos separados
La señora que se baja
El guarda: los 2 boletos. La gente
El viaje (apertura de la ventanilla)
El inspector. La gente
El centro

La Avenida de Mayo
La Plaza de Mayo
El llanto en el banco.

[158]

30

Las armas secretas
El perseguidor
Cartas de mamá
Las babas del diablo
Los buenos servicios

[159]

37

La inteligencia de un escritor consumado funciona, en el acto de escribir, como un aparato cibernético. De las múltiples formas posibles de expresión de cada vivencia, elimina las que elegiría el escritor novato o mediocre (los clisés, las formas enfáticas, las metáforas gastadas o vulgares) y deja pasar la única forma justa y exacta.

(Esto se comprueba sobre todo a la hora de la revisión de lo escrito)

[162]

39

Novela
1 —La araña—
La mujer que duerme (dopada?)
El tubo de Secotine. Los hilos negros.
Un poco de Secotine en un dedo del pie. El hilo hasta el techo.
Secotine en cada dedo de las manos. Hilos.
En los pezones. En el ombligo. En la nariz. En las pestañas.
El hombre asiste al despertar de la mujer.
Hacen el amor entre los hilos.

El circo. La locura TOTAL.

Escribir pasajes así:
Entonces el hom bremoreno se diov ueltay dijo secam ente:
—Vea, mi amigo, vá yaseal car ajo.
(From Aurora (Leiris, p. 67 [errata por sure] y, creo,
Allen Ginsberg's poems.

[163]

43

Novela LOS JUEGOS

– Oliveira
– El circo «Las estrellas».
– El espía
– La seña

– El hombre de la pipa (el administrador del circo)
[Oposición total con Traveler, Talita y Oliveira]
Un capítulo contando la vida doméstica (gadgets, etc) del hombre de la pipa.

~~La zona del café con leche~~
[165]

44

Log book

De ningún modo admitir que esto pueda llamarse una novela.
Llamarle (subtítulo)

ALMANAQUE
[166]

45

II

Tablón. Construcción del puente.
Discusión del trabajo del circo.

Zona del café con leche
El espía

Traveler y Oliveira hacen cruzar el puente a Talita para que lleve la yerba.
[En realidad, Talita en el medio, Traveler y Oliveira en los extremos: Juicio] (1)
La chica de los mandados ve desde abajo y tiene celos de Talita. Sube a la pieza de Oliveira.

Oliveira relata su infancia (Rey del Mar)
La mujer de Oliveira (~~que en adelante será denominada la Mujer~~) (Gekrepten) llega de la calle. | Cuenta su visita y altercado con la modista (Marina's Style)

~~Traveler, a caballo sobre el tablón, asiste a:~~
1~~) triálogo amoroso-deseoso-celoso chez Oliveira~~
2~~) Escenas orgiásticas a través de una ventana del quilombo.~~

Ceferino Piriz

[Llegan el Dire (dtor del Circo) y ~~la~~ → a ver
Según vaya saliendo lo anterior.

(1) Monólogos, discursos y alocuciones en el puente. Cosa ceremonial. La idea del Mandala, ya.

Circo
El manicomio en venta

[167]

46

Sub temas:

Lo argentino - | engolamiento
suficiencia
compadronería

Lo argentino + | generosidad
chispa
lealtad

Teoría del Mandala (Oliveira)
La búsqueda del Centro
Necesidad del Gran Desorden (en la Argentina
en el hombre
en el cosmos)
[o sea la búsqueda de la tercera mano —]
El jazz, que en 1960 puede ya ser considerado como la mejor música viva del siglo.
—Ahora entra el aterciopeladísimo Flip Phillips—

[168]

47

Elogio del café, donde fuimos inmortales una hora.
El café: la libertad, el sentimiento de la amistad, perfecto.
Los amigos, aislados de las circunstancias de momento; la palabra, la poesía, reinas.

Las ilusiones
... Y todo esto, el canto de Bessie, el arrullo de Hawkins, ¿no son la ilusión, una ilusión más? ¿Qué hay de verdadero en todo eso?
Lo que hay de verdadero es que son ilusiones. Las ilusiones nos mueven, no las verdades.

[También en esa parte.]

¿Por qué escribo ? esto — o cualquier otra cosa? Por el ritmo, porque todo lo que se tiende sobre el papel me viene con un balanceo, un swing que es para mí la única certidumbre de su necesidad y la única recompensa de mi trabajo. Por la escritura bajo al volcán, me acerco a las Madres, me conecto al Centro —sea lo que sea—. Escribir es dibujar mi Mandala, es mi tarea de pobre shamán blanco con calzoncillos de nylon. Por la escritura me asomo a una Queness como la sentía Keats en Endymion. Sí, el jazz es lo mismo; para mí es también el intercesor.

[169]

48

Los supositorios
Reivindicación del culo. Erogenismo.

Farmacias de turno
Oliveira lee la lista
Meditación de los nombres de las calles
Invención, de tanto en tanto. P. ej.: Belgrano, matemático —
Color y olor de los nombres argentinos
Nominalismo argentino
La patria suena a sh o sky o sch.

Poner a un personaje en la situación analizada por Sartre del condenado a muerte (en este caso, del que se va de viaje por varios meses). Lee el diario. Teatro, cines, exposiciones. Descubre que nada es realmente para él —porque él no puede ya ir, no puede proyectarse en «mañana iré a...». Abolición del futuro es abolición del ser. Somos para, no hay duda.

[170]

49

Llevar adelante la línea Medrano: el amor, ceremonia ontologizante. El amor, dador de más ser

Mauro: música electrónica
«Hojas intercambiables» (Mallarmé)
Pasajes musicales intercambiables.
¿Por qué no escribir un capítulo o pasaje dejando en blanco el nombre del personaje? El lector aplicará el que le parezca.

Ce n'est point la bonté, mais le pouvoir de me mettre à la place d'autrui qui toujours me rendit impropre au métier de bourreau.

Mauriac, Un homme de lettres

El círculo	y la	espiral
Orden cerrado		Orden abierto
Centro		Difusión
Concentración		Excentración, descentración

[171]

50

I y II
I- La pieza de Traveler
II- El puente a la pieza de Oliveira.
Paso de un mundo a otro. El centro (Mandala)
Talita es la intercesora?
Oliveira la desea.
La escena en el puente es en realidad el juicio de la situación
(background: Gekrepten, el circo [la vida])
Discusión sobre las formas de realidad: la zona del café con leche.
Las farmacias de turno.
Talita, harta, amenaza con tirarse a la calle. Oliveira tiene miedo.
Talita vuelve con Traveler.
Premio consuelo de Oliveira: Lo harán entrar en el circo.
Gekrepten resume la situación y lo ocurrido en un diálogo con la chica de los mandados.

[172]

51

BA→PARIS

Técnicas: Para una parte del libro
[sigue en la p. 30]
Pero, si bien sigue, el personaje está en otro tiempo y espacio y rodeado de otras gentes [Vuelve a la p. 10]
Retoma la acción, pero con la carga de la p. 30
O retoma la acción de la p. 30 pero en el clima de la p. 10

ojo: Además, entre la ~~p. 10 y~~ p. 9 y la 10, poner pasajes que no tienen nada que ver con la acción, y que el lector leerá o no por casualidad — Pasajes eróticos sin nombres

Técnicas: [Epígrafe de Mauriac sobrela página del Figaro]

Un personaje entra en una pieza. Lo que ve.
Otro personaje entra en una pieza. Lo que ve (totalmente distinto del primero)
Se saludan. Están en la misma pieza.

Además: como el libro será muy largo, el lector olvidará ciertos pasajes breves a los que ya se lo había remitido. En ese caso, volver a remitirlo más adelante.

[173]

52

III
El circo
Nuevas gentes - El gato calculista y otras locuras.
El circo dentro del circo.
~~Oliveira decide inventar a la Maga para dar celos a Talita~~

Tomar un vocabulario, (p. ej. «shipping») y usarlo en sentido metafórico:
—Menudo arrumaje en su cabeza, vaya estiba! El rollo, ¿estaría completo?
—Alísate la cola...

MANDALA
Es a la vez imago mundi y panteón. Al entrar en él, el novicio se acerca en cierto modo al «Centro del Mundo»; en el corazón del mandala le es posible operar la ruptura de los niveles y acceder a un modo de ser trascendental

Mircea Eliade

[174]

53

~~TABLA POSIBLE~~

I- Oliveira.
~~II Traveler y el director del circo. El manicomio en venta. A Talita~~. II- Traveler sale del circo. El manicomio en venta.
III- Oliveira (piensa en Talita)
[Pasa a p.   ] [La Maga]

Maga II
Ronald - Etienne
Discusión chez Ronald.
El jazz. Recuento de los discos.
La Maga no quiere ver más que «instante»
Oliveira odia su falta de inteligencia, su falta de memoria.
La partouze.

Oliveira piensa (en la jazz session):

La vida, como un comentario de otra cosa que no alcanzamos y que está ahí, al alcance del salto que no damos. La vida, un ballet sobre un tema histórico, o una historia sobre un hecho vivido, o un hecho vivido sobre un hecho real. La vida, fotografía del número, la vida, posesión en las tinieblas (¿mujer, monstruo?), la vida, proxeneta de la muerte, espléndida baraja, tarot de olvidadas claves que unas manos gotosas rebajan a un triste solitario.

[175]

54

GENTE

PARIS
[Maga I]
Madame Léonie (p. 2)
El anciano de la librería de la rue de Verneuil (p. 3)
(Amigo de la Maga)
El club de la Serpiente (p. 6)
Ronald, un americano. Jazzman a sus horas.
La clocharde del Pont des Arts
El viejo Trouille (Maga II)
~~Monsieur Bobo, | que está en contra de libros como éste~~
Perico Romero

[176]

55

~~GENTE~~
~~Buenos Aires~~
~~El Director~~

Leit-motifs

Wagnerianos conspicuos, Traveler y Talita, poseen sus propios leit-motifs. Si Talita canta: *Decí por Dios qué me has dao*, Traveler entiende que sería bueno tomar una copa, etc. Lista de leit-motifs:

El punghia al codillo escolaceaba:
La guitarra en el ropero todavía está colgada: Hora de ir a dormir
Viejo rincón de mis primeros tangos...: No tengo plata.
Con un traje marrón entallado la Langosta lo vieron pasar: El tipo es una mierda.
Así, Traveler canta un día tres o cuatro frases (ponerlas en la lista), y Talita entiende, por ejemplo: Dejá salir al gato antes que llueva.
Sutilezas: basta cantar una palabra (palabras siempre dominantes en algún verso): *Balvanera* / *bacán* / *morlacos* / *escolaceaba* / *Corrientes* / *papusa*, y el resultado es, por ejemplo: «Si no te vestís en seguida llegaremos tarde al biógrafo».

[177]

56

ORDEN
—A Oliveira le hubiera gustado.

—¿Encontraría a la Maga?

Sbornia!

[178]

57

{al margen: ~~—A Oliveira le hubiera gustado {Pasa a}~~ ¿~~Encontraría a la Maga {Vuelve a:~~}

TEMAS
El terror: En la noche, Oliveira espera ~~de~~ que Traveler venga a matarlo. Diálogo con Gekrepten en la oscuridad.
Precauciones de Oliveira: palanganas con agua, campanillas.
Gekrepten: está perfectamente enterada de la Maga. Favorece las nostalgias de Oliveira, como defensa contra Talita y otras mujeres.

El manicomio y el circo: Oliveira sospecha un Mandala. (topografía). El manicomio sería un gigantesco trípode de Sibila, el agujero de Eleusis, los Campi Flegrei: un pasaje.
~~Por~~ La carpa del circo, en cambio, es como un Centro: Oliveira-shamán tiene que subir.

{179}

59[1]

Tu est là, mon amour, et je n'ai lieu qu'en toi.
Perse, Amers

La Maga y Oliveira
Oliveira analiza el placer de la comunicación. Lo que significa estar entre seres afines y decir, p. ej., «El retablo de Is~~s~~enheim». La Maga, que no entiende, se queda perpleja y furiosa (contra ella misma). Para Oliveira y su interlocutor, el signo «retablo de Issenheim» configura la coexistencia y la evocación de
Grünewald / Colmar / Olores / Alsacia / El Cristo de Holbein / Todos los Cristos verdes.

Oliveira, Monsieur Teste rodeado de seres más vivos que él.
La lucidez, la conciencia, no son vida. ~~Sino~~ La vida más viva es la más espontánea e inconsciente (la Maga, Traveler).

{180}

59

Gran soliloquio de Horacio

Razones del absurdo
1) ¿Una realidad?
Macana

---

[1] Va numerada como 59 aunque debe ser la 58. La siguiente vuelve a numerar como 59.

La vecina de al lado ve otra realidad.
Los dos que entran en la misma pieza.

2) Pero hay que conformarse [o partir de] con la realidad que nos toca o que fabricamos.
3) De ahí que tendamos a olvidar las otras.
Nos creemos el omphalos.
4) Esa mujer, ¿qué ve, qué es? Pruebas a montones del absurdo de querer estabilizarse.
5) A eso se suma la ecuación:

Vida → Muerte
Tiempo
Espacio
Niño → Viejo
Ignorancia → Sapiencia
Fuerza → Enfermedad

Mais — «il faut tenter de vivre».

¿Por qué?

—Al Gran Bonete se le ha perdido un pajarito y dice que el verde lo tiene.

[181]

60

LA MAGA

Canta. Quiere (vagamente) ser cantante de cámara.
La «caridad». La palabra evoca su relación especial con las cosas. Sus problemas: no puede guardar un pullover del revés, los colores y las formas rigen en ella de un modo especial. Necesidad de tocar ciertas cosas, de colocar los muebles en cierto orden.
Las plantas.
Vive en la rue du Sommerard.
Oliveira vive en la rue de la Tombe Issoire.

[182]

61

~~Monsieur Bobo~~

Vocecita chillona
Pequeño
Barba a lo Trotzky

Le vende cocaína a Babs, la amante de Ronald.
Tiene un negocio de bric-à-brac.
Personaje ambiguo y misterioso.
Posa de censor.
Crítica del libro (por supuesto, a propósito de otro)
M. Bobo se queja de la dificultad, de los «pasajes confusos», de que la novela ya no es lo que era.

Oliveira hace la comparación con el dodecafonismo. Crítica a fondo contra el lector-hembra, que exige lo premasticado.
En alguna intercalación, mostrar en qué orden hubiera leído M. Bobo el libro que critica.

ETIENNE

Hay que hacer de Etienne un personaje fascinante. A él le dejo, le confío las relaciones, las citas, las teorías. Taller de Etienne: Sergio's. En la gran discusión Morelli, Etienne sacará a relucir sin asco toda la literatura, lo libresco.

Palabras como: «Märchen», cosas como la Sagrada Familia de Gaudí.

NO TENER MIEDO: C'EST ÇA, UN ALMANAC.

[183]

62

GREGOROVIUS

Lleva un portafolio con libros.

[184]

63

BABS

[185]

64

RONALD

[186]

65

PERICO ~~RODRÍGUEZ~~ ROMERO

[187]

66

El viejo TROUILLE

[188]

67

El tipo es más macho que la puta que lo parió

Y salieron todos con el culo a cuatro manos

Bostita, una nena
Diálogo con la señora de Gutusso sobre la infancia.

{189}

68

Conforme a la teoría neoplatónica de Ficino, bajo el signo de Mercurio, {cortado}, de las transmutaciones, las alegorías y los enigmas.

A. Chastel / Giulio C. Argan.

Inteligencia, razón —— palabras.
Lo que importa es esa aptitud para aprehender las relaciones: esta mesa y un amor de antaño, esa mosca y un tío oficinista...

Oliveira traduce para edificación de Perico un trozo de Céline al español.

{190}

69

Leer a Nietzsche — Daumal
Bataille

La Maga:
Sentirse flor, sentirse gato, sentirse aire

Pippety-pew, me mammy me slew, me daddy me abe, me sister Kate gathered a'me baines —

'Hadrian the Seventh'

Las amantes: la forma de su cuerpo. Encanto y desencanto al pasar de una a otra. El hábito y la repetición como placer. Y el otro placer, la novedad.

—¿Se oía la música?
—No. Sólo la melodía

{191}

70

No tenés suficiente fantasía. No te tirás a fondo en la analogía

Vivir absurdamente para acabar con el absurdo
(lo piensa Oliveira)

<u>Delibes</u>

Coppelia
Lakmé
Les Filles de Cadix
Jean de Nivelle

<u>Saint-Saëns</u>

Le Ronet d'Omphale
Danse Macabre
Samsom et Dalila
Le Carnaval des Animaux

Hymne à Victor Hugo
Sur les bords du Nil

[192]

71

Wolf
Mira jugar al ajedrez
No sabe jugar
<u>No quiere aprender</u>

En las jugadas y en los jugadores sospecha una segunda realidad que un día le será revelada <u>y que no será el ajedrez</u>.

¿Por qué una mujer es incapaz de sentir que ciertas mañanas ~~un~~ el hombre se despierta sediento de una necesidad sobrehumana, que las paredes y la felicidad, y ella misma le parecen sofocantes, por qué no lo ayuda a irse, para que así, quizá, él vuelva alguna vez?

Séance du Club
Elogio de Lezama Lima, de Ceferino Piriz, de los locos y cronopios.

Etienne: facteur Cheval
Perico: Gaudí

Todo esto con la discusión
Morelli.

[193]

72

<u>Replanteo</u>
Gregorovius sube a ver a la Maga a eso de las diez y media.
La Maga le cuenta sus amores con Oliveira
~~*Perico y Babs*~~

Aquí: remisiones tipo «peces Quai Mégisserie»
Poesía
Episodios insensatos
~~Las b~~
Que se sienta *a la pareja* andando por París.
Pasajes eróticos en glíglico (ya escrito)
Otro pasaje (los olores)   ("   ")
Discusión sobre Ronald y Babs: «Son tan estúpidamente felices—» (Gregorovius). Parecería que sólo los *beaux ténébreux* son interesantes. En el fondo la gente detesta la felicidad ajena.

[194]

73

París enorme metáfora

Amour, à mort (César Moro)
Amor a muerte, amour à mort —

Un *Novum Organum* del espíritu —

El *Zeitgeist*

El mamá y la papá

Mistra

~~FCNGR~~
~~FCNBM~~

[195]

74

Oliveira
Empiezo a verlo — a verme. Tenía que ser.
Oliveira sube una escalera. Se siente como el bichito que recorre el canto (?) de ~~la medalla~~ la moneda.
De mi lado el reverso: la Maga

la dimensión poética (esa maravillosa entrega a los textos, a los cuadros poéticos, ~~al jazz~~ a los azares de la calle, a las suertes mágicas, al modo surreal de vida)

Todo eso es Nerval y Artaud —es decir asocialidad, miseria, soledad, muerte o suicidio. *Inevitablemente* si se quiere ser consecuente hasta lo último.
En él (su educación y sus medios)
el reverso:

la inteligencia
el don crítico
Wit
Esprit
Humour
Sentirse hombre en el sentido de los humanistas (Castiglione). Todo está en eso.

[196]

75

Una Erlebnis. una experiencia vivida.

Contra Dios: la estúpida muerte de Dinu Lipatti, de Katheen Ferrier

Una de las cosas más bellas del amor: la mujer que se pasea desnuda, que se cambia delante del hombre. Su confianza animal, y sin embargo, a veces, esos pudores —

[197]

77

Manera sencillísima de destruir una ciudad

Se espera, escondido en el pasto, a que una gran nube de la especie cúmulo se sitúe sobre la ciudad aborrecida. Se dispara entonces la flecha petrificadora, la nube se convierte en ~~piedra~~ mármol, y el resto prescinde de comentarios.

Un buen epígrafe:

'... for nothing clears up a case so much as stating it to another person'

Conand Doyle, Silver Blaze

«Idolos» de Bacon

IDOLA FORI, las palabras que falsean el concepto de las cosas.

Bréhrer II, 49.

Impedir la petrificación del espíritu...

Il mio supplizio
è quando
non mi credo
in armonia.

Ungaretti, I fiumi

[199]

78

El gran desorden (resumen)

1) Proemios
Situación moral de H. O.
2) La discada
~~3) La Maga y Gregorovius~~
~~Eros Flashbacks de la Maga – Oliveira~~
~~Muerte de Rocamadour~~
3) Separación de la Maga y Oliveira
4) Oliveira en la calle
Concierto
5) La Maga y Gregorovius
Flashbacks de la Maga - Oliveira
Muerte de Rocamadour

Oliveira se va de París una semana
Vuelve a la rue de Sommerard.
El viejo del piso alto. [Desaparición de la Maga, entierro de Rocamadour].
~~Ronald y Babs~~
Cuando baja la escalera, oye hablar en la pieza. Ossip se ha
[200]

79

instalado.
Diálogo: ¿Dónde está la Maga?
Sesión del club: llegan Ronald y Etienne. Babs. Perico. Wong.
~~Historia (por Etienne) de Wong y~~
Se habla de que la Maga ha decidido volver a Montevideo. [Técnica: nombres al margen]
Diálogo 1-6 / 6-1 de Ronald, Etienne.
DISCULIBRO

Por qué O. vuelve a B. A.
1) Desaparición (o † de) la Maga. Sentimiento de culpa.

Back to B. A.:
El circo le gusta porque es una parodia del Centro (la carpa)
Porque se va dejando vivir ahí

Talita y Traveler | piedras de toque
Traveler: es más libre. ~~Hace sino~~ Obra sin reflexión.
Talita es como la Maga
El manicomio en venta.
Oliveira sospecha que Traveler lo va a matar.

Oliveira vela toda una noche esperando la muerte a manos de Traveler. Su doppelganger, su forma fraternal *más realizada*.
Visita fantasmal de la Maga. Pero la Maga es también una de las locas
Al otro día Oliveira entra en el juego del manicomio.

[201]

80

Decidirá quedarse, pero no como guardián.
Traveler acepta que se quede.
Traveler y Talita velarán por ese hermano enfermo.

Técnica
Remitir *de entrada* a la p. 400 o la que sea, y de ahí, que será el comienzo, ir remitiendo hacia atrás y adelante. Al mismo tiempo, después de la remisión inicial hacia adelante, poner un texto que tenga aire de «comienzo», just to lease the reader (P. ej., esa parte que dice: «Para Oliveira, el problema...» (check).

[202]

81

Técnica
En un pasaje erótico: «X. la tomó de los hombros, ~~y~~ la tendió en la cama y... »
(Sigue en Petronio, *Satiricón*, II, 6; en Mirabeau, Erotica Biblion, I,16; Proust, A la recherche — etc.)

Lire un truc de *Que* ~~saije~~ *Sais-je?: La Phenomenologie*.
... X, antes del ~~poema~~ poema sinfónico «El desastre de Cancha Rayada», que por razones inexplicables no pudo ser estrenado nunca en ~~el teatro~~ las salas de concierto de la Argentina

Técnica
Cuando hay episodios ya leídos pero hace mucho, remitir *de nuevo* indicando que después se pasa a... y dar la nueva remisión. Obligar al lector a *refrescar* ciertos episodios y, sobre todo, a leerlos *bajo una nueva luz*.

[203]

82
La crueldad necesaria (contra lo burgués hipócrita, las conmiseraciones)
—... el caso de la sirvienta que aprovechó la ausencia de los patrones para volverse loca y, con ese pretexto, preparar un lechón al horno que resultó ser el único hijo del matrimonio, de tres años de edad...
Y Wong, que alude al guillotinamiento secreto de un niño de 7 años.
Guillotina pequeña. Verdugo enano.

Cerca de Los Cocos, hotel «El Descanso». Hay un laberinto donde se pierden los niños. Sus padres entran a buscarlos y también "   " [pierden]. Las madres, desde una terraza que surplombe, claman dando indicaciones para orientar a padres e hijos.

Qué símbolo, Heráclito el pensador, metido en la mierda hasta el cuello para curarse de la hidropesía!

[204]

83

Oliveira - Maga:
O. recordará, frente a sus contradicciones con la M., la frase de Saint-Ex: «Amar~~se~~ no es mirarse el uno al otro, sino mirar los dos en la misma dirección».

Si no se espera, no se encontrará lo inesperado
Heráclito, fragmento 18

Oliveira - Maga
Cuando la Maga dice poemas, O. apoya la oreja en su pecho y se tapa los oídos. Oye entonces un poema desde adentro, sordo y como vegetal, las raíces ———

[205]

84

Mitologías americanas
Islas 1959, N° 3, p. 70 71 o 55
—¿Cantó una rana? Me voy a morir...

[206]

85

Problema del hombre
El tiempo se mueve continuamente hacia ———
Pero nosotros, metidos en el tiempo, ~~lo~~ no lo vivimos plenamente... Las obligaciones son siempre «pérdidas de tiempo» [¡lugares comunes!], es decir que vestirse es otra vez se rabattre sur un temps mort, comer, ~~e ir~~ recorrer otra vez el camino de vuelta de la oficina a casa. Todos los actos que no son libres ~~nos~~ son nuestra traición. ~~En~~ Al cometerlos por presión maternal o social, estamos muertos, no vivimos como hombres. El suspiro de la abuela: «¡Ah, limpiar otra vez la cocina... y no sirve de nada!» Tender, destender la mesa.
—¿Y hacer el amor? El deseo, su satisfacción, ese ciclo implacable, ¿qué?
—Pero eso es también (o debería ser) un acto de libertad. La preuve: las variantes. Metafísica de las posturas.
Etc.

Ça c'est à écrire en dévéloppant.

[207]

86

Pour le récit

La estadística: perspectiva aérea del hombre. La curva de suicidios, de consumo de sardinas, de asistencia a las películas de gansters, etc. Y yo y cada uno contribuimos a fijar esa ~~cur~~ curva, es decir que somos la curva sin saberlo (1). Y yo que creo comer porque me da la gana, y el que se pega un tiro creyendo que es él quien decide... [Ya sé que es falso en cada caso individual. Pero lo terrible es que en cierto modo no somos nunca casos individuales...]

(1) Es decir, ¿comí sardinas y contribuí a aumentar la curva, o como la curva iba en aumento yo comí anchoas?

Curva de suicidios: si hay un 20% de aumentos, mi suicidio no es libertad. Hay un impulso misterioso, una presión que me ayuda a matarme.

[208]

87

—Je ne veux pas mourir sans avoir compris pourquoi j'avais vécu —dijo Oliveira
René Daumal

Extrapolación (palabra que no «existe» en español oh, oh!)
Todos los datos de un momento, de un espacio ¿no son extrapolables a un otro plano que, así, se deja entrever?
El «mundo» es signo de...

Cierto Gran Desorden puede extrapolarse a un Centro: brusco cambio de - a +.

Miguel de Mañara - → + el santo
Loyola
Pablo

↓

Este es el subtema de todo el Gran Desorden.
Cf «Long derèglement de tous les sens»
Cf textos conexos.

[209]

88

Oliveira visita al viejo
Es Morelli
Muere
O. vela el cadáver
Identificación O.-M. Oliveira se habla a sí mismo, habla de sí mismo. «Me estoy poniendo pálido—» etc.

[210]

89

MATAR LA ELEGANCIA

Cuadros de Llorente: trompe l'œil con falsas litografías

La defectología: Ça existe!

[211]

90

Ordem è progresso:
Telefonazo de O. a E. Se citan.
La sala ~~silloral~~ Chauffard.
Oliveira y Etienne descubren que el viejo es Morelli
El viejo les da la llave y les pide ~~la semana que viene~~ que vayan a su casa y traten de ordenar sus papeles ~~(el gran libro)~~. Dice que son largos pasajes del «gran libro», del que ellos conocen todos los episodios publicados. Cree que él podrá hacerlo, pero — (sospecha que va a morir)

Salen y avisan a Perico y a Ronald, grandes conocedores de Morelli.
Se citan.
~~La biblioteca de Morelli~~
Oliveira vuelve a la rue du Sommerard. La Maga se ha ido.
Ossip en el departamento. ~~Llega Ronald~~
——————————→ Démarrage histoire POLA.
Discusión sobre Maga - Pola

Ossip insinúa que la Maga	se ha matado se ha vuelto a Montevideo se ha ido a Italia está en París

~~[Interesante diálogo Maga - Ossip acerca de Pola]~~
Ossip habla del entierro de Rocamadour. ¿Por qué no estuvo Oliveira?
Desconcierto de la Maga

Oliveira piensa en Pola	intercalar episodios eróticos. " " del entierro. Marcha paralela Eros / Tanatos.

Ossip habla de la muñeca de cera. Gran evocación de la Adgalle.
Magia en Transilvania

[212]

91

Oliveira vive || los episodios Pola - POLAPARÍS.
~~Oliveira encuentra la novela~~
Fin de la conversación Oliveira - Ossip. «Como todo es la literatura, va a ser mejor que vengas con nosotros a ver la biblioteca de Morelli».
Ossip se va y O. se queda un rato en el cuarto. Encuentra | novela P. Galdós
carta a Rocamadour

Biblioteca
Disculibro

~~Y con esto, creo, se puede cerrar el periplo París.~~
~~Oliveira va chez Pola. La encuentra con una mujer. Confiesa su amor por la Maga.~~
~~Desarrollos de lo que antecede.~~ ~~frío - sol~~
Camino de la rue de Sommerard (a eso de las 5 de la tarde), O. piensa ~~ya no puede~~ en Morelli.

Los pasajes eróticos, sin remisión

[213]

92

Oliveira - Pola
De noche, sleeping
Los ruidos en el cuerpo.
O. pone la oreja contra.
Se acuerda de cuando la Maga cantaba y él oía pegado a su pecho.
Descenso a los líquidos.
Inmersión en la UR-Form

Para epígrafe (o remisión o pasaje entre 2 fragmentos)

The prologues are over. It is a question, now, Of final belief. So, say that final belief
Must be in a fiction. It is time to choose.

Wallace Stevens, Asides on the oboe.

[214]

93

¡ojo!
~~Propongo: Todo el Discu-libro,~~ sin remisión~~. Pero en un solo bloque. El que no lo vea será meritoriamente ciego.~~

~~Oliveira va de noche al cementerio de Clamart~~

MORELLI (inter-alia) Esto es el fin de la parte PARIS

Andanzas de la clocharde
Diálogo entre sueño de la clocharde y la Maga.
El Club se reúne en lo de Morelli, rue Madame. [Empezar cuando ya llevan parte de la noche: han cumplido el pedido de Morelli, beben, etc.) Disculibro
DiscuParís

Alternando con: Delirio de la Maga - clocharde
Pola ~~tumbada~~ enferma en su pieza
Oliveira [y los otros] lo sienten. ¿De qué están hablando?
Todo vuelve al problema del sentido.
Rabiosa defensa del arte (Etienne)
Oliveira habla de «los que van a los museos»
Ronald: «aguantar en el bote, lo más posible...»

[215]

94

MORELLI Elementos
Etienne y Ronald chez Morelli. ~~tableta de UR~~

Nous exprimons la croyance que la réalité sensible n'est qu'un phénomène isolé, débordé d'une façon latente par les autres réalités. Les choses acquièrent souvent une signification plus large et plus variée en semblant être en contradiction avec l'expérience rationnelle

Klee

c'est moi qui souligne

[216]

95

... La complète, déroutante stérilité de l'existence telle qu'elle nous est vendue,

Malcolm Lowry,
La traversée du Panama

¡Oh corazón mío, no te levantes para testimoniar en contra de mí!
Livre des Morts (ou scarabée gravé)

Toth, dios de la magia e inventor del lenguaje.

Il faut être voyant. Los novelistas hedónicos no son más que voyeurs. (Morelli).

[217]

96
Para el final de PARIS

Place St. André des Arts
La clocharde se pone sentimental y le hace proposiciones (vaga alusión a que lo masturba en la oscuridad, elle le pompe)
Desde lo más bajo: ¿una posibilidad de Centro? Un mandala, no ya de seda y colores, ni siquiera de tiza (rayuela). Sí, por extrapolación.
Barro, mierda, las palabras y las cosas más viles [|| pasaje de Sade, p. ej.] (ver ←).
Hundir al lector en el asco más absoluto, para que después, quizá, haya una posibilidad de levantarse.
La policía. Primera mención de la repatriación.
Canto de O. y la clocharde en el panier à salade. Un «triunfo» horrible donde todo se mezcla Morelli Trépat Pola Maga París.
La station de police y siempre el kibbutz.

Rocamadour — Mandala
El Gran Desorden — Centro
Jazz
La Maga — Emmanuéle
Pola
Morelli

[218]

97

Music, moody food
Of us that trade in love.
Cleopatra in A. and C., II, V.

ojo! Mise en page du livre
A estudio
El texto iría de corrido, es decir que se podría leer sin inconvenientes.
Pero estaría dividido en párrafos, y las remisiones se harían a los párrafos, para evitar al impresor el lío de calcular la paginación en otra edición diferente.
Ej.: Pasa a 312 | vuelve a 9
[viene de 40]
Estudiar developments.
ojo!
¿Cómo encontrar en seguida el párrafo al que se remite?
Quizá repitiéndolo en lo alto, a la derecha, ~~en vez~~ además de la paginación. Así habría, p. ej., 10 páginas numeradas 4, 5 p. numeradas 18, etc.

[219]

98

ARGENTINA

Los arquepítulos (o capetipos)

[220]

99

Locos (Manicomio)	Ceferino Piriz (explicar, ~~mutatis~~, cambiando un poco, cómo se conocieron sus papeles) Deméter

El capítulo con el nombre del personaje en blanco.
Anagogía: interpretación mística de las Escrituras. «Anagógicamente», o sea, de lo literal a lo simbólico.
Absconditorum clavis (Clave de las cosas ocultas) Seligmann, p. 259
Invocación del Diablo, p. 221.
La hierba meropis, que abre los mares.
~~Un liber penintencialis (libro de Castigos)~~
La prima materia de los alquimistas, p. 118.

MUNDUS PATET: un día en que el mundo está abierto. El 24 de agosto, cuando los Manes suben al mundo superior
Hay 3 días abiertos cada año.
Tradición romana from the Etruscans.

Manicomio
La morgue. El loco que cuida y conoce a los muertos por los pies.
El loco que acaricia la paloma.

[221]

100

Síntesis a esta altura:
1) Lectura corrida
Primero, todo París
Segundo, proemios al «balcón» / Balcón
Circo
Manicomio

2) Lectura por párrafos
Primero, proemios al «balcón»
Balcón
Explicación del «juicio»
PARÍS (todo)

Circo
Manicomio

[222]

101

Temas
El terror: En la noche Oliveira espera que Traveler venga a matarlo. Precauciones: palanganas con agua, campanillas, ad infinitum.
El manicomio y el circo. Oliveira sospecha un Mandala (topografía). El manicomio sería un gigantesco trípode de Sibila, el agujero de Eleusis, los Campi Flegreii: un pasaje. En cambio la carpa del circo es como un Centro: Oliveira-shamán tiene que subir.
Traveler y Oliveira, ¿son el mismo? El hombre y su doppelgänger.
Oliveira es el conocimiento, pero Traveler vive. Cada uno desea lo que es propio del otro. Talita es ese símbolo. Fábula de Ho y Mo en Daumal, «M. Analogue», p. 128.
Identificación progresiva de Talita y la Maga. Oliveira cree que puede resucitar a la Maga, que murió en París. Fracasará, of course.
Capítulo charge Cimetière: Punto de partida:

—Infundime un poco de vino —dijo Oliveira.
—¿Qué?
—Está en el diccionario, che.

Korsett-fetischismus
Automonosexuelle Fesselsucht

[223]

102

Posible desarrollo de lo que escribiré después de acabado París
1) Proemios al «balcón»:

Oliveira vende cortes de género en la calle (llamarlo «el vendedor»)
(Flashbacks a partes cortas [soliloquios de París])

Piensa intensamente en Talita, mujer de Manú Traveler

Talita → Maga
[Gekrepten]
[El circo «Las estrellas». Si él, shamán, pudiera entrar ahí... Pero el Director no quiere. Traveler, aunque celoso, quisiera ayudarlo]

~~Talita, un portrait~~
~~Diálogo con Oliveira~~
El circo: Talita y Traveler hacen las cuentas con el Director.
Traveler: un tendre / a tough guy
Tiene celos de Oliveira, y Talita lo siente. El pasado de Oliveira, su repatriación. Le tienen cariño. Gekrepten.
(Flashback quizá a (3) [«¿Qué es en el fondo—?»)
El balcón

[224]

103

Gente

Pensión de Traveler: «Sobrales» (calle Cachimayo) Cf Peuser.

El Director

Ferraguto

Su mujer: la Cuca

Traveler: demonólogo sonriente

—La solemnidad argentina, che... ¿Por qué no toman ejemplo de Macedonio, de Nalé, de César Bruto, de Oski?

Traveler cultiva cosas como la confesión de Ivonne Guitry (reproducir sic)

[225]

104

La escena del balcón

En París: Oliveira y ~~Pola~~ la Maga (hasta p. 16)

~~En la p.~~ 12 ~~(silbido)~~ remisión y se invierten los papeles (puente tendido!!)

Remisión a p. 16: Buenos Aires

La idea es que el puente une París y B. A.

O sea que hay que tener paciencia y reescribir el balcón.

No tener miedo a lo fantástico.

Oliveira tiende los hilos.

Traveler

Oliveira, solo, endereza los clavos

[226]

105

Orden:

Vuelta de H. O.

Curriculum de Traveler y Talita

El patio: Traveler explica el circo

Tangos — Ivonne Guitry

[Aparición de la Maga]

~~El balcón~~ Historias de fantasmas y de locos

Talita y Oliveira: sentimiento del Mandala.

el nene

El mamá

y la papá

[El manicomio]

Laberinto de los Cocos,

hotel «El Descanso»

Oliveira

Sra. de Gutusso

Don Crespo

El gran pudor argentino de la cultura

IDOLA FORI

Il mio supplizio
è quando
non mi credo
in armonia.
Ungaretti

El balcón

[227]

106

Temas
(1ª persona) La intimidad de los Traveler. Es ahora que yo tendría que quedarme, voyeur sin deseo, amistoso.

Alegoría de la incomunicación. Orbitas que se rozan (y eso es la amistad)

La excentración inevitable, etc.

Gekrepten
Progresiva relación de Oliveira con los Traveler

Gran reunión en el patio — Sra. de Gutusso, Don Bunche, Gekrepten, Talita, Traveler

Balcón

Oliveira — Descentrado

Désaxé: ese es el problema.

Creer, además, que hay que estar désaxé ~~en~~ dentro de este plano temporal-histórico, como condición necesaria para toda tentativa de acceder (en otro plano) a un centro, de hallar un eje.

[228]

107

Formas de llevar la descentración al límite

a) Morelli en la literatura
El lenguaje: tenerle horror
~~El lenguaje: hacerlo~~

La noche Trépat: era un camino ¿Hice mal en no seguir? Me vengué en Rocamadour, en la Maga: salaud.

Una antropofanía, por fin...

El fin (en los delirios)
—Me veo desde lejos, avanzando hacia mí mismo. Lentamente, cada paso es como siglos y montañas. Y al final estoy frente a mí mismo, me toco casi, pero es solamente un espejo. Entonces pasa algo, me tiro contra el espejo, ~~y~~ de ~~mi~~ lo ~~noble no queda ya fin~~ que había creído mi yo final y realizado no queda nada, la imagen se triza y explota, y del ~~que~~ otro hay un cuerpo

Après tout c'est «L'Etudiant de Prague»

[229]

108

Ojo!
La escena de los hilos debe corresponder al manicomio, pero se la colocará, [en el orden corrido,] en París. Ergo reescribirla teniendo eso en cuenta; o sea que es puente entre los dos periodos
[No creo]

A citar:

> Il souffrait d'avoir introduit des figures décharnées, qui se déplaçaient dans un monde dément, qui jamais ne pourraient convaincre.
>
> Georges Bataille, L'Abbé C.

El infierno súmero-babilónico: Gilgamesh, p. 28.

[230]

109

Manicomio
¿Está loco Horacio?

El problema es que todo tiende a centrarse demasiado en H. O. Caemos en el soliloquio excesivo, la desmesura egocéntrica.
~~¿Partir ahora de la Maga, desde Montevideo, llegando a B.A. arrestada, loca?~~
Centrar la acción en Talita y Traveler en lo posible. Miran a H. O., y lo vemos a través de ellos. (Esto hasta el manicomio, en que H. O. recobrará el primer plano).

Hacer continuamente de manera que las cosas, y las palabras para las cosas, y las palabras para la imaginación, sean ellas mismas y no lo que ha hecho la historia. ~~Cuando alguien~~ Hacer que un querubín no ~~sea~~ evoque el paje de Beaumarchais y el niño de nuestra tía Sonia, sino ~~al~~ a los Kerubin de Ezequiel, con sus alas y sus fuegos y sus rostros y sus zafiros. ~~animales en el río de Chebar~~.

[231]

110

Increíble «coincidencia»:
«And if I do get to South America one day?» (He had begun talking alone to himself.) «It may take years. And what language will I speak? And why will they take me, a stranger and unknown? Who knows if they even have a circus on such places. If they do, they will have their own clowns and their own language.»
Miller, The Smile at the Foot of the Ladder.

Talita empieza a crecer.
~~Salta en un pie (¿Alice?)~~
Talita en el circo. Monólogo de Talita

La discusión sobre los granos puede ser con la Cuca Ferraguto.

[232]

111

Ces beaux et piteux mystères.
Manicomio

Descripción calle Trelles. La Maga
Pola

Síntesis (20 o 30 p.) de la gran tratativa

Oliveira se instala en la enfermería | La morgue
La paloma y el loco

La noche de Oliveira esperando que Traveler venga a matarlo.
[Ceferino → o sea una idea de un mundo otro.
Meditación del mandala. El manicomio, ¿pasaje?

Síntesis de la gran tratativa:
Remorino
Dr Ovejero
Los locos, ~~de rosa~~ en piyama rosa
Antúnez
Sra. Schwitt

[233]

112

El manicomio
Cuando empiecen a trabajar, acabada la gran tratativa, deberá verse que quizá todos ellos no están ahí como empleados sino como enfermos. P. ej., a Traveler no lo dejan salir (pretextos)
Todo debe ir boyando lentamente del día a la noche.
Talita ya sabe de la Maga.
Talita acepta la idea de que quizá la Maga se dé en ella.
Escena de los hilos (París / B. A. simultáneamente)

Oliveira espera que Traveler lo mate.
Teoría del mandala.
Aclaración de los roles: el hermano enfermo.

El puente de Avenida San Martín.

El puente
Siempre la idea del pasaje.

El hombre en la esquina.
La esquina que es también una esquina de París

?
La Vieille Lanterne
Una noche de Baltimore

Mandala
No me puedo salvar solo
No me puedo salvar sin que se salven los otros.

[234]

113

~~En que la desdicha?~~
¿Puede llegarse a los valores desde los disvalores? Discusión de los granos. (Argentina!) La extrapolación.
El puente, el agujero de la carpa, el mandala: ¿pasaje?
El malevo provocador: lo quiere sacar de la esquina.
Entrevisión de la Maga, de Pola, de Talita:
¿Para qué sublevarse, reivindicar? La plena aceptación de que todo está perdido podría resolverse en acceso. Echarse atrás para pasar. Retrogradar la escalera humana mal subida.

Asumir en su vida la tarea necesaria a toda la humanidad extraviada. ~~Volver a los orígenes~~ Intentar una nueva visión. Al fin y al cabo el Gran Desorden ha sido una praxis, y en el fondo palpitaba la esperanza del kibbutz.

Oliveira comprende ahora (pero no puede hacer nada) por qué ha perturbado las vidas de Traveler y Talita. Vuelve a la clínica caminando, preguntándose qué le queda por hacer.

[235]

114

The dream was composed like a tower of layers without end, rising upward and losing themselves in the infinite, or layers coiling downward, losing themselves in the bowels of the earth. When it swooped me in its undulations, the spiraling began, and this spiral was a labyrinth. There was no vault and no bottom, no walls and no return. But there were themes repeating themselves with exactitude.

If the walls of the dream seemed lined, with moist silk, and the contours of the labyrinth lined with silence, still the steps of the dream were a series of explosions in which all the condemned fragments of myself burst into a mysterious and violent life, with the heavy maternal solicitude of the nigth ever attentive to their flowering.

Anais Nin, Winter of Artifice.

[236]

115

Plan

1) Asignación de la pieza de Oliveira (Remorino)

Poco a poco la noción de que Oliveira está encerrado.

Temor a ser asesinado:

No se trataba de que quisieran matarlo físicamente.

Traveler estudia a Ceferino
Llega Talita
Oliveira espera que Traveler vaya a matarlo.

[237]

116

Lorsque j'étais dans ma cause première (supongo que alude a un estado de «realización»), je n'avais point de Dieu...; je me voulais moi-même et ne voulais rien d'autre, ce que je voulais je l'étais, et ce que j'étais, je le voulais, et je me tenais libre de Dieu et de toutes choses...» «C'est pourquoi nous supplions Dieu d'être délivrés de Dieu, et de concevoir la vérité et d'en jouir éternellement, là où les anges suprêmes et la mouche et l'âne sont pareils, là où je me tenais et où je voulais ce que j'étais et étais ce que je voulais.»

Meister Eckhardt, Sermon Beati pauperes spiritu).

Et chacun, se rêvant soi-même et rêvant les autres, reste seul derrière son visage.

René Daumal, Chaque fois que l'autre paraît

... la dura costra mental
Suzuki

[238]

117

Creo que esto debe llamarse RAYUELA
(Mandala es pedante) Morelle Coxcojilla
Hopscotch

mármol / oso polar / jazmín del cabo

(Webster's)

Carbón /Tulipán /cuervos
Talita le dirá a Traveler que Oliveira teme que lo mate.
—Como la paloma...

[239]

118

Marcel Schwob, 102
Suzuki 592
~~Dona nobis pacem~~ Musil 91

Oliveira en su pieza.
Medidas de defensa (absurdas al límite)
El 16 lo ayuda.
El 16 colecciona cuentos y citas de locos («Bizarre»).
La noche de Oliveira.

3° → Traveler / Talita's room
2° → Oliveira's room
1° → Aquí montaba guardia Oliveira.
Planta baja → Remorino's room
Sótano → Morgue

Farmacia

[240]

120

Cuánto mejor estar peleados activamente que ser pasivamente amigos.

Horacio:
Buscar un centro hic et nunc significa contemporizar.
Sólo excentrado aquí, se podrá quizá alcanzar un centro, una armonía. Pero a costa de la ruptura total con la «realidad».
¿Cómo superar esa ruptura, seguir vivo?
1) Negando realidad a la «realidad» (Vedanta)
2) Apagándola, crepuscularizándola, nadándola.
3) Volviéndose loco.
Pero volverse loco no es posible por la mera voluntad.
4) Accediendo gracias a un satori, una iluminación
Tampoco es posible por la mera voluntad (por lo menos en el caso de Oliveira)

El muchacho de pelo blanco y ojos verdes, «de una hermosura maligna»
El juicio en el tablón
Me moriré sin llegar a mi kibbutz...

POLA

[242]

121

~~Oliveira se parapeta~~
~~Meditaciones (escena de los hilos) (Remisiones a fragmentos de París)~~
Traveler llega al amanecer. Estado de sitio
Diálogo con el doppelgänger.
Intervenciones grotescas de la Cuca
Remorino
Ovejero
Ferraguto
Oliveira ve a la Maga en la rayuela
¿O es Pola? ¿O Talita?
El «cielo». Va a tirarse.
~~Se tira~~ No se tira. No es de los que se tiran.
Todo el manicomio dialoga y discute con Oliveira que resiste el «asedio cordial».
Tiradas Piriz
Tiradas delirantes: muerte del perro
Ovejero: la visión científica del mundo.
Piedad de Talita y Traveler. Gekrepten llega con tortas fritas
Oliveira calla.
Choque de Traveler y Talita: vuelven a sentir el llamado
[243]

122

Lascano
P. Carranza
Biarritz
Linneo
Punta Arenas
M. Angel
12
Ferrero

Pola
El sexo

Trelles
Plaza Irlanda
Donato Alvarez
Morelos
San Eduardo
Avellaneda

De Trelles se va al puente por Boyacá hasta Punta Arenas
[244]

123
Desesperación (¿piedad? ¿al fin?) de Oliveira.
Quiere por lo menos salvar el amor de Traveler por Talita.
Se hace el loco | La Maga se afirma.

Intervención eficacísima de Ovejero.

Todo vuelve-al-orden.

Traveler y Talita se convencen de que Horacio está loco. Velarán por ese hermano enfermo.

Ceremonias finales: Asignación de tareas:

1) Gekrepten traerá ropa y tortas
   Traveler, una radio y libros
   Talita baja a borrar la rayuela. Destroza el dibujo.

Les heures de sommeil et de veille ne s'étaient pas encore fondues en une unité.
Iuan - cheu Hsineh-ien Su-k'in, † en 1287.
Suzuki, 2, 637

[245]

124

Nota de Morelli sobre el autoengaño. Autor psicológico a propósito... ¿Porque es incapaz de crear caracteres?

El reino milenario

La chambre Pasillo

[246]

125

Ojo! «Los hilos» debe ir forzosamente antes del capítulo 19

El doppelgänger Todo lo que podría ser:

Quizá lo que ocurre es otra cosa, que no vemos.
Quizá hay como un segundo acontecer por encima o a través de lo que pasa.
Quizá hay una duplicación de signo inverso (por eso el sentimiento de doppelgänger)
Quizá la Maga está ahí, entonces.
Quizá nunca hubo Maga y solamente Talita.
Quizá hubo solamente Pola, Lilith.

—¿Por qué —dice Traveler— este absurdo de los piolines?

—¿Es absurdo? Desde el territorio, sí. Pero además, ¿no crees que a veces hay que empujar un poquito? La almohada, el sexo, la música... Poner un piolincito en vez del editorial de La Nación...

[247]

126

Vers la fin

La rayuela del loco.
Rayuela
La rayuela

Los echan

Pero no era de los que se tiran.

El puente de Avenida San Martín
Pola Buenos Aires.
La fin des haricots

El 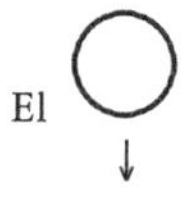 y la 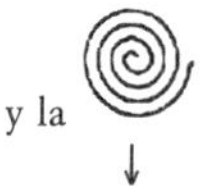

↓ ↓

orden cerrado	orden abierto
centro	difusión
concentración	excentración / descentración

La idea había sido buena: vivir absurdamente para acabar con el absurdo.

¿Por qué no vivir con el colorado del verde?

Laberinto argentino, hotel «El Descanso» en Los Cocos.
↓
Remorino le había contado

[248]

127

Nota de Morelli (papel pegado y doblado, sobre el ritmo)
" " " (Venturi sobre Cézanne)
" " " pasaje Anais Nin / Pasaje Eckhart

Oliveira vuelve al patio de noche. La rayuela.

Idea de irse empobreciendo hasta que todo quepa en el tejo que tiene en la mano (mezclado quizá con una visión - Piriz)

La ambigüedad del final: tal vez se tiró por la ventana y cayó en el «cielo»
Tal vez cayó fuera de la rayuela.
Tal vez (como tal vez la Maga se ahogó en el Sena)
Y a la vez está ahí, con el tejo, y sube de casilla en casilla. Traveler y Talita lo velan de lejos.
O él los mira mientras ellos empujan el tejo —

[249]

128

Los que andan con el yo colgado de la boca con un piolincito y lo suben y lo bajan todo el tiempo, yo-yo, entonces yo le dije, porque yo creo que, yo-yo, y a mí no me engañan porque yo en esos casos, yo-yo...

Nota de Morelli:
Nada tengo que enseñar a mi lector. Mi lector soy yo mismo, en el acto de tomar conciencia o inconsciencia

Acciones paralelas (y (debería sospecharse) simultáneas)

Gekrepten cuida a Oliveira Talita cuida a Oliveira Ovejero cuida a Oliveira Traveler cuida a Oliveira	Très bref (remisiones intercalar)

Ferraguto echa a Oliveira
Oliveira sale de noche al patio

Encuentro silencioso con Pola La Maga	Rayuela Mandala

[250]

129

A escribir (remisión, en 19, de 3 a... 4)
O. sale al patio. La rayuela
Pola
Maga, etc.

El 8 juega a la rayuela.

enchastre

—Lo que no se va en lágrimas se va en suspiros.

—En fin un roman sans homosexualité!
Madame Dubois, dans «La Gazette des Alpattes».

Qué dedicación, qué esmero pone la gente en ser hija de puta.

[251]

130

Revisión
Las primeras partes son «artiste». Trop.

Empezar con el lenguaje del final.

Luego una nota de Morelli sobre cómo

El espíritu juzga mientras la vida vive

Klages

[252]

132

Ordenación
La división 1-19 es falsa. Tiendo a «separar» las partes, pero a medida que revise habrá que fusionarlas.

Todo el comienzo + la jazz session: Parte I
Crével - Trépat † Roc - Morelli - Clocharde: Parte II
Buenos Aires ______________________ Parte III

Estructura general (a suprimir la división en 3 partes)
[253]

133

El tiempo
Como duración
Como condensación (en el sueño)
En las mutaciones animales: (de Vries): el tiempo como intensidad
[254]

134

Rayuela:
avión
reina mora
infernáculo
ratlleta (catalán)
mariola (Galicia y Coruña)
[255]

135

ojo! En 9, p. 10, se habla de la definición geométrica de Dios. Creo que hacia el final se vuelve a hablar. Suprimir una de las dos.

Para el fin:

(Pasa a usted).

Ojo: las remisiones a libros:

(Pasa a ~~Do~~ D. F. de Sade, Justine, cap. 9, párrafo 85 a 89, y vuelve a...)

[256]

136

Conciencia oscura de un drama
sin los resortes usuales
no Edipo no Antígona
no Swann
no Sorel
una agitación molecular
una inquietud de la insatisfacción profunda
Así una conducta equívoca (Oliveira)
repercute en Traveler y Talita
y debió repercutir en Etienne, en Wong, en Ronald
Ojo! No hinchar a O. No es él quien agita sino sus conductas, el fenómeno que los otros captan.
O. no tiene ningún mérito ni grandeza.

Nota de Morelli: Törless, p. 60. Para ilustrar estados fuera de lo común

[257]

137

Una idea de Luis Meana: Los dibujos de las alfombras afganas o persas son mensajes.

Variantes: El sentido fue esotérico desde un comienzo.
El sentido se perdió por decadencia histórica, y durante generaciones se ha venido transmitiendo sin ~~que~~ entenderlo.
Alguien de nuestros días lo descifra.

Posibles agregados
El laberinto de «El Descanso»
Korsett - fetischismus
Antomonosexuelle Fesselsucht
Gilgamesh p. 28

[258]

138

Post - Scriptum
[259]

139

Entre -8 y -9 (donde hay un corte) ver si no sería bueno completar un poco el ciclo Oliveira - Maga. O si no, ampliar las partes de 1 a 8. Siento que suena un poco fragmentario, aunque por otro lado podría ser como una especie de prólogo, de pórtico.

[260]

156

Vienna,

Gentlemen,

I plan to go ~~to P~~ from Paris to B A. by air, via New York, I have been bold ~~here~~ that your Company can assure the trip New York- Buenos Aires. As no tourist agency here is able to supply concrete data, I beg you to kindly inform me about de [sic] following points:

1) Price of two return tickets (transit class) New York-B. A.
2) As we plan to spend 4 o 5 days in New York before leaving from B. A., ¿should we make our reservations on our arrival to New York, or would it be better to make them beforehand, that is to say, as soon as your answer reach us?
3) Which are the scales of the trip? How long it takes?
4) ~~Is there a chance of making any stop-over, for instance in Lima, if that city were a scale?~~

Waiting for your kind answer, I am, Gentlemen, truly yours

NO VA

162
Con todas las aspiraciones expiradas

NO VA

164
~~Para L., que tan bellamente~~
~~vuelve a contar mis cuentos~~

Cada uno de
ellos
esperando
el día

partiendo después
qué la espera?

Así, partiendo de mi
dimensión importante

~~Para L., que vuelve a contar mis
cuentos en otro mi idioma~~

~~Para L., que cuenta~~
~~Para L., que~~

NO VA

OTROS LUGARES
PARA *RAYUELA*

Julio Ortega

ACTUALIDAD DE *RAYUELA*

A la hora de los balances, el consenso literario ya no es la resignación de las restas sino las sumas del entusiasmo: todos coincidimos en fechar el comienzo de la innovación narrativa de esta lengua en *Rayuela* (1963), de Julio Cortázar. No en vano es la primera gran novela sin relato obligatorio: se debe a la creatividad de las asociaciones felices, por lo cual su prosa circula con entusiasmo dialógico y placer verbal; se propone una obra posterior a la obra, rehaciendo los repertorios de las vanguardias y la actualidad, que cuestionan, tan festiva como programáticamente, la crítica de las representaciones miméticas; y hace de la lectura el eje del tiempo asociativo, cuya oralidad irónica deconstruye las autoridades de la enunciación. Si el sujeto moderno se define por su lugar en el exilio, por la recreación de la experiencia del exilio, *Rayuela* se lee hoy como la poética del flujo migratorio, entre los destierros forzados de los desplazados y refugiados. En esta novela los hablantes (y la misma novela como sujeto del juego fáustico) asumen el discurso del exilio, ese espacio sin bordes que propicia un lenguaje desbordado. Todavía está por hacerse la historia del exilio en español desde la perspectiva de las formaciones nacionales y estatales que, a partir del siglo XIX, han repetido un proyecto homogeneizador, casi siempre basado en la exclusión, y sostenido en el presupuesto. El flujo social de las migraciones de arribo y de salida, así como la ruptura cultural de las persecuciones y destierros, hoy los dramatizan los desplazados y migrantes, como los españoles de la guerra civil, en columnas harto elocuentes aun si carecen de discurso. Son dos fases del mismo fenómeno constitutivo de nuestra nacionalidad conflictiva: hay una nación migrante, más moderna y más heterogénea que el estado dictatorial que desde los ochenta ha expulsado a la clase media ilustrada. Esta postnacionalidad ha hecho los turnos y el relevo del nomadismo en español, no solo preservando la memoria de la comunidad sino haciéndose cargo de su lugar en el mundo; y, hoy por hoy, en un mundo sin mundo, hecho de muros y fronteras.

Si en la noción de exilio hay dos espacios interpuestos, el que se deja o pierde, y el que se busca o encuentra; en la experiencia del exilio y en el relato que da cuenta de esta hay otro lugar —el territorio forjado por sus lenguajes—. Ese territorio de la lengua, pronto cruzado de nuevos registros, es, en definitiva, el espacio que *Rayuela* cartografía para reconocer no sus fronteras sino sus escenarios, mezclas y procesos. La metáfora de la rayuela (que en algunos países llaman «mundo») es un ejercicio contra las fronteras. El exilio sería, primero, este mapa transfronterizo donde leer a escala, o por vía de mediaciones, sus síntomas. Para los exiliados españoles que cruzaban el Atlántico hacia el continente americano el horizonte era un idioma familiar; pero descubrirían, en México o en Buenos Aires, que los nombres no solo podían ser otros sino que su propio lenguaje podía referir las provincias de los años treinta; allí donde se hablaba una lengua regional y donde el idioma nacional era una abstracta norma castellana. Estos exiliados españoles, todos ellos de formidable elocuencia, fundaron el lenguaje del exilio moderno: su vehemencia, su énfasis y sus demandas. El exiliado solía ilustrar su lengua comarcal, y aunque a veces ese afincamiento nos parecía un ligero anacronismo, podemos hoy entenderlo como una vehemencia del bien perdido. No es extraño que así sea: el exiliado, por mucho que se restablezca, lleva el signo de la renominación.

Probablemente fue Jorge Guillén el primero que resolvió el dilema del poeta del exilio: no hablar regionalmente sino hacer hablar al idioma mismo. Con la democracia, con los regresos, muchos de ellos descubrirían los desfases; en una España que requería ponerse al día, ellos le daban memoria a la actualidad. Por un momento, la racionalidad del nuevo Estado parecía una forma de justicia poética, y la larga reparación debida al exilio republicano se cumplía recobrando sus figuras y sus voces en la cultura de la transición española. Aunque Cortázar, tanto como su Oliveira, fue un exiliado vocacional, que convirtió el mercadillo de baratijas cultivado por el surrealismo en un espacio más amplio y casual, su lengua del exilio suma varias normas, incluso la literal, de Perico, el español del grupo. Las políticas de la memoria, sin embargo, están siempre asediadas por las políticas del olvido. Renan había advertido que la nación se constituye gracias a sus memorias pero también a sus olvidos; solo que, como sabemos, hay olvidos que llevan el precio de la memoria [Renan, 1947]. La significación crítica de *Cien años de soledad* es que si se olvida el lenguaje no se pierde el pasado sino el presente, convertido en un estado de bienestar bovino. *Rayuela,* justamente, da batallas por nombrar el presente para que se demore.

El castellano era una lengua regional de los libros del 98, que ya nadie hablaba. En el período final del franquismo, Juan Goytisolo dijo que en Madrid hasta los choferes de taxi hablaban como Unamuno. Sin embargo, la memorable novela *El Jarama*, de Rafael Sánchez Ferlosio [Ferlosio, 1956], había propuesto que el castellano madrileño podría ser un diálogo hecho por las lenguas regionales de la península. Su magnífica suma no es un mapa, es una celebración del presente en español plenario. La migración interna de los idiomas de España confluía en esta novela como un diálogo castellano polifónico, pleno de las voces comarcales. Hoy Sánchez Ferlosio tendría que incluir nomenclaturas ecuatorianas, colombianas, peruanas y marroquíes. Tal vez desde Valle-Inclán, la lengua castellana no había sido un escenario de la vida social española. Sin olvidar que en *Tirano Banderas* [Valle-Inclán, 1993] los personajes hablan una lengua americana, «de tierra caliente», forjada por Valle-Inclán como un mapa político de América Latina [Díaz Migoyo, 1985]. Algunos poetas (como Jaime Gil de Biedma, José Ángel Valente y Ángel González) optaban por las formas del coloquio cernido por el diálogo interior con otros idiomas, buscando hacer decible un español más cierto, cuya síntesis de habla empírica e inteligencia mundana hizo del poema un espacio verbal sin raigambre; como si el español más lúcido fuese capaz de inventar una España menos doméstica y más dialogada. En el territorio lingüístico del exilio, la traducción fue una encrucijada definitiva, tanto para los exiliados republicanos en México y Buenos Aires como, después, para los hispanoamericanos en Madrid o Barcelona.

Los latinoamericanos que en los años setenta traducíamos en Barcelona nos dimos con el dilema perpetuo de este idioma: a qué norma española traducir el coloquio. No parecía apropiado hacerlo a la lengua regional de nuestras ciudades de origen, pero tampoco había una «norma nacional», o sea un español que pudiese aceptarse como común y promedio. Terminábamos, probablemente, traduciendo a un español que nadie hablaba. Traducir teatro, dada su oralidad, era construir una escena casi jardielponcelesca: los personajes hablaban demasiado, sumando varias normas. ¿Cómo traducir, en efecto, cualquier lengua coloquial al enfático vernáculo madrileño de entonces? Cortázar había evocado con humor las traducciones de los libros de nuestra adolescencia, novelas de Verne o Dumas, donde los personajes prodigaban «Evohé», «Pardiez», «Voto a bríos». Recuerdo que en una traducción del inglés en la que intenté algo como «Eres una cualquiera», el corrector de estilo prefirió «Eres una golfa de tres por medio». Según una versión, el censor habría sugerido que Vargas Llosa en lugar de decir en su novela que cierto general parecía «una ballena», lo que era insultante, dijera que parecía «un cachalote»... Los años de la dictadura habían escindido el lenguaje público del lenguaje privado, la escritura del habla; y era, precisamente, el proceso de ampliar el registro hablado de la escritura lo que daba cuenta de las transformaciones sociales y los nuevos márgenes políticos. La mejor literatura española de comienzos de los setenta era todavía ajena a las normas del coloquio o lo hacía suyo estilizadamente, a veces en pastiches de color local populista, probablemente siguiendo a Cela.

El hecho es que nos falta formular una historia cultural del coloquio, la interlocución y el diálogo (de los turnos del hablante y del oyente en la comunicación como diagrama social); historia que revelaría, en nuestros países, la calidad de la ciudadanía como forma de la nacionalidad. En el Perú, por ejemplo, las novelas de José María Arguedas, donde un hombre no puede hablar libremente con otro porque la comunicación vertical es siempre una expulsión del habla, esa calidad es una mala conciencia, y esa forma rota demuestra el laborioso reparto de la nación. En las de Mario Vargas Llosa, el habla es una autodenegación, y los hablantes se suicidan moralmente negándose una y otra vez humanidad. En las de Alfredo Bryce Echenique el malestar de la recusación nacional del Otro se exorciza en el humor, se alivia en una sociabilidad irónica, quizá hasta histriónica, y culmina celebrando los excesos del diálogo y cuestionando la autoridad del monólogo. Pocas refutaciones tan radicales se han hecho de los poderes que reglamentan la comunicación (desde la Retórica hasta Internet, desde el Archivo hasta la Doctrina) como estos faustos de la digresión. Haciendo suya la lección de Julio Cortázar, la de apropiar todas las lenguas en el espacio nomádico de la propia, Bryce Echenique ha peruanizado el habla española del exilio, dándole a la cultura de la trashumancia latinoamericana la intimidad de un relato de albergue. Al comienzo de todo, Carlos Fuentes atribuyó a *Rayuela* el inicio de una libertad, de un aire nuevo, que impulsó a los narradores emergentes a ir más allá de su lengua municipal. Juan Goytisolo fue otro narrador animado por el informalismo cortazariano: desplegó en cada novela otro sistema, buscando una fluidez tan libre como crítica. En ese mismo espacio de innovaciones, Julián Ríos, Enrique Vila-Matas, Mario Levrero, Diamela Eltit, Gonzalo Celorio, Antonio López Ortega, Fernando Ampuero, Rodrigo Fresán, Carmen Boullosa prolongan y diversifican las tramas generadoras de una forma abierta como las voces de un coloquio que no cesa de encarnar las voces de un tiempo, en español, más nuestro.

Las lenguas del exilio son un español de paso, disputado a la discordia de la historia y el fratricidio de la política. Lleva, por eso, su valor de moneda nueva: por un lado, remite a la pérdida, a ese bajo valor de cambio que la sociedad del bienestar concede al migrante; por otro, afirma su valor mayor, la riqueza cultural de una comunidad forjada en la ironía y la mezcla [Rowe-Whitfield, 1987].

El sujeto de *Rayuela* ya no es el artista en pos de su arte, sino el artista del exilio, que escucha las voces migrantes cuya sobrevivencia se convierte en sobrevida: ha perdido su lugar de pertenencia pero construye su espacio de afiliación. Y aun si regresar al país se hace más difícil, no deja de disputar su historia y confrontar su política. La cultura del exilio se ha convertido en una conciencia del nuevo internacionalismo, aquel que se sostiene no en el poder de los Estados sino en los derechos ciudadanos. No en vano el migrante es el primer habitante del siglo XXI, al que puntualmente refuta desde su tiempo escaso y precario.

Si en el siglo XIX el escritor puertorriqueño Eugenio de Hostos escuchó, en las calles nocturnas de Madrid, el sonido solitario de sus pasos como una señal de su extrañeza; en el XX, el chileno Federico Schopf se ve como otro caminando en las calles de Berlín: «Le parecía que las calles cambiaban de nombre tan pronto las abandonaba» [Schopf, 1987]. El primero advierte las sílabas de un lenguaje fantasmático; el otro deambula como el fantasma, entre nombres perdidos y en la dirección contraria. Pero pocos como Alejandro Rossi han construido un espacio del exilio postfronterizo; en sus relatos no se representan ciudades ni países latinoamericanos sino algo previo y más nuestro: las regiones como lugares de la memoria, que son espacios de habla, los que son hechura de la fábula. Por eso, en esos cuentos pero también en sus ensayos y crónicas, Rossi le dio una forma interior al nomadismo nuestro: el lenguaje es el verdadero terreno ambulatorio; y su mapa discurre entre trayectos de asombro [Rossi, 1980 y 1997].

El arte moderno, como ha dicho Edward Said, se identifica con el exilio —*«Modern Western culture is in large part the work of exiles, émigrés, refugees»* [Said, 2000]—; siendo seguramente la obra de Joyce su mayor ilustración y la de Nabokov su mejor parodia; conviene recordar que el desplazamiento no se traduce siempre en disgregación y que un mapa del exilio presupone también principios de articulación. El mejor ejemplo sigue siendo el de Dante, cuya *De vulgari eloquentia* hace del exilio una alegoría no solo de la caída y la peregrinación sino también de la política, porque el nomadismo del poeta ilustra la dispersión geopolítica y la lengua vernácula se convierte en el espacio trascendente [Shapiro, 1990]. La lengua recupera el territorio acrecentado pero también lo forja, intermediario, más allá de los municipios.

En sus *Etimologías,* adelantando las categorías de la fundación española, Isidoro de Sevilla había enunciado que el exilio está hecho de la expulsión pero también del regreso: «Es llamado exiliado aquel que está *extra solum,* fuera de su propia tierra. Así también aquellos que retornan del espacio *extra solum* a reasumir sus deberes ciudadanos...». El *Diccionario etimológico latino-español,* de Santiago Segura Munguía, explica que «exilio» aparece hacia 1220-1250 pero que es «raro hasta 1939»; su uso es imitado del francés; en castellano contábamos con «destierro», de larga ilustración. «Extranjero», que implica «extraño», también viene vía el francés, desde el siglo XIV, aunque «extranjería» es del XVII. En Francia (donde «francés» suponía ser «católico, apostólico y romano») la noción de «extranjero» es un legalismo que sirve a judíos y protestantes ricos de Alsacia; pero no solo en Francia la definición de los extranjeros delimita la identidad nacional. Por lo mismo, es una inculcada política estatal la exclusión de los inmigrantes como «ilegales», poco menos que invasores, y a veces incluso delincuentes. Otro tanto ocurre hoy en Estados Unidos, donde la migración ha sido criminalizada. La inmigración genera neurosis defensivas, las que a su vez propician prejuicios y estereotipos, odios y violencia. La paranoia del racismo es una enfermedad del cuerpo nacional. Los inmigrantes aparecen como la pesadilla que usurpa, con su exceso de realidad, el horizonte del bienestar. Las leyes de extranjería o inmigración son la buena conciencia de esa *pax americana,* o incluso *hispanense;* pero el peligro es el autismo cultural, y aun la endogamia regional.

Rayuela había adelantado el drama del relato del exilio, su conceptualización. Probablemente se requiere el esfuerzo teórico de su refocalización para representarlo no como un frente homogéneo y fatal, mecánicamente adscrito a la violencia estructural del sistema dominante, sino para concebirlo en su naturaleza procesal, fluida y cambiante, que no solo contradice y pone en duda la lógica del estado-nación sino que se desplaza, indeterminado y dinámico, entre los márgenes de la ciudadanía y la nacionalidad, forjando su propio mapa alterno, hecho de estrategias no territorializadas. No en vano *Rayuela* nace de un sueño: Cortázar soñó que abría una ventana que daba a una avenida de Buenos Aires, aunque su piso estaba en París. Espacios dobles y desdoblados, remotos y sumados en el otro espacio, el de la permanente «rayuela» (novela) del juego con vía gratuita de una verdad sin precio.

Aunque la pérdida del aura poética hizo creer a Benjamin que la mercancía era la nueva forma de la subjetividad urbana, los inmigrantes que sirvieron de modelos a Manet y Picasso demostraban que el sujeto nomádico habitaba los márgenes. A la orilla del Sena lo vio Vallejo:

«parado en una piedra, / desocupado, / astroso, espeluznante».[1]

En sus memorias, Gabriel García Márquez recuerda «el diario hablado del profesor José Pérez Doménech, que seguía dando noticias de la guerra civil española doce años después de haberla perdido» [García Márquez, 2002, 135]. La conciencia de derrota fue otra lección política que los españoles republicanos forjaron y, a veces, transformaron, como en el caso de Juan Larrea, en utopismo culturalista; y en el de María Zambrano, transmutado en pensamiento poético radical [Valender et al., 1998]

«El exilio es el lugar privilegiado para que la Patria se descubra, para que ella misma se descubra cuando el exiliado ha dejado de buscarla. [...] es reconocible en una sola palabra de su idioma, de su propio idioma, la que le da esa presencia impositiva, imperante, inesquivable. Tiene la patria verdadera por virtud crear el exilio. Es su signo inequívoco» [Zambrano, 1990, 42-43].

Paralela, aunque de otro orden, es la conciencia de derrota que los exiliados argentinos y chilenos dirimieron frente a la violencia de la «guerra sucia» y la destrucción del gobierno de Salvador Allende. El poeta Juan Gelman había de proseguir su batalla perdida más allá de las peores noticias, convirtiendo la derrota en una causa que la excedía. Gelman perdió a su hijo en la «guerra sucia» y su nuera desapareció embarazada. Después de haber sido secretario de prensa de los Montoneros en Roma, rompió con el partido y dedicó muchos años a la búsqueda de su nieta, finalmente localizada en Uruguay. El país es otro pero la cruzada de Gelman, tanto como su poesía, revela el luto que preserva el exilio, herido por el escándalo. La pérdida, en estos casos, no es la de una batalla sino la de un país, que siendo ya otro elige la cura de sueño del perdón y el mercado. Por eso, incluso algunos de los que decidieron regresar, como el chileno Armando Uribe Arce, hablaron desde la orilla de los muertos. En la voz fracturada de Gelman y en la descarnada de Uribe Arce aparece, a flor de piel, la subjetividad del exilio latinoamericano trágico: su desborde verbal obsesivo, su exasperación con la sociedad y su desasosiego con la política; su erosión irónica, cuando no satírica, del oficio literario y sus pasiones superfluas.[2] Por eso, al final, en *Rayuela* los exiliados confrontan la apuesta de «la vuelta», un retorno al infierno del lenguaje mismo. No en vano, *Rayuela* es la metáfora de un exilio que ocurre y discurre, pero que no tiene comienzo ni final. Es una novela que prologa cualquier otra novela que pretenda diseñar el tránsito y la transición.

En las memorias de García Márquez aparece Ramon Vinyes, el poeta, autor de teatro, librero y «sabio catalán», a quien reconoce como «maestro» reluctante, quien fue el primer lector del primer borrador de las primeras páginas de lo que hacia 1950 no era todavía *Cien años de soledad.* Sin embargo, deben haber sido ya suficiente indicio porque el maestro ve de frente el problema: el tiempo narrativo. «Usted debe ser consciente de que el drama ya sucedió y que los personajes no están allí sino para evocarlo, de modo que tiene que lidiar con dos tiempos» [García Márquez, 2002, 142]. Son, claro, los dos tiempos de la novela que se escribiría veinticinco años después, pero que el «sabio catalán» parece haber ya leído, quizá porque su exilio, como más tarde el de su mejor discípulo tímido, estaba hecho de un espacio temporal doble, en el cual la memoria es del tiempo histórico pero la fábula es del tiempo circular. Los exiliados españoles en América, al final de todo, fueron grandes lectores y propiciadores. La escena del joven escritor dándole a leer su primer texto a un exiliado español está llena de resonancias: el futuro recobra al pasado, se aproximan las orillas, y la lectura se abre sin fronteras. Todos hemos leído tras el hombro de Ramón Vinyes, como tras el hombro del último Buendía, el lector incestuoso, hecho solo de palabras, en cuya lectura se sostiene el mundo como libro y el libro como hábitat; pronto desaparecidos, mundo, lector y libro habitan ahora en la intemperie de la genealogía, o sea, en el exilio del recomienzo donde la lectura prometida es siempre otra oportunidad. Quienes conocimos a Julio Cortázar coincidimos en recordarlo situado no en el pasado ni mucho menos en el futuro sino en un estado de disponibilidad, de preentusiasmo en pos de un tema que lo desencandene. *Rayuela,* al final, lleva ese sello de autoría: todo está por ocurrir, el decurso se precipita, lo cotidiano se consume con brío, y solo el lenguaje, la escritura, la novelización más que el relato mismo llevan la apuesta por lo nuevo, por lo que recomienza y renueva; el relato de la promesa poética y la precariedad de lo cotidiano. Esta es una novela sobre la poesía de la inminencia, ganada, en español, para la lectura creativa.

«La España peregrina —ha escrito Carlos Fuentes— reanimó y a veces fundó la modernidad cultural de la América Latina en el exilio» [Fuentes, 2002]. Paralelamente, la América peregrina desfundó la conciencia política de la nacionalidad (proponiéndola más inclusiva e incluyente) en una España que recuperaba sus plazos de modernidad diferida. Esas fundaciones son un relato que constituye la ciudadanía cultural atlántica. En América Latina, viene de más lejos e incluye otros exilios y residencias. Incluye a viajeros como el barón de Humboldt, para quien las regionalidades hispanoamericanas eran capítulos del mismo cosmos humanista; y a viajeras como Flora Tristán, cuyas *Memorias de una paria* la liberan del estigma de «hija natural» del Perú para hacerla habitante del exilio de la mujer, o sea hija de su propia ironía. Rubén Darío, el primero en convertir el exilio en un escenario de creación cultural inclusivo, creía en una «América española»; Martí, que hizo del exilio un taller de ciudadanía, prefirió hablar desde «Nuestra América». Carlos Fuentes, otro artesano del relato del exilio, afirma: «Creo en Iberoamérica». Tal vez tengamos ahora que hablar desde «Nuestras Américas», dada la invasión del español liberador de nuevos márgenes en Estados Unidos. Cada una de estas designaciones, en sí misma válida, avizora la otra orilla del «español transatlántico», que es de ida y de vuelta. En los relatos de un exilio acrecentado por la cultura nomádica (en las versiones de Sergio Pitol y Julio Ramón Ribeyro, de Mario Bellatin y Manuel Vilas, de Agustín Fernández Mallo y Carlos Yushimito), las nacionalidades son creadas por una ciudadanía cada vez más circulatoria y transatlántica. El lenguaje de desarraigos ya no es traumático; el habla es de exiliados elocuentes; los umbrales son de un español sin fronteras. Por lo mismo, los migrantes dejan de ser meros subalternos o victimarios y se convierten en agentes de nuevas fundaciones e invenciones, a veces paródicas y satíricas pero, contra todas las crisis endémicas, sus nuevas agencias son tan felices como veraces. García Márquez ha llamado «la habladera sin término del exilio» a ese relato colectivo. Este relato, advertía, «dice la verdad de que aún la poesía es posible, y que la alegría y la esperanza, a la sombra de las bayonetas, no están perdidas para siempre» [García Márquez, 1997]. Hoy diríamos a la sombra del neoliberalismo, cuyos espejismos de desarrollo son el abismo de los nuevos exilios. Gracias al español atlántico que nos dio *Rayuela* la literatura iberoamericana nos dará otra guía de lectura que hará camino.

Notas

[1] *El viejo músico* (1862) de Manet y *Familia de saltimbanquis* (1905) de Picasso están en la National Gallery, Washington. El poema de Vallejo (1934-35) está en *Poemas humanos* (1939).

[2] Gelman ha intentado dirimir la experiencia de luto y desplazamiento en la secuencia de reflexión poética «Bajo la lluvia ajena (notas al pie de una derrota), Roma, mayo de 1980» que viene en su *de palabra.* Madrid, Visor, 1994. Allí se consigna también esta advertencia contra las supuestas transparencias y varias simplificaciones del exilio: «Serías más aguantable, exilio, sin tantos profesores del exilio, sociólogos, poetas del exilio, llorones del exilio, alumnos del exilio, profesionales del exilio, buenas almas con una balancita en la mano pesando el más el menos, el residuo, la división de las distancias, el 2×2 de esta miseria. / Un hombre dividido por dos no da dos hombres. / Quién carajo se atreve a multiplicar mi alma por uno».

Andrés Amorós

RAYUELA, VIGENCIA DE UN CLÁSICO MODERNO

Han pasado ya cincuenta y cinco años desde la publicación de *Rayuela* y esta obra, que, cuando apareció, se vio como un símbolo de la «antinovela», hoy es considerada unánimemente como un clásico: está incluida en las colecciones de obras clásicas, se estudia en todas las universidades, ha suscitado una enorme cantidad de estudios académicos... Si lo pudiera ver, Julio Cortázar sonreiría irónicamente, recordando algunas cosas que se habían dicho sobre ese libro (incluidas, por supuesto, algunas frases suyas). Pero estoy convencido de que no le disgustaría sino todo lo contrario. Así sucede con las obras realmente rompedoras, que superan el escandalillo inicial, fuera querido o no: *La consagración de la primavera, Woyzeck, Guernica, Ulises*, *Gymnopédies,* los esperpentos... Es el sino inevitable del arte de vanguardia, cuando posee auténtica calidad.

Sin entrar ahora en polémicas, resulta inevitable recordar que *Rayuela* se publicó en 1963, una fecha muy próxima a la de otras grandes novelas hispanoamericanas. En poco más de una década aparecieron *Pedro Páramo* (1955), *La región más trasparente* (1958), *Rayuela* y *La ciudad y los perros* (1963), *Paradiso* (1966), *Cien años de soledad* (1967)...

Se forjó entonces la etiqueta del *boom* de la novela hispanoamericana. Más allá de lo que esto tuviera de maniobra interesada (editorial y hasta políticamente), en España vivimos con enorme asombro la aparición, en tan pocos años, de una serie de novelas de tal categoría. Sabemos hoy bastante más de lo que hubo detrás de ese rótulo, pero eso no debe impedirnos reconocer el asombro ante el fenómeno literario. Las causas sociológicas nunca explican del todo la coincidencia de tantos talentos: lo mismo sucedió en el Madrid de 1605, en la Inglaterra isabelina, en la Generación del 27...

Los asombrados lectores sentíamos, entonces, que estas novelas se oponían al modelo del *nouveau roman* francés, mucho más formalista y aburrido: reivindicaban el modelo clásico del relato, atraían al lector, unían la renovación estética con el compromiso político (los «dos caballos» que debía manejar, a un tiempo, el escritor, según la metáfora de Carlos Fuentes). A la vez, este conjunto de obras traía a la literatura en español la influencia de los grandes renovadores de la novela (franceses e ingleses, sobre todo) y suponía la proclamación de una nueva literatura hispanoamericana, liberada ya de los tópicos sobre el realismo localista, situándola en el primer nivel de la literatura universal. Años después, la concesión del Premio Nobel a Gabriel García Márquez y a Mario Vargas Llosa confirmó plenamente este reconocimiento.

Dentro de ese grupo de narradores, Julio Cortázar fue siempre un personaje singular, un «bicho raro»: nacido en Bélgica, novelista tardío (cuando aparece *Rayuela,* tenía casi cincuenta años), afrancesado en Buenos Aires, argentino en París... Para bien y para mal, pronto se le adjudicó la etiqueta de «intelectual», amigo de juegos culturalistas. Sin embargo, no tardó en atraer a muchos lectores, fascinados tanto por su literatura como por su personalidad. Cuando murió, se convirtió en un tópico frecuente aplicarle el título —alterado— de una de sus obras: «Queríamos tanto a Julio»... Paseando con él por las calles de Madrid, he podido comprobar el fervor de muchos lectores, así como la inalterable y paciente educación con que respondía a cualquier desconocido.

Conocía bien Cortázar la gran literatura en inglés (había traducido a Keats y a Poe), las vanguardias europeas: el surrealismo. A la vez, su raíz porteña era evidente. Antes de *Rayuela,* había publicado volúmenes de cuentos de una calidad fuera de lo común: *Bestiario, Final del juego, Las armas secretas*. El recuerdo de Borges era inevitable, pero Cortázar se distanciaba claramente por dos cosas. En sus relatos, lo fantástico no suponía una huida, sino que surgía con naturalidad absoluta de la realidad cotidiana: el otro mundo está aquí, está aquí, repetía, una y otra vez, citando la inscripción de un templo indio; más adelante, elegiría el título *La vuelta al día en ochenta mundos,* variando a Julio Verne, para subrayar que, en el centro mismo de lo aparentemente vulgar, nace el misterio. A la vez, eso implicaba un compromiso profundo con la literatura (mucho más allá de las posiciones políticas concretas que, posteriormente, fue adoptando).

El quicio de ese cambio es su relato «El perseguidor». Me lo dijo el propio Cortázar y lo escribió muchas veces: «Quise renunciar a toda invención y ponerme dentro de mi propio terreno personal, es decir, mirarme un poco a mí mismo. Y mirarme a mí mismo era mirar al hombre, mirar también a mi prójimo. Yo había mirado muy poco al género humano hasta que escribí "El perseguidor"».

La lamentable biografía de un músico de jazz, Johnny Carter (inspirado en el saxofonista Charlie Parker), le sirve como modelo existencial: «Bueno, toda mi vida he buscado, en mi música, que esa puerta se abriera al fin». Esa búsqueda permanente es lo propio del artista y de todo ser humano consciente: «Ahora sé que Johnny persigue en vez de ser perseguido, que todo lo que le está ocurriendo son azares del cazador y no del animal cazado».

Usando los términos de Jorge Manrique, con «El perseguidor» «Cortázar había dejado de jugar con la literatura, había puesto "su vida entera al tablero". De ahí nace *Rayuela,* sin la menor duda: "El perseguidor" es la pequeña *Rayuela*. En principio, están ya contenidos allí los problemas de *Rayuela*. El problema de un hombre que descubre de golpe, Johnny, en un caso, y Oliveira, en el otro, que una fatalidad biológica lo ha hecho nacer y lo ha metido en un mundo que él no acepta».

La acumulación de novedades técnicas ha alejado de *Rayuela* a algunos lectores rutinarios; para otros, en cambio, ha supuesto, además de otras cosas, un juego gozoso. Muchos estudiosos —entre los que me incluyo— hemos encontrado en el libro ocasión y motivo para mostrar nuestras habilidades... No quiero incurrir ahora en eso: ya lo hice en la introducción a mi edición de *Rayuela,* en la colección Letras Hispánicas, de Ediciones Cátedra: la primera vez, según creo, que se editaba a Cortázar como a un clásico.

En mis charlas con él, no solíamos hablar de literatura (aunque la literatura estaba detrás de todo, por supuesto), sino de la vida y de algunas pasiones compartidas: la música, el cine... Comentando una vez la extraordinaria abundancia de referencias culturales, más o menos ocultas, que incluye esta novela le dije, bromeando, que sería necesario editarla con cientos de notas, a pie de página, como si fuese a Góngora o Cervantes, para aclarar al lector medio tantas alusiones. Se asustó él, entonces, creyendo que yo le estaba pidiendo que lo hiciera él mismo: «Con la vida que llevo, no dispongo de tiempo...». Le aclaré que no me refería a él sino a algún profesor que le dedicara a esta tarea tiempo y cariño. Él se apresuró a añadir: «Usted es la persona más adecuada para hacerlo». Aunque mi especialidad académica no es la literatura hispanoamericana, ¿cómo iba a negarme?

No quiero repetir aquí lo que en el prólogo a esa edición he escrito, aunque me hago la ilusión de que, a lo largo de los años, ha servido para que algunos lectores se acerquen al mundo, tan complejo, de esa novela. Prefiero ahora señalar algunas líneas básicas, siguiendo los testimonios del propio Cortázar, siempre tan lúcido. (Todas las citas entre comillas son suyas, tomadas de entrevistas o declaraciones en libros, revistas o películas).

La «prehistoria» de *Rayuela* comenzó en 1951, cuando Cortázar llegó a París y empezó a anotar, «en cafés diferentes, en épocas diferentes, esos papeles, que jamás habían sido escritos con intención de ser una novela».

Más allá de la anécdota argumental, nació la novela de una actitud de negar la realidad, tal como la vemos: «Este libro es una tentativa para ir hacia el fondo de un largo camino de negación de la realidad cotidiana y de admisión de otras posibles realidades, de otras posibles aperturas». Para expresarlo, usa Cortázar diferentes metáforas: las ventanas, las llaves, los espejos, los puentes, las salidas, el umbral, el pasaje...

Insiste en esa intuición básica: «En *Rayuela,* sobre todo, hay ese sentimiento continuo de estar en un mundo que no es lo que debería ser... En algún momento de la evolución histórica, hubo una bifurcación mal hecha, algo que salió mal, y nos estamos yendo al diablo por ese camino».

Repite con frecuencia una metáfora local, la búsqueda del centro: «La búsqueda existe, pero no está definida. En el caso de Oliveira, está relativamente definida con la noción de Centro, porque lo que él llama Centro sería la búsqueda de ese momento en que el ser humano, individual o colectivo, puede encontrarse en una situación en la que está en condiciones de reinventarse la realidad». Subrayo esta expresión, que resume bien la búsqueda de Cortázar (no solo de Oliveira): «Reinventarse la realidad».

La circunstancia histórica de aquel momento (años cincuenta y sesenta) le hace referirse, si no se endereza el camino, al horizonte apocalíptico de la guerra nuclear y la destrucción de la humanidad.

Cuestiona la educación que nos han dado: el racionalismo, que él llama «aristotelismo». Considera que esta negativa es uno de los aspectos que más han atraído a los lectores jóvenes, porque a ellos todavía no les ha domesticado la sociedad, no han asumido tantas certidumbres.

La redacción de la novela comenzó por el célebre capítulo del tablón, «sin tener la menor idea de lo que iba a escribir, antes y después de esa parte». En Buenos Aires, un día de verano, unos personajes quieren pasarse un paquete de yerba y unos clavos, de una ventana a otra, tendiendo un tablón sobre el abismo: «Estaban entregados a una serie de acciones, a cuál más absurda. Yo empecé a escribir muy en detalle todas las ideas que se les ocurrían...». El tono del relato y los personajes (Oliveira, Traveler y Talita) ya están definidos: del costumbrismo hemos pasado suavemente al absurdo, con un humor disparatado que apenas disimula la trascendencia metafísica.

Pensaba Cortázar que esto iba a ser un cuento, pero le salieron cerca de cuarenta páginas y comprendió que era el germen de una novela: «Una especie de cucharada de miel a la cual iban a venir a pegarse moscas y abejas». Escribió, enseguida, un segundo capítulo, de tono erótico, que pronto suprimió. Decidió incluir en el relato algunos papelitos en los que había ido anotando cosas: «En la mayoría de los casos, son los capítulos cortos que inician el libro, que son como acuarelas de París». Aglutinando personajes y escenas, hizo un feliz descubrimiento: «Entré en un camino que, de golpe, para mí, fue novela. Me acuerdo muy bien de la sensación de alegría que me dio, porque hasta ese momento yo había estado chapoteando en el vacío».

Insiste Cortázar en que escribió sin un plan fijo, coherente: «En realidad, es un libro cuya escritura no respondió a ningún plan. Solo cuando tuve todos los papeles de *Rayuela* encima de una mesa, toda esa enorme cantidad de capítulos y fragmentos, sentí la necesidad de ponerle un orden relativo. Pero ese orden no estuvo nunca en mí, antes y durante la ejecución de *Rayuela*».

El final, en cambio, se le impuso como algo inevitable: «Lo escribí todo en el manicomio, en cuarenta y ocho horas, realmente en un estado casi de alucinación».

Gran parte de la crítica se ha centrado en la estructura de la novela, repartida entre París y Buenos Aires, como la biografía de Cortázar. Al escribir el capítulo del tablón, ya advirtió que el relato iba a unir dos lugares: «Con toda claridad vi que yo estaba haciendo suceder una acción en Buenos Aires, pero que el personaje que estaba viviendo esos episodios era un tipo que tenía un pasado en París».

Los dos lugares se habían convertido también en dos tiempos: «Había esos dos capítulos, totalmente inconexos, que correspondían al futuro de lo que yo no había hecho todavía. O sea, que había comenzado en el futuro, me había vuelto al pasado y ahora, de golpe, me sentía en el presente. Y, moviéndome en ese presente, llegué de vuelta:

el personaje volvió a Buenos Aires y enlazó con el capítulo del tablón». Así, a la vez, había quebrado las nociones habituales de tiempo y espacio que existen en la novela decimonónica, no por afán de «epatar al burgués», sino por sentirlo como una necesidad que se le había impuesto con toda naturalidad.

El replanteamiento de la realidad suponía replantearse también la forma de contarlo; sobre todo, el lenguaje. No se trata de un juego gratuito, por el puro placer lúdico, como a veces hacían las vanguardias, ni de escandalizar al lector tradicional, sino que es la lógica consecuencia de una visión del mundo: «¿Cómo vas a hablar en contra de la civilización judeocristiana utilizando todos los moldes semánticos que ella te regala? Hay que empezar por destruir los moldes, los lugares comunes, los prejuicios mentales». Algunos juegos lingüísticos de Cortázar pueden recordar los que realizaban los surrealistas, con su reivindicación del azar y, sobre todo, de la libertad. En el fondo, es lo mismo que busca cualquier artista auténtico, que lucha con el «rebelde, mezquino idioma» (Bécquer), para devolverle su original frescura.

Oliveira, el protagonista de la novela, expresa muchas inquietudes del escritor: «Cuando me puse a escribir *Rayuela* había acumulado varios años de Oliveira, de las meditaciones de Oliveira, de haber enfocado la realidad como Oliveira la enfoca». Pero no es ningún personaje idealizado ni heroico: «Oliveira no sabe, no tiene la menor idea de cuál es el camino bueno, es un mediocre, no tiene ningún talento especial». A cambio, no se resigna: «En la medida en que él puede hacerlo (y sabe que es muy poco) quisiera luchar, intuye que, al principio, hubo otras posibilidades». Es un buscador, igual que el protagonista de «El perseguidor». Y, en cierta medida, es el portavoz de su creador:

«No es Oliveira sino yo quien, al escribir el libro, estoy tratando de dar algunas nuevas posibilidades para arrancar, tal vez, en otra dirección». (Otro personaje, Morelli, le sirve a Cortázar para expresar muchos temas e inquietudes de tipo intelectual, que completan las intuiciones, más simples, de Oliveira).

Una novela clásica solía comenzar especificando el lugar y el tiempo, describiendo el escenario y al personaje. Así lo caricaturizó Albert Camus: «Una hermosa mañana del mes de mayo, una elegante amazona recorría, montada en un soberbio caballo, los floridos paseos del Bois de Boulogne». Como reacción contra esos comienzos tópicos, Paul Valéry dijo, en broma, que una novela actual ya no podía comenzar diciendo: *«La marquise sortit à cinque heures...»*. Cortázar completó la broma eligiendo que esa fuese la frase inicial de su novela *Los premios*.

Para muchos lectores, la frase inicial de *Rayuela* resulta inolvidable: «¿Encontraría a la Maga?». No sabemos quién habla, ni quién es la Maga, ni dónde están, ni cuándo, ni por qué se separaron, ni en qué quedará su relación... Lo que queda es una pregunta abierta, con su atractivo misterio.

Oliveira no es solo el portavoz de algunas inquietudes; para dotarle de carne y sangre, como personaje, aparece la Maga: con ella «se crea una acción de tipo dramático». En la escena de la separación, se evitan cuidadosísimamente todos los tópicos sentimentales de los que Cortázar suele burlarse, los personajes se gastan bromas: «Hablamos como águilas». Y el habitual pudor en la expresión de los sentimientos salta, hecho pedazos, en el conmovedor «planto» por el bebé Rocamadour: «Ese es un capítulo particularmente cruel y que me fue muy difícil, muy penoso. Yo he sufrido al escribirlo». Muchísimos lectores de *Rayuela* se han emocionado con ese texto y siguen soñando con la Maga, como una encarnación del *amour fou* surrealista...

Uno de los rasgos técnicos que más revuelo y polémica suscitó, cuando apareció la novela, fue que el narrador plantease la posibilidad de una «doble lectura»: en el orden correlativo de los capítulos o siguiendo el que propone un inicial «Tablero de dirección», que nos va haciendo saltar hacia delante y hacia atrás, en el relato y en el tiempo: «A mí se me ocurrió —y sé muy bien que era una cosa difícil, realmente, muy muy difícil— intentar escribir un libro en donde el lector, en vez de leer la novela así, consecutivamente, tuviera, en primer lugar, diferentes opciones. Lo cual lo situaba ya casi en un pie de igualdad con el autor, porque el autor también había tomado diferentes opciones, al escribir el libro».

Algunos lo consideraron una frivolidad esnob; otros, una innovación genial. Veinte años después, Cortázar defendía la «segunda manera» de leerlo «porque ahí es donde lo va a leer entero. Si lo lee de la primera, pierde mucho». A la vez, me consta, prefería tomar esto —como tantas otras «novedades técnicas» de su novela— con la debida ironía. Sí le alegraba que muchos lectores hubieran entrado en este juego: «Se llegó a la locura surrealista, de la que estoy bien orgulloso (por ahí tengo cartas), de gentes que me han dicho que se habían equivocado, al saltar los capítulos, y que, entonces, leyeron *Rayuela* de una nueva manera. Otros me dijeron que no habían querido seguir ni la primera ni la segunda y, con procedimientos a veces un poco mágicos —tirando dados, por ejemplo, o sacando números de un sombrero— habían leído el libro en un orden totalmente distinto. Y, a todos ellos, el libro les había llegado, de alguna manera».

Opina la sociología de la literatura que «el público» forma parte también de la creación literaria. Ese criterio se intensifica en una obra con tantas novedades técnicas y que apela tanto al papel creador del lector. Según Cortázar, las primeras reacciones fueron negativas: «La gente de mi edad, de mi generación, no entendió nada. Las primeras críticas de *Rayuela* fueron indignadas».

Muchos lectores, en cambio, aceptaron esas novedades sin mayor problema y se apasionaron por la novela: «Mi gran sorpresa fue que empecé a recibir cartas, centenares de cartas, y, si tomas cien cartas, noventa y ocho eran de jóvenes, de gente muy joven, incluso adolescente, en algunos casos, que no entendían todo el libro, pero habían reaccionado frente a él de una manera que yo no podía ni sospechar en el momento en que lo escribí» (no olvidemos que publicó la novela con casi cincuenta años).

Esta fue —se lo he escuchado al propio Cortázar— una de sus mayores alegrías: «Yo pensé, cuando terminé *Rayuela,* que había escrito un libro de un hombre de mi edad para lectores de mi edad. La gran maravilla fue que ese libro encontró sus lectores en los jóvenes, en quienes yo no había pensado directamente, al escribirlo. De golpe descubrí que, en realidad, el libro planteó problemas que son los problemas de la generación siguiente. Me parece una recompensa maravillosa y sigue siendo, para mí, la justificación del libro».

¿Por qué se produjo este fenómeno? Porque *Rayuela* —dice Cortázar— plantea preguntas, no da respuestas: «A los jóvenes no les gusta que les den lecciones. Los jóvenes encontraban allí sus propias preguntas, sus angustias de todos los días, de adolescentes y de la primera juventud, el hecho de que no se sienten cómodos en el mundo en que están viviendo, en el mundo de sus padres».

Aunque emplee una técnica literaria muy diferente, esto acerca *Rayuela* a *El guardián entre el centeno,* de Salinger, y explica que las sucesivas generaciones de adolescentes sigan leyendo las dos obras con una pasión que excede a lo puramente literario.

La influencia de *Rayuela* en los jóvenes escritores también fue muy grande. (Cualquiera que haya sido jurado en concursos literarios puede atestiguarlo). Con la debida ironía, comenta Cortázar lo malo que esto trajo: «La repercusión negativa es como en el caso de los imitadores de Borges. Se han publicado muchísimas "rayuelitas", por todos lados, consciente o inconscientemente, utilizando los procedimientos de intercalación de citas, de obra abierta, personajes rayuelescos, y todo eso es bastante mediocre, en general».

Pero también defiende, con legítimo orgullo, la influencia liberadora del libro en el conjunto de la literatura hispanoamericana: «Una especie de liberación de prejuicios, de tabúes, en el plano del lenguaje: hacer que la gente se quite la corbata para escribir. Mi libro invita a acabar con las tradiciones literarias sudamericanas que, incluso en sus formas más vanguardistas, han respondido siempre a nuestros complejos de inferioridad. Ingenuamente, un periodista mexicano escribió que *Rayuela* era la declaración de independencia de la novela latinoamericana. La frase es tonta, pero encierra una clara alusión a esa inferioridad que hemos tolerado estúpidamente tanto tiempo».

Creía él que su novela era revolucionaria en el terreno literario y vital, no en el político: «No dice una palabra de política, pero contiene una serie de elementos explosivos que hay que considerarlos revolucionarios. No tuve la menor idea de eso mientras escribía el libro: para mí, no era revolucionario ni no revolucionario, porque las revoluciones me eran totalmente ajenas en ese momento».

Como todo auténtico escritor, Cortázar escribió la novela, ante todo, para él: «Era una especie de compromiso metafísico; era una especie de tentativa para mí mismo...». Muchas veces me contaba que, gracias a *Rayuela,* él también se consideraba un novelista, no solo un gran cuentista, como tendían a rebajarle algunos críticos.

Con legítimo orgullo de creador, defendía esta novela: «Si me preguntaran cuál es el libro que tiene más peso, en todo lo que he escrito, yo diría *Rayuela*». Le alegraba la repercusión que también había tenido en España: «Cada vez que voy a España, los lectores jóvenes que me rodean me hablan mucho de mis libros, de sus preferencias, pero *Rayuela* es, finalmente, el centro; toda conversación termina en *Rayuela*. Porque todavía siguen sintiendo algunos misterios que quisieran aclarar, que yo les explique ese tipo de cosas...». Este final de frase es típico de su estilo, para evitar la retórica, en algo que de verdad le importa.

Escribieron algunos críticos que la novela concluye con el suicidio del protagonista. Cortázar lo niega rotundamente: «Oliveira no se suicida. Él acaba de descubrir hasta qué punto Traveler y Talita lo aman. No se puede matar él, después de eso. La idea es que cualquier lector es quien decide». Es evidente la referencia a la estética de la *opera aperta* (Umberto Eco), entonces tan de moda. Al margen de la anécdota, lo que importa es que la novela no concluye de un modo desesperanzado: «Es un libro muy optimista, profundamente optimista, porque Oliveira, más allá de sus cóleras, su mediocridad mental, es un hombre que se golpea contra la pared, la pared del amor, la pared de la vida cotidiana... Se golpea la cabeza contra todo eso, porque, en el fondo, es un optimista; cree que un día, ya no para él pero para otros, esa pared va a caer y, del otro lado, está el hombre verdadero... La idea general de *Rayuela* es la comprobación de un fracaso y la esperanza de un triunfo».

Eso es lo que ha querido transmitirnos Cortázar: «El libro es optimista como yo. Yo creo en el hombre, el hombre va a sobrevivir a todos los avatares». No es raro que este mensaje de esperanza, a pesar de todo, calara en tantos jóvenes...

He prescindido de las numerosísimas interpretaciones que el libro ha suscitado; he intentado ofrecer un «Cortázar *par lui-même*» (el título de una útil colección francesa). Pasado el asombro inicial que suscitaron muchas de sus técnicas narrativas renovadoras, queda claro que *Rayuela* ha superado las fronteras y el paso del tiempo, que continúa suscitando nuevas lecturas y atrayendo a nuevas generaciones de lectores. Por muy rompedora que pareciera, ahora mismo es ya una obra clásica: una obra viva, que nos sigue hablando. (Lo clásico, decía el torero Rafel el Gallo, es «lo bien *arrematao*». Traduzco: lo que, dentro de su línea, no puede ser mejor). Un clásico contemporáneo, eso sí: rompió muchos moldes, para expresar los conflictos y las graves cuestiones que angustian hoy al ser humano.

Para acabar, me permito reproducir algunos párrafos —excluyendo el comienzo y el final, de carácter más personal— de una larga carta que me escribió Julio Cortázar, fechada en Ginebra, el 14 de noviembre de 1973. (Ruego al lector que disculpe la aparente inmodestia. Lo que importa es lo que escribe Cortázar sobre su novela, no a quién se lo dice):

«Me traje a Ginebra su estudio sobre *Rayuela* y quiero decirle, de entrada y sin rodeos, que me ha parecido admirable. Escribo poco a mis críticos, pero, cuando algo me gusta de veras, lo hago y digo exactamente lo que siento.

Soy poco sensible a los elogios y a los ataques; en cambio, valoro profundamente esa crítica que va al fondo de las cosas, que se sitúa en el terreno mismo de lo que indaga, y, en este caso, usted está entre los muy pocos que, después de eliminar los muchos aspectos espectaculares de mi novela, ha descubierto sin equivocarse sus razones fundamentales, sus motores, sus hormonas. A usted, se lo digo con una gran alegría, los árboles no le escamotearon en ningún momento el bosque.

»Quizá una de las cosas que más me acercan a su texto (y a usted, claro) es la llaneza de su enfoque, la eliminación de todo vocabulario profesional "importante"; quiero decir que también usted es Oliveira, un Oliveira que leyó un libro llamado *Rayuela* y que dice lo que piensa de él. Con armas muy superiores a las de Horacio, en un plano crítico, pero en igualdad de condiciones, en todos los otros dominios de la inteligencia y la sensibilidad. Digamos, para mejor definir esto que siento, que usted habla de Horacio como Horacio hablaba de Morelli, y, ambos, de sus libros respectivos (puesto que Oliveira escribe conmigo *Rayuela* mientras piensa en la obra de Morelli, de la que solo conoce fragmentos).

»Este sentimiento de cercanía inmediata, de empatía entre usted y mi texto, lo tengo a través de múltiples aspectos de su trabajo, pero acaso —no se sorprenda— la prueba más intensa me la dan las citas que usted ha ido incluyendo como verificaciones o ilustraciones de sus pareceres. De mi libro se han hecho ya citaciones infinitas, pero nunca encontré, en un solo trabajo, una selección tan justa y necesaria, una selección que va directamente al centro del blanco, en cada caso. No se ría de mí si le digo que hace ya años que no miro *Rayuela,* y que algunas de las citas de su trabajo me divirtieron, me emocionaron, me hicieron sentir que no eran inútiles ni vanas. Lo que usted dice en torno a cada una de ellas las refuerza, claro está, pero lo que cuenta es el criterio de selección; una vez más, cada referencia es un buceo profundo, un encuentro con las fuentes del libro».

Corrobora tajantemente Cortázar, en la carta, la importancia del humor como elemento esencial de su novela:

«Usted se ha ocupado explícitamente del humor en la parte final de su estudio, pero es obvio que ha trabajado desde el principio *sub specie humoris,* si me permite este latín inventado al correr de la máquina. La crítica de *Rayuela* ha señalado casi siempre de paso la importancia del humor, como usted mismo señala al comienzo del capítulo; hacía falta alguien que mostrara tan redondamente que, sin la presencia *all-pervading* del humor (negro, rosa, liviano o nocturno) ese libro sería probablemente insoportable, como es el caso de muchas novelas latinoamericanas que parecen naufragar en sí mismas, en una seriedad que las va aplastando y destruyendo, sin hablar de lo que le pasa al pobre pasajero allí embarcado. Usted ha visto la razón precisa de algunos de los recortes de diarios ingleses, por ejemplo, que otros han indagado como si contuvieran elementos básicos del libro. Y, cuando termina diciendo que el libro le ha hecho reírse a carcajadas, me da una de esas alegrías que pocas veces me han dado los críticos o los lectores».

También aprueba Cortázar, en su carta, mi tesis de que *Rayuela* es una novela de amor, una novela romántica, en el sentido profundo del término. Y lo hace con un sentido del humor que aumenta la seriedad de su testimonio:

«También (y aquí usted es el único) tiene mucha razón al hablar de romanticismo. ¡Vaya si la tiene! Yo soy un tipo increíblemente cursi, y no lo lamento porque, al igual que el humor, creo que sé potenciar mis cursilerías y mis romanticismos, a veces muy baratos, y, de alguna manera, convertirlos en otra cosa: una especie de fuerza incontenible de los sentimientos, esa capacidad prodigiosa de reír o de llorar que tienen las gentes sencillas y que tanto les envidiamos los intelectuales. Mi romanticismo es de baja ley; todavía hoy una balada escocesa, cantada con la voz engolada que corresponde, me arranca lágrimas, y una vez por semana salgo llorando del cine o del teatro: es realmente horrible, pero tan hermoso. Creo que, en *Rayuela,* por suerte, hay otros planos del romanticismo, los que usted señala con toda justeza; y también creo que la conclusión es exacta, y que los jóvenes amaron *Rayuela* porque los colmó en esa región de la sensibilidad, todavía no resecada por las experiencias de la vida».

Así veía Cortázar su libro. Como buen conocedor de la historia literaria, se preguntaba si su novela soportaría la mordedura del tiempo. Nosotros ya lo hemos comprobado. Cortázar también lo sabía: «Si yo tuviera que llevar uno de mis libros a la isla desierta, yo me llevo *Rayuela*». Muchísimos lectores haríamos lo mismo.

EDUARDO ROMANO

TODOS LOS JUEGOS EL JUEGO

«Horacio es un gran infeliz en el doble sentido que le damos a la palabra en la Argentina».

JULIO CORTÁZAR,
París, 8 de mayo de 1965, carta a Jean Barnabé

1. ENTRE LO LÚDICO Y LA ÉTICA EXISTENCIAL

Durante el siglo XX se consolidó la idea de que el juego era un factor bisagra, en diversos sentidos, para la cultura. Un aporte decisivo fue el de Johan Huizinga en *Homo Ludens. El juego y la cultura* (1938), algunas de cuyas reflexiones no han perimido, como reiterar en varios pasajes la incertidumbre respecto del límite lúdico/serio o que jugar fue una actividad imprescindible para el hombre arcaico que conservan el niño y el poeta.

Los pre-textos de *Rayuela* responden a esa incierta frontera. Uno es fragmento de *Espíritu de la Biblia y moral universal* y proviene de una edición española de la Biblia, 1797, y el otro pertenece al humorista argentino César Bruto (seudónimo de Carlos Warnes). Si el primero se burla, oblicuamente, de las preocupaciones moralizadoras, el otro apunta también burlonamente a las pretensiones ontológicas de Oliveira, se titula «Lo que me gustaría ser a mí si no fuera lo que soy».

Sobre esos lineamientos lúdicos se puede ir reconstruyendo la trayectoria de Julio Cortázar, cuyos primeros cuentos («Plagios y traducciones», 1937-1939), remiten a lo que Gérard Genette denominó «transtextualidad», pero que bien puede ser un sinónimo de literatura, una práctica que implica, siempre, juegos retóricos.

Hay en esos textos parodia del género policial duro y hemingweiano, así como reminiscencias de Poe («Llama el teléfono, Delia», «Profunda siesta de Remi», «Puzzle»), sátiras de la narrativa de terror («El hijo del vampiro», «Las manos que crecen»), y una prosa alimentada por las audacias poéticas de la primera vanguardia: «El vampiro paseaba por las galerías del castillo buscando vivos depósitos de sangre. La industria frigorífica lo hubiera indignado».

Su primer libro (*Presencia,* 1938), sin embargo, reúne un conjunto de sonetos que abundan en juegos fónicos, semánticos, sintácticos, a la manera de Mallarmé, pero con ecos gongorinos, y arduos de leer. Sale de allí para zambullirse en el imaginario infantil *Alicia en el País de las Maravillas* (1865) de Lewis Carroll y en los alucinantes poemas en prosa del conde de Lautréamont (*Cantos de Maldoror,* 1868), camino que pasa por la estación Arthur Rimbaud, a quien le dedica un artículo en 1941.

Ha llegado a la poética surrealista que durante la primera posguerra había recuperado las posibilidades combinatorias azarosas para la poesía al producir los primeros «cadáveres exquisitos», derivados de un juego de mesa remontable a Inglaterra y al siglo XVIII, que Robert Desnos, Paul Éluard, Tristan Tzara y André Breton aprovecharon para desarrollar una escritura colectiva, anónima, automática, donde cada poeta aportaba su frase sobre una hoja que era doblada para que el siguiente no la viera y así seguían los demás participantes.

Cortázar se entusiasma con esos experimentos verbales y los de Apollinaire, Crevel, Aragon, Artaud, Jarry, y en *Nadja* (1928), de André Breton, descubre una manera fragmentaria y abierta de novelar que le confirmarán luego James Joyce, Aldous Huxley, André Gide, Hermann Broch. Sus relatos breves indagan técnicas de ambigüedad y metamorfosis en cuentos de una llamativa madurez —«Casa tomada» (1946) y «Lejana» (1947)—, publicados originalmente en *Los Anales de Buenos Aires,* que dirigía Jorge Luis Borges. Pasarán a su revulsivo *Bestiario* (1951), pródigo en la culpa o el castigo provocados por inesperadas transgresiones a diversos órdenes y en juegos verbales poéticos: metáforas, alegorías, *collages*. Uno de los cuentos tematiza la otredad infantil, los juegos alegóricos como el formicario que arman entre la niña protagónica y Nino. No es casual que el título de este cuento sea el del conjunto, donde el contacto cercano con el mundo animal trasunta un rasgo distintivo de la fantasía surrealista en todas las artes, a la vez que un componente crucial para la narrativa infantil.

Divertimento (1946), primer intento novelístico de Cortázar, que queda inédito hasta 1986, sugiere desde el título —palabra italiana que designa la preferencia por las obras artísticas divertidas— una estética opuesta al realismo denuncialista predominante en la narrativa argentina de ese momento y desarrolla una historia incierta y con personajes fantasmales.

Un ensayo de 1947 («Teoría del túnel»), rescatado en 1997 por Saúl Yurkievich, confirma esta veta —que él bautiza «poetismo»— constitutiva de su narrativa, pero aliada con otro componente que pasará a primer plano con posterioridad: el existencialismo, particularmente sartreano. Con la primera veta designa una prosa particular, que hereda las audacias poéticas de los años veinte e inauguran en América Latina Macedonio Fernández, Jorge Luis Borges, Miguel Ángel Asturias, Alejo Carpentier, Leopoldo Marechal.

No se trata para él, entonces, de confrontar el poetismo surrealista, mágico, ahistórico y asocial, al existencialismo opuesto a tales términos, con esta salvedad decisiva para entender su proyecto literario en gestación: «El poetismo parte, en su forma más alta, de la quiebra del idioma común, el existencialismo busca comunicarse en toda forma posible».

El examen (escrita entre 1950-1952, también editada en 1986) acentúa los rasgos de indeterminación muchas veces vinculados con el juego, no solo por los desdoblamientos, sino por la intervención esporádica de figuras indefinidas, enigmáticas. Eso en la ciudad invadida por una niebla que connota alarma en varias direcciones, como suele suceder con la literatura neovanguardista: la alteración de valores tradicionales, el desplazamiento del arte por los géneros de la cultura de masas, la reaparición de provincianos mestizos en la metrópoli entre europeizada y neoyorquina.

Ese nuevo tipo de ciudad hace que los rasgos poéticos innovadores de los años veinte pasen, reconfigurados, claro, a la narrativa argentina desde mediados del siglo XX. Ciudades cuyo plano, como escribe María Elena Torre en 1996, «equivalen al tablero de los juegos —ajedrez, damas, rayuela—, con las jugadas permisibles dentro de una red de posibilidades muy rica, pero limitada», permiten indagar «lo incógnito que la ciudad esconde».

Dos prácticas atravesadas por el juego, según argumentaba Huizinga, se consolidan en la escritura cortazariana de ese momento: las historias que evocan rituales, a la manera de etapas culturales arcaicas, y la expansión de una prosa que recupera modalidades de la imaginación infantil. De lo primero hay varios ejemplos en *Bestiario,* como el propio autor revela al reordenar su producción cuentística editada hasta 1970, pues incluye «Carta a una señorita en París» y «Bestiario», en una de las tres secciones (responden a «afinidades» o «líneas de fuerza», según una nota previa), la titulada «Ritos».

Creo que en esa recuperación de lo mitológico tuvo su incidencia Jorge Luis Borges, a quien siempre Cortázar le reconoció, más allá de otros desacuerdos notorios, haber introducido un rigor compositivo que le faltaba a nuestra literatura. Pienso en el artículo «El arte narrativo y la magia» (1932), donde Borges opone la novela, que obedece a una concatenación lógica de acontecimientos, con el cuento, la novela de aventuras y el cine de Hollywood, sujetos a «la primitiva claridad de la magia», a los procedimientos analógicos («un juego preciso de vigilancias, ecos y afinidades»).

Casi al mismo tiempo que Borges publica el cuento «La casa de Asterión», reactivando en clave neobarroca (el lector debe descubrir, debajo de esos nombres equívocos, al Laberinto y al Minotauro) un mito clásico, Cortázar escribe *Los reyes* (1949), poema dramático alegórico en que Teseo cumple los mandatos del orden racional y el Minotauro encarna los misterios del inconsciente. Para conocer su noción de lo mítico, aprendida en Cassirer y Lévy-Bruhl, conviene consultar el artículo «Para una poética», de 1954.

Lo lúdico y humorístico explota en los textos de *Historias de cronopios y de famas,* editados en 1963, pero escritos en Roma y París (1952-1959), etapa inicial de su radicación europea. Llamarlos «surtido» en el índice provoca un desplazamiento metonímico a golosinas e infancia, y cada una de las secciones da lugar, a su vez, a un juego verbal semejante: «Manual de instrucciones» convierte en absurdamente codificadas una serie de acciones espontáneas: llorar, cantar, tener miedo, subir una escalera, dar cuerda al reloj.

«Instrucciones para entender tres pinturas famosas» es un ejercicio de juego polémico con otras interpretaciones pictóricas, afín a los planteos semióticos que Umberto Eco elaboraba por entonces, así como el subjetivema «raras», en la segunda sección, habilita la posibilidad de inventar actividades inútiles contra el pragmatismo, la hipocresía y los lugares comunes.

La falta de humor o la afectada seriedad de ciertos escritores argentinos, su tendencia a eludir expresiones coloquiales o vulgares son ridiculizadas en «Reglas y prelaciones». El resto ataca, irónicamente, los hábitos burocráticos y la mera rutina, el desgaste semántico de vocablos o frases.

En cuanto a la serie que titula el conjunto, surgió de una alucinación —según el autor— durante un concierto dirigido por Stravinsky y donde el recitante era Jean Cocteau en el teatro Champs Élysées (carta a Néstor García Canclini, 2/10/67). La propensión improvisadora de ese género musical y popular está, pues, en la raíz de los cronopios y Cortázar la traslada a la literatura cuando habla de un objeto mágico («Propiedades de un sillón») o lleva un apólogo al absurdo («Tema para un tapiz»).

Las enumeraciones caóticas de «Plan para un poema» son un procedimiento surrealista habitual y tales ejercicios verbales conviven con pasajes propios del imaginario infantil perceptivo y asintáctico que luego los adultos conceptualizan: «La forma coaltar pelos patas que después el diccionario OSO» («Historia con un oso blando»). O adoptan un tono enternecedor, como ese «Discurso del oso» que anda por las cañerías y se apena de la gente torpe y solitaria, anticipatorio de la carta que dirige la Maga a su hijo pequeño muerto en *Rayuela*.

Sus amados cronopios se oponen a las rígidas famas e ingenuas esperanzas, son casi figuras danzantes ajenas a los preceptos lógicos, andan entre animales que hablan o flores que piensan y donde todos los disparates pueden suceder.

La «imaginación zoomórfica», escribió Saúl Yurkievich, uno de sus críticos más avezados, anticipa diversos aspectos de *Rayuela* (de la Maga cronopia a Gekrepten esperanza, añado) y remite al capítulo 125 de esa novela, donde para Morelli el hombre debería «optar por el perro o por el pez original como punto inicial de la marcha hacia sí mismo».

No puedo detenerme en los cuentos de la primera edición de *Final del juego* (1956) o de *Las armas secretas* (1959), pero siete del primero figuran en la sección «Juegos» de la citada edición de 1970. En cambio, no hay ninguno de los cinco relatos que integran el segundo. Lo cual indica que el péndulo de la poética bicéfala del autor se había inclinado por entonces hacia el otro extremo, donde la preocupación ética primaba sobre lo lúdico.

De ahí que en la temprana y reveladora entrevista que le hiciera Luis Harss dijera al respecto que en «El perseguidor» abordó «un problema de tipo existencial, de tipo humano, que luego se amplificó en *Los premios* y sobre todo en *Rayuela*».

Sin embargo, en su primera novela édita (*Los premios*, 1961), Cortázar intenta equilibrar ambos extremos: de un lado los rebeldes, a la manera de Albert Camus, se oponen a los conformistas; de otro, los siete espacios en bastardilla dedicados a las reflexiones de Persio, quien, ajeno a la refriega por llegar a la popa, se complace en «jugar» con Jorge, el hijo de Claudia.

2. OTRA MANERA DE JUGAR A LA RAYUELA

En ese contexto productivo, Cortázar concluye de ordenar y jerarquizar notas y fragmentos narrativos que escribiera desde su llegada a París, 1951-1952, pero en esta nueva tónica alterna juegos, humor, angustias. El título, que prefirió al más enigmático de *Mandala* —un guiño al pensamiento oriental vedanta o zen contra el racionalismo occidental— o al genérico *Juegos,* entre otros, designa un juego en particular, ya desacralizado (como la mayoría de ellos, que se supone de origen renacentista y ha adquirido valor didáctico, pues permite ajustar la agilidad, motricidad y equilibrio corporal cuando se recorren sus casillas, dibujadas con tiza o pintura, que evocan a la cruz cristiana), y deslizando un tejo, que no debe salirse de los límites trazados, con la punta del pie.

En la novela, ese desplazamiento adquiere dimensión alegórica, pues invierte la dirección canónica: arranca del Cielo (París invernal) y termina en la Tierra (Buenos Aires veraniego). Pero antes de explicar ese procedimiento, conviene reparar en el «Tablero de dirección» introductorio, que convierte la lectura en un juego: «Este libro es muchos libros, pero sobre todo es dos libros» y propone un segundo ordenamiento del conjunto mediante una remisión, al final de cada capítulo, a otro diferente del que le sigue. Esa innovación ofrece al lector la posibilidad de armar, jugando, otras secuencias con el mismo material.

Tal recurso derivó, tiempo después, en una colección norteamericana para púberes o adolescentes titulada *Elige tu propia aventura* (1979), donde el texto ofrece varias opciones para que cada uno desarrolle su propia historia. Ese protagonismo activo de la lectura creció también, notoriamente, en la narrativa latinoamericana posterior a esta novela revolucionaria, como lo hiciera notar rápidamente Carlos Fuentes. Además, contribuyó al fortalecimiento de una neovanguardia, surgida en la Argentina con el movimiento Invencionista, a mediados de la década de 1940, que encabezaba el poeta Edgar Bayley, al adoptar una actitud crítica respecto de su antecesora, pues no rechazó abiertamente a sus posibles lectores, siempre que no fueran lectores-hembras —en la terminología originaria de Cortázar, que luego él mismo cuestionó—, y participaran de manera activa con el texto, un deseo que aparecía ya en la cita anterior de «Teoría del túnel».

En el capítulo inicial, Horacio Oliveira (el nombre reúne una raíz de origen lunfardo, la de «tomarse el olivo» o huir, con un sufijo burlón) confiesa que «buscar era mi signo» y recurre a dicha alegoría para señalar sus etapas: él y la Maga caían «de continuo en las excepciones» (Cortázar adhería a la supuesta ciencia encargada de estudiarlas, la patafísica), metidos «en casillas que no eran las de la gente» común.

Los mejores críticos de Cortázar —dentro de la bibliografía que conozco, pues es inabarcable y en múltiples idiomas— han reconocido esa oscilación del jugueteo y lo trascendente. Pienso en las ediciones anotadas y con abundante aparato crítico de Andrés Amorós, Jaime Alazraki y la colección Archivos, así como en el *Cuaderno de bitácora de Rayuela* que Cortázar le confió a su amiga Ana María Barrenechea y que ella editó con un estudio imprescindible.

Focaliza allí, principalmente, las relaciones entre pretexto y texto definitivo, pero dedica también mucha atención a la narratividad, los personajes y dobles, cuestiones que han desvelado, en verdad, a todos sus estudiosos. En lo que sigue intento, sobre un eje de lectura distinto —el interés por el misterio de lo femenino en un momento histórico en que las relaciones entre géneros comenzaban a modificarse sustancialmente—, las simetrías internas entre figuras femeninas a veces muy dispares y el protagonista.

En la primera parte, «Del lado de allá», atravesamos también, como en la rayuela, varios casilleros: el descubrimiento de ciertos barrios parisinos mientras relata sus experiencias sexuales con la Maga, en las cuales llega a sentirse «sacrificador lustral» cuando aspira a «hacerla de verdad suya, a traerla de su lado» (p. 46); las discusiones intelectuales del Club de la Serpiente, «un mero juego de ilusiones, de reglas aceptadas y consentidas, de pura baraja en las manos de un tallador inconcebible» (p. 70); el absurdo y esperpéntico concierto de Berthe Trépat; la muerte de Rocamadour, hijo de la Maga, después de la cual ella desaparece y Oliveira se degrada.

Este último monologa en muchos pasajes del texto, asiste a las reuniones sofisticadas del Club con la sospecha de que «nunca entraría en el juego» de las serias lucubraciones intelectuales acerca del arte. Jugaba a otra cosa, como acabo de decir, radicable en sus relaciones con la otredad femenina, máximo misterio por la falta de límites similar/diverso y por eso rehúsa contarle a Traveler cómo le fue en París, aunque por lo menos en dos ocasiones reconoce «mis derrotas ultramarinas» (p. 493) o, desde su imposibilidad de formar pareja con Pola, «la repetición de innúmeros fracasos» (p. 528).

No es casual que el último casillero parisino sea su degradada relación con la mendiga, en unos portales mugrientos cercanos a un puente sobre el Sena. Entonces, sentado en el coche policial y con los pies sobre el trasero de esa mujer, Oliveira cuenta cómo se juega a la rayuela y a continuación refiere algunos aspectos de sus alcances significativos para la novela. Ese relato incluye el siguiente *collage:* hace falta la punta de un zapato para...

> ... llegar al Cielo a patadas, llegar con la piedrita (¿cargar con su cruz? Poco manejable ese artefacto) y en una última patada proyectar la piedra contra *l'azur l'azur l'azur,* plaf vidrio roto, a la cama sin postre, niño malo, y qué importaba si detrás del vidrio roto estaba el kibutz, si el Cielo era nada más que un nombre infantil de su kibutz. (cap. 36; p. 309)

Define esta última palabra hebrea como «colonia, *settlement,* asentamiento, rincón elegido donde alzar la tienda final», una manera diferente de decir «territorio». Toda la cita otorga al Cielo la dimensión de *l'azur* (lo eterno inalcanzable en un famosísimo poema de Mallarmé), aunque Oliveira esté surcando un camino inverso, pues lo deportan a la Tierra/Buenos Aires.

Precede a la segunda parte («Del lado de acá») una cita de Apollinaire *(«Il faut voyager loin en aimant sa maison»),* paradoja que anticipa el derrotero de Oliveira, un héroe antiheroico cuyo propósito de unificar Tierra/Cielo, acota Fernando Ainza, queda reducido a la búsqueda de galerías y pasajes, a un juego de desdoblamientos, repeticiones, analogías y antítesis que se resuelven en paradojas, a una contraposición de espacios simbólicos, al «sentimiento de no estar del todo» (así se titula un capítulo de *La vuelta al día en ochenta mundos,* 1967) en ninguna parte.

Esta parte incluye sus propios casilleros: Oliveira, recibido en el puerto por su amigo Manuel Traveler (Manú) y la esposa de este, Atalía Donosi (Talita), se instala en una pensión que está frente a la que habita esa pareja, con Gekrepten, una antigua novia de sencillos hábitos hogareños. Aquellos tres se burlan de las vecinas poco educadas, pero a Talita no le simpatiza Oliveira, así como Traveler le cuestiona sus actitudes inconformistas: «Vos ni vivís ni dejás vivir» (p. 358).

En el famoso episodio del tablón entre las ventanas de ambas viviendas (p. 297), a través del cual Talita le lleva un par de suministros a Oliveira, ella le pregunta «en voz baja» a su marido: «¿Vos realmente querés que sea yo la que le lleve la yerba a Oliveira?». Una oferta que deja al descubierto los deseos de una vinculación triangular que quedará, al menos, en suspenso.

Horacio trabaja, sucesivamente, de vendedor ambulante, en un circo, en una clínica psiquiátrica. En esta, cierta noche, mira jugar rayuela desde su ventana del segundo piso a varios internos, uno de los cuales gana infaliblemente. Talita sale de la farmacia donde ejerce y atraviesa el patio, pero para él es la Maga la que se pone a jugar rayuela sin éxito; entonces le recomienda, desde arriba, mayor entrenamiento. Baja, se encuentran, ella explica que nunca le gustó ese juego y añade «no soy el zombi de nadie», porque ha advertido la confusión de Oliveira. Cuenta que dejó a su marido durmiendo luego de una pesadilla («gritó algo de una corbata perdida») y a continuación, cuando descienden a la morgue (parodia del descenso clásico a los infiernos), Oliveira le habla «como si fuera la Maga, sabiendo que no era pero hablándole de la rayuela, del miedo en el pasillo, del agujero tentador». Ese último sintagma metaforiza sin duda la vagina de ella —como antes el hueco superior de la carpa circense o ese pozo en el cual están— dado que Traveler parece haber perdido su poderío fálico («corbata»). Oliveira cree entonces estar reviviendo el rescate de Berthe, la vieja pianiasta ridícula, pero «el pasado se invertía, cambiaba de signo», es él quien está siendo socorrido. Talita, «con la mirada de los que no entienden», le acaricia el pecho y Oliveira la besa, aunque no a ella exactamente:

> Se estaban como alcanzando desde otra parte, con otra parte de sí mismos, y no era de ellos de quien se trataba, como si estuvieran cobrando o pagando por otros, como si fueran los *golems* de un encuentro imposible entre sus dueños [...]. De alguna manera habían ingresado en otra cosa [...] para repetir en la rayuela la imagen misma de lo que acababan de alcanzar, la última casilla, el centro del mandala, el Ygdrassil vertiginoso por donde se salía a la playa abierta, a una extensión sin límites... (pp. 407-408)

Esta cita entrecruza la rayuela («última casilla») con un rito de iniciación laberíntico, oriental, y con un mito normando según el cual el árbol de la vida alimenta su sabiduría por las raíces. En cuanto al contacto con Talita, no continuará, cierra un trayecto existencial (uno de los juegos subyacentes a todo el texto) marcado por la serie de mujeres con las cuales Horacio mantuvo relaciones íntimas: Pola, la Maga, la *clocharde,* Gekrepten.

La primera, en el capítulo 64, le dice a Oliveira que es «como un ácido terrible», «como un embudo. A veces me parece que me voy a ir resbalando entre tus brazos y que me voy a caer en un pozo». De su vital, mágica y contradictoria relación con la Maga, cae a la suciedad crapulosa de Emmanuèle.

Su apoteosis erótica con la Maga culmina en el quinto capítulo, cuando Oliveira se siente «matador mítico» y la veja cierta noche de la que no volvieron a hablar, «la hizo Pasifae, la dobló y la usó como a un adolescente, la conoció y le exigió las servidumbres de la más triste puta», lo cual nos indica, de paso, que todavía el sexo pago tenía privilegios (¿placeres?) ausentes del marital para los prejuicios de la época.

De regreso a Buenos Aires, este buscador de sí mismo y de qué significa existir se conforma con una muchacha semianalfabeta, ajena a lo que hablan los otros tres, lectora de fotonovelas y que dice «Demelón a mí» cuando busca en la calle el sombrero que se le cayó a Talita desde el tablón y a la cual, por lo menos en dos ocasiones, Oliveira llama «vieja» (manera familiar y edípica de nombrar a la esposa o pareja en el habla vulgar porteña).

En el importante capítulo 56, Oliveira, con la ayuda del interno 18, inventa un juego con hilos, palanganas y rulemanes para protegerse, fundar un «territorio» dentro de la pieza 6, convencido de que «no había la más remota esperanza de unidad» con los Traveler, resignado a que ya no iba a encontrar nunca un centro, «mientras tiraba el cigarrillo sobre la casilla cinco» de la rayuela dibujada en el patio, ni «una vida digna después de las diversas indignidades minuciosamente llevadas a cabo». Despide al 18 y comienza a unir diversas partes del cuarto con los hilos negros engomados, «con la atención fija en la puerta, aunque de cuando en cuando se distraía en el momento de tirar el pucho sobre la rayuela». Presentía que esa trampa tampoco lo libraría del territorio Traveler, de articular la vigilia con el sueño, mientras en el patio una mujer acababa de esquivar la rayuela y de espaldas podía ser la Maga, Talita «o cualquiera de las locas, hasta Pola».

Desde el antepecho de la ventana del segundo piso, mira hacia el patio a la que sin duda es Talita, mientras escucha a Traveler arañar la puerta. Ella le pide que evite caerse y el amigo lo acusa de convertirse en su *doppelgänger* (doble ritual), pero Oliveira piensa en «transmitirle algo de eso que en el territorio de enfrente llamaban un beso, un beso de él a Talita, un beso de él a la Maga o a Pola, ese otro juego de espejos» típico del neobarroco con que se regocijaba esta segunda vanguardia.

A Traveler, que trata de disuadirlo, lo llama «el abanderado, el heraldo de la rendición, de la vuelta a casa y al orden», le anuncia que si se tira va «a caer justo en el Cielo», aunque se haya pasado la vida «yendo y viniendo de tu territorio al mío, si es que llego al mío», buscando un «pasaje» en esa «armonía insensata». Ese oxímoron y varias paradojas marcan la irresolución del conflicto. No es casual para Oliveira que «sin darse cuenta» Talita estuviera en la casilla tres y un pie de su marido en la seis.

Además de este juego central y subyacente, muchos otros, con variadas connotaciones, aparecen intercalados en el transcurso de la acción. Ante todo los verbales, como el gíglico, una jerga de ocultamiento inventada por Horacio y que permite darle proyección simbólica a la descripción de un coito o meramente narrarlo (capítulo 20), en un capítulo donde ambos terminan por reconocer: «No somos adultos, Lucía. Es un mérito pero se paga caro. Los niños se tiran siempre de los pelos después de haber jugado».

En el capítulo 34, y a partir de una novela de Pérez Galdós que está leyendo la Maga, intercala línea por línea un pasaje de la misma y lo que Oliveira opina de esa escritura para él envejecida. En el 40, que se abre con un inquietante «la vuelta era realmente la ida en más de un sentido», atribuido a Oliveira, se cuenta que a este y a la pareja Traveler-Talita, «les encantaba jugar con las palabras» usando el léxico inusual del «cementerio» (diccionario) o las «preguntas-balanza»: «Combinar ¿antojadizamente? una serie de definiciones de palabras propuestas por un diccionario, sosteniendo que una (o la suma de varias) equivale a otra» según Luis Íñigo-Madrigal. También improvisar jitanjáforas.

En esta parte Traveler le pregunta a Oliveira «¿Por qué te tengo que hacer el juego?» (p. 317) y la ingenua Gekrepten, dirigiéndose a los tres: «¿Van a seguir jugando mucho tiempo?» (p. 331). Horacio, a su vez, sospecha que Manú «quiere jugar con fuego» (p. 340), aunque sea él quien parece dispuesto a establecer, sin éxito, un juego amoroso con ambos.

La tercera parte («De otros lados. *Capítulos prescindibles*») incluye capítulos —que no son para nada «prescindibles»— complementarios de las dos anteriores, junto a un conjunto de citas, la carta de Juan Cuevas sobre la paz mundial, quien les recomienda el insólito libro al respecto de Ceferino Piriz, y la teoría morelliana de la novela. Este viejo escritor de vanguardia sostiene un extremismo lúdico al que no se atrevió *Rayuela,* al margen de que algunos de sus críticos iniciales (Juan Carlos Ghiano, Héctor Álvarez Murena) se sintieran incómodos por su actitud juguetona y desprejuiciada.

Morelli opina en el capítulo 71 que todos los sometidos a regímenes burocráticos «quieren abrir la puerta para ir a jugar», aunque no se atrevan. Su héroe inconformista rechaza «todo lo que huele a idea recibida, a tradición, a estructura gregaria», para mantener su libertad, «pero solo él (y eso apenas) podría dar cuenta de sus juegos» (p. 485), un desenlace hermético del que Cortázar se precavía.

También desacredita Morelli a los surrealistas, porque «se colgaron de las palabras en vez de despegarse brutalmente de ellas»; a los futuristas porque creyeron en la revolución tecnológica, «que aceptan hoy los hombres de ciencia y los lectores de *France-Soir*» (p. 557), equiparando irónicamente a supuestos sabios con los lectores de un vespertino de París que surgió como clandestino en la época de la Resistencia (1944) para convertirse después en el más vendido —superó el millón de ejemplares— merced a su oportunismo conciliador.

Abomina del lector-hembra que rechaza una novela planteada como «acumulación de fragmentos», sin aparente coherencia, que no es el caso, evidentemente, de *Rayuela*. Aspira a un texto desnovelado, aunque sabe que se quedará «potencialmente, claro, sin lectores» (p. 616), cuando les deja a sus admiradores del Club una colección de manuscritos opuestos a «la naturaleza demoníaca de toda escritura recreativa (¿y qué literatura no lo era...?)», la paradoja de una literatura no literaria y con el temor de morirse «sin terminar el juego» (p. 688).

De todos modos, les pide a esos admiradores, cuando lo visitan en el hospital, que ordenen sus papeles. Como se resisten, temiendo cometer errores, les aclara: «Mi libro se puede leer como a uno le dé la gana [...] en el peor de los casos, si se equivocan, tal vez quede perfecto». Una confianza en el azar que ya había anticipado al decir «Solo en sueños, en la poesía, en el juego [...] nos asomamos a veces a lo que fuimos antes de ser esto que vaya a saber si somos» (p. 577).

Creo que en una novela atravesada por paradojas no es insignificante organizar discusiones sobre arte, filosofía, música, etcétera, entre los miembros masculinos del Club, y seguir con ese regodeo y competencia verbal, mezquinamente, cuando saben que Rocamadour ha muerto y no se animan a decírselo a la Maga, prepararla para que enfrente lo irremediable.

En fin, entre sus múltiples direcciones y sentidos, *Rayuela* replantea cómo es el juego amoroso a mediados del siglo XX. Primero, «allá», Oliveira pierde a la Maga y se degrada sexualmente con una marginal, así como tampoco había podido formar pareja con Pola; «acá», intenta ya no ser monógamo e integrar un trío activo con sus amigos, el viajero (Traveler) que no sale de Buenos Aires y *Tal-ita* (una mezcla de nadie, una «fulana de tal», más un diminutivo).

A pesar de tales marcas en el nombre, es la mujer menos depreciada en un texto donde la Maga (meramente intuitiva, aunque a veces se otorgue a esa vía de conocimiento valor preferencial), la señora de Guttuso y el vecindario barrial o la maltratada Gekrepten («no entendía nada») son incapaces de participar en el amplio repertorio de referencias artísticas que los hombres comparten. Vislumbro, incluso, una sutil ironía simétrica entre la miserable Emmanuèle y la mediocre Gekrepten. En cambio, entre la Maga bohemia y la Talita farmacéutica hay sensibles diferencias, aquella juega a que forma un trío con Oliveira y Ossip, mientras que Talita se precave de ese juego que les serviría a los dos amigos para poner en escena ciertas tendencias homosexuales reprimidas.

En fin, la pareja no se sale del juego (rayuela) y Oliveira se queda solo y propenso al suicidio en una ciudad cuyos hábitos sexuales estaban cambiando, en gran medida como resultado de las migraciones internas, mayoritariamente mestizas, en busca de los buenos sueldos industriales y con un desparpajo sexual que azoraba a las clases medias blancas porteñas (recuérdese el relato del abogado Hardoy en «Las puertas del cielo»).

¿Esa suma de fracasos protagonizados por Oliveira no da como resultado un antihéroe? Sí, pero como acota bien Andrés Amorós, ese «sentimentalismo» (prefiero erotismo), propio de una novela romántica actualizada, explicaría «en cierta medida su éxito entre la juventud», del cual Cortázar se asombraba: «Cuando apareció el libro, la gente de mi edad no lo entendió [...], pero en ese momento comenzó a ser leído por los jóvenes» escribe en una carta. Es una prueba más de su aguzada percepción para explorar y significar el contexto sociocultural, sus transformaciones, sin necesidad de testimoniarlo.

Graciela Montaldo

RAYUELA: UNA ENCICLOPEDIA PARA REBELDES

EL MUNDO DE *RAYUELA*

«A su manera este libro es muchos libros...» comienza diciendo *Rayuela*. Es el año 1963, y esta declaración apoya el deseo de Cortázar de que su novela produzca una conmoción literaria en Argentina y en América Latina. Así lo había planeado el autor durante su escritura, tal como lo detalla en muchas de las cartas enviadas a amigos y editores en esos años. Esa conmoción está ligada a las innovaciones formales, a las nuevas propuestas literarias a través de las cuales se crea un nuevo universo ficcional, pero también a la original relación con quienes la leen, porque la novela plantea un nuevo pacto de lectura. Esos «muchos libros» comienzan por reducirse a dos, aquellos que Cortázar explícitamente describe en ese comienzo ya memorable: uno es el libro que se lee linealmente desde el capítulo 1 al 56; el otro es el que se lee «salteado», siguiendo las indicaciones del «Tablero de dirección» que está al inicio del volumen. A pesar de estas declaraciones, *Rayuela* es hoy un libro. Es el libro que, junto con las novedades formales que introdujo en la literatura latinoamericana, cuenta una historia que, en el momento de su publicación, llamó la atención de un público más allá de los habituales lectores de literatura. Y también más allá de la Argentina. *Rayuela* es el libro que permite identificar muchos de los valores, aspiraciones y ansiedades de una época a los que dio una ejemplar forma literaria.

Lo que podemos llamar el «fenómeno *Rayuela*» es algo que excede la novela misma y que se ubica, a principios de los años sesenta, en un contexto de novedad cultural, de experimentación estética, de cuestionamiento de valores, de radicalización política, de nuevas experiencias sociales. La novela capta muy bien ese contexto de cambios y dialoga con muchos de ellos al punto de que una de sus mayores virtudes es haber sabido comunicarse tan claramente con su tiempo. Podemos traer un ejemplo que no deja de llamar la atención: los personajes protagonistas rondan los cuarenta años de edad, la acción de la novela se localiza vagamente a comienzos de los años cincuenta («195...», se dice); sin embargo, hay en esta ficción un aire de novedad tan claro, un deseo de innovar tan potente que, en la lectura, olvidamos esas referencias y entramos de lleno en el espíritu joven, rebelde, transgresivo, que nos propone la ficción y la época en que fue publicada. De hecho, es una novela que se suele leer (por primera vez) en la juventud y con la que se establece un vínculo de identificación muy fuerte.

Como sabemos, Cortázar vivía en Francia desde principios de los años cincuenta y escribió esta novela emblemática para el público latinoamericano en París, donde pasó buena parte de su vida. Aunque hay diálogos, escenas y personajes que se inscriben en una tradición muy argentina, el fenómeno *Rayuela* se extendió por el mundo hispano muy rápidamente. La novela interpeló a la comunidad lectora en español muy tempranamente. A ello contribuyó lo que estaba sucediendo en el contexto regional e internacional. Si miramos los acontecimientos del espacio latinoamericano, veremos que la revolución cubana de 1959 creó un nuevo tipo de conciencia regional sobre la determinación de los países latinoamericanos y el creciente deseo de extender la lucha revolucionaria, antiimperialista, por todo el continente. Si nos colocamos en la perspectiva global, los movimientos de descolonización, de independencia en África, las experiencias antisistema que tendrían su punto más alto en el año 1968 con los movimientos emancipadores de París y México, los movimientos feministas, las luchas raciales también incentivaban una ola de renovación política, social y cultural con fuerte impacto en gran parte del mundo y una gran expectativa en las elites intelectuales de los países hegemónicos sobre aquellos que habían pertenecido a un cierto margen económico y cultural. La renovación de la época proponía una reconsideración de espacios y valores, por eso el llamado «Tercer Mundo» comienza a tener un nuevo protagonismo, como territorio de futuro y renovación.

Pero no se trata solo de la realidad social y política; desde el punto de vista literario, *Rayuela* participa también de un contexto ficcional muy específico, el que se conoce como el *boom* de la literatura latinoamericana. El crítico Ángel Rama describió el *boom* como un fenómeno editorial. Lo entendió como el momento en que la literatura latinoamericana ingresa a una dimensión regional y mundial a través de una nueva relación con el mercado, con el crecimiento del número de lectores masculinos, pero también con el aumento de las mujeres como lectoras, con la dimensión pública que comienza a tener la literatura, con el nuevo lugar que la cultura ocupa en la escena pública. También lo relaciona con la modernización del sistema editorial que, desde España, se constituye como un fenómeno transnacional dirigiéndose al creciente público que lee en español en todo el mundo. El entusiasmo por los procesos de liberación en América Latina ante el imperialismo, que fue político e ideológico, tuvo una dimensión cultural decisiva. Con la masificación de la cultura, la literatura «culta» entró en un proceso de progresiva democratización que hizo que la literatura de los escritores jóvenes de Latinoamérica se leyera con especial interés, a la par de la de los escritores canónicos. Baste pensar en Gabriel García Márquez y el éxito de *Cien años de soledad* (1967), *La casa verde* (1967, ganadora del premio Rómulo Gallegos) de Mario Vargas Llosa, *El lugar sin límites* (1967) de José Donoso, *El siglo de las luces* (1962) de Alejo Carpentier, para entrar en la lista de los escritores del *boom.* Todos ellos, junto con Cortázar, son reconocidos tanto por sus pares como por un público más general. A sus obras se las agrupa también bajo la ambigua categoría de «realismo mágico», describiendo un tipo de ficción que combina cierta estética realista con mitologías y procesos ficcionales variados. Esa categoría, junto con la de *boom,* describe en realidad la voluntad de ver un fenómeno homogéneo a partir de novelas muy diferentes. Y significa que América Latina es percibida como cierta unidad política y cultural de la que su literatura viene a dar cuenta. Por eso, esas y otras novelas del período se volvieron representativas de ciertas características de las realidades latinoamericanas en pocos años.

La literatura de casi todos esos escritores (dos de ellos posteriormente premios Nobel de literatura), es muy diferente entre sí, es decir, no forma un movimiento estético; sin embargo, fueron leídos en los años sesenta y setenta como parte de un mismo impulso literario y cultural que reivindica una cierta emancipación de los modelos literarios europeos, buscando —por diferentes caminos— crear una novela latinoamericana a partir de temas y personajes locales, de lenguas regionales, pero sin escribir una literatura costumbrista. El énfasis estaba puesto en producir una ficción local en diálogo con el mundo contemporáneo que, como dijimos, pasaba por un momento de cambios radicales. De diferentes maneras, ellos intentaron una fuerte renovación formal de la literatura latinoamericana. Escribieron novelas, extensas novelas, en las que experimentaron con nuevas formas narrativas, nuevos formatos ficcionales, nuevas voces y escenarios.

Diferentes entre sí, pero con un nuevo impulso renovador, con estos autores y estas novelas se produce un hecho importante en la literatura latinoamericana: su ingreso al panorama de la literatura mundial. Conviene recordar que, desde sus comienzos, la literatura cumplió una fuerte función política en América Latina y fue leída en clave de su capacidad para generar espacios de reflexión sobre los problemas que afectaban a la región. Son los casos emblemáticos de *Facundo* (1845) de Domingo F. Sarmiento y de las crónicas de José Martí, a fines del siglo XIX, para poner dos ejemplos paradigmáticos. Se escribió ficción, se escribió poesía, y la literatura en América Latina generó fuertes lazos sociales, pero no hubo grandes obras que interpelaran a los escritores más allá de los países de la región. La literatura latinoamericana, desarrollada en el siglo XIX, la era de las naciones, tuvo resonancias profundamente nacionales. Podríamos decir que solo las obras de José Martí y Rubén Darío, en el cambio del siglo XIX al XX, lograron perforar el aislamiento de la literatura latinoamericana al establecer un diálogo polémico pero enriquecedor con los escritores españoles, que consideraban a los latinoamericanos como muy inferiores y a quienes las instituciones culturales intentaron imponer su patrón lingüístico. La literatura latinoamericana vivió en un lugar de minoridad respecto de las europeas (incluso de la española), que se concibieron a sí mismas como modelos estéticos. El intercambio transatlántico de fines del siglo XIX se apagó pronto, y las literaturas siguieron un camino centrado en los contextos nacionales, con algunas excepciones (la de Jorge Luis Borges singularmente).

Esas condiciones se verán modificadas durante los años sesenta. Frente a la expectativa política que, en un contexto de cambios y revoluciones, ofrecían los países del llamado Tercer Mundo, la cultura que venía de ellos también comenzó a ser seguida con cierto interés por públicos más amplios y extranjeros. Una renovación literaria, con nuevos materiales, nuevas ficciones, comenzó a ser recibida con expectativas por la comunidad internacional. A este discreto interés se suma el desarrollo de un contexto de progresiva profesionalización de los escritores y de otros actores del campo cultural, especialmente de las editoriales, que comenzaron a manejarse con criterios de ventas más agresivos para publicitar sus colecciones. Además, los premios literarios comenzaron a tener una incidencia cada vez mayor en la consagración de las obras y los escritores. En América Latina, los premios Casa de las Américas (creado por el gobierno cubano en 1960) y Rómulo Gallegos (entregado por el gobierno de Venezuela desde 1967) fueron dos referentes muy importantes en la consagración de nuevos autores de la región. Por su parte, el desarrollo de un aparato editorial (que incluyó agentes literarios, traductores, editores, críticos) contribuyó —como señalamos— a generar el fenómeno comercial de «*boom* de la novela latinoamericana» y a desplegar la categoría de «realismo mágico» como una suerte de marca de identidad de la región, pero también como una marca comercial en el mundo de la literatura que se extendió mucho más allá de los años sesenta.

No hay que olvidar que es en esos años cuando Jorge Luis Borges (cuya literatura se consolida en los años cuarenta y es muy diferente de la que estamos describiendo) comienza a ser consagrado en Europa. El reconocimiento que obtienen sus ficciones abre un camino para otras formas novedosas que provienen de la región. Las obras del *boom* son, como dijimos, extensas novelas que mezclan materiales regionales con formas narrativas experimentales. En gran parte de los casos, son ficciones que exploran cuestiones de la identidad nacional o regional y que tienden a ofrecer una interpretación conclusiva de las realidades que describen. Son novelas con personajes muy definidos, con ambientes muy específicos, y que, a la vez, tienen una gran confianza en lo nuevo, en explorar zonas narrativas hasta ese momento no desarrolladas. Es en este contexto literario que se publica *Rayuela,* en 1963, en Buenos Aires. Una novela que, apenas se distribuyó en librerías, atrajo a un público diverso, no exclusivamente especializado, y se convirtió rápidamente en *best seller*.

Rayuela, como otras obras del período (singularmente *Cien años de soledad*), inauguró también una nueva relación con sus lectores. Conviene recordar que el público, alimentado por el creciente número de publicaciones periódicas de la época, venía creciendo desde fines de los años cincuenta en Argentina y en América Latina. Ese público no solo estaba preparado, sino que estaba esperando la experimentación formal que Cortázar le propone en esta ficción.

REBELDÍA Y CANONIZACIÓN

¿Por qué *Rayuela* se convirtió tan rápidamente en un clásico? Como dijimos, había un público ávido de novedad pero que no leía cualquier cosa. Cortázar supo escribir una ficción de época, la ficción de su época. Lo que es novedad en la novela podría resumirse en estos rasgos: la propuesta de lectura salteada de capítulos, la combinación de diferentes narradores y diferentes lenguajes, la mezcla de la erudición modernista —propia de Cortázar en toda su obra— con materiales y formas lingüísticas muy populares (generalmente parodiadas), la interacción entre la provocación de la vanguardia con cierto costumbrismo argentino, la construcción de un personaje como Morelli, escritor admirado por los jóvenes que quiere crear una novela completamente anticonvencional. El carácter transgresor que la novela postula interpeló rápidamente al público más joven, que estaba ingresando a la literatura. Pero también interpeló a una sociedad que valoraba positivamente los cambios, la novedad, la salida del *statu quo,* todo aquello que cuestionara los sistemas tradicionales de valores sin alterar radicalmente la vida en comunidad.

Rayuela conectó muy bien con las expectativas de ese inconformismo moral de la época. Recordemos que centra la trama en un grupo de personajes que viven en conflicto con la realidad convencional que los rodea, tanto en París como en Buenos Aires. Esos personajes no se revelan ante la frustración de la vida burguesa, sino que se abroquelan en sus pliegues más ridículos, operan no como revolucionarios sino como conspiradores que atacan las convenciones sociales en sus personajes más típicos (las porteras de París, Berthe Trépat, la Cuca, el señor Ferraguto, Gekrepten, la señora de Gutusso). No es casual (pero sí paradójico) que buena parte de la crítica a las convenciones tenga como blanco a las mujeres, como ya veremos. Las mujeres y el mundo popular constituido por porteras, amas de casa, artistas frustradas, los pobladores de conventillos o edificios de alquiler barato, los hombres grises de la clase media baja soportarán en la ficción el peso de las burlas, ironías, parodia de los personajes que se han emancipado de las convenciones burguesas, pero que no han obtenido ninguna liberación y viven adormilados o resentidos (como sucede con Traveler y Oliveira) entre aquellos que desprecian. Porque *Rayuela* se quiere como la articulación (que había resultado imposible) de dos mundos que hasta ese momento circulaban separados: el mundo de los intelectuales y artistas (Horacio Oliveira, los miembros del Club de la Serpiente, Traveler, en cierto modo Talita) y el mundo ajeno a la cultura letrada de que se rodean, aquellos seres sin grandes complicaciones que viven la vida sin hacerse preguntas y que acatan pacíficamente las convenciones. Esa diferencia entre los protagonistas cultos y artistas (jóvenes que, como dijimos, ya no son tan jóvenes) y la clase media o media baja con la que están obligados a convivir le permitió a Cortázar mostrar una cara filosófica a la vez que doméstica de la insatisfacción de la época. Lejos de celebrar las posibilidades de cambio, la novela elige en su protagonista, Oliveira, un personaje que chocará contra todo optimismo a la vez que hará chocar a los que se ilusionan con una vida anticonvencional, tanto en París como en Buenos Aires.

Rayuela se postula como una novela de la búsqueda. Todos los personajes están buscando cosas (desde un hilo rojo en algún barrio de París hasta el absoluto en la filosofía o las experiencias zen). Esa pulsión de búsqueda se encuentra anclada en los personajes principales: Horacio, la Maga, los amigos del Club de la Serpiente, Talita y Traveler. El ida y vuelta entre París y Buenos Aires genera una geografía que sobreimprime dos culturas (la europea y la porteña), pero también una conexión a través de la insatisfacción, el inconformismo y las aspiraciones de cambio. Ese impulso por cortar con la tradición es muy fuerte y produce un efecto de lectura curioso; como dijimos, a pesar de unas pocas referencias a los años cincuenta, la narración nos instala en un contexto de juventud muy en sintonía con los años de su publicación, donde el mundo como se conocía hasta ese momento muestra sus límites y frustraciones. La vida insatisfactoria que *Rayuela* relata expone a sus personajes —y sus cómplices, lectores y lectoras— a explorar todo tipo de salidas hacia zonas liberadas del sentido común, de las costumbres burguesas, de la sociedad administrada, pero siempre dentro de los espacios de convivencia que comparten con los que acatan las normas.

Muy probablemente esa aspiración a derribar las convenciones sociales a través de la ironía y la parodia sea aquello que atrajo tan fuertemente al público de la novela y que lo hizo crecer en poco tiempo. *Rayuela* fue, en su momento, como una enciclopedia para rebeldes, para jóvenes rebeldes que podían identificarse con su impulso crítico; pero también fue una lectura motivadora para quienes, de acuerdo con los cambios culturales que la novela proponía, podían identificarse con esos personajes críticos pero inofensivos, que tendían absurdos puentes sobre una calle de Buenos Aires, que se reunían para escuchar *jazz* y hablar de filosofía y arte en las madrugadas de París, que ironizaban sobre los gustos populares argentinos y compartían la cotidianeidad de una casa de pensión, un circo, un manicomio. Aunque los personajes rebeldes tengan más de cuarenta años (y en los años sesenta, el protagonismo joven había comenzado casi dos décadas antes) viven en un estado de insatisfacción y crítica que los vuelve más jóvenes, porque se resisten a aceptar el ingreso al mundo de las convenciones, del trabajo respetable, de la familia. Y Oliveira es el eje de ese espíritu rebelde, de una rebeldía contra el sentido común y la costumbre, contra los valores tradicionales, pero que se agota en sí misma. Como se señala muchas veces a lo largo del relato, Oliveira no puede comprometerse con causas sociales, con causas políticas, y actúa como un conspirador casero que, de acuerdo con un final que la novela deja abierto pero también sugiere, después de una rebelión y un posible intento de suicidio (en el manicomio en que trabaja), reingresa al mundo de las costumbres, los mates, los bizcochitos, los chistes cómplices con sus amigos, la cotidianeidad de la pieza de pensión. Todo ello se encuentra en una zona de ambigüedad, porque leemos el final en capítulos salteados que rompen cierta linealidad y que combinan tramas y narradores diferentes. Pero el verdadero final de la novela nos impide salir de ella, pues el último capítulo (en la lectura del tablero), el 131, no es realmente el último, pues nos remite al 58 (el anteúltimo) y este a su vez nos remitirá nuevamente al 131. Si Oliveira no salió del mundo de convenciones, nosotros, sus lectores, técnicamente, no podremos salir del libro.

ZONAS CIEGAS

Como dijimos, no es casual (pero sí paradójico) que buena parte de la crítica a las convenciones tenga como blanco a las mujeres. Es paradójico porque el feminismo ya había hecho reclamos radicales y tenía una visibilidad importante en el campo intelectual de los años sesenta. Y también porque muestra las zonas invisibles de toda transgresión, los puntos ciegos de quien arma un sistema contra otro sistema. Si en un momento la novela sostiene que «las mujeres son la muerte», eso está en relación con una afirmación fuerte de la masculinidad como racionalidad hegemónica (en el poder y en la transgresión) y una relegación de la mujer al lugar tradicional de ser pasivo, irracional (ejemplarmente la Maga, víctima de burla constante de los hombres del Club de la Serpiente) o de mediación entre los hombres (Talita). Cortázar pidió disculpas varias veces en su vida: cuando se arrepintió de haber dicho que emigró a París porque los cánticos peronistas en las calles de Buenos Aires le impedían escuchar a Bartók, cuando reconoció lo grave de haber llamado «lector-hembra» al lector (siempre en masculino) pasivo, convencional. Esas disculpas habría que interpretarlas en el contexto en que Cortázar se desarrolla, que articula momentos de cambio de valores, costumbres, prácticas sociales y políticas. Si las mujeres y el peronismo (por poner los dos casos emblemáticos) no entraron en su campo de visibilidad temprano, eso habla de ciertas condiciones de posibilidad de la transgresión y rebeldía de una época. A principios de los años sesenta, muchos otros escritores padecieron de la misma ceguera parcial sobre los mismos acontecimientos contemporáneos. En el caso de Cortázar, él rectificó posteriormente su percepción ideológica de ambos fenómenos, y eso no implicó un cambio en su literatura. Tampoco impidió que su novela se siguiera leyendo en clave juvenil y rebelde. Pero es evidente que la novela es hoy, además de todo lo innovadora que fue en su momento, también ese clásico que habla de los valores propios de su época, de lo visible e invisible de un momento. Las cartas que Cortázar envía desde París a sus amigos en los años en que estaba escribiendo *Rayuela* hablan de su fe en la renovación literaria que estaba creyendo hacer. Y en eso se conectó con su público, que supo recibirla como tal y se reconoció en su impulso renovador. Por eso también la novela se volvió rápidamente un clásico que reclama nuevas lecturas periódicamente. Cortázar tuvo razón en decir que este libro es, y seguirá siendo, muchos libros.

María Alejandra Atadía

JULIO CORTÁZAR. BIOBIBLIOGRAFÍA

1914

— El 26 de agosto nace en Bruselas Julio Florencio Cortázar, hijo de Julio José Cortázar y María Herminia Descotte, casados en Buenos Aires en 1912. Su padre, secretario técnico de una comisión oficial de compras, se encontraba integrando la representación diplomática argentina en Bélgica, legación en la que es inscripto.

1915

— Al resguardo de las dificultades producidas por la Primera Guerra Mundial la familia parte hacia Suiza. Nace en Zúrich su hermana Ofelia.

1916

— La familia Cortázar se traslada a Barcelona.

1918

— La familia regresa a la Argentina y se instala en la localidad de Banfield (partido de Lomas de Zamora), a diecisiete kilómetros de la ciudad de Buenos Aires, donde permanecerá hasta 1931. El padre abandona definitivamente el hogar cuando Julio no ha cumplido seis años; no volverán a verse. Julio se cría con su madre, su hermana Ofelia, una prima de su madre y la abuela materna.

1923

— Cursa sus estudios primarios en la Escuela n.º 10 de Banfield, que hoy lleva su nombre.

1929

— Ingresa en la Escuela Normal de Profesores Mariano Acosta (actualmente, Instituto de Enseñanza Superior n.º 2) de la ciudad de Buenos Aires.

1931

— Se traslada con su familia a un departamento en el barrio de Villa del Parque en la ciudad de Buenos Aires.

1932

— Se recibe de Maestro Normal.

1935

— Obtiene el título de Profesor Normal en Letras.

1937

— Es designado profesor en el Colegio Nacional de Bolívar, una pequeña ciudad de la provincia de Buenos Aires.

1938

— *Presencia,* primer libro de poemas (Buenos Aires, El Bibliófilo), publicado bajo el seudónimo de Julio Denis.

1939

— Es trasladado a la Escuela Normal Domingo Faustino Sarmiento de Chivilcoy, provincia de Buenos Aires, donde dicta Historia, Geografía e Instrucción cívica.

1941

— «Rimbaud», artículo publicado bajo el seudónimo de Julio Denis (*Huella* [Buenos Aires]).

1942

— «Llama el teléfono, Delia», cuento publicado bajo el mismo seudónimo y sin su consentimiento (*El Despertar* [Chivilcoy]). Cortázar lo excluye en vida de su obra publicada (integrará los *Cuentos completos,* 1994).

1944

— Deja Chivilcoy y obtiene un puesto de profesor en la Universidad de Cuyo (provincia de Mendoza), donde dicta cursos de literatura inglesa y francesa.

— «Bruja», primer cuento firmado por Julio F. Cortázar (*Correo Literario* [Buenos Aires], publicación dirigida por Antonio Cuadrado).

1945

— «Apenas apartando...», ensayos (*Verbum,* Centro de Estudiantes de Filosofía y Letras [Buenos Aires]).

— «Estación de la mano», cuento (*Égloga,* dirigida por Américo Calí [Mendoza]).

— Participa en la lucha política en oposición al naciente peronismo, y cuando Juan Domingo Perón triunfa en las elecciones presidenciales, renuncia a sus cátedras.

— Reúne *La otra orilla,* primer volumen de cuentos, que permanece inédito hasta su incorporación póstuma en los *Cuentos completos* (1994).

1946

— Regresa a Buenos Aires. Es nombrado gerente de la Cámara Argentina del Libro, donde se desempeñará hasta 1949.

— «Casa tomada», relato ilustrado por Norah Borges (*Los Anales de Buenos Aires,* dirigida por Jorge Luis Borges).

— «La urna griega en la poesía de John Keats», estudio crítico (*Revista de Estudios Clásicos* [Buenos Aires]).

1947

— «Teoría del túnel», ensayo inédito a su muerte (*Realidad* [Buenos Aires]).

— «Los reyes», pieza dramática *(Los Anales de Buenos Aires)*. Se publicará como libro en 1949.

— «Bestiario» *(Los Anales de Buenos Aires).*

1948

— «Notas sobre la novela contemporánea», artículo *(Realidad).*

— «Muerte de Antonin Artaud», artículo (*Sur* [Buenos Aires]).

— Prepara cinco materias para obtener su titularización como traductor público de inglés y francés, que consigue en la Facultad de Ciencias Económicas de la Universidad de Buenos Aires.

— Conoce a Aurora Bernárdez, hermana del poeta Francisco Luis Bernárdez, graduada en la Facultad de Filosofía y Letras de la Universidad de Buenos Aires, muy vinculada con escritores e intelectuales de la época.

1949
— «Graham Greene: *The Heart of the Matter*», artículo *(Realidad).*
— «Leopoldo Marechal: *Adán Buenosayres*», artículo *(Realidad).*
— «Un cadáver viviente», artículo *(Realidad).*
— «François Porché: *Baudelaire. Historia de un alma*», artículo *(Sur).*
— «Presencia de Rosamond Lehmann», artículo (*La Nación* [Buenos Aires]).
— «Irracionalismo y eficacia», artículo *(Realidad).*
— «Octavio Paz: *Libertad bajo palabra*», artículo *(Sur).*
— *Los reyes*, poema dramático (ed. Gulab y Aldabahor, dirigida por su amigo Daniel Devoto). De los seiscientos ejemplares impresos, cien son ilustrados por el pintor Oscar Capristo.
— Escribe la novela *Divertimento,* que prefigura *Rayuela* y que se publicará póstumamente (1986).

1950
— «Cyril Connolly: *La tumba sin sosiego*», artículo *(Sur).*
— «Situación de la novela», artículo (*Cuadernos Americanos* [México]).
— «Victoria Ocampo: *Soledad sonora*», artículo *(Sur).*
— Realiza un viaje de tres meses por Europa y se detiene principalmente en Italia y Francia.
— Su novela *El examen* es rechazada por Guillermo de Torre, asesor literario de la editorial Losada. Cortázar la presenta sin éxito a un concurso convocado por la misma editorial. Se publicará póstumamente (1986).

1951
— *Bestiario,* su primer libro de cuentos (Buenos Aires, Sudamericana).

— Obtiene una beca del gobierno francés y viaja a París, con la firme intención de establecerse allí.
— Comienza a trabajar como traductor en la Unesco.

1952
— «Los olvidados», artículo *(Sur).*
— «Axolotl», cuento (*Buenos Aires Literaria* [Buenos Aires]).
— Se instala en París con Aurora Bernárdez.

1953
— «Gardel», artículo *(Sur).*
— «Carlos Viola Soto: *Periplo*», artículo *(Buenos Aires Literaria).*
— Se casa con Aurora Bernárdez.

1954
— Viaja a Montevideo (Uruguay) en calidad de traductor y revisor de la conferencia general que la Unesco realiza allí.
— A su regreso, continúa trabajando como traductor independiente de ese organismo y escribiendo los relatos que habrán de convertirse en sus *Historias de cronopios y de famas*.
— «Para una poética», artículo (*La Torre* [Puerto Rico]).
— «Torito», cuento *(Buenos Aires Literaria).*
— Viaja a Italia, donde empieza a traducir los cuentos de Edgar Allan Poe.

1956
— *Final del juego,* cuentos (México, ed. Los Presentes)
— *Obras en prosa* de Edgar A. Poe. Introducción, traducción y notas de Julio Cortázar (ed. de la Universidad de Puerto Rico, Madrid, *Revista de Occidente*).

1959
— *Las armas secretas,* novela (Buenos Aires, Sudamericana).

1960
— Viaja a Estados Unidos (Washington y Nueva York).
— *Los premios,* novela (Buenos Aires, Sudamericana).

1961
— Realiza su primera visita a Cuba.
— Se publica la versión francesa de *Los premios* (ed. Fayard), primera traducción de su obra.

1962
— *Historias de cronopios y de famas* (Buenos Aires, Minotauro).

1963
— *Rayuela* (Buenos Aires, Sudamericana), de la que se vendieron cinco mil ejemplares en el primer año.
— «Una flor amarilla», cuento *(Revista de Occidente).*
— «Descripción de un combate», cuento *(Eco Contemporáneo).*
— Participa en La Habana como jurado en el Premio Casa de las Américas.
— «Algunos aspectos del cuento», artículo (*Casa de las Américas* [La Habana] y más tarde en *El Escarabajo de Oro* [Buenos Aires]).

1965
— «Reunión», cuento *(El Escarabajo de Oro).*
— «Carta a J. Carnevale» (*Cero* [Buenos Aires]).

— «Sobre las técnicas, el compromiso y el porvenir de la novela» *(El Escarabajo de Oro).*
— «Instrucciones para John Howell», cuento (*Marcha* [Montevideo]).

1966
— *Todos los fuegos el fuego,* cuentos (Buenos Aires, Sudamericana).
— «Sobre Leopoldo Marechal», artículo *(El Escarabajo de Oro).*
— «Para llegar a Lezama Lima», artículo (*Unión* [La Habana]).

1967
— «A Francisco de la Moza», artículo *(Revista de la Universidad de México).*
— «Al Che», poema (*La Estafeta Literaria* [Madrid]).
— «Los testigos», poema (*Ínsula* [Madrid]).
— *La vuelta al día en ochenta mundos,* ensayos (México, Siglo XXI).
— Inicia su relación sentimental con Ugné Karvelis.

1968
— «Carta a Fernández Retamar I» (*Primera Plana* [Buenos Aires]).
— «Carta a Fernández Retamar II» *(Primera Plana).*
— *62/ Modelo para armar,* novela (Buenos Aires, Sudamericana).
— *Buenos Aires, Buenos Aires*, textos sobre fotografías de Alicia D'Amico y Sara Facio (Buenos Aires, Sudamericana).
— Aurora Bernárdez y Cortázar acuerdan separarse.

1969
— *Último round, collage* literario (México, Siglo XXI).

1970
— Viaja a Chile, invitado a los actos de asunción del gobierno del presidente Salvador Allende.
— *Relatos* (Buenos Aires, Sudamericana). Incluye los cuentos de *Bestiario, Las armas secretas, Final del juego* y *Todos los fuegos el fuego,* que el autor reordena en tres bloques titulados, respectivamente, «Ritos», «Juegos» y «Pasajes».

1971
— *Pameos* y *meopas,* poemas escritos entre 1944 y 1958 (Barcelona, Ocnos, ed. Llibres de Sinera).
— «720 Círculos» (*Revista Iberoamericana* [Pittsburg]).
— «Algunos aspectos del cuento», artículo (*Cuadernos Hispanoamericanos* [Madrid]).
— «Policrítica a la hora de los chacales», artículo (*Los Libros* [Buenos Aires]).
— «Octavio Paz y la estrella de mar», artículo (*El Día* [Honduras]).

1972
— *Prosa del observatorio* (Barcelona, Lumen), con fotografías de Julio Cortázar retocadas por Antonio Gálvez.
— «Carta a Saúl Sosnowski» [Respuesta a comentarios de David Viñas] (*Hispamérica* [Maryland]).

1973
— *Libro de Manuel,* novela (Buenos Aires, Sudamericana). Cortázar cede los derechos de autor para la ayuda de los presos políticos de la Argentina. Por esa obra gana el Pre-

mio Médicis, otorgado a la mejor producción extranjera publicada en Francia.
— Viaja a Buenos Aires en el período electoral para presentar la novela. Visita Perú, Ecuador y Chile.
— *La casilla de los Morelli,* ensayo (Barcelona, Tusquets).
— «La agarrada a patadas o el despertador de los monstruos o más sobre dados y ratitas o la respuesta del involuntario pero vehemente responsable: precisiones necesarias a Juan Carlos Curutchet, a Félix Grande y al pugilista de *El Escarabajo de Oro*», artículo *(Cuadernos Hispanoamericanos).*
— «Carta a Jorge Ruffinelli» (*Marcha* [Montevideo]).
— «Carta abierta a Pablo Neruda» *(Revista Iberoamericana).*
— «Un capítulo suprimido de *Rayuela*. Nota de presentación del texto» *(Revista Iberoamericana).*

1974
— *Octaedro,* cuentos (Buenos Aires, Sudamericana).
— Participa en Roma de una reunión del Tribunal Russell reunido para analizar la situación política en América Latina y la violación de los derechos humanos.
— Viaja a los Estados Unidos con motivo de una reunión del Pen Club y del Center for Inter-American Relations.
— «Estamos como queremos, o los monstruos en acción», autorreportaje (*Crisis* [Buenos Aires]).
— «El pueblo "Onetti"», artículo (*El Día* [México]).

1975
— Participa en Ciudad de México de la tercera sesión de la Comisión Internacional de Investigación de los Crímenes de la Junta Militar de Chile.
— Junta Militar de Chile. Dicta un ciclo de conferencias sobre literatura hispanoamericana (que se incluirán en *The Final Island*).

— Asiste a un homenaje de la Universidad de Oklahoma (Estados Unidos).
— *Fantomas contra los vampiros multinacionales,* cómic (México, Excelsior), cuyos derechos cede al Tribunal Russell.
— *Silvalandia,* textos inspirados en cuadros de Julio Silva (México, Cultural GDA).
— *The Final Island: Fiction of Julio Cortázar.* Incluye las conferencias dictadas en Méxido.

1976
— Realiza una visita clandestina a la aldea de Solentiname (Nicaragua).
— Se integra al proyecto «La prensa literaria centroamericana».
— *Estrictamente no profesional. Humanario,* textos sobre fotografías de Alicia D'Amico y Sara Facio (Buenos Aires, La Azotea).

1977
— *Alguien que anda por ahí,* cuentos (México, Hermes; Madrid, Alfaguara).

1978
— *Territorios,* ensayos relativos a la pintura (México, Siglo XXI).
— «Tangos buscando música» (*Antología de poesía política y combativa argentina,* Zero Zyx, [Madrid]).
— Viaja a Martinica.

1979
— *Un tal Lucas,* relatos (Madrid, Alfaguara).
— «*Graffiti.* Dedicado a Tàpies», cuento (*Guadalimar* [Madrid]).

— «Los juegos secretos de Gonzalo Suárez», artículo *(El País).*
— Visita Nicaragua. Algunos de sus textos son utilizados en la campaña de alfabetización del país impulsada por la revolución sandinista.
— Finaliza su relación con Ugné Karvelis.
— Viaja a Panamá con Carol Dunlop, su nueva pareja, con quien se unirá formalmente en diciembre de 1981.

1980
— *Queremos tanto a Glenda,* cuentos (México, Nueva Imagen).
— «Viaje a un tiempo plural», artículo *(Guadalimar).*
— Dicta una serie de conferencias en la Universidad de Berkeley, California.

1981
— El gobierno socialista de François Miterrand le otorga la nacionalidad francesa.
— Sufre una hemorragia gástrica. Se le diagnostica leucemia y suspende el proyecto de viajar a Cuba, Nicaragua y Puerto Rico.
— Se casa con Carol Dunlop.

1982
— Viaja con Carol a Nicaragua y México. De regreso, pasan por España, Bélgica y Suecia. Carol se enferma y ambos regresan a París.
— Muere Carol Dunlop el 2 de noviembre, víctima de una aplasia medular.
— *Deshoras,* cuentos (México, Nueva Imagen).

1983

— Viaja a España.

— *Los autonautas de la cosmopista,* novela (Buenos Aires, Muchnik), escrito en colaboración con Carol Dunlop e ilustrado por Stéphane Hébert (hijo de Carol). Cede los derechos de autor al régimen sandinista de Nicaragua.

— Viaja a La Habana para asistir a una reunión del Comité Permanente de Intelectuales por la Soberanía de los Pueblos de Nuestra América.

— Viaja fugazmente a Buenos Aires para visitar a su madre. Por razones no aclaradas, el flamante presidente argentino Raúl Alfonsín se niega a recibirlo.

— *Nicaragua tan violentamente dulce,* ensayos (Managua, Nueva Nicaragua).

1984

— Viaja a Nicaragua, donde recibe la Orden de la Independencia Cultural Rubén Darío de manos de Ernesto Cardenal, ministro de Cultura.

— Muere de leucemia en París el 12 de febrero. Es enterrado en el cementerio de Montparnasse, en la tumba donde yace Carol Dunlop.

— *Salvo el crepúsculo,* poemas (México, Nueva Imagen).

1986

— La editorial Alfaguara crea la colección Biblioteca Cortázar y emprende la publicación de sus obras completas, que incluye producción inédita y escritos póstumos: *Alto el Perú* (1984), *Salvo el crepúsculo* (1984), *Argentina: años de alambradas culturales* (1984), *Divertimento* (1986, escrito en 1949), *El examen* (1986, escrito en 1950), *Dos juegos de palabras* (1991, teatro), *Cuentos com-*

pletos, con textos inéditos (Alfaguara, 1994), *Diario de Andrés Fava* (1995) y *Adiós, Robinson* (1995), *Clases de literatura: Berkeley, 1980* (2013), y los volúmenes de correspondencia *Cartas a los Jonquières* (2010), y *Cartas (1937-1984),* 5 vols. (2012).

BIBLIOGRAFÍA

Aínsa [1981]: Ainsa, Fernando, «Las dos orillas de Julio Cortázar», en *Julio Cortázar. El escritor y la crítica,* ed. de Pedro Lastra, Madrid, Taurus, 1981, pp. 34-63.

Alazraki [1980]: Alazraki, Jaime, «Prólogo» y «Cronología» en Julio Cortázar, *Rayuela,* Caracas, Biblioteca Ayacucho 77, 1980, pp. V-LXXV.

Aliau [1997]: Aliau, Magdalena *et al., Cortázar, 1994. Estudios críticos.* Actas de las Jornadas de Homenaje a Julio Cortázar. 2, 3 y 4 de noviembre de 1994, Buenos Aires, Ediciones Academia del Sur, 1997.

Amícola [1969]: Amícola, José, *Sobre Cortázar,* Buenos Aires, Escuela, 1969.

Amorós [1983]: Amorós, Andrés, «*Rayuela,* nueva lectura» en Julio Cortázar, *La isla final,* edición de Jaime Alazraki, Ivar Ivask y Joaquín Marco, Madrid-Mallorca-Barcelona, Ultramar, 1983, pp. 103-158. <*The Final Island.* University of Oklahoma Press, 1978>.

Amorós [2000]: Amorós, Andrés, «Introducción» en Julio Cortázar, *Rayuela,* edición de Andrés Amorós, Madrid, Cátedra, 2000, pp. 5-88.

Ayén [2014]: Ayén, Xavi, *Aquellos años del boom. García Márquez, Vargas Llosa y el grupo de amigos que lo cambiaron todo,* Barcelona, RBA Libros, 2014.

Bauer [1994]: Bauer, Tristán, *Cortázar,* documental argentino, 1994.

Bernárdez-Álvarez [2014]: Bernárdez, Aurora y Carles Álvarez Garriga (comp.), *Cortázar de la A a la Z,* Madrid, Alfaguara, 2014.

Borges [1932]: Borges, Jorge Luis, «El arte narrativo y la magia», en *Sur,* n.º 5, Buenos Aires, 1932, pp. 72-79.

Brodin [1975]: Brodin, Brita, *Criaturas ficticias y su mundo, en «Rayuela» de Cortázar*, Lund, CWK Gleerup, 1975.

Brody [1976]: Brody, Robert, *Julio Cortázar: Rayuela,* Londres, Grant y Cutler-Támesis Books, 1976.

Cortázar [1959]: Cortázar, Julio, «El perseguidor», en *Las armas secretas,* Buenos Aires, Sudamericana, 1959.

Cortázar [1963]: Cortázar, Julio, *Rayuela,* Buenos Aires, Sudamericana, 1963.

Cortázar [1970]: Cortázar, Julio, *Relatos,* Buenos Aires, Sudamericana, 1970.

Cortázar [1984]: Cortázar, Julio, *Rayuela,* edición de Andrés Amorós, Madrid, Cátedra, 1984.

Cortázar [1994]: Cortázar, Julio, «Teoría del túnel», en Julio Cortázar, *Obra crítica/1, edición de Saúl Yurkievich,* Madrid, Alfaguara, 1994, pp. 31-137.

Cortázar [1997]: Cortázar, Julio, «Apocalipsis en Solentiname», en *Alguien que anda por ahí,* Madrid, Alfaguara, 1997.

Cortázar [2000]: Cortázar, Julio, *Cartas 1964-1968*, edición de Aurora Bernárdez, tomo 2, Buenos Aires, Alfaguara, 2000.

Cortázar [2009]: Cortázar, Julio, «Minidiario», en *Papeles inesperados,* Madrid, Alfaguara, 2009.

Cortázar [2010]: Cortázar, Julio, *Cartas a los Jonquières,* edición de Aurora Bernárdez y Carles Álvarez Garriga, Madrid, Alfaguara, 2010.

Cortázar [2012]: Cortázar, Julio, *Cartas 1955-1964,* edición de Aurora Bernárdez y Carles Álvarez Garriga, volumen 2, Biblioteca Cortázar, Madrid, Alfaguara, 2012.

Cortázar-Barrenechea [1983]: Cortázar, Julio y Ana María Barrenechea, *Cuaderno de bitácora,* Buenos Aires, Sudamericana, 1983.

Dalmau [2015]: Dalmau, Miguel, *Julio Cortázar:* el *cronopio fugitivo,* Buenos Aires, Edhasa, 2015.

Díaz Migoyo [1985]: Díaz Migoyo, Gonzalo, *Guía de Tirano Banderas,* Madrid, Fundamentos, 1985.

Ferlosio [1956]: Sánchez Ferlosio, Rafael, *El Jarama,* Barcelona, Destino, 1956.

Fernández Retamar [1993]: Fernández Retamar, Roberto, *Fervor de la Argentina. (Antología personal),* Buenos Aires, Ediciones del Sol, 1993.

Fuentes [1969]: Fuentes, Carlos, «La caja de Pandora», en *La nueva novela latinoamericana,* México, Joaquín Moritz, 1969, pp. 67-84.

Fuentes [2002]: Fuentes, Carlos, «Iberoamérica», en *En esto creo,* Barcelona, Seix Barral, 2002.

García Canclini [1975]: García Canclini, Néstor, *Cortázar, una antropología poética,* Buenos Aires, Nova, 1968.

García Canclini [1975]: García Canclini, Néstor, *Julio Cortázar,* Nueva York, Frederick Ungar, 1975.

García Márquez [1997]: García Márquez, Gabriel, «Prólogo», en Lizandro Chávez Alfaro, *¡Exilio!,* México, Tinta Libre, 1977.

García Márquez [2002]: García Márquez, Gabriel, *Vivir para contarla,* Buenos Aires, Sudamericana, 2002, p. 135.

Genette [1982]: Genette, Gérard. *Palimpsestes. La littérature au sécond degré,* París, Seuil, 1982.

Genover [1973]: Genover, Kathleen, *Claves de una novelística existencial (en* Rayuela *de Cortázar)*, Madrid, Playor, 1973.

Giacoman [1972]: Giacoman, Helmy F. (ed.), *Homenaje a Julio Cortázar. Variaciones interpretativas en torno a su obra,* Madrid, Las Américas Publishing Company, 1972.

González Bermejo [1978]: González Bermejo, Ernesto, *Conversaciones con Cortázar,* Barcelona, Edhasa, 1978.

Harss [1968]: Harss, Luis, *Los nuestros,* Buenos Aires, Sudamericana, 1968.

Herráez [2001]: Herráez, Miguel, *Julio Cortázar. (El otro lado de las cosas),* Valencia, Institución Alfonso el Magnánimo, 2001.

Herráez [2011]: Herráez, Miguel, *Julio Cortázar, una biografía revisada*, Barcelona, Alrevés, 2011.

Huizinga [1938]: Huizinga, Johan, *Homo Ludens. El juego y la cultura,* México, FCE, 1938.

Íñigo-Madrigal [1986]: Íñigo-Madrigal, Luis, «Los juegos en el "cementerio"» en AA. VV., *Lo lúdico y lo fantástico en la obra de Julio Cortázar,* Madrid, Espiral Hispanoamericana, 1986, pp. 275-300.

Nadi [1996]: Nadi Gambetta Chuk, Aída, «Julio Cortázar y el espacio lúdico», en *Actual* 33, *Revista de la Dirección de Cultura de la Universidad de Los Andes,* Mérida, Venezuela, 1996, pp. 261-280.

Ortega-Yurkievich [1991]: Ortega, Julio y Yurkievich, Saúl coord., Julio Cortázar, *Rayuela,* edición crítica, Colección Archivos 16, Madrid, 1991.

Peyrats [2014]: Peyrats Lasuén, Pilar, *Jazzuela. El jazz en Rayuela,* Barcelona, Corre la Voz, 2014.

Picon Garfield [1975]: Picon Garfield, Evelyn, *¿Es Julio Cortázar un surrealista?,* Madrid, Gredos, 1975.

Picon Garfield [1978]: Picon Garfield, Evelyn, *Cortázar por Cortázar,* México, Universidad Veracruzana, 1978.

Planells [1979]: Planells, Antonio, *Cortázar: metafísica y erotismo,* Madrid, Porrúa Turanzas-Studia Humanitatis, 1979.

Prego [1992]: Prego Gadea, Omar, *La fascinación de las palabras,* Buenos Aires, Alfaguara, 1992.

Rama [1984]: Rama, Ángel, *Más allá del boom: literatura y mercado,* Buenos Aires, Folios Ediciones, 1984.

Renan [1947]: Renan, Ernest, «Qu'est-ce qu'une nation?», conferencia en La Sorbona el 11 de marzo de 1882, en *Oeuvres Completes,* I, París, Calmann-Levy, pp. 887-907.

Romano [2017]: Romano, Eduardo, *Cortázar, 1963. Acerca de Rayuela,* Buenos Aires, UNIPE, 2018.

Rossi [1980]: Rossi, Alejandro, *Manual del distraído,* Barcelona, Anagrama, 1980.

Rossi [1997]: Rossi, Alejandro, *Fábula de las regiones,* Barcelona, Anagrama, 1997.

Rowe-Whitfield [1987]: Rowe, William y Teresa Whitfield, «Tresholds of Identity: Literature and Exile in Latin America», en *Third World Quarterly*, 9-1, enero, Londres, 1987, pp. 229-245.

Said [2000]: Said, Edward W., *Reflections on Exile and Other Essays,* Cambridge, Harvard University Press, 2000.

Schopf [1987]: Schopf, Federico, «Panorama del exilio», en *Eco,* n.º 205, Bogotá, 1978, pp. 67-83.

Shapiro [1990]: Shapiro, Maranne, *De Vulgari Eloquentia, Dante's Book of Exile,* Lincoln, University of Nebraska Press, 1990.

Sola [1968]: Sola, Graciela de, *Julio Cortázar y el hombre nuevo*, Buenos Aires, Sudamericana, 1968.

Sosnowski [1973]: Sosnowski, Saúl, *Julio Cortázar: una búsqueda mítica*, Buenos Aires, Noé, 1973.

Vacas-Castillo [2016]: Vacas, Mónica, y Daniel Castillo, *París-Buenos Aires, trazando la rayuela. Un mapa de lectura sobre la novela de Julio Cortázar*, prólogo de Fernando Menéndez, Segovia, Aventuras Literarias, 2016.

Valender et al. [1998]: Valender, James, *et al.*, *Homenaje a María Zambrano. Estudios y correspondencia*, México, El Colegio de México, 1998.

Valle-Inclán [1993]: Valle-Inclán, Ramón del, *Tirano Banderas*, ed. de Alonso Zamora Vicente, Madrid, Espasa Calpe, 1993.

Yurkievich [1985]: Yurkievich, Saúl, «El juego imaginativo: fantasía intermediaria y espacio potencial», en *Río de la Plata/Culturas 1*, Centre d'Etudes des Littératures et des Civilisations du Río de la Plata, París, 1985, pp. 125-139.

Zambrano [1990]: Zambrano, María, «El exiliado», en *Los bienaventurados*, Madrid, Siruela, 1990.

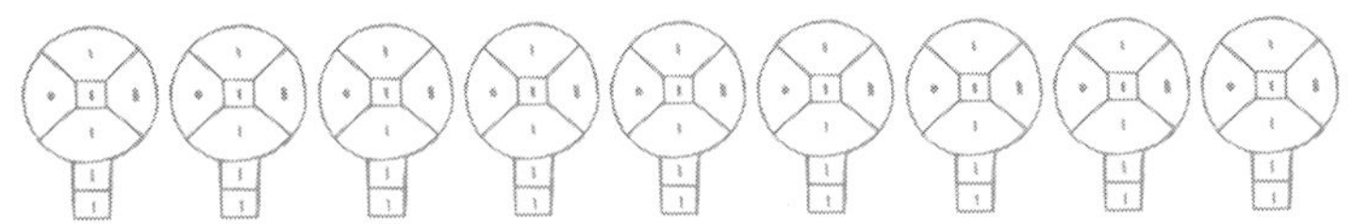

GLOSARIO

Este glosario está concebido como una herramienta de consulta que sirva al lector para tener una idea clara del significado de las voces comunes que se emplean a lo largo de la novela. También se han incluido las voces del español general de difícil comprensión. Las palabras procedentes de otras lenguas se han introducido marcándolas con cursiva. En la gran mayoría de las acepciones, ofrecemos al lector definiciones glosadas, aunque también podrá encontrar palabras definidas por su correspondiente sinónimo en el español general. Las entradas comienzan por el lema o expresión compleja en negritas, seguido después por la acepción correspondiente, detrás de la cual se indica la(s) página(s) donde se documenta en *Rayuela*. En el caso de entradas de lema simple, si este tiene más de un significado, las acepciones se presentan en el orden de aparición en la obra. Si la entrada contiene, además, expresiones complejas, estas se organizan en orden alfabético. Cuando es necesario, se emplea la abreviatura V. para remitir a la entrada donde se presenta la definición de la palabra asociada, en cuyo caso la remisión se indica en versalitas. Las remisiones pueden ir separadas por punto y coma o por coma. En el primer caso, remiten a entradas distintas; en el segundo, a dos o más acepciones dentro de la misma entrada. Se indican todas las páginas donde aparece el término, si no superan el número de tres; si rebasan este número, se usa «etc.» para señalar que hay más menciones dentro de la obra. Las palabras derivadas (diminutivos, aumentativos, superlativos, etcétera) merecen una entrada aparte bien cuando modifican el significado respecto a la base de la que provienen, bien cuando en la obra no aparece dicha base para poder deducir el derivado, o bien cuando el derivado respecto a la forma base resulta poco transparente.

ABREVIATURAS

al: alemán
Am.: empleado en varios países de América
fr.: francés
gr.: griego
hebr.: hebreo
in.: inglés
it.: italiano
lat: latín

ab ovo *(lat.)* 'desde el origen' 616

abrochadora *(Am.)* 'grapadora, máquina para unir o coser con grapas' 425

acamalar *(Am.)* 'sostener o mantener con dinero a una amante' 418

achura *(Am.)* 'asadura, víscera de una res' 288

achurar *(Am.)* 'agredir o herir' 432

acknowledgments *(in.)* 'reconocimientos' 451

acridio 'langosta común' 305

affranchi *(fr.)* 'emancipado' 188

afofado, da 'blando y de poca consistencia' 295

afónico 'disco fonográfico de pasta de 78 r. p. m.' 95

afrontilado, da 'atado por los cuernos a un poste para ser domado o sacrificado' 295

afufar 'huir' 295

agalbanado, da 'perezoso' 295

agrimensor 'especialista en la medición de tierras' 492

ahilar 'hacer más delgado o más tenue' 483

albañal 'depósito de inmundicias' 37

alcaucil 'alcachofa silvestre' 436, 666

algalia 'sustancia untuosa de olor muy fuerte que se usa en perfumería' 321, 675

alidada 'regla que lleva en cada extremo un anteojo y que sirve para determinar una dirección o medir un ángulo' 281

altoparlante 'altavoz, aparato electroacústico que transforma la corriente eléctrica en sonido' 185

altro 'en lunfardo, más que' 357

amargacho *(Am.)* 'mate sin azúcar' 302

anamórfico, ca 'que produce deformación óptica o distorsión de la imagen' 106

andinismo *(Am.)* 'alpinismo, deporte que consiste en escalar montañas' 306

animula vagula blandula *(lat.)* 'pequeña alma, errante, cariñosa' 32

antropofanía Creación léxica de Julio Cortázar 'manifestación, aparición del ser humano' 495, 496

apantallar. *(Am.)* 'dar aire moviendo un objeto de un lado a otro' 333, 385

apersonarse 'personarse, presentarse en un lugar' 283

arrollar 'envolver algo en forma de rollo' 266, 299, 316, *etc.*

arrumaje 'distribución y colocación de la carga en un buque' 464

atado 'cajetilla, paquete de cigarrillos' 377, 421, 448

ataraxia 'tranquilidad o sosiego psíquico' 31

bacán, na *(Am.)* 'elegante, lujoso'; 'persona adinerada' 19, 227, 418

baguala 'canción popular tradicional del norte de la Argentina, de Chile y Bolivia' 299, 336, 365

barack 'brandi húngaro elaborado con albaricoques' 191, 192, 194

baraja 'gama amplia de posibilidades u opciones' 29, 70, 78, *etc.*

bebop *(in.)* 'variedad de *jazz* caracterizada por la complejidad rítmica y el virtuosismo instrumental' 26, 94

benjuí 'bálsamo aromático que se obtiene por incisión en la corteza del árbol tropical *Styrax benzoin*' 146

beriberi 'enfermedad debida a la carencia de vitamina B y que se manifiesta principalmente por parálisis y edemas' 498

bife *(Am.)* 'bistec al estilo argentino' 22, 289, 537

biftec 'bistec, bife' 131, 134, 150

birome *(Am.)* 'bolígrafo' 380, 381, 382, *etc.*

bise: à la bise *(fr.)* 'al bierzo' 265

biyuya *(Am.)* 'dinero' 7

blues *(in.)* 'forma musical de origen afroamericano estadounidense, de ritmo lento y carácter triste y sentimental' 26, 60, 62, *etc.*

boca: de boca *(Am.)* 'bocabajo, con el cuerpo tendido con la cara hacia abajo' 221, 388

bocal 'recipiente de cristal de cuello ancho y corto, usado especialmente en laboratorios' 52

boleta: hacer la boleta *(Am.)* 'asesinar, matar' 371

boliche *(Am.)* 'establecimiento comercial modesto, especialmente el que se dedica al despacho y el consumo de bebidas y comestibles' 7, 84, 363

bolsa: bolsa negra 'mercado negro, tráfico clandestino de divisas monetarias o mercancías no autorizadas o escasas en el mercado, a precios superiores a los legales' 29

bombilla *(Am.)* 'tubo delgado que se usa para sorber el mate, cuya punta abombada y con pequeños orificios permite filtrar el líquido sin la yerba' 109, 111, 112

bondi *(Am.)* 'autobús, transporte colectivo' 288, 366

bop. V. ***BEBOP.***

borborigmo 'ruido producido en el vientre por los gases intestinales' 262

borravino, na *(Am.)* 'granate, rojo oscuro' 14, 15

borsch 'sopa rusa hecha con remolacha y coles, a la que se suele añadir leche agria en el momento de servirla' 242

bosta 'excremento de ganado vacuno o caballar' 278, 658

bouquiniste *(fr.)* 'librero de ocasión o de viejo' 52, 267

cab *(in.)* 'taxi' 298

cachet *(fr.)* 'caché, cotización de un artista del espectáculo o de ciertos profesionales que actúan en público' 158

cafard *(fr.)* 'tristeza, melancolía' 70

calce: dar calce *(Am.)* 'conceder o prestar atención' 118

calesita *(Am.)* 'tiovivo, atracción de feria que consiste en una plataforma giratoria, usualmente techada, sobre la que se instalan asientos de figuras diversas' 359

calipso 'danza popular típica del Caribe' 353

camote *(Am.)* 'enamoramiento' 448

cana *(Am.)* 'miembro de la policía' 371. 586

canadiense 'chaquetón de piel vuelta de carnero' 14, 130, 147, *etc.*

canchero, ra *(Am.)* 'experto en determinada actividad' 392

canilla *(Am.)* 'grifo, llave que se coloca en la boca de una cañería o en un depósito para regular la salida de líquido' 84, 85

cantero *(Am.)* 'cuadro de un jardín o de una huerta' 388, 397, 398

canyengue *(Am.)* 'arrabalero, de baja condición social' 294

capote: hacer capote *(Am.)* 'sobresalir, tener éxito o causar sensación' 393
carpir: sacar carpiendo *(Am.)* 'echar con malos modales' 618
carretel *(Am.)* 'carrete de hilo para coser' 360
castilla *(Am.)* 'idioma español' 283
cátaro, ra 'de una doctrina medieval que preconiza la existencia de un principio del Bien y otro del Mal y, como forma fundamental del culto, una extrema sencillez de costumbres' 431
catinga *(Am.)* 'olor corporal desagradable' 85
catoblepas 'animal mítico de Etiopía que tiene cuerpo de vaca y cabeza de cerdo, su lomo está cubierto de escamas, su cabeza mira siempre hacia abajo y mata o convierte en piedra con su respiración o con la mirada' 294
cave *(in.)* 'cava, cueva o sótano en que se desarrollan reuniones intelectuales o artísticas' 96
cebar 'añadir a la yerba mate agua caliente para preparar la infusión' 28, 107, 111
cellisca 'precipitación de nieve menuda mezclada con agua e impulsada por fuerte viento' 57
cenestesia 'sensación general de la existencia y estado del propio cuerpo' 505
centroforward *(Am.)* 'delantero centro, jugador que forma parte de la delantera de un equipo de fútbol y que se sitúa en el centro de esta' 286
chacalazo 'persona peligrosa, agresiva' 516
chacra *(Am.)* 'granja, finca agrícola' 640, 641
chamán 'persona a la que se supone dotada de poderes sobrenaturales para invocar a los espíritus, curar o adivinar' 503
chamánico, ca 'del chamán' 311, 403, 666
chapalear *(Am.)* 'chapotear, golpear el agua o el lodo con manos o pies, haciendo que salpique con ruido' 437
chasqui *(Am.)* 'emisario, correo o mensajero' 648, 649
chau *(Am.)* 'chao, adiós o hasta luego' 316, 422, 568
che *(Am.)* Interjección. para llamar, pedir atención o dirigirle a alguien la palabra 39, 55, 75, *etc.*
chicotazo *(Am.)* 'golpe dado con un látigo u objeto similar' 301
chijetazo *(Am.)* 'golpe violento dado por el chorro fino de un líquido' 224
chinchulín *(Am.)* 'plato consistente en un trenzado de intestino delgado de ovino o vacuno, que se prepara asado' 288, 289
chingar 'joder, molestar, fastidiar' 518
chino *(Am.)* 'criado o sirviente de rasgos aindiados' 56
chipolata 'salchicha fresca pequeña, fina y especiada, de carne de cerdo' 298
Chippendale 'de estilo inglés, propio del s. XVIII, caracterizado por la presencia de motivos ornamentales góticos, orientales o rococó' 32
chirlo *(Am.)* 'golpe dado con la mano abierta en alguna parte del

cuerpo, especialmente las nalgas' 281
chueco, ca *(Am.)* 'que tiene las piernas o patas torcidas o arqueadas' 288
cierre: cierre relámpago *(Am.)* 'cremallera, cierre que se aplica en prendas de vestir y objetos diversos' 68, 633
cinamomo 'sustancia aromática que, según unos, es la mirra, y según otros, la canela' 581
cinerario, a 'ceniciento, gris claro parecido a la ceniza' 504
cínife 'mosquito, insecto' 676
cinocéfalo 'ser fabuloso con cabeza de perro, habitante de Libia, Etiopía y la India' 482
clerizón 'mozo de coro o monaguillo' 303
cleuasmo 'atribución irónica a otra persona de las buenas acciones o cualidades propias, o a sí mismo de las malas de otro' 303
clíbano 'especie de coraza que usaban los soldados persas' 303
clica 'molusco comestible de forma acorazonada, y provista de surcos radiantes' 303
clinopodio 'planta de las labiadas, de hojas grandes y flores purpúreas, frecuente en matorrales y bosques' 303
clípeo 'escudo de forma circular y abombada usado en la Antigüedad clásica' 303
clisos 'ojos' 303
clistel 'enema, inyección de líquido en el recto para limpiar el vientre' 303
clivoso, sa 'que está en cuesta' 303
clocar 'producir un sonido repetido de cloc, cloc' 303
clochartde *(fr.)* 'vagabundo' 31, 35, 120, *etc.*
cloqueo 'acción de clocar' 168
clorótico, ca 'que padece clorosis, enfermedad producida por deficiencia de hierro en la dieta, y caracterizada por anemia con palidez verdosa y otros síntomas' 303
coalescencia 'unión o fusión'630
coco: pelar el coco *(Am.)* 'pensar intensamente' 296
cohete: al (divino, soberano) cohete *(Am.)* 'inútilmente, en vano' 276, 290, 299
coima *(Am.)* 'soborno, dádiva con que se procura inclinar la voluntad de otro' 354
cola *(Am.)* 'trasero, nalgas' 281, 693
colectivo *(Am.)* 'autobús, vehículo de transporte público y trayecto fijo que se emplea habitualmente en el servicio urbano' 377
conchabo *(Am.)* 'contrato de servicio, trabajo, empleo' 489
condigno, na 'correspondiente o consiguiente' 335
convolución 'función matemática, que de forma lineal y continua, transforma una señal de entrada en una nueva señal de salida' 154
cool*: *jazz cool *(in.)* '*jazz* en que se restringe el papel de la emoción y la improvisación' 24, 73, 94, *etc.*
coprófago, ga 'que ingiere excrementos' 664
coprolito 'excremento fósil' 597
corretaje 'representación comercial cumplida por un corredor, que vende por cuenta de uno o varios' 292
corrida *(Am.)* 'carrera, línea de puntos que se han soltado en un teji-

do de punto, especialmente de una media' 619
crepación *(Am.)* 'fallecimiento o muerte' 80
criselefantino, na 'de oro y marfil' 270
cuasimodo 'monstruo' 285
cubo 'pieza central de la rueda, donde encajan los radios o rayos' 54, 370, 676
cucharita. V. PLUMA.
cucheta (Am.) 'litera de los barcos, ferrocarriles, etc.' 366
cuento *(Am.)* 'chiste, relato muy breve, comentario o dibujo destinado a hacer reír o divertir' 396
cuete. V. COHETE.
cura: a cura *(it.)* 'al cuidado' 208
cureña 'armazón con ruedas, propia de la pieza de artillería, sobre el que se monta el cañón' 140
curtiembre *(Am.)* 'curtiduría, lugar o taller donde se curten y trabajan las pieles' 163
cuspideación 'acción de llegar a la cúspide' 375

deber: de esas que te la debo *(Am.)* 'que ni te cuento' 393, 394
delicuescente 'evanescente, que se desvanece o esfuma' 53, 630
deliquio 'éxtasis o arrobamiento' 355
demótico, ca 'de forma simplificada, hierático' 495
despectivar Creación léxica de Julio Cortázar: 'tratar de forma despectiva' 80
didascalia 'enseñanza, actividad de enseñar' 154
diletante 'conocedor de las artes o aficionado a ellas' 79
diquero, ra *(Am.)* 'presuntuoso, presumido' 125
dixieland *(in.)* 'estilo de *jazz-hot,* con predominio de los instrumentos de metal y de la improvisación. Se desarrolla en la década de 1910' 95
dodecafónico, ca 'que utiliza indistintamente los doce sonidos de la escala cromática, dispuestos en serie' 137
doppelgänger *(al.)* 'doble fantasmagórico de una persona viva' 153, 429, 431, *etc.*
dosaje *(Am.)* 'dosificación' 209
draken 'embarcación usada por los normandos en sus incursiones guerreras' 536

ecolalia 'repetición automática de palabras o frases pronunciadas por uno mismo o por otro' 669
ectoplasma 'emanación visible del cuerpo del médium' 182, 350, 367, *etc.*
eleáticamente 'a la manera de la escuela filosófica que floreció en Elea' 587
eleático, ca 'de Elea (ciudad de la Italia antigua)' 62
eléboro 'género de plantas de la familia de las ranunculáceas' 295
embocar 'meter una cosa dentro de otra con habilidad' 33, 298, 310, *etc.*
embutal 'barbitúrico de propiedades sedantes e hipnóticas, que en dosis excesivas es tóxico' 431
empatillar *(Am.)* 'empalmar, juntar, unir dos cosas perfectamente' 312
emplomadura *(Am.)* 'empaste de una pieza dental' 323

emplomar *(Am.)* 'empastar, curar una pieza dental rellenando con pasta el hueco producido por una caries' 322
empusa 'criatura fantástica del folclore griego antiguo, que tienen el don de cambiar de forma, adoptando apariencia de animal doméstico (perro, vaca) o de bella mujer identificada porque una de sus patas es de bronce' 262
encandilar 'obnubilar la visión por exceso de luz' 17, 220
entropía 'medida del desorden o degradación de un sistema' 315
envarado, da 'rígido o tieso' 696
eón 'período de mil millones de años' 481
ersatz *(al.)* 'sucedáneo' 452
escarpín *(Am.)* 'patuco, bota de punto para bebé' 63
escorchar *(Am.)* 'fastidiar, molestar' 320, 417
escrachar *(Am.)* 'romper, destruir, aplastar' 330, 649
ethos *(gr.)* 'conjunto de rasgos y modos de comportamiento que conforman el carácter o la identidad de una persona o una comunidad' 208, 550, 596, *etc.*
eupéptico, ca 'que favorece la digestión' 417
excentrar 'centrar' 71, 293, 493

falena 'mariposa nocturna' 409, 625
falencia *(Am.)* 'carencia, falta o privación' 101
falleba 'varilla de hierro acodada en sus dos extremos, que puede girar por medio de un manubrio para cerrar una ventana o puerta encajando los extremos en el marco' 42, 429, 439, *etc.*
fárrago 'montón de cosas desordenadas' 56
farrista *(Am.)* 'juerguista, aficionado a la farra' 324
fastigio 'punto más alto de algo' 323, 324
fautor 'persona que favorece y ayuda a otra' 203
fiaca *(Am.)* 'pereza, desgana' 30, 298, 370
fifty fifty *(in.)* 'al cincuenta por ciento o a medias' 363, 365
flaco, ca *(Am.)* Apelativo, término informal para dirigirse a una persona 125, 295
flic *(fr.)* 'miembro de la policía' 198
fosfeno 'sensación luminosa producida por presión del globo ocular' 259
frito, ta: estar frito 'hallarse en una situación difícil' 106
fulltime *(in.)* 'a tiempo completo' 47
furfante *(it.)* 'bribón, que engaña o estafa' 268

galpón *(Am.)* 'cobertizo grande' 287
galvanismo 'producción de fenómenos fisiológicos mediante corrientes eléctricas' 322
ganga 'materia inservible que acompaña a los minerales al extraerlos de la mina' 667
gardenal 'barbitúrico de propiedades antiepilépticas y sedantes' 197, 198, 215
gauchada *(Am.)* 'servicio o favor ocasional prestado con buena disposición' 660

gidiano, na 'de André Gide (†1951)' 495

glíglico 'lengua creada por Julio Cortázar, especie de jitanjáfora'. V. JITANJÁFORA. 39, 114, 119, *etc.*

gliptodonte 'mamífero fósil del Pleistoceno, desdentado provisto de un gran caparazón dorsal constituido por placas poligonales soldadas' 311

gofio *(Am.)* 'harina fina de maíz tostado' 40

golem 'criatura legendaria judía con forma de hombre de gran tamaño, moldeada en arcilla por los sabios rabinos, que carecían de la facultad del habla' 407

grapa *(Am.)* 'aguardiente de orujo' 7, 190

guachada *(Am.)* 'acción mala y deliberada en perjuicio de alguien' 247

guita *(Am.)* 'moneda, dinero' 189, 288, 581

habitué *(fr.)* 'persona que acude asiduamente a una misma tienda, establecimiento público, etc.' 594

heftpistole *(al.)* 'pistola de grapas, grapadora' 417, 418, 422, etc.

heimatlos *(al.)* 'sin patria' 283

heladera *(Am.)* 'aparato electrodoméstico que produce frío para conservar, frigorífico' 393, 394, 405, *etc.*

hialino, na 'traslúcido' 61

hidropesía 'derrame o acumulación anormal de líquido seroso' 271, 273, 275, *etc.*

hijo: hijo de la chingada 'hijo de puta, persona molesta y de mala intención'. V. CHINGAR. || **hijo de los cinco mil años** 'cualquiera, o cualquier persona' 438

hilo: hilo sisal 'fibra textil flexible obtenida del agave, que se emplea en la fabricación de cuerdas y tejidos bastos' 369

huella: entrar en la huella 'adaptarse, encajar' 354

ir: desde el vamos *(Am.)* 'desde un primer momento, desde el comienzo y sin perder el tiempo' 595, 619

iranio, nia 'natural del Irán antiguo' 80

jansenista 'del jansenismo, doctrina heterodoxa de los ss. XVII y XVIII que exageraba las doctrinas de San Agustín sobre el pecado original, la libertad y la gracia' 168

jazz. V. *COOL, BEBOP*.

jipijapa 'panamá, sombrero fabricado con paja' 326

jitanjáfora 'texto carente de sentido cuyo valor estético se basa en la sonoridad y en el poder evocador de las palabras, reales o inventadas, que lo componen' 305

joda *(Am.)* 'broma, diversión' 287

kibutz *(fr.)* 'granja israelí de producción y consumo comunitarios' 262, 263, 264, *etc.*

kinesiólogo 'especialista en kinesiología, conjunto de los procedimientos terapéuticos encaminados a restablecer la normalidad de los movimientos del cuerpo humano' 488

lamia 'figura terrorífica de la mitología, con rostro de mujer hermosa y cuerpo de dragón' 262
lance: tirar un (el) lance *(Am.)* 'intentar conseguir algo, aunque sean dudosas o escasas las posibilidades de lograrlo' 39, 153, 345, *etc.*
laucha *(Am.)* 'ratón, pequeño roedor' 16
lieder *(al.)* 'canciones' 25, 597
linóleo 'tejido de yute impermeabilizado con una masa de corcho en polvo y aceite de linaza, y que se emplea especialmente para recubrir suelos' 401, 686
linyera *(Am.)* 'persona vagabunda, abandonada, que vive de variados recursos' 580
liróforo 'poeta' 559
loco, ca: dar la loca *(Am.)* 'tener un arrebato o movimiento repentino del ánimo' 7
long play *(in.)* 'LP, disco microsurco de larga duración' 60
ludión 'aparato destinado a demostrar la teoría del equilibrio de los cuerpos sumergidos en un líquido' 573
luis 'antigua moneda francesa de oro, que equivalía a veinte francos' 20
lunfardo *(Am.)* 'jerga popular, típica de Buenos Aires y extendida por los países del Plata' 101, 337
luteciano, na 'de Lutecia, ciudad de la Galia prerromana y romana' 66, 67, 188

macana 'hecho o situación que provoca incomodidad o disgusto' 'mentira'. 355, 387, 404, *etc.* || **¡qué macana!** Interjección que expresa contrariedad 354, 382
macaneo *(Am.)* 'acción de decir cosas falsas o disparatadas' 190, 560
macanudamente *(Am.)* 'perfectamente, magníficamente' 195
macanudo, da *(Am.)* 'magnífico o extraordinario' 313, 394, 449
madona: de la madona *(Am.)* 'muy grande o extraordinario' 421
mamúa *(Am.)* 'embriaguez, borrachera' 99
maná 'campo electromagnético o aura' 376, 455, 493
mandala 'representación simbólica del universo propia del budismo, hinduismo y otras religiones' 98, 408, 503, *etc.*
mandarse *(Am.)* 'tragarse, beberse' 7
mango *(Am.)* 'peso, unidad monetaria argentina' 74, 345, 391
mano: hacerse la mano *(Am.)* 'practicar o acostumbrarse' 336,
mántico, ca 'del arte de la adivinación' 205, 337, 691
masita *(Am.)* 'pequeño bizcocho de confitería de consistencia blanda, frecuentemente relleno de crema' 649
matambre: matambre arrollado *(Am.)* 'fiambre hecho por lo común con carne que se saca de entre el cuero y el costillar de vacunos o de porcinos, o con carne de pollo, relleno de verduras y huevo duro, adobado y enrollado sobre sí mismo, hervido y prensado; se consume frío cortándolo en rodajas' 299
mate *(Am.)* 'infusión de yerba mate' 28, 67, 186, *etc.*

medio: ni medio *(Am.)* 'absolutamente nada' 190, 524
mediúmnico, ca 'del médium' 137, 339
menega *(Am.)* 'dinero' 581
mentís 'declaración o comunicado que desmiente algo o a alguien o niega su veracidad' 216
merovingio, a 'de la dinastía de los primeros reyes de Francia, el tercero de los cuales fue Meroveo' 294
merza (*Am.*) 'conjunto de personas de baja condición social, gentuza' 238, 394
mesa: mesa o **mesita de luz** *(Am.)* 'mesita de noche, mueble pequeño, con cajones, que se coloca al lado de la cama, para los servicios necesarios' 85, 192, 227, *etc.*
mesita. V. MESA.
metejón *(Am.)* 'enamoramiento' 391
millonaria *(Am.)* 'firma de una persona' 380
mimeografiado, da 'fotocopiado, multicopiado' 136, 142, 159
minouche *(fr.)* 'minino, gatito' 37
minuterie *(fr.)* 'interruptor, temporizador' 57, 543
miriápodo, da 'de cuerpo alargado, dividido en segmentos semejantes, con uno o dos pares de patas cada uno, con la cabeza provista de un par de antenas y que respira por tráqueas o mediante respiración cutánea' 307
moco: a moco y baba 'de manera muy intensa y aparatosa' 254
mona: como la mona *(Am.)* 'muy mal' 581
mondongo *(Am.)* 'trozos del estómago de la vaca o la ternera que se comen guisados' 389
monetizado, da 'convertido, transformado en moneda' 74
monono, na *(Am.)* 'mono, bonito' 121, 478
morocho, cha *(Am.)* 'de piel morena' 290, 430, 530
mosaico, ca 'de Moisés, profeta hebreo 328'
motoscafo 'lancha, barco de pasajeros' 287
mucama *(Am.)* 'criada, persona encargada de la limpieza' 53, 169, 322
mufa *(Am.)* 'fastidio, mal humor' 358, 659

nefariamente 'indigna o malvadamente' 106
nefelibata 'soñador que no se apercibe de la realidad' 238, 626
nekías *(gr.)* 'viaje o descenso a los infiernos' 236
neuma 'declaración de lo que se siente o quiere, por medio de movimiento o señas, como cuando se inclina la cabeza para conceder, o se mueve de uno a otro lado para negar, o bien por medio de una interjección o de voces de sentido imperfecto' 535
noeuclidiano, na 'de postulados y proposiciones que difieren en algún asunto de los establecidos por Euclides' 431
nomás *(Am.)* 'solamente, apenas, precisamente' 31, 121, 203, *etc.*
nourrice: **criar *en nourrice*** *(fr.)* 'criar por una nodriza' 25, 243
nudo: nudo gordiano 'cuestión de dificultad extrema o insoluble' 118

ñato, ta *(Am.)* 'chato, de nariz poco prominente'; se usa entre jóvenes para llamar o dirigirse a un desconocido, generalmente de menor edad. || **quinta del ñato** 'cementerio' 301, 698

óbolo 'pequeña cantidad con la que se contribuye para un fin determinado' 460, 542
ochava *(Am.)* 'esquina o chaflán' 422
ocho: del ocho 'de la guerra de independencia argelina que duró ocho años' 157, 160
ombú *(Am.)* 'árbol de América del Sur, de corteza gruesa y blanda, copa muy densa, hojas elípticas y flores en racimos' 697, 698
oniromancia 'adivinación por medio de los sueños' 351
otredad 'condición de ser otro o diferente' 132
overo, ra 'de color parecido al del melocotón' 685
ovo. V. AB OVO.

pachorriento, ta *(Am.)* 'lento y tranquilo' 31, 368
padre 'estupendo' 99, 167, 199, *etc.*
pájaro: pensar en pájaros pintos 'estar distraído sin atender a lo que se debe' 12
pajonal *(Am.)* 'terreno cubierto de pajón' 672
pali 'del pali, lengua india, derivada del sánscrito, usada en los libros canónicos de los budistas' 82
pamema 'tontería o simpleza' 560
pánico, ca 'del dios Pan' 152
pantallar V. APANTALLAR.
papalina 'gorra con dos prolongaciones que cubren las orejas' 134
papel: papel carbónico *(Am.)* 'papel carbón, papel fino y entintado por una de sus caras que sirve para la obtención de copias a mano o a máquina' 74, 585
parado, da *(Am.)* 'derecho o en pie' 37, 48, 133, *etc.*
pardejón 'padrejón, enfermedad o afección que se manifiesta por una opresión en la boca del estómago, acompañada de cierto malestar general, y que, según creencia popular, es consecuencia de algún susto o disgusto' 284
pasar 'situación económica suficiente para vivir' 282
patafísica (del fr. *pataphysique,* de una obra del escritor francés Alfred Jarry) 'ciencia paródica dedicada al estudio de las soluciones imaginarias y las leyes que regulan las excepciones' 17
patafísico, ca 'de la patafísica' 293
pava *(Am.)* 'recipiente de metal con asa en la parte superior, tapa y pico, que se usa para calentar agua' 84, 192, 298
pavada 'bobada, tontería' 80, 83, 176, *etc.*
payada *(Am.)*'competencia o contrapunto de dos o más payadores, que cantan improvisando sobre temas diversos' 87
payador 'cantor popular que improvisa sobre temas variados' 291
pedregullo 'grava o gravilla' 35
pelar. V. COCO.
pelotudo, da *(Am.)* 'tonto, estúpido'
péniche *(fr.)* 'barcaza, casa flotante' 38, 584
Père Ragon *(fr.)* 'pordiosero, harapiento' 487, 488

piantado, da *(Am.)* 'chiflado, que se comporta como si estuviera loco' 359, 374, 641

pibe 'niño o joven'; fórmula afectuosa de tratamiento 74, 164, 200

picana: picana eléctrica *(Am.)* 'instrumento de tortura con el que se aplican descargas eléctricas en cualquier parte del cuerpo de la víctima' 382

picar: picárselas *(Am.)* 'irse, abandonar un lugar o una situación, rápida o repentinamente' 394

pickle *(in.)* 'de características, actitudes o modales poco elegantes' 139

pickup *(in.)* 'brazo del tocadiscos' 185

pie: armó una de a pie 'pelea en la que solo se utilizan los puños' 233, 537

pieza 'habitación' 21, 26, 33, *etc.*

pinaza 'embarcación de remo y de velas, pequeña, estrecha y ligera' 14, 15

piola 'cuerda delgada' 301

piolín *(Am.)* 'cuerda muy delgada, generalmente de algodón, que se emplea para atar paquetes' 47, 97, 253, *etc.*

piperina 'alcaloide responsable del sabor característico de la pimienta' 295

pisar. V. PONCHO.

pituco, ca *(Am.)* 'de clase social adinerada' 367

pluma: pluma cucharita 'pequeña lámina de metal que se inserta en el portaplumas o está fija en el extremo de las plumas estilográficas para poder escribir o dibujar' 17

polenta 'cachas de harina de maíz' 109

pollera *(Am.)* 'falda, prenda de vestir femenina' 328, 329, 399

poncho: pisar el poncho *(Am.)* 'ofender, desafiar' 622

porlan 'variedad de cemento fabricada con caliza y arcilla machacadas y cocidas a altas temperaturas' 377

poroto *(Am.)* 'frijol, legumbre' 353, 354

prometización 'acción de prometer' 375

propedéutico, ca 'de la propedéutica, enseñanza preparatoria para estudios superiores o más profundos' 393

pucho *(Am.)* 'colilla de cigarro' 200, 247, 367, *etc.*

quanta *(lat.)*, Plural de *quantum* 'cuanto, cantidad indivisible de energía, proporcional a la frecuencia del campo al que se asocia' 130, 472

querosén *(Am.)* 'combustible derivado del petróleo que se emplea para lámparas y estufas' 7

quilombo *(Am.)* 'lío, barullo' 319, 429

quinta. V. ÑATO

rabdomancia 'adivinación por medio de una varita' 48

rabdomántico, ca 'de la rabdomancia' 137

rada 'bahía o puerto natural propios para servir de fondeadero' 290, 366

radiestesia 'sensibilidad especial para captar ciertas radiaciones, utilizada por los zahoríes para descubrir manantiales subterráneos, venas metalíferas, etc.' 152

ragtime *(in.)* 'estilo de música de piano de *jazz,* con ritmo sincopado de origen afroamericano' 96

rajar *(Am.)* 'echar a alguien de un lugar', 'espetar, arrojar', 'irse' 200, 239, 394, *etc.*

raspa *(Am.)* 'sobras de comida' 345

rato: de a ratos 'a veces, de vez en cuando' 125, 268, 284, *etc.*

rayuela 'juego infantil que consiste en saltar sobre varios casilleros previamente dibujados en el suelo, sin pisar las rayas, y salteando aquel en el que se arrojó un pequeño objeto, que debe recogerse al volver' 35, 126, 276, *etc.*

recamado 'bordado de realce' 188

recova *(Am.)* 'soportal, espacio cubierto, a manera de claustro, que tienen algunos edificios o manzanas de casas en sus fachadas para protegerse de la lluvia, el frío, etc.' 83

refusilo *(Am.)* 'refucilo, relámpago' 347

relojear *(Am.)* 'mirar con atención y disimulo' 258

rengo, ga *(Am.)* 'cojo, renco' 361, 695

reposera *(Am.)* 'tumbona, silla con largo respaldo y con tijera que permite inclinarlo en ángulos muy abiertos' 59

revistar *(Am.)* 'prestar servicios en una organización' 292

riff *(in.)* 'música de acompañamiento generalmente repetida a menudo' 87

rotograbado 'grabado producido a través de una rotativa' 299, 484

rouge *(fr.)* 'pintalabios' 39, 181, 266, *etc.*

rulemán *(Am.)* 'rodamiento' 417, 418, 419, *etc.*

rumia 'acción de rumiar' 520

saco *(Am.)* 'chaqueta' 21, 124, 409, *etc.*

salamandra *(Am.)* 'estufa de carbón, leña o gas, de combustión lenta' 104, 156, 306

salida: de baño *(Am.)* 'bata de tela de toalla que se utiliza para secarse después del baño' 307, 312, 313, *etc.*

sastre: a lo sastre 'en el suelo con las piernas cruzadas' 202, 207

sauerkraut *(al.)* 'chucrut, col blanca fermentada en salmuera' 72, 73

sbornia *(Am.)* 'borrachera' 81, 97, 101

scotch tape *(in.)* 'cinta adhesiva de plástico transparente' 29

sebo: ser (puro) sebo 'no valer nada' 336

senescal 'mayordomo mayor de una casa real' 657

seudópodo 'prolongación protoplásmica transitoria que emiten algunas células y protozoos para desplazarse y capturar su alimento' 508, 509

sherpa 'guía o porteador en las expediciones de alta montaña en el Himalaya' 312

sisal. V. HILO.

sobretodo *(Am.)* 'abrigo o impermeable que se lleva sobre las demás prendas' 178, 265, 266, *etc.*

solfatara 'emanación volcánica constituida básicamente por vapor de agua y gases sulfurosos' 401

solferino, na 'rojo que tira a rosa o morado' 118

soma 'totalidad de la materia corporal de un organismo vivo, excepto los gametos' 556

sonso, sa 'tonto, zonzo' 185, 284

soteriología 'doctrina de la salvación' 286

squire *(in.)* 'señor, hacendado' 298

subte *(Am.)* 'metropolitano, tren subterráneo que circula por las ciudades grandes' 400

surplus *(fr.)* 'exceso, o cantidad que excede de lo necesario, normal o deseable' 569

suzukianamente 'a la manera de D. T. Suzuki (1870-1966), divulgador del budismo zen y especialista en misticismo y psicoanálisis' 538

suzukiano, na 'perteneciente o relativo a D. T. Suzuki' 539

swing *(in.)* 'ritmo de jazz caracterizado por una distribución típica de los acentos que da a la ejecución un balanceo vivo y ligero' 73, 87, 94, *etc.*

taba: cargar la taba *(Am.)* 'acomodar la taba dando más peso a una de sus partes para que caiga en la cancha en forma determinada, lo que da ventaja al jugador que conoce la maniobra' 318

tacho *(Am.)* 'cubo de la basura' 7, 12, 18, *etc.* || **(irse) al tacho** *(Am.)* 'morir' 393, 445

tallar 'tener poder o influencia' 190

tanino 'compuesto fenólico que origina el característico sabor de los vinos tintos y provoca sensación de aspereza, sequedad y amargor tanto en la lengua como en las encías y dientes' 274, 584

tarantás 'coche grande de caballos destinado, en la antigua Rusia, al transporte público de viajeros' 300

tascar 'morder' 86

tegumento 'tejido que recubre el cuerpo de un animal o alguno de sus órganos' 374

tenedor 'persona encargada de llevar los libros de contabilidad' 354

tener: tenér(se)las 'hacer objeto de continuos reproches, censuras o burlas' 319

tiempo: del tiempo del unto 'antiguo, muy viejo' 374

tira *(Am.)* 'corte de carne para asar, que se saca longitudinalmente en tiras del costillar vacuno' 448

tokay 'vino húngaro de la región homónima de muy alta graduación alcohólica' 193

traste 'trasero, culo' 108, 120, 276, *etc.*

tratativa *(Am.)* 'etapa preliminar de una negociación en la que por lo común se discuten problemas laborales, políticos, económicos, etc.' 343, 374, 376, *etc.*

trebe *(Am.)* 'aro o triángulo de hierro con tres pies y con un asidero largo, que sirve para poner la sartén u otra vasija sobre la lumbre' 576

tres: de tres por cinco 'vulgar o sin importancia' 247, 535

tricota 'prenda de punto, suéter' 123, 124, 200

turra 'prostituta' 240

tutía: no hay tutía 'es imposible, no hay remedio' 323

ulano 'soldado de caballería ligera armado de lanza' 177
unto. V. TIEMPO.

vedanta 'filosofía hinduista procedente de las escrituras sagradas de los Vedas' 237, 277, 683
venia *(Am.)* 'saludo militar que consiste en tocar ligeramente con la punta de los dedos de la mano derecha la sien del mismo lado' 586
venirse 'convertirse' 7
vento 'chinero' 112
verbasco 'planta de la familia de las escrofulariáceas, de flores amarillas cuyas semillas han sido utilizadas como veneno paralizante de peces, debido a su alto contenido en rotenona' 321
verde 'inexperto y poco preparado' 33, 177
verija 'región de las partes pudendas' 312
vernissage *(fr.)* 'evento cultural organizado por pintores, escultores y fotógrafos, como preinauguración de una muestra de arte' 197
viaraza 'malhumor o capricho que resulta de un cambio de ánimo brusco e impulsivo' 431
vibráfono 'instrumento musical de percusión, semejante al xilófono, formado por placas metálicas vibrantes, que se hacen sonar golpeándolas con una maza' 63
vidriera *(Am.)* 'escaparate, espacio exterior de vidrio detrás del cual se exhiben mercaderías' 39, 48
viejo, ja. *(Am.)* Fórmula de tratamiento entre amigos. 60, 93, 127, *etc.*
vincha *(Am.)* 'cinta elástica gruesa con que se sujeta el pelo sobre la frente' 269, 270, 582
vinchuca *(Am.)* 'insecto hematófago alado, de tamaño mediano y hábitos silvestres o domésticos, que transmite un parásito causante del mal de Chagas' 149
vintén 'moneda uruguaya de dos centésimos' 37
vitriolo 'ácido sulfúrico' 458

yale 'mecanismo de cerradura metálica de cilindro con tumbador de clavija'; por extensión, 'llave correspondiente a ese mecanismo' 394
yapa: de yapa *(Am.)* 'además, por añadidura' 262
yesquero 'encendedor que utiliza la yesca como materia combustible' 542
yugular 'acabar bruscamente con alguna actividad o proceso' 313
yuyo *(Am.)* 'mala hierba' 697, 698

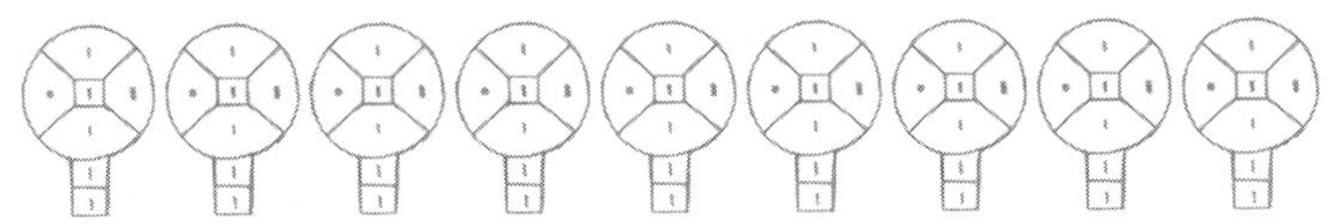

ÍNDICE ONOMÁSTICO

gicos y pesimistas, o «piezas rosas» a aquellos donde tenían cabida el humor y la fantasía.

Arcimboldo, Giuseppe (1527-1593): Pintor italiano. Fue el primer diseñador de cartones para tapices y vitralista de la catedral de Milán. Arcimboldo creó un tipo de retrato en que el rostro estaba constituido por agrupaciones de animales, flores, frutas y toda clase de objetos.

Argan, Giulio Carlo (1909-1992): Historiador y crítico de arte italiano. Muy influido por el pensamiento de Benedetto Croce, de su abundante bibliografía hay que citar los análisis de la historia de la arquitectura, que abarcan desde el Renacimiento y el Barroco hasta las modernas corrientes del siglo XX (*Arquitectura barroca en Italia,* 1957) las monografías de artistas (*Botticelli,* 1957, y las dedicadas a Fra Angélico y Borromini). Su obra se caracteriza por una interpretación conceptual del arte.

Arimán (Ahrimán): Deidad de la Antigua Persia. En la doctrina de Zoroastro es la representación del mal y fuente de todos los males en el mundo, por oposición a Ormuz, principio del bien.

Arjuna: Héroe del poema épico hindú *Majabhárata*. Maestro espiritual indio. Gran arquero e íntimo amigo de Krisna, del que recibió sus enseñanzas.

Arlt, Roberto (1900-1942): Escritor y periodista argentino considerado el introductor de la novela moderna en su país. Estuvo vinculado, a principios de la década del veinte, con el llamado Grupo de Boedo, que aglutinaba a creadores antielitistas, comprometidos en una visión crítica de la sociedad. Además de una nutrida producción periodística, parcialmente agrupada bajo el nombre de *Aguafuertes,* fue autor de *El jorobadito* y *El criador de gorilas* (cuentos), *Trescientos millones* y *Saverio el Cruel* (teatro) y de las novelas *El juguete rabioso, Los siete locos* y *Los lanzallamas.*

Armstrong, Louis (1900-1971): También conocido como Satchmo o Pops. Trompetista, cantante y director de grupos de *jazz* estadounidenses. Fue una de las figuras más carismáticas e innovadoras de la historia del *jazz* y, probablemente, su músico más popular. Transformó el *jazz* desde su condición inicial de música de baile, en una forma de arte popular.

Arnim, Ludwig Achim von (1781-1831): Poeta y novelista alemán, importante miembro de la llamada segunda escuela de románticos alemanes. Después de la campaña antinapoleónica de 1813-1814, en la que sirvió como capitán, se retiró hasta su muerte a su finca brandeburguesa de Wiepersdorf.

Artaud, Antonin (1896-1948): Poeta, ensayista, actor y director de teatro francés. En 1910 publicó sus primeros versos bajo el seudónimo de Louis des Attides. En 1932 escribió el manifiesto «Teatro de la crueldad», publicado por *La Nouvelle Revue Française,* donde presentó las bases de lo que posteriormente sería su principal obra crítica, *El teatro y su doble* (1938), la cual, junto a *Ubú rey* de Alfred Jarry, representa la síntesis del drama vanguardista del siglo XX.

Asmodeo: Demonio responsable de pervertir los deseos sexuales de los humanos, de motivar la voluptuosidad y hacer que las almas sean condenadas al infierno.

Astrana Marín, Luis (1889-1959): Escritor y erudito español. Entre sus muchos trabajos, destaca la *Vida ejemplar y heroica de Miguel de Cervantes Saavedra* (1948-1958). Editó las *Obras completas* de Quevedo (1932) y de Calderón (1932). Escribió una biografía de Shakespeare (1930), de cuya obra fue traductor.

Atlan, Jean-Michel (1913-1960): Pintor y litógrafo francés. Su pintura, representativa de las corrientes informal y gestual, se nutre de símbolos mágicos y de motivos africanos.

Aulo Gelio (*c.* 130-*c.* 180): Gramático y crítico latino. Es autor de *Las noches áticas,* obra que contiene importante información sobre los escritores arcaicos.

Aurangabad: Ciudad de la India situada en el estado de Maharashtra, a orillas del río Kaum.

Baby. V. COX.

Banky, Vilma (1898-1991): Vilma Koncsics. Actriz húngara que destacó en el cine mudo. Actuó con grandes de este género tales como Ronald Colman y Rodolfo Valentino, de quien se hizo muy amiga.

Bara. V. THEDA BARA.

Barbey d'Aurevilly, Jules-Amédée (1808-1889): Escritor francés. Su obra presenta una mezcla de romanticismo exacerbado y de catolicismo. Son memorables algunas de sus novelas y de sus cuentos, ambientados en su Normandía natal. *Las diabólicas* (1874) es su obra maestra.

Bardot, Mijanou (1938-): Actriz francesa, hermana menor de Brigitte Bardot. Rodó su última película, *Después del diluvio*, en 1970.

Baronova (1919-2008): Irina Mikhailovna Baronova. bailarina y actriz rusa. Tras una corta carrera de quince años en la escena, se retiró en 1946 al cumplir treinta y cuatro.

Bataille, Georges (1901-1962): Novelista, poeta y ensayista francés. Fue bibliotecario y medievalista en la Biblioteca Nacional de París. Participó en actividades de los grupos surrealistas hasta su ruptura con André Breton en 1929. Dirigió las revistas *Documents, Acéphale* y *Critique*. Escribió las novelas eróticas *Historia del ojo* (1928, con el seudónimo de Lord Auch), *El azul del cielo* (1935, publicada en 1957), *Madame Edwarda* (1937, con el seudónimo de Pierre Angélique), *El cura C* (1950) y *Mi madre* (1966).

Baum, Vicki (1888-1960): Novelista austríaca. Se dio a conocer en 1929 con su novela *Gran Hotel*. Sus novelas se acercan a la denominada «literatura de consumo», y fueron prohibidas en la Alema-

nia nazi. De entre su muy extensa producción novelística cabe destacar *El lago de las damas, El ángel sin cabeza, Hotel Shanghai, Escrito en el agua, Una noche en el trópico, Amor y muerte en Bali* y *Cita en París*.

Béart, Guy (1930-2015): Guy Béhart-Hasson. Cantautor francés. Junto a Georges Brassens y Jacques Brel formaron lo que se conoció como «las tres bes» de la canción francesa.

Bécaud, Gilbert (1927-2001): Cantante y compositor francés. Fue pianista de Edith Piaf y a partir de 1963 creó un nuevo tipo de canción melódica. Compuso, además, una cantata, una ópera y música para el cine.

Bechet, Sidney (1897-1959): Saxofonista y clarinetista de *jazz* estadounidense. Bechet fue una de las figuras de referencia de los primeros tiempos del *jazz*. Integró las orquestas de Duke Ellington y de Louis Armstrong. Parte de su trayectoria tuvo como escenario Europa, especialmente París.

Beiderbecke. V. Bix Beiderbecke.

Berenson, Bernard (1865-1959): Crítico e historiador de arte estadounidense de origen lituano. Su paso por Italia determinó su dedicación a la historia del arte y, en especial, al Renacimiento italiano. Sus obras más importantes son: *Pintores venecianos del Renacimiento* (1894) y *Los dibujos de los pintores florentinos* (1903-1938); es autor también de obras de estética y de relatos autobiográficos.

Berg, Alban (1885-1935): Compositor austríaco, uno de los más representativos e influyentes de la ópera del siglo XX. Sus dos incursiones en este género, *Wozzeck* y *Lulu*, constituyen dos obras maestras que han ejercido una notable influencia en varios autores contemporáneos.

Bergamín, José (1895-1983): Escritor español. Su obra se encuadra dentro de las propuestas estéticas de la llamada Generación del 27. Fundador y director de la importante revista *Cruz y Raya* (1934-1936). Durante su exilio en México, fundó la editorial Séneca, consagrada a la poesía, que congregó a autores españoles y mexicanos. En 1959 volvió a España para, de nuevo, partir expulsado hacia París en 1963, hasta su regreso definitivo en 1970.

Bergier. V. Jacques Bergier.

Berlitz, Maximilian (1852-1921): Filólogo y pedagogo estadounidense de origen alemán que se hizo célebre como creador del método de enseñanza que lleva su nombre.

Bernhardt, Sarah (1844-1923): Actriz de teatro francesa, de dilatada carrera, considerada por algunos. la mejor actriz de todos los tiempos. Triunfó en la tragedia y el melodrama. Conquistó al público por su dicción perfecta y su voz armoniosa, así como por su distinción y el sentimiento que imprimía a sus caracterizaciones.

Berry. V. Chu Berry.

Bertrand, Aloysius (1807-1841): Escritor francés. Romántico y bohemio, se le considera uno de los precursores del simbolismo y un pionero del poema en prosa. Su *Gaspar de la noche, fantasías al estilo de Callot y Rembrandt* (1842) ejerció una gran influencia sobre Baudelaire.

Bird (1920-1955): Charlie «Bird» Parker. Saxofonista y compositor estadounidense. Tuvo una vida problemática, dependencia de drogas, alcohol, problemas mentales que le llevaron a períodos de hospitalización. Su saxo alto revolucionó el mundo del *jazz* en los años cuarenta al introducir el estilo conocido como *bebop,* caracterizado por la velocidad de sus tempos y la experimentación armónica. Cortázar admiró su estilo creativo, al punto que a partir de él construyó el personaje de Johnny Carter, protagonista de «El perseguidor», uno de sus relatos más famosos. *Alter ego* de Charlie, Johnny plantea con su música la noción suprarreal de tiempo y espacio, que profundiza la existencia humana, tema que Cortázar desarrollará en toda su literatura.

Bissière, Roger (1886-1964): Pintor francés. Su obra evolucionó desde formas semifigurativas a la abstracción. Realizó toda clase de experimentos con la pintura y empleó, incluso, trapos cosidos con cuerdas.

Bix Beiderbecke (1903-1931): León Bismark Beiderbecke. Músico de *jazz* estadounidense. Fue el primer músico blanco en realizar contribuciones relevantes al género, especialmente con sus solos de trompeta y corneta.

Blackstone, Sir William (1723-1780): Jurista británico. Catedrático de la Universidad de Oxford. Entre sus obras destaca *Comentarios a las leyes de Inglaterra* (1765-1769), que ejerció gran influencia en el constitucionalismo británico.

Blavatsky (1831-1891): Helena Petrovna Blavatsky, también conocida como Madame Blavatsky. Escritora rusa, iniciadora de la teosofía moderna.

Blondin (1824-1897): Jean François Gravelet-Blondin. Funambulista y acróbata francés. Consiguió fama por cruzar las cataratas del Niágara caminando sobre una cuerda a una altura de cincuenta metros.

Bobet, Louison (1925-1983): Ciclista francés. Ganó su primer título en 1946, el Campeonato de Aficionados de Francia, y en 1955 se convirtió en uno de los ciclistas más importantes de su país al ser el primero en ganar tres ediciones consecutivas del Tour de Francia (1953, 1954, 1955).

Bonini, Julio (1894-): Chófer argentino que en 1929 asesinó y descuartizó a su novia Virginia Donatelli en el barrio porteño de Palermo. Los detalles del episodio apasionaron a la opinión pública.

Bonnard, Pierre (1867-1947): Pintor y grabador francés. En 1900 ilustró, con estilo suave e intimista, la colección de poesías de Paul Verlaine *Parallèlement*. Hacia 1915, influido por Cézanne, Pierre Bonnard fue abandonando su obsesión por el color para explorar cuestiones de estructura; unos años después realizaría su célebre serie sobre una mujer desnuda en el baño.

Bori, Lucrecia (1888-1960): Lucrecia Borja y González de Riancho. Soprano española.

Boulez, Pierre (1925-2016): Compositor y director de orquesta francés. Ocupó un puesto de privilegio en la música de vanguardia posterior a la Segunda Guerra Mundial. Como director, su estilo objetivo y analítico se adapta especialmente al repertorio contemporáneo, aunque también se le deben algunas versiones referenciales de obras de Berlioz y Wagner.

Braque, Georges (1882-1963): Pintor francés. Comenzó con la corriente fauvista, pero tras conocer a Cézanne y Picasso, llegó a tomar parte en la fundación del cubismo, del que participó tanto en su corriente analítica como en la sintética. Su obra representa fundamentalmente naturaleza muerta.

Bremond, abate (1865-1933): Henri Bremond, poeta, ensayista, crítico literario y religioso jesuita francés. Autor de una interesante obra ensayística sobre la historia de las religiones y las corrientes literarias del siglo XIX, ha pasado a la historia de la literatura universal por haber acuñado y desarrollado el concepto de «poesía pura».

Brinvilliers (1630-1676): María Magdalena D'Aubray, marquesa de Brinvilliers. Aristócrata francesa. Debido al número y la crueldad de sus delitos, pasó a ser considerada una de las más célebres envenenadoras de Francia y del mundo. Se hizo instruir por su amante en el modo de elaborar y administrar venenos para asesinar a su padre, pero, para asegurarse de que su jugada no iba a fallar, experimentó los productos que preparaba ella misma con los enfermos indigentes del hotel Dieu.

Brisset, Jean-Pierre (1837-1919): Escritor autodidacta francés.

Broonzy, Big Bill (1898-1958): Compositor, guitarrista y cantante de *blues* estadounidense. Fue uno de los primeros *bluesman* en usar un pequeño grupo instrumental, incluyendo batería y contrabajo, así como uno o más instrumentos melódicos (metales o armónica). Sus canciones han sido ampliamente versionadas, quizás la más famosa sea *Key to the Highway*.

Bruto. V. CÉSAR BRUTO.

Bunk Johnson (1879-1949): Willie Gary «Bunk» Johnson. Trompetista y corneta estadounidense de *jazz*, una de las primeras figuras del género cuando empezó a configurarse en la Nueva Orleans de principios del siglo XX.

Bunsen, Robert Wilhelm (1811-1899): Químico alemán. En 1857 había observado que, al poner una sustancia sobre la llama de un mechero, se producían diferentes coloraciones según la naturaleza de esta. Tres años después, Bunsen y Kirchhoff diseñaron y construyeron el primer espectroscopio, instrumento utilísimo en el análisis químico cualitativo que permite estudiar los espectros de las sustancias incandescentes.

Burckhardt, Jacob (1818-1897): Historiador de arte suizo. Su análisis del redescubrimiento del hombre y del nacimiento de un nuevo mundo figurativo, expuesto en su célebre libro *La cultura del Renacimiento en Italia* (1860), tuvo una notable influencia sobre la cultura europea.

Bushkin, Joe (1916-2004): Pianista y compositor estadounidense de *jazz.* Tras servir en el ejército durante la Segunda Guerra Mundial, trabajó con Louis Armstrong, Bud Freeman y Benny Goodman. Como compositor destaca su tema *Oh! look at me now,* escrito con John DeVries, que se convirtió en el primer gran éxito de Frank Sinatra.

Butor, Michel (1926-2016): Escritor francés, cercano al *nouveau roman,* considerado como una de las figuras más relevantes de la literatura francesa contemporánea. Influido por algunos de los grandes prosistas del siglo XX como James Joyce o Marcel Proust, mantiene, al mismo tiempo, una singular independencia y originalidad que lo excluye de cualquier corriente o escuela.

Buzzati, Dino (1906-1972): Escritor y poeta italiano. Fue uno de los pocos representantes en su país de la narrativa surrealista o metafísico-existencial. Es autor de *El desierto de los tártaros,* que fue llevada al cine.

Cabral, Juan Bautista (1789-1813): Soldado argentino que, en la batalla de San Lorenzo, en la que se luchaba por la independencia rioplatense, salvó de la muerte al coronel José de San Martín.

Cambaceres, Eugenio (1843-1888): Escritor y político argentino. Introdujo el naturalismo en Argentina con las novelas *Potpourri* (1881), *Música sentimental* (1884), *Sin rumbo* (1885) y *En la sangre* (1887).

Caro, Julio de (1899-1980): Compositor y violinista argentino. En 1924 formó un sexteto que estaba llamado a fijar las normas del tango clásico. Ese conjunto lo integraban Julio y Emilio de Caro en los violines, Pedro Maffia y Luis Petrucelli en los bandoneones, Francisco de Caro en el piano y Leopoldo Thompson en el contrabajo.

Carrington, Leonora (1917-2011): Pintora surrealista y escritora inglesa nacionalizada mexicana.

Carter, Benny (1907-2003): Bennett Lester Carter. Músico estadounidense de *jazz,* clarinetista, saxofonista alto, trompetista, compositor, arreglista y director de *big band.* Fue una de las principales figuras del *jazz* desde los años treinta hasta los noventa.

Casares, Adolfo Bioy (1914-1999): Escritor argentino, uno de los más destacados autores de la literatura fantástica en español. De su obra, pueden citarse *La invención de Morel, El sueño de los héroes, La trama celeste* y *Diario de la guerra del cerdo.* En colaboración con su amigo Jorge Luis Borges publicó *Seis problemas para don Isidro Parodi*, *Crónicas de Bustos Do-*

mecq y *Nuevos cuentos de Bustos Domecq*.

Casares, Julio (1877-1964): Filólogo y crítico literario español. Miembro de número de la Real Academia Española, de la que en 1936 fue elegido secretario perpetuo. Tras la guerra civil publicó diversas obras de lexicografía española, entre las que sobresale el monumental *Diccionario ideológico de la lengua española* (1942).

Casement, Sir Roger David (1864-1916): Político nacionalista irlandés. Distinguido por el gobierno británico por sus servicios diplomáticos, fue acusado de traición y condenado a morir en la horca por sus actividades nacionalistas. El gobierno británico desestimó el pedido de conmutación de la pena realizado por varias organizaciones humanitarias de todo el mundo e incluso pretendió desacreditarlo haciendo circular copias de sus diarios personales, en los que se aludía a su homosexualidad.

Castellani, Leonardo Luis (1899-1981). Sacerdote católico argentino, escritor y periodista. Escribió ensayos de temática religiosa, filosófica y sociopolítica, novelas, cuentos y poesía.

Céline, Louis-Ferdinand (1894-1961): Seudónimo de Louis-Ferdinand Destouches. Novelista francés, autor de *Viaje al fin de la noche*. Su obra, en gran parte autobiográfica, revolucionó la narrativa de entreguerras por su libertad y crudeza, e incluso por el rigor de un estilo que despojó a la lengua francesa de toda servidumbre retórica.

César Bruto (1905-1984): Seudónimo de Carlos Warnes. Escritor, poeta, humorista y periodista argentino.

Champion Jack Dupree (1909-1992): William Thomas «Champion Jack» Dupree. Pianista y cantante estadounidense de *blues* y *boogie-woogie*. Su apodo se derivó de su carrera temprana como boxeador.

Chang-Kai-Chek (1887-1975): Militar y político chino, primer presidente de la República Nacionalista China. Asumió el mando del Kuomintang y lanzó la llamada «Revolución nacional» en unión con los comunistas. Chang-Kai-Chek se mantuvo hasta su muerte como presidente de la pequeña República de Taiwán, que perpetuaba la ficción de ser el último reducto de la China nacionalista.

Char, René (1907-1988): Poeta francés. Amigo de A. Breton, R. Crevel y L. Aragon. En 1930 firmó el segundo manifiesto surrealista junto con A. Breton y P. Éluard y colaboró en la obra de este último *Morir de no Morir* (1924). Es un poeta difícil que se caracteriza por pequeñas o minúsculas composiciones en verso o en prosa, que a menudo podrían definirse como criptogramas líricos muy sugestivos, breves y austeros informes de pequeñas experiencias.

Chestov, León (1866-1938): Filósofo existencialista ruso.

Chu Berry (1910-1941): Leon «Chu» Berry. Músico estadounidense de *jazz,* saxofonista tenor de *swing* del período de preguerra mundial, considerado por algunos autores como el tercer saxo tenor más importante de esa época, junto a Coleman Hawkins y Lester Young.

Clair, René (1898-1981): Director de cine francés. Influyó en cineastas como Luis Buñuel. Su importancia dentro del género de la comedia, la fascinante visión ofrecida con decorados sobre la ciudad de París o los hallazgos visuales presentes en sus largometrajes marcaron la época de transición del mudo al sonoro.

Clarke, Kenny (1914-1985): Kenneth Spearman Clarke, batería de *jazz* estadounidense. A él se debe la innovación de los nuevos ritmos de la batería dentro del *bebop.* En 1935 se incorporó a la banda de Roy Eldridge, uno de los trompetistas claves en la historia del *jazz.* En 1956 se asentó en Francia, donde fue toda una institución musical.

Clément, Jacques (1567-1589): Dominico francés. Inspirado por predicadores de la Santa Liga de París y armado por la duquesa de Montpensier, asesinó a Enrique III de Francia (1589) y murió a manos de la guardia real.

Coleman Hawkins (1904-1969): Saxofonista de *jazz* estadounidense. Inició su carrera en 1922 en la orquesta de F. Henderson, donde, por primera vez, convirtió el saxofón en instrumento solista. Tocó y grabó con los *jazzmen* más importantes de su tiempo. Entre sus grabaciones destacan *Body and Soul* (1939), *How Deep is the Ocean* (1943) y *Just Friends* (1963).

Coleman, Bill (1904-1981): William Johnson Coleman. Trompetista de *jazz* norteamericano. Convivió con Louis Armstrong en la época en que la trompeta era el instrumento rey del *jazz,* lo que quizás le restó protagonismo. En 1948 se instaló en Francia, donde permaneció el resto de su vida, en parte debido a la segregación racial en Estados Unidos. Fue en Francia donde recibió el reconocimiento que merecía de las audiencias europeas.

Coltrane, John (1927-1967): Saxofonista estadounidense de *jazz.* Fue una de las grandes figuras del *bebop,* junto al pianista Thelonious Monk y al trompetista Dizzy Gillespie, en cuya banda tocó en 1949. Entre una banda de *jazz* y otra, Coltrane pasó por ciertos períodos de inactividad derivados de sus problemas de adicción a las drogas, que finalmente superó. En 1957 inició su carrera en solitario y empezó a grabar discos con antiguos compañeros. Se sumó al *free-jazz.*

Cootie Williams (1910?-1985): Charles Melvin «Cootie» Williams fue un trompetista y compositor estadounidense de *jazz* y *jump blues.* Fue trompetista autodidacta y realizó giras con varias bandas, incluida la banda familiar de Lester Young, antes de mudarse a Nueva York en 1928. Al año siguiente se unió a la banda de Duke Ellington y con el paso de los años participó en numerosas grabaciones clásicas de *jazz*.

Cosimo, Piero di (1462-1521): Piero di Lorenzo. Pintor italiano. Fuertemente influido por Leonardo da Vinci y por Signorelli, se especializó en composiciones extrañas y fantásticas (el mito de Prometeo, la lucha entre centauros y lapitas). Fue sensible al realismo flamenco. Algunos de sus retablos muestran un descarnado naturalismo y un original retorno a los esquemas del Quattrocento.

Cox (1890-1967): Baby Cox. Cantante afronorteamericana de *jazz*. No se sabe casi nada sobre su vida; pero las pocas grabaciones suyas (1928-1929) que se conservan muestran a una cantante de *jazz* de gran talento.

Cranach (1472-1553): Lucas Cranach el Viejo. Lucas Müller. Pintor renacentista alemán. Su pintura se encuentra entre la transición entre el gótico y el Renacimiento. Considerado en su época como «el más rápido de los pintores», según reza su lápida, esta forma de trabajo se trasluce en una cierta irreflexión en las composiciones. Muy características de sus pinturas son las damas adornadas con enormes y recargados sombreros.

Crane, Hart (1899-1932): Poeta estadounidense, uno de los grandes precursores de la poesía moderna en lengua inglesa por su intensidad visionaria y a la vez épica. Después de la publicación de su poemario *El puente* (1930), obtuvo la beca Guggenheim, lo que le permitió viajar por Europa, México, Cayo Hueso y el Caribe, dedicándose por entero a la poesía, el alcohol y las aventuras sentimentales con hombres y mujeres.

Crevel, René (1900-1935): Poeta francés. Fue miembro del movimiento surrealista. Es autor de obras de prosa poética: *La muerte difícil* (1926), *Babilonia* (1927), *El espíritu contra la razón* (1928) y *¿Estáis locos?* (1929).

Cummings, Edward Estlin (1894-1962): Poeta estadounidense. Su obra es una de las más innovadoras de la poética moderna en lengua inglesa. Su poesía, caracterizada por la experimentación tipográfica y por la invención de neologismos, incluye *Tulipas y chimeneas* (1923), *Vi Va* (1931) y *Cincuenta poemas* (1941). También publicó novelas (*Eimi,* 1933) y obras de teatro (*Him,* 1927; *Tom,* 1935).

Darrow, Clarence (1857-1938): Abogado estadounidense, famoso a principios del siglo XX por haber salvado de la pena de muerte a más de cincuenta acusados de asesinato.

Daumal, René (1908-1944): Ensayista, traductor y poeta francés. Su obra explora las posibilidades de la imaginación y busca en la palabra un alcance místico-espiritual. Fue uno de los principales integrantes de Le Grand Jeu, un colectivo de autores vanguardistas que, congregados en torno a la revista homónima, se distanciaron del movimiento surrealista debido al compromiso político que este fue adquiriendo progresivamente, y evolucionaron hacia una dimensión espiritual de la poesía cercana al arrebatado furor místico de Artaud.

David, Gérard (1640-1523): Pintor holandés. Es considerado el último gran maestro de la escuela de Brujas. En esa ciudad estudió las principales obras de los hermanos Hubert y Jan van Eyck y de Rogier van der Weyden, entre otros, y trabajó junto a Hans Memling. Sus obras más famosas son sus grandes retablos, entre ellos el *Bautismo de Cristo,* en Brujas, y sobre todo *Madonna con Ángeles y Santos,* en Ruán. Estas obras se caracterizan, a pesar de su severidad, por su riqueza cromática y por el hábil tratamiento de la luz, el volumen y el espacio.

Destynn. V. EMMY DESTYNN.

Devéria, Achille (1800-1857): Pintor, grabador y litógrafo francés. Es conocido por su producción litográfica, en la que reflejó las costumbres de la época. También realizó pinturas religiosas y un gran número de retratos.

Dinesen. V. ISAK DINESEN.

Dodds, John (1892-1940): Clarinetista y saxofonista de *hot-jazz,* estadounidense. Destacado intérprete de *blues,* era un magnífico improvisador colectivo, maestro en el contrapunto a la trompeta y al trombón.

Donne, John (1572-1631): Poeta inglés. Considerado el mejor poeta en lengua inglesa del siglo XVII. Inspirado en parte en Ovidio, sus versos se alejan del petrarquismo en boga para dirigirse a la mujer de carne y hueso a través de una poesía de gran intensidad emocional, que evita las fórmulas en busca de un lenguaje más directo.

Douassot, Jean (1924-2015): Intelectual francés firmante del «Manifiesto de los 121», en que se rechazaba tomar las armas contra el pueblo argelino y la conducta mantenida por los franceses contra ellos.

Duke Ellington (1899-1974): Edward Kennedy Ellington. Pianista, compositor, arreglista y líder de bandas de *jazz* estadounidense, punto de referencia para todo músico de *jazz.* Doctor *honoris causa* por las Universidades de Howard en 1963 y Yale en 1967. En 1969 se le concedió la Medalla Presidencial del Honor. Fue nombrado también miembro del Instituto Nacional de las Artes y las Letras de Estados Unidos en 1970, y en 1971 se convirtió en el primer músico de *jazz* miembro de la Real Academia de la Música de Estocolmo.

Duncan, Raymond (1874-1966): Bailarín, artista, poeta, artesano y filósofo estadounidense, y hermano de la bailarina Isadora Duncan.

Dupree. V. CHAMPION JACK DUPREE.

Duse, Eleonora (1858-1924): Actriz italiana, considerada una de las más grandes actrices de su tiempo, excelente intérprete de los melodramas al uso. Amiga íntima del poeta y dramaturgo italiano Gabriele D'Annunzio, a partir de 1897 se dedicó a interpretar dramas de este autor.

Eckhart, Meister (1260-1327): Meister Johann Eckhart. Místico alemán. El movimiento místico de Eckhart busca la unión del alma con Dios a través de una serie de estadios. Sus obras principales son *Opus tertium* (que dejó inconclusa) y *Quaestiones parisienses*.

Emmy Destynn (1878-1930): Emilie Paulina Venceslava Kittlova, conocida también con los nombres artísticos de Ema Destinnová (en su país natal) y Emmy Destinn (en las naciones anglosajonas), fue una soprano, cantante de ópera, nacida en Praga, famosa en Europa y Estados Unidos en los años previos a la Primera Guerra Mundial.

Ensor, James (1860-1949): Pintor belga. Miembro fundador del grupo de Los XX (1884), fue uno de los primeros representantes de la pintura expresionista. Si bien sus primeras obras se caracterizan por los paisajes brumosos de inspiración flamenca, a partir de 1880 Ensor alternó los bodegones con los interiores, en los que predominaban los colores pardos, rojizos y azules de tono melancólico.

Ernst, Max (1891-1976): Pintor y escultor alemán. Formó parte del movimiento dadaísta de Colonia, aunque desde 1919 ya realizaba asociaciones en sus obras que pueden considerarse surrealistas. Practicó diversas y originales técnicas pictóricas, siempre dentro de la estética de lo absurdo y dictadas por el automatismo característico del surrealismo. Empleó durante toda su vida el procedimiento del *collage,* como en *La mujer de cien cabezas* (1929). Mediante el balanceo de una lata de pintura agujereada experimentó la técnica del goteo, claro antecedente del futuro *dripping* de Jackson Pollock.

Eugenio Lanti (1879-1947): Seudónimo de Eugène Adam. Fundador de la Sennacieca Asocio Tutmonda (Asociación No Nacional Mundial, en esperanto). Sus ideas radicales le valieron el apodo «L'anti-tout» y de ahí ideó su seudónimo, «Lanti». Aprendió el esperanto al finalizar la Primera Guerra Mundial, y se dedicó al movimiento esperantista como forma de unir a los trabajadores de todos los países por encima de las barreras nacionales.

Falú, Eduardo (1923-2013): Compositor y notable ejecutante de guitarra argentino, autor de numerosas y difundidas piezas folklóricas. Autodidacta, compuso junto a grandes poetas y escritores, como Ernesto Sabato, obras que arraigan en la tradición argentina. Se destacó también en la ejecución de obras de música clásica y acompañó como solista a la orquesta de cámara Camerata Bariloche.

Fangio, Juan Manuel (1911-1995): Corredor automovilístico argentino. Fue proclamado campeón del mundo en 1954, 1955,

1956 y 1957, año en que obtuvo la que tal vez haya sido su más legendaria victoria (y la última) en el Gran Premio de Alemania, a los cuarenta y seis años.

Fats Waller (1904-1943): Thomas Wright Waller. Pianista, compositor y cantante de *jazz* norteamericano. Fue uno de los grandes pianistas de la historia del *swing* y del *stride piano*.

Fauconnier, Gilles (1944): Lingüista francés, especialista en las ciencias del conocimiento.

Fautrier, Jean (1898-1964): Pintor y escultor francés. Fue uno de los más importantes representantes del «tachismo», tendencia dentro del *Art informel*.

Ferlinghetti, Lawrence (1919): Poeta estadounidense. Miembro destacado de la generación *beat*.

Ferré, Leo (1916-1993): Cantante y compositor francés. De carácter, a menudo, inconformista y radical. Musicó, también, textos de Baudelaire, Aragon, Apollinaire y Ronsard.

Feuillère, Edwige (1907-1998): Prestigiosa actriz francesa de cine y teatro, considerada una *grand-dame* del teatro parisino.

Figari, Pedro (1861-1938): Pintor uruguayo. Fue un abogado destacado que impulsó la abolición de la pena de muerte en el Uruguay. En 1917 abandonó todas sus actividades para dedicarse de lleno a la pintura. Su obra pictórica tiene un carácter nostálgico y onírico, de gran colorido y pinceladas en forma de manchas que llegan a distorsionar las formas y colores.

Filiberto, Juan de Dios (1885-1964): Músico argentino, de gran importancia para la consolidación del tango como género musical de fama mundial, y autor de canciones clásicas como *Caminito* (1926), *Quejas de bandoneón, El pañuelito* (1920), *Malevaje* (1928), *Clavel del aire,* muchas de ellas de contenido social. Aníbal Troilo y su orquesta lo instalan como un clásico en 1944, y Astor Piazzolla le hará un arreglo al que Cortázar, en *Salvo el crepúsculo,* respondió con su poema «Che, bandoneón».

Filloy, Juan (1894-2000): Escritor argentino. Se desempeñó como juez en la ciudad de Río Cuarto (provincia de Córdoba). A pesar de su longevidad (falleció a los ciento cinco años), su escaso interés por promocionar sus obras lo convirtió en un autor desconocido para el gran público y autor de culto dentro de las letras rioplatenses. Los títulos de todas sus obras constan de siete letras: *Periplo, Op Oloop, Caterva, ¡Estafen!, Balumba, Aquende.*

Fitzgerald, Ella (1917-1996): Cantante estadounidense de *jazz.* Fue, junto al genial trompetista Louis Armstrong, la principal figura del *scat singing* (uso de la voz de una manera instrumental mediante la entonación de sílabas improvisadas), y trabajó, entre otros, con Chick Webb, el ya mencionado Louis Armstrong y Duke Ellington.

Flemalle. V. MAESTRO DE FLEMALLE.

Françoise Sagan (1935-2004): Seudónimo literario de Françoise Quoirez. Escritora francesa, autora de *Buen día, tristeza* e ícono entre los intelectuales de los años cincuenta y sesenta.

Friedlander, Lee (1934): Fotógrafo estadounidense. El más influyente fotógrafo del paisaje social.

Fulcanelli (1899-1982): Seudónimo de un autor de alquimia del siglo XX que fundó escuela y cuya identidad es discutida; podría tratarse del francés Eugène Canseliet. En *El misterio de las catedrales* (1929), sostuvo que las catedrales góticas y los grandes castillos medievales, desde la organización del plano y la configuración de los volúmenes y espacios hasta la elección de los materiales, fueron construidos siguiendo el orden secreto instituido por los grandes maestros alquimistas.

Gainza (1899-1977): Alberto Gainza Paz. Periodista y empresario argentino. Director desde 1943 hasta su fallecimiento del diario *La Prensa* de Buenos Aires, junto con *La Nación,* el periódico conservador liberal más influyente y prestigioso de finales del siglo XIX y de la primera mitad del XX.

Garner, Erroll (1921-1977): Pianista estadounidense de *jazz,* estilísticamente encuadrado en el *swing* y el *bop*. Tocó con Charlie Parker.

Getz, Stan (1927-1991): Saxofonista de *jazz* estadounidense. Fue uno de los representantes del *cool*.

Ghirlandaio (1449-1494): Pintor italiano. En 1481 fue llamado a Roma para participar en la decoración de la Capilla Sixtina, en la que se conserva de él *La vocación de los apóstoles Pedro y Andrés*. Su obra más valorada la realizó a partir de 1486 en la capilla mayor del templo florentino de Santa María Novella, donde pintó escenas de la vida de la Virgen y de San Juan Bautista.

Gillespie, Dizzy (1917-1993): Trompetista de *jazz* estadounidense. Tras haber tocado en varias orquestas, sentó con Charlie Parker las bases de la revolución *bop*. Al frente de grandes orquestas o de pequeños grupos, se caracterizó por su virtuosismo instrumental y por su estilo exuberante. Introdujo en el *jazz* los ritmos afrocubanos.

Gombrowicz, Witold (1904-1969): Escritor polaco, uno de los más destacados narradores de la vanguardia de entreguerras. Llegado a Buenos Aires inmediatamente después de la invasión alemana de su país, residió veinticuatro años en Argentina, en cuyos círculos literarios ejerció una notable influencia. *Ferdydurke* (1937) es su novela más conocida.

González Bravo, Luis (1811-1871): Periodista y político español. Fundó el periódico satírico *El Guirigay* (1837-1838). Elegido diputado (1841), abandonó el progresismo radical para acercarse al moderantismo. Fue jefe de Gobierno (1843-1844).

Grock (1880-1959): Adrien Wettach. Payaso suizo, uno de los mejores de su tiempo. Se destacó asimismo como músico, guionista, acróbata y equilibrista.

Guermantes: Familia ficticia de la aristocracia europea descrita en la novela *En busca del tiempo perdido* de Marcel Proust.

Gurdiaeff (1866-1949): George Ivánovich Gurdjíeff. Maestro místico, escritor y compositor armenio. Dio a conocer y transmitió en el mundo occidental las enseñanzas del llamado Cuarto Camino.

Hampton, Lionel (1909-2002): Músico estadounidense, uno de los instrumentistas más polifacéticos y longevos de la historia del *jazz*. Tocó con Louis Armstrong.

Hawkins, Coleman (1904-1969): Saxofonista de *jazz* estadounidense. Convirtió el saxofón en instrumento solista. Tocó y grabó con los *jazzmen* más importantes de su tiempo.

Heisenberg (1901-1976): Werner Karl Heisenberg. Físico alemán que formuló el principio de incertidumbre o de indeterminación que lleva su nombre, una aportación decisiva para el desarrollo de la mecánica cuántica.

Hermite. V. TRISTAN L'HERMITE.

Hillary, Richard (1919-1943): Piloto australiano. Estudió en Oxford, donde se unió a la Real Fuerza Aérea durante la Segunda Guerra Mundial. Su obra más conocida es *El último enemigo,* donde narra sus experiencias como piloto de combate.

Hines, Earl (1905-1983): Pianista y director de orquesta de *jazz* estadounidense. Es uno de los padres del piano de *jazz* moderno. Fue un asiduo colaborador de Louis Armstrong y dirigió durante largos períodos su propia orquesta. Es figura fundamental en la transición del *swing* al *bebop*.

Hodges, Johnny (1906-1970): John Cornelius Hodges. Saxofonista de *jazz* estadounidense. Fue el instrumentista más característico de la orquesta de Duke Ellington, en la que tocó desde 1928 hasta su muerte. Se lo ha considerado como uno de los mejores saxofonistas del *jazz* clásico.

Hofmannsthal, Hugo von (1874-1929): Escritor austríaco. Su primer drama en verso se representó cuando solo tenía diecisiete años. Posteriormente escribió algunas versiones de tragedias antiguas, como *Electra* (1904), que Richard Strauss convertiría en ópera. Con Strauss colaboró escribiendo los libretos de las óperas *El caballero de la rosa* (1911), *Ariadna en Naxos* (1912) y *La mujer sin sombra* (1919), entre otras. Fue uno de los fundadores del Festival de Salzburgo.

Hokusai, Katsushika (1760-1849): Pintor, dibujante y grabador japonés. Utilizó toda clase de técnicas, desde el grabado hasta la ilustración de libros. De estos, destacan sus *Treinta y seis vistas del Monte Fuji* (1826-1833).

Hyden, Holger (1917-2000): Histólogo y microbiólogo sueco. Descubrió el método para medir el ARN en las células y constató cómo su cantidad variaba con la edad y las actividades mentales.

Isak Dinesen (1885-1895): Seudónimo literario de Karen Christentze Dinesen, también conocida como Karen Blixen. Escritora danesa. Autora de relatos sobrenaturales, ambientados en el pasado, y, en ocasiones, eróticos. Escribió toda su obra en inglés, que fue traducida al danés por su secretaria.

Jacques Bergier (1912-1978): Seudónimo de Yakov Mikhailovich Berger. Ingeniero químico, alquimista, espía, periodista, y escritor francés. En colaboración con Louis Pauwels publicó *El retorno de los brujos* (1960), del que en esa década se vendieron dos millones de ejemplares y en el que se trataron temas entonces novedosos como la parapsicología, el esoterismo, los misterios de las civilizaciones desaparecidas, etcétera. Juntos dirigieron también la revista *Planète,* que entre 1961 y 1968 difundió esa temática.

Jo Jones (1911-1985): Jonathan David Samuel Jones. Baterista estadounidense de *jazz.*

Jones. V. THAD JONES.

Jouhandeau, Marcel (1888-1979): Escritor francés. Su personaje M. Godeau fue cronista de la vida provinciana de la ciudad de Chaminadour, trasunto de su ciudad natal Guéret, en *La intimidad del señor Godeau* (1926), *El señor Godeau casado* (1933), *Crónicas maritales* (1938) y *Escenas de la vida conyugal* (1948), obras esencialmente autobiográficas. Es autor del ensayo *Álgebra de los valores morales* (1935) y de los diarios publicados con el título de *Journaliers* (1961-1978). En su *Diario bajo la ocupación* (1980) manifiesta una posición antisemita y anticomunista.

K. O. Lausse (1927-1995): Eduardo Jorge Lausse. Boxeador argentino de peso mediano, famoso por su gran capacidad para noquear.

Karsavina, Tamara (1885-1978): Bailarina soviética. Por su técnica y elegancia, fue una de las figuras más destacadas de *Les Ballets Russes* de S. Diáguilev.

Keitel, Wilhelm (1882-1946): Mariscal alemán. Capitán del imperio alemán en la Primera Guerra Mundial y alto mando del ejército durante la República de Weimar. Adhirió a la ideología nazi y en la Segunda Guerra Mundial fue un fiel colaborador de Hitler. Acusado de crímenes de guerra, fue sentenciado a muerte en los juicios de Núremberg.

Keppard, Freddie (1890-1933): Trompetista estadounidense de *jazz.* Fue uno de los pioneros del género y tras la muerte de Buddy Bolden llegó a ser proclamado como el rey de la trompeta.

Klages, Ludwig (1872-1956): Filósofo alemán. Graduado en Química y Filosofía, trabajó como científico en Múnich, donde fundó un seminario de estudios de expresión que pretendía crear una nueva rama de la ciencia humana y conferirle la «forma» científica recibida por las ciencias exactas desde el Renacimiento.

Kreisler, Fritz (1875-1962): Violinista y compositor austríaco. Fue considerado uno de los más grandes violinistas de su época.

La Tour, Georges de (1593-1652): Pintor francés. Realizó una carrera de gran éxito, pero se conserva muy poca documentación de sus obras. Solo tres de sus cuadros están fechados.

Lam, Wifredo (1902-1982): Pintor surrealista cubano. Participó activamente en la guerra civil española del lado republicano. En 1928 viajó a París, donde conoció a Picasso. A través de él, entró en contacto con numerosos escritores y artistas del momento, entre ellos Michel Leiris, Joan Miró, Fernand Léger, Henri Matisse, Tristan Tzara, Paul Éluard, Georges Braque y Pierre Loeb. Con motivo de la Segunda Guerra Mundial se vio obligado a regresar a Cuba.

Lang, Eddie (1902-1933): Guitarrista de *jazz* estadounidense. Considerado como el Padre de la guitarra de *jazz*.

Lang, Fritz (1890-1976): Director de cine austríaco. Durante su juventud realizó estudios de arquitectura. En 1933 huyó de la Alemania de Hitler y buscó refugio en París. Dos años después consiguió trasladarse a Estados Unidos, donde firmó una serie de contratos con la Metro Goldwyn Mayer, pero los criterios comerciales que se le imponían durante los rodajes le llevaron a regresar a Alemania.

Lanti. V. EUGENIO LANTI.

Lausse. V. K. O. LAUSSE.

Lawrence, Marjorie (1909-1979): Cantante soprano australiana. Debutó en 1932 en Montecarlo con el papel de Elisabeth en *Tannhäuser.* Fue una de las sopranos wagnerianas más destacadas de su época.

Lawrence, T. E. (1888-1935): Thomas Edward Lawrence, más conocido como Lawrence de Arabia. Escritor y militar británico. Hijo ilegítimo de un aristócrata. Viajó por Francia, donde las fortalezas medievales despertaron su interés por las Cruzadas y las culturas de Oriente Próximo. En 1916 fue enviado a la ciudad de Jidda para que convenciera al rey Hussein de que generalizara la revuelta árabe que tímidamente habían comenzado sus hijos Abdullah y Feisal contra los turcos. Se convirtió en un importante líder de los árabes en la contienda de ingleses, franceses y árabes contra los turcos, aliados de los alemanes durante la Primera Guerra Mundial. Narró cuidadosamente esas acciones en *Los siete pilares de la sabiduría* (1926). Su figura fue llevada al cine en *Lawrence de Arabia* (1962), dirigida por David Lean.

Leguisamo, Irineo (1903-1985): *Jockey* uruguayo, conocido como «El pulpo». Compitió durante más de cincuenta y siete años en hipódromos de Uruguay y Argentina. Está considerado el jinete más importante de la hípica sudamericana del siglo XX. Modesto

Papavero le dedicó un tango titulado *Leguisamo solo*.

Lenclos. V. NINON DE LENCLOS.

Lipatti, Dinu (1917-1950): Constantin Lipatti. Pianista y compositor rumano. Fue un célebre intérprete de Chopin, Mozart, Schumann y Bartók. Siguiendo la corriente neoclásica, fue también autor de conciertos y sonatinas para piano.

Littré, Émile (1801-1881): Filósofo y lexicógrafo francés. Fundador junto con Grégoire Wyrouboff de *La Philosophie Positive: Revue* (1867). De su labor como lexicógrafo sobresale su célebre *Diccionario de la lengua francesa* (1863-1873), conocido como el Littré.

Long, Marguerite (1874-1966): Pianista francesa. Sobresalió por sus interpretaciones de Debussy, Fauré y Ravel. Junto con Jacques Thibaud creó en 1946 el concurso internacional que lleva sus nombres.

Lowry, Malcolm (1909-1957): Escritor británico. Vivió en Estados Unidos, México y Canadá. Progresivamente alcoholizado, logró plasmar literariamente sus obsesiones. Influido por Melville y por Joyce; son notables también sus poemas y su epistolario. *Bajo el volcán* (1947) es su obra más conocida.

Ma Rainey (1886-1939): Gertrude Malissa Nix Pridgett Rainey, conocida como Ma Rainey. Cantante negra de *blues* clásico, una de las primeras en hacerlo con acompañamiento de piano o de orquesta de *jazz*.

Maestro de Flemalle (1375-1444): Robert Campin. Pintor flamenco. Se le atribuye, junto con Jan van Eyck, la creación del estilo flamenco. En la actualidad, se tiende a identificarlo con el maestro de Flemalle y el maestro de Merode, dadas las similitudes estilísticas de las obras agrupadas bajo estos nombres convencionales con las de Jacques Daret y Rogier van der Weyden, que consta que se formaron con Robert Campin.

Maidana (1916-1980): Antonio Maidana. Profesor y conocido dirigente comunista paraguayo.

Malevich, Kazimir (1878-1935): Pintor ruso. Inicialmente pintó cuadros de tipo impresionista para evolucionar pronto hacia un primitivismo inspirado en los fauvistas. Conoció el cubismo y el futurismo, que le inspiraron creaciones de fragmentación formal cubista combinada con multiplicación de la imagen futurista. Fundó el movimiento suprematista (supremacía de la sensibilidad pura de las formas sencillas en las artes figurativas), que se dio a conocer en 1915 a través de la obra *Cuadrado negro sobre fondo blanco*.

Mamie Desdume: Pianista de *jazz* estadounidense, muy famoso por su *Mamie's Blues*.

Mandiargues, André Pieyre de (1909-1991): Escritor francés. En su obra, próxima a la de los surrealistas, confluyen las literaturas fantástica y erótica. Sus cuentos y relatos se caracterizan por su gran perfección formal.

Manessier (1911-1993): Alfred Manessier. Pintor francés. Fue discípulo de Roger Bissière. Es autor de óleos, acuarelas, cartones de tapiz y vidrieras. Su obra se centra en la expresión no figurativa de sentimientos religiosos y en el reflejo de la naturaleza.

Martin du Gard, Roger (1881-1958): Novelista francés. Combatiente en la Primera Guerra Mundial, al regreso del frente acometió la tarea de redactar *Los Thibault,* cuya redacción le insumió diecisiete años. Aunque la narración sigue el modelo de la gran novela francesa del siglo XIX, *Los Thibault* ocupa un lugar de privilegio en las letras francesas de la primera mitad del siglo XX.

Mauriac, François (1885-1970): Escritor francés. Abordó en sus obras, de raigambre católica, el tema del hombre sin Dios. Tomó posición en contra de las guerras coloniales en Indochina y Argelia. En 1952 obtuvo el Premio Nobel.

McCullers, Carson (1917-1967): Lula Carson Smith. Escritora estadounidense. Su ficción trata el aislamiento espiritual de los inadaptados y marginados del sur de los Estados Unidos de América. También fue una adelantada en el tratamiento de temas como el adulterio, la homosexualidad y el racismo.

McLaren, Norman (1914-1987): Dibujante y creador cinematográfico británico. Especialista del dibujo animado, utilizó técnicas muy diferentes, como el dibujo directo sobre película, la animación de personajes humanos y el relieve estereoscópico.

Melba (1861-1931): Nellie Melba. Soprano australiana. Aunque su auténtico nombre era Helen Porter Mitchell, lo transformó en Nellie Melba, en alusión a la ciudad de Melbourne, donde había dado sus primeros conciertos.

Mendoza, Pedro de (1487-1537): Conquistador español del Río de la Plata. Partió de Sanlúcar de Barrameda con trece navíos en 1535, y en 1536 fundó en el estuario del Plata la ciudad de Nuestra Señora del Buen Aire (origen de la actual Buenos Aires).

Métraux, Alfred (1902-1963): Antropólogo francés. Se inició con el trabajo de campo *La isla de Pascua* (1951) y destacó en el ámbito de la antropología religiosa (*Religiones y magias indias de América del Sur,* 1967).

Michaux, Henri (1899-1984): Poeta y pintor francés de origen belga. Empezó a escribir y a publicar en Bélgica, en cuya capital comenzó la carrera de medicina, pero en 1919 abandonó sus estudios para enrolarse como fogonero en un navío de la marina mercante francesa, en el que viajó a Río de Janeiro y Buenos Aires. Fue considerado por algunos como el verdadero surrealista. Se acercó progresivamente a Rimbaud, Kafka y los existencialistas. En 1924 se estableció en París y se sintió más atraído por la pintura que por la literatura.

Michèle Morgan (1920-2016): Simone Roussel. Actriz francesa.

Debutó como figurante en 1935 y triunfó como una de las musas del cine naturalista francés (*El muelle de las brumas,* M. Carné, 1938; *Remorques,* J. Grémillon, 1941). Otros títulos destacados son *Las maniobras del amor* (R. Clair, 1955), *Landru* (C. Chabrol, 1962), *Benjamín* (M. Deville, 1967), *Están todos bien* (G. Tornatore, 1990), *La veuve de l'architecte* (1995), realizado para la televisión, y *Des gens si bien élevés* (1997). En 1996 fue galardonada con el León de Oro del Festival de Venecia por su trayectoria.

Mirbeau, Octave (1850-1917): Escritor francés. Fue una de las más características y relevantes figuras del mundo periodístico y literario de París en el tránsito del siglo XIX al XX. Sus personajes suelen representar a tipos extraños y anormales llevados a escena con un naturalismo brutal, rico en detalles nimios que llegan a ser, incluso, crueles. En 1891 se declaró anarquista, pero abandonó el partido después del asesinato de Sadi Carnot. Fue un abierto partidario de Alfred Dreyfus.

Mitre (1821-1906): Bartolomé Mitre Martínez. Político, militar, historiador, escritor, periodista y estadista argentino; fue el primero en ejercer el cargo de presidente de la Nación Argentina, entre 1862 y 1868, y gobernador de Buenos Aires. Fundó el periódico *La Nación* de Buenos Aires.

Monaco, Mario del (1915-1982): Tenor italiano. Uno de los grandes divos de la ópera del siglo XX.

Monica Vitti (1931): Maria Luisa Ceciarelli. Actriz de cine italiana. Iniciada en el teatro, pasó al cine en 1957 y pudo demostrar sus cualidades en la comedia y el drama. *La aventura* (M. Antonioni, 1959), *El desierto rojo* (M. Antonioni, 1964), *Esa rubia es mía* (A. Sordi, 1973), *Flirt* (R. Russo, 1983) integran su filmografía. En 1995 fue galardonada con el León de Oro del Festival de Venecia por su trayectoria.

Monk. V. THELONIOUS MONK.

Morgan. V. MICHÈLE MORGAN.

Morton, Jelly Roll (1885-1941): Pianista, compositor y director de orquesta de *jazz* estadounidense. Su obra es un puente entre el llamado *ragtime* y lo que más tarde se denominaría *jazz.* Grabó numerosos éxitos al frente de su orquesta, los Red Hot Peppers.

Musil, Robert (1880-1942): Escritor austríaco. Junto con Thomas Mann y Franz Kafka, es uno de los más importantes novelistas en lengua alemana del siglo XX. Debe su fama a *El hombre sin atributos (Der Mann ohne Eigenschaften).* La obra, de casi dos mil páginas, quedó incompleta en su parte final, y sus episodios, ambientados en la Viena de los años 1913-1914, constituyen una amplia y minuciosa descripción de las condiciones internas y externas de un Estado en vías de derrumbarse.

Muzio, Claudia (1889-1936): Soprano lírica italiana. Fue una de las máximas divas de su época y se la llamó «La divina Claudia». Sus recordadas interpretaciones de *La Traviata* de Verdi, *Norma* de Bellini y *Tosca* de Puccini la señalan como una de las antecesoras directas de Maria Callas.

Naldi. V. NITA NALDI.

Nashe, Thomas (*c.* 1567-*c.* 1601): Escritor inglés. Es autor de panfletos, obras de teatro y de la novela picaresca *El viajero infortunado,* o *La vida de Jack Wilton* (1594), considerada la primera en su género en lengua inglesa.

Nathalie Sarraute (1900-1999): Seudónimo de Natacha Ilínichna Cherniak. Escritora francesa de origen ruso. Su participación, a partir de 1955, en el grupo de escritores disidentes formado por S. Beckett, M. Butor, R. Pinget, A. Robbe-Grillet y C. Simon y la publicación de su ensayo *La era de la sospecha* (1956) dieron a conocer y divulgaron su obra, integrada al *Nouveau roman,* que incluyó novelas, obras de teatro y guiones, y fue traducida a más de veinte idiomas.

Nicholas, Albert (1900-1973): Clarinetista norteamericano de *jazz.* Se trasladó a Francia en 1953 donde permaneció hasta su muerte.

Nightingale, Florence (1820-1910): Enfermera inglesa, pionera de la enfermería profesional moderna y creadora en 1860 de la Escuela de Enfermería de Saint Thomas (Londres), la primera institución laica de ese tipo.

Ninon de Lenclos (1620-1705): Anne Ninon de l'Enclos. Escritora, cortesana y mecenas de las artes francesa. Su obra es escasa, la más importante es *Cartas al marqués de Sévigné* (1750), en la que reflexionó sobre la mujer en la sociedad de la época.

Nita Naldi (1894-1961): Mary Dooley. Actriz norteamericana del cine mudo durante los años veinte. Apareció en el legendario filme épico *Los Diez Mandamientos* (1923), dirigido por Cecil B. De Mille.

Oppenheimer, Julius Robert (1904-1967): Físico estadounidense. Dirigió el desarrollo de la bomba atómica en el laboratorio de Los Álamos (Nuevo México), en el marco del llamado Proyecto Manhattan.

Pabst, Georg Wilhelm (1885-1967): Director de cine alemán. En 1910 emigró a los Estados Unidos e ingresó en la Compañía del Teatro Popular Alemán de Nueva York, donde alternó sus trabajos como actor con la ayudantía de dirección escénica.

Padre Castellani. V. CASTELLANI.

Paladino, Eusapia (1854-1918): Médium italiana. Fue sometida a distintos experimentos científicos en la época por distintos estudiosos como Alexandre Aksakof, Cesar Lombroso, Charles Richet, Enrico Morselli, Pierre Curie y otros.

Paré, Ambrosio (1510-1590): Cirujano francés del siglo XVI. Es considerado el padre de la cirugía, la anatomía, la teratología y la sanidad militar.

Pater, Walter (1839-1894): Escritor británico. Se cuenta con escasos datos sobre su vida. Sus ensayos sobre arte ejercieron una influen-

cia determinante en los poetas del grupo prerrafaelista y, con posterioridad, en autores como Oscar Wilde; entre ellos cabe destacar los reunidos en *El Renacimiento* (1873), *Retratos imaginarios* (1887) y *Apreciaciones* (1889). Como novelista, se dio a conocer con *Mario, el epicúreo* (1885).

Pauwels, Louis (1920-1997): Periodista y escritor francés, de origen belga. Escribió, junto a Jacques Bergier, *El retorno de los brujos* (1960), y en 1970 la interrumpida continuación de *El hombre eterno*. V. Jacques Bergier.

Paz (1842-1912): José Clemente Paz. Periodista, político y diplomático argentino, fundador del diario *La Prensa* y destacado representante de la llamada Generación del 80.

Père Ragon. V. *Glosario.*

Pérez, Pascual (1926-1977): Boxeador argentino. Fue uno de los mejores púgiles en la categoría de peso pluma de todos los tiempos. Basó su estilo en la rapidez y en la potente pegada de su golpe favorito, el *crochet.*

Perse. V. SAINT-JOHN PERSE.

Peterson, Oscar (1925-2007): Pianista de *jazz* canadiense. Recogió las herencias estilísticas de Nat King Cole, E. Garner y A. Tatum. Su estilo oscila entre el *swing* y el *bop*. Acompañó a las figuras más destacadas del *jazz* y dirigió sus propias formaciones, por lo general tríos.

Petiot, Marcel André Henri Félix (1897-1946): Médico francés y asesino en serie. Fue condenado por homicidios múltiples tras el descubrimiento de los restos de veintitrés personas en su casa de París durante la Segunda Guerra Mundial. Se sospecha que asesinó alrededor de sesenta víctimas durante su vida, aunque el número real permanece desconocido.

Pevsner, Antoine (1886-1962): Escultor francés de origen ruso. Conoció a Modigliani y a Archipenko, que estimularon su interés por el cubismo. Exploró nuevos conceptos escultóricos centrándose sobre todo en el desarrollo de formas en el espacio. Sus esculturas, construidas en gran parte con elementos metálicos, se organizan alrededor de un eje central, en torno del cual se acumulan estructuras y planos.

Planck, Max (1858-1947): Físico alemán. Está considerado como el fundador de la física cuántica. Recibió el Premio Nobel de Física en 1918.

Poliakoff, Serge (1900-1969): Pintor francés de origen ruso. En París trabó amistad con Kandinsky, Freundlich y Delaunay, que hicieron evolucionar su pintura hacia la abstracción. A lo largo de su carrera obtuvo gran cantidad de premios, como el Premio Kandinsky, en 1947; el Premio Lissone, en 1956 y el Premio Internacional de la Bienal de Tokio en 1965.

Pollock, Jackson (1912-1956): Pintor norteamericano del movimiento expresionista abstracto. Fue uno de los artistas más significativos de la *action painting.*

Poulenc, Francis (1899-1963): Compositor francés. En 1917 estrenó su primera composición,

Rapsodia negra. En sus comienzos, su interés se dirigía a los versos de Apollinaire y, a partir de 1935, comenzó a interesarse por la obra de Paul Éluard, con quien colaboró, entre otras obras, en la creación de *Cinq Poèmes* (1935) y *Figure humaine* (1943).

Puttenham, George (1529-1590): Crítico inglés. Es conocido por su *The Art of English Poesie,* la obra crítica más importante de la época isabelina, publicada anónimamente en 1589 y dividida en tres libros, en los que se ilustran y discuten los diferentes géneros métricos.

Queneau, Raymond (1903-1976): Escritor y matemático francés. Participó activamente en el movimiento surrealista desde 1924 hasta 1929. La actividad narrativa de Queneau se produce ante todo en el ámbito de la investigación sobre las múltiples posibilidades del lenguaje. Formó parte del OuLiPo (*Ouvroir de Littérature Potentielle*, taller de literatura potencial), grupo que investigó todos aquellos procedimientos matemáticos, mecánicos o combinatorios susceptibles de generar un texto. Fue director de la revista *La Pléiade*.

Quillá. V. TIBURÓN DEL QUILLÁ.

Radiguet, Raymond (1903-1923): Escritor francés. Su gran talento literario, que se manifestó precozmente, fue admirado por A. Salmon y por J. Cocteau. Su fama se debe a dos novelas: *El diablo en el cuerpo* (1923) y *El baile del conde de Orgel* (1924).

Ragon. V. PÈRE RAGON.

Rainey. V. MA RAINEY.

Retif (1734-1806): Nicolas Restif o Rétif de La Bretonne. Escritor francés. Su obra ha sido considerada durante mucho tiempo libertina y licenciosa. Sus relatos y novelas recrean el mundo rural de su infancia y el ambiente de París (*El pornógrafo,* 1769; *El mimógrafo,* 1770; *El campesino pervertido* o *Los peligros de la ciudad,* 1775; *El señor Nicolás* o *El corazón humano al descubierto,* 1794-1797).

Risler, Joseph-Édouard (1873-1929): Pianista francés. Uno de los más importantes de su tiempo, abierto a la música de su época, así como al repertorio romántico de Alemania. Fue profesor en el Conservatorio de París en 1923.

Rivet, Paul (1876-1958): Etnólogo y americanista francés. Participó como médico en la Segunda Misión Geodésica Francesa enviada al Ecuador (1901-1906), finalizada la cual, permaneció seis años más en ese país, estudiando las poblaciones de los altos valles andinos. Es el creador de la teoría oceánica sobre el origen del poblamiento americano, según la cual, la población indígena americana es el resultado de migraciones procedentes de Asia, Australia, Polinesia y Melanesia.

Rochefort, Christiane (1917-1998): Escritora feminista francesa. También escribió bajo el seudónimo de Dominique Féjos. Su obra se interesa por la situación social de mujeres y niños, además, muy directamente por la sexuali-

dad femenina y por su libertad personal. Su novela *El reposo del guerrero* (1958) la hizo mundialmente conocida.

Rollins, Sonny (1929): Saxofonista de *jazz* estadounidense. En 1956 publicó una de sus mejores obras, *Saxophone colossus*. Su estilo se caracteriza por una potente sonoridad y por una gran libertad rítmica y armónica.

Roussel, Raymond (1877-1933): Escritor francés. Ha sido considerado como uno de los precursores del surrealismo. Su primera obra, *El sustituto* (1897), es una novela en versos alejandrinos sobre el carnaval de Niza. Sus obras más conocidas son: *Impresiones de África* (1910), *Locus solus* (1914) y *Nuevas impresiones de África* (1932). En *Cómo he escrito algunos de mis libros* (1935), describe su inusitado método de escritura.

Sagan. V. FRANÇOISE SAGAN.

Saint-John Perse (1887-1975): Seudónimo de Marie René Auguste Alexis Léger. Poeta y diplomático francés. Recibió el Premio Nobel de Literatura en 1960.

Saint-Saëns, Charles Camille (1835-1921): Compositor francés. Fue un virtuoso pianista y también un excelente improvisador en el órgano. Fue además, excelente matemático y un estudioso de la geología, la arqueología, la botánica y la entomología.

Salacrou, Armand (1899-1989): Escritor francés. Colaborador de *L'Humanité* y *L'Internationale*, y secretario general del teatro L'Atelier, escribió numerosas piezas teatrales entre el drama y la obra de tesis, además de programas radiofónicos, ensayos y dos volúmenes de memorias (publicados en 1974-1976).

Santos Dumont, Alberto (1873-1932): Inventor e ingeniero brasileño, pionero de la aviación. Fue educado en París, ciudad donde transcurrió casi toda su existencia y verdadero centro de actividad de las primeras experiencias aéreas. En 1898 realizó su primer intento de ascensión en un globo esférico llamado *Brasil*, dotado de un pequeño motor de explosión. Con su segundo globo, *La Musique*, ganó un premio del Aero-Club parisino al efectuar un vuelo de veintidós horas a más altura que sus competidores

Sarraute. V. NATHALIE SARRAUTE.

Sarto, Andrea del (1486-1530): Pintor italiano. Se formó con Piero di Cosimo. Fue uno de los más activos pintores florentinos a comienzos del siglo XVI. Destacó como excepcional decorador al fresco, pero fue también un gran pintor de retablos *(Madonna delle Arpie)* y un excelente retratista *(Lucrecia de Fede)*. Sus numerosos y notables dibujos se conservan en buena parte en la Galería de los Uffizi.

Satchmo. V. ARMSTRONG, LOUIS.

Satie, Erik (1866-1925): Compositor y pianista francés. La excentricidad, la irreverencia y una actitud dadaísta son los ingredientes que configuran su vida y su música.

Scheler, Max (1874-1928): Filósofo alemán. Se adscribió a la corriente fenomenológica de Husserl. En una primera etapa criticó la ética formalista de Kant desde la tesis de que todo juicio moral se basa en una asunción intuitiva de valores materiales que no se puede traducir a una regla racional. Justificó su conversión al catolicismo en *De lo eterno en el hombre* (1921). En *El puesto del hombre en el cosmos* (1928), concibió el universo como resultado del enfrentamiento de dos principios, el espíritu *(Geist)* y el impulso vital *(Drang).*

Schlözer, Boris de (1881-1969): Fyodorovich Schlözer. Escritor, musicólogo y traductor del ruso al francés. Exiliado en Francia, tradujo a Tolstoi y Gogol.

Schoenberg, Arnold (1874-1951): Compositor y pintor austríaco, nacionalizado estadounidense. Fue una figura capital en la evolución de la música durante el siglo XX, aunque debió enfrentar la incomprensión del público y la crítica de su época.

Shólojov, Mijaíl (1905-1984): Novelista ruso, ganador del premio Nobel de literatura en 1965 y una de las figuras más importantes del Partido Comunista soviético. Fue académico de la Academia de Ciencias de la URSS y vicepresidente de la Asociación de Escritores Soviéticos. Su ataque continuo a los escritores disidentes hizo que se le considerara el «escritor oficial» del régimen.

Schwitters, Kurt (1887-1948): Pintor, escultor, diseñador gráfico y poeta alemán. A través de la revista *Der Sturm* entró en contacto con la vanguardia alemana, en concreto con el expresionismo, a través del cual llegó a la definición de su propio estilo. Fue uno de los principales protagonistas del movimiento dadá.

Silver, Horace (1928-2014): Pianista y compositor estadounidense de *jazz*. Fue uno de los músicos pioneros del *hard bop* en los años cincuenta, y uno de los artistas más populares e influyentes en la corriente principal del *jazz* contemporáneo gracias a su estilo terso, imaginativo y muy *funky*.

Simmons, John (1918-1979): Bajista de *jazz* estadounidense.

Singerman, Paulina (1911-1984): Actriz de cine, televisión y teatro argentina.

Singleton, Zutty (1898-1975): Batería estadounidense de *jazz* tradicional y *swing*.

Smith, Bessie (1894-1937): Cantante estadounidense conocida como la emperatriz de los *blues*. Realizó varias grabaciones para la compañía discográfica Columbia Records. Poseía una portentosa voz de contralto áspera y personal que la hacía única y la convirtió en una de las leyendas del *blues*. Tras sufrir un grave accidente al volante, el hospital al que la conducirían inconsciente se negó a atenderla por ser negra. Fallecería poco después.

Soutine, Chaim (1894-1943): Pintor francés de origen lituano. Conoció a Modigliani y se interesó por Rembrandt y Courbet. Aunque su obra constituye una experiencia individual dentro del expresionismo europeo y presenta

ciertas afinidades con las manifestaciones más contundentes del Brücke alemán, Soutine no se adhirió a ninguna corriente. Su pintura influyó en ciertos expresionistas austríacos y en la escuela simbólico-expresionista alemana.

Spilimbergo, Lino Eneas (1896-1964): Pintor argentino. De aparente filiación neoclásica, su obra resulta sólidamente sostenida por el dibujo y por una visión plástica que parece propia de un escultor.

Staël, Nicolas de (1914-1955): Pintor francés de origen ruso que se conoce sobre todo por sus paisajes intensamente abstractos. También trabajó con *collages,* ilustraciones y telas.

Stevens, Wallace (1879-1955): Poeta estadounidense. Publicó sus primeros poemas en 1914 y su primer poemario en 1923 *(Harmonium).* Sus títulos más representativos son: *Ideas de orden* (1936), *El hombre de la guitarra azul* (1937), *Partes de un mundo* (1942), *Las auroras del otoño* (1950) y *Opus posthumous* (1957). Es autor también de un importante volumen de ensayos (*El ángel necesario,* 1951).

Suárez, Justo (1909-1938): Conocido como «El torito de Mataderos», fue un popular boxeador argentino de peso liviano. Su inmensa popularidad superó ampliamente sus logros profesionales.

Sugai, Kumi (1919): Artista japonés. Muy activo en Francia a partir del principio de los años cincuenta. A su llegada a Francia, en 1952, su técnica se aproxima al grafiti sobre fondo de lienzos casi sin color; a partir de 1953 tiende hacia a un mayor empleo de colores y aparecen los signos gráficos abstractos, que paulatinamente se imponen. En 1960, el arte de Sugai cambia de modo brutal, adoptando las posibilidades de una abstracción geométrica.

Suzuki, Teitaro (1870-1966): Filósofo japonés. Es reconocido como uno de los promotores del zen en Occidente.

Tailleferre, Germaine (1892-1983): Compositora francesa. Escribió música para piano, de cámara, sinfónica (*Concierto de la fidelidad*, 1981), para el cine, canciones y *ballets* (*Mercaderes de pájaros,* 1924).

Tardieu, Jean (1903-1995): Poeta y dramaturgo francés. Compuso poesía surrealista y absurda. Trata, también, cuestiones filosóficas en tono irónico. Es una de las voces más destacadas de la lírica francesa del siglo XX.

Tatum, Art (1910-1956): Pianista de *jazz* estadounidense. Considerado el mejor pianista de la época *swing,* se distinguió por su expresividad y gran fantasía rítmica tanto en solitario como con el trío que formó con T. Grimes y S. Stewart (1943-1945).

Temple, Johnny (1906-1968): Guitarrista y cantante estadounidense de *blues.* Su gran éxito fue *Louise Louise Blues,* lanzado por Decca Records en 1936.

Tenzing (1914-1986): Tenzing Norgay. Alpinista nepalés al que se le conoció como «*Sherpa* Tenzing».

Fue uno de los primeros dos individuos conocidos en alcanzar la cumbre del monte Everest (1953).

Testa, Clorindo (1923-2013): Arquitecto y pintor argentino de origen italiano. Como pintor se interesó por el informalismo. Formó parte del grupo CAyC (Centro de Arte y Comunicación) que afianzó en la Argentina el arte conceptual. Difundió el llamado estilo «brutalista». Entre otras obras notables, es el autor del proyecto del edificio de la Biblioteca Nacional Mariano Moreno de Buenos Aires.

Thad Jones (1923-1986): Thaddeus Joseph Jones. Trompetista, cornetista y compositor/arreglista estadounidense de *jazz*. Su trayectoria se ajusta estilísticamente a los períodos del *bop* y del *hardbop*, aunque se mantuvo siempre próximo al *mainstream*.

The Yas Yas Girl (1918): Merline Johnson. Cantante de *blues* afroestadounidense. Fue más conocida como «The Yas Yas Girl». Destacó en una variedad de *blues*, el *juke joint*.

Theda Bara (1885-1955): Theodosia Burr Goodman. Actriz estadounidense famosa en la época del cine mudo. Fue la primera estrella prefabricada por unos estudios cinematográficos, que explotaron su imagen, le cambiaron el nombre a Theda Bara, anagrama de *arab death* (muerte árabe) y le inventaron una vida.

Thelonious Monk (1917-1982): Thelonious Sphere Monk. Pianista y compositor estadounidense de *jazz*. Fue el fundador del *bebop*, tocó también bajo el influjo del *hard bop* y del *jazz* modal. Es conocido por su estilo único de improvisación.

Thibaud, Jacques (1880-1953): Violinista francés. Fue violín solista de la orquesta los Concerts Colonne. Realizó una brillante carrera internacional dando conciertos como solista en Europa y América. En 1905 se unió al violonchelista Pau Casals y al pianista Alfred Cortot.

Thomas, Dylan (1914-1953): Poeta galés en lengua inglesa. Uno de los poetas británicos de la primera mitad del siglo XX de mayor renombre y resonancia internacionales.

Tiburón del Quillá (1893-1967): Pedro Antonio Candioti. Nadador argentino, quien en 1939 pasó a la historia como campeón mundial de permanencia en aguas abiertas.

Tinguely, Jean (1925-1991): Escultor suizo. Puso de manifiesto el carácter puramente mecánico de sus obras con sus *Métamatics* o máquinas de pintar (1959). En 1960 se incorporó al nuevo realismo y acometió grandes máquinas en movimiento, construcciones lúdicas que invitan a los espectadores a participar (*Rotozazas*, 1967-1969).

Tobey (1890-1976): Mark George Tobey fue un pintor expresionista abstracto estadounidense. Su verdadero éxito tuvo lugar en Europa, donde en 1958 recibió el Premio Internacional de Pintura de la Bienal de Venecia.

Torre Nilsson, Leopoldo (1924-1978): Director de cine argentino. Fue uno de los directores más importantes del cine de su país,

de cuya burguesía supo plasmar una visión crítica. Entre su numerosa producción filmográfica se destacan *La casa del ángel* (1956), *La caída* (195), *Fin de fiesta* (1960), *La mano en la trampa* (1961), *La terraza* (1963), *Martín Fierro* (1968), *El santo de la espada* (1970), *La maffia* (1972), *Los siete locos* (1973), *Boquitas pintadas* (1974) y *La guerra del cerdo* (1975).

Toynbee, Arnold (1889-1975): Filósofo e historiador británico, considerado como uno de los más importantes filósofos de la historia, fama lograda gracias a los doce volúmenes de su monumental *Estudio de la Historia* (1934-1961).

Trébert, Guy (1933): Asesino francés. Fue el primer delincuente atrapado (1959) por la policía utilizando la técnica del retrato hecho según descripción de testigos.

Tristan l'Hermite (*c*1601-1655): Seudónimo de François Hermite. Poeta, novelista y dramaturgo francés. Su poesía amorosa se inspiró sobre todo en Petrarca, y por su producción dramática es considerado un precursor de Jean Racine.

Troppmann, Jean-Baptiste (1848-1870): Asesino francés. Asesinó brutalmente a una familia de ocho personas. Era un personaje elegante y cortés, ávido lector de novelas por entregas y de biografías de famosos criminales.

Túpac Amaru (1738-1781): José Gabriel Condorcanqui o Quivicanqui. Revolucionario peruano. Descendía por línea materna de la dinastía real de los incas, de Túpac Amaru I, que había sido ejecutado por los españoles en 1572. Hombre carismático y culto, lideró el más importante de los levantamientos indígenas contra las autoridades coloniales españolas en el siglo XVIII. Tras su derrota, su ejecución en la plaza de armas del Cusco se hizo tristemente célebre: no habiendo logrado descuartizarlo por medio de cuatro caballos que tiraban de sus extremidades, debió ser decapitado antes de su despedazamiento.

Turguéniev, Iván (1818-1883): Novelista y dramaturgo ruso. Se le ha considerado el más europeísta de los narradores rusos del siglo XIX. Escribió novelas cortas como *Primer amor, Humo,* o la colección de cuentos *Memorias de un cazador.* Entre sus novelas sobresalen *Nido de nobles y Padres e hijos.*

Ulanov, Barry (1918-2000): Escritor estadounidense, muy conocido como crítico de *jazz.*

Vaché, Jacques (1896-1919) Personalidad literaria francesa. Ejerció una notable influencia sobre André Breton en su juventud. En 1917, vestido con un uniforme del ejército británico y empuñando una pistola, irrumpió en el teatro en el que se representaba *Las tetas de Tiresias* de Guillaume Apollinaire amenazando con disparar contra el público en señal de protesta por lo «excesivamente literario» de la pieza. No ha dejado obra.

Valli. V. ALIDA VALLI.

Van der Weyden, Rogier (1400-1464): Pintor flamenco. Fue el pintor flamenco de mayor proyección internacional en su tiempo y uno de los grandes maestros del siglo XV en Flandes.

Varèse, Edgar (1883-1965): Compositor francés nacionalizado estadounidense. Elaboró sus obras a partir del concepto de «sonido organizado», con el que se aparta de las nociones tradicionales de armonía y melodía.

Venturi, Lionello (1885-1961): Historiador de arte italiano. En su gran obra *Historia de la crítica de arte* se refleja la influencia de B. Croce.

Vieira da Silva, Maria Helena (1908-1992): Pintora portuguesa, conocida por sus composiciones de carácter abstracto. No solo practicó el óleo y el temple, también abarcó el grabado, la ilustración de libros, los tapices y el diseño de vidrieras.

Villon, Jacques (1875-1963): Pintor francés influido por el cubismo. Realizó ilustraciones para periódicos humorísticos parisienses en los que satirizaba contra la religión, el ejército y otros tantos bastiones de la moral convencional de la época.

Viñas, David (1927-2011): Escritor argentino. Fue cofundador de la importante revista literaria *Contorno* y ejerció la docencia universitaria. Su obra narrativa, de corte realista y trasfondo político, aborda las principales escabrosidades de la Argentina actual: el enfrentamiento entre las clases y la represión cultural ejercida por los regímenes totalitarios. Entre otras obras, es autor de *Los dueños de la tierra* (1958), *Dar la cara* (1962), *Hombres de a caballo* (1967), *Cosas concretas* (1969) y *Cuerpo a cuerpo* (1979).

Vitti. V. MONICA VITTI.

Waller. V. FATS WALLER.

Webern (1883-1945): Anton Webern. Compositor austríaco. Es el representante más destacado de la escuela de Arnold Schönberg. Empleó por vez primera el sistema dodecafónico en su obra *Tres* Lieder *populares religiosos*. El ascenso al poder del nazismo truncó su carrera.

Weidmann (1908-1939): Eugen Weidmann, asesino en serie de nacionalidad alemana que fue ejecutado, por guillotina, en Francia, en junio del año 1939.

Wells, Dickie (1907-1985): trombonista estadounidense de *jazz* destacado por su creatividad melódica y sus técnicas expresivas. Perteneció a la Lloyd Scott Band y a la Count Basie Band pero fue principalmente un trombonista independiente. Como improvisador melódico, estructuraba sus solos en torno a los contrastes de carácter rítmico.

Whiteman, Paul (1890-1967): Compositor, director de orquesta y violinista estadounidense. Contrató en sus bandas a los mejores músicos de *jazz* de la época (Red Nichols, Frankie Trumbauer, Tommy Dorsey y Bix Beiderbecke), incluso de *jazz* blanco. En sus arreglos, ritmos jazzísticos muy simplificados, dejó poco espacio para la improvisación. Alcanzó su máxima popularidad durante los años veinte con la Whiteman Band.

Williams. V. COOTIE WILLIAMS.

Wilson, Teddy (1912-1986): Pianista de *jazz* y *swing*. Actuó y grabó con grandes del *jazz* como Billie Holiday, Benny Goodman y Ella Fitzgerald. En la década de 1930, Wilson realizó una serie de grabaciones con Billie Holiday, que se han considerado verdaderos clásicos del *swing*. En 1935 se unió al trío de Benny Goodman.

Winkle, Rip van: Personaje de la obra del mismo nombre escrita por Washington Irving.

Wittgenstein (1889-1951): Ludwig Wittgenstein. Filósofo británico de origen austríaco. Se interesó por las matemáticas y sus fundamentos filosóficos; estudió lógica bajo la dirección de Bertrand Russell (1912-1913). Fundamental en sus teorías es el interés por analizar el lenguaje como método de reflexión filosófica, y su preocupación por integrar el lenguaje en el complejo de la acción y de la sociedad, abandonando la idea de hallar un modelo ideal que no derivase en un reduccionismo.

Wolf, Hugo (1860-1903): Compositor austríaco de origen esloveno. Gran admirador de Wagner, a quien conoció en Viena donde coincidieron cuando el maestro se encargaba de la dirección de *Tannhäuser y Lohengrin*. En 1889, empezó a componer el *Spanisches Liederbuch*. En 1897, un repentino ataque de locura interrumpió definitivamente su actividad creadora.

Wou-Ki, Zao (1921-2013): Pintor franco-chino, expatriado a Francia en 1948. Muy influido por Paul Klee, ha sido considerado uno de los grandes maestros de la abstracción. Su gran amigo, Henri Michaux, influyó para que incluyese en sus obras elementos tradicionales chinos.

Wright (1867-1959): Frank Lloyd Wright. Arquitecto norteamericano precursor de la arquitectura orgánica. Fue el iniciador del movimiento Prairie School, con el desarrollo del concepto «Usoniano de la vivienda» (basado en la intención de describir el carácter del paisaje del Nuevo Mundo, distinto y libre de convenciones arquitectónicas previas).

Yas Yas Girl. V. THE YAS YAS GIRL.

Young, Lester (1909-1959): Músico saxofonista de *jazz*, conocido como Pres o Prez Young. Fue una de las figuras más importantes en la transición entre el *jazz* de preguerra y el *bebop* de los años cuarenta.

Yrigoyen, Hipólito (1852-1933): Político argentino que alcanzó en dos ocasiones la presidencia de la República (1916-1922 y 1928-1930). Figura central del Partido Radical, fue el primer presidente argentino elegido por sufragio universal masculino.

Zwinger (1533-1588): Theodor Zwinger. Médico suizo. Estudio Filosofía en París y Medicina en Padua. Fue profesor de griego, ética y de teoría de la medicina. Alcanzó notoriedad por su obra *Theatrum Vitae Humanae,* un tipo de enciclopedia universal.

TABLA

OTROS LUGARES PARA *RAYUELA*

Esta edición de *Rayuela*
se imprimió «del lado de acá»
para presentarla «del lado de allá»
con motivo del VIII Congreso Internacional
de la Lengua Española
Córdoba
(Argentina)

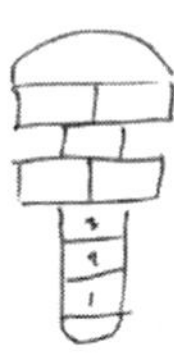

Travessera de Gràcia, 47-49 – 08021 Barcelona

ISBN: 978-84-204-3748-4
Depósito legal: B-2202-2019

Impreso en España – Printed in España

Impreso en el mes de enero de 2019
en los talleres gráficos de Liberdúplex, Sant Llorenç d'Hortons, Barcelona

AL3748A

Penguin
Random House
Grupo Editorial